안전한 비서 ⓒ서혜은 / 노아루 ⓟ예원북스

안전한
비서

안전한 비서

초판 1쇄 찍은 날 | 2017년 5월 2일
초판 3쇄 펴낸 날 | 2018년 5월 3일

지은이 | 서혜은
펴낸이 | 예경원

편집 | 유경화

펴낸곳 | 예원북스
등록번호 | 제396-2012-000132호
등록일자 | 2012. 7. 25
YRN | 제1-0185호

주소 | 경기도 고양시 일산동구 호수로 646-24 위너스 21-Ⅱ 206A호 (우) 10401
전화 | 031-819-9431 팩스 | 031-817-9432
http://cafe.naver.com/yewonromance
E-mail | yewonbooks@naver.com

ISBN 979-11-6098-210-7 03810

서혜은 장편 소설

안전한 비서

Goldline Romance Story

LINE

C·O·N·T·E·N·T·S

1. 안전한 비서

은은한 조명이 흐르는 바엔 재즈 선율이 흘렀다. 모던하면서 심플한 바의 창가에 남자 두 명이 마주 보고 앉아 있었다. 사복 차림의 기태는 얼굴을 찌푸린 채 슈트 차림의 재윤을 바라보았다. 그가 다리를 꼰 채 자신을 물끄러미 바라보고 있었다.

동신그룹 김재윤.

그를 모르는 사람들은 몇 없었다. 동신그룹은 대한민국에서도 이름만 대면 알 만한 재벌가였다. 손에 꼽히는 재벌가에서 보기 드문 쌍둥이인 데다, 경영권에 뛰어들어 발군의 실력을 발휘하는 중이기도 했지만, 그보다는 다른 이유가 더 컸다. 일 잘하기로 소문난 김강재를 제치고 먼저 상무가 된 탓이었다. 그리고 한참 화제가 된 강재와 전혀 다른 성격 탓이었다.

차갑고 냉정하며, 사람을 내리누르는 기운이 강한 강재와 달리 재윤은 서글서글하고 장난스러우며 능글맞았다. 그러나 만만한 성격은 아닌 데다 냉정할 땐 강재보다 더 차가워지기에 그들을 잘 아는 사람들은 대체로 강재보다 재윤을 더 무서워하는 경우가 많았다.

그 때문에 재윤하면 무슨 생각을 하는지 모르겠다, 속내를 알 수 없다, 다정하고 착한데 다가갈 수 없는 벽이 있다, 라고 평가하기도 했다. 오랜 시간 함께 해온 기태기에 그나마 괜찮은 편이었다. 그런데 오늘은 도무지 속을 모르겠다.

대체 왜 나를 이 시간에 찾아온 거지.

새까만 재윤의 눈동자는 누가 닦아놓은 것처럼 반질반질 윤이 났고, 입꼬리는 습관처럼 정중한 미소를 띠고 있었다. 그러나 진심으로 웃는 게 아니었다. 지나가는 사람들이 한 번씩 흘깃거릴 정도로 멋진 그의 앞에서 기태는 턱 끝까지 차오르는 한숨을 참기 위해 애썼다.

남자 두 명이서 바에 마주 앉아 있는 꼴도 꼴이지만, 이 상황 자체도 난감했다. 전화 한 통에 끌려나온 터라 사복 차림, 그것도 집에 있다 뛰어나와 허름한 몰골인 자신과 달리 재윤에게서는 빛이 났다. 흰 티셔츠에 청바지 하나만 입어도 완벽한 사람이 슈트까지 갖춰 입고 있으니 자신이 한참 부족해 보였다.

"선배."

기태가 마주 앉은 재윤을 불렀다. 대학 선후배 사이로 두 사람 사이는 친형제만큼이나 막역했다. 그래서 사적인 자리에선 선배 혹은 형으로 부르곤 했다.

"이제 제 비서 아니라고 막 나오는 겁니까?"

그러나 재윤이 그 말을 걸고 넘어졌다. 10년 넘게 가만히 듣고 있던 그 말에 새삼스럽게 태클이라니. 기태는 울컥하는 마음을 삭이며 그를 다시 불렀다.

"하아, 상무님."

"자리 옮긴 지가 언젠데 아직도 나를 상무라고 부릅니까?"

"어쨌든 같은 회사에 있으니 상무님은 상무님이잖아요."

"그래서 막 부르겠다?"

"……."

그럼 뭐 어쩌라고.

기태가 못 참고 울컥한 얼굴로 재윤을 쳐다보았다. 아까 전부터 대화가 이런 식이다. 재윤은 트집 잡으러 온 게 틀림없었다. 기태는 몹시 억울했다.

"저한테 왜 이러십니까?"

"왜 이러는지 잘 알 거 아닙니까? 내가 말했죠? 관둘 때 관두더라도 딱 신기태 씨 같은 사람 하나 데려다 놓고 관두라고."

재윤이 빙긋 웃는 얼굴로 말했다. 입꼬리가 양쪽으로 보기 좋게 말려 올라갔다. 기태는 울컥 억울해졌다.

"제가 관두고 싶어서 관뒀습니까? 아니지. 관둔 것도 아니고 인사이동 당한 거잖습니까. 제가 왜 고문관 같은 김강재 이사님 밑으로 가게 됐는데요. 상무님이 강재 이사님이랑 저 걸고 멋대로 내기하다가 져서 그런 거 아닙니까? 이기지 못할 거면 하질 말든가. 저라고 그 무시무시한 김 이사님 밑에서 일하고 싶겠습니까? 요새 아주 죽을 맛입니다."

기태가 테이블을 내리치며 윽박지르고 싶은 마음을 꾹꾹 참으며 시근덕거렸다. 아직도 일주일 전만 생각하면 눈앞이 아득해졌다.

일주일 전은 평소와 같은 월요일이었다. 일요일 저녁까지 친구들과 마신 술이 덜 풀려 욱신거리는 머리를 부여잡고서 출근했다. 그래서 칼같이 출근하는 재윤이 아직 오지 않았다는 것도 몰랐다. 습관적으로 커피머신에서 재윤이 좋아하는 아메리카노를 뽑아놓고서 서류를 정리할 때, 대뜸 김재윤보다 3분 일찍 태어난 일란성 쌍둥이인 김강재가 상무실에 들이닥쳤다. 소스라치게 놀랐으나 기태는 침착하게 마음을 가라앉혔다.

'김 상무님께 오셨다고 연락드리겠습니다.'

기태가 깍듯하게 말하자 그는 고개를 가로저었다.

'신기태 씨 보러 온 겁니다.'

'저를요?'

기태가 이해 못 하겠다는 듯 쳐다보았다. 그러자 되레 강재가 얼굴을 찌푸렸다.

'김재윤 상무가 아무 이야기 안 하던가요?'

'무슨 이야기 말입니까?'

'오늘부로 신기태 씨는 제 비서가 되었습니다. 연락도 안 받고, 출근도 안 했기에 혹시나 해서 와봤는데 전혀 못 들은 모양이군요.'

이럴 줄 알았다는 듯이 꺼내는 김강재 이사의 말에 한동안 기태는 어버버 거렸다. 그럴 리 없다고 항변하며 인사과에 전화했다가 확인사살만 당했다. 김 상무에게 전화했지만, 그는 어디로 간 건지 연락조차 받지 않았다.

'뭐 합니까, 적당히 상황 파악 됐으면 오지 않고?'

저승사자의 부름이 이러할까. 분명 재윤과 같은 목소리임에도 온도가 확연히 달랐다. 강재가 무섭기도 하고, 인사과에서 확인해 준 마당에 더는 뺄수가 없어서 강재의 비서실로 향했다. 그로부터 정확히 12시간 뒤에 재윤으로부터 장문의 문자가 왔다.

사정이 생겨 널 보내지만, 나중에 상황이 개선되는 대로 다시 부르겠다고.

자신을 업둥이처럼 이사실에 보낼 만큼의 사정이라면 엄청난 일이 벌어진 게 아닐까 했다. 혹여 승계구도에서 밀려났다거나, 큰 죄를 저질러 회사에서 쫓겨났다거나. 금수저를 물고 태어난 사람들이라 그럴 일은 없지만, 만에 하나 모를 일이었다. 걱정이 되고 답답했다. 그러나 그런 걱정을 비웃기라도 하듯, 점심시간에 식사하면서 강재로부터 듣게 된 사실은 참으로 황당무계했다. 때마침 비서를 찾던 강재의 눈에 들어온 게 기태였고, 그를 두고 재윤과 내기를 했다는 거다. 결과는 강재가 이기게 되었고.

이틀 정도 자신을 이리저리 피해 다니던 재윤은 어느새 몹시 뻔뻔한 얼굴로 기태 앞에 나타났다. 살 빠졌네, 라는 돼먹지 않은 인사말을 가지고서. 지금도 그날 일을 생각하면 기태는 화가 울컥 치밀어 올랐다.

"진짜 해도 해도 너무합니다. 어떻게 남의 밥줄을 가지고 내기를 합니까?"

다시 생각해도 억울하다는 듯 기태가 웅얼거렸다.

"그래서 미안하다고 했잖아. 월급도 많이 올랐다며? 연차도 하나 더 생기고. 내가 다 말해서 그렇게 된 거야. 그리고 강재가 의외로 잘 챙겨줄 텐데? 형수 때문인지 요즘 비서직들의 근무환경 개선에 몹시 박차를 가하고 있더라고."

"잘 챙…… 하아."

기태가 깊은 한숨을 내쉬었다. 재윤의 말대로 그의 덕에 월급도 오르고, 연차도 생겼다. 강재를 압박해 '이건 네가 스카웃해 가는 거나 다름없으니 그에 합당한 대우를 해줘야지?'라며 몰아붙인 것까지 안다. 다른 사람들이 보면 부럽다고 말할 정도로 큰 금액이었다. 그러나 사람이 돈만 갖고 살진 않는다. 삶의 질도 중요하지 않은가.

중요한 일 몇 개를 제외하고 대부분의 일이 설렁설렁인 재윤과 달리 강재는 처음부터 끝까지 모든 게 완벽해야 하는 사람이었다. 재윤과 일하던 식으로 일했다가 몇 번이나 깨졌다. 그 후로 하루 종일 긴장해서 뼈마디가 쑤실 지경이었다.

"일단 그런 이야기는 집어치우고, 실컷 인사이동 시켜놓고 갑자기 나타나서 저를 괴롭히는 이유가 뭐예요?"

기태가 얼굴을 찌푸리며 물었다.

"내 비서가 안 구해져."

어느새 재윤이 이전처럼 편하게 말을 건넸다.

그걸 나보고 뭐 어쩌라고.

기태는 울컥하고 치밀어 오르는 화를 다시금 내려 앉혔다. 어쨌거나 이 문제는 해결해야 귀가할 기세였다.

"비서 공고 떴던데요?"

기태가 자포자기한 얼굴로 앞에 놓인 잔을 들며 말했다.

"떴지. 띄워달라고 했으니까. 면접도 봤어."

"그런데요? 마음에 드는 사람이 없어요?"

"어."

"어떤 사람을 원하는데요?"

"음, 딱 너 같은 사람?"

"……지금 고백하는 겁니까?"

기태가 혐오스럽다는 표정으로 그를 보았다. 그러자 재윤이 픽 웃었다.

"설마. 그럴 리가. 아름다운 여자들이 널린 세상에 남자인 너한테 내가 왜?"

"그럼 저한테 왜 이렇게 집착해요? 선배?"

"네가 가고 나니까 재미가 없어."

재윤이 마음에 안 든다는 듯 미미하게 얼굴을 찌푸렸다. 재윤이 따분한 회사 생활을 버티는 건 그나마 기태 덕이었다. 기태는 눈치가 빨라 하나를 알려줘도 둘을 캐치해 냈고, 심심하면 놀리기 딱 좋은 상대였다. 그런 그가 사라졌으니 그의 회사 생활이 엉망진창이 되는 건 당연한 일이었다.

어쨌든 일은 해야 했기에 이리저리 비서를 알아보고 있지만, 마음에 차는 사람이 없었다. 이렇게 있다간 안 되겠다 싶어 기태를 불러내 억지를 부리는 중이었다.

너 같은 사람 하나만 구해오라고.

이래 봤자 안 되는 걸 알면서도 답답한 마음에 하는 소리였다.

"혹시 네 주변에 너 같은 사람 없어? 내가 월급도 올려주고 잘해줄 테니까 소개시켜 줘."

"그러기에 내기를 왜 한 겁니까?"

기태가 술잔을 연거푸 비우며 원망 어린 눈초리를 보냈다.

"내가 이길 줄 알았지. 내가 걔보다 스쿼시는 잘했거든."

재윤이 눈을 가느스름하게 뜬 채 말했다. 남자면서도 눈이 가늘어지자 묘하게 얼굴에서 색기가 흘렀다. 그러나 이미 그런 얼굴에 익숙해진 기태는 눈 하나 깜빡하지 않았다.

"그런데 왜 진 건데요? 그렇게 잘한다면서."

"내가 걔보다 술이 약해. 그 전날 같이 술을 마셨거든. 그 컨디션으로 쳤으니 질 수밖에. 지금 생각해 보니까 김강재, 나한테 일부러 술 먹인 거야. 너 데려가려고. 아주 치밀하지. 아마 내가 스쿼시에서 이겼더라도 넌 어떻게든 김강재한테 끌려갔을걸?"

"하아. 지금 그걸 말이라고⋯⋯."

내가 저런 걸 상사랍시고 모시고 살았다니!

기태는 목 끝까지 치밀어 오르는 욕을 삼키며 재윤을 노려보았다. 저 사람한테 어떻게 복수를 하나 기태가 머리를 가열차게 굴렸다. 그러다 불현듯 무언가가 떠올랐다.

"선배."

"어?"

"지금 비서 구하는 거 급해요?"

"몹시 급하지. 일이 안 되고 있으니까."

재윤이 등받이에 등을 댄 채 나른한 표정을 지었다. 진심으로 피곤한 기색이 역력했다.

"그럼 제가 추천한 사람 만나보실래요?"

기태가 눈을 반짝였다.

"누군데? 비서 할 만해?"

"그럼요."

"근데 너 왜 그렇게 좋아해? 네가 좋아하면 불안한데?"

막역하게 지내다 못해 서로에게 장난치는 게 버릇이 된 두 사람이었다. 재윤은 육감적으로 자신에게 위험한 일일지도 모른다는 판단이 들었다.

"귀가할 수 있으니까 좋아하는 겁니다! 대화가 끝나야 집에 갈 거 아닙니까? 지금 시간이 몇 신 줄 압니까? 아, 됐고. 잠이 와 죽겠어요! 소개받을 겁니까? 말 겁니까?"

움찔한 기태가 소리 높여 말하자 재윤은 잠시 고민에 빠졌다.

"만나보지, 뭐."

다른 건 몰라도 신기태의 눈은 믿을 만했다. 그가 추천한 비서라면 믿을 만할 거다. 목적을 달성한 재윤이 자리에서 일어났다.

"내일 면접 보러 오라고 해."

"예? 내일요? 이력서도 안 보고요?"

"이력서도 가지고 오라고 해. 번거롭게 두 번 볼 필요 뭐 있어? 한 번에 끝내면 되지."

"그래도 내일은 너무 빠른데요. 준비할 시간도 필요하잖아요."

"그럼 모레 10시까지. 상무실로."

그가 쐐기를 박듯 말하고는 계산대를 향해 성큼성큼 걸어갔다. 우월한 뒷모습을 자랑하며 멀어지는 재윤을 바라보던 기태는 드디어 집에 갈 수 있다는 생각에 만족한 표정을 지었다.

재윤은 소파에 앉은 여자와 이력서를 번갈아 보며 의외라는 표정을 지었다. 그의 앞엔 뚜렷한 눈매에 차분한 외모, 단정한 옷차림을 한 여자가 자신을 빤히 바라보고 있었다.

'선배랑 아주 잘 맞을 겁니다. 씩씩하고 싹싹하거든요.'

오늘 아침 기태에게서 온 문자를 받고 그는 당연히 남자가 올 거라 생각했다. 씩씩하다는 말 때문이기도 했지만, 기태가 늘 입에 달고 사는 말이 있었다.

'선배는 두 번 생각할 거 없이 무조건 남자 비서를 만나야 해요. 여자 비서는 절대로 안 돼요. 아무 데나 끼 부리고 다니다가 발목 잡혀서 그 여자랑 결혼하게 될걸요? 그게 아니면 몇 년 후에 나도 모르는 내 애가 있다거나 그렇게 될지도 몰라요.'

기태가 못 박듯 말했다. 그 당시엔 '네 자리 여자한테 안 줄 테니까 걱정하지 마'라고 말하긴 했지만, 그의 말에 동감이었다.

재력, 외모, 분위기만으로도 재윤은 사람을 끌어당겼다. 거기다가 다정하고 서글서글하면서 능글맞은 성격 탓에 그의 곁에는 늘 여자들이 들끓었다. 그가 생각지 않게 건넨 농담이나 장난에 설레어하는 여자들이 많았다. 문제는 단순히 오해하는 것에 그치지 않고 자신과 사귀는 중이라고 말하고 다니는 여자들도 있었다. 더러 여자들끼리 싸우기도 했고. 그러다 보니 원치 않게 재윤은 무성한 소문에 시달렸다.

여자를 밝힌다더라, 돈으로 여자를 꼬신다더라, 알고 보니 양다리라더라.

과내에서 한 번도 여자를 사귀어본 적 없는 재윤으로선 억울했지만, 성격상 크게 신경 쓰지 않았다. 어떤 소문이 퍼지든 자신 앞에서 삿대질하거나 인상 쓸 수 있는 사람은 없었으므로.

어쨌든 이 모든 정황을 곁에서 지켜본 기태가 이걸 알고도 여자를 소개시켜 주었다. 재윤은 이력서와 마주 선 여자를 다시 한 번 번갈아 보았다.

이 여자가 상무실에 들어올 당시, 재윤은 비서 의자에 앉아 있었다. 별생각이 있어서 한 행동은 아니었다. 신기태가 치명적인 약점을 흘리고 갔으면 좋겠다는 실없는 생각을 하며 노트북을 뒤적거릴 때였다. 들어서던 여자는 자신을 보곤 멈칫하더니, 상황을 파악한 듯 허리를 굽혀 인사를 건넸다. 그리고는 가방에서 이력서를 꺼내 내밀었다.

'면접 보러 온 성다현이라고 합니다. 상무님.'

그는 아무 말 하지 않았다. 가만히 앉아서 여자가 들어오는 걸 봤을 뿐이었다. 그런데 여자는 자신이 상무인 걸 알아챘다. 재윤은 기태가 자신의 사진을 보여줬을 거라고 생각했다. 그렇게 생각하면서도 재윤의 시선은 줄곧 여자를 향해 있었다.

이 여자, 별 동요가 없다.

상무인 자신을 보면 긴장하거나, 옷매무새를 가다듬거나, 하다못해 채용시켜 달라고 눈빛이라도 보내야 하는데 돌처럼 담담했다.

"성다현 씨."

상념에서 깨어난 재윤이 그녀를 불렀다. 꽤 긴 시간 딴생각을 하는 무례를 범한 것 같은데, 그녀는 조금의 표정 변화도 보이지 않았다. 여전히 손가락이 긴 손을 다소곳하게 모으고서 그를 바라보고 있었다.

"네. 상무님."

깊이 있는 목소리가 귀에 착 감겼다. 라디오 DJ를 해도 될 법한 목소리였다.

"어떻게 날 단번에 알아봤어요? 기태가 사진 보여주던가요?"

이상함을 느낀 그가 물었다. 그는 잡지 인터뷰도 하지 않았다. 포털 사이트에 사진도 올라가 있지 않았다. 그랬음에도 자신을 알아봤다는 건 기태가 사진을 보여줬다는 것밖에 되지 않았다. 알면서도 분위기를 풀어볼까 싶어 꺼낸 말이었다.

"아뇨. 사진은 못 봤습니다."

의외의 대답에 재윤이 고개를 들었다.

"그럼요?"

"슈트를 보고 알았습니다."

"내 슈트에 상무라고 적혀 있나 봐요?"

"아뇨."

"그럼요?"

흥미를 느낀 재윤이 자세히 말해보라는 듯 그녀를 쳐다보았다. 의도를 파악한 듯 다현이 천천히 입술을 떼어냈다.

"그 슈트를 입으려면 웬만한 직원 월급으로 감당되지 않을 거고, 설령 집안이 좋다고 하더라도 자신의 상사와 비슷한 금액대의 브랜드의 슈트를 입는 비서는 없을 테니까요."

재윤은 짐짓 심각한 얼굴로 다현을 바라보았다. 침착하고 추리력이 좋다. 더군다나 자신의 감이 외치고 있었다. 저 정도 비서가 딱 좋다고. 왠지 감이 좋다고. 다만, 두 가지가 걸렸다.

자신에게 질척대지 않을 여자인가 하는 것과 함께 일할 때 재미있을지 없을지에 관한 것이었다.

"사내연애 해본 적 있어요?"

그가 불쑥 물었다. 이 질문은 그에게 필수적이었다. 그는 직장 동료와 얽힐 생각이 조금도 없었다. 다현이 질문의 의도를 파악하려는 듯 눈을 가늘게 떴다. 그는 그제야 자신의 질문이 무례하게 들렸을 수도 있겠다는 생각이 들었다.

"아, 미안해요. 절대 나쁜 의도로 한 말은 아니에요. 그러니까, 내 말은 직장 동료를 동료 이상의 감정으로 느껴본 적 있냐는 말이에요. 별거 아닌 것처럼 보여도 제겐 중요한 문제라 그러니 대답해 주시겠어요?"

재윤이 빙 둘러 물었다.

"아뇨. 안 좋아합니다."

질문 의도가 간파된 건가. 재윤은 기태가 교육시켜 보냈을지도 모른다는 생각에 질문을 달리했다.

"이상형은 어떻게 돼요?"

재윤의 질문에 다현은 난처한 기색 하나 없이 깔끔하게 대답했다.

"이상형 없습니다."

"그럴 수가 있나요?"

"독신주의자입니다. 연애는 해본 적도 없고, 할 생각도 없습니다. 저는 혼자 지내는 삶이 더 편하고 좋습니다."

"아, 그래요?"

"남자한텐 일절 관심 없다고 말씀드리는 겁니다."

다현의 눈치 빠른 대답에 재윤은 쥐고 있던 이력서를 뒤로 탁 엎었다.

"내일부터 출근하시죠."

더 볼 것도 없이, 그는 자신의 감을 믿어보기로 했다. 경력도 좋고, 성격도 마음에 들고, 더군다나 기태가 추천했으니 더 마음에 들었다. 다현은 믿을 만한 여자였다. 그렇기에 재미에 관련된 두 번째 조건은 과감히 포기할 수 있었다.

❖

재윤은 쌍둥이 형제인 강재, 부모님과 함께 거주하고 있었다. 독립할 기회가 있었지만 집이 편해 눌러앉았다. 결혼한 강재도 마찬가지였다. 몇 해 전, 비서인 가연과 결혼을 한 강재는 가연의 청으로 인해 부모님을 모시고 함께 살고 있었다. 가연은 밝고 다정한 성격이라 남자들만 있던 쑥쑥한 분위기를 밝게 바꾸어주었다. 방문을 열어놨더니 저 멀리서 웃는 소리가 들렸다. 가연의 말에 웃는 어머니의 목소리였다.

재윤이 따라 피식 웃으며 거울에 비친 자신의 모습을 보았다. 반듯하게 정돈된 헤어스타일, 흠잡을 데 없이 각 잡힌 슈트까지 확인한 후에야 그가 자신의 방문을 열고 나갔다.

때마침 맞은편 방에서 나오는 강재를 발견한 재윤이 습관처럼 미소를 지었다. 그와 강재는 2층에서 지내고 있었다. 2층 거실이 넓은 편인데다, 서로 바빠 자주 마주치지 못해 함께 사는 불편함은 없었다.

강재는 늘 그렇듯 무뚝뚝한 얼굴로 재윤을 살폈다. 일란성 쌍둥이라 아주 가끔 부모님마저 헷갈리는 그들이기에 늘 다른 컨셉의 옷과 헤어스타일을 유지했다.

강재가 바짝 올린 헤어스타일을 고수한다면, 재윤은 앞머리를 내린 스타일을 추구했다. 그뿐만 아니라 강재는 일부러 넥타이핀을 꼭 착용했고 무뚝뚝한 표정을 지었다.

"왜 오늘따라 표정이 더 안 좋으실까?"

재윤이 장난스럽게 말을 건넸다.

"비서 새로 뽑았다며."

"어. 그랬지. 그 소문이 거기까지 났어?"

"인사과 통해서 제대로 채용한 사람이 아니라고 하던데."

"인사과 통하지 않은 건 너도 마찬가지 아냐? 내 비서 **빼앗아**가 놓고."

재윤이 싱긋 웃으며 말했다. 개인적으로 비서 면접을 보고 뽑았다는 사실에 인사과가 발칵 뒤집혔다. 절차를 밟지 않아 문제가 많다는 거였다. 그러나 재윤은 늘 그렇듯 그 제멋대로인 성격으로 '잘 부탁드려요. 과장님.' 이라며 인사과 과장의 손을 꼭 잡아주는 것으로 끝냈다. 과장은 울지도 웃지도 못하는 얼굴로 '어떻게든 해보겠습니다' 라는 답변을 내놓았다.

"여자라며. 또 이전처럼 사고가 나면 어쩌려고?"

강재가 미간을 좀 더 찌푸리며 말했다. 그때 일을 생각하면 아직도 피곤하다는 얼굴이었다.

몇 해 전, 지인을 통해 뽑았던 비서가 재윤을 짝사랑하다 못해 스토커로 돌변한 적이 있었다. 그녀는 재윤의 아이를 가졌다며 회사에 허위사실을 유포하는 걸로 부족해, 사진을 합성해 잠자리를 한 것처럼 꾸며 사람들에게 일부러 보여주곤 했다.

비서의 말을 감쪽같이 믿은 사람들은 이후 재윤이 교제하지 않았다고 해명했으나 믿어주지 않아 혐의를 벗어나는 데 오랜 시간이 걸렸다. 그때 본의 아니게 '쌍둥이니까 강재 이사님도 그럴 거야.' 라는 소문에 휩싸여 꽤나 귀찮았던 적이 있었다. 지금도 그 소문이 잔잔하게 퍼져 나가고 있다는 걸 알고 있었다.

"이번에는 괜찮을 거야."

재윤이 싱긋 웃었다.

"근거는?"

"믿을 만한 사람한테 소개받았거든. 나를 아주 잘 아는 사람한테. 그러니까 안심해."

재윤이 싱긋 웃었다. 눈이 접히며 입술이 환하게 올라갔다. 소년처럼 천진난만한 미소였다.

저렇게 웃으니 여자들이 들끓지.

강재는 인상을 찌푸리며 속으로 생각했다. 같은 생김새임에도 재윤에게 여자들이 쉽게 넘어오는 건 그의 청량한 미소와 서글서글한 성격 탓이 컸다. 저런 태도 때문에 몇 번이나 여자 때문에 곤란한 일을 겪어야 했다. 그러나 그는 천성이 그런 거라며 태도를 바꾸지 않았다. 대신 곁에 여자를 두는 일을 조심했다.

마당을 벗어난 재윤이 푸른색 광택이 나는 검은 차의 운전석에 올라탔다. 강재는 그 뒤에 세워진 차로 걸어갔다. 같은 회사로 출근하지만, 그들은 다른 차를 이용했다. 재윤은 본인이 운전하는 것을 즐겼고 약간의 속도감과 음악을 즐겼다. 그에 비해 강재는 고요하게 서류 보는 것을 좋아했기에 자연스럽게 갈라졌다.

"조심하는 게 좋을 거야."

강재가 마음이 안 놓인다는 듯 한마디 건넸다.

"너한테 피해 안 가게 할 테니까 안심해."

"아니. 비서 말고."

"그럼?"

"미혜 말이야."

"미혜? 왜?"

미혜는 그의 사촌동생 친구였다. 이름만 대면 알 만한 집안의 여식으로, 재벌가 남자들 사이에서 꽤 인기가 많았다. 재윤이 마지막으로 만난 여자이기도 했다.

"너한테 아직까지 관심이 있다고 해서."

"설마. 무슨 그런 소름 끼치는 말을 하고 그래."

재윤이 가벼운 어투로 말한 후 운전석에 몸을 실었다. 그가 운전하는 차가 순식간에 골목에서 사라졌다. 홀로 남은 강재는 낮은 한숨을 내쉬었다. 선선한 바람이 불었다. 기분을 들뜨게 하는 바람이었으나 강재의 표정은 펴지지 않았다.

'미혜가 유학 마치고 돌아왔다는 소식 들었니? 아직 재윤이한테 관심 있는 거 같더라. 둘이 같이 있을 때 얼마나 보기 좋니. 잘되게끔 도와. 알았지?'

어젯밤 어머니가 건넨 말이 떠오른 강재는 미간을 좁혔다.

될 대로 되겠지. 이 정도면 자신답지 않게 할 만큼 했다. 이런 배려도 '재윤 도련님한테 신경 쓰는 게 좋지 않을까요? 어머니 걱정이 이만저만이 아니시거든요.' 라고 말한 부인 때문이었다.

강재는 금세 머릿속에서 생각을 몰아낸 후 차에 올라탔다.

❖

사무실에 들어서던 재윤의 걸음이 우뚝 멈춰 섰다. 숲에 들어온 듯 청량한 향기가 훅 끼쳤다. 재윤의 시선이 곱게 서 있는 다현에게 닿았다. 그녀는 그가 들어서자마자 가볍게 인사한 후 시선을 내리깔고 있었다. 그가 하는 말을 경청하되, 그를 쳐다볼 생각이 전혀 없어 보였다.

이런 무관심은 처음이라 조금 생경한 느낌이 들었다.

재윤의 시선이 그녀의 책상 위에 놓인 디퓨즈로 향했다. 그가 선호하는 브랜드의 좋아하는 향기였다.

"내가 이 향 좋아하는 거 어떻게 알았어요?"

재윤이 기분 좋은 미소를 지으며 물었다. 그의 눈이 보기 좋게 접히며 입꼬리가 느슨하게 올라갔다.

"기태 비서님한테 인수인계 받았습니다."

"이런 거까지 인수인계해 주던가요?"

"네. 꼼꼼하게 해주셨어요."

"그랬군요. 알겠어요."

재윤이 디퓨즈에 시선을 한 번 더 두고는 상무실로 들어섰다. 상쾌하고 깨끗한 향이 훅 끼쳤다. 비서실에서 맡았던 향과 같은 것이었다. 그가 문을 닫기 전 뒤를 돌아보았다. 다현이 여전히 그 자리에 서 있었다.

하얀 블라우스에 검은색 스커트. 반짝이는 액세서리는 조금도 하지 않았다. 눈에 띄지 않으려는 듯 몹시 깔끔하고 평범한 옷차림이었다. 회사의 화려한 비서들과는 조금 다른 느낌이었다. 그 때문일까. 자꾸만 시선이 머무르는 것은.

문이 닫히지 않자 그녀가 고개를 들어 재윤을 쳐다보았다.

하실 말씀 있으신가요.

다현이 눈으로 물었다. 끈적거림이나 어떤 의도도 없는 깨끗한 시선이었다.

"다현 씨는 식사했어요?"

그가 쳐다보고 있었다는 걸 무마시키려는 듯 말을 건넸다.

"네. 상무님은 식사하셨나요?"

"네."

"……."

그렇구나, 하는 얼굴로 다현이 그를 바라보았다. 시선이 마주하는 시간이 길어지자 다현이 슬쩍 눈을 내리깔았다. 불필요한 시선 교류는 사절한다는 듯 단호한 태도였다.

재윤의 입꼬리가 보일 듯 말 듯 올라갔다. 자신보다 빨리 시선을 돌리는 여자는 오랜만이었다. 업무적으로만 대하겠다는 듯 단호한 그녀의 태도가 마음에 들었다.

그가 사무실 문을 닫고 들어서며 낮게 중얼거렸다.

"기태한테 밥 사줘야겠네."

퇴근하고도 한참 지난 시각, 심플하고 모던한 바 한가운데 앉은 기태가 얼굴을 쓸어내렸다. 얼마 전에 끌려왔던 이 바에 또 끌려오게 될 줄은 추호도 몰랐다.

"그러니까…… 지금 저한테 밥을 사주러 오셨다는 겁니까? 지금 이 시간에 말이죠?"

기태가 삐딱한 자세로 앉아 재윤에게 물었다. 한쪽 입술이 삐딱하게 올라갔다. 그도 그럴 것이, 자정이었다. 시계 바늘 두 개가 나란히 몸을 겹쳐 눕는 시간, 대개 인간들이라면 밥보다는 잠을 택할 시간에 그는 자신을 굳이 불러내 밥을 사주겠다고 나섰다.

"응. 네가 바쁘다며. 일부러 퇴근 시간에 맞춘 건데."

재윤이 의자 등받이에 등을 기대며 말했다.

"저기 시계 안 보여요? 자정입니다. 상무님. 저기 긴 바늘이랑 작은 바늘이 겹쳤다고요. 왜 시계 바늘의 긴 바늘이랑 작은 바늘이 겹치는 줄 알아요? 긴 바늘이 작은 바늘을 덮고 눕듯이, 인간들도 이불 덮고 자라는 심오한 뜻이 담긴 거라고요. 특히 저처럼 강재 이사님에게 다글다글 볶인 사람한테 이 시간에 잠은 필수라고요."

"어? 그래? 난 바늘 두 개가 똑바로 서 있어서 너랑 내가 만나서 밥 먹으라는 뜻으로 알았는데?"

"……."

"그리고 지금 내 앞에서 강재 욕한 거야? 강재가 널 다글다글 볶는다고?"

재윤이 눈을 접으며 웃었다. 다정한 목소리와 습관처럼 배인 미소만 본다면 천사가 따로 없었으나, 그가 뱉은 말은 사람 속을 뒤집는 데 일가견이 있었다. 말로 밀린 기태는 타는 속을 앞에 놓인 술을 한잔 벌컥 들이켜는 것으로 달랬다.

"이것 좀 보세요. 이것만 봐도 제가 얼마나 힘든지 아시겠죠?"

기태가 보이지 않느냐는 듯 자신의 다크서클을 손가락으로 가리켰다.

재윤과 강재는 쌍둥이가 맞나 싶을 만큼 일 처리 방식이 달랐다. 그 다른 일 처리에 적응하기도 힘들어 죽겠는데, 실수했을 때의 상황은 더욱 최악이었다.

재윤이 '똑바로 하십시오. 비서님. 비서님이 이러시면 제가 밥 먹고 살기 힘들어집니다. 알겠습니까?' 라며 농담처럼 일침을 놓는 데 반해 강재는 깊은 한숨을 내쉬며 아주 오랫동안 자신의 얼굴을 노려보았다. 자외선보다 더 무서운 눈빛에 얼굴 피부가 녹아내리는 기분이 들면서, 종국엔 '내가 쓰레기였어.' 라며 자학을 하게 만들었다. 지금이라도 늦지 않았다면 재윤의 바짓가랑이라도 붙들고 늘어지며 '상무님의 영원한 비서로 남고 싶습니다' 라고 울부짖고 싶었다. 하지만 불가능하다는 걸 알기에 울며 겨자 먹기로 참고 있었다.

"그러니까 간단하게 밥 먹고 가라고."

"하아, 그래요. 먹읍시다. 밥. 바에서 밥을 파는지 모르겠는데 팔면 시켜 주시겠어요?"

기태가 자포자기했다는 듯 중얼거리며 말했다. 밥을 물처럼 원샷하고, 바람처럼 사라질 생각이었다. 재윤이 그런 기태를 보며 픽 웃었다. 확실히 괴롭히는 맛이 났다. 본래부터 그들은 이런 사이였다.

기태도 만취한 상태에서 자신에게 전화해 '돈 많은 지인 찬스 한 번 써봅시다. 술 계산 좀 해주십시오!' 라고 종종 진상을 부리곤 했다. 물론 그다음 날이면 무릎을 꿇을 기세로 '죽여주십시오. 상무님' 이라며 슬슬 기기는 했지만.

재윤이 '밥 대신 술로 시킬게' 라며 근사한 안주와 기태가 좋아하는 양주한 병을 시켰다. 무기력하게 늘어져 있던 기태는 자신이 좋아하는 글렌피딕을 보자마자 등을 곧추세웠다.

"우와!"

박봉은 아니지만 글렌피딕을 자주 사먹을 정도의 벌이는 안 되었기에, 특별한 날에만 마시곤 했다.

"고맙습니다. 상무님."

"많이 드세요. 강재 비서님."

"……그 이름 되도록 꺼내지 마십시오."

기태가 순식간에 초췌해진 얼굴로 강재 발설 금지령을 내렸다. 재윤이 픽 웃으며 글렌피딕을 따서 얼음이 담긴 그의 잔에 부어주었다.

"새로 온 비서, 어때요? 괜찮죠?"

기태가 물었다.

"이 술값이 그 값이라니까."

"역시. 제 안목은 믿을 만합니다."

말을 마친 기태가 글렌피딕을 마시자마자 희열에 찬 듯 몸을 부르르 떨었다.

"비서는 괜찮은 것 같아."

재윤이 자신의 잔에 양주를 따르며 말했다. 그의 말에 기태는 그럴 줄 알았다는 듯 고개를 끄덕였다.

며칠간 다현을 지켜본 결과, 그는 기태의 감과 자신의 촉이 맞아떨어졌음을 알았다. 다현은 그녀의 말처럼 남자에게 일절 관심이 없었다. 하늘 아래 인류는 모두 친구다, 라는 모태솔로의 헌법처럼 그녀 또한 그 법을 충실히 지키는 사람처럼 보였다.

"그런데 둘은 어떻게 아는 사이야?"

재윤이 잔을 쥐며 물었다.

"같은 동아리 친구였어요. 집 방향이 같아서 그런지 등교하다가 자주 마주쳤어요. 그러다 보니 친해졌네요."

집의 형편과, 어려운 사정이 같아서 동질감을 느꼈다는 이야기까진 하지 않았다. 더불어 쌍둥이 사촌동생들을 보살피며 힘겹게 살아가는 다현을 볼 때마다 마음이 아프다는 것도 숨겼다. 다현의 성격상 자신이 재윤에게 그런 이야기를 하는 걸 좋아하지 않을 것 같았다.

"많이 친한가 봐?"

"네. 뭐, 서로 웬만한 건 다 알죠."

"연애하는 건 아니고?"

"에이. 아니에요. 그런 사이 아니에요."

기태가 손을 내저었다. 하긴, 좋아하는 사이면 진즉에 연애를 했을 거다. 재윤이 알 만하다는 듯 고개를 끄덕였다.

"대하기 어렵진 않아요? 선배는 편한 사람 좋아하잖아요. 종종 다현이를 불편해하는 사람들이 있어서요."

기태가 어느새 편하게 선배라고 그를 부르며 말했다. 그는 술이 독한지 잔에 얼음을 더 채워 넣고는 빙글빙글 돌렸다. 재윤은 기태의 손에 들린 술

잔을 물끄러미 바라보았다. 시선만 그곳에 뒀을 뿐 생각에 잠긴 얼굴이었다.

"편하진 않은데, 그렇다고 불편한 건 아니라서 괜찮긴 한데 뭔가 이상해."

다현은 자신이 묻는 말에 꼬박꼬박 대답했다. 일상적인 대화도 가능했다. 그녀가 출근한 지 삼 일째 되던 날엔 시간이 남아 점심시간에 함께 차도 마셨다.

제법 편하게 지내는 것 같은데, 묘하게 편하지 않은 이유가 뭘까……. 오히려 다현에게 거리를 두고 있다는 느낌마저 들었다.

뭔가 생각이 난 듯 재윤의 미끈한 미간이 좁아졌다.

"……나만 물었구나."

뭔가를 깨달았다는 듯 재윤이 나지막한 목소리로 중얼거렸다.

"무슨 소리예요?"

어느새 한 잔을 다 비운 기태가 무슨 소리냐는 얼굴로 재윤을 바라보았다.

"아냐. 아무것도."

재윤이 고개를 가로저으며 말을 아꼈다. 다현과 함께 차를 마실 때 편한 듯 편하지 않았던 이유를 깨달았다. 그녀는 자신이 묻는 말에 대답만 할 뿐, 자신에게 어떤 관심도 보이지 않았다. 그 점이 그를 편한 듯 불편하게 만들었다.

"재미있네."

재윤의 얼굴에 좀 더 짙은 미소가 걸렸다.

"네?"

기태가 혼자 피식거리며 웃는 재윤을 미쳤냐는 눈길로 바라보았다.

"아니. 모처럼 재미있다고. 많이 마셔."

재윤의 미소를 보며 기태는 고개를 갸웃거리다 술잔에 입을 가져다댔다. 술이 알딸딸하게 올라온 기태는 재윤이 모처럼 흥미로운 얼굴을 하고 있다는 걸 알아채지 못했다.

❖

"악!"

짧은 비명이었다. 그 소리에 재윤이 잠에서 깼다. 눈을 뜬 재윤은 자신의 휴대폰을 시한폭탄이라도 되는 양 잡고서 벌벌 떠는 기태를 보았다. 실제로 그의 손이 덜덜 떨리고 있어서 손바닥 위에 놓인 휴대폰이 탕탕 튕겨지고 있었다.

"······무슨 일이야?"

재윤이 잠긴 목소리로 물었다. 그 소리에 기태가 재윤을 노려보았다. 그가 막 반쯤 눈을 뜬 눈을 비비고 있었다.

부스스한 머리카락, 반쯤 감은 눈, 보기 좋게 잔근육이 잡힌 몸매, 잡티 없는 피부.

같은 남자가 봐도 넋을 잃을 만큼 멋진 모습이었으나 지금은 그게 눈에 들어오지 않았다.

"강재 이사님이 전화를 하셨어요. 무려 이 시간에."

기태가 벽에 걸린 시계를 보며 말했다. 시계는 새벽 6시 반을 가리키고 있었다. 아무리 생각해도 이사가 자신에게 이 시간에 전화할 이유는 재윤밖에 없었다.

"받으세요."

기태가 자신의 휴대폰을 얼른 재윤에게 쥐어주었다.

"알아서 해결하시라고요."

기태가 한 번 더 재촉했다. 재윤은 휴대폰과 기태를 번갈아 바라보다가 통화종료 버튼을 눌렀다.

"악! 무슨 짓이에요!"

"나도 얘는 무서워. 얘, 새벽에 목소리 쫙 깔면 되게 무섭거든. 얘 별명이 뭔지 알아? 저승사자야. 난 아침부터 저승사자 만날 생각 없어. 내 꿈은 오래 사는 거거든."

재윤이 고개를 절레절레 내저으며 말했다.

"한시에 태어난 쌍둥이가 무섭우면, 전 오죽 무섭겠습니까! 어디로 보나 전 약자인데!"

기태가 피라도 토할 것처럼 버럭 소리 질렀다. 그사이 다시 한 번 휴대폰 벨이 울렸다. 강재였다. 재윤은 지체하지 않고 다시 한 번 통화종료 버튼을 눌렀다. 기태가 악 소리를 내더니 바닥에 털썩 주저앉았다.

"지금 전화를 끊은 거예요? 나보고 어쩌라고 그런 짓을 해요!"

"그러게. 나도 무서운데 넌 얼마나 무섭겠어. 많이 무섭겠다. 수고해."

재윤이 몸을 일으키며 덤덤하게 말했다. 기태가 다시 한 번 악 소리를 냈으나 그는 개의치 않고 자신의 옷을 찾았다. 셔츠와 슈트가 한데 둘둘 말려 방구석에 콕 박혀 있었다. 옷엔 이리저리 먼지가 묻어 있었다.

"······대체 집 청소를 언제 한 거야?"

그가 인상을 쓴 채 중얼거리듯 물었지만, 기태는 넋이 나가 아무런 대답도 하지 못했다. 그저 자신의 휴대폰을 황망한 눈으로 바라보고 있었다.

"왜 그렇게 겁먹었어? 강재한테 죄지었어?"

"강재 이사님이 재윤 상무님 집으로 안 보내고 뭐 했냐고 혼내실까 봐서요. 전에 재윤 상무님 저희 집에서 재우지 말고 귀가시키라고 했었거든요. 술 취하면 문제가 많다고요. 그리고 아침에 그 목소리 듣고 싶지 않아요."

"너한테 그런 소리를 해? 다 큰 성인끼리 뭐 그런 거까지 간섭하고 그래?"

"제 말이 그거잖아요. 어쨌거나 강재 이사님은 선배가 엄청 걱정되나 보던데요. 아무 데나 잠들었다가 아무 여자랑 결혼할까 봐서요."

"나 그런 인간은 아닌 거 알잖아. 그런 사람으로 보다니, 좀 섭섭한데?"

재윤이 미간을 좁혔다.

"저야 알죠. 선배가 의외로 여자들 많이 가리고, 요즘은 아예 여자를 따로 만나지 않는다는 걸요. 그런데 혹시 모르는 일이니까요."

"별일이네. 걱정하지 마. 아무 일 없을 테니까. 그런 걸로 뭐라고 할 녀석은 아니야."

재윤이 덤덤하게 말하며 슈트 재킷에서 자신의 휴대폰을 꺼냈다. 기태가 등 뒤에서 '뭐라고 안 하고 눈으로 절 구멍 내버리겠죠.' 라고 중얼거리더니 이윽고 '총 맞은 것처럼'을 흥얼거리기 시작했다.

재윤은 그런 기태를 보며 픽 웃었다. 그는 출근하자마자 강재를 찾아가 기태를 내버려 두라고 이야기할 생각이었으나, 굳이 그 사실을 기태에게 알려주지 않았다. 악악거리는 기태의 행동이 퍽 재미있었다.

그는 느긋하게 욕실로 걸어가며 휴대폰을 들었다. 휴대폰에 강재와 어머니의 부재중 전화로 가득했다. 하루쯤 외박한다고 해서 강재와 어머니가 자신을 이렇게 찾을 리 없었다.

대체 뭐 때문이지.

그가 반듯한 미간을 고민하듯 구겼다. 그러다 그의 표정이 한순간 탁 풀렸다.

아, 선자리.

그는 어머니가 잡아놓았다던 선자리가 불현듯 떠올랐다. 퇴근 후에 만나보라고 급하게 평일에 잡은 자리였다. 여자 측도 주말이 바빠 평일 선자리에 동의했다는 말을 들은 기억이 언뜻 났다.

어머니는 자신의 쌍둥이인 강재가 그의 비서와 눈이 맞아 결혼한 후부터 그의 결혼을 닦달하기 시작했다. 강재가 가연과 행복하게 사는 모습을 볼 때마다 혼자 있는 자신이 불쌍해 보이는 모양이었다. 누구보다 행복하게 잘살고 있는데 왜 그렇게 보는 건지.

어쨌거나 어머니가 고심 끝에 잡아놓은 선자리였을 텐데, 그 자리를 말없이 나가지 않았으니 어머니의 분노가 상당했을 터였다. 그 분노를 못 이긴 강재가 나섰을 테고.

그는 손끝으로 그 화면을 밀어 없앴다. 이런 때에 두 사람에게 '기태와 술 마시다가 그의 집에서 잤다' 라고 해버리면, 두 사람은 자신을 술독에 담가 버릴지도 모른다. 그러니 두 사람 모르게 조용히 출근해 변명거리를 찾는 게 시급했다.

"미안하지만 오늘만큼은 우리 비서님의 센스와 스피드를 한번 볼까?"

재윤이 처음으로 자신의 휴대폰에 저장되어 있는 [비서님]을 눌렀다.

다현은 조금 긴장한 얼굴로 화려한 문양의 간판을 바라보았다. VIP 손님 가려 받기로 유명한 슈트 매장이 있다는 건 들어봤지만, 실제로 보는 건 처음이었다. 간판은 슈트를 파는 곳인지 아닌지 구분되지 않을 만큼 심플하고 간결했다. 다현이 숨을 깊게 들이마시며 가게 문을 밀고 들어섰다. 이른 시각부터 정갈한 옷차림을 한 여직원이 다정한 미소를 지으며 그녀를 반겼다.

"반갑습니다. 예약하셨나요?"

"김재윤 님 슈트를 찾으러 왔어요."

"아, 잠시만 저곳에 앉아서 기다려 주세요."

여직원은 다현을 소파에 안내하곤 2층으로 올라갔다. 홀로 남은 다현은 그녀가 말한 소파에 앉아 주변을 둘러보았다. 넓은 홀을 연상시키는 매장엔 샘플로 보이는 슈트 몇 개 말고는 어떤 것도 보이지 않았다. 조금 둘러보자 볼 것이 없어진 다현은 시선을 휴대폰으로 옮겼다. 잠금을 해제하자 오늘 아침에 확인한 재윤이 보낸 메시지가 보였다. 기태의 집주소가 담긴 문자였다.

재윤에게 연락이 온 것은 6시 30분, 그녀가 막 일어난 때였다.

'아, 미안한데 개인적인 부탁 하나만 해도 될까요? 집에 들렀다가 회사를 출근하기엔 시간이 애매하고, 어제 입었던 옷을 다시 입고 출근하자니 옷 상태가 엉망이라…… 기태의 옷은 또 제게 맞지 않거든요.'

그의 난처한 목소리를 들으며 그녀는 보일러를 켰다.

'네. 마저 말씀하세요.'

'내가 말한 매장으로 가서 슈트 하나만 찾아서 가져다줄래요?'

'어디로 말씀이신가요?'

'내가 주소를 보낼게요. 지금 기태 집이거든요. 어제 기태랑 술을 마시다가 집에 와서 잤어요. 이런 부탁 해서 미안해요.'

그가 난처한 목소리로 말했다.

'알겠습니다. 빠른 시간 내에 가져다 드릴게요.'

'고마워요.'

재윤과 통화를 마친 후, 다현은 조금 멍한 눈으로 휴대폰을 바라보았다. 재윤은 진심으로 자신에게 부탁하는 게 미안한 목소리였다.

그녀는 여러 곳에서 비서 생활을 해보았지만, 이처럼 젠틀하게 대응하는 상사는 처음이었다. 사장들은 대개 비서를 자신의 수족으로 알아 각종 개인적인 업무를 맡기곤 했다. 하다못해 주말에 아이의 생일에 맞춰 장난감까지 사다 바치면서도 '수고했어'라는 말을 듣지 못한 게 태반이었다. 그랬기에 자신에게 부탁하는 재윤의 미안한 목소리와 고맙다는 그의 인사가 낯설게 느껴졌다.

'다른 사람은 몰라도 재윤 선배는 믿을 만해. 다른 재벌가 자제들이랑은 좀 달라. 재벌가 놈들이라면 치를 떠는 내가 십 년 넘게 알고 지내는 거 보면 모르겠어?'

기태가 재윤의 비서직을 추천하며 했던 말이 떠올랐다. 그때 그녀는 반신반의했다. 그러면서도 기태가 그토록 추천하는 재윤이 궁금하기도 했다.

그녀는 기태를 통해 재윤의 이야기를 종종 듣곤 했다. 기태를 키우다시피한 할아버지가 돌아가셨을 때, 재윤이 상조 가입을 하지 않은 그를 대신해 모든 절차를 밟아주었다는 이야기를 들었었다. 그 외에도 들은 이야기가 많았다. 이야기 속 그는 늘 괜찮은 사람이었다. 내심 만나면 이야기와 달라 실망하지 않을까 했는데 생각만큼 괜찮은 것 같았다.

"슈트 나왔습니다."

직원의 말에 멍하게 있던 다현이 퍼뜩 고개를 들었다.

"감사합니다."

다현이 잘 정돈되어 있는 슈트를 받아 들었다. 가게 밖으로 나오자 쌀쌀한 새벽바람이 얼굴을 내리쳤다. 머리카락이 얼굴에 들러붙었다. 그것들을 정리하는 대신 다현은 슈트를 꼭 쥐고서 도롯가로 나섰다.

"택시."

그녀의 앞에 택시 한 대가 멈춰 섰다.

❖

"그래서 먼저 출근하겠다고?"

재윤이 기태의 헐렁한 티셔츠와 반바지를 입고서 삐딱하게 앉아 물었다. 그런 재윤을 거울 너머로 기태가 흘깃댔다. 기태는 재윤을 보며 표정을 일그러뜨렸다.

"저라도 살아야 할 거 아닙니까."

기태가 퉁명스런 목소리로 말했다. 그가 거울에 비친 자신의 모습을 다듬었다. 까탈스런 강재의 눈에서 살아남기 위한 방법이었다.

"그래도 아군을 버려두고 가는 건 너무 지나친 게 아닌가 하는데?"

"제가 지나쳐 봤자 상무님만 할까요?"

"너무하네. 상사 아니라고 막 대해."

"진짜 막 대해 드릴까요?"

"아, 무서워. 무서우니까 그러지 마."

말과 달리 재윤은 고개를 까딱거리고 있었다. 무표정한 얼굴이 무서움은 커녕 지루함을 느끼는 것처럼 보였다. 기태는 이를 갈았다. 어쩌자고 저 인간이랑 엮여서 이토록 인생이 힘들어지는가.

"되도록 같이 출근하지?"

딩동.

재윤이 말함과 동시에 벨이 울렸다.

"누구세요?"

기태가 현관문 쪽을 보며 물었다.

"아무래도 우리 비서님 같은데."

재윤이 발을 까닥거리며 말했다.

"다현이를 여기로 불렀어요?"

"어."

"왜요?"

"급해서. 이 꼴로 출근할 순 없잖아? 그렇다고 촌스런 네 스타일을 입고 갈 수도 없고."

"제 스타일이 뭐 어때서요!"

기태가 발끈했다.

"거울 보세요. 비서님."

재윤이 간결하게 대답하며 침대에서 몸을 일으켰다. 현관으로 저벅저벅 다가간 그가 문을 열었다. 문이 열리자 차가운 바람이 밀고 들어왔다. 잠시 눈을 감았다 뜬 재윤은 '비서님'이라고 장난스럽게 부르려던 입을 꽉 다물었다.

"이런."

재윤이 짤막한 소리를 내며 한 걸음 물러섰다.

"우리 비서님이 한발 늦으셨네."

재윤이 곤란하다는 듯 미간을 긁적였다.

"왜요? 무슨 일 있어요?"

기태가 불쑥 고개를 내밀었다가 보이는 풍경에 뻣뻣하게 얼어붙었다. 재윤과 똑같이 생긴, 그러나 절대적으로 분위기가 다른 남자 하나가 흉흉한 기세를 풍기며 서 있었다.

저승사자가 벨 누르고 들어와 '가자.'라고 말해도 이것보단 덜 놀라겠다.

"어……."

기태가 넋이 나간 듯 얼빠진 목소리를 길게 냈다. 그러더니 눈동자만 굴려 재윤을 바라보았다. 어떻게 해보라는 듯 쳐다봤으나, 그는 팔짱을 낀 채 꼼짝도 하지 않았다.

"왜 전화 안 받습니까?"

재윤의 증언에 따르면 새벽에 들으면 더 무섭다는 목소리로 강재가 기태에게 물었다.

"어…… 무슨 말씀이신지……. 제 휴대폰은 재윤 상무님이 가지고 계셨거든요."

기태가 얼른 재윤의 탓으로 돌렸다. 강재의 날 선 시선이 벽에 기대서 있는 재윤에게 닿았다.

"어. 내가 자다가 시끄러워서 껐어."

재윤이 덤덤하게 수긍했다. 강재가 말없이 그를 노려보았다.

"여긴 어떻게 안 거야? 회사 가서 말하려고 했는데."

재윤이 난처한 표정으로 되물었다.

"어떻게 알긴. 네가 어제 우리 비서랑 나가는 걸 봤으니까 알았지. 옷은 그게 뭐야? 출근 안 할 생각이야?"

강재가 반듯한 미간을 확 구기며 물었다.

"그럴 리가. 우리 비서님이 옷 가지고 오고 있어."

"그럼 가서 씻고 준비해. 하고 싶은 말이 많은데, 그건 차 안에서 하자."

강재가 기태의 눈을 의식한 듯 말을 아꼈다. 재윤은 알겠다는 듯 고개를 건성으로 끄덕이곤 돌아섰다. 기태가 울먹거리는 얼굴로 재윤을 쳐다보았다. 저 무서운 사람과 단둘이 두면 어쩌느냐는 시선이었다.

"둘이서 사적으로 차도 마셔본 적 없다면서. 이 기회에 나란히 식탁에 앉아서 차라도 마셔."

"이 새벽에 무슨 차예요?"

차 마시다가 체하는 꼴 보고 싶냐?

기태가 어금니를 꽉 깨문 채 물었다.

"지금 하면 되겠네."

재윤은 기태의 어깨를 토닥여 주곤 욕실로 들어섰다.

딩동, 딩동.

재윤이 막 티셔츠를 탈의하기 전 벨이 울렸다. 기태와 강재가 말없이 서 있는지 벨소리가 더욱 선명하게 들렸다.

재윤은 반쯤 벗은 티셔츠를 다시 입었다. 자신의 어머니가 쫓아온 게 아니라면 이 벨소리는 자신의 비서인 다현이었다. 출근한 지 얼마 되지 않은 그녀를 강재와 기태의 어색한 사이에 남겨둘 수 없었다. 그러기엔 너무 가혹했다.

더군다나 다현은 현관 앞에 장승처럼 버티고 서 있을 강재를 자신이라고 착각할 확률이 높았다. 어머니조차도 잠든 얼굴을 보면 가끔 헷갈려 할 정도이니 확률은 거의 100%였다. 기태가 먼저 나서지 않는 한 말이다. 그러나 강재 때문에 얼어붙은 기태가 나설 리 만무했다. 말은커녕 눈동자도 얼어붙은 것 같던데.

재윤이 혀를 끌끌 차며 고개를 가로저었다.

달칵.

그가 욕실 문을 막 밀고 나서며 다현에게 자신이 이곳에 있음을 알리려 할 때였다.

"상무님은 어디에 계시죠?"

다현이 강재를 보며 묻고 있었다. 재윤은 순간 할 말을 잃은 채 다현을 쳐다보았다. 이른 새벽에 부리나케 슈트 매장에 들렀다가 온 사람답지 않게 다현의 차림새는 단정했다. 그녀는 투명한 얼굴에 옅은 미소를 짓고 있었다. 재윤의 고개가 비스듬히 기울어졌다.

강재랑 자신을 헷갈리지 않았다고?

그가 의아한 표정을 지었다. 여자가 강재와 자신을 한 번에 구별한 건 오랜만이었다. 강재의 부인인 가연 다음으로 처음이었다.

"……씻고 있습니다."

강재 또한 적잖이 당황한 듯 한 박자 늦게 대답했다. 기태 또한 넥타이를 정돈하다 말고 멍한 얼굴로 다현을 바라보았다.

그 사이 그러면, 이라고 말문을 떼던 다현의 시선이 욕실 쪽으로 향했다. 재윤을 발견한 다현이 다소곳하게 허리를 굽혔다 펴더니 챙겨온 슈트를 내밀었다.

"여기 말씀하신 슈트예요."

욕실에서 나온 재윤이 얼떨떨한 얼굴로 슈트를 받아 들었다.

"더 시키실 일이 있으신가요?"

다현이 미소를 지은 채 물었다.

"아뇨."

"그럼 밖에서 기다리고 있겠습니다."

"아니에요. 먼저 출근해요. 꽤 오래 걸릴 것 같으니까."

"알겠습니다. 그럼 먼저 출근하겠습니다."

"……그래요, 그럼."

다현이 처음 인사했을 때처럼 다소곳하게 인사한 후 문을 열고 사라졌다. 현관에 남은 재윤은 황망한 눈으로 슈트, 얼빠진 기태와 강재를 번갈아 보다가 픽 웃었다. 그가 고개를 절레절레 흔들었다.

"……우리 비서님 생각보다 대단하신데?"

그가 웃음기 배인 목소리로 중얼거렸다.

"한 번만 더 일 복잡하게 만들어봐. 그땐 새벽이 아니라 밤에 찾아갈 테니까."

회사로 들어서면서 꺼낸 강재의 으름장에 재윤이 힘없이 고개를 끄덕였다. 벌써 이 이야기만 해도 수없이 들었다. 귀에 딱지가 앉을 지경이지만, 그는 강재를 말리지 못했다.

좀처럼 움직이는 법이 없는 강재가 새벽같이 자신을 잡으러 왔다는 건, 어머니가 그를 달달 볶았다는 거고, 그 때문에 기분이 안 좋다는 거였다. 그러니 조금은 받아줘야 했다.

"내 말 제대로 알아들었어?"

로비로 들어서며 강재가 한 번 더 무섭게 으르렁거렸다. 그러자 한발 앞
서 걷던 재윤이 몸을 핑글 돌려세웠다. 강재를 마주한 재윤이 나긋하게 미소
를 지었다.

"그럼. 알아들었지. 형제님께서 열 번도 더 넘게 말했는데 못 알아들을 리
가. 너무 잘 알아들어서 두통이 와."

"장난치지 말고."

진중한 성격의 강재가 장난스러운 재윤이 마음에 안 든다는 듯 얼굴을 찌
푸렸다.

"장난 아니고, 정말로 알아들었어."

"그럼 선자리 나가는 거지?"

"그건 생각해 보고."

"김재윤."

강재가 낮은 목소리로 경고하듯 그의 이름을 불렀다. 그러자 재윤이 여유
롭게 웃어 보였다.

"넌 네가 사랑하는 여자랑 결혼해 놓고, 왜 나한테는 선보래?"

"딱히 좋아하는 여자가 없다며."

"또 모르잖아. 나한테 생길지."

재윤이 어깨를 으쓱거렸다.

"그럼 생기기 전까지 선봐."

"후우, 내가 어머니한테 말씀드릴게."

"그래. 그럼 그거야 그렇다고 치더라도 비서 집에서 자는 버릇 고쳐. 대학
선후배 사이라 하더라도 지금은 엄연히 회사 상사야."

엘리베이터 앞에 선 강재가 주머니에 손을 찔러 넣으며 말했다.

"그것도 내가 알아서 할게."

더는 관여하지 말라는 듯 재윤이 말하는 통에 강재는 낮은 한숨을 내쉬며

입을 다물었다. 자신과 똑같이 생겼지만, 재윤은 그의 성격과 판이하게 달랐다. 그래서 이해가 안 될 때가 많았다. 지금도 마찬가지였다.

저렇게 웃는 얼굴로 무슨 생각을 하는지 알 수가 없었다. 비서 집에서 잠들지를 않나, 사람 속 터지게 방긋거리며 웃지를 않나. 저렇게 웃고 다니니 원치 않는 여자가 엮여들지.

강재가 못마땅하다는 표정을 지었다. 지금만 해도 멀리 서 있는 여직원들의 시선이 웃고 있는 재윤의 옆얼굴을 흘깃거리고 있었다.

"후."

강재는 더 떠들어봤자 자신의 입만 아프다는 듯 입을 다물고는 도착한 엘리베이터에 올랐고 뒤따라 재윤이 탔다. 내릴 때 강재는 인사 한마디 없이 내렸다. 재윤은 무심결에 손을 들었다가 멀어지는 강재의 뒷모습을 보곤 민망한 손을 주머니에 찔러 넣었다. 냉담하고 무신경한 인간이라는 걸 알면서도 매번 당하는 이유를 모르겠다.

뒤이어 엘리베이터에서 내린 재윤이 상무실로 향했다. 비서 자리에 얌전히 앉아 있던 다현이 자리에서 일어나 인사를 했다.

"좋은 아침이에요."

재윤이 손을 들어 아침 인사를 했다. 다현은 미소 짓는 얼굴로 가볍게 인사를 건네왔다. 사무실에 들어가 재킷을 벗어 걸어놓은 재윤은 책상 앞에 앉았다. 책상 위에는 따끈한 아메리카노가 놓여 있었다. 그가 좋아하는 브랜드의 커피였다.

기태에게 단단히 인수인계를 받은 모양이네.

재윤이 만족스러운 미소를 지으며 커피를 감싸 쥐었다. 손바닥으로 전해오는 온기가 사람을 노곤하게 만들었다.

똑똑.

문을 두드리는 소리에 재윤이 고개를 들었다.

"네."

그의 대답에 사무실 문을 열고 다현이 들어왔다. 그녀는 눈이 마주치자 습관적으로 묵례를 했다.

"그렇게 눈 마주칠 때마다 묵례하지 않아도 돼요. 그러다가 그 얇은 목 부러지면 어쩝니까? 그건 산재도 안 될 텐데."

재윤은 농담처럼 말을 하고는 아차 했다.

'선배는 그 말버릇 좀 어떻게 해야 해요. 습관적으로 여자 칭찬하지 마요. 여자 챙기지도 말고. 여자들이 선배를 좋아하는 데에는 선배의 그 행동거지가 문제라니까요.'

순간 기태의 말이 떠올랐다. 여태껏 잘 지키고 있다가 잠시 방심했다. 요 근래 여자를 따로 만날 일이 없었던 게 문제였다.

"괜찮습니다. 묵례한다고 부러질 목이 아니라서요. 오늘 스케줄 말씀드리겠습니다."

다른 여자라면 좋아할 만한 칭찬에도 다현은 아랑곳하지 않았다. 오히려 재윤이 당황했으나 금세 다행이라 생각했다.

그녀가 수첩을 펼쳐 정리해 둔 스케줄을 읊었다. 보고를 마친 다현이 더 시킬 일이 있냐는 표정으로 그를 보았다.

"회의들이 줄줄이네요."

"불참하시겠습니까?"

"그러고 싶은데 그랬다간 나랑 똑같이 생긴 무서운 녀석이 잡으러 올 테니 안 되겠죠. 그 회의가 내가 여기 앉아 있는 이유이기도 하니까. 아! 오늘은 일찍 퇴근하도록 해요."

재윤의 말에 다현이 의아한 표정을 지었다. 재윤이 상체를 책상 앞으로 기울이며 깍지를 꼈다.

"오늘 새벽 일찍 불러냈잖아요. 일찍 출근했으니 일찍 퇴근해야죠. 오후에 특별한 일이 있는 것도 아니고. 곤란했을 텐데 들어줘서 고마워요."

"아닙니다. 퇴근 시간에 맞춰 퇴근하겠습니다."

"일찍 퇴근할 수 있는 좋은 기회인데, 거절하는 건가요?"

재윤이 미소 지으며 물었다. 다현은 가벼운 미소로 대답을 대신했다.

"괜찮습니다. 더 시키실 일 있으신가요?"

"아뇨. 아! 잠시만요."

뭔가 생각났다는 듯 재윤이 다현을 불렀다. 그녀가 재윤을 물끄러미 바라보았다.

"오늘 새벽에 나랑 강재 이사랑 어떻게 구분한 거예요? 쉬운 일 아니었을텐데."

"스타일이 다르셔서요. 이마를 드러내셨더라고요. 그리고 저한테 슈트를 가져오라고 하셨는데 슈트를 입고 계시기도 하시고요."

"아."

재윤이 생각났다는 듯 짧게 감탄했다. 그러고 보니 그녀의 말이 맞았다.

"그 짧은 시간에 잘 파악했네요."

"잠시 헷갈렸지만, 마지막으로 저를 보고 조금 놀란 표정을 지으시는 걸 보고 알았어요. 저를 부르신 분이 절 보고 그런 표정을 짓진 않으실 테니까요."

다현의 말에 재윤이 가볍게 고개를 끄덕였다.

"추리 잘하네요. 이전부터 느낀 거지만."

처음에도 다현은 자신을 보자마자 상무라는 걸 단박에 알아봤었다. 비서에게 이런 눈썰미는 필수였다. 사업관계로 만나는 사람이 부지기수였다. 얼굴을 보자마자 이름, 소속, 직급을 모조리 떠올려야 하는데 가끔 생각이 복잡하면 잊을 때가 있었다.

그럴 때 비서의 기억력이 필요했다. 그것 말고도 자신의 상관이 편하게 일할 수 있도록 어떤 걸 해야 할지, 말아야 할지에 대해서도 제대로 기억해 두어야 했다. 그런 면에서 다현은 능력이 좋은 편이었다.

"칭찬 감사합니다."

"앞으로 잘 부탁해요."

"저야말로 잘 부탁드립니다."

다현이 인사를 한 후 문을 열고 나섰다. 재윤은 뒤도 돌아보지 않고 쌩하니 나간 자신의 비서를 바라보다가 고개를 돌렸다. 괜찮은 비서를 만난 것 같은 감이 왔다.

재윤이 기분 좋은 표정으로 커피잔을 감싸 쥐었다.

❖

지하에 위치한 사내 식당으로 들어선 다현이 주변을 둘러보았다. 줄 서 있는 사람들 틈으로 누군가가 손을 번쩍 들어 아는 체를 했다.

"여기야."

기태가 손을 흔들고 있었다.

"일찍 내려와 있었네."

기태의 뒤에 줄을 선 다현이 식판을 들며 말했다.

"어. 모처럼 일찍 풀려났지."

"어디 아파? 얼굴이 하얗게 뜬 거 같아."

"뜨고말고. 하얗게만 떴어? 검게는 안 떴어?"

기태가 우울한 낯빛으로 중얼거리며 말했다.

"무슨 말이야?"

"말도 마라. 김강재 이사님 때문에 미치겠다."

"왜? 점잖은 분 같던데."

"점잖……."

울컥해서 소리치려다가 말고 기태가 주변을 살피며 입술을 사려물었다. 회사라 지켜보는 사람들이 많았다. 기태는 깊게 심호흡을 한 후 다현을 쳐다보았다.

"어디 가서 그런 소리 하지 마. 진짜. 두 번만 점잖았다간 뼈만 남겠네."

기태가 고개를 절레절레 내저었다. 식판에 음식을 가득 담은 두 사람이 구석진 곳에 마주 앉았다.

"모처럼 같이 하는 식사네."

다현이 반갑다는 듯 말했다. 같은 층의 비서팀에 몸을 담고 있지만, 비서들이 그러하듯 식사하는 시간이 제각각이라 함께 식사하지 못하는 날이 더 많았다.

"그러게. 나도 같이 반가워하고 싶은데 기운이 없네."

기태가 혀를 내두르며 고개를 가로저었다. 완벽주의자에 깐깐한 김강재 이사를 맞추려니 여간 힘든 게 아니었다. 특별히 하는 일이 없어도 몸이 24시간 내내 긴장 상태였다.

"너는 어때?"

기태가 숟가락으로 밥을 크게 뜨며 다현을 쳐다보았다.

"나? 왜?"

"재윤 상무님 어떠냐는 거지. 일한 지 며칠 지났으니까 감이 잡힐 거 아냐."

건성으로 묻는 목소리와 다르게 기태의 눈빛이 예사롭지 않게 빛났다. 식사를 하느라 기태의 얼굴을 보지 못한 다현이 대수롭지 않게 대답했다.

"괜찮은 분 같아."

"괜찮아? 뭐…… 이상한 점은 없고?"

기태가 조심스럽게 물었다. 재윤이 저도 모르게 다현에게 거침없이 끼를 부린 게 아닌가 싶었다. 혹여 다현이 불편함을 느끼지는 않는지 걱정스럽기도 했다.

"이상한 점?"

다현이 되물었다.

"응. 있어?"

"아……. 이상한 건 아니고, 생각나는 게 있긴 해."

"뭔데?"

기태가 얼굴을 찌푸리며 물었다.

이 인간이 또 끼를 부렸나 보네. 아무리 다현이 둔하다지만 남자가 끼를 부리는 것까지 모를 리가…….

"되게 다정해. 좋은 분 같아. 본래 그런 성격 같더라고."

"……"

모를 리가 있구나.

기태가 암담한 눈으로 다현을 보았다. 그녀는 말간 표정으로 미소 지었다. 먼지 한 톨의 의심이나 의혹이 없는 순수한 웃음이었다. 남자가 자신에게 끼를 부리는지 어쩌는지 전혀 모르는 듯했다.

다현의 얼굴을 보고서야 기태는 잠시 잊고 있던 사실이 떠올랐다.

똑똑하고, 명석하며, 착하고, 다 좋은 다현이의 철벽녀 스타일을.

대학 시절 다현은 인기가 많았다. 예쁘장한 외모에 털털한 성격, 엉뚱한 면 때문에 남녀 할 거 없이 많이 따랐다.

그런 그녀에게 패기 넘치게 고백한 선배가 있었다. 그것도 화이트데이에 커다란 꽃다발을 준비해 강의실 중간에서 그녀에게 내밀었다. 꽃다발을 선물 받으면 대충 알아들을 법도 한데, 다현은 그 꽃다발을 들고서 '이거 누구한테 전해줄까요? 그 사람, 좋아하겠네요.' 라고 되물었다. 강의실에 있던 사람 모두 그 꽃다발의 주인이 다현이라는 걸 알았지만, 그녀만 몰랐다.

선배는 우물쭈물거리다가 부끄러움을 견디지 못하고 강의실을 뛰쳐나갔고, 다현이는 '선배! 꽃다발 가져가셔야죠!' 라고 외쳐서 그 선배를 두 번 울렸었다.

그때 다현에게 조금 마음이 있던 기태는 자신의 마음을 접었다. 아무래도 저토록 둔한 여자와는 만날 수 없을 것 같았다.

후에 다현과 따로 만난 기태는 그날의 진실을 넌지시 알려준 적이 있었다.

'그 선배, 너한테 고백한 거잖아.'

'나한테?'

그러자 다현이 깜짝 놀라 되물었다. 추호도 생각해 본 적 없다는 얼굴이었다.

'어.'

'나한테 왜?'

자신에게 왜 고백하는지 전혀 모르겠다는 얼굴로 되물었다.

'그걸 왜 나한테 물어. 그 선배가 네가 좋다는데.'

'날 좋아할 만한 행동을 한 적 없는데? 선배 역시 좋아한다는 내색도 한 적 없고.'

그때 기태는 알았다.

이 애는 타고나길 철벽으로 태어났구나. 말 그대로 연애세포가 괴사한 인간.

누군가가 얼굴을 정면에 대고서 '나, 너를 좋아해!' 라고 말하지 않으면 죽었다가 깨어나도 모르는 스타일이었다. 설령 고백받더라도 '아, 미안해.' 라고 대놓고 거절할 스타일이었다.

이런 스타일이라서 재윤의 비서 자리에 소개해 주긴 했었다. 그러나 혹시 시간이 지나면서 다현의 철벽녀 기질이 희석된 건 아닌가 싶어 물었었는데, 자신의 기우였다.

"왜 그렇게 쳐다봐?"

식사를 하며 다현이 자신을 빤히 쳐다보고 있는 기태에게 물었다.

"넌, 배구를 하지 그랬어?"

"배구? 왜?"

"철벽방어가 될 거 같아서. 넌 진짜 철벽방어로는 국가대표감이야."

"응? 도대체 무슨 소리를 하는 거야?"

다현이 웃으며 물었다.

"아니다. 밥 먹어라."

"응."

한 번 더 되물어볼 법도 한데 다현은 수더분하게 고개를 끄덕이더니 식사를 시작했다.

둔치.

기태가 속으로 혀를 끌끌 차며 중얼거렸다. 자신이 가진 외모, 눈썰미, 좋은 성격까지 갖고 있으면서 연애에 써먹지 못하는 다현이 답답했다. 물론 이런 점이 재윤의 비서직으로는 최고지만.

그러다 문득 기태의 머릿속으로 재미있는 생각이 지나갔다.

자신도 모르게 끼를 철철 부려서 주변 여자들을 홀리는 남자. 그러면서도 자신이 끼를 부렸는지 전혀 모르는 남자.

자신이 철벽인지 전혀 모르는 여자. 다른 사람이 자신을 좋아해도 좋아하는지 모르는 여자.

이 두 사람이 붙으면 어떻게 될까. 누가 이길까. 마치 모든 걸 다 뚫는 창과, 모든 걸 다 막는 방패가 만난 기분이었다.

"……방패가 이겼으면 좋겠다."

기태가 자신도 모르게 중얼거렸다.

"응?"

다현이 기태를 보며 무슨 말이냐는 듯 물었다. 순한 얼굴에 의문이 가득 담겨 있었다.

"아니야."

기태가 고개를 가로저었다.

"너 오늘 계속 헛소리야. 많이 아픈 거 같은데 꼭 병원 가봐."

다현이 걱정스러운 표정으로 말했다. 기태는 건성으로 '응. 응.'이라고 대답하며 생각했다. 방패가 이기는 모습을.

기태는 밥을 먹다 말고 중얼중얼 기도를 했다.

'주여. 착하게 살 테니 부디 그 오만하고 뻔뻔한 김재윤이 다현이에게 절절매는 모습을 보게 해주소서. 상사병이면 더 좋습니다. 끙끙 앓아눕게 해주소서. 그래야 김재윤 때문에 울고불고 했던 여자들에게 공평한 거 아니겠습니까. 들어주신다고 믿겠습니다. 아멘.'

보던 서류에서 눈을 뗀 재윤이 고개를 창밖으로 돌렸다. 버티컬이 반쯤 쳐진 창문 너머로 시내의 야경이 고스란히 보였다. 그가 얼굴을 찌푸렸다.

눈이 피곤했다. 몇 시간 동안 서류에 매달려서 그런 듯했다. 재윤이 손으로 눈가를 꽉 누를 때였다.

삐리릭.

휴대폰 벨이 울리자 그가 손으로 책상을 더듬어 휴대폰을 거머쥐었다.

[어머니]

액정에 떠 있는 이름을 발견한 재윤이 낮은 한숨을 내쉰 후 휴대폰을 귀에 가져다댔다.

"네."

—어디니?

"회사예요."

—아직도?

"네."

—몸 사려가면서 해. 강재는 벌써 퇴근했던데.

"아시잖아요. 제가 더 성실한 거. 성실한 척하는 강재랑 달라요."

재윤의 농담에 어머니인 선 여사가 웃었다.

"무슨 일이세요?"

선 이야기만 아니었으면 했다. 그는 선을 보러 갈 생각이 없었다. 어머니의 조급함은 알지만 선뿐만이 아니라 결혼 생각 자체가 없었다.

—오늘 네 형수 생일이라는 건 알고 있니?

"아."

그제야 떠올렸다는 듯 미간을 좁혔다.

그래서 강재가 일찌감치 퇴근했구나. 아마 지금쯤 백화점을 돌아다니면서 굉장히 곤란한 얼굴로 선물을 고르고 있을 거다. 부인에게 헌신적인 남편이긴 하지만, 기본적으로 그는 여자에 대한 센스가 없는 남자였다.

재윤은 달력의 날짜를 보았다. 동그라미 쳐놓고 잊어먹고 있었다. 형수인 가연의 생일이라는 걸.

—잊어먹고 있었니? 기억 좀 해두라니까. 가족의 생일 정도는.

가족의 화합을 중요하게 생각하는 어머니가 마뜩찮은 목소리를 냈다.

"그러게요. 일이 바빠서 잊고 있었어요. 오늘 준비할게요."

―그래. 괜찮은 선물 준비하렴. 참고로 작년에는 여행상품권 선물했다는 거 잊지 말고.

센스 없이 같은 선물 두 번 준비하지 말라는 뜻이었다.

"알겠어요."

―그리고 너 미혜는 만나봤니?

휴대폰 너머로 전해지는 목소리가 조심스러웠다.

"미혜가 우리 회사에 있는 것도 아니고, 어떻게 만나겠어요?"

―그래? 어쩌다가 우연히 미혜를 다시 봤는데, 여전히 예쁘더구나. 한번 만나봐. 언제까지 그렇게 혼자 있을 수도 없고…….. 너희 꽤 괜찮았잖니.

우려하던 대로 어머니의 잔소리가 슬슬 시작되고 있었다. 의자에 몸을 파묻은 그가 나오려는 한숨을 참았다.

"어머니. 일이 바빠서 길게 통화 못 하겠네요."

―너, 또 잔소리 듣기 싫어서 그러지?

"어디서 저 감시하세요?"

재윤이 농담을 던지듯 가벼운 목소리로 물었다.

―으휴, 말이라도 못하면.

뺀질거리는 재윤이 못마땅한 듯 선 여사는 혀를 끌끌 찼다. 그러나 장성한 아들에게 계속 잔소리해 봤자 거리감만 생긴다는 걸 알기에 선 여사는 이쯤 해서 잔소리를 접었다.

―잔소리가 끝났다고 생각하지 마라.

"알아요. 평생 할부라는 거. 그래서 매일매일 듣고 있잖아요."

―결혼하면 완납이야. 내가 너라면 그냥 편하게 완납하겠구나.

"잔소리 피하려고 아무랑 결혼할 순 없잖아요. 그리고 결혼하면 그땐 또 다른 잔소리 할부가 시작되겠죠."

―으휴.

선 여사가 두손 두발 다 들었다는 듯 혀를 끌끌 찼다. 통화를 마친 후 재윤이 몸을 일으키며 잠시 생각했다.

형수에게 선물이라.

재윤은 가연을 떠올려 보았다. 활발하고 다정하다는 것 말곤 딱히 생각나는 게 없었다. 그런 여자에겐 어떤 선물이 어울리지? 여자에게 선물을 안 한지 굉장히 오래되어서 여자들이 좋아할 브랜드조차 모르겠다.

재킷을 걸쳐 입은 그가 사무실에서 나오다 멈춰 섰다. 문소리를 들은 듯 다현이 일어나 그를 바라보고 있었다. 그녀에게 퇴근하라고 한 지 한 시간이 지났기에 재윤은 의아한 얼굴로 그녀를 보았다.

"퇴근 안 했어요?"

재윤이 옷깃을 정리하며 물었다.

"네. 바쁘신 것 같아서 일 마무리되실 때까지 기다렸어요."

"먼저 퇴근하지 그랬어요. 다음부턴 눈치 보지 말고 말하고 먼저 퇴근해요."

재윤이 미안한 미소를 지었다.

"네. 알겠습니다. 지금 퇴근하는 길이신가요?"

"네."

"그럼 내일 뵙겠습니다."

다현이 다소곳하게 인사했다. 다현을 지나치던 재윤이 문을 향해 가다 말고 몸을 핑글 돌려 그녀의 앞에 섰다. 그리고는 비스듬히 기대서서 다현을 보았다.

"오늘 약속 있어요?"

"아뇨. 없습니다."

다현이 선한 얼굴로 대답했다. 원하는 대답을 듣고도 재윤은 고민했다. 다현에게 가연의 생일 선물을 같이 고르자고 말할 생각이었다. 그런데 다현이 가연의 생일 선물을 잘 골라줄지 의문이었다. 더욱이 자신이 한 말을 데이트 신청으로 오해할까 봐 걱정되기도 했다.

이전에도 그러지 않았던가.

'상무님이 먼저 데이트 신청 하셨잖아요!'

몇 해 전, 그의 비서는 머리 풀어헤친 귀신같은 몰골로 바닥을 내리치며 소리쳤었다. 어안이 벙벙해 언제 그랬냐고 되묻지도 못했다. 그때 비서는 무서운 표정으로 '같이 선물 고르러 가자고 해서 저한테도 선물 사주시고! 이러는데 누가 오해를 안 해요! 엉엉!' 라고 소리치며 오열했었다. 그 후로 여자에게 어딜 같이 가자고 하기 곤란했다.

그가 잠시 생각하는 사이, 기다림에 지친 다현이 물었다.

"무슨 일이신가요? 말씀하세요."

재윤은 다현을 바라보았다. 다현은 그런 오해를 하지 않을 것 같았다. 다만, 말이 섣불리 나오지 않았다.

"아니에요. 퇴근하세요."

재윤이 미소 지은 후 먼저 사무실을 나섰다.

재윤이 백화점 앞에 서서 누군가를 찾듯 주변을 두리번거렸다.

이럴 줄 알았으면 처음부터 다현을 데리고 오는 건데.

재윤이 곤란한 표정을 지었다. 백화점에 혼자 온 그는 이것저것 물건을 살폈으나 마음에 드는 게 없었다. 점점 백화점 마감 시간은 다가오고, 편집샵은 예약제라 당장 선물거리를 내놓으라고 하기도 애매했다. 더군다나 즐겨 찾는 편집샵엔 이미 어머니가 한차례 들렀을 것 같았다. 어머니에게 전화를 했으나 통화가 되지 않아 어쩔 수 없이 다현에게 전화를 걸었다.

'미안해요. 퇴근하는 길에 전화해서.'

'아니에요. 말씀하세요.'

다현이 덤덤한 목소리로 대답하자 재윤은 한결 마음이 놓였다.

'요즘 30대 여자들이 좋아하는 브랜드는 뭐예요?'

포털에 검색했더니 브랜드가 수십 가지가 나와 선택할 수가 없었다는 말도 덧붙였다.

'어떤 물건을 사시려고 하시나요?'

다현이 물었다. 그 이후로 통화가 길어졌다. 선물할 주얼리를 고르고 나니 브랜드를 모르겠고, 브랜드를 정하고 나니 세부 디자인이 문제였다. 여자 선물은 왜 이다지도 고르기 복잡하고 힘든 건지.

'상무님, 어디 계신가요? 제가 그쪽으로 가겠습니다.'

결국 다현이 이쪽으로 오겠다고 말했다. 올 필요 없다고 미안하다는 말을 하자, 다현이 '괜찮아요. 어디에 계신가요? 어차피 저도 퇴근하는 길이라서요.' 라고 대답했다. 그가 백화점명을 말하자 다현이 근처라 곧 도착할 거라고 답했다.

백화점 앞에서 만나기로 한 재윤은 가로등 불빛이 길게 켜진 길을 바라봤다. 미안하지만, 도움을 구할 곳이 다현 말고는 없었다.

왼쪽 길에서 다현이 잰걸음으로 걸어오는 게 보였다. 그녀를 발견한 재윤의 표정이 밝아졌다.

"여기예요."

재윤이 손을 들자 다현이 미소를 지으며 조금 더 빠른 걸음으로 다가왔다. 다현을 마주한 재윤은 낯선 느낌을 받았다. 길에서 마주한 게 처음이라 그런 건지, 아니면 평소보다 편안해 보이는 다현의 미소 때문인지 알 길이 없었다.

"백화점 마감하기 전에 들어가 보는 게 좋을 것 같아요."

다현이 말을 하고서야 그는 그녀에게서 눈을 뗀 후 발길을 돌렸다.

마감 시간을 코앞에 둬서인지 백화점 안은 한산하면서도 조금 어수선했다. 다현이 백화점 1층을 스윽 둘러보더니 물었다.

"화장품은 어떠신가요?"

"형수의 피부 타입을 몰라요."

"립스틱 같은 건 피부 타입 몰라도 괜찮지 않나요? 형수님 피부색이 어떠

신데요?"

"다현 씨처럼 하얀 타입이에요."

"평소 즐겨 바르는 색은 기억나세요?"

"아뇨."

형수의 입술을 빤히 쳐다볼 일이 없었다. 아니, 봤다고 하더라도 기억날 리 없었다. 여자의 립스틱 색은 그의 눈엔 거기서 거기였으니까.

재윤이 손목시계를 보았다. 가족 식사 시간이 코앞까지 닥쳐왔다. 늦으면 어머니한테 혼이 나는 게 아니라 강재에게 닦달당한다.

얼마 전 아침에 찍힌 후로 자신만 봤다 하면 강재는 가자미눈으로 노려보지 않았던가.

"립스틱으로 하죠. 립글로즈랑 세트로 하면 되겠네요. 어느 브랜드가 좋아요?"

재윤의 말에 다현은 자연스럽게 대각선에 자리한 샵으로 향했다. 그리고는 능숙하게 두어 가지 색을 골라 재윤에게 내밀었다. 그리고는 마치 직원처럼 립글로즈도 척척 찾아 그에게 내밀었다.

"다현 씨도 하나 골라봐요."

재윤이 지갑을 꺼내며 무심코 말했다가 아차 했다. 비서에게 호의를 베풀지 말자고 하면서도 습관처럼 말이 나왔다.

"아뇨. 전 괜찮습니다."

다현이 거부하더니 편하게 계산하라는 듯 한 걸음 물러섰다. 지갑에서 카드를 꺼낸 재윤이 다현을 바라보았다. 그녀는 물욕이 하나도 없는 표정을 하고 있었다. 사람에게 물욕이 없을 리가. 재윤은 다시 한 번 다현에게 권하기로 했다.

어차피 다현이라면 그런 오해를 하지 않을 것 같고, 늦은 시간 자신을 위해 나와준 그녀에게 이걸로 마음의 빚을 덜어내고 싶었다.

그러나 대쪽 같은 그의 비서는 말간 표정으로 한사코 거부했다.

"부담스러워하지 말고 하나 고르라니까요. 보아하니 여기 브랜드, 다현 씨가 쓰는 거 같은데."

그렇지 않고서야 직원처럼 척척 찾아낼 리 없었다.

"아뇨. 제가 쓰진 않아요. 취직하기 전까지 일했던 브랜드예요."

다현이 손을 내저었다. 립스틱 하나에 오만 원이 넘는 브랜드를 쓸 리 없었다. 오만 원이면 조촐하게나마 자신이 거둬 키우는 쌍둥이 동생들과 외식을할 수 있었다. 차라리 립스틱보다 동생들에게 맛있는 걸 사주고 싶었다.

"아아."

생각지 못한 대답에 재윤이 느릿하게 고개를 끄덕였다. 그러고는 다현을처음으로 객관적으로 살펴보았다. 그러고 보니 깔끔하고 단정하게 입고 다니긴 하지만 고급스러워 보이진 않았다.

검소한 스타일이구나.

재윤은 그렇게 생각하며 계산을 마친 직원이 내민 카드를 받아 들었다.

"고마워요. 덕분에."

계산을 마친 후 백화점을 나오며 재윤이 다현에게 인사를 건넸다.

"도움이 되었다니 기쁘네요. 그럼 조심히 가세요."

꾸벅 인사한 다현이 뒤돌아섰다. 어찌나 미련 없이 뒤돌아서는지 남겨진사람이 섭섭할 정도였다. 그 때문이었을까. 재윤은 저도 모르게 한발 걸어다현의 앞을 가로막았다. 그러자 그녀가 의아한 눈으로 바라보았다.

"어디 가요? 데려다줄게요. 차에 타요."

"아뇨. 괜찮습니다. 버스 타면 한 번에 가니까 신경 쓰지 마세요."

"그래도 오늘 신세졌는데 이렇게 보내는 건 내가 미안해서 그래요."

"일찍 집에 가보셔야 하는 거 아니에요?"

"다현 씨 데려다주고 갈 정도는 돼요."

"저는 정말 괜찮아요."

다현의 고집에 재윤이 난처하다는 듯 미간을 좁혔다. 이렇게 거절을 하니 괜히 더 미안해졌다.

"시간 없으실 텐데 조심히 가세요."

가볍게 인사를 한 다현이 돌아섰다. 그녀의 말대로 그는 시간이 별로 없긴 했다. 마치 고민하는 재윤의 마음을 안다는 듯 다현이 먼저 멀어졌다. 홀로 남은 그는 주차장으로 향하다 말고 멈춰 섰다.

여자가 자신의 호의를 무시하고 먼저 돌아서는 건 처음이라서일까.

기분이 미묘했다.

재윤은 다현이 시야에서 완전히 사라지고 나서야 겨우 걸음을 옮겼다.

물줄기가 쏟아져 내리는 샤워기 아래에 선 다현은 씻다 말고 무심히 재윤을 떠올렸다.

기태에게 전해 듣던 재윤은 친절하고 젠틀하며 장난기가 많은 사람이었다. 실제로 보면 실망할 거라는 예상과 달리, 생각보다 더 괜찮은 사람이었다. 친절하고 예상보다 훨씬 더 다정했다.

오늘만 해도 곤란해하면서도 형수님 생일 선물을 챙기기 위해 애쓰지 않았던가. 자신에게 도움을 받고 고맙다며 데려다주겠다고도 했고.

친절이 몸에 밴 사람 같았다.

아마 가족들도 굉장히 다정한 성격이겠지.

부모님, 쌍둥이 형, 형수와 함께 사는 건 어떤 건지 궁금했다. 다현이 태어나 가장 오랫동안 느낀 건 자신에게 부모가 없다는 거였다.

그녀가 중학생이 되던 해에 부모님이 교통사고로 돌아가신 후, 그녀를 맡으려는 친척은 아무도 없었다. 장례식장에서 자신을 보며 '이 어린것을 어쩌누.', '힘든 일 있으면 좋은 일도 올 게다.' 하면서 눈물짓던 친척들이기에 내심 친척들과 지낼 줄 알았던 어린 다현으로서는 충격이었다.

친척들에게 잘해야지, 부모님 욕되지 않게끔 열심히 살아야지, 돈도 벌어야지 등등. 미약하게 피어오르던 싹들이 밟혔다. 시간이 흘러 자신을 맡길 거부한 친척들이 이해되긴 했지만, 그렇다고 상처가 사라지는 건 아니었다.

결국 그녀는 보육원에서 자랐다. 보육원에 지낼 때에 그 누구도 그녀를 찾아오지 않았다. 그래도 그녀는 이모와 삼촌을 기다렸다. 언젠가 찾아올 거라 믿었다. 아니, 누군가가 자신을 찾아올 거라는 그 사실을 믿고 싶은 건지도 몰랐다. 이 세상에 정말 혼자 있다고 생각하고 싶지 않았으니까. 그 기대의 불이 꺼진 건 삼 년이 흘러서였다. 입학식, 졸업식, 생일, 그 모든 순간들을 홀로 보내면서 마음이 굳어졌다.

고등학생 때 악착같이 아르바이트를 해서 대학에 진학할 수 있었다. 대학에 입학한 지 얼마 되지 않아 다현은 자신과 처지가 같아진 쌍둥이 동생들을 보았다. 어린 시절에 친하게 지냈던, 그러나 부모님이 돌아가신 후에 접점이 전혀 없었던 사이였다. 자신을 냉하게 대했던 친척을 생각하면 쌍둥이 동생을 모른 척해야 하는 게 맞았다. 그러나 예의상 찾았던 장례식장에서 눈이 새빨간 쌍둥이 동생들을 보는데 차마 외면할 수가 없었다.

보육원 시설이 어떤지, 그곳의 생활이 어떤지 누구보다 잘 아는 그녀였다. 그들에게서 자신을 본 순간, 다현은 쌍둥이들을 외면하지 못했다. 결국 다현은 제 형편도 어려우면서 쌍둥이 동생들을 보듬기로 했다. 아홉 살인 쌍둥이들은 자존심을 세운다거나, 자신을 걱정할 정도의 배려심이 있지 않았다. 그저 모르는 사람들과 사는 것보다 그나마 친척이라는 사람과 함께 살길 택한 것 같았다.

힘들긴 했지만 나름 즐거운 생활이었다. 독립해서 텅 빈 집에 사람들의 말소리가 들리는 것도, 쌍둥이들의 농담에 웃는 것도 모두 다 좋은 기억이었다. 쌍둥이 덕에 그나마 외롭지 않게 살았지만, 여전히 부모가 있다는 건 어떤 기분인지 궁금했다. 분명 자신에게도 있었던 사람들인데…….

"후우. 그만하자."

이런 생각을 오래 해봤자 좋을 게 없다는 걸 잘 아는 다현은 일부러 내일 일정에 대해 생각했다.

　샤워를 마치고 나온 다현은 좁은 거실을 지나쳐 작은 방으로 들어왔다. 안방에 나란히 있을 거라 생각한 쌍둥이 두 명이 안방의 바닥에 앉아 팔짱을 척 끼고서 그녀를 노려보고 있었다. 지은 죄도 없이 흠칫한 다현이 한 걸음 물러섰다.

　"뭐야? 왜 그렇게 처다봐?"

　"오늘 왜 이렇게 늦었어? 평소보다 퇴근이 너무 늦던데? 전화도 안 받고?"

　1분 30초 일찍 태어났다는 라효가 눈에 불을 켜고서 물었다.

　"일이 늦었어."

　"남자친구 생겼어?"

　마치 아버지처럼 엄하게 묻는 라효 때문에 다현이 저도 모르게 픽 웃었다.

　"남자친구? 생겼지. 아니. 늘 있었지."

　다현의 말에 라효와 사준의 얼굴이 똑같이 하얗게 질렸다.

　"뭐? 남자? 왜?"

　뜬금없이 왜라고 묻는 사준의 멍한 얼굴에 다현은 다시 한 번 웃음을 터트렸다.

　"물어놓고 왜 그렇게 놀라? 그리고 나한테 남자야 있지. 지금 내 방 이불 차지하고 있는 너희들. 대체 내 방에서 뭐 해?"

　"장난치지 말고!"

　"진짜 나한테 남자는 너희밖에 없는데?"

　다현이 질풍노도 사춘기를 겪고 있는 라효, 사준을 보며 대답했다. 그러자 라효, 사준은 한결 누그러진 얼굴로 다현을 째려보았다.

　"진짜지? 진짜 남자친구 없는 거지? 어휴, 괜히 놀랐네. 누나가 요즘 늦어서 애인 생긴 줄 알았단 말이야."

　"안 생겼어."

　"혹시 우리 몰래 길 가다가 웬 남자 팔짱 끼고 지나가는 거 보이거나, 그러면 삐뚤어질 거야."

본인의 사춘기를 저당잡아 협박하는 라효를 보며 다현은 기가 차다는 듯이 웃었다. 그러자 라효와 사준은 진심이라며, 삐뚤어진 사춘기가 얼마나 무서운 건지 아냐고 거듭 협박했다. 다현은 두 손을 들었다.

"응. 절대로 안 사귈게."

"절대로 사귀지 말라는 말은 아냐. 누나도 좋은 사람 있으면 결혼해야지. 다만, 우리한테 허락받아."

라효가 으름장을 놓았다. 대화가 길어질 것 같다고 생각한 다현이 의자에 앉아 둘을 보았다. 요즘 들어 일이 많아 늦었더니 남자친구가 생겼다고 착각한 모양이었다.

다른 사춘기 동생들은 방문 닫고 제 방에 들어가기 바쁘다는데, 자신들의 사춘기 동생들은 자신을 감시하느라 바쁘다.

"어떤 매형을 원하는데?"

이참에 쌍둥이 동생들이랑 이야기나 해보자 싶어 다현이 물었다. 그러자 쌍둥이들이 주거니 받거니 하면서 대답했다.

"그거야 당연히 우리보다 싸움 잘해야지."

"운동도 잘해야 하고."

"키도 훨씬 커야지. 똑똑해야 하고."

"아, 그리고 공부도 잘해야 하고, 성격이 제일 중요해. 누나한테 잘하고, 우리한테 잘하고."

"돈도 많았으면 좋겠어. 얼굴도 엄청 잘생겼으면 좋겠고."

아무래도 라효와 사준 때문에 결혼을 못 할 것 같았다.

"그런 남자 구하느니 한 30년 후에 남자 로봇을 사는 게 낫겠네."

다현의 농담에 라효와 사준은 턱을 치켜들었다.

"이 정도 남자도 못 만날 거면 결혼하면 안 되지!"

다현은 웃지도 울지도 못하는 얼굴로 쌍둥이 동생을 보았다. 결혼을 할지 안 할지 모르겠지만 벌써부터 미래의 남편이 불쌍해졌다.

처가살이도 아니고, 처남살이라니.

"그럼 누나가 만약 결혼 안 한다면 어쩔 건데?"

다현이 어쩌나 싶어 둘에게 물었다. 그러자 라효와 사준은 또 다른 의미로 비장한 표정을 지었다.

"노처녀로 죽는단 말이야?"

"너희 말대로 그런 남자 못 만나면 그렇겠지?"

"우리가 책임져 볼게. 여태껏 누나가 우리를 위해서 많이 희생했으니까."

씩 웃고 있던 다현의 얼굴에서 차츰 미소가 사라졌다. 노처녀가 될 바엔 결혼하라고 할 줄 알았는데, 의외의 답이 돌아왔다. 먹먹한 기분이 든 다현의 표정이 미묘해졌다.

"우리가 용돈도 주고, 집도 구해주고, 또…… 그 뭐지? 그린벨트였나? 하여간에 노인들이 모여 사는 시설!"

"실버타운이겠지. 멍청아. 누나를 왜 거기다가 데려다 놔?"

라효가 사준을 한심하다는 눈으로 쳐다보았다. 똑똑하고 대찬 성격의 라효와 달리 사준은 순하고 맹한 편이었다. 라효의 구박에 욱할 만도 하건만 사준은 느긋하게 고개를 끄덕였다.

"아, 그래. 그거. 거기도 구해줄게. 해달라는 건 다 해줄게."

사준이 걱정 말라는 듯 말했다. 픽 웃던 다현은 턱을 괴고서 사뭇 진지한 표정을 지었다.

"그래? 그럼 일단 시험 성적표부터 가져다줘 볼래?"

"……."

"왜? 누나를 위해 다 해준다더니? 성적표는 안 되니?"

"……음."

갑자기 라효와 사준의 시선이 허공에서 마주쳤다. 눈을 꿈뻑거리던 둘은 정색한 얼굴로 다현을 쳐다보았다.

"행복은 성적순이 아니야."

"누나의 행복은 너희들 성적순이야. 가지고 와."

"아직 마음의 준비가 안 됐어. 그리고 성적표 같은 건 밤에 보면 안 돼. 건강에 해로워. 아함. 피곤하다. 자러 가자."

라효가 사준의 어깨를 툭툭 쳤다. 그리고는 눈짓을 했다. 버젓이 다 보이는 눈짓인데도 사준은 못 알아들은 듯 멍한 표정을 지었다.

"어? 나는 잠 안 오는데?"

"야!"

라효가 소리치고서야 사준이 눈치챈 듯 몸을 벌떡 일으켰다.

"어? 아. 갑자기 잠이 오네. 누나 잘 자. 안녕!"

성적표 이야기가 나오자 부리나케 옆방으로 도망치는 라효와 사준을 보며 다현은 소리 죽여 웃었다. 자신을 제일 웃게 만드는 두 남자였다.

머리를 다 말린 다현이 침대에 누웠다.

"누나, 잘 자!"

옆방에서 라효가 소리쳤다.

"내 꿈 꿔!"

뒤이어 사준이 소리쳤다.

"잘 자."

다현이 말하자, 둘 다 '응!' 하고 큰 소리로 답했다. 잠들기 전 동생들과 인사할 수 있다는 건, 방음이 잘되지 않는 이 집의 유일한 장점이었다.

다현은 캄캄한 천장을 바라보았다.

'여태껏 누나가 우리를 위해서 많이 희생했으니까.'

새삼 라효의 말이 떠올랐다.

언제 그렇게 다 컸지. 맛있는 반찬 없다고 온갖 땡깡을 다 부리던 게 엊그제 같은데.

하마터면 동생들 앞에서 울 뻔했다. 물론 자신을 그린벨트에 살게 해준다는 사준이 때문에 눈물이 쏙 들어갔지만.

2. 괜찮은 비서

띠링.

알림음과 동시에 휴대폰 액정에 메시지가 떴다.

[고생했겠네. 역시 선배가 그걸 기억할 리가 없지.]

기태에게서 온 문자였다.

어젯밤 백화점에 가기 전, 그녀는 기태에게 연락을 했었다. 작년에 재윤이 형수에게 어떤 선물을 했는지, 혹시 가연에 대해서 아는 게 있는지 확인하기 위해서였다. 그러나 기태는 밤새 연락이 없었고 출근 준비 시간인 새벽 6시 40분이 되어서야 [무슨 일이야? 어제 감기 기운이 있어서 일찍 잠들었어] 하고 연락을 보냈다.

다현은 버스를 타고 가는 동안 간략하게 어젯밤 일을 설명했다. 립스틱을 골랐다는 그녀의 말에 기태는 [역시 여자라서 센스가 좋구나]라고 답을 보냈다. 그 답에 그녀는 한시름 놓았다. 자신감 있게 선물을 골라주긴 했지만, 혹시나 선물을 잘못 고른 거면 어쩌나 하고 고민하던 차였다.

그러다가 계속해서 기태와 연락을 주고받게 되었다. 기태의 문자는 어젯밤 갑자기 불려 나간 그녀를 위로하는 연락이었다.

[재윤 상무님의 주변 가족들 생일을 알면 알려줘. 작년 달력에는 표시가 되어 있지 않던데.]

다현이 의자에 앉아 빠르게 문자를 쳤다.

[아, 그렇네. 미안해. 머리로 다 외우고 있어서. 나중에 싹 정리해서 알려 줄게.]

기태에게서 답변이 금세 왔다.

[응. 고마워.]

[혹시 상무님이랑 술 따로 마신 적 있어?]

갑작스런 기태의 물음에 다현이 의아한 얼굴로 휴대폰을 들여다보았다.

술?

상무와 자신이 단둘이서 술을 마실 일이 뭐가 있을까. 다현의 궁금한 마음을 알았는지 기태에게서 한 통의 연락이 더 왔다.

[원래 아무하고나 술 잘 마시는 사람이라서 너한테 술 마시자고 할 수도 있음.]

[그래?]

다현은 대답을 하면서 잠시 기억을 떠올렸다. 그러고 보니 기태는 재윤을 이야기할 때 '격식 안 따지고 여기저기 잘 끼여서 노는 사람'이라고 했었다. 대학 시절에도 아무 풀밭이나 앉아 온갖 학과 사람들과 술을 나눠 마신다고 도 했었다. 그 때문에 재윤이 재벌가의 자식이라고 추측하는 사람들은 거의 없었다고 했다.

[상무님이 사람을 좋아해 별다른 뜻은 없을 테니까 오해하진 말고.]

[알려줘서 고마워. 알아놓을게.]

[그리고 혹시 같이 술 마시게 되더라도 놀라지 마.]

[왜?]

다현이 물었다.

[굉장한 술버릇이 하나 있어.]

[뭔데?]

궁금했다. 상무처럼 말끔하고 젠틀한 사람에게 술버릇이라니. 고성방가만 아니었으면 좋겠다, 라고 생각할 때였다.

[선물을 사줘. 그것도 이상한 선물. 안 받으면 집에 안 가. 그러니까 되도록 받았다가 다음 날 아침에 되돌려줘. 그럼 아마 쪽팔려 죽으려고 할 거야.]

기태의 문자 뒤에 키읗이 수도 없이 달려 있었다. 재미있는 생각이라도 난 모양이었다. 다현은 이해하지 못하고 고개를 갸웃거렸다.

업무 시간 5분 전, 기태와의 연락이 끊겼다. 아무래도 이사님이 출근한 모양이었다. 곧 재윤도 출근한다는 말이었다. 다소곳하게 미리 서 있던 다현의 머릿속으로는 계속 한 생각이 났다.

이상한 선물? 그런 걸 받을 일이 있을까?

왠지 없을 것 같다는 느낌에 다현은 금세 머릿속에 돌던 생각을 털어버렸다.

출근하자마자 재윤은 오전 회의를 하기 위해 12층으로 향했다. 다현도 동행했다. 그녀는 처음으로 회의에 임하는 재윤을 보았다. 임원진들이 즐비하게 양쪽으로 앉아 있는 가운데, 그 중심에는 재윤이 있었다.

평소 습관처럼 미소 짓던 그의 얼굴에는 웃음기가 하나도 없었다. 그러다가 누군가가 너무 긴장해서 말을 버벅거리거나 어쩔 줄 몰라 하면 금세 웃어주었다.

"그렇게 얼어 있으면 저도 긴장되지 않습니까? 안 잡아먹을 테니까 편하게 하세요."

이렇게 도닥여 주기도 했다. 그러면 바짝 얼어붙어 있던 분위기는 녹아내리고 발표하는 사람은 한결 수월한 얼굴로 설명했다. 사람들이 프레젠테이션을 바라볼 때 다현은 재윤을 보았다. 그의 입엔 웃음의 잔재가 남아 미소를 그리고 있지만, 프레젠테이션을 바라보는 재윤의 눈빛은 강렬했다.

부드러운 카리스마.

그 말이 떠올랐다. 오늘 아침 출근하자마자 '이렇게 우중충한 날엔 회사를 때려치우고 막걸리라도 한잔하러 가고 싶군요.' 라고 생긋 웃던 사람과는 완전히 다른 사람 같았다.

멋진 사람이구나.

다현은 저런 상사를 모시게 되어 다행이라 여겼다. 그간 만났던 무수한 사장들에 비하면 그는 양반 중의 양반이었다.

회의를 마친 후, 점심식사를 하러 가기 전 재윤은 다현으로부터 오후 일정을 다시 들었다. 혹시 자신도 모르게 잊을지 모르니 세 번 알려달라고 한 재윤의 부탁 때문이었다.

오후 일과를 들으며 점심식사 할 준비를 하던 재윤이 다현을 쳐다보았다. 버티컬 너머로 들어온 부드러운 햇살에 재윤의 얼굴이 은은하게 빛났다. 그냥 있어도 빛이 나는 남자인데 햇살까지 합세하니 굉장히 멋진 분위기를 자아냈다.

"내일 저녁 일정 있나요?"

재윤이 옷깃을 정리하며 물었다.

"아뇨. 없습니다."

"그럼 내일 저녁 일정 하나만 추가해 줘요."

재윤의 말에 다현이 수첩을 꺼내 들었다. 말하라는 듯 재윤을 빤히 쳐다보았다. 재윤은 말을 하려다 말고 자신을 들여다보듯이 보는 다현을 마주 보았다. 그녀의 하얀 얼굴 가운데 보석 같은 두 눈이 반짝 빛이 났다. 다만 그건 일을 앞둔 비서의 눈빛일 뿐, 저를 향한 어떤 호감이나 호기심은 없어 보였다.

저 눈이 계속 저랬으면 좋겠다. 모처럼 만난 편한 비서니까.

이대로 가면 기태처럼 오래도록 함께 일할 수 있을지도 모른다는 생각이 들었다.

"상무님, 어디 불편하세요?"

다현이 묻고서야 재윤은 자신이 잠시 넋을 놨다는 걸 알았다.

"아뇨. 괜찮아요. 잠시 다른 생각을 했어요. 내일 저녁식사를 할까 해요. 약속 좀 잡아줘요."

"알겠습니다. 어느 분께 연락드릴까요?"

"성다현 씨요."

"네?"

다현이 수첩에 성까지 쓰고는 의아한 얼굴로 고개를 들었다. 재윤이 근사한 미소를 지으며 다현을 보고 있었다.

"여러모로 신세를 져서 갚고 싶거든요. 그러니까 나한테 식사 한 끼 대접할 시간을 줄래요? 바쁜 사람이라 가능할지 모르겠지만요."

"상무님."

다현이 다급하게 그를 불렀다.

"만약 바쁘다, 그럴 필요 없다, 괜찮다 같은 말들로 방어를 하면 어떻게든 뚫어서 약속 자리 잡아내요. 그게 우리 비서님 역할 아니겠어요? 나는 우리 비서님 능력이 좋아서 어떤 약속도 척척 잡아줄 거라 믿어요. 그러니까, 내일 저녁 성다현 씨랑 꼭 함께 할 수 있도록 해줘요. 알겠죠?"

재윤의 말에 다현의 입이 꽉 다물렸다. 재윤의 두 눈이 집요하게 그녀의 눈을 쫓았다. 미소 짓고 있지만 눈빛은 강했다. 그는 자신이 원하는 대답을 받아낼 때까지 시선을 돌릴 생각이 없어 보였다. 이렇게까지 자신의 상사가 이야기하는데 거부할 수 있을 리 없었다.

"……알겠습니다."

다현에게서 원하는 대답이 나오고서야 재윤이 평소처럼 서글서글하게 웃어 보였다.

"고마워요. 내일 저녁 기대되네요. 먹고 싶은 거 있으면 생각해 둬요."

"네."

"그리고 부담스러워할 필요 없어요. 원래 가끔 비서랑은 밥 한 끼씩 하곤 했으니까요.”

물론 스토커 같은 비서를 만난 후엔 기태를 제외하곤 없던 일이었다. 그러나 다현이라면 자신의 호의를 다른 뜻으로 오해하지 않을 것 같아 마음이 편안했다.

“네. 감사합니다.”

다현이 미소 지으며 고개를 끄덕였다.

다음 날, 평소보다 일찍 출근한 다현이 엘리베이터 앞에 섰다. 쌍둥이 동생들이 축구부 활동을 시작한 후로 평소보다 일찍 등교했다. 학교 가는 거라면 질색하던 둘이 신나서 학교로 달려가는 걸 보면서 다행이라는 생각이 들었다. 동시에 둘 다 축구를 하겠다고 나서면 어째야 하나라는 생각도 들었다.

아마 굉장히 돈이 들 텐데…….

그래도 여력이 되는 한 끌어주고 싶었다. 가슴속에 고이 품고 있던 꿈을 깨트리는 건 자신만으로 충분했으니까.

다현의 눈동자 위로 깨진 꿈 조각을 부여 쥐고서 울었던 어린 자신이 떠올랐다. 노래를 부르고 싶었지만 번번이 실패했다. 거기다가 안 좋은 일까지 생기면서 완전히 그 꿈을 접어버렸다.

씁쓸하게 웃던 다현이 눈을 내리깔았다. 모두 옛일이었다. 지금은 어린 동생들이 자신의 삶을 열심히 사는 걸 보는 것만으로도 행복할 것 같았다.

다현이 미미하게 미소를 지으며 서 있다가 무심코 옆에 선 사람을 흘깃 보았다.

재윤과 똑같은 얼굴. 그러나 이마를 훤히 드러낸 스타일. 습관적으로 미간을 좁히고 있는 무서운 표정을 보고서야 강재라는 걸 알았다. 회사를 다니면서 강재를 종종 보긴 했지만, 이토록 가까이서 보는 건 처음이었다.

그녀는 당황스런 마음을 숨긴 채 두 손을 다소곳이 앞으로 모으고서 강재에게 인사했다.

"안녕하세요."

다현의 인사에 반사적으로 네, 라고 짤막하게 대답한 강재가 고개를 돌리다 말고 그녀를 보았다.

강재는 자기에게 인사한 여자가 재윤의 비서라는 걸 알아보았다. 스토커 같은 비서에게 당한 후로, 유난히 여자 비서를 놓고 까탈스럽게 굴던 재윤이 모처럼 오랫동안 곁에 두고 있는 비서였다.

'일 처리도 깔끔하고, 뒷말도 없고, 조용하기도 하고. 괜찮아.'

재윤은 자신의 비서를 놓고 그렇게 평했다. 재윤의 말에 강재는 처음으로 안도했었다. 재윤에게서 기태를 빼앗아온 걸 내심 신경 쓰던 차였다.

강재가 다현을 보며 이런저런 생각을 하며 안도하고 있는 사이, 다현의 목덜미엔 점점 힘이 들어갔다.

왜 자신을 쳐다보는 걸까. 그것도 눈에 불을 켜고서. 자신의 형제에게 잘 하라는 건가. 아니면 자신의 형제 비서로는 마뜩찮다는 건가.

다현의 머릿속이 복잡하게 돌아갈 무렵, 강재의 시선이 떨어졌다. 어떤 말을 할 거라는 예상과 달리 그는 헤어지기 전까지 아무 말도 하지 않았다.

"후우."

엘리베이터에서 내린 다현이 긴 한숨을 내쉬었다. 아주 잠깐 엘리베이터만 같이 탔을 뿐인데 무섭다. 다현은 휴대폰을 꺼내 기태에게 문자를 보냈다.

[화이팅!]

왠지 그를 응원해 주고 싶은 아침이었다.

"어딜 갈까요?"

퇴근 시각, 재윤이 책상 앞에 서 있는 다현에게 다가가 물었다.

"어떤 거든지 다 괜찮습니다. 아무거나 다 잘 먹습니다."

다현이 마주 미소 지으며 대답했다.

"'아무거나'라는 그 메뉴가 제일 무서운 거 알아요? 그럼 못 먹는 걸 말해 봐요."

"날것 빼곤 다 괜찮아요."

다현의 대답에 재윤이 고개를 뒤로 젖혔다. 잠시 고민하듯 그의 눈동자가 이리저리 움직였다.

"그럼 분위기 좋은 데서 식사할까요? 내가 가자는 데로 갈래요?"

"네."

다현이 가볍게 고개를 끄덕였다. 엘리베이터로 먼저 걸어가던 재윤이 뒤로 돌아섰다. 다현이 한 발자국 뒤에서 걸어오고 있었다. 자신도 모르게 손을 뻗을 뻔한 재윤이 주먹을 꽉 쥐었다. 곁에 있는 사람이 편하면 그는 곧잘 스킨십을 했다.

옆에 오라며 잡아당긴다거나, 우산을 씌워줄 때 일부러 가까이 서는 식이었다. 그런 행동이 여자로 하여금 오해를 산다는 따끔한 질책을 받은 후 조심하려 했다. 그런데 자꾸만 방심하게 되는지 다현에게 편하게 행동하려 했다.

재윤은 손을 말아 넣은 채 턱으로 자신의 옆자리를 가리켰다.

"조금 가까이 서는 게 어때요?"

재윤이 바지 주머니에 손을 넣은 채 싱긋 웃었다.

"아니에요. 보는 눈이 많은 회사에선 조심하는 게 좋을 것 같아서요."

"우리가 불륜도 아니고, 함께 일하는 사람들인데 뭐 어때서요? 나는 가까이서 이야기하며 가는 걸 좋아해서요. 곤란한가요?"

재윤이 미소 지으며 말했다. 가까이 있고 싶다라는 그의 말에 얼굴을 붉히거나, 조금 놀라는 여자들과 달리 잠시 고민하던 다현은 한 발자국 성큼 다가왔다.

"이 정도면 괜찮은가요?"

다현이 고민하는 얼굴로 물었다. 꽤 가까운 거리에 재윤이 자신도 모르게 상체를 뒤로 젖혔다. 자신을 놀라게 해놓고 다현은 평연한 얼굴로 앞을 바라보고 있었다. 잠시 긴장했던 재윤도 금세 어깨에 힘을 푼 채 엘리베이터를 바라보았다.

여자랑 이렇게 가까이 선 건 오랜만이었다. 그래서일까. 희미하게 곁에서 전해지는 향기가 좋다고 느껴지는 건.

"상무님."

어느새 엘리베이터 안으로 들어간 다현이 그를 불렀다.

"……들어갑니다."

생각에 잠겨 있느라 다현이 사라진 줄도 몰랐던 재윤이 한 박자 늦게 엘리베이터로 올라탔다.

재윤이 다현을 데리고 간 곳은 회사에서 멀지 않은 퓨전 한식 식당이었다. 고즈넉한 기와집이 아닌, 고층에 자리한 식당은 탁 트인 전망을 갖고 있었다. 거기다가 프라이빗 룸을 갖고 있어서 접대하기에 좋은 곳으로 유명해 사람들이 곧잘 찾았다.

다현은 화려한 전망을 보며 넋을 놓고 있다가 메뉴판을 보곤 금세 얼굴을 굳혔다. 식사 한 끼의 값으로 지불하기엔 너무도 비쌌다.

"상무님."

다현이 딱딱한 목소리로 그를 불렀다. 재윤이 그녀의 손에 들려 있는 메뉴판을 빼앗았다.

"이건 접대 받는 분이 볼 게 아니죠. 어떤 거 좋아해요? 메뉴는 내가 다 꿰고 있으니까 괜찮은 걸로 추천해 줄게요."

"여긴 너무……."

비싸요, 라는 말을 하려 할 때였다.

"다현 씨."

재윤의 장난스런 목소리에 다현이 고개를 들었다. 메뉴판을 보고 있던 재윤이 어느새 그녀의 얼굴을 똑바로 바라보고 있었다. 여유로운 미소에 평온한 눈빛이었다.

"우리 비서님 대접하기엔 비싼 값 아니니 편하게 생각해요."

재윤의 말에 다현은 설명하기 힘든 기분을 느꼈다.

우리 비서님.

자신의 사람이라고 도장을 꾹 찍는 듯한 느낌이었다. 더군다나 진심으로 대접받는 기분이었다.

하지만 너무 비싼 것 같은데…….

다현의 내적 갈등이 치열해졌다.

"오늘만큼은 걱정하지 말고 먹어요. 이 정도는 충분히 얻어먹어도 될 일들을 했으니까요. 자꾸 거절하거나 부담스러워하면 대접하는 내 마음이 불편하지 않겠어요?"

재윤의 뼈있는 말에 다현은 잠시 당황했다. 그러고 보니 재윤의 마음을 고려치 못했다. 대접받는 사람이 연달아 거절하고 불편해하면 대접하는 사람이 더 힘들어지기 마련이다.

"죄송해요. 그럼 감사한 마음으로 잘 먹겠습니다."

"그렇게 생각해 주면 고맙죠."

재윤이 싱긋 웃었다. 종업원을 부른 재윤이 몇 가지 메뉴를 주문했다. 음식을 기다리는 동안 재윤은 다현을 보았다. 그녀는 환한 얼굴로 창밖을 바라보고 있었다. 조용하고 단정하던 얼굴은 오간 데 없이 아이처럼 천진난만했다.

"비서 일은 어떻게 시작하게 된 거예요?"

재윤이 물티슈로 손을 닦으며 물었다. 그제야 다현의 시선이 재윤에게로 향했다.

"첫 직업이 비서였어요. 본래는 총무과로 지원했는데, 면접관이 '비서직 어때요?' 라고 물으시더라고요. 그땐 취업하는 게 급해서 할 수 있다고 대답했어요. 그랬더니 정말로 비서직으로 취직이 되었더라고요. 뭐가 뭔지 몰라서 닥치는 대로 배우고 나니 어느새 2년 차 비서가 되어 있더라고요. 이제

와 다른 직업으로 바꿀 수도 없고, 하다 보니 적성에 맞는 것 같아서 계속하게 되었어요."

말을 하는 내내 다현의 표정은 평소보다 편안해 보였다.

이게 본래 표정인가 보네.

평소 회사에선 직업용 미소만 지어서 딱딱한 사람인 줄 알았는데, 사석에선 꽤 말도 잘했다. 재윤은 흥미진진한 얼굴로 다현을 바라보았다.

"상사가 쌍둥이인 건 처음이죠? 당황하진 않았어요?"

재윤이 계속해서 질문을 건넸다. 그는 상대방에게 질문형으로 물음으로써 대화를 이어가곤 했다. 그러다 보면 완전히 긴장이 풀린 상대방은 마음을 터놓고 이야기하곤 했다.

그는 어렸을 적부터 재벌가의 자식이라는 이유로 동경과 시기, 질투를 동시에 받았다. 그 감정들 아래엔 경계와 거리감이 늘 있었다. 그것들을 허물기 위해서 재윤은 더 소탈한 척 굴었고, 상대방에게 더 많은 질문을 하며 관심을 보이곤 했다. 그것들이 습관이 되어 상대방에게 먼저 질문하면서 대화를 시작하곤 했다.

"처음엔 당황했지만, 곧 적응했어요. 저희 동생들도 쌍둥이거든요."

"아, 그래요?"

재윤이 흥미롭다는 시선으로 다현을 바라보았다. 요즘은 흔하다고는 하지만, 의외로 찾기 힘든 게 쌍둥이였다.

그래서 강재와 자신이 다르다는 걸 한번에 알아본 건가 싶기도 했다.

"네. 그래서 상무님이 쌍둥이라는 게 많이 어색하진 않았어요. 상무님은 쌍둥이라서 어떠세요? 좋으신가요?"

"모든 게 동전의 양면처럼 그렇죠. 좋을 때도 있고, 나쁠 때도 있고."

"그렇군요. 제 동생들은 늘 그렇게 말해요. 하드웨어가 똑같다고 소프트웨어까지 똑같을 거라고 생각하지 말라고. 쟤는 파란색을 좋아하고, 나는 초록색을 좋아한다고, 라고요."

다현의 말에 재윤이 소리 내어 웃었다. 다현이 놀라 눈을 동그랗게 뜨자 재윤이 손으로 입가를 가렸다.

"아, 미안해요. 굉장히 공감 가서요. 동생분들 말이 맞아요. 우린 생긴 게 똑같은 거지, 같은 걸 좋아하진 않거든요. 하나부터 열까지 취향이 모조리 달라요."

재윤이 웃는 얼굴로 말했다.

"상무님과 이사님은 어떻게 다르신데요?"

다현이 순수한 호기심으로 물었다.

"표정부터 다르지 않던가요?"

재윤의 말에 다현은 '아.' 하며 고개를 주억거렸다.

"많이 다르죠?"

"네. 상무님은 편안한 이미지인데, 이사님은 뭐라고 해야 할까요? 조금 엄하고 강한 느낌이에요."

"맞아요. 어렸을 때부터 대충대충 하던 나와는 달리, 강재는 똑 부러졌어요. 강재가 전 과목을 90점 이상 받는다면, 나는 좋아하는 과목을 100점 받는 스타일이었어요. 그것 때문에 부모님은 매번 '똑같은 뱃속에서 나와 왜 이렇게 다르니.' 라고 말하곤 하셨죠."

재윤이 웃으면서 대답했다.

"태어날 때부터 비교당해서 힘드셨겠어요."

"처음엔 그랬어요. 그러다가 나중엔 그러려니 했죠. 적응 안 하면 내가 더 피곤해지니까요. 부모님이 뭐라고 하시면 다현 씨의 동생들처럼 그렇게 말했어요. 우리는 다르다고요. 똑같이 생긴 놈들이 시험 점수까지 똑같으면 안 무섭겠냐고요. 그랬더니 부모님이 아무 말씀 못 하시더군요."

재윤이 웃으면서 말하자, 다현이 빙그레 미소 지었다. 공감할 만한 이야기가 생각난 모양이었다.

"그리고……"

말을 하려던 재윤이 멈칫했다. 뭔가 이상했다. 질문을 꺼낸 건 자신인데 어느새 자신이 더 많은 이야기를 하고 있었다. 더군다나 스스로 보기에 자신은 들떠 있기까지 했다.

왜지?

누군가에게 이렇게 자신의 이야기를 많이 해본 건 오랜만의 일이라 그는 조금 당황했다.

다현이 왜 그러냐는 말을 하려던 차에 종업원이 들어와 음식을 차리자 입을 다물었다. 고민하던 재윤은 모처럼 쌍둥이 이야기가 나와서 그렇겠거니, 라고 여겼다. 그러나 자신의 생각이 틀렸다고 느낀 건 식사시간이 끝날 즈음이 되어서였다.

어느덧 정신을 차려보니 재윤은 자신이 더 많은 이야기를 했다는 걸 깨달았다. 다른 누군가에게 쉽게 하지 않는 학창시절 이야기까지 모조리 꺼내놓았다.

재윤은 의외라는 눈으로 다현을 바라보았다. 상대방에게서 이야기를 잘 끌어내는 스타일이었다. 자신보다 훨씬 더.

오히려 식사시간이 끝난 게 아쉽다는 생각이 들었다. 이런 기분은 오랜만이었다. 언젠가부터 친하게 지내는 몇 사람이 아닌 다른 사람과의 식사자리는 불편했다.

겉도는 대화, 목적이 있는 식사자리, 눈치게임처럼 상대방의 의중과 심리를 파악해야 하는 것까지.

그래서 그는 언젠가부터 타인과의 식사자리는 차를 마시는 시간으로 모조리 바꾸었다. 오늘만 해도 다현에게 맛있는 식사 한 끼 간단히 사주고 일어날 생각이었다. 이렇게 한 시간 반이 훌쩍 지날 줄 몰랐다. 이대로 일어나야 한다는 걸 알면서도 뭔가 아쉬웠다.

"이제 그만 일어날까요?"

잠시 고민하던 재윤이 고개를 들었다. 다현이 핸드백을 든 채 그에게 물었다. 그녀는 이미 나갈 준비를 마쳤다.

"그러죠."

다현을 더는 잡을 명분이 없어서 자리에서 일어났다.

"계산하고 내려갈게요. 먼저 1층에 가 있어요."

재윤의 말에 다현은 먼저 엘리베이터를 타고 1층으로 향했다. 건물 밖으로 나온 다현은 숨을 깊게 들이마셨다. 좋은 밥을 먹어서인지, 아니면 금요일이라서인지 모르겠지만 기분이 꽤히 좋았다.

역시 좋은 사람이 맞구나.

다현은 재윤과의 대화를 곱씹으며 생각했다. 그는 말을 재미있게 하는 사람이었다. 상대방이 이야기를 잘할 수 있도록 리액션도 있었고, 타인의 이야기가 모두 끝난 후 자신의 이야기를 이어갔다. 기본적으로 대화의 매너가 있는 사람이었다. 이런 사람을 만나기란 쉬운 일이 아니었기에, 다현은 조금 아쉬운 마음도 있었다.

상사가 아니라 아는 선배였다면 얼마나 좋을까.

상사이기에 남아 있는 조금의 벽이 아쉽게 느껴졌다.

"아유, 이게 누구야? 성다현 씨 아냐?"

갑자기 들리는 목소리에 다현의 얼굴이 딱딱하게 굳었다. 짧은 목소리였지만 그녀는 목소리의 주인이 누군지 단박에 떠올랐다. 잊을 수 없었다. 고개를 돌리자 넥타이를 반쯤 풀어헤친 남자가 어슬렁거리며 다가왔다.

자신의 예상이 맞아떨어졌다는 걸 안 다현의 얼굴이 완전히 굳었다.

"이야, 오랜만에 만났는데 인사도 없는 거야? 이거 완전 섭섭한데?"

남자에게선 술 냄새가 났다. 다현의 굳은 얼굴은 펴질 줄 몰랐다.

"안녕하세요."

다현이 가까스로 인사를 건넸다.

"날 이제야 알아본 거야? 섭섭한데?"

다현은 대답하지 않았다.

그는 다현의 이전 직장 상사였다. 마흔이라는 나이에 본부장이 된 그는 욱하는 성질에, 마음에 들지 않으면 고래고래 소리를 지르는 성질머리를 갖고 있었다. 그 때문에 일하는 내내 힘들었다. 거기다가 비서를 종쯤으로 여기는 사람이라 새벽이든 밤이든 시간을 가리지 않고 불러내기 일쑤였다.

거기까진 어떻게든 참을 수 있었다. 월급도 높은 편이고 회사의 복지도 괜찮은 편이었다. 어린 동생들이 고등학생이 되면서 돈이 들어갈 곳이 많아 꾸역꾸역 참았다.

문제는 친구의 결혼식에 갔다가 본부장의 연락에 부랴부랴 회사에 들러 USB를 챙겨 그의 집으로 향한 날부터 시작되었다. 왜 이렇게 늦게 왔냐며 인터폰에 대고 온갖 화를 다 내던 그가 신경질적으로 문을 열어젖혔다. 늘 그렇듯 문을 열고도 한참이나 화를 낼 거라는 예상과 달리 본부장은 잠잠했다.

본부장의 시선이 그녀의 머리부터 발끝까지 훑었다. 뭔가를 먹고 있었는지 부스러기가 묻은 입술이 느슨하게 늘어났다.

'다현 씨도 그렇게 입을 줄 알아?'

습도 높은 목소리가 끈적하게 몸에 달라붙었다.

'진즉에 그렇게 좀 입고 다니지. 보기에 얼마나 좋아. 이 예쁜 다리를 숨겨놓고 있었네?'

본부장의 목소리가 점점 더 끈적해졌다. 다현은 다급히 USB를 내밀었다.

'여기 있습니다. 그럼 쉬십시오. 내일 뵙겠습니다.'

다현이 인사를 하고 돌아설 때였다. 본부장이 그녀의 어깨를 잡았다. 꺄악, 하고 소리도 나오지 않았다. 굳은 얼굴로 본부장만 바라볼 때였다.

'이런. 뭐 그리 급해? 일요일인데? 집에 들어와서 차 한잔해.'

'아뇨. 괜찮습니다. 사모님과 좋은 시간 보내세요.'

그러자 본부장의 얼굴이 확 구겨졌다.

'우리 부인 이야기가 왜 나와? 친정 갔어. 들어와서 차 한잔해. 아니, 배고픈가? 뭐 시켜줘? 아니다. 여기보단 나가서 먹는 게 낫겠지? 아니다. 들어와. 일단 들어와서 결정하자고.'

본부장의 표정이 미묘하게 바뀌었다. 순간 다현의 머릿속이 아찔해졌다.

'약속 있습니다. 죄송합니다.'

다현이 자신의 어깨를 잡은 본부장의 손을 떼어냈다. 그러자 본부장의 표정이 급속도로 얼어붙었다. 그녀는 본부장이 뭐라고 하기도 전에 얼른 그 자리를 피했다.

그다음 날부터 본부장의 괴롭힘이 시작되었다. 그녀가 하는 족족 마음에 안 든다며 다시 해오라고 하기 일쑤였다. 그렇게 채찍을 때리다가 어느 순간엔 당근을 내밀었다.

'그러게 나랑 같이 밥 한 끼 하자니까.'

본부장이 식사 이상을 원한다는 게 느껴졌다. 수치심이 들어 회사의 감사실에 신고했지만, 무슨 이유에서인지 어떤 제재도 이루어지지 않았다. 오히려 어디서 그 소식을 전해 들었는지 본부장은 그녀에게 입에 담기 힘든 말을 쏟아냈다. 성적 수치심에 이어 인격모독까지 당하자 더는 참을 수가 없어 사직서를 내민 그녀에게 본부장은 못마땅한 얼굴로 말했다.

'그러게. 왜 일을 이렇게 만들어? 요즘 같은 경기에 취업하기 쉬운 줄 알아? 다른 곳 어디 가려고 덜컥 사직서 같은 걸 내밀어? 그러지 말고 오늘 나랑 저녁 한 끼 하자. 이야기하면서 서운한 게 뭔지, 섭섭한 게 뭔지 이야기하면 될 거 아냐? 내가 요 앞에 호텔 레스토랑 예약해 놓을 테니까. 응?'

호텔이라는 그 말에 소름이 돋았다. 울컥 눈물이 나려 했다. 그와 반대로 머릿속은 차가워졌다. 그녀는 본부장을 똑바로 쳐다보았다.

'그 말 철회하세요. 노동부에 신고하기 전에.'

'뭐야?'

'따님 있으시죠? 딸이 커서 일을 하는데 자기보다 10살 넘게 많은 상사가 호텔 운운하면 기분 좋으시겠어요?'

'이년이 미쳤나?'

'본부장님이 듣기에도 미친 소리 같으시죠? 그 소리를 저한테 하신 거예요. 그 미친 소리 이제 더는 안 들을래요. 그리고 한 번만 더 밤에 전화하시면 내역 캡처해서 사모님한테 보내겠습니다. 본부장님이 보내신 문자 메시지까지 함께요.'

'야……! 야!'

시뻘게진 본부장이 그녀에게 삿대질을 하기 시작했다. 그에게서 험한 소리가 나오기 직전이라는 걸 알아챘다.

'부디 모범적인 가장, 보고 배울 수 있는 아버지가 되시길 바랄게요.'

그녀는 다소곳하게 인사를 한 후 미리 챙겨둔 핸드백을 들고 회사를 빠져나왔다. 이후 본부장에게 전화가 쏟아졌다. 그녀가 본부장이 보냈던 욕과 협박메시지들을 캡쳐해서 메시지로 보내며 '한 번만 더 전화하시면 이 메시지 경찰한테 넘길 거예요' 라고 말하고서야 잠잠해졌다.

그랬던 남자를 몇 달이 지난 지금에서야 마주하게 되었다. 그는 일행과 함께였다. 술에 취했는지 본부장이 비틀거리며 다가와 그녀의 어깨를 감쌌다.

"그래, 요즘은 직장 구했어? 구하기 힘들지? 그러게 왜 일을 관둬서 힘든 일을 자초하고 그랬어? 응?"

그의 손이 슬쩍 내려와 그녀의 허리에 닿았다. 다현이 한 걸음 물러서서 그의 손을 피했다.

"술 많이 취하신 것 같은데 귀가하세요."

다현이 그의 일행을 바라보았지만 그들은 난처한 표정을 짓고 있었다. 아무래도 거래처의 사람들인 모양이었다.

"오랜만에 만났는데 그럴 수야 있나. 이리 와봐. 오랜만에 만나서 반가운데 한 번 안아보자고. 응?"

"제 몸에 손대지 마세요."

다현이 두어 걸음 물러섰다. 그러자 얼음물이라도 뒤집어쓴 듯 본부장의 얼굴이 대번에 차갑게 굳었다.

"아직도 이래? 요즘 것들은 이래서 문제라니까. 몸에 손만 대면 파르르. 아니, 내가 뭘 어쨌다고? 자기가 굉장히 섹시한 줄 안다니까, 참나."

"그만하세요."

다현이 핸드백을 쥔 손에 힘을 꽉 주었다. 잊고 있었던 과거의 수치심이 몰려들었다.

"야! 성다현. 이게 과거 일 잊고 좋게 지내자고 해도 지랄이네. 나도 눈이 있어. 아무거나 안 주워먹는다고. 너보다 좋은 것들 돈 몇 푼 주면 좋다고 달려온다고. 아주 지랄을 해요. 지랄을. 다들 안 그래?"

본부장이 소리치며 쳐다보자 일행 남자 두 명이 마지못해 하하, 하고 웃었다. 그들은 난처한 듯 얼굴을 구기고 있었다. 다현이 보다 못해 먼저 돌아가려 할 때였다.

"무슨 일이십니까?"

익숙한 목소리에 다현의 고개가 돌아갔다. 계산을 마치고 나온 재윤이 본부장 무리와 다현을 번갈아 보았다.

"아무것도 아니에요. 가요."

다현이 재윤의 옷자락을 잡아당겼다.

"아. 데이트 중이셨어? 이보슈. 그 여자 조심해요. 손만 대면 아주 파르르. 자기가 뭐라도 되는 줄 아는 여자니까. 누굴 범죄자 취급해? 그다지 볼 곳도 없는 게. 나라면 그런 여자 안 만나요. 멀쩡하게 생겨서 어쩌다 저런 여자한테 걸렸어요?"

본부장이 삿대질을 하며 킬킬거렸다. 다현의 목이 벌겋게 달아올랐다. 그녀가 휴대폰을 꺼냈다. 112 숫자를 누르려는데 자꾸만 손가락이 어긋났다. 1을 누르고 싶은데 2가 눌러졌다. 애써 눌러보면 1112를 눌러놓았다. 다현이 번호를 지우려고 하는 찰나, 큰 손이 휴대폰의 액정을 가렸다. 고개를 들어 보니 재윤이 그녀의 휴대폰을 가린 채 본부장을 보고 있었다.

"덕분에 이 여자가 어떤 사람인지 알겠네요."

재윤의 말에 다현의 가슴이 덜컹 내려앉았다. 동시에 본부장의 입술이 헤벌쭉 올라갔다. 재윤이 말을 이었다.

"그쪽과 거리를 두려는 것만 봐도 안목 합격, 그쪽의 그 모욕적인 발언에 이만큼 참아내는 걸 보니 인내력 합격, 차분하게 112에 신고하려는 것만 봐도 대처 능력 합격. 거기다가 이 정도 성격, 외모까지 갖췄으니 저한테는 과한 사람이죠."

"뭐, 뭐야? 이 자식이!"

본부장이 성큼 다가와 재윤의 멱살을 거머쥐려고 손을 뻗었다.

뚝.

순식간에 본부장의 팔이 뒤로 꺾였다.

"악!"

본부장의 머리가 순식간에 아래로 숙여졌다. 이거 놓으라며 본부장이 소리쳤지만, 재윤의 손아래에서 속수무책이었다. 본부장의 일행들은 뭐 하는 짓이냐고 소리치긴 했지만 적극적으로 말리지 못했다.

"초면에 어디다가 이 자식입니까? 우리 부모님 슬퍼하시게. 앞으로 다현 씨한테 아는 척하지 마세요. 더 부끄러운 꼴 당하기 싫으면 말입니다."

"으, 윽! 이 새끼가!"

"대답 안 하십니까?"

재윤이 상황에 어울리지 않게 나긋나긋한 목소리로 물었다.

"이, 이 새끼가 이러고도 무사할 줄 알아?"

"네. 전 충분히 무사한 새끼니까 신경 쓰지 마시죠. 그리고 전 대답하라고 했습니다. 싫으시면 경찰 올 때까지 한번 버텨보던가요. 눈앞의 이 새끼는 보다시피 남는 게 힘이거든요."

"으, 윽!"

재윤이 손에 더 힘을 주자 그의 팔이 볼품없이 꺾였다. 팔이 빠질 것 같은 고통, 얼굴에 피가 쏠리는 고통에 본부장의 눈이 시뻘게졌다.

"아, 알았네."

더는 참지 못한 본부장이 사과를 했다. 재윤이 내팽개치듯 본부장을 밀어 냈다. 그가 볼품없이 바닥을 굴렀다.

"이 새끼가!"

본부장이 부들부들 떨었다. 다시 일어나 재윤에게 덤비려 했으나 몸이 말을 듣지 않는 듯 몇 번이고 주저앉았다. 이를 보다 못한 일행들이 본부장을 부축했다. 본부장은 가만히 두지 않겠다는 말과 달리 몸도 제대로 가누지 못한 채 끌려갔다.

순식간에 거리가 조용해졌다. 다현은 누군가에게 흠씬 얻어맞은 듯 머리가 멍했다. 힘겹게 돌아선 다현이 재윤을 보았다.

"죄송합니다."

다현의 사과에 재윤의 얼굴이 구겨졌다.

"다현 씨가 왜 사과를 해요?"

"저 때문에 불미스러운 일에 엮이셨으니까요."

재윤의 고개가 비스듬히 기울어졌다. 그는 핸드백을 쥔 다현의 손을 보았다. 애써 침착한 척하고 있지만 가늘게 떨리는 손끝까지는 숨기지 못한 듯했다. 놀란 듯 빠르게 깜빡이는 눈 또한 마찬가지였다.

"그래서 고마워요, 안 고마워요?"

"아! 고맙습니다. 그 인사를 먼저 했어야 했는데, 경황이 없었네요."

재윤은 다시금 입을 다문 채 어쩔 줄 몰라 하는 다현을 바라보았다. 정말로 경황이 없어 보이는 표정이었다.

흔들리는 눈빛, 마른 입술, 백지장처럼 하얗게 질린 얼굴까지.

왠지 안타까웠다. 이대로 헤어졌다간 더 힘들어할 거 같았다. 재윤이 바지 주머니에 손을 찔러 넣었다.

"오늘 식사 사주셔서 감사합니다. 그리고 이런 모습 보여 드려 죄송합니다. 내일 뵙겠습니다."

다현이 긴 인사 끝으로 다소곳하게 인사를 했다.

"성다현 씨."

재윤이 뒤돌아서는 다현을 불렀다. 다현이 쳐다보자 재윤이 꽉 다물려 있던 입술을 달싹였다. 그 짧은 순간, 그는 갈등했다.

"술 마실 줄 알아요?"

갈등은 여전한데 입술이 제멋대로 움직였다.

"네? 아, 네."

"그럼 술 한잔할래요?"

"……."

"그 얼굴로 집에 들어가면 쌍둥이 동생들이 굉장히 놀랄 거 같은데요? 스크린 찢고 나온 귀신 같아요."

"아……."

다현이 손으로 제 뺨을 감쌌다. 그리고는 고민하는 눈으로 재윤을 바라보았다. 이대로 집에 들어갈 순 없었다. 그렇지만 상사와 술을 마시는 게 옳은지도 답이 서질 않았다. 괜히 술을 마셨다가 실수할까 봐 겁이 났다.

"간단히 한잔이에요. 놀란 마음 추스를 정도의 양. 구해줬으니 가볍게 한잔 사줘요."

마치 고민을 꿰뚫어 본 듯 건넨 재윤의 말에 다현의 마음이 흔들렸다. 그 사이 재윤이 그녀 앞으로 성큼 다가왔다.

"고민하다가 여기서 날 새겠는데요?"

재윤이 웃는 얼굴로 말을 건넸다. 선선하게 휘어지는 눈과 반듯한 입꼬리를 보자 왠지 안심이 되었다.

아주 잠깐이면 되지 않을까. 기태도 분명 좋은 사람이라고 했으니까. 그리고 조금만 마시면 될 테니.

잠시 고민하던 다현의 고개가 위아래로 움직였다.

"네. 그럼 술은 제가 사게 해주세요."

"그래요, 그럼. 취하지 않을 만큼만 마셔요. 나는 다현 씨 집주소 모르니까요."

"네. 알겠습니다."

그의 농담에 다현이 옅게 웃으며 고개를 끄덕였다. 간단히 술을 마시고 갈 만한 장소를 찾아 재윤이 주변을 둘러보았다.

문득 기태의 말이 떠올랐다.

'선배는 여자랑 술 마시지 마요. 특히 취할 만큼 마시지 마요. 진짜.'

취할 만큼만 안 마시면 되는 거 아닌가. 어차피 가볍게 한잔 마시니 취할 일도 없을 것 같았다.

툭, 툭.

뭔가가 몸을 건드렸다. 일어나야 한다는 생각을 하면서도 몸이 움직여지지 않았다.

툭, 툭.

이전보다 센 강도로 몸을 쳤다. 의식이 희미하게 깨어나자 찰나에 수십 가지 장면이 머릿속을 스치고 지나갔다. 그 마지막엔 출근, 이라는 단어가 떠올랐다. 출근을 떠올리자 몸이 더욱더 천근만근이 되었다.

일어나야 하는데.

그 생각을 하면서도 몸은 마음과 달리 이불 속을 파고들었다. 재윤이 다시금 잠들기 직전이었다.

"지금 잠이 와?"

이불 너머로 음산한 목소리가 들리고서야 재윤은 완전히 눈을 떴다. 창가 너머로 환하게 쏟아지는 햇살에 재윤이 얼굴을 찌푸렸다. 눈을 뜨자마자 그는 자신의 이불을 걷어차고 있는 강재의 긴 발을 보았다.

"대체 이건 무슨 예의야, 아침부터? 그리고 누가 내 방 들어오래?"

재윤의 말에 강재의 눈이 가느스름해졌다.

"지금 그런 말을 할 때가 아니야."

"그럼 지금 무슨 말을 할 때인데?"

재윤이 퉁명스럽게 받아쳤다.

"어제 어떻게 집에 돌아온 거 같아?"

"어제? 그야 당연히 퇴근하고, 술 한 잔 마시고……. 그리고……."

재윤의 말이 뚝 끊겼다. 머릿속이 암전이라도 된 듯 캄캄해졌다. 재윤이 눈을 번쩍 뜨더니 잠이 다 달아난 얼굴로 강재를 쳐다보았다.

"나 어떻게 돌아온 건데?"

"네가 유추해 봐."

재윤이 머리를 감싸 쥐었다. 다현과 함께 근처 술집에서 술을 마셨다. 다현과는 이야기가 잘 통했다. 단순히 쌍둥이라는 공통 화제가 있어서가 아니었다. 이야기의 주제는 전방위적으로 뻗어나갔다.

학창 시절 이야기, 회사 이야기, MT 이야기.

다현은 조곤조곤 이야기를 잘하는 편이었고, 상대방의 이야기도 잘 들어주었다. 다현 또한 자신이 하는 말을 집중해서 들어주었다. 그 때문이었을까. 함께 하는 시간이 꽤 길어졌고 마시는 술의 양도 늘어났다.

그리고 그 술집을 나온 후부터 기억이 나질 않았다.

"……네가 날 데리러 온 거지?"

재윤이 제발 맞다고 대답해 달라는 얼굴로 강재를 바라보았다. 그러나 강재는 칼바람이 쌩쌩 부는 얼굴로 '아니.' 라고 대답했다. 재윤의 얼굴이 절망으로 물들었다.

"그럼? 경찰차 타고 왔어?"

그런 일은 단 한 번도 없었지만 차라리 그러길 바랐다. 자신의 머릿속에 하나 남은 답변만큼은 아니길 바랐다.

"아니."

강재가 그의 빈약한 상상력을 비웃듯이 입꼬리를 끌어 올렸다. 끝없이 한심하게 바라보는 강재의 표정을 보고서야 재윤은 눈을 지그시 감았다.

"……다현 씨가 데려다줬구나, 날?"

"다현 씨가 네 비서라면 맞을 거다."

"하아."

재윤이 긴 한숨을 내쉬었다.

"한심한 놈."

강재는 혀를 끌끌 차더니 방을 휭하니 나갔다. 홀로 남겨진 재윤은 커다란 손으로 눈가를 가렸다. 눈 위로 어둠이 내리고도 그는 침착해지지 못했다.

어렵사리 구한 마음에 드는 비서였다. 그 비서에게 자신이 무슨 짓을 했을지 가늠이 되지 않았다.

다현이 관둔다고 하면 어쩌지.

그 일만큼은 상상하고 싶지 않았다.

"술은 대체 누가 만든 거야. 죽여 버리겠어."

재윤은 이 분통 터지는 마음을 주체하지 못하고 애꿎게 술을 만든 이를
탓하며 힘겹게 침대를 벗어났다.

❖

―그러니까 왜 그러시냐고요.

휴대폰 너머로 흘러나오는 기태의 목소리가 퉁명스러웠다.

"그냥 말 좀 해봐."

―그러니까 왜요?

기태가 여전히 퉁명스럽게 반문했다. 그도 그럴 것이, 아침 일찍 출근길
에 대뜸 전화해서는 '내가 너에게 어떤 주사를 부렸었지?'라고 물으니 황당
했다.

"과거를 통해 현재의 상황을 유추해 보려는 행위니까, 좀 말해봐."

재윤이 휴대폰을 반대 손으로 거머쥐며 말했다. 말을 하는 내내 재윤의
낯빛이 좋지 않았다.

―뭐, 한두 개겠어요?

"아니까 대충 생각나는 것만 말해보라고."

―기본형은 얼굴 보면서 헤실헤실 웃는 거, 거기서 옵션 하나 더 붙으면
눈웃음치는 거, 또 하나 더 붙으면 '오늘 행복하니까 선물 사줄게.'라면서
오만 곳 다 데리고 다니는 거. 그것만 있겠어요? 딱 봐도 작업 거는 거지. 내
가 남자였기에 망정이고, 선배……. 아니, 상무님을 오랫동안 봐와서 이 남
자가 또 지라…… 이 아니라, 주사구나 하지만 여자 같았어봐요. 이 남자가
나한테 마음 있나, 할 정도로 꼬시잖아요.

"……."

회사 로비로 들어서는 재윤의 얼굴이 점점 더 검어졌다. 결국 술에 취한 제2의 자아가 다현에게 작업을 걸었을 확률이 높다는 말이었다. 재윤이 차마 아무 말도 못 하는 사이, 새삼 분통 터진 듯 기태의 입에서 수많은 이야기들이 줄줄 쏟아져 나왔다.

—술 취해서 나한테 고무신 사준 건 기억나요? 인사동에서 술 마신 날? 그때 내 발에 고무신 신기고 한 말은 기억나고요?

"……그만해."

—그만하긴 뭘 그만해요. 물어놓고 그만하라는 건 어느 나라 법이래요? 그때 나한테 그랬잖아요. 네 발에 딱이구나. 하얀 발 좀 봐라. 곱구나, 고와. 그때 길 가던 사람들 다 웃고, 신발 팔던 사람도 배를 잡고 웃고……! 그 한 겨울에 양말까지 벗겨서 고무신 신게 하는 미친…… 후우, 그런 이상한 행동을 하는 사람이 어딨어요? 아직도 그 말이 잊혀지지가 않아요.

욱한 듯 미친놈이라는 말까지 하려던 기태가 가까스로 이성을 붙잡고서 소리쳤다. 평소라면 '도를 넘네?' 라며 제재를 했을 재윤도, '고무신' 이라는 말에 넋이 나갔다. 기태가 말하자 어렴풋이 떠올랐다. 그때 신데렐라에게 구두를 신겨주는 왕자님처럼 한쪽 무릎을 꿇고 고무신을 신겨주었다. 그때 흙빛이 되어 있던 기태의 얼굴을 떠올리곤 아침에 한참 웃었는데, 지금 생각하니 끔찍했다.

설마. 또 그러진 않았겠지.

"오늘 좋은 하루 보내라."

—안 좋은 기억 모조리 떠오르게 해놓고 무슨 좋은 하루를……!

재윤이 일방적으로 통화를 끊었다. 기태가 맺힌 게 많은 모양이었다. 그럴 수밖에 없었다. 자신이 생각해도 술에 취하면 위험했으니까.

그는 술에 취하면 평소보다 더 다정해지고, 애정표현을 많이 하며, 스킨십이 많아졌다. 그건 남자, 여자를 가리지 않았다. 그 때문에 오해를 많이 샀다. 다현이 오해했을까 봐 걱정이 되었다.

만약 다현이 다른 여자들처럼 오해해서 달려들면 어쩌나…….

갑자기 관자놀이가 지끈거렸다. 엘리베이터에 올라탄 재윤은 나오려는 한숨을 꾹 참았다. 그를 둘러싼 여직원들이 알아보곤 인사를 건넸지만, 평소처럼 다정하게 받아줄 수 없었다.

상무실로 향하는 발등이 무거워서 걸음이 옮겨지지 않았다. 가까스로 복도를 지나 커브를 돌았다. 가장 먼저 다현이 보였다. 자신의 발소리를 듣고 일어나 있던 모양이었다. 차라리 다현이 없길 바랐던 그는, 그녀를 보자마자 그 자리에 우뚝 멈춰 섰다.

"······좋은 아침입니다."

"좋은 아침입니다. 상무님."

다현이 평소처럼 깔끔한 인사를 건넸다. 재윤은 다현을 물끄러미 바라보았다. 할 이야기가 있으면 하라는 얼굴로 쳐다보았다. 그러나 돌아오는 다현의 시선은 담백했다. 되레 할 이야기가 있냐는 얼굴이었다.

"어제는······ 잘 들어갔어요?"

"네. 덕분에 잘 들어갔습니다."

"그래요?"

"네."

"······."

다시금 침묵이 찾아들었다. 별다른 반응이 없는 다현을 확인한 재윤은 가슴을 쓸어내렸다. 다행히 별짓을 하지 않은 모양이었다.

"오늘 스케줄은 뽑아서 주겠어요? 내가 확인할게요."

"네."

다현이 미리 출력해 놓은 일정표를 뽑아 재윤에게 내밀었다.

"고마워요."

인사를 하던 재윤의 말끝이 늘어졌다. 무심코 스쳤던 그의 시선이 다시금 다현의 발로 향했다.

"그거······."

재윤이 조심스럽게 물었다.

"네. 어제 상무님이 주신 선물입니다."

"……."

재윤이 막막한 눈으로 다현이 신고 있는 흰색 고무신을 보았다. 그러고 보니 어제 3차로 술을 마신 곳이 인사동이었다는 게 떠올랐다. 그 순간, 언뜻 고무신을 신은 다현에게 엄지손가락을 척 내밀고 있었던 자신의 모습이 떠올랐다. 땅으로 꺼지고 싶은 심정이었으나 재윤은 가까스로 정신을 차렸다.

"그걸 왜 신고 있어요?"

재윤이 넋이 나간 목소리로 물었다.

"내일 꼭 신고 있으라고 하셨거든요. 술주정 아니라는 말씀도 덧붙이셨어요."

"……내가 그런 말을 했나요?"

"네."

입이 있어도 할 말이 없다는 게 이런 경우일 거다. 재윤이 막막한 눈으로 고무신과 다현을 번갈아 보다가 고개를 휙 돌렸다. 상무실로 들어선 재윤은 평소와 같은 시원한 향을 깊게 들이마셨다.

"진정하자."

그러다 책상 위에 놓인 상자를 보았다. 책상에 다가가 상자를 연 재윤의 표정이 미묘해졌다. 그가 인터폰 버튼을 눌렀다. 아니, 누르려 했으나 손이 허공에서 삐끗했다. 그만큼 그는 정신을 차리기 힘들었다.

삑.

마침내 인터폰을 누른 재윤이 잠긴 목소리로 '잠시 들어오세요'라고 말했다. 잠시 후, 문을 열고 들어온 다현은 여전히 고무신을 신고 있었다. 재윤은 잠시 시선을 먼 곳으로 돌렸다가 다시 다현을 바라보았다.

"이게 뭔가요?"

재윤이 박스 안을 가리켰다. 정확히 박스 안에 얌전히 담겨 있는 검은색 고무신이었다.

"받기만 하는 건 예의가 아닌 것 같아서요."

"……그래서 내 걸 샀다는 겁니까?"

"사기는 어제 샀는데 미처 전해 드리지 못해서요."

"……."

"더 필요하신 거 있으신가요?"

"……아니요. 나가보시죠."

"네."

다현이 문을 닫고 나갔다. 잠시 눈을 감고 있던 재윤은 다시 눈을 떠서 책상 위에 놓인 박스를 보았다.

검정 고무신이라니.

두어 번 기태에게 선물해 준 적은 있어도, 결단코 자신이 받으리라고는 생각지도 못한 선물이 책상 위를 점령하고 있었다.

"하아."

재윤이 손으로 눈가를 덮었다. 그리고는 조용히 속으로 읊조렸다.

이런, 고무신 같은.

❖

입술을 꽉 깨문 기태의 턱이 바들바들 떨렸다. 그의 눈에는 눈물이 그렁그렁 맺혀 있었다. 언뜻 보면 눈물을 참는 것처럼 보이지만 그 앞에 앉아 있는 재윤은 알고 있었다.

"……그냥 웃어."

"푸하하하하!"

재윤의 허락이 떨어지기가 무섭게 기태가 박장대소했다. 식당이 떠나가라 웃음을 터트린 기태는 주변 사람들의 눈총을 받고서야 입을 다물었다. 그리고는 찔끔 난 눈물을 손등으로 닦아냈다.

기쁜 마음으로 퇴근길에 나서던 기태는 저승사자처럼 자신의 앞을 가로막은 재윤을 보고 기겁했다. 우중충한 낯빛만 봐도 안 좋은 일이 생긴 것 같아 도망치려는데, 생각을 읽은 것처럼 그의 목덜미를 잡아챘다. 재윤은 밥 먹자, 라는 말 한마디를 하자마자 자신을 끌고 회사 근처 식당으로 왔다. 그리고는 어젯밤부터 오늘까지 있었던 일을 쭉 전해 들었다. 고무신 이야기부터 웃음이 나오려는 걸, 재윤의 얼굴이 좋지 않아 참느라 죽을 뻔했다.

"어때요? 고무신을 선물로 받은 기분이?"

기태가 숨을 몰아쉬며 물었다.

"오묘해. 그것도 상당히 오묘해."

"그죠? 설명 못 하게 오묘하죠? 내가 그랬다고요. 난 거기다가 양말까지 벗겨졌잖아요. 그 한겨울에! 난 내가 전생에 신데렐라인 줄 알았네. 하여간에 지금까지 기억나는 건 없어요?"

"몇 가지만 나."

"어떤데요?"

"묻지 마."

재윤이 정색한 얼굴로 대답했다.

기태에게 했듯이 고무신을 신겨주거나, 손을 잡고 베실베실 웃는다거나, 애정표현을 하진 않았다. 다만 술을 마시는 동안 턱을 괴고서 따뜻하게 다현을 바라봤던 건 기억났다. 그리고 '다현 씨는 좋은 사람 같습니다.'라는 말을 세 번 정도 했다. 고무신을 사준 것 빼곤 치명적인 실수는 하지 않았다. 그럼에도 그다지 돌이켜 생각하고 싶지 않았다. 어떤 생각을 떠올리든 그 끝은 모조리 고무신으로 귀결되었다.

"아, 진짜! 그래서 내가 선배는 취할 때까지 마시면 안 된다고 했잖아요."

"취할 줄 몰랐어."

"그게 말이 되…… 겠네요. 하긴, 다현이면 말이 되죠. 다현이가 술이 엄청 세긴 세죠. 개랑 마시면 취하는 줄도 모르죠. 개 얼굴색이 안 변하니까, 나도 괜찮은 거 같은 착각이 들잖아요."

"술이 세?"

"네. 다현이가 술 취한 모습 본 적 없어요. 아마 저 말고도 본 사람 없을걸요? 다현이가 한 번은 취하고 싶다고 해서 술을 왕창 먹였는데, 저만 필름 끊기고 다현이는 멀쩡하게 걸어서 집 갔거든요. 장난 아니에요. 걔는."

"하아."

그런 고수에게 덤비다니.

재윤이 고개를 절레절레 내저었다.

"하여튼 나한테 고해성사하러 온 거예요? 다현이한테 고무신을 사줬고, 어젯밤 내가 지은 죄는 뭐고."

기태가 실실 웃는 얼굴로 물었다. 그런 거라면 죄를 사하겠습니다, 라고 말하는 기태를 재윤이 무심한 눈으로 바라보았다.

"그런 거 아니야."

"그럼요?"

"너한테 부탁하러 온 거야. 다현 씨가 다른 오해 하지 못하도록 말 좀 해줘. 물론 오늘 내가 말하긴 했어. 술에 취해 실수를 한 것 같아서 미안하다고. 다현 씨는 괜찮다고 하는데 오해할 수도 있으니까. 원래 술 취하면 사람 보면서 잘 웃는 놈이라고 말 좀 해달라고 온 거야."

"다현이가 오해한 거 같아요?"

기태가 묘한 웃음을 지으며 물었다.

"아니. 그런 건 아닌데, 혹시 모르니까."

"걱정할 필요 없어요. 걔는 절대로 오해 안 하니까. 아니, 상무님이 진지하게 사귀자고 덤벼도 다현이가 싫다고 할걸요?"

말을 마친 기태가 물잔을 들어 한 번에 비웠다. 재윤이 무슨 소리냐는 표정으로 쳐다보자, 기태가 답답하다는 표정으로 말을 이었다.

"말 그대로예요. 걔는 그런 오해 안 해요. 누가 자기 좋다고 덤벼도 '네가 착각하는 거 아냐? 네가 나를 좋아할 일이 뭐가 있는데?' 라고 되묻는 애예요. 걘 상무님이 만나왔던 그 어떤 여자와도 다르니까 걱정하지 마요."

"그게 말이 돼?"

"못 믿겠어요? 내기해도 좋아요."

"……그런 사람이 있어? 대체 어떤 사람을 소개시켜 준 거야?"

재윤이 미간을 좁히며 말했다.

"어떤 사람이긴요. 선배한테 완전히 적합한 사람을 소개시켜 준 거죠. 선배한테 완전 딱이에요."

기태가 웃으며 대답했다. 재윤은 반박하려다가 입을 다물었다. 기태의 말이 맞았으면 했다. 만약 그런 여자라면 맘 편하게 회사를 다닐 수 있을 것 같았다.

다현이 재윤의 뒤를 따라 걸었다. 외부 미팅을 다녀오는 길이었다. 처음엔 점심 약속이 있는 재윤과 미팅 장소 앞에서 헤어질 예정이었다. 그러나 재윤의 미팅이 길어져 약속이 취소되는 바람에 시간이 남았다. 곤란한 표정으로 시계를 들여다보던 재윤이 다현에게 물었다.

'점심 약속 있어요?'

'아뇨. 없습니다.'

'그럼 나랑 점심 한 끼 할래요? 혼자 밥 먹기 싫어서요.'

다현 역시 지금 회사로 돌아가면 간당간당하게 점심을 먹거나 혹은 아예 못 먹게 될 상황이었기에 다현은 '네.'라고 대답했다. 근처에서 밥을 먹기로 한 두 사람은 나란히 길을 걸었다. 낮시간에 길을 걷는 건 오랜만의 일이라 다현의 표정이 느긋하게 풀렸다.

봄이 다가오자 하루가 다르게 부는 바람이 따스해졌다. 하늘은 높아지고, 세상의 만물들은 푸른빛을 뿜내기 시작했다. 가로수마다 돋아난 새파란 잎사귀에 일에 지친 마음이 조금 편안하게 풀렸다.

"어떤 음식 좋아해요?"

"아무거나 괜찮아요."

"그럼 칼국수 먹으러 갈래요?"

재윤의 말에 다현이 조금 놀란 표정으로 쳐다보았다.

"왜 그렇게 봐요?"

"아니에요."

다현은 아무것도 아니라고 대답했지만 놀랐다. 내심 칼국수를 생각하고 있던 찰나에 재윤이 말해서 놀랐다.

그러고 보면 처음이자 마지막으로 가졌던 술자리에서도 이런 식의 대화가 많았다. 그녀가 생각한 주제를 재윤이 말하는 경우가 많았고, 다현이 뭔가를 말하면 재윤이 자신도 그런 생각을 한 적이 많았다며 이야기를 꺼내곤 했다. 대화가 잘 통한다는 사실 때문에 반가우면서도 한편으로는 상사인 게 아쉬웠다.

아는 오빠면 차라리 좋을 텐데. 재윤도 그럴까.

다현은 한걸음 앞서 걷는 재윤의 등을 보며 생각했다. 그러다 그녀는 고개를 가로저었다. 그럴 리가. 그는 외향적이고 주변 사람들에게 잘하는 사람이었다. 재윤이 습관적으로 자신에게 잘 맞추는 거라 생각하며 발을 움직였다.

두 사람은 재윤이 단골로 자주 찾아간다는 칼국수 집으로 향했다. 재윤은 자연스럽게 창가 쪽에 자리를 잡고 앉았다.

"여기 자주 오시나 봐요."

다현이 재윤에게 수저를 챙겨주며 물었다.

"네. 대학 때 선배 따라 자주 왔었어요."

대학시절 재윤은 가장 자유로운 시기를 보냈다. 집안을 숨긴 채 자유로운 대학생활을 즐기며 선배들, 동기들과 어울렸다. 좁은 원룸에 다 같이 모여 술도 마시고, 삼삼오오 어울려 야구장을 찾기도 했었다.

이젠 서로가 바빠 연락도 제대로 못 하지만, 그는 이 근처를 방문할 때가 있으면 함께 어울렸던 식당을 찾아 추억을 회상하곤 했다.

칼국수 두 그릇을 주문하고 재윤은 창밖을 바라보았다. 창밖의 풍경도 이전과 많이 달라져 있었다.

"힘드시죠?"

다현의 물음에 재윤이 고개를 돌렸다. 어느새 자신의 앞에 물컵, 수저, 티슈가 나란히 놓여 있었다. 다현의 깔끔한 성격이 보이는 듯한 상차림에 그는 옅게 웃었다.

"그러게요. 피곤하네요."

오전 내내 마라톤 회의가 진행되었다. 한시도 쉬지 못했다. 웃는 얼굴로 서로가 원하는 것을 쟁취하기 위해서 얼마나 싸웠던가. 지금 당장 푹신한 침대에 얼굴을 처박고서 잠들고 싶었다.

"피곤하긴 해도, 오랜만에 여기 오니까 좋네요. 대학 때 생각도 나고요."

근사한 슈트 차림을 하고 올 만한 곳은 아니지만 그는 개의치 않았다. 이렇게라도 한 번씩 해야 숨통이 트이는 기분이었다. 잠시 창밖을 바라보던 재윤이 고개를 돌렸다. 어느새 다현도 그를 따라 창밖을 바라보고 있었다.

고즈넉한 풍경처럼 평온한 옆모습이었다. 다현을 바라보고 있으니 호흡이 느릿해지면서 깊어졌다. 마치 아름다운 풍경을 만났을 때처럼.

"다현 씨는 무슨 생각 해요?"

잠시 바라보고 있던 재윤이 물었다. 궁금했다. 어떤 생각을 해야 그런 평온한 얼굴을 할 수 있는지.

"별생각 안 했어요."

"아무 생각도 안 한 건 아니라는 말이네요?"

"그냥…… 늘 생각하는 말들을 생각하고 있었어요."

"……."

말해보라는 듯 재윤이 다현을 지그시 바라보았다. 사람의 눈동자를 찔러오는 깊은 시선이 불편할 만도 하건만, 다현은 담담히 받아내며 입을 열었다.

"소리 내어 말하기엔 부끄러운 생각인데요."

"그 부끄러움은 내 몫일 테니 편하게 해봐요."

잠시 고민하던 다현이 느릿하게 말을 꺼냈다.

"지금 피곤한 건 내가 열심히 살고 있다는 증거다, 피곤한 게 아니라 나는 열심히 한 거다, 라는 생각을 하고 있었어요. 물론 일은 상무님이 다 하셔서 이런 말씀 드리는 게 부끄럽지만요."

"내가 다현 씨를 힘들게 했나 봐요."

"아뇨. 그건 아니고, 가끔 이유 없이 힘든 날 있잖아요. 그런 날이에요."

다현이 민망한 듯 웃었다. 그러나 재윤은 따라 웃지 못했다. 오늘따라 유난히 힘들었기에 그녀가 던진 말이 마음에 파동이 되었다.

멀어질수록 큰 반경의 원을 그리는 파동.

예민하게 돋아 올라와 있던 마음이 그녀의 말 한마디에 사르륵 녹아내리는 걸 느꼈다.

"그리고 상무님의 추억엔 이렇게 사람 냄새가 나는 곳이 있구나, 라는 생각도 하고 있었어요."

말을 마친 다현이 예쁘게 웃어 보였다. 마주 앉은 그는 따라 웃고 싶었지만 얼굴이 움직이지 않았다. 그런 그가 이상할 만도 하건만, 다현은 크게 신경 쓰지 않은 채 시선을 창밖으로 돌렸다.

"칼국수 나왔습니다."

식당 아주머니가 쟁반에다가 푸짐한 칼국수 두 그릇을 가지고 왔다. 그리고는 테이블에 척척 올려두고는 금세 사라졌다. 테이블엔 칼국수 두 그릇, 단무지와 깍두기가 담겨 있는 반찬그릇이 하나 놓여 있었다.

"잘 먹겠습니다."

다현이 인사를 한 후 칼국수를 한입 떠 넣었다. 재윤은 식사를 시작한 다현을 물끄러미 바라보았다.

사람 냄새.

그녀가 말하고서야 그는 자신이 이곳을 그리워하는 이유를 알았다. 자신이 그리워하는 곳마다 사람 냄새가 났다.

목적 있는 만남보단 보고 싶어서 갖는 만남. 책잡히지 않기 위해 조심하는 말 대신 진심이 담긴 투박한 말들. 별것 아니기에 더 소중한 것들. 세월이 흘러 깊어진 추억에서 흘러나오는 익은 향기들.

"상무님은 안 드세요?"

다현이 묻고서야 재윤은 젓가락을 들었다. 그러다 다시 한 번 다현을 바라보았다. 이상하게 자꾸만 시선이 갔다. 그녀에게서 사람 냄새가 나는 것 같았다.

❖

똑똑.

문을 두드리는 소리에 재윤이 고개를 들었다.

"네."

대답을 하며 시계를 보니 어느새 퇴근 시간이었다. 왜 일은 해도 줄지가 않지, 라는 생각을 하며 열리는 문을 바라보았다. 상무실을 찾은 사람은 의외의 인물이었다.

"네가 여긴 웬일이야?"

재윤이 생긋 웃으며 물었다.

"전화를 왜 안 받아?"

자신과 똑같이 생긴 얼굴이 미간을 찌푸리며 물었다.

"전화? 아아."

재윤이 그제야 책상 끄트머리에 던져놓은 휴대폰을 들었다.

"거기 두라고 있는 휴대폰이 아닐 텐데?"

강재가 차가운 표정으로 말을 하며 소파에 앉았다.

"귀찮은 전화가 와서. 말이 나온 김에 묻자. 누가 미혜한테 바뀐 내 휴대폰 번호 알려준 거야?"

재윤이 얼굴을 찌푸리며 물었다.

미혜는 그의 어머니가 며느릿감으로 찍어놓은 후보 중 한 명이었다. 집안도 비슷하고 성격이 밝아서 어머니는 좋다고 했지만, 미혜의 진면목을 아는 그로서는 그녀가 달갑지 않았다. 오히려 자신에게 갖는 관심이 부담스럽고 싫었다.

"어머니가."

예상하던 답변이 나오자 재윤의 표정이 더욱 일그러졌다.

"싫으면 다른 여자를 만나든지."

강재의 말에 재윤이 고개를 가로저었다.

"됐어. 그나저나 무슨 일이야? 나한테 전화라곤 절대로 안 하더니. 휴대폰이 안 되더라도 비서 통해서 얼마든지 연락할 수 있잖아?"

재윤이 금세 싱긋 웃으며 물었다. 그런 재윤을 보며 강재가 얼굴을 찌푸렸다. 재윤이 저렇게 웃으면 속을 알 수가 없었다.

"오늘 B그룹 강 회장님 모임에 불참한다던데."

강재가 떠보듯 물었다.

"맞아. 중요한 일이 있어서."

"비서 회식에 참석한다고 했다며."

강재가 한층 낮아진 목소리로 물었다.

"어? 어디서 들었어? 비밀이라고 했을 텐데?"

"비밀이 있을 거 같아?"

재윤은 심심하면 한번씩 비서 모임에 참석하곤 했다. 일 년에 한 번 참석할까 말까 했지만 그조차도 강재는 못마땅했다.

"당연히 있지. 있는데……. 기태구나?"

재윤이 알 만하다는 듯 말했다. 강재가 눈을 부라리며 '오늘 비서 회식에 상무님도 참석한다고 하던가요?' 라고 물었을 거다. 그러면 겁에 질린 기태가 '네. 네.' 라고 대답했을 거다.

"남의 귀한 비서님 데려가서 협박 좀 하지 마. 안쓰럽게."

재윤이 턱을 괴고서 대답했다.

"품위 없는 짓 하지 마. 네가 왜 비서 모임에 끼어? 내가 전부터 말했을 텐데. 급이 맞는 사람끼리 어울리라고."

"어차피 죽으면 알몸으로 사라질 거, 무슨 급을 찾아?"

재윤이 빙긋 웃으며 강재의 말을 귓등으로 흘렸다. 능글거리는 재윤을 강재가 무섭게 노려보았다.

"김재윤."

"그렇게 쳐다보면 무섭다니까?"

"네가 그렇게 행동하고 다니니까 이상한 인간들이 꼬이는 거야. 대체 얼마나 더 힘들어봐야 정신 차릴래? 네가 무턱대고 잘해주니까 비서가 달려들고 사람들이 널 만만하게 보는 거잖아."

강재가 무서운 표정으로 쏘아붙였다. 그도 그럴 것이, 재윤은 기업을 이끌기에 특화되어 있는 인물이었다. 자신이 꽂히는 분야나 좋아하는 것에는 거의 완벽에 가깝게 일했다.

거기다가 외형적인 성격에 친화력도 좋고 눈치도 빠른 데다, 사람의 성향을 빨리 파악하는 터라 중요한 미팅엔 재윤이 꼭 참석했다.

그런 그에게 치명적인 단점은, 자신보다 별 볼일 없는 사람들과 만나서 시간을 죽이는 것이었다. 대학 입학해서도 그는 엘리트 자제들의 모임 대신 별 볼일 없는 동기간의 모임에 참석했다. 이후 재벌가의 모임보다 학과 모임에 더욱 많은 시간을 할애해 가족 간에 불화를 조장했다. 부모님은 그런 재윤을 보며 엉뚱하다고 혀를 차며 안타까워했다.

안타까운 건 강재 또한 마찬가지였다. 그 시간에 다른 사람을 만나고 다른 일을 했더라면 더 큰 성과를 냈을 텐데, 라는 마음이 들어 화가 났다.

"넌 태어날 때부터 동신그룹 사람이었고, 그 자리에는 분명히 힘도 있지만 널 이용해 먹으려는 놈도 있어. 그러니까 제대로 처신해. 사람들이 널 만만하게 보지 못하도록 권위를 가지란 말이야."

강재의 말에 재윤의 얼굴엔 뜻 모를 미소가 걸려 있었다. 강재는 더욱 말을 하려다가 입을 다물었다. 재윤이 저런 얼굴로 웃고 있다는 건, 더는 대화를 하지 않겠다는 뜻이었다. 강재가 자리를 박차고 나갈 때까지 재윤은 아무 말도 하지 않았다.

쾅!

문이 닫히고서야 재윤이 의자에 등을 기댔다.

"후우, 무섭네. 우리 강재."

재윤이 고개를 절레절레 내저으며 의자를 핑글 돌렸다. 창에 옅게 웃고 있는 자신의 모습이 비쳤다.

살짝 올라간 입꼬리, 그와 함께 웃느라 내려간 눈꼬리.

진심이 담긴 웃음이 아니라는 걸 강재는 알아봤을 거다.

재윤은 강재가 왜 안타까워하는지 잘 알고 있었다.

비서 회식보다 더 이득이 될 자리에 참석하길 바라는 거겠지. 알지만 마음이 동하지 않았다. 그렇게까지 사람을 이용하고 싶지 않았다. 사람들이 자신을 이용하게 내버려 두고 싶지 않았고. 그런 사이는 시간 아깝고 재미없었다.

"그리고 동신그룹은 이만큼만 해도 충분하잖아?"

재윤이 중얼거리더니 힐긋 시계를 보았다. 퇴근 시간이었다. 곧 회식 시간이기도 했다. 몸을 일으킨 재윤이 문을 열고 나갔다. 어느새 퇴근 준비를 마친 다현이 그를 바라보고 있었다.

"우리 이제 그만 즐거운 회식자리로 갈까요?"

재윤이 싱긋 웃으며 말했다.

비서 회식은 비서팀장을 주축으로 임원진들 비서들을 한데 모아 하는 회식자리였다. 다른 부서와 달리 각자 다른 곳에서 일하지만 누구보다 긴밀하게 네트워크가 형성되어 있어야 했다. 임원진들의 약속 변경이나 식당 취향 등을 알고 있으려면 서로 빠르게 연락이 가야 했다.

다현이 조용한 눈으로 주변을 둘러보았다. 늘 혼자 비서로 일하던 다현은 10명 남짓 모인 비서들이 신기했다. 각기 다른 자리에서 같은 일을 하고 있다는 것만으로도 신기하고 흥미로웠다.

사람들은 각기 다른 성향을 갖고 있었다. 활발한 성격, 조용히 뒤를 챙겨

주는 성격 등등. 그 열 명 중 가장 눈에 띄는 사람은 세 명이었다.

한 사람은 모임의 중간에 떡하니 자리 잡고 있는 회장님 비서실의 비서팀장이었고, 또 다른 사람은 부사장실의 비서인 나은이었다. 긴 다리에 우아한 각선미를 가진 나은은 깔끔한 오피스룩을 입고 있었는데, 여자인 다현의 눈이 돌아갈 정도로 섹시했다. 마지막으로는 비서 회식의 분위기를 가장 살리고 있는 한 사람.

"맛있게 마시는 술은 안 취하는 법입니다."

잘생긴 얼굴로 사람 홀리는 미소를 짓고 있는 그녀의 상사, 재윤이었다.

대체 비서 회식에 비서도 아닌 재윤이 왜 있는 걸까.

다현은 맥주를 홀짝거리며 의문을 가졌다. 더군다나 비서인 자신보다 더 잘 놀고 있다. 자주 놀아본 듯 비서들과 친근해 보였다. 기태, 비서팀장과는 잦은 연락을 하는지 농담도 곧잘 했다.

간단히 1차에서 식사를 마친 후, 2차로는 노래방으로 향했다. 재윤은 2차에서 빠지려는 듯 계산만 하고 가려 했으나, 비서팀장과 기태가 드러눕다시피 그를 붙잡았다. 상사가 함께 있으면 불편할 만도 하건만, 재윤은 인기가 좋았다. 아무래도 소탈하고 농담으로 분위기를 곧잘 띄워서 그런 게 아닐까 싶었다. 물론 그의 카드도 한몫하겠지만.

잠시 실례하겠다며 자리를 피한 다현이 화장실로 향하다가 멈칫했다. 술자리에서 인사를 나눈 혜연이 서 있었다. 눈꼬리가 아래로 처진 게 인상적이었다. 그 눈꼬리 끝엔 점이 있었는데, 묘한 분위기를 자아냈다. 그녀는 비서팀장과 함께 일하는 비서로, 회장님을 비롯해 그 일가의 일을 도맡아 하고 있었다.

"이름이 다현 씨라고 했나요?"

세면대에서 손만 씻고 나가려고 하는데 혜연이 그녀를 불렀다.

"네. 맞습니다."

"재윤 상무님이랑 일하니까 어때요? 좋아요?"

혜연이 화장을 고치며 물었다. 거울에 시선을 둔 채 말을 건네는 뉘앙스가 묘했다. 무시당하는 것 같았지만 다현은 자신의 기분 탓이라 여겼다.

"네."

"좋다는 거예요, 안 좋다는 거예요?"

돌아오는 말투가 시비조였다.

"좋다는 뜻이었는데, 제대로 전달되지 않았나 봐요."

"뭐가 그렇게 좋아요?"

여전히 빈정거리는 말투였다.

"상무님도 친절하시고, 회사 복지도 좋고, 만족스럽습니다."

다현이 차분하게 대답했다.

"하긴, 상무님이 좀 친절하긴 하죠. 몇 년간 지켜봐서 알거든요. 그래서 말인데요. 혹여 상무님이 다정하다고 해서 오해하면 안 되는 거 알죠? 가끔 상무님의 친절을 다른 뜻으로 오해하는 비서들이 있더라고요."

"우려해 주신 점 감사합니다만, 그런 일 없을 겁니다."

"스토커 같던 그 비서도 똑같은 말을 하긴 했었죠. 헷갈리지 않을 자신 있다고요. 후우, 사람 말은 믿을 수가 있어야죠."

혜연의 입꼬리가 비틀렸다. 단순한 우려와 걱정이라고 하기엔 목소리에 비아냥이 잔뜩 깔려 있었다. 그걸 눈치 못 챌 만큼 다현은 무딘 성격이 아니었다. 이렇게 있다간 혜연이 계속 자신의 말을 물고 늘어질 기세였다. 귀찮지만 따끔하게 한마디 해줘야 할 필요가 있었다.

"믿지도 못할 말을 물어보시는 이유가 뭔가요?"

"어머, 까칠해라. 지금 화내는 거예요?"

"아뇨. 단순히 궁금해서요. 혹시 상무님 비서를 하고 싶으셨나요?"

다현의 물음에 혜연의 입꼬리가 잠시 굳었다.

혜연은 몇 차례 상무님 비서로 지원했지만 번번이 지원서가 반려되었다. 상무인 재윤이 기존 비서는 입사 지원을 받지 말라고 했다는 거였다. 오래전부터 재윤과 가까워지고 싶었던 혜연은 어떻게든 방법을 찾으려 애썼다.

강재도 자신과 입사 동기인 가연과 결혼했는데, 자신이라고 재벌가 남자와 결혼하지 말라는 법 없었다. 누군 재벌가에 시집가서 팔자 펴고 사는데, 아직도 자신은 명품백 하나 살 때마다 손을 벌벌 떨어야 하는 현실이 화가 났다. 강재보다 무른 재윤이니 충분히 자신에게 기회가 있을 거라고 여겨 노리던 중이었다.

그 와중에 다현이 덜컥 비서로 채용되었다. 다현이 아니꼽던 와중에 허를 찌르고 들어오니 더욱 기분이 상했다.

"그럴 리가요. 왜요? 제가 상무님 비서를 하고 싶었는데 못 되어서 화풀이하는 것처럼 보여요? 그렇게 안 봤는데 다현 씨 심사가 많이 꼬였네요."

"궁금해서 물어본 것뿐인데 꼬아보실 줄은 몰랐네요."

다현이 싱긋 웃으며 대답했다. 그저 꺼낸 질문에 꼬아서 듣는 네가 이상하다, 라는 다현의 말에 혜연의 표정이 점점 더 안 좋아졌다.

다현은 그러거나 말거나 혜연을 무심하게 바라보았다. 유난히 독한 사회생활을 많이 한 탓에 다현은 이 정도 시비에는 눈도 깜빡하지 않았다. 혜연은 자신보다 입사를 먼저 한 선배일 뿐, 직속 상사도 아니고 만나봤자 몇 번 만나지도 않을 거다. 더군다나 이런 여자는 당하면 당할수록 더 밟으려고 달려든다는 걸 잘 알고 있었다.

"제가 오해했다면 사과드리죠. 하지만 오해의 소지를 살 만한 말은 조심하시는 게 좋겠네요. 선배님이 걱정되어서 하는 말씀이니 부디 꼬아 듣지 않길 바랄게요."

다현이 웃으며 돌아섰다. 그러자 혜연의 표정이 무섭게 일그러졌다.

"뭐, 저런 게."

험한 욕지거리를 뱉은 혜연이 신경질적으로 화장실을 박차고 나갔다.

끼익.

조용하던 화장실 뒷칸 문이 열렸다. 화장실에서 나온 나은이 세면대 앞에 섰다. 손을 씻던 나은은 방금 전 들었던 말을 떠올렸다.

'걱정되어서 하는 말씀이니 부디 꼬아 듣지 않길 바랄게요.'

나은의 입술이 빙긋 늘어났다.

"의외로 재미있는 성격이네."

나은은 거울 속에 비친 자신의 모습을 꼼꼼히 살피고 뒤따라 나갔다.

다현이 들어섰을 땐 넓은 노래방에 사람들이 이미 자리를 잡고 앉아 노래 부를 준비를 하고 있었다. 그녀가 조용히 귀퉁이에 앉자마자 혜연과 나은이 뒤따라 들어왔다.

기태가 마이크를 잡으려고 하자, 남자 한 명이 그를 밀치고 마이크를 거머쥐었다.

"상무님! 우리 상무님을 위해 제가 노래 한 곡 하겠습니다!"

그러자 재윤이 고개를 들어 남자 비서를 보았다. 전무가 새로 뽑은 비서라고 했다. 전무는 공정하게 비서를 뽑았다고 했지만, 전무의 먼 친척이라는 걸 알고 있었다. 상무인 자신과 이사인 강재를 싸잡아 험담하고 돌아다니는 것도 알고 있었다. 알지만 신경 쓰지 않았다. 어차피 모두를 만족시키는 직장 상사는 없는 법이고, 전무가 쌍둥이인 자신을 좋아하지 않으니 충분히 가능한 일이라고 여겼다.

다만, 앞과 뒤가 다른 모습은 보기 불편했다. 재윤이 턱을 괴고서 남자 비서를 물끄러미 바라보았다.

"무슨 노래요?"

"무조건 부르겠습니다!"

"무조건은 일단 뺍시다."

"엇."

남자 비서가 당황한 듯 눈을 굴렸다.

"에, 에이! 그래도 무조건이 회식의 기본 노래 아니겠습니까? 무조건 한 곡 하겠습니다. 제 진심을 받아주세요! 저는 상무님이 부르면 무조건 합니다."

"그거 전무님도 알고 있어요?"

재윤의 물음에 남자 비서의 눈이 가늘게 흔들렸다.

"전무님…… 은 모르시겠지만, 지금 제 눈앞에는 상무님이 계시지 않습니까! 상무님에게 무조건 제 진심을 바치겠습니다! 무조건 달려갈게요! 하하! 믿어주세요! 하하!"

"무조건 달려온다고요?"

"그럼요!"

"그럼 무조건 야근하고, 무조건 점심 사내식당에서 먹으라고 해도 그럴 거예요?"

"……."

"그런 거 아니면 부르지 마요. 듣는 나도 굉장히 부담스러운 곡이니까. 우리가 몇 번 봤다고 무조건을 운운하겠어요. 여기 나랑 몇 년을 일한 기태 씨도 무조건 안 달려오는 판에. 안 그래요?"

재윤의 말에 남자 비서의 얼굴이 벌겋게 달아올랐다. 하루 종일 시끄럽게 날뛰던 남자 비서가 조용해지자 다른 비서들은 입술을 꽉 깨물었다.

그중 기태는 가장 크게 감탄했다.

역시 못돼 처먹기는 일등이야!

저 못된 말솜씨가 자신을 향할 땐 힘들지만, 타인을 향할 땐 엄청난 쾌감을 주었다. 이래서 자신이 재윤을 못 떠나는 건지도 모른다.

"자, 노래 한 곡씩 합시다. 노래 한 곡 듣고 가야겠으니까요."

재윤이 박수를 짝 치며 말했다. 그러자 사람들이 각자 서로의 눈치만 살폈다. 재윤은 주변을 살폈다.

"내가 있어서 불편해요? 다들 노래방 가고 싶다고 노래를 부르더니, 왜 와선 묵언 수행이에요?"

"저는 우리 다현 씨의 노래가 듣고 싶은데요."

갑작스런 혜연의 발언에 사람들의 시선이 한곳으로 쏠렸다. 조용히 맥주를 마시고 있던 다현은 맥주가 목에 걸린 듯 쿨럭, 기침을 했다. 재윤은 조용히 혜연과 다현을 번갈아 보았다.

"상무님도 오셨는데, 상무님의 비서인 다현 씨가 대표로 노래를 해야 하지 않겠어요? 다현 씨, 노래 한 곡 해줄래요?"

"혜연 씨가 하는 게 낫지 않아? 혜연 씨 노래 잘하잖아."

곁에 있던 비서팀장이 혜연에게 마이크를 내밀었다. 그러자 혜연이 생긋 웃으며 마이크를 받아 다현에게 내밀었다.

"팀장님도 참. 제 노래는 자주 들으시잖아요. 이번엔 새로 온 사람들의 노래를 들어봐야죠. 다현 씨, 자요."

혜연이 마이크를 내밀자 사람들의 시선이 이번엔 다현에게로 쏠렸다. 다현은 마이크와 혜연을 번갈아 보았다. 혜연은 다현이 노래를 부르기 싫어서 조용히 몸을 뒤로 빼는 걸 보았다. 부담스러워서 피한다기보다 절박할 정도로 외면하는 얼굴이었다. 그 표정을 본 혜연은 다현이 음치라고 확신했다.

이참에 혼쭐을 내줘야지.

혜연이 다현에게 잡으라는 듯 마이크를 흔들었다.

"다현 씨가 불편하면 관두도록 하죠. 강요할 생각 없으니까요."

재윤이 중재에 나서자 혜연의 표정이 구겨졌다. 뒤따라 기태가 나서서 말렸다.

"그래요. 그냥 관둡……."

"부를게요."

다현은 마이크를 가만히 지켜보다가 받아 들었다.

"와아!"

"그래! 이참에 다현 씨 노래도 들어보자고!"

사람들의 환호가 쏟아졌다. 마이크를 쥔 다현의 손끝이 가늘게 떨렸다.

얼마 만에 잡아보는 마이크인지 모르겠다. 되도록 죽을 때까지 잡고 싶지 않은 마이크이기도 했다. 노래를 부르고 싶다는 꿈을 접은 후로, 다시는 타인 앞에서 노래를 부르지 않겠다고 다짐했었는데…….

하지만 세상사 모든 일이 그렇듯 현실보다 더 단단한 건 없다. 꿈이 깨졌는데, 한낱 다짐쯤이야.

몸을 일으킨 다현이 자신을 보는 사람들을 죽 보았다.

"즐거운 노래, 슬픈 노래, 어떤 거 좋아하세요? 원하시는 대로 부를게요."

다현의 말에 사람들이 서로를 바라보다가 소리쳤다.

"즐거운 노래!"

"슬픈 노래!"

그러다 기태의 중재로 손을 들었다. 의견이 반반이 나와 사람들은 다현에게 부르고 싶은 걸 부르라고 했다. 다현이 잠시 고민하다 노래방 버튼을 꾹꾹 눌렀다. 이윽고 전주가 흘러나왔다.

"대박."

곁에 있던 기태의 말에 재윤의 고개가 돌아갔다.

"뭐가?"

재윤이 기태에게 물었다.

"다현이 노래 정말 안 하거든요. 와, 진짜 오랜만이네요. 대박."

"뭐?"

"말 걸지 마요. 쉿."

기태가 고개를 가로저었다. 재윤은 그런 기태를 잠시 노려보다가 익숙한 전주에 고개가 돌아갔다. 한때 그가 몇 개월 동안 하루에 몇 번씩 듣던 노래. 몇 년이 흐른 지금도 가사를 줄줄 외우고 있는 그 노래였다.

[아직]

노래방 화면 가득 노래 제목이 떴다. 화면을 바라보는 재윤의 눈빛이 한층 짙게 물들었다. 한 박자 늦게 가슴이 덜컹 내려앉았다.

이 노래를 여기서 들을 줄이야…….

내려앉은 가슴 위로 바람이 불었다. 오랫동안 내려앉은 먼지에 가려졌던 추억이 금세 모습을 드러냈다.

재윤은 강재보다 운동을 좋아하고 과학을 잘했지만 그건 동신그룹에선 아무짝에도 쓸모없는 것이었다. 강재가 근면성실한 모범생으로 인정받을 동안, 재윤은 말썽쟁이로 낙인이 찍혔다. 그런 그를 보듬어준 이는 이모였다.

'넌 대단한 거야. 순간적인 집중력이 좋은 거잖아. 다 잘할 필요 없어. 왜 다 잘해야 해? 사람마다 각기 타고난 재능이 있는걸. 너는 네가 잘하는 거에 집중하면 돼. 나는 우리 재윤이가 훨씬 좋아! 성격도 좋고, 잘 웃고, 이모한 테도 이렇게 잘하고! 이모는 우리 재윤이 최고로 사랑해!'

일주일에 한두 번 만나는 이모는 그에게 끝없는 칭찬과 격려를 퍼부었고, 그건 그의 인생에 다시없을 밑거름이 되었다. 그가 그 밑거름으로 다 자랐을 즈음, 이모는 세상을 떠났다. 그는 이모를 열렬히 좋아하고 따라다녔으나, 정작 이모에 대해 아는 게 없다는 걸 알았다.

[아직 당신이 보고 싶어요.]

그녀가 가끔 흥얼거리는 그 노래 하나 빼고는. 그는 그 가사를 검색해 노래 제목을 찾아냈다. 찾고도, 그는 그 노래를 듣지 못했다. 노래 파일로 몇 번이나 손이 갔지만 결국 클릭하지 못했다. 가사만 봐도 눈물이 맺혀서 그는 번번이 노래를 듣는 대신 큰 손에 자신의 얼굴을 파묻어야 했다. 그랬던 그가 그 노래를 듣게 된 건 학교 축제에서였다.

자리를 잡아놨으니 구경하고 술 마시러 가자는 기태의 말에 어쩔 수 없이 찾았던 축제 공연장에서 한 여자가 이 노래를 불렀다. 아직이라는 노래를 처음부터 끝까지 들은 건 그날이 처음이었다. 그날부터 그는 아주 오랫동안 이 노래만 들었다.

과거를 회상한 재윤의 입가에 쓸쓸한 바람 같은 미소만 맴돌았다.

다현이 이 노래를 할 줄이야.

어쩌면 굉장한 인연일지도 모른다는 헛된 생각을 하며 헛웃음을 지을 때였다. 다현이 노래를 시작하자 재윤의 입가에 남아 있던 미소가 서서히 증발되어 사라졌다.

"아직 그곳에 남아 있어요. 이별도, 당신도, 노래도."

기교 없이 깨끗한 목소리가 높게 올라갔다. 그러면서도 사람 가슴을 툭툭 치는 감성이 있었다. 재윤은 빨려 들어간 표정으로 다현을 바라보았다.

노래를 부를 때마다 달싹거리는 입술, 노래 속 주인공처럼 촉촉하게 젖어

가는 눈동자, 이따금씩 한숨 섞인 목소리까지.

모든 것들이 슬로우를 건 것처럼 천천히 흘러갔다. 그러다 재윤이 정신을 차렸을 땐, 이미 노래는 끝나 있었다. 재윤의 시선이 자리로 돌아가 앉는 다현에게서 떨어지지 않았다.

"이야, 다현 씨는 노래 특채로 뽑힌 거야? 무슨 노래를 그렇게 잘해?"

비서팀장의 말에 다현이 웃었다. 다현을 바라보는 사람들의 눈빛이 완전히 달라져 있었다.

"저는 잠시 실례 좀."

혜연이 도망치듯 다급하게 노래방을 빠져나갔다. 다현을 먼저 시키고, 자신이 돋보이려던 계획이 실패로 돌아갔다. 다현이 자신보다 노래를 잘할 거라곤 예상치 못한 탓이었다.

다현은 바짝 마른 목을 물로 축이며 사람들이 건네는 말에 간간이 대답했다. 무심코 고개를 돌리던 다현은 저를 빤히 바라보고 있는 재윤과 눈이 마주쳤다. 습관적으로 미소를 지었다. 그럼 재윤도 반사적으로 미소를 보이곤 했다. 그러나 그는 왜인지 웃지도, 눈을 깜빡이지도 않는 묘한 얼굴로 그녀를 바라보았다. 그리고는 혼란스러운 얼굴로 시선을 돌렸다.

노래주점에서 나와 곧바로 편의점에 들어간 재윤은 생수를 샀다.

"선배, 괜찮아요?"

재윤을 뒤따라 헐레벌떡 뛰어나온 기태가 그에게 다가와 물었다. 노래주점을 나가기 전 재윤의 표정이 안 좋다는 게 생각나 뒤따라 나온 차였다.

"다현 씨 어느 대학 나왔어?"

재윤이 생수병 뚜껑을 따며 곁에 서 있는 기태에게 물었다.

"내 질문에는 대답도 안 해놓고는……. 입사지원서 안 봤어요? 거기 나와 있을 거잖아요."

"봤지만, 비서가 나온 학교를 지금까지 외우고 있진 않겠지."

대답을 한 재윤이 시선을 돌려 기태를 바라보았다. 재윤과 눈이 마주친 기태가 움찔하며 몸을 뒤로 젖혔다. 평소 능글맞고 장난스러운 재윤의 얼굴은 완전히 사라져 있었다. 그의 눈엔 이채가 서려 있었다. 굉장히 집중할 때만 나오는 얼굴이었다. 오랫동안 곁을 지킨 기태조차도 이런 얼굴은 몇 번 보지 못했다.

"가, 갑자기 왜 이래요?"

다현이가 무슨 잘못이라도 한 건지 겁이 났다. 아무리 잘못했어도 이런 표정을 짓는 사람이 아닌데. 경찰을 불러 자신을 죽도록 괴롭히면 모를까…….

"다시 물을게. 다현 씨, 어느 대학 나왔어?"

분명 조용한 목소리인데 목이 졸리는 기분이 들었다.

"출신은 우리랑 같은 YA 대학이에요. 물론 2학년까지는 우리 학교 다니다가 학비가 부담되어서 국립대로 옮긴 걸로 알아요. 그건 왜요? 갑자기 학연이 문제돼요? 그리고 학연은 무슨 학연이에요. 다현이 출신 학교도 몰랐던 사람이."

기태가 겁먹은 표정으로 주절주절 말을 늘어놓았다. 그는 겁이 많아지면 말이 늘었다.

"그럼 우리 학교 축제에서 노래를 부른 건, 재학 때인가?"

"그거야 당연……. 어? 선배가 그걸 어떻게 알아요? 설마 그걸 아직도 기억해요?"

기태가 놀란 눈으로 재윤을 쳐다보았다. 기태의 대답에 생각이 많아진 재윤이 시선이 바닥으로 돌렸다.

"……그때 그 이름 아니었잖아."

재윤이 잠긴 목소리로 물었다.

"아, 다현이 개명했어요. 원래는 성다현 아니었어요. 성지은이었지."

"……."

성지은.

머릿속에 잔상처럼 남아 있던 그 이름을 듣자마자 재윤이 눈을 감았다. 가슴 깊은 곳에서 뚝하고 무언가가 끊어졌다.

"왜 그래요, 선배?"

"들어가. 가볼 테니까."

손으로 눈가를 가린 재윤이 기태를 등지고 돌아섰다.

"괜찮아요? 진짜로?"

기태가 걱정스럽다는 듯 물었지만 재윤은 대답해 줄 정신이 없었다. 길을 따라 터덜터덜 걸어가던 재윤의 발길이 횡단보도 앞에 멈춰 섰다. 빨간불이 파란불로 변했지만 그는 건너지 않고 그 자리에 머물러 있었다.

축제에서 다현의 노래를 들었던 그날도 이랬다. 술자리를 다 뿌리치고 귀갓길을 택한 그는 횡단보도의 불이 여러 번 바뀌도록 한자리에 우두커니 서 있었다. 머릿속에선 노래가 들렸다.

이제 당신을 보내줄게요.

애달픈 마지막 구절이 그의 가슴에 남아 뱅뱅 돌았다. 신호가 다섯 번쯤 바뀌고 나서야 그는 자신이 횡단보도 앞에 서서 청승맞게 울고 있음을 알았다.

무엇을 위한 눈물인지, 누구를 위한 눈물인지 알 수 없었다. 다만 오랫동안 묵혀두었던 숙제 같은 눈물이라는 걸 알았다.

그날 밤, 그는 처음으로 '아직'이라는 노래를 들었고, 돌아가신 이모와 완전한 이별을 했다. 한 사람과의 늦은 마침표를 찍고 난 후, 재윤은 노래를 부른 여자가 새삼 궁금해졌다. 그러나 기태의 집에 안 좋은 일이 생긴 데다 그 이후엔 그가 바빠지는 바람에 제대로 이야기를 나눌 틈이 없었다. 꽤 많은 시간이 흘러 재윤은 기태에게 여자에 대해 물었다.

'지은이요?'

'이름이 지은이야?'

'네. 성지은요. 걔 휴학했어요.'

'……휴학? 왜?'

'집안사정으로요. 왜요?'

'아냐. 아무것도.'

그 대화가 마지막이었다. 그는 지은과 인연이 아니라고 생각했다. 기껏해야 먼발치에서 노래 한 번 들은 게 다였기에 머릿속에서 지웠다. 아직이라는 노래를 들을 때마다 한동안 두 사람이 떠올랐지만, 그마저도 시간이 흘러 사라졌다.

그렇게 끊긴 인연인 줄 알았는데…….

봄바람이 불어 그의 머리를 헝클어뜨리고 사라졌다. 느릿하게 눈을 감았다 뜬 재윤은 멍하니 앞을 보았다.

빨간불이 파란불로 변했다. 그는 멈췄던 걸음을 다시 시작했다. 일시정지되었던 생각이 다시금 이어졌다.

……잠시 쉬었던 인연인 걸까.

재윤이 현관문을 열고 들어섰다. 평소라면 거실의 소란스러움을 금방 알아챘을 테지만, 지금은 어떤 소리도 귀에 들어오지 않았다. 다현의 노래를 들은 후로 귀를 완전히 틀어막은 기분이었다.

"재윤이 왔니?"

다행히 저를 부르는 어머니의 목소리까진 알아들은 재윤이 고개를 들었다.

"다녀왔습니다."

올라가 보겠다는 말을 하려던 찰나, 재윤의 시선이 소파에 앉아 있는 여자에게 닿았다. 긴 생머리에 화려한 옷차림을 한 미혜가 자리에서 일어나 싱긋 웃었다.

"오빠."

방금 전까지 구름 위를 밟고 있던 기분이 땅으로 떨어졌다. 그가 대답하지 않은 채 물끄러미 바라보자 선 여사가 당황한 표정을 지었다.

"애는 사람을 그렇게 빤히 쳐다보고만 있으면 어떻게 해?"

어머니의 타박에도 재윤은 아랑곳하지 않았다. 완전히 정신이 돌아온 그는 거실을 죽 둘러보았다. 어머니, 미혜, 강재, 형수인 가연이 앉아 있었다. 재윤을 바라보고 있는 그들의 표정은 제각각이었다. 아무래도 제 표정이 엉망인 모양이었다.

"강 회장님 모임이 일찍 마쳤나 봐?"

재윤이 강재를 보며 물었다.

"일찍은 아니지. 시간상."

강재가 시계를 가리켰다. 열 시가 넘어가고 있었다.

"이 늦은 시각까지 뭐 하고 있는 거야?"

재윤이 미혜를 쳐다보며 물었다.

"오빠 기다렸지. 모처럼 왔는데 오빠 얼굴은 보고 가야 하니까."

"나랑 똑같은 얼굴 저기 있는데 보고 가지 그래."

"강재 오빠랑, 오빠가 어떻게 똑같아? 내 눈에는 오빠랑 강재 오빠 완전히 달라."

재윤의 곁에 다가온 미혜가 그의 옷자락을 거머쥐며 애교스럽게 말했다. 재윤이 미혜의 손을 밀어냈다.

"그럼 봤으니 돌아가. 피곤해서 그러니 저는 올라가 볼게요."

"재윤아. 아무리 그래도 손님이 왔는데 이러면 되겠니?"

"제가 초대한 손님도 아니잖아요. 제 허락도 없이 무작정 찾아온 사람이 어떻게 제 손님이겠어요. 어머니 손님은 어머니가 대접하세요. 그럼."

재윤이 습관처럼 미소를 지은 후 2층으로 성큼성큼 올라갔다. 방으로 들어온 재윤이 갑갑한지 넥타이를 풀었다. 넥타이를 손에 쥔 그는 셔츠 단추를 풀다 말고 하던 행동을 멈췄다. 분명 오랜 시간이 흘렀는데 다현의 노래가 귀에서 떨어지질 않았다. 아니, 노래뿐만 아니라 노래를 부르던 얼굴, 눈빛이 점점 더 생생해졌다.

왜 이러지.

태어나 누군가가 눈앞에 아른거리는 건 처음이었다.

"후우."

그가 복잡한 표정으로 셔츠 단추를 더 풀 때였다.

똑똑.

문을 두드리는 소리에 재윤의 시선이 방문으로 향했다. 그는 자신의 상념을 방해받은 것이 불쾌한지 미간을 구겼다.

"네."

마지못해 대답을 하자 방문이 열렸다.

"오빠."

잔소리를 하러 어머니가 찾아온 거라는 예상을 깨고, 문을 열고 들어온 사람은 미혜였다. 재윤의 미간이 좁아졌다.

"여기가 오빠 방이야?"

미혜가 생긋 웃으며 방으로 걸어 들어왔다. 그녀는 넓게 빠진 재윤의 방을 스윽 둘러보다가 마지막으로 그를 바라보았다. 셔츠 단추를 풀다 말고 고개를 비스듬히 기울인 채 서 있는 재윤의 모습에 미혜의 뺨이 붉어졌다.

당장이라도 셔츠를 벗을 것 같은 행동과 인상을 쓴 남자의 표정에선 위험한 분위기가 흘러넘쳤다.

뭘 모르는 사람들은 재윤이 가볍다고 말하지만, 그와 조금만 있어본 사람은 알 수 있었다. 그는 절대로 가볍지 않으며, 오히려 섹시한 분위기를 가지고 있다는 것을. 어딜 가도 이런 남자를 찾을 수가 없었다. 그 때문에 자신이 자존심을 다 버려가면서까지 그를 쟁취하려 드는 건지도 몰랐다.

"오빠."

미혜의 목소리가 평소보다 한결 다정했다.

"남의 방에 무슨 일이야?"

"어머니가 올라가 봐도 된다고 하셨어."

"어머니가 허락했을지 몰라도 난 허락 안 했어. 나가."

"아직도 나한테 화 안 풀렸어? 벌써 몇 년이나 지났는데……."

미혜의 말에 재윤의 얼굴이 더욱 구겨졌다.

"화가 아니라 상대하기 싫은 거야."

"말이 심하네. 나 상처받아."

미혜가 말과 달리 생긋 웃었다. 재윤은 피곤한 표정으로 넥타이를 아무렇게나 집어 던졌다. 좋던 기분이 순식간에 망가졌다. 머릿속에 남아 있는 다현의 모습이 완전히 희미해진 게 느껴지자 더욱 화났다. 그럴수록 재윤의 얼굴은 무표정해졌다. 잠시 생각을 고친 듯 그의 얼굴엔 평소와 같은 미미한 웃음기가 남아 있었다.

"그래. 지금까지 너랑 감정 다툼할 이유 없지."

재윤의 말에 미혜의 표정이 순간 밝아졌다.

"정말? 그렇게 생각해? 역시 그럴 줄 알았어."

"그렇지만 내 방을 늦은 시각에 드나드는 건 조심해 줘. 여자친구가 별로 안 좋아하거든."

재윤의 말에 해사하게 웃고 있던 미혜의 표정이 차츰차츰 굳었다.

"……여자친구?"

"어. 여자친구."

재윤의 담백한 대답에 미혜의 표정이 완전히 굳었다.

"어머님은 그런 말씀 없으시던데."

"아직 어머니한테 소개시켜 드리진 않았거든. 만난 지 얼마 안 됐어. 결혼 전제로 교제하고 있으니 얼마 안 남았겠지. 그러니까 그만 나가."

"어떤…… 여잔데?"

미혜의 눈가가 파르르 떨렸다.

"좋은 여자."

"어느 집 여자냐고."

"어느 집 여자인지 알면 찾아가서 행패라도 부리게?"

훤히 보인다는 듯 꺼낸 재윤의 말에 미혜가 입을 앙다물었다. 아니라는 말을 하지 못했다.

재윤과의 짧은 교제를 끝낸 후 유학을 간 미혜는 간간이 재윤에 관한 소식을 전해 들었다. 그에게 애인이 있다는 소식은 들은 적 없었다. 오히려 연애를 꺼려해 부모님 속을 썩이고 있다는 이야기를 들었다. 미혜는 재윤이 아직도 자신을 잊지 못하고 있다고 확신했다. 자신 또한 마찬가지였다. 2년간 여러 남자를 만나봤지만 재윤만 한 사람은 없었고, 미혜는 재윤과 재회할 목적으로 얼마 전에 귀국했다.

단순히 유학 때문에 헤어진 거라고 알고 있는 재윤의 부모님은 그녀를 반겼고, 예상대로 든든한 힘이 되어주고 있었다.

그런데 재윤에게 애인이라니.

"거짓말."

미혜가 짧게 말했다.

"좋은 여자야."

"거짓말하지 마. 내가 오빠한테 상처 준 거 알아. 오빠랑 만날 때 다른 남자를 잠시 만났던 건 실수야. 오빠가 생각하는 것처럼 그런 깊은 관계도 아니었어."

"너는 그런지 몰라도 나는 그 여자랑 진지하게 만나고 있어. 노래도 잘하고, 성격도 좋고, 꽤 괜찮아."

말을 하던 재윤의 입가에 옅은 미소가 맺혔다. 미혜를 떼어내려고 꺼낸 가상의 애인인데 말을 하다 보니 점점 한 여자가 떠올랐다.

단정한 옷차림에, 노래를 잘하는 여자, 노래를 부를 때 촉촉하게 물든 눈빛까지.

재윤의 표정이 미묘하게 들떠 보이는 걸 확인한 미혜의 표정이 굳었다.

"오빠!"

미혜의 외침에 좋은 상상을 방해받은 듯 그의 표정이 불쾌해 보였다.

"아직도 내가 너 때문에 상처받은 걸로 보여?"

"……."

"미안한데 난 너랑 헤어지던 그날에도 상처 받지 않았어."

재윤의 무표정이 잔인하게 변했다. 순간 밀려드는 모멸감에 미혜의 어깨가 바짝 얼어붙었다.

"넌 네가 차인 이유를 바람피워서라고 알고 있겠지만, 틀렸어. 네가 바람피우지 않았어도 결과는 같았을 거야."

"……."

"사귀는 동안 내가 널 만나 함께 식사를 해도, 키스를 하지 않았던 이유가 뭐 같아? 마지못해 인사처럼 했던 그 포옹은 어떤 거 같아? 네가 네 오피스텔에서 자고 가라고 했던 청을 끝까지 뿌리쳤던 이유는? 이 이상 설명해 줘야 할까? 그럼 네가 더 비참해질 거 같은데. 난 할 수 있는데, 들을 자신 있으면 계속 거기 있든지."

재윤은 미혜를 만난 그 짧은 석 달 동안 단 한순간도 마음을 준 적 없었다. 아니, 미혜에게 마음을 주려고 무던히 노력했다. 그러나 그럴수록 마음은 견고하게 한 자리를 버티고 있었다. 그러던 찰나, 단골 바에서 자신에게 유난히 경쟁심을 느끼던 친구와 키스를 하고 있는 미혜를 보았다.

불쾌감, 모멸감, 혹은 비참함, 배신감. 그 어떤 감정이라도 느끼길 바랐다. 그러나 그는 TV 속 무명의 배우들이 키스하는 걸 보는 것처럼 무감했다. 오히려 헤어질 이유를 찾았다는 사실에 미묘한 해방감마저 느꼈다.

그 사실에 재윤은 좌절했다.

노력해도 누군가를 사랑하기 힘든 스스로를 만난다는 건, 누군가와의 이별보다 더 괴로운 일이었다.

그 자리에서 재윤은 그녀에게 이별을 고했고, 사과하는 미혜를 뿌리쳤다. 얼마 못 가 미혜는 예정된 수순대로 유학을 떠났고 이후엔 그녀를 지운 듯이 지냈다.

"……미안한데, 난 그 말 못 믿어."

미혜의 입가가 부들부들 떨렸다. 재윤은 무감한 눈으로 그녀를 바라보았다.

"오빠는 나한테 실망해서 그런 거야."

"좋을 대로 생각해."

벨이 띠리릭 울렸다. 재윤은 재킷에서 휴대폰을 꺼냈다.

[비서님]

우리 비서님은 타이밍도 잘 맞추네.

재윤이 속으로 중얼거리며 휴대폰을 받았다.

"네. 다현 씨."

재윤이 일부러 다정하게 그녀의 이름을 불렀다. 미혜의 표정이 점점 더 무섭게 굳어갔다.

—상무님. 늦은 시각에 전화드려 죄송합니다만, 내일 오전 회의가 앞당겨 졌다는 연락을 방금 받게 되었습니다.

"내일요? 알았어요. 그렇게 알고 있을게요. 지금 어디예요?"

—네? 아, 저는 귀가 중이에요.

"쌍둥이들은 잘 시간이겠네요."

평소보다 다정한 그의 대화에 다현은 당황한 듯했지만 금세 덤덤하게 대답했다.

—네. 아무래도 그럴 것 같아요.

"못 데려다줘서 미안해요. 조심히 들어가요. 내일 봐요."

—알겠습니다. 좋은 밤 되세요.

통화를 마친 후 재윤이 미혜를 바라보았다. 확인이 더 필요하냐는 재윤의 시선에 눈물이 맺힌 미혜가 획 돌아섰다.

쿵!

문이 닫힌 후 재윤은 일부러 방문을 잠갔다. 문 너머에서 으흑 하고 터지는 울음소리가 들렸다. 재윤은 그 소리를 못 들은 척, 셔츠 단추를 풀며 본래 있던 자리로 걸어갔다.

3. 위험한 비서

저벅저벅, 낮은 발소리가 들렸다. 이른 시각, 가장 끝에 자리한 상무실에 찾아올 이는 한 사람밖에 없었다. 자리에서 일어난 다현이 옷매무새를 정리한 후 두 손을 가지런히 모았다. 그와 동시에 발소리가 뚝 끊겼다. 좋은 아침이에요, 라는 목소리가 들릴 법도 한데 조용했다. 오지 않았나 싶어 고개를 든 다현은 서 있는 재윤과 눈이 마주쳤다. 그는 평소와 달리 우두커니 서서 그녀를 빤히 바라보고 있었다.

"좋은 아침입니다. 상무님."

다현이 먼저 인사를 건넸다.

"……그래요."

평소보다 대답의 반응이 느렸다. 느릿하게 걸어가던 재윤이 한 지점에 멈춰 섰다.

"아침 식사는 했어요?"

"네."

"어제…… 잘 들어갔고요?"

"네. 걱정해 주셔서 감사합니다."

다현이 걱정하지 말라는 듯 미소 지었다. 이윽고 침묵이 찾아왔다. 다현이 의아한 얼굴로 자신의 앞에 서 있는 재윤을 쳐다보았다. 말을 걸지도 않으면서 버티고 서 있는 재윤이 의아했다.

"불편하신 곳 있으신가요?"

"아뇨."

"그럼 왜 그렇게 쳐다보시는지……."

다현이 제 얼굴에 뭔가 묻었나 싶어 손으로 쓸어내렸다. 그제야 재윤이 아차 했다.

"아닙니다."

재윤이 손을 내저었다. 한발 내딛던 재윤이 그 자리에 뚝 멈춰 섰다. 할 말 많은 표정을 하고 있던 그가 마침내 물었다.

"오늘 점심에 시간 어때요?"

"스케줄 없으십니다."

"지금 내 스케줄 말한 거예요?"

재윤이 황당하다는 얼굴로 되물었다.

"네. 다른 분의 스케줄을 물으신 거라면 확인해 보겠습니다. 이사님 스케줄 확인해 볼까요?"

다현은 자신에게 물은 거라곤 추호도 생각지 못하는 얼굴이었다. 할 말이 많은 표정으로 입을 열던 재윤이 말을 멈추었다.

아무리 직원들과 허심탄회하게 지내는 재윤이라도 별 이유 없이 비서와 따로 식사를 하진 않았다. 저번처럼 시간이 빈 데다 회사까지 돌아가기에 먼 곳이면 모를까. 회사 근처에서 단둘이 식사는 위험했다. 괜한 잡소리로 일을 시끄럽게 만들고 싶지 않았다. 그 사실을 잘 알면서도 자신도 모르게 점심을 함께 먹자 청한 것이었다. 그 고민 많은 청을 다현은 아무렇지 않게 날려 버렸고.

어쩌면 다행인지도 모른다. 다현과 이야기를 한다고 해서 지금 머릿속에 어른거리는 것들이 사라질 리 없었다.

"오늘도 수고해요. 그리고 되도록 급한 일 아니면 내 방에 들어오지 말아요."

"알겠습니다."

사람 속도 모르고 다현의 대답은 간결하기 그지없었다.

상무실로 들어간 재윤은 평소처럼 시원한 향기를 깊게 들이마셨지만 속이 뚫리는 느낌이 없었다.

집무책상에 앉자 그가 좋아하는 커피, 고민이 될 때마다 쓰는 연필, 결재서류 등이 가지런히 정리되어 놓여 있었다. 이 모든 것들은 다현의 손을 탔을 거다. 연필을 쥔 재윤의 시선이 자꾸만 뾰족한 연필심으로 향했다.

이 연필들 다현이 자신의 책상에서 깎은 걸까, 자신의 방에서 깎은 걸까. 이젠 별의별 게 다 궁금해졌다.

그러다 재윤은 고개를 가로저었다.

"정신 차리자, 김재윤."

그는 연필 대신 마우스를 잡았다. 무심결에 시선이 마우스에 닿았다.

이 마우스는 다현이 잘 닦아놓은 거겠지. 노래 부르는 것만큼 반질반질하게도 닦아놨네.

"아, 제발."

재윤이 피곤하다는 듯 얼굴을 와락 구겼다. 일을 하려고 자세를 다잡은 그가 억지로 모니터를 바라보았다. 그러나 그것도 잠시, 그의 시선은 모니터 너머 문 쪽을 바라보았다.

❖

차창 너머의 풍경들이 빠르게 사라졌다. 그룹의 자선행사에 참석하기 위해 평소보다 더 갖춰 입었다. 재윤과 강재는 헷갈릴 사람들을 위해 완전히 다른 헤어스타일과 옷차림을 차려입었다.

강재가 딱딱하고 근사한 정복 스타일이라면, 재윤은 패셔너블한 체크무늬의 슈트를 입고 있었다. 헤어스타일 또한 강재가 짧은 머리카락을 바짝 올려 이마를 드러내 날카로운 이미지를 부각시켰다면, 재윤은 그보다 긴 헤어스타일을 정갈하게 정리해서 한결 부드러운 이미지를 드러냈다.

그렇게 애를 쓰고서야 두 사람은 완전히 비슷하게 닮은 사람 정도로 보였다.

"김강재."

턱을 괴고서 창밖을 바라보던 재윤이 그의 이름을 불렀다. 태블릿에 시선을 둔 강재에게선 어떤 대답도 돌아오지 않았다. 강재의 무신경하다 못해 불쾌감을 유발시키는 태도는 오래전부터 익숙했던 터라, 재윤은 아랑곳하지 않고 제 할 말을 이어갔다.

"넌 가연 씨 만날 때 어땠어?"

"형수."

형수라고 부르라며 강재가 못을 박았다. 가연의 이야기를 미끼로 강재에게서 대답을 받아낸 재윤이 마저 말을 꺼냈다.

"그래. 넌 형수를 좋아하는지 어떻게 알았어? 감정도 무디면서?"

재윤의 무기력한 눈동자 위로 주홍빛 가로등 불빛이 길게 선을 그리며 사라졌다.

"그건 갑자기 왜 물어?"

"갑자기 궁금해서."

"그러니까 그게 왜?"

"그러게. 갑자기 궁금하네."

재윤의 무성의한 대답에 강재가 미간을 좁힌 채 재윤을 바라보았다.

며칠 전부터 재윤의 태도가 이상했다. 식사를 할 때 혼자 분위기를 다 띄우던 녀석이 아픈 것처럼 입을 꾹 다물고 있질 않나, 오늘만 해도 '즐거운 파티네' 라며 신나게 준비할 녀석이 주는 대로 입었다.

'난 김강재가 아니랍니다.' 가 인생의 모토인 녀석이라, 자신처럼 보이지 않기 위해 웃고 다니던 녀석이 집에서 무표정으로 돌아다녀 부모님을 더욱 혼란스럽게 만들었다.

"어디 아픈 거면 병원을 가봐. 김 박사님 연락처 알 거 아냐."

"김 박사님 능력으로 안 돼. 이건 신이 인간에게 내린 질병이 아니라 형벌이거든."

강재가 무슨 소리를 하냐는 듯 재윤의 뒤통수를 바라보았다. 그러자 재윤은 숨을 깊이 들이마셨다가 내쉬었다.

"그래서 형수 좋아하는 건 대체 어떻게 알았냐고. 안 웃을 테니까 말해봐. 놀리지도 않을게."

"나 말고 다른 사람을 보고 웃는 걸 보고."

"……"

재윤이 고개를 돌려 마침내 강재를 바라보았다. 강재는 태블릿을 완전히 끈 후 재윤을 바라보았다.

"처음 봤거든. 그렇게 환하게 웃는 걸. 예쁘더라고. 그 예쁜 표정을 여태껏 나한테만 안 보여줬던 거고."

강재가 지금 생각해도 기분 나쁘다는 듯 서늘한 목소리로 말했다.

야, 네 표정을 봐. 그 얼굴을 보고 웃음이 나오는가. 울지나 않으면 다행이지.

재윤은 목구멍까지 치민 말을 참으며 강재를 쳐다보았다.

"그래서 형수가 널 보면서 웃어줬을 땐, 어땠는데? 행복했어? 아니면, 기뻤어? 그것도 아니면 같이 웃었어?"

"아니."

"그럼?"

"다른 놈에게 이 표정을 보여주기 싫으니 가져야겠다고 생각했어."

"……"

1차원적인 기쁨과 행복이 아닌, 집요한 독점을 맛보고서야 그는 사랑을 깨달았다고 말하고 있었다. 그의 눈이 위협적으로 빛났다. 누군가가 가연을 빼앗으려고 하면 그는 온 힘을 다해 상대방을 부러뜨릴 거다. 다시는 일어나지 못하도록. 그러고도 남을 놈이니까. 새삼 이 지독한 놈과 살고 있는 가연이 대단하다 싶었다.

재윤이 낮은 한숨을 내쉬었다.

"하긴 그렇게 좋아하니까 나한테서 기태를 데려간 거겠지. 네가 여자 비서를 곁에 두면 형수가 표현은 안 해도 신경 쓸 테니까. 더군다나 기태가 비서직을 맡는다고 하면 걱정도 안 할 테고."

"……알고 있었네."

"모를 리가."

재윤이 무심히 답하며 다시금 시선을 창밖을 돌렸다. 서로 무심한 척 굴어도 태어날 때부터 함께 지냈다. 깊은 속내까지는 아니더라도, 그 정도는 추측 가능했다.

차가 빠르게 달리며 세상 모든 것들을 뒤로 밀어냈다. 풍경은 순식간에 멀어지는데, 머릿속의 풍경은 다현이 노래를 부르던 그때로부터 며칠이 흘러도 달라지지 않는 건지.

재윤이 다시 한 번 낮은 한숨을 내쉬었다.

늦은 밤, 기태와 함께 차에서 내린 다현은 긴장한 표정으로 주변을 둘러보았다. 동신그룹 계열사 호텔로 자선행사가 있는 자리에 임원급 비서들도 모두 참석해야 했다.

"후우."

"긴장돼?"

다현이 얼어붙은 얼굴로 한숨을 내쉬자 주차를 마친 기태가 그녀의 곁에 서서 물었다.

"응."

비서직으로 오래 일하긴 했지만 이런 큰 행사는 처음이었다. 비서진도 오피스룩이 아닌 드레스에 가까운 차림을 해야 했다.

"처음엔 그래도 시간이 지나면 익숙해져. 그러니까 걱정하지 마."

"고마워."

기태의 응원에 다현의 얼굴이 누그러졌다.

"그럼 가자."

"응."

두 사람은 곧장 꼭대기 층의 연회장으로 향했다. 비서진들이 직접 차를 주차하고 올라가는 것과 달리 VIP들은 로비에서 내렸다.

연회장에 들어선 두 사람은 곧바로 재윤과 강재를 찾아냈다.

"진짜 저 쌍둥이들은 인정하기 싫지만, 잘생기긴 했어."

기태가 다현에게 들릴 만한 목소리로 속삭였다. 다현도 속으로 수긍했다. 수많은 사람들이 빼곡히 깔린 연회장 가운데서 두 사람은 유난히 눈에 띄었다. 쌍둥이라서 그런 것도 있지만, 웬만한 사람들보다 큰 키에 슈트가 잘 어울리는 날렵한 몸매 때문에 더 부각되었다.

다현이 재윤의 등 뒤에 섰다.

"오늘 멋지세요."

다현의 목소리에 재윤이 뒤를 돌아보았다.

"고마워요."

형식적인 대답을 한 재윤이 고개를 돌리다 말고 다현을 다시 한 번 더 바라보았다. 그의 눈이 가느스름해졌다. 할 말이라도 있는 듯 오래도록 바라보던 그는 아무 말 없이 고개를 앞으로 돌렸다. 이후, 재윤과 강재에게 사람들이 몰려들었다. 다현은 그의 뒤에 서서 침착하게 다가오는 손님이 누구인지, 어느 기업의 사람인지를 알려주었다. 그는 간간이 고마워요, 라고 대답했지만 자선 파티를 하는 내내 한 번도 돌아보지 않았다.

재윤과 또래가 될 법한 사람들이 모였다. 그들은 곁에 붙어서 있던 비서들을 모두 물렀다. 재윤 또한 다현에게 쉬다 오라고 말했다. 잠시 쉴 시간을 얻은 다현은 돌아가다 말고 재윤을 흘깃 보았다.

그러고 보니 오늘 제대로 눈을 마주친 적은 한 번밖에 없었다. 자신이 무언가를 잘못한 걸까. 걱정과 동시에 불안했다.

"너도 추방당했구나."

이미 파티장 귀퉁이에 병풍처럼 서 있던 기태가 말을 걸어왔다. 다현은 웃으며 고개를 끄덕였다.

정보를 교류할 때나, 다른 사람들의 귀에 새어나가면 안 될 만한 이야기가 있을 때나, 혹은 편하게 있고 싶을 때 그들은 비서를 모두 물렸다. 그리고는 자신들끼리 어울려 이야기를 하곤 했다.

"자."

다현은 기태가 내민 샴페인 잔을 받아 들었다. 들고 있을 순 있지만 마실 순 없었다. 자선파티에 초대되었지만 이건 엄연히 업무의 연장선이었다. 술냄새를 풍긴 채로 일을 할 수 없었다. 기태 또한 샴페인 잔을 들고 있을 뿐 입에도 대지 않았다.

"오늘 내 옷이 격식에 맞지 않아?"

다현이 조심스럽게 기태에게 물었다. 그가 바지에 손을 찔러 넣은 채 그녀를 아래위로 훑었다.

"아니. 괜찮은데? 드레스를 입고 올 순 없잖아. 연말 시상식도 아니고. 이 정도가 딱이지. 깔끔하면서도 눈에 튀지 않는 정도. 상무님도 이런 스타일을 원할걸? 왜? 누가 뭐래?"

"아냐. 처음이라 이상한가 해서."

다현이 미소 지었다. 웃긴 했지만, 마음 한구석은 여전히 편치 않았다. 며칠째, 정확히 말해 비서 회식이 있던 날 이후부터 재윤의 태도가 달라졌다. 평소 다정하고 농담도 잘하던 그가, 어느 순간 자신에게 별달리 말을 걸지 않았다.

'되도록 큰일이 없으면 인터폰으로 말을 전달하도록 해요.'

오히려 무서울 정도로 냉담해졌다. 자신이 뭔가 실수를 한 게 아니라면 재윤의 태도가 이토록 달라질 리 없었다.

자신이 마음에 들지 않아 관두게 할 생각인 걸까.

재윤의 성격상 암묵적으로 사람을 괴롭힐 거 같진 않지만, 만에 하나 그런 뜻이라면 어떻게 해야 할지 눈앞이 캄캄했다. 아직 라효와 사준에게 들어갈 돈이 많았다. 모처럼 높은 월급 덕에 가계에 안정이 왔는데, 다시 어려워질 생각을 하니 걱정이 앞섰다.

되도록 이곳에서 일하고 싶은데……. 그래도 버틸 수 있는 만큼 버텨야지. 뭐가 문젠지 모르겠지만 최선을 다해 재윤의 마음을 돌려놓는 수밖에 없었다.

"땅 꺼지겠다. 무슨 한숨을 그렇게 쉬어? 웃어. 입술 쭉 늘이고 활짝."

"꼭 웃어야 해?"

다현이 애매한 표정으로 물었다.

"여기 다들 웃고 있는 거 안 보여?"

기태가 주변 사람들을 가리켰다. 그러자 귀퉁이에서 이유 없이 방긋 웃고 있는 사람들이 보였다. 한눈에 봐도 그들은 비서였다.

"여기에서 비서들이 할 일은 이런 거야. 웃는 얼굴로 주변 분위기를 화사하게 만들어야 해. 비서뿐만 아니라 여기 있는 모든 사람들이 다 웃고 있잖아. 안 웃으면 더 티가 나는 곳이라고. 자, 어서 웃어봐. 이것도 일이야."

기태의 말에 다현이 입술을 늘이며 웃었다. 그러자 기태가 못마땅한 표정으로 고개를 가로저었다.

"너 뭐 해? 입술로 한일자를 그리면 어떻게 해? 웃으라고."

"최선을 다하고 있어."

"두 번만 최선을 다하면 울겠네."

"너, 강재 이사님이랑 일하더니 까칠해진 거 같아. 상사를 닮아가는 건가."

"뭐어? 너 말이 심하다?"

기태가 눈을 희번득거렸다. 기태의 그런 표정에 마침내 다현이 푸스스 웃음을 터트렸다. 다현이 활짝 웃자 기태가 흠칫했다. 방심하다가 한 대 얻어 맞은 얼굴로 다현을 바라보던 기태가 고개를 가로저었다.

"홀리지 말자."

"뭐라고?"

"아냐. 잘 웃네. 그렇게 웃으라고."

"응. 고마워."

다현이 웃는 얼굴로 인사하자 기태가 마주 웃었다. 이유 없이 마주 웃어야 하는 상황이 우스워 다현은 다시금 웃음을 터트렸다. 귀 끝이 붉어진 기태는 '그래. 내 은혜 잘 기억해 뒀다가 맛있는 거 사줘.'라며 말을 돌렸다. 그사이 다현은 고개를 돌렸다가 무심코 대각선 방향에 서 있던 재윤과 눈이 마주쳤다.

기태의 말은 틀렸다. 모두가 웃는 것은 아니었다. 단 한 사람, 재윤은 무표정한 얼굴로 그녀를 무섭게 바라보고 있었다. 하하호호 웃음이 번져가는 곳에서 침묵을 지키며 서 있는 무표정한 그 얼굴은, 마치 도화지에 떨어진 검은 먹물처럼 이질적이었다.

놀란 다현이 멈춰 있는 사이, 재윤이 고개를 홱 돌렸다. 다현은 놀란 표정으로 눈을 깜빡이다 가슴을 쓸어내렸다.

뭔가…… 실수를 한 것 같다.

다현이 걱정스런 표정으로 다시금 재윤의 등을 바라보았다.

다현이 다급하게 핸드백을 내려놓은 후 실내화를 꿰어 신었다. 평소보다 조금 늦게 출근했더니 할 일이 잔뜩 밀려 있었다. 보이지 않는 일은 대충 미뤄놓고 상무실로 들어섰다.

그가 좋아하는 디퓨즈를 확인한 후, 마른행주로 집무용 책상을 닦았다. 그가 좋아하는 커피와 뾰쪽한 연필까지 모조리 완벽하다는 걸 확인한 다현이 막 상무실에서 나왔다. 그와 동시에 낮은 발소리가 들렸다.

다현이 시계를 확인했다. 어젯밤 파티로 피곤해진 자신은 평소보다 늦게 출근했는데, 재윤은 이르게 출근했다. 그의 시간관념을 배워야겠다는 생각을 하자마자 발소리가 멈췄다.

커브만 돌면 되는데 발소리가 더는 들리지 않았다. 무슨 일이 있는 건가 싶어 다현이 먼저 마중을 나섰다. 재윤은 벽을 짚고서 눈을 감고 있었다. 안색이 창백한 게 어딘가 아파 보였다.

"괜찮으세요?"

다현이 조심스럽게 묻기 무섭게 재윤이 번쩍 눈을 떴다. 고개를 든 재윤의 표정이 더욱 애매해진 걸 확인한 다현이 초조한 얼굴로 그를 보았다. 쓰러지면 몸을 던질 자세로 그녀가 다리에 힘을 줄 때였다.

"……여긴 왜 있어요?"

"안 오시기에 무슨 일이 있나 싶어서요. 안 괜찮으세요?"

다현이 놀라 묻자 재윤이 고개를 가로저었다.

"괜찮아요."

그가 머리카락을 쓸어 넘겼다. 다행히 이마가 땀에 젖어 있다거나 힘이 없어 보이진 않았다.

"안 괜찮으신 거 같은데, 병원에 가보시겠습니까? 아니면 검진 받으러 가시는 병원에 예약을 잡아둘까요?"

"아뇨. 이 병은 의사가 치료할 수 있는 게 아니니까요. 의사가 치료할 수 있으면 진즉에 뛰어갔을 겁니다."

다현이 무슨 말이냐는 표정으로 바라보았다.

꼭 병원 치료를 받아야 할 거 같은데.

그의 얼굴도 얼굴이지만, 요즘 그는 상태가 몹시 안 좋았다. 갑자기 사람이 변하면 위험한 거라던데.

다현의 우려를 아는지 모르는지 재윤은 복잡한 눈으로 그녀를 바라보았다.

"다현 씨."

재윤의 목소리가 평소보다 낮아졌다.

"네."

"이전에 내가 했던 말 기억해요?"

함께 일한 한 달 반 기간 동안 그에게 들은 말이 너무도 많아 뭘 말하는지 알 수 없었다.

"어떤 걸 말씀하시는지 알려주시면 기억해 놓겠습니다."

"나는 함께 일하는 여자 직원과 사적인 관계로 엮이기 싫다는 거요."

"잘 알고 있습니다."

처음 면접 때부터 재윤은 그 점을 굉장히 중요하게 생각하는 것처럼 보였다. 기태에게 전해 들을 때도 마찬가지였다.

그나저나 그 이야기를 지금 왜 하는 거지.

자신이 오해할 행동을 한 건가 되짚어봤지만, 그럴 만한 일이 없었다. 오히려 요 며칠간은 재윤과 얼굴을 마주한 게 손에 꼽을 정도였다. 같은 층에 일하면서 이만큼 얼굴 보기 힘들 수 있다는 걸 안 건 이번이 처음이었다.

혹시나 자신의 행동에 문제가 있을지 모른다고 생각하니 다현이 조심스럽게 한 걸음 물러섰다.

"잘 알고 있다니 다행이네요."

재윤이 힘없는 목소리로 받아쳤다.

"네. 상무님이 저와 사적인 관계로 엮일 일이 없다는 걸 충분히 인지하고 있습니다. 절대로 그럴 일 없을 테니 그 점에 대해선 걱정하지 마세요."

다현이 빙긋 미소 지어 보였다. 그러자 재윤의 표정은 더욱 복잡하게 변했다.

"알고 있어요. 다현 씨는 그럴 일 없다는 거. 문제는……."

뭔가 말을 하려던 재윤이 입술을 꽉 다물었다.

"하여튼 조심해요."

재윤은 그 말을 마친 후 상무실로 들어갔다. 문을 닫기 전, 그는 반쯤 열린 문틈으로 '되도록 보고는 인터폰으로 해요.' 라는 쌀쌀맞은 말을 남긴 후 사라졌다. 홀로 남겨진 다현은 다짐했다. 되도록 재윤의 근처에 얼씬거려서 오해를 사는 일은 없어야겠다고.

의자에 몸을 파묻고 앉은 재윤이 눈을 감았다. 일을 하려고 해도 집중이 되질 않았다. 다현의 목소리가 온 머리를 웅하고 울렸다.

'네. 상무님이 저와 사적인 관계로 엮일 일이 없다는 걸 충분히 인지하고 있습니다. 절대로 그럴 일 없을 테니 그 점에 대해선 걱정하지 마세요.'

그 말을 잘도 상큼발랄한 얼굴로 했다.

"뭐 그렇게 단호해."

아주 조금은 섭섭하게 생각할 수도 있지 않나?

재윤이 저도 모르게 중얼거렸다. 그는 눈을 떠 일을 하려다가 잘 깎아놓은 연필과 따스하게 김이 오르는 커피잔을 보곤 도로 눈을 감았다. 눈을 떠 보니 죄다 다현의 손길이 닿았던 것들이다. 이게 얼마나 사람의 능률을 떨어뜨리는지, 문밖의 비서는 모를 거다.

"자선파티에 데려가는 게 아니었는데……."

재윤이 이를 깨문 채 중얼거렸다.

다현에게 흰 원피스는 굉장히 잘 어울렸다. 어떤 드레스를 입은 여자보다 화사하고 밝았다. 예의상이라도 '오늘 예쁘네요.' 라는 말을 할 법도 한데, 그는 입이 붙어버렸다. 그 말을 뱉으면 왠지 안 될 것 같았다. 일부러 다현을 물린 후, 사람들과 어울려 이런저런 이야기를 했다. 다현에 대해서 쉽게 잊혀졌고, 괜찮겠다 싶을 즈음 그녀에게 먼저 퇴근하라는 말을 하려고 고개를 돌릴 때였다.

다현이 웃고 있었다.

입꼬리를 올린 채 편안하게. 자신과 이야기를 하면서 보였던 그 미소가 기태를 향하고 있었다. 그 순간, 그는 자신이 강재와 쌍둥이가 맞다는 걸 다시 한 번 확인했다. 그의 말이 옳았다.

예쁜 미소를 보면서 늘 저렇게 웃게 해주고 싶다, 라는 생각은 들지 않았다. 저 미소를 독점하고 싶었다. 다른 사람에게 흘리는 걸 보고 싶지 않았다.

다현이 의아하게 자신을 바라보고서야 시선을 돌렸고, 그는 5분도 채 못 가 다현에게 성큼성큼 다가갔다.

'퇴근하세요. 지금 당장.'

다현에게 퇴근하라고 하자 그녀가 놀란 눈으로 쳐다보았다.

'네?'

'퇴근하라고요.'

그렇게 다른 사람한테 웃고 있는 거 못 보겠으니까, 제발 가라는 말이 튀어나올 것 같았다. 그는 어리둥절한 표정으로 자신을 바라보는 다현을 데리고 연회장의 끄트머리로 향했다.

'지금부터 다현 씨가 할 일이 없을 거 같으니 피곤할 텐데 먼저 퇴근하라는 거예요.'

그는 구질구질한 변명을 늘어놓았지만, 대쪽 같은 다현은 '괜찮습니다. 기다리고 있을 테니 언제든 부르세요.' 라는 말로 그의 속을 뒤집어놓았다.

결국 그는 슈트 안에 든 얇은 지갑에서 현금을 왕창 꺼내 그녀에게 내밀었다.

'버스, 지하철처럼 사람들 많이 타는 거 타지 말고 택시 타고 가요. 그러니까 내 말은 추우니까 택시 타고 가라는 말이에요. 앞좌석 말고 꼭 뒷좌석에 타요.'

택시 기사 아저씨랑 아이컨텍 하지 말고.

재윤은 입밖으로 튀어나오려는 말과 나오지 않으려는 말을 분간하기 위해 애쓰느라 진땀이 날 지경이었다.

'괜찮습니다. 버스면 됩니다.'

그러나 속 모르는 다현은 해사하게 웃으며 버스를 고집했다.

'내가 데려다줘요?'

'네?'

'택시 타고 갈래요? 아니면 내가 직접 데려다줄까요? 나는 우리 비서가 이 추운 바람 막 맞으면서 버스 타고 퇴근하는 거 못 봅니다. 그리고 다른 사람들은 생각 안 해요? 이 밤중에 웨딩드레스같이 새하얀 옷 입고 돌아다니면 뭐라고 생각하겠어요? 심약한 어르신들이 다현 씨 보고 쓰러질 거라는 생각은 안 해봤어요?'

재윤의 말에 다현은 눈을 빠르게 깜빡였다. 그러더니 자신의 옷을 죽 훑어보았다.

'……제 옷이 그렇게 처녀귀신 같나요? 부끄러우셨군요. 그럼 얼른 퇴근하도록 하겠습니다. 다음엔 조금 더 옷에 신경 쓰도록 하겠습니다.'

다현은 완전히 자신의 뜻과 다르게 해석했지만, 그는 그걸 정정해 주지 않았다. 어쨌거나 다현은 자신의 옷이 처녀귀신 같다는 데 충격을 받아 택시 타고 퇴근할 마음이 생긴 듯했다. 그렇게 다현을 억지로 퇴근시키고도 그는 한동안 파티에 집중하지 못했다.

웃는 걸 한 번 봤을 뿐인데, 햇살이 찌르고 들어온 것처럼 눈앞이 아득해졌다. 한참 만에 정신을 차린 그의 시선은 다시금 다현이 나간 곳으로 향했다. 그리곤 생각했었다.

택시 번호 문자로 찍어 보내라고 할걸…….

물론 다현은 의아해하겠지만 상무의 상냥하고 다정한 배려라고 생각해서 의심하지 않았을 거다.

재윤은 하룻밤 자고 나면 번잡한 마음이 사그라들 거라 생각했다. 어떤 격동적인 감정도 잠 앞에선 무릎 꿇기 마련이니까. 그러다 자신의 생각이 틀렸다는 걸 알아챈 건, 알람이 울지 않았는데 일어나 출근 준비를 하는 자신을 발견하고 나서였다. 그것도 거울에 비친 제 얼굴이 제법 신나 있기까지 했다. 아침부터 목격한 처참한 진실 앞에 그는 말을 잃었다.

그리고 그는 평소보다 긴 샤워를 했다. 찬물과 뜨거운 물을 번갈아 맞으며 그는 자신이 설레고 있다는 사실을 수긍했다. 다만 이 마음은 이성적인 관심이 아니라, 아이돌을 바라보는 마음과 같은 거라 여겼다.

노래를 아주 잘하는 아이돌. 그래, 그런 걸 거다. 자신이 설마 다현을 좋아할 리가 없겠지. 그다지 오랜 시간도 보내지 않았고, 설렐 만한 일도 없었으니까. 다만, 다현이 기억 속의 그 노래를 불렀던 여자라는 걸 알고 나서 마음이 싱숭생숭해진 거니까, 그에게 그녀는 아이돌이었다. 한때 반짝이다 금세 사라지는 그런 아이돌.

이른 출근을 하는 그를 보며 가족들은 의아한 눈을 했다.

'네가 강재보다 더 일찍 출근한다고?'

그의 모친이 해가 남쪽에서 뜬 거 아니냐며 물었다. 그런 어머니를 향해 재윤은 담백하게 말했다.

'아이돌 만나러 가요.'

'뭐? 아이돌? 사춘기 때도 안 하던 짓을 지금 한다고?'

'사춘기 때 안 해서 지금 하나 봅니다. 우리 훌륭한 조카님인 혜수 말이 맞았네요. 일생에 한 번씩 오는 기간이 있는데, 그게 바로 사춘기랑 아이돌기라고요. 진즉 해치우지 못한 기간을 해내러 갑니다. 출근하겠습니다.'

재윤은 담백한 인사를 마친 후 곧바로 집을 나섰다. 당당했던 발걸음은 정작 복도 커브에서 멈췄지만, 마음을 다스릴 틈도 없이 다현이 얼굴을 불쑥 들이밀었다.

이런 팬서비스 좋은 아이돌 같으니. 예쁜 얼굴을 잘도 들이민다.

재윤은 심란한 표정으로 다현을 바라보다 말했다.

'함께 일하는 여자 직원과 사적인 관계로 엮이기 싫다는 거요.'

이건 스스로에게 하는 말이었다.

직원과 사적인 관계로 엮이지 말자. 한때의 감정에 치우쳐서 일을 그르치지 말자. 스쳐 가는 바람과 같은 감정일 테니까.

그는 구태여 바람을 부여잡지 않기로 했다. 대신 조금 빨리 스쳐 지나가 주길 바랐다. 그리고 그의 바람인 다현은 군더더기 감정이라곤 조금도 없는 표정으로 말했다.

'네. 상무님이 저와 사적인 관계로 엮일 일이 없다는 걸 충분히 인지하고 있습니다. 절대로 그럴 일 없을 테니 그 점에 대해선 걱정하지 마세요.'

다시 생각해도 기분 나쁜 말이었다. 너무 청량해서 말에서 탄산이 톡톡 튀어 그의 마음 귀퉁이를 쓰리게 했다. 눈을 뜬 재윤은 휴대폰을 만지작거리다가 어디론가 전화를 걸었다.

"혜수야."

―어. 왜. 삼촌. 바빠. 돈 보내줄 거 아니면 끊어.

천재라고 불리는 혜수는 어릴 적 강재를 빼다 박았다고 할 정도로 매정했다. 다른 친척이라면 버릇이 없다며 나무랄 법한 말버릇이었으나, 강재에게 평생 길들여진 재윤에게 이 정도 말투는 별것 아니었다. 오히려 다루기 편했다.

"오만 원에 오 분."

―콜. 뭔데?

"전에 말한 아이돌기 생각나?"

―어. 왜?

"아이돌기는 보통 언제 끝나는데?"

―갑자기 그건 왜 물어? 삼촌, 그 나이에 소녀들에게 빠졌니? 적당히 해라. 그러다가 TV 나올라. 머리띠 끼고, 대포 카메라 들고 있으면 죽여 버릴 거야. 삼촌.

"아니. 나 말고 다른 놈 이야기야."

―그래. 그렇다고 치자. 그렇게 물어오는 사람치고 자기 이야기 아닌 사람이 없긴 하지만.

"대답이나 해."

―사람마다 다르지. 보통 3년에서 6년 정도. 어떤 사람들은 평생을 앓기도 하더라고. TV에 못 봤어? 10대 때 좋아한 아이돌을 50대까지 좋아해서 따라다니는 거? 종이학 보내던 소녀팬들이 장수하라고 직접 담근 뱀술을 보

낸다는 예능 프로그램도 못 봤니?

"……."

평생이라니.

재윤의 표정이 굳었다.

—어떤 사람들은 아이돌기를 사춘기부터 갱년기까지 겪던데.

"갱년……. 후우, 빨리 끝낼 방법은?"

—어떤 아이돌에게 빠진 건데?

"아이돌은 아니고…… 아티스트."

생각해 보니 다현은 아이돌이라기보다 아티스트에 가까웠다. 자신을 노래로 울린 사람이니까.

—아티스트라. 그냥 쭉 좋아하면 되겠네.

"그러기 싫어서."

—그럼 다른 아티스트를 찾아. 원래 아이돌은 사랑 같은 거야. 사랑은 사랑으로 지우고, 아이돌은 아이돌로 지우는 거지. 아티스트도 더 대단한 아티스트를 찾으면 되잖아.

"……만약 없으면?"

—없으면 운명의 아티스트를 만난 거지. 운명이야. 받아들여.

"끊어."

전혀 도움이 안 되는 말에 재윤이 눈을 감고서 낮은 한숨을 내쉬었다.

—알았어. 문자로 계좌 보내놓을 테니까 그쪽으로 입금해. 사랑해, 삼촌.

통화를 마친 재윤은 휴대폰을 저 멀리 던져놓은 후 손으로 얼굴을 가렸다.

운명의 아티스트라니.

삑—

—상무님. 회의 가실 시간입니다.

그 순간 인터폰에서 다현의 상냥한 목소리가 흘러나왔다.

"……알겠, 크흡. 습니다."

자신도 모르게 목이 메인 재윤이 헛기침을 하며 말했다. 그는 자리에서 일어나 막막한 눈으로 문을 바라보며 중얼거렸다.

"우리 아티스트님은 쓸데없이 목소리가 참 좋구나. 후우."

❖

오전 시간을 상념으로 시간을 허비한 덕에 평소보다 늦게 일을 마친 재윤이 자리에서 일어났다. 습관적으로 휴대폰을 확인한 재윤이 미간을 좁혔다.

[부재중 전화 : 미혜 — 4통]

통화가 아니라 피하기 위해 저장해 둔 번호였다. 미혜는 지치지 않고 하루에 몇 통씩 부재중 전화를 남겼다. 마치 자신이 포기하지 않았다는 걸 알리기라도 하는 듯한 연락이었다. 이런 집요함에 그는 몇 해 전 미혜와 교제를 결심했었다.

이렇게 자신을 좋아해 주는 여자라면 자신도 좋아할 수 있지 않을까. 이만하면 괜찮은 여자니까.

미혜는 싹싹하고 밝았으며 부모님도 좋아하는 여자였다. 그러니까 조금만 노력하면 마음을 줄 수 있을 줄 알았는데 그건 자신의 자만이었다. 자신은 자신이 예상했던 것만큼 대충 사랑할 수 있는 사람이 아니었다. 만나다 보니 점점 좋아진다는 그런 일도 없었다. 오히려 지루하고 지겨워질 뿐.

[기다릴게.]

미혜가 보낸 문자를 확인한 그는 휴대폰을 가방 깊숙한 곳에 챙겨 넣었다. 문자만 봐도 질렸다. 조금 남은 일은 집에 가서 할 생각이었다. 문을 열고 나온 재윤은 책상에 오도카니 앉아 있는 다현을 보았다. 무슨 생각에 잠긴 건지 자신이 나오는지도 모르는 얼굴이었다. 생각에 잠긴 옆얼굴에 그늘이 져 있었다.

"먼저 퇴근해도 된다고 했잖아요."

"아, 네. 저도 방금 일이 끝나서 막 퇴근하려던 중이었습니다."

"그래요?"

"네. 컨디션은 괜찮으신가요?"

"다행히 괜찮아요."

컨디션의 탓이 아니라 다현 때문이지만, 솔직하게 답할 수 없기에 재윤은 어물쩍 답했다.

"저는 마지막으로 점검 한 번 더 하고 가겠습니다. 내일 뵙겠습니다."

먼저 가라는 말이었다. 재윤은 무언가 말을 하려다가 입을 다물었다. 다현을 마주하는 시간을 줄여야 했다. 엘리베이터 앞에 멈춰 선 재윤은 계기판을 물끄러미 바라보았다. 엘리베이터가 금세 도착했다.

평소엔 일찍 오라고 해도 오지 않던 엘리베이터가 이렇게 금세 올 줄이야.

딩동.

엘리베이터 문이 활짝 열려 있는 걸 재윤은 바라보기만 했다. 사람이 사람과 멀어지는 방법에 대해 잘 알고 있다. 그 사람을 자주 보지 않으면 마음에서 옅어져 어느샌가 사라지게 되어 있었다.

덜컹.

알면서도 재윤은 엘리베이터를 그냥 흘려보냈다.

"타려고 했는데 닫혔네."

스스로도 믿지 않을 거짓말을 해가면서.

머리가 아는 것과 그걸 행동으로 옮기는 데엔 엄청난 간극이 있었다. 재윤이 복잡한 표정으로 엘리베이터 계기판을 바라보았다.

"아직 안 가셨네요."

어느샌 다가온 다현이 물었다.

"네. 오늘따라 엘리베이터가 잘 안 오네요."

다현이 그의 뒤에 섰다. 그러자 거짓말처럼 그의 모든 신경이 등 뒤를 향했다. 계기판을 보고 있는 것도, 엘리베이터를 기다리는 것도 모두 같은데, 단지 등 뒤에 다현이 서 있다는 것만으로 기분이 달라졌다. 딩동, 하고 엘리베이터 문이 다시 열렸다.

"몇 층 가세요?"

엘리베이터에 탄 다현이 물었다. 그녀의 손끝이 이미 주차장이 있는 지하 근처에서 얼쩡거리고 있었다.

눈빛, 손끝 그 어디에도 자신에 대한 관심이 하나도 없는 게 느껴진다. 원하던 바인데, 이상하게 기분이 상했다.

"1층이요."

"네."

다현의 손끝이 1층 버튼을 꾹 눌렀다. 엘리베이터 안이 고요했다. 그사이 재윤의 머릿속에선 수많은 생각들이 떠돌아다녔다.

다현 씨는 연애 안 해요, 노래는 언제부터 했어요, 그 재능을 왜 썩혀요, 혹시 축제에서 노래 불렀을 때 넋 놓고 있던 남자 못 봤어요, 그게 난데…….

그 수많은 말들이 거품처럼 차올랐다가 사그라질 때까지 그는 입도 벙긋하지 못했다. 다현에게 거리를 두어야 했다. 자신의 머릿속에서 다현의 생각이 옅어지고, 운명의 아티스트에서 그저 한 사람의 비서로 바라볼 수 있을 때까지.

타는 사람도, 내리는 사람도 없는 엘리베이터는 금세 1층에 도달했다. 재윤은 한 발자국 앞서서 걸었다. 건물 밖으로 사람 기분을 좋게 만드는 부드러운 바람이 몰아쳤다. 재윤의 머리카락이 부드럽게 흩어졌다. 슬쩍 눈을 감았다가 뜬 검은색 눈동자는 부드럽게 빛났다.

"약속이 있으셨나 봐요."

다현에게 조심히 가라는 말을 하려던 재윤이 눈을 찌푸렸다.

"약속이라니요?"

재윤은 다현이 바라보고 있는 쪽으로 고개를 돌렸다. 그러다가 자신을 향해 걸어오는 미혜를 발견했다.

문자에 담긴 기다릴게의 의미가 이거였을 줄이야.

재윤이 나지막한 한숨을 내쉬었다.

"약속 아니에요. 절대로 만나는 여자도 아니고. 썸을 타거나, 어떤 관계가 있는 것도 아니에요. 굳이 말하자면 요즘 절 좀 힘들게 하는 스토커예요."

재윤이 오해하지 말라는 듯 말을 꺼냈다. 자신이 생각하기에도 과할 정도로 구구절절 말했다. 다현이 그를 물끄러미 바라보았다. 재윤은 다현의 그 눈빛을 보지 못한 채 낮은 한숨을 내쉬었다.

"오늘은 정말 피곤해서 집에 바로 가고 싶은데 슈퍼우먼이 나타나서 떼어 줬으면 좋겠네요. 화를 내도 좋고 뭘 해도 좋으니까요. 그럼 뭐든 해줄 텐데요."

재윤이 자조적으로 웃으며 농담을 건넸다. 미혜를 떼어내 줄 담이 큰 여자는 어디에도 없었다. 큰 키에 훤칠한 몸매, 욱하는 성질이 있는 미혜는 웬만한 남자도 감당하기 힘들었다.

재윤의 표정 위로 귀찮음과 피곤함이 잔뜩 몰려들었다. 다현은 왠지 그를 구해주고 싶었다. 조금 더 솔직히 말하자면, 자신에게 냉정한 재윤에게 점수를 따고 싶었다. 회사를 관두고 싶지 않으니까.

"도와드릴…… 까요?"

아주 조심스럽게 꺼내는 다현의 물음에 재윤이 그녀를 바라보았다. 그가 말을 하지 않자 다현이 다시 한 번 말했다.

"그 슈퍼우먼 제가 해도 되나요? 실례겠죠?"

"실례 아니에요. 제발 좀 도와달라고 말하고 싶네요. 그런데…… 다현 씨."

다현 씨가 상대할 만큼 쉬운 여자는 아닐 거예요.

재윤이 그녀에게 먼저 가라는 말을 할 때였다.

"그 여자가 다현이야?"

어느새 코앞까지 다가온 미혜가 다현의 아래위를 훑으며 물었다. 재윤이 다정하게 '다현 씨'라고 부르던 그 목소리를 아직까지 잊지 않고 있던 미혜가 날카롭게 물었다.

"어디서 봤더라……. 아, 자선 파티장에서 봤는데. 오빠 비서 아냐? 비서랑 만나? 무슨 형제가 비서랑 자꾸 만나?"

미혜가 여전히 다현을 쳐다보며 말했다. 미혜는 재윤이 갑자기 달려가 다현을 데리고 나가던 뒷모습을 기억했다.

재윤은 가볍고 충동적이게 보이지만, 실제로는 굉장히 이성적인 사람이었다. 본인이 해야 할 일은 꼭 했고, 선은 꼭 지키면서 자기관리를 하는 사람이었다. 그 때문에 스토커 비서 사건 외엔 별다른 소문도 없었다. 그런 사람이 다수의 사람들이 보건 말건 비서를 데리고 갑자기 사라진 건 이상한 일이었다. 그때 미혜는 재윤과 다현 사이에 뭔가 일이 있는 게 확실하다고 생각했다.

미혜의 입술이 삐뚤어졌다.

"비서 씨. 주제를 알아야죠. 괜한 욕심 부리다가 떨어지면 많이 아픈 법이거든요. 난 비서 씨 생각해서 하는 말이니까 기분 나쁘게 듣지 말아요. 먼저 가세요. 비서 씨. 오빠는 나 좀 봐."

미혜가 재윤의 팔을 잡아당길 때였다. 다현이 미혜의 손을 잡았다. 그러자 미혜가 이게 무슨 드라마틱한 상황이냐는 눈으로 손과 다현의 얼굴을 번갈아 보았다. 재윤 또한 생각지 못한 다현의 태도에 그녀를 바라보았다.

"죄송한데 상무님은 선약이 있으세요."

다현이 빙긋 미소를 지었다.

"이 시간에 선약? 누구요?"

"저요."

"하. 그쪽 선약을 신경 쓸 사람으로 보여요, 내가?"

"상무님 약속 관리는 제가 합니다만, 저녁 시간엔 저와 일정이 있으세요. 이건 오래전부터 정해져 있던 약속이라서요."

"비서 씨."

"네. 아무개 씨."

다현이 평이하게 받아쳤다.

"뭐라고요?"

"처음 뵙는 분이라 성함도 모르겠으니 이렇게 불렀으니 기분 나쁘게 생각하지 마세요.”

얼굴색 하나 바뀌지 않고 생글생글 웃는 얼굴로 말하는 다현을 보며 재윤은 웃음이 나오려는 걸 겨우 참았다. 다현이 미혜를 모를 리 없었다. 그녀는 파티장에 있던 모든 사람들 이름을 다 외우고 있었다. 그러면서 일부러 '아무개 씨'라고 불렀다.

“오빠, 뭐 이런 걸 비서라고 가져다 놨어?”

“뭐 이런 사람이라도 선약이 있으니 돌아가 주시겠습니까? 상무님을 뵙고 싶으시면 내일 비서실로 연락 부탁드립니다.”

“그런 공적인 약속으로 볼 만한 사이 아니에요, 우리는. 비서 씨가 감히 간섭할 수 없을 정도로 사적인 만남을 가지는 사이라고요.”

“상무님은 아니신 것 같네요. 가고 싶어 하시지 않는 걸 보니까요.”

똑 부러지게 맞받아치는 다현을 보며 재윤은 말려야 한다는 걸 알면서도 지켜보았다. 생각 외로 다현이 잘해주어 미혜가 밀리는 광경이 퍽 재미있었다.

“아, 이게 진짜.”

눈꼬리가 올라간 미혜가 다현을 확 노려보았다. 그녀가 손을 치켜들 기미를 보이자, 다현이 차분하게 손끝으로 한 지점을 가리켰다. 그러더니 허공 이곳저곳을 가리키기 시작했다.

“지금 뭐 하는 거야? 비서 씨, 귀신이라도 봐?”

주변을 둘러본 미혜가 짜증난다는 얼굴로 물었다.

“보긴 보죠. 귀신이 아니라 블랙박스와 CCTV 개수요.”

“…….”

“손 조심하세요. 괜히 구설수에 오르면 곤란하지 않겠어요? 그럼 다음에 뵙겠습니다.”

다현이 다소곳하게 인사를 한 후 재윤을 쳐다보았다.

“오늘 남은 일 마저 하셔야죠.”

재윤이 그런 다현을 바라보며 고개를 끄덕였다.

"그러죠."

다현이 돌아서자 재윤이 뒤따라 섰다.

"오빠!"

미혜가 그를 향해 소리쳤다. 그러자 그가 웃음기를 지운 차가운 얼굴로 미혜의 얼굴을 바라보았다.

"내가 너라면 오늘은 돌아갈 거 같은데."

"……."

"여기서 더 비참해지기 싫다면 말이야."

재윤의 말에 미혜가 입술을 씹었다.

"어머님한테 모조리 다 말씀드릴 거야. 지금 내가 본 것들."

"그렇게 해. 네가 유학 가기 전에 우리가 왜 이렇게 됐는지도 설명드리면 되겠네. 우리 부모님께도, 그리고 너희 부모님께도."

"……."

미혜의 얼굴이 와그작 일그러졌다. 눈물이 맺힌 그녀가 고개를 홱 돌렸다. 재윤은 그런 미혜를 무심하게 바라보다가 시선을 돌렸다.

미혜가 안 보일 정도로 회사를 빙 둘러 한참 걸었다.

한적한 길, 드문드문 자리하고 있는 가로수, 선선한 바람. 나란히 걷고 있는 발자국을 따라 통통 울리는 마음속 소리.

이제 그만 걸어도 된다는 걸 알면서도 재윤은 아무 말 하지 않았다. 신기할 정도로 사람을 들뜨게 했다. 이대로 아무 말 없이 밤새 걸어도 좋을 것만 같았다. 그 생각을 함과 동시에 다현이 먼저 멈춰 섰고, 뒤따라 멈춰 선 재윤은 꿈에서 깬 기분이었다. 재윤이 몸을 돌려 다현을 마주 보았다.

"제가 상무님의 손님에게 무례하게 군 건 아닌지 걱정되네요."

"그것보다 더했어도 됐어요. 그 정도 하지 않으면 떨어지지 않을 거라는 거 알고 그런 거잖아요. 그리고 그만하면 충분히 정중했어요. 슈퍼우먼."

재윤의 말에 다현이 옅게 미소 지었다.

"다행이에요."

대답하던 다현은 불현듯 재윤과 이렇게 마주한 것이 굉장히 오랜만이라는 생각을 했다. 업무 보고를 할 때 그는 계속 고개를 숙이고 있었고, 얼굴을 보는 건 그가 상무실을 나설 때뿐이었지만 그것도 찰나였다. 그는 순식간에 사라지곤 했다.

빙긋 웃고 있던 재윤의 얼굴에서 차츰 미소가 사라졌다.

"어쨌든 날 도와줬는데 뭐라도 보답을 해야겠죠? 뭐 필요한 거 있어요? 먹고 싶은 음식이라거나, 가고 싶은 곳이라거나. 그것도 아니면 하고 싶은 거라거나. 갖고 싶은 것도 괜찮아요. 같이 가서 사죠."

말을 늘어놓던 재윤은 다현이 말할 것들을 떠올렸다. 함께 분위기 좋은 데서 식사를 해도 좋고, 이전처럼 이야기를 주고받을 수 있는 술집도 괜찮았다. 그것도 아니라면 다현에게 잘 어울릴 법한 선물을 사주고 싶기도 했다.

다현과 함께 있지 않겠다고 했지만, 이건 은혜를 갚기 위한 일환이니까.

재윤이 뻔뻔하게 스스로를 합리화시켰다.

"괜찮습니다. 상무님."

다현의 거절에 재윤의 입가가 굳었다. 그녀가 단칼에 거절할 거라곤 생각지 못했다. 그 거절이 아플 거라고는 더더욱.

"그러지 말고 말해요. 이대로 집에 가면 내가 미안해서 잠을 자겠어요?"

거듭된 재윤의 청에 다현이 고민하다가 조심스럽게 입술을 열었다.

"상무님은 많은 곳을 가보셨겠죠?"

"그렇죠."

"조용한 곳도요?"

다현의 말에 재윤은 한 박자 늦게 고개를 끄덕였다. 말을 하는 다현의 목소리가 한층 낮아지자 가슴이 울렁거렸다.

조용한 곳.

화려한 생김새와 재력 때문에 그는 여러 여자에게 유혹을 당해봤다.

목적지는 조용한 곳, 촉촉하게 젖은 눈동자, 뜸을 들이는 입술, 옅게 짓는 미소.

안 당해본 유혹이 아니었다. 어쩌면 가장 흔한 유혹이었고, 재윤은 그걸 저급하다고 여겼다. 그런데 지금, 그 저급한 유혹 앞에서 꼼짝도 할 수 없었다. 생각지 못한 사람이 던진 유혹이라서일까.

"……알아요."

모른다고 매몰차게 뿌리쳐야 하는데, 재윤은 눈도 깜빡이지 못한 채 대답했다. 알면서도 걸어가게 되는 거미줄. 줄이 칭칭 몸을 감아오는데도 재윤은 벗어나려고 저항하지 않았다. 차라리 다현이 성큼 자신에게 다가왔으면 하는 깊은 갈증을 느낄 때였다.

"그럼 조용한 곳 좀 알려주실래요? 혼자서 술 마실 만한 곳이요. 여자 혼자 술 마셔도 다른 사람들 눈에 그리 이상해 보이지 않는 곳. 1인석도 좋아요."

"……."

"포장마차에 가려고 했는데 예전에 위험한 일을 당할 뻔해서 꺼려지더라고요. 아시다시피 집에서 마시려니 쌍둥이들이 술병이라도 발견하면 난리법석을 피워서요."

다현이 멋쩍은 듯 웃었다.

"……그러니까 지금, 나한테 혼자 갈 만한 술집을 소개해 달라는 겁니까?"

찬물 한 바가지로 얼굴을 얻어맞은 듯, 재윤이 느릿하게 물었다.

"네."

그의 속을 모르는 다현의 대답은 발랄하기만 했다. 재윤은 다현이 혼자 술 마시러 갈 테니 따라오라는 수작을 부리는 게 아닌가 생각했다. 그러나 다현의 얼굴을 아무리 들여다봐도 그런 의도는 조금도 보이지 않았다.

상큼한 다현과 달리, 재윤은 신맛을 입안에 욱여넣은 듯 표정이 급속도로 어두워졌다. 재윤이 눈을 지그시 감았다가 떴다. 그러더니 지갑을 꺼내 명함 두 장을 꺼냈다. 펜을 찾아 본인의 명함 뒤에 본인의 사인을 그려 넣은 후 다현에게 내밀었다.

"여기 가봐요. 가서 계산 대신 이 명함들 내밀어요. 하나는 가게 명함, 또 다른 하나는 내 명함이에요. 자리는 A―2번으로. 전화는 내가 해놓을 테니까요."

"아뇨. 위치만 알려주시면 돼요. 술값은 제가 계산하겠습니다."

"술값이라도 내가 계산해야 마음이 편할 거 같아서 그러는 거니까 가지고 가요. 오늘 거머리 떼준 게 고마워서 그러니까요. 안 받아요? 생각보다 연약해서 오래 들고 있으면 팔 아픈데."

"……."

다현이 고민하는 얼굴로 재윤이 내민 명함을 보았다. 명함에 담긴 이름만 보려고 목을 쭉 뺐으나, 마치 이럴 줄 알았다는 듯 재윤의 엄지손가락이 가게명을 정확하게 가리고 있었다.

"안 받으면 정말 팔 빠져요. 산재 신청 이유에 '우리 비서님의 고집 때문에' 라고 쓰기 전에 받으라고요."

재윤의 힘 실린 목소리에 못 이긴 다현이 주춤거리며 명함을 받아 들었다.

"감사합니다."

다현이 꾸벅 인사했다.

"……더, 할 말 없어요?"

재윤이 한결 누그러진 목소리로 물었다. 오히려 어떤 말을 요구하는 얼굴이었다. 다현이 눈을 굴리다가 인사했다.

"잘 마시겠습니다. 조금만 마실게요."

"……."

"일에 지장 주지 않도록 하겠습니다."

"……."

그거 말고.

재윤이 속으로 중얼거리듯 답했다.

"늦은 밤이라 위험하니까……."

같이 가달라거나, 뭐 그런 거.

스토커 떼준 기념으로 그 정도는 해줘도 되지 않을까 생각할 때였다.

"위험하니까 조금만 마시겠습니다."

그러나 자신의 상큼발랄한 비서는 여지를 남기지 않았다. 오히려 철벽같이 그의 희망을 잘라냈다. 잘려서 나동그라진 자신의 마음이 아프다.

"먼저 가보겠습니다."

인사를 꾸벅한 후 멀어지는 다현의 뒷모습을 바라보던 재윤이 어금니를 깨물었다.

"……틈의 틈조차 없구나."

그가 낮은 숨을 내쉬며 고개를 반대편으로 홱 돌렸다. 그러다 말고 다현이 사라진 방향을 한 번 더 힐끔 바라보았다.

혹시 마음 바뀐 다현이 자신을 쳐다보고 있지나 않을까 해서.

그러나 황량한 길목만이 그를 바라보고 있었다.

침대에 비스듬히 누워 책을 보던 재윤의 얼굴 위로 늦은 오후의 햇살이 내리쬐었다. 그는 읽고 있던 책을 금세 탁 소리나게 덮었다.

"후우."

한숨을 내쉬며 고개를 뒤로 젖혔다.

독서 실패 다섯 번째. 영화는 이보다 더 많이 실패했다.

모처럼 약속과 일이 없는 황금 휴일이었다. 비즈니스상 만나야 할 사람들도 없으니 미뤄두었던 취미활동을 하면 될 텐데 그 어느 것도 손에 잡히는 게 없었다.

오전엔 스쿼시도 반쯤 넋 놓고 치다가 공에 여러 번 맞을 뻔했다. 보다 못한 코치가 그를 따로 불러내 '오늘은 집에 가시는 게 좋을 것 같아요.' 라고 조심스럽게 이야기했다. 그리고 오후 내내 독서와 영화에 집중하려고 애썼으나 번번이 실패했다.

그는 결국 책을 내려놓은 채 창밖으로 시선을 돌렸다. 노을이 지는 하늘 아래로 줄지어 서 있는 나무들이 보였다. 노을빛에 젖은 푸른 잎사귀들이 바람에 흔들리는 모습이 나비의 날갯짓과 닮았다. 그러다 문득 다현이 떠올랐다. 왜 자꾸 다현이 생각나는 걸까. 그는 스스로에게 물었다.

이모를 잃고 아팠던 시간을 마무리할 수 있게 해준 은인에 대한 고마움인지, 노래를 잘하는 사람에 대한 동경인지, 그것도 아니면······.

재윤의 입술이 한일자로 굳어졌다.

하루 종일 다현 생각이다. 자리에서 일어난 그가 외투를 걸친 후 모자를 푹 눌러썼다. 2층 계단에서 터덜터덜 내려가자, 그의 모친인 선 여사가 얼굴을 찌푸리며 그를 보았다.

"저녁 먹을 시간인데 어디 가려고?"

"약속이 있어요."

"무슨 약속?"

"나쁜 친구들이랑 어울리지 않을 테니까 걱정하지 마세요. 알아서 술 조심, 차 조심, 사람 조심할 테니까요."

사춘기 소년처럼 장난스럽게 빙긋 웃는 재윤을 보며 선 여사는 한숨으로 대답을 대신했다. 답답한 마음에 현관문을 밀고 나온 재윤은 이곳저곳에 전화를 걸었다. 그가 마음 편하게 생각하는 사람은 손에 꼽았다. 그 손에 꼽을 만한 사람들은 웬일인지 짠 듯이 그의 전화를 받지 않았다. 유일하게 전화를 받은 놈은 아프다고 골골댔다.

전화를 해보고 나올 걸.

당연히 평소처럼 전화하면 나올 줄 알았는데, 아니었다. 재윤은 마당 한가운데 서서 집을 흘깃 쳐다보았다. 정확히 말해 강재의 방을 쳐다보았다. 강재에게 술 마시자고 하려니 임신한 형수가 눈에 밟혔다. 결국 그는 홀로 차를 몰아 집 근처 바로 향했다.

그가 즐겨 찾는 바는 이른 시각이라 한적했다. 좌측 창가엔 테이블석이, 우측 창가엔 홀로 앉을 수 있는 긴 테이블이 놓여 있었다.

"오셨어요?"

문을 열고 들어가자 바의 매니저가 그를 보며 아는 체했다. 재윤이 고개를 까딱이며 그의 앞에 섰다.

"며칠 전에 제가 전화로 부탁드린 여자분은 다녀갔나요?"

다현에게 관심을 갖지 말자 하면서도 재윤은 묻고야 말았다. 자신이 부탁했으니 이 정도 확인은 해봐도 된다며 합리화하고서.

"여자분이요? 아, 그분은 지금 저기 계신데요."

바의 매니저가 한곳을 가리켰다. 재윤의 고개가 돌아갔다. 우측의 긴 테이블 가장 끄트머리에 한 여자가 앉아 창밖을 바라보고 있었다. 며칠 전에 다녀갔을 줄 알았는데, 지금 있을 줄이야. 다현의 뒷모습을 담은 재윤의 눈이 가늘게 떨렸다.

"언제 왔어요?"

재윤이 다현에게 시선을 둔 채 매니저에게 물었다.

"온 지 얼마 안 되셨어요. 이곳 명함을 갖고 오셨는데, 상무님 명함은 보여주기만 하고 주진 않으시더라고요. 계산은 본인 앞으로 달아놓으라고 하시고요."

바의 매니저가 웃으며 말했다.

"……혼자 왔어요?"

재윤이 자그맣게 물었다. 뭔가를 물어보면서 떨리는 건 오랜만의 일이었다. 혹시나 다현이 다른 누군가와 왔을까 봐 걱정이 되었다.

"네."

"정말로?"

"네."

바의 매니저가 떨떠름한 얼굴로 대답했다. 다현이 혼자 바에 왔다는 사실에 마음이 교차했다. 다른 남자와 오지 않아서 다행이라는 생각과, 왜 혼자 여길 왔냐는 생각이 교차했다. 자신이 이곳을 가르쳐 줬고, 그녀가 원하는 대로 안전한 편이긴 했지만, 혼자 청승맞게 올 건 뭐냐 말이다.

"말씀드릴게요."

다현에게 알리러 가는 바의 매니저를 재윤이 붙들었다.

"내가 알아서 할게요. 원래 마시던 걸로 한 잔만 가져다줘요."

"네. 알겠습니다."

재윤은 소리 죽여 다가가 다현이 앉은 긴 테이블의 가장 끝자리에 앉았다. 일부러 소란스럽게 앉았는데 창밖을 바라보는 다현의 시선은 꼼짝하지 않았다. 다현이 말 걸길 기다리던 재윤이 답답한 마음에 그녀를 똑바로 바라보았다.

다현은 턱을 괴고서 술을 홀짝홀짝 마시고 있었다. 시선은 두되 아무것도 담기지 않은 눈동자가 허공에서 멈춰 있었다. 그녀는 이곳에 없었다. 자신의 생각에 잠겨 떠돌고 있었다.

바의 주인이 재윤에게 칵테일을 가져다줄 때조차도 그녀의 시선엔 흔들림이 없었다. 재윤은 그런 다현을 바라보았다.

처음엔 그녀가 자신을 알아봐 주었으면 했다. 시간이 흐르자, 그녀를 이렇게 보고만 있어도 꽤 괜찮을 것 같다는 생각이 들었다. 이유 없이 방황하던 마음이 차분해지는 기분이었다. 마치 강아지가 자신의 주인을 만난 것처럼.

고요해지자 마음에서 바람처럼 떠돌던 질문이 명확하게 드러났다.

나는 당신에게 무엇이 되고 싶은 걸까. 또, 당신에게 나는 어떤 사람이 되고 싶은 걸까.

낯설고 생소한 감정을 불러일으키는 다현이 불편하면서도 자꾸만 시선이 갔다. 거리를 둬야 하면서도 말과 달리 발걸음이 다현을 향했다. 자신을 잡아주길 바랐다. 자신에게 관심을 보이길 바랐고.

느릿하게 흘러가는 시간이 담요처럼 푸근하고 따뜻했다. 재윤은 술은 저만치 내버려 둔 채 다현만 바라보았다. 그의 입술 끝이 미묘하게 올라갔다.

흐릿하던 다현의 눈동자에 일순 빛이 돌아왔다. 조금씩 눈동자로 습한 기운이 몰려들었다. 빗물이 사선을 그리며 떨어지는 창가처럼 촉촉해진 눈동자에선 금세 뚝, 뚝 눈물이 떨어졌다. 날카로운 기억에 베인 사람처럼.

그 감정에 동화된 듯 재윤의 입꼬리가 아래로 내려갔다.

다현이 손으로 눈가를 슥슥 닦았다. 그러더니 그런 적 없다는 듯 눈을 꿈뻑거렸다. 앞에 놓인 칵테일을 음료수처럼 벌컥벌컥 들이켠 다현은 이제야 시선을 느낀 듯 고개를 돌렸다. 그 순간 눈이 마주쳤다.

찰나였다. 별것 아닌, 눈 마주침.

그 짧은 순간, 재윤은 그토록 찾고자 했던 대답을 들었다.

당신의 이야기를, 누구보다 가까이서, 오래도록 들을 수 있는 사람이 나였으면 좋겠다. 무슨 일인지 물어도 되는지 고민하는 사람이 아니라, 곧바로 물어볼 수 있는 사람이었으면 좋겠다.

그 감정이 조심스럽게 한 발 더 내딛었다.

당신의 사람이고 싶다, 나는.

그 생각이 가슴에 파동이 되어 퍼졌다. 순간 그는 목이 메는 걸 느꼈다. 사람에게 처음으로 느끼는 감정이었다.

"……상무님?"

넋이 나간 채 저를 바라보는 재윤을, 다현이 떨떠름한 얼굴로 불렀다. 그를 이곳에서 만날 줄 몰랐다. 그에게 연락하지 않고 방문한 곳이었으니까.

"……네."

재윤이 대답하자 다현이 황급히 고개를 돌리더니 눈가를 슥슥 닦았다.

"아, 미안해요. 부르려고 했는데 생각이 깊어 보여서요."

재윤이 미안한 표정으로 말을 건넸다.

"괜찮습니다."

다현이 대답하며 눈을 내리깔았다. 말과 달리 다현은 우는 모습을 들킨 게 민망해 보이는 얼굴이었다.

"괜찮아요, 라고 물으려고 했는데 이미 괜찮다고 대답하네요."

재윤이 싱긋 웃으며 대답했다. 평소처럼 입꼬리가 올라가지 않았지만, 그는 최선을 다했다. 자신의 달라진 마음을 다현에게 들키고 싶지 않았다.

"언제 오셨어요?"

"방금요."

"아……."

그 말을 끝으로 다현이 눈을 내리깔았다. 할 말이 없어진 얼굴이었다. 그녀의 고요하던 얼굴에 어두운 그림자가 내려앉아 있었다.

"무슨 일 있어요, 라고 물으면 대답해 줄 수 있어요? 그럼 물을게요. 아니면 안 물을 거고."

재윤이 여전히 미소를 지으며 말했다.

"별일 아니에요."

"별일 아닌데 혼자 와서 술을 마셔요?"

"그게…… 오늘이 돌아가신 엄마 생신이라서요."

다현이 난처한 얼굴로 대답했다.

오래전에 돌아가신 부모님이었다. 이젠 사진을 보지 않으면 얼굴조차 기억나지 않는 부모님. 그러면서도 그녀는 부모님의 생일은 꼭 기억하고 있었다. 자신에게 부모가 있었다는 걸 잊지 않고 싶어 하는 것처럼.

멀쩡하게 살다가도 부모님의 생신이나 제사가 되면 한없이 우울했다. 먼저 가신 부모님이 보고 싶은 건지, 혼자 남아 서러운 건지, 그것도 아니면 생일 케이크 한 번 못 사드렸던 게 미안해서였는지 알 수 없었다.

어쨌거나 서러운 마음이 넘쳐서 혼자서 술을 마시고 싶었다. 그러나 집에는 쌍둥이 형제가 눈에 불을 켜고 있어서 술을 마실 수도, 울 수도 없었다. 혼자 술을 마시며 시간을 보낼 곳이 필요했던 다현은 주말을 맞이해 재윤이 추천한 곳으로 왔다.

"아, 미안해요. 그런 건 줄은 몰랐네요."

재윤이 여전히 미안한 표정으로 말했다.

"아니에요. 덕분에 좋은 곳에서 편안하게 술 마시면서 생각했는 걸요. 카페보다 조용하고 한산해서 좋았어요."

다현이 걱정하지 말라는 듯 미소 지었다.

실제로 바는 높은 층에 위치해 창밖을 보고 있어도, 다른 사람들 눈에 띄지 않았다. 어두컴컴한 실내에 은은한 불빛 때문에 타인에게 집중하지 않는 한 그 사람이 뭘 하는지도 잘 보이지 않았기에 그녀로서는 최적의 장소였다. 물론 재윤을 만난 건 예상 밖이지만.

그녀가 핸드백을 챙기더니 일어날 준비를 했다.

"이제 저는 그만 가보도록……."

"다현 씨."

그런 다현을 재윤이 조금 초조한 목소리로 불렀다.

"네. 말씀하세요. 상무님."

"시간 괜찮으면 같이 술 마시지 않을래요?"

다현이 의아한 얼굴로 재윤을 바라보았다. 요즘 부쩍 자신에게서 거리를 두던 재윤이었다. 그런 그가 먼저 술을 마시자고 하는 게 의아했다.

"상무님, 무슨 일 있으세요?"

다현이 걱정스런 목소리로 물었다.

"네. 무슨 일이 생겨 버렸네요. 그것도 생각지 못한 일이 덜컥요."

"나쁜 일인가요?"

"부디 나쁜 일이 아니었으면 하네요."

알아듣기 힘든 말이었다. 다현은 억지로 이해해 보려는 듯 고민하다가 금세 포기한 듯 고개를 주억거렸다. 그러더니 '힘든 프로젝트인가 보네요.' 라고 일 이야기로 넘겨 버렸다. 재윤은 미소를 지었다.

"그러게요. 왠지 힘들 것 같네요. 태어나서 이만큼 좋은 결과를 내고 싶은 일은 처음이에요. 그러니 오늘 같이 술 한잔해 줄래요? 시간은 많이 뺏지 않을게요."

"아. 네. 알겠습니다."

잠시 고민하는가 싶더니 다현이 본래의 자리에 앉았다. 다현이 완전히 자리 잡는 것을 확인한 재윤의 표정이 한결 풀어졌다.

"혹시 제가 놓친 스케줄은 아닌가요?"

다현이 걱정스럽다는 눈으로 바라보았다.

"아니에요. 다현 씨가 모르는, 그러나 곧 알게 될 일이에요. 지금은 신경 쓰지 마요. 혹시 진행되면 다현 씨가 많이 도와줘야 할 거예요."

다현이 알겠다는 듯 미소를 지으며 고개를 끄덕였다. 말과 달리 다현이 아니고선 누구도 해결해 줄 수 없는 일이었다.

태어나 처음으로 하는 일.

짝사랑이라는 낯설고도 어려운 일을 하게 되었으니까.

재윤이 어두운 낯빛으로 물을 벌컥벌컥 들이켰다. 그러고도 속이 덜 풀린 듯 식탁 끄트머리를 잡고서 숨을 몰아쉬었다.

"괜찮으세요? 도련님?"

가연이 걱정스러운 얼굴로 바라보았다.

"아니요. 안 괜찮아요."

"어제 술을 많이 드셨나 봐요."

"네. 무슨 여자가 위장이 술독으로 되어 있는 건지······."

재윤이 중얼거렸다.

"네? 여자요?"

"아니에요. 형수님. 말이 헛나왔어요."

재윤이 손을 내저었다.

어제 오후, 다현과 함께 술을 마시기 시작했다. 저녁을 함께 먹을 겸 자리를 옮긴 후 얼마 되지 않아 취기가 올랐으나 다현과 함께 있고 싶어서 술에 취하지 않은 척했다. 그 덕분에 태어나 처음으로 소주 세 병 반을 마셨다. 조금 더 함께 있고 싶었지만, 그랬다간 또 다현의 발에 고무신을 신겨줄 것 같았다.

그럼 또 속 좋은 다현은 자신에게 검정 고무신을 선물해 주겠지…….

그것만은 반복하고 싶지 않아서 귀가했다.

"처음으로 맞춘 커플 아이템이 고무신이라니."

재윤이 흙빛이 된 얼굴로 중얼거렸다.

"네?"

그런 재윤을 가연이 불안한 얼굴로 바라보았다.

"아니에요. 형님. 지금 제가 하는 말에 일일이 신경 쓰실 거 없어요. 보다시피 제정신이 아니니까요."

"아……."

가연은 싱긋 웃는 재윤을 향해 어색하게 대답하더니 금세 생긋 웃었다. 가연에게선 따뜻한 느낌이 풍풍 흘러넘쳤다.

"형수님."

"네. 말씀하세요. 도련님."

그녀가 볼록 튀어나온 배를 쓰다듬으며 생긋 웃었다. 그런 가연에게 재윤이 심각한 표정으로 다가갔다. 그러더니 자신의 머리를 올리며 물었다.

"저, 머리를 내린 게 나은가요? 올린 게 나은가요? 슈트는 어떤 색이 더 잘 어울려요?"

"……네?"

처음 듣는 질문에 가연이 저도 모르게 되물었다.

"스키니한 핏이 괜찮아요? 아니면 조금 넉넉한 게 잘 어울려요? 안에 베스트를 걸친 게 예쁠까요? 저랑 똑같이 생긴 놈이랑 살고 있으니 어떤 게 더 잘 어울릴지 알 거 아니에요."

재윤의 말에 가연이 눈을 빠르게 깜빡였다.

"그야…… 도련님은 뭐든 괜찮으시죠. 그런데 갑자기 왜 패션에 더 신경을 쓰고 그러세요?"

재윤의 패션 감각은 뛰어났다. 그는 출근용 슈트가 아닌 것도 과감하게 입고 다녔고, 트렌드에 누구보다 민감하게 움직였다. 그런 그가 자신에게 패

선 상담을 하니 이상하게 여겨졌다.

"오늘따라 신경이 쓰이네요. 스타일을 바꾸고 싶기도 하고요."

비서들이 선호하는 상사의 스타일이 있는지, 그렇다면 그 스타일에 대해 구체적으로 설명해 줄 수 있는지 묻고 싶은 걸 꾹 참았다.

"무슨 옷을 입든 도련님은 충분히 멋지잖아요. 그런 고민 하지 마세요! 도련님, 최고!"

가연이 엄지손가락을 척 내밀며 환하게 웃었다.

"고마워요. 이렇게 착한 사람이 어쩌다가 그런 놈한테……."

"어쩌다가 뭐?"

등 뒤에서 불쑥 나타난 강재가 얼굴을 구기며 물었다. 온몸에서 험악한 분위기를 풀풀 풍기는 강재를 보며 재윤은 고개를 가로저었다.

"아냐. 아무것도."

재윤이 미소 지은 후 방으로 돌아왔다. 그러고는 드레스룸의 문을 활짝 열어젖혔다.

"뭘 입든 멋지긴 하지만 이왕 하는 짝사랑, 전투력은 제대로 갖추고 시작해야지."

그가 드레스룸에 걸린 슈트를 훑었다. 미소 지을 때와 달리 날카로운 시선이 슈트를 스르륵 훑다가 마지막에 멈췄다. 체크무늬가 들어간 브라운 계열의 슈트였다. 옷을 갈아입은 그는 마지막으로 거울 앞에서 꼼꼼히 확인했다.

완벽하다는 걸 확인하고서야 그가 기분 좋게 돌아섰다.

"오늘따라 상당하네."

모처럼 같이 출근하게 된 강재가 창밖에 시선을 둔 채 말했다. 재윤의 자동차가 고장나 맡겨놓는 바람에 강재의 차를 얻어 타게 되었다.

"뭐가, 창밖이?"

재윤이 손끝으로 창문을 툭 치며 물었다.

"네 옷차림이."

"나야 늘 화려하고 멋지니까."

"그 상스러움이 한결 더 업그레이드되었으니 하는 말이지."

"패션을 모르는 사람한테 상스럽다는 말을 들으니 색다르네."

강재의 서늘한 목소리가 무서울 만도 하건만, 재윤은 생긋 웃는 얼굴로 받아쳤다. 강재는 그런 재윤을 노려보다시피 쳐다보았다.

굵직한 체크무늬에 스키니 핏이 들어간 슈트는 출근용이라기보단 런웨이용에 가까워 보였다. 자신보다 표정도 밝고, 선천적으로 끼를 부리는 스타일의 재윤이 저런 옷을 입으니 지나치게 화려한 느낌이었다.

스토커 비서한테 당한 후로 잠잠한가 싶더니 또 저 난리였다. 난리는 회사에서도 계속되었다.

"안녕하세요."

수줍게 건네는 여직원의 인사에 재윤은 눈을 맞춘 채 생긋 웃었다.

"네. 좋은 아침이에요."

그 한마디에 여직원의 얼굴이 새빨갛게 달아오르는 게 보였다. 강재는 조용히 관자놀이를 눌렀다. 요즘 좀 잠잠하던 끼를 대놓고 방출하니 여러 여직원 얼굴이 터지려 하고 있었다.

"김재윤."

보다 못한 강재가 경고하듯 그의 이름을 불렀다. 때마침 엘리베이터 내부가 텅 비었다.

"응? 왜?"

"끼 부리지 마."

"끼 부리는 게 아니라 다정한 거야."

"그 지나친 다정함이 오해를 사는 거다."

"무슨 오해? 호감을 보인다는 오해?"

"알면서 뭘 물어?"

강재의 날이 선 질문에 재윤의 입가 미소가 더욱 짙어졌다. 그걸 바라보던 강재의 표정이 일그러졌다.

정말이지 속을 알다가도 모를 녀석.

강재가 먼저 엘리베이터에서 내린 후, 다음 층에서 내린 재윤의 발걸음이 가벼웠다. 직원들에게도 통하는 인사라는 걸 확인했으니, 분명 다현에게도 통할 거다. 커브를 돌자마자 다현이 다소곳이 서 있는 데스크를 보았다.

재윤이 눈이 접히도록 환하게 웃었다. 이렇게 누군가에게 최선을 다해 웃어본 적이 얼만지 모를 정도로.

"좋은 아침이에요."

그는 씨앗을 던졌다. 그녀의 마음에 호감으로 피어날 수 있는 씨앗을.

다현이 그를 물끄러미 바라보았다. 평소보다 오랫동안 시선이 이어졌다.

이 정도면 되겠지. 이렇게 차츰차츰 자신에게 관심이 가도록 할 거다. 그러다 어느 순간 걷잡을 수 없이 다현의 호감이 커지면, 마음이 있었노라 고백할 생각이었다. 지금 고백하기엔 다현의 마음은 너무도 황무지 같으니까.

재윤을 바라보던 다현이 눈을 사르륵 접으며 웃었다. 재현의 발길이 뚝 멈추었다. 접히는 눈이 초승달처럼 예쁘게 휘었다.

"네. 좋은 아침입니다. 상무님."

역풍이 불었다.

분명 그녀에게 날린 씨앗인데, 핑그르르 돈 그것은 그의 마음에 덜컥 떨어져 내렸다. 그것도 다시 빼낼 수 없을 만큼 아주 깊은 곳에.

눈을 감아야 하는데, 감을 수도 없다. 세상의 시간이 느려진 것처럼 다현의 표정이 변하는 것만 자세하게 보였다.

"상무님?"

넋이 나간 얼굴로 자신을 바라보는 재윤을 다현이 조심스럽게 불렀다.

"……네."

가까스로 대답한 재윤은 당황스러워 보였다.

"어디 불편한 곳 있으세요?"

"아닙니다. 역풍을 좀 맞아서."

재윤이 힘겹게 미소를 지었다. 그러자 다현이 무슨 소리냐는 얼굴로 그를 바라보았다.

"아무것도 아니라는 말이에요."

실은 아무것도 아닌 게 아니지만, '너한테 또 반했다' 라고 말할 자신이 없는 재윤은 걱정하지 말라는 듯 손을 들어 보였다.

쿵.

상무실 문이 닫힌 후 그는 그 문에 기대서서 눈을 감았다.

"후우."

아침 내내 부산을 떨어가며 준비했다.

그런데 처음부터 실패라니.

그가 손으로 곤란한 표정을 쓸어내렸다.

점심시간, 사내 식당에 내려온 다현은 생각에 잠긴 얼굴로 식판을 들었다. 오늘따라 재윤의 상태는 심각해 보였다.

이른 아침 활짝 웃으며 들어왔던 그는 오전 내내 시든 꽃처럼 표정이 좋지 않았다. 꽉 다물린 입술, 갈등과 고통이 보이는 눈빛. 괜찮냐고 몇 번이나 물어야 했다.

그러다가 그는 점심시간이 되어선 한숨을 내쉬며 외출했다. 자신이 뭔가 잘못한 게 있나 고민해 보았지만, 그럴 건덕지가 없었다. 늘 그렇듯 재윤은 그녀를 잘 부르지 않았다.

무심코 한 발자국 앞으로 내딛던 다현이 식판 끝으로 앞에 선 사람의 등을 쿡 찔렀다.

"죄송합니다."

얼른 사과한 다현은 고개를 들다가 저를 빤히 보고 있는 부사장의 비서인 나은과 눈이 마주쳤다. 훤칠한 키에 화려한 외모, 도도한 표정을 가진 그녀는 여전히 예뻤다. 비서 모임 이후 제대로 본 건 처음이었다.

"괜찮아요."

나은이 무표정한 얼굴로 대답했다.

"다행이에요. 제가 다른 생각을 좀 하느라. 그동안 잘 지냈어요?"

"네."

대답하자마자 나은이 몸을 앞으로 돌렸다.

어울리기 싫다는 건가.

차가운 나은의 태도에 다현은 아쉬운 표정으로 그녀의 등을 바라보며 식판에 먹을 만큼의 밥을 펐다. 국까지 받아 든 다현은, 저만치서 식판을 들고 자신을 쳐다보고 있는 나은과 눈이 마주쳤다.

왜 저렇게 노려보는 거지.

다현이 의아한 얼굴로 바라보고 있자 나은이 성큼 다가왔다.

"어디서 밥 먹을 거예요?"

"네?"

"혼자 온 거 아니에요?"

"맞아요."

종종 함께 밥을 먹던 기태는 강재 이사와 함께 외근을 간다고 메시지를 보내왔다. 고로, 그녀는 혼자였다. 나머지 다른 비서들은 혜연과 그 외 여자 비서 무리였는데, 그녀를 본체만체해서 다현 또한 그들을 피하는 중이었다.

"그럼 같이 밥 먹으면 되겠네요."

"그럼 저야 좋죠."

다현이 미소 지었다.

"저기가 좋겠네요."

나은이 테이블 빈자리로 성큼성큼 걸어갔다. 다리가 길어서인지 나은은 금세 식탁 앞까지 도착했다. 뒤따라 달려간 다현은 나은과 마주 앉았다. 다현은 눈을 내리깐 나은의 눈을 바라보았다. 긴 속눈썹이 마치 인형 같았다.

"그렇게 쳐다보면 무례한 거예요."

나은의 말에 다현이 '아, 미안해요.' 라고 금방 사과하며 숟가락을 들었다. 식사하는 내내 별다른 이야기가 오가지 않았다. 잘 알지를 못하니 무슨 이야기를 해야 할지 감이 잡히지 않았다.

"12시 30분에 식당 앞에서 봐요. 급한 일이 있을 땐 메신저로 메시지를 보내요. 괜찮죠?"

나은의 말에 다현이 눈을 깜빡였다. 당황한 것도 잠시, 마음을 추스른 그녀가 나은에게 물었다.

"앞으로 같이 밥 먹을 건가요?"

"같이 먹기 싫어요?"

"아뇨. 저야 좋죠."

"당연히 좋은 거죠. 지인끼리 같이 밥 먹으면 좋은 거니까요. 그래서 나도 만족해요."

나은의 말투는 로봇처럼 딱딱했다. 잘못 들으면 도도하다고 생각하기 딱 좋은 말투였다. 다현이 당황한 건 나은의 남다른 말투가 아니라, 그녀의 한마디 때문이었다.

……지인?

딱 두 번 만났다. 그것도 첫 번째 비서 모임에선 말 한마디 제대로 나눠본 적 없었다. 다현이 의아한 얼굴로 쳐다보자, 나은이 늘씬한 다리를 꼰 채 다현을 바라보았다.

"나 좋아하죠?"

"네?"

"나한테 호감 있는 거 아니냐고요."

"네. 있어요. 예쁘니까요. 성격도 쿨해 보이고요."

다현이 수사관 앞에 선 사람처럼 자신의 속내를 시원하게 털어놓았다. 처음 나은을 보았을 때 아름다운 것도 있지만, 그녀의 냉랭한 분위기가 마음에 들었다. 뒤끝 없고 털털할 것 같은 느낌에 아는 사이가 되면 좋겠다는 생각을 언뜻 하긴 했지만, 이렇게 이루어질 줄은 몰랐다.

"나도 그쪽이 마음에 들어요."

"……."

이건 선자리에서 애프터 받을 때나 들을 수 있는 말 아닌가.

다현이 혼란스러운 표정으로 나은을 쳐다보았다.

"서로 마음에 들고, 알아갈 마음 있으면 지인이죠. 그리고 한 가지 이유를 더하자면 난 감이 좋아요. 첫인상도 굉장히 잘 맞는 편이고요. 성다현 씨 보자마자 '아, 이 사람이랑 가깝게 지내게 되겠구나.' 라고 생각했어요. 다현 씨도 나 보자마자 마음에 들어하는 눈치던데? 내가 잘못 생각한 거예요?"

또박또박한 어조로 나은은 자신의 마음을 분명하게 드러냈다. 다현도 무 딘 성격 탓에 이렇게 직접적으로 전달하는 나은의 행동방식이 마음에 들었 다.

"잘 생각한 거예요. 맞아요. 저도 나은 씨 마음에 들었거든요."

"그럼 잘됐네요. 내일부터 같이 밥 먹다가 마음 맞으면 퇴근 후에 차나 마 셔요."

"네."

"일단 오늘은 휴게실에서 커피 한잔해요."

대답도 듣지 않고 나은이 슥 일어났다. 그녀가 일어나자마자 사람들의 시 선이 나은에게로 모조리 쏠렸다. 그 뒤를 따르던 다현은 나은의 뒷모습을 얼 떨떨하게 바라보다가 옅게 웃었다.

다현이 목을 가다듬었다.

기분 탓일까. 자신의 상사가 유난히 집요하게 자신을 쳐다보고 있는 것 같은 느낌은. 평소 인터폰을 통해 묻던 것과 달리, 오늘은 그녀를 직접 상무 실로 불러들였다. 그리고는 상무실에 들어서기가 무섭게 턱을 괴고서 자신을 빤히 쳐다보고 있었다.

반듯한 외모에 한결 화려하게 꾸민 재윤의 모습은 멋있었다. 그러나 다현의 눈에는 그가 자신을 노려보는 걸로밖에 보이지 않아 걱정되었다.

"오후 2시 30분에 임원진 미팅 있으시고, 그 미팅이 끝나는 즉시 이동하셔서 4시부터 계열사 방문해서 주변을 둘러볼 예정이십니다. 6시에는 태광강 사장님과 저녁식사 약속이 잡혀 있습니다."

그녀는 아침부터 그녀의 머릿속에 남아 있는 데이터를 줄줄 읽듯 대답했다.

"2시 30분 임원진 미팅은 5분 늦게 갈 거라고 연락해 주고, 4시부터 계열사를 방문한다는 건 어느 계열사의 누구인지 확인해 줘요."

"동신약품 김 사장님을 비롯해 임원진분들입니다."

"동신약품 김 사장이 누군지 기억이 잘 안 나네요."

"김신태 사장님입니다. 작년에 취임하셨다고 알고 있습니다."

"……그걸 다 외워요?"

이름이야 그렇다 치더라도, 작년에 취임한 사실까지 알고 있다는 건 신기한 일이었다. 그것도 일을 하게 된 지 몇 달 되지 않은 비서가.

"네. 계열사 사장님들과 그 비서에 대해선 숙지하고 있습니다."

"동신약품 사장 연락처 좀 알려줄래요?"

"잠시 자리에 다녀오겠습니다."

"그래요."

다현이 잠시 나간 사이 재윤은 참았던 한숨을 내쉬었다.

오랫동안 이성과 마주하는 아이컨텍은, 없던 이성적 호감도 끌어낸다는 걸 알고 있었다. 재윤은 그걸 잘 알고 있어서 일이 있는 게 아닌 이상 오래도록 아이컨텍을 하지 않았다. 그런데 방금 자신이 믿고 있던 것과 다른 사실을 알았다.

의외로 자신의 눈빛은 이성적인 매력이 없을지도 모른다는 사실이었다. 그렇지 않고서야 최선을 다해 쳐다볼수록 다현의 얼굴이 굳어갈 리 없었다.

또 다른 하나는, 아이컨텍을 조심해서 해야 할 사람은 자신이 아니라 다현이라는 거였다. 눈이 마주치자마자 입술이 바짝 마르고 손끝에 이유 없이 힘이 들어갔다.

이러다간 다현에게 자신의 매력을 어필하고 호감을 만들어주기 전에 자신이 쓰러질 지경이었다.

"후우."

재윤이 한숨을 내쉬는 사이 똑똑, 문을 두드렸다.

"네."

재윤이 얼른 자세를 고친 채 대답했다. 들어온 다현이 연락처를 알려주었다.

"이 연락처입니다. 간단히 전하실 말씀이 있으시면 제가 전달하겠습니다."

"아뇨. 괜찮아요."

"또 다른 건 필요하지 않으신가요?"

"……태블릿을 들고 들어왔군요."

뭔가 시키면 한 번에 해치울 기세로 다현이 태블릿을 들어 보였다. 유치하게도 이런저런 핑계로 다현과 오래도록 얼굴을 마주할 계획이었던 재윤은 난처해졌다.

우리 비서님, 태블릿이 있었구나. 왜 쓸데없이 태블릿 같은 게 나와서 사람을 곤란하게 만드는 거지.

재윤은 죄없는 태블릿을 원망했다.

"네."

다현은 더 필요한 게 있으면 말하라는 표정을 지었다.

"아니에요. 나가봐요."

"알겠습니다."

다현이 고분고분하게 고개를 숙인 채 돌아섰다.

"성다현 씨."

그것도 잠시, 재윤이 그녀를 불렀다. 돌아서자 재윤이 그녀를 물끄러미 바라보았다.

"네."

"이번 주 중에 언제 시간 돼요? 어제 마지막으로 술 마셨을 때 다현 씨가 계산했잖아요. 내가 식사를 대접해야 할 거 같아서 그래요."

"아뇨. 상무님이 계산하셨습니다. 그러니 신경 쓰지 않으셔도 됩니다."

그랬구나.

재윤은 자신의 마지막 기억이 잘못 남았음을 깨달았다.

"아, 그래요? 그럼 다현 씨가 밥 한 끼 사요."

"네?"

"나는 회식을 좋아합니다. 단합하기 좋아서죠. 그런데 공교롭게도 우리 팀엔 우리 둘밖에 없군요. 어쩔 수 없이 우리 둘이라도 회식을 해야죠. 안 그래요?"

억지다. 알면서도 그는 억지를 부렸다. 이런 억지가 아니면 그녀를 잡아 둘 방법이 없었다. 일부러 먼 곳에 약속을 잡아 같이 점심을 먹는 것도 한두 번이었다.

"음."

재윤의 말에 다현이 난처한 표정을 지었다. 재윤이 좋은 사람이긴 하지만, 그와 가까워져서 괜찮을까 하는 걱정이 앞섰다. 그는 엄연히 상사였다. 개인적으로 이렇게 어울리기엔 거리가 있는 사람이었다.

"상무님과 저는 이미 충분히 좋은 팀이라고 생각합니다. 저를 크게 신경 쓰지 않으셔도 됩니다. 배려해 주신 점 감사합니다."

정중하게 철벽을 치는 다현 때문에 재윤은 당황했다.

"다현 씨가 사기 싫은 거면 내가 살게요."

"아뇨. 사고 싶지 않은 건 아닙니다만."

"그럼 내가 어제 식사하면서 실수라도 했어요?"

"아뇨. 어떤 실수도 하지 않으셨어요."

오히려 재미있었다.

마치 마음 맞는 친구를 만난 것처럼. 가능하면 다음에 또 함께 식사를 했으면 좋겠다는 생각이 들 정도로.

이런 마음이 드는 게 위험하게 느껴졌다.

"그럼 왜 피해요?"

"……."

"나는 다현 씨랑 식사하고 싶은데."

"……."

"다현 씨랑 친해지고 싶어요. 그게 우리 팀을 위해서 좋은 거니까. 그러니까 시간 내줄래요?"

다시 한 번 제안하는 재윤의 말을 뿌리칠 수 없었던 다현은, 느릿하게 고개를 끄덕였다.

"알겠습니다."

"다현 씨가 내 스케줄을 다 아니까, 확인하고 괜찮은 날로 정해줘요. 이왕이면 다현 씨 스케줄도 널널한 날로요."

재윤이 싱긋 웃었다. 마치 여름날 나무 아래에서 바람을 쐰 것처럼 사람을 선선하게 해주는 미소였다.

"알겠습니다."

다현이 한결 풀어진 얼굴로 미소를 지은 후 자리로 돌아왔다.

삐삑.

앉자마자 모니터 위로 메시지가 툭 튀어 올랐다.

[성태 — 다현 씨, 자리에 있어요?]

성태라면 전무님의 남자 비서였다. 비서 모임 마치고 집에 가는 길에 '조심히 가요'라고 메시지가 와서 그녀를 당황하게 만들었다. 휴대폰 번호를 어떻게 알았냐고 묻자, 성태는 '비서 모임에 올라와 있어서 저장해 뒀어요'라고 답했다. 뭔가 찝찝하긴 했지만, 업무상 긴급하게 필요할 때가 있을 거라는 생각에 아무 말 하지 않았다. 이후 성태에게선 간간이 메시지기 오곤했다.

[좋은 하루 보내세요.]

[성태 — 점심 몇 시에 먹어요?]

이상하게도 성태의 문자는 한참 후에 발견했다. 스케줄 조정할 일이 있거나 할 말이 있으면 메신저나 전화를 하기 때문에 메시지를 볼 일이 없어서였다. 보통 문자 메시지를 보내더니, 오늘은 메신저 메시지였다. 급한 일이 있나 싶어 다현이 '네. 자리에 있습니다.' 라고 대답했다.

[성태 — 역시 메신저로는 대답이 빠르네요.]

성태의 대답은 즉각 날아왔다.

[네. 무슨 일이신가요?]

[성태 — 오늘 점심 몇 시에 먹었어요?]

[12시 30분에 먹었습니다.]

[성태 — 없던데?]

뜬금없는 반말이었다. 다현은 좁아지려는 미간을 힘겹게 폈다.

[못 보셨나 봐요. 무슨 일로 연락하셨어요? 전무님이 전하실 말씀이라도 있다고 하셨나요?]

[성태 — 아뇨. 뭐, 다현 씨 뭐 하나 해서요. 왜요? 바빠요?]

[하실 말씀 없으시면 일하러 가보겠습니다.]

[성태 — 잠시만요.]

자신을 붙잡는 성태의 메시지에 다현은 모니터를 노려보았다. 아주 잠깐 대화를 나누었을 뿐인데 피곤했다. 처음 만났을 때부터 성태의 인상은 좋지 않았다. 그는 가볍고, 장난이라는 이름으로 주변 사람들을 곤란하게 만들었다. 그중, 가장 거슬렸던 것은 재윤에 대해 함부로 말하는 점이었다.

비서 모임 때, 노래방에서 재윤이 사라진 후 그는 박수를 짝짝 치며 소리쳤다.

'이야. 눈치 없는 상사가 빠졌네요. 좋은 집안 타고나 그 덕에 높은 자리 올라서 그런지, 참 사람이 눈치가 없어요? 그렇지요? 자, 우리끼리 신나게 놉시다.'

성태의 말에 사람들은 대답하지 않았다. 성태의 말에 아무 말도 못 하는 게 아니라 들은 척도 하지 않는 무시였으나, 정작 당사자인 성태는 모르는 듯했다. 곱씹을수록 기분이 상한 다현이 한소리 하려고 했다.

'상무님은 좋은 분이에요. 만약 상무님의 참석이 불편하다면 제가 대신 말씀드릴 테니, 그런 말씀은 삼가시죠.'

그러나 노래가 시작되어 그녀의 목소리가 묻혔다.

성태에게서 메시지가 온 것은 그로부터 몇 분이 흐른 후였다.

[성태 — 오늘 저녁에 뭐 해요? 같이 밥 먹어요.]

다현은 그 메시지를 물끄러미 바라보았다. 그러다가 손거울을 꺼내 자신의 얼굴을 쳐다보았다.

혹시 밥 사주고 싶게 생긴 얼굴인가. 재윤을 시작으로 나온, 성태까지 다 자신에게 밥을 사주려고 하는 걸까.

고민도 잠시, 다현은 [오늘 늦을 것 같습니다. 식사는 곤란할 것 같네요. 수고하세요.]라고 메시지를 보내는 것으로 성태와의 메시지를 일단락 지었다. 이후 성태가 쓸데없는 잡소리를 늘어놓았지만, 다현은 읽고 무시했다.

재윤이 차의 뒷자리에 앉아 흘러가는 창밖을 바라보았다.

"강재야."

강재가 대답 대신 고개를 들어 재윤을 보았다. 그의 눈이 다시 한 번 재윤의 위아래를 스윽 훑었다. 검은색 슈트와 단정한 옷차림을 고수하는 강재의 눈에 재윤의 옷은 오늘도 화려했다. 아니, 오늘따라 더욱 화려했다. 마치 고대하던 약속이라도 나가는 사람처럼.

"넌 어떻게 형수님이랑 결혼할 생각을 했어?"

강재가 쳐다보는 걸 눈치챈 듯 재윤이 물었다.

"해야겠다는 생각이 들었으니까."

"단순한 놈. 비서잖아. 비서랑 상사랑 결혼하기가 쉬워? 사람들 눈도 있고……. 또, 가연 형수님 입장도 있을 텐데."

재윤은 강재와 가연의 러브스토리에 대해 알고 있었다. 그러나 제일 처음, 두 사람이 서로에게 마음을 갖게 된 시작점은 알지 못했다.

"갑자기 그런 건 왜 물어?"

"그냥 궁금해서. 그럼 다른 거 물을까? 형수님 마음은 어떻게 사로잡았어?"

혹시 같은 비서니 방법이 있을까 싶어 재윤이 조심스럽게 물었다.

"가연이가 먼저 날 좋아했어."

"……."

"그 뒤에 내가 가연이를 좋아했고. 그러니 사로잡을 일 같은 건 없었지."

창밖을 보던 재윤이 고개를 돌려 태블릿에 시선을 둔 강재의 옆얼굴을 바라보았다. 자신과 똑같이 생긴 저 얼굴을 가진 인간이, 미치도록 부러운 건 이번이 처음이었다.

승자가 여기 있었다.

"재수없어."

그리고 늘 그렇듯 재수없었다. 강재는 한두 번 들은 거 아니라는 듯 그의 말을 무시했다. 재윤은 흘러가는 창밖으로 시선을 돌렸다.

어쩌면 여태껏 자신의 능력을 과신하고 살았는지 모르겠다. 원치 않는 여자가 줄줄 꼬여서, 자신은 누구라도 마음먹으면 만날 수 있을 거라 여겼는데 그게 아닌 것 같다.

다정함으로 유혹하려다가 되레 유혹당하고, 아침 인사할 때마다 자신의 심장이 쿵 하고 내려앉는 데다, 식사 한 번 같이하려면 별의별 변명을 다 해야 했다.

오늘 식사만큼은 한 발자국이라도 발전이 있어야 할 텐데.

재윤이 사뭇 비장한 표정으로 창밖을 응시했다.

4. 철벽 비서

"이상한데."

기태가 얼굴을 찌푸린 채 모니터를 보았다. 모처럼 시간이 남아 다현에게 안부 메시지를 넣었다가 때마침 자리에 있던 다현과 대화를 주고받게 되었다.

주요 내용은 늘 그렇듯 '김강재 때문에 죽겠다'와 '일은 왜 해도 끝이 나지 않나'였다. 보통 때라면 '월급 생각하면서 힘내자'였을 테지만, 다현의 질문 하나로 대화가 길어지게 되었다.

[상무님이랑 밥을 먹으러 간다고? 그것도 저녁?]

기태가 턱을 괴고서 다시 한 번 물었다.

[응. 밥 사주신대.]

[네가 졸랐어?]

다현이 그럴 성격이 아니라는 걸 알면서도 혹시나 하는 마음에 물었다.

[아니. 상무님이 먼저 말하셨어.]

본래 김재윤은 밥을 잘 사는 인간이었다. 단, 그건 본인이 좋아하는 사람에 한해서였다. 헤픈 것처럼 보여도 본인 시간 관리만큼은 누구보다 잘 하는 인간이었다. 비서의 의욕을 고취시키기 위해서라면 식사가 아니라 상품권으로 대신할 인간이었다. 실제로 비서들도 상품권을 더 좋아하기도 했고.

그런데 김재윤이 먼저 식사를 하자고 했다니. 아무리 생각해도 뭔가 이상했다. 그러고 보니 김재윤의 기행은 이것만이 아니었다. 사내식당은 맛없어서 잘 가지 않는다는 그가, 요즘 부쩍 사내식당에 자주 나타났다. 임직원들과 내려오기도 하고, 자신과 식사를 하기도 하고, 때때로 다현과 함께 식사를 하기도 했다.

'사내식당 맛없다면서 왜 자꾸 내려와요?'

궁금증을 참지 못해 묻자, 재윤이 '나가기 귀찮아'라고 대답했다. 썩 믿기진 않지만, 그것 말곤 다른 이유도 없어 보였기에 기태는 넘겼다. 그런데 지금 와 생각해 보니 뭔가 이상했다.

[요즘 상무님은 어때 보여? 평소랑 다른 건 없어?]

기태가 고민 끝에 물었다.

[조금 이상해.]

[왜?]

[출근하실 땐 기분 좋아 보이는데, 퇴근하실 땐 기분이 안 좋아 보여.]

"그럴 리가."

기태가 저도 모르게 중얼거렸다. 퇴근 시간이면 누구보다 근사한 미소를 지으며 퇴근하는 인간이 아닌가. 마치 밤에 피는 꽃처럼.

[거꾸로겠지. 출근할 때 울고 퇴근할 때 웃고.]

기태가 못 믿겠다는 듯 물었다.

[아냐. 나도 이상하게 생각하는데, 출근할 때 기분 좋아 보여. 그런데 퇴근하실 때 얼굴이 어두워.]

갑자기 워커홀릭이 된 건 아닐 테고. 혹시 상무실에 비밀금고라도 있는 건가.

도저히 이유를 모르겠다.

[그리고 또 이상한 건?]

[기억력이 나빠지셨어.]

[뭐?]

[하루에도 몇 번씩 불러서 스케줄을 물어보셔. 전엔 한 번만 들어도 일주일 치를 다 기억하셨는데.]

[인터폰으로 확인하는 게 아니라?]

[아니. 직접. 아무래도 김 박사님한테 예약을 잡아야 할 거 같은데 뭐라고 말씀을 드려야 할지 모르겠어. 기분 나빠하실까 봐 조금 더 추이를 지켜보는 중이야.]

[그래?]

기태는 묻고서 잠시 고민에 빠졌다.

하루에도 몇 번씩 불러들인다는 건 괴롭힘의 일종인가. 재윤은 머리가 좋은 편이라 일주일 치 스케줄을 모조리 다 외우고 있었다. 계열사 사장 이름부터 비롯해 별의별 걸 다 기억했다. 그러면서도 매일 스케줄을 확인하는 건, 변동사항이 있는지 혹은 자신의 기억이 맞는지 확인하기 위해서였다. 그것도 하루에 한두 번 확인하면 끝이었다.

그런 인간이 비서를 몇 번이나 불러들인다는 건 다현의 말대로 김 박사님을 불러야 할 일이 생긴 건지도 몰랐다.

그런데 출근할 때 기쁘고 퇴근할 때 슬픈 건 뭐지? 이건 마치…….

잠시 고민에 빠져 있던 기태가 튕기듯이 자리에서 벌떡 일어났다.

"설마……?"

김재윤이 성다현을?

그러다 기태는 고개를 가로저었다.

에이, 설마. 김재윤이 짝사랑이라니. 이만큼 안 어울리는 문장 조합이 있을까.

재윤은 자기에게 고백하는 여자들 중 괜찮아 보이는 여자들과 사귀던 남자였다. 먼저 고백하는 법 없고, 헤어져도 이별의 슬픔이 길게 가지 않았다. 친구를 좋아할지언정 여자를 크게 좋아하진 않는 편이라 한때는 성 취향을 의심하기도 했었다. 다행히 성 취향은 올바른 거 같긴 했다. 어쨌거나 그럴 정도로 건조한 남자가 짝사랑이라니. 어울리지 않는다.

하지만 짝사랑이 아니라면 지금 이 문제가 해결이 되지 않았다. 그러고 보니 재윤이 다현과 종종 식사를 하거나, 다현이 잘 보이는 자리에 앉았던 것 같다.

[같이 식사 자주 해?]

기태가 흘러가듯 물었다.

[응. 그런 편이야. 술도 종종 마셔. 상무님 술 드시는 거 좋아하더라고.]

[술 별로 안 좋아할 텐데?]

[좋아하신대. 좋다고 세 병 반이나 드시던걸.]

아니다. 재윤의 주량은 두 병이었다. 두 병 이상 잘 마시지 않는 그였다.

그런 그가 자발적으로 술을 세 병 반을 마셨다고? 그건 시간을 끌려고 하는 거 말고는 이유가 없……. 맙소사.

기태의 안색이 확 달라졌다.

자신의 추측이 맞아떨어졌다. 재윤은 다현을 좋아하진 않더라도, 분명 마음이 있는 게 확실했다. 그렇지 않고서야 지금 이 말들이 맞아 떨어지지 않았다. 그리고 소름 끼치도록 잘 맞는 자신의 감이 김재윤이 성다현에게 꽂혔다는 걸 말해주고 있었다.

뚫리지 않는 방패와, 모든 것을 뚫는 창. 왠지 그 결과 현재로선 방패가 이긴 거 같다. 아니, 대단한 방패는 자신이 뭔가를 막았다는 것조차 인지를 못 하는 듯했다.

"맙소사. 다른 기도는 그렇게 안 들어주시더니……. 김재윤을 엿먹이는 기도는 철석같이 들어주셨네. 로또나 좀 들어주시지."

기태는 얼마 전 했던 기도를 떠올리며 홀로 중얼거렸다.

그사이 다현에게 메시지가 왔다.

[어쨌든 상무님 기분도 좀 오락가락하시는 거 같고. 아무래도 머리 쪽으로 문제가 생긴 건 아니겠지?]

기태는 걱정이 담긴 그 메시지를 본 순간 생각했다. 재윤의 마음이 어쨌든간에, 그는 다현에게 '머리가 많이 아픈 상사'로밖에 되지 않는다는 걸.

순간 재윤이 안타까웠다. 다른 여자도 아니고, 성다현이라니. 그녀는 자신이 만나본 철벽녀 중 가장 심각한 철벽녀에 둔녀였다.

기태는 마치 눈앞에 재윤이 있는 양 안쓰러운 표정을 하고서 두 손을 꼭 모았다.

"주님, 이왕 들어주실 거 쭉 들어주세요. 김재윤 고생 죽도록 하게 해주세요. 그래도 마땅합니다. 김재윤 때문에 운 여자가 몇인데요. 그리고 김재윤 때문에 고통받는 저도 있잖아요. 그러니 저와 여자들 생각해서라도 김재윤 더 많이 고생하게 해주세요. 아멘."

오늘은 퇴근해도 표정이 밝네.

다현은 엘리베이터에 비친 재윤의 얼굴을 보며 생각했다. 내심 퇴근할 때마다 표정이 좋지 않아 걱정하던 차였다.

재윤의 얼굴색이 자신 때문에 오르내린다는 걸 추호도 모르는 다현은 조용히 가슴을 쓸어내렸다.

딩동.

열린 엘리베이터 문 사이로 들어서던 기태가 멈칫하더니 소스라치게 놀랐다. 강재에게 잔뜩 혼이 난 후 어깨를 축 늘어뜨린 채 퇴근하던 길에, 똑같이 생긴 놈을 봤으니 놀랄 수밖에. 하마터면 꺼지라고 소리치며 주먹까지 뻗을 뻔했다.

"왜 여기 계세요?"

기태가 놀란 마음을 추스르며 물었다.

"내 회사에서 내가 퇴근하는데 왜 여기 있냐니. 난 걸어 내려가?"

재윤이 기태를 보며 물었다.

"아뇨. 그건 아니지만."

"그리고 날 보면 반가워해야지. 왜 이렇게 놀라? 강재한테 닦일 대로 닦였나 보지?"

"……눈치챘으면 묻지 말래요?"

기태가 엘리베이터에 올라타며 중얼거렸다.

"우리 구비서님은 절 떠나 많이 힘드신가 봅니다?"

"네. 힘듭니다. 죽겠습니다."

"그 말, 그대로 강재 이사님께 전해 드릴게요."

"……강재 이사님이 제 곁에 계셔서 제가 너무나도 행복합니다."

반사적으로 대답한 기태가 한 박자 늦게 재윤을 노려보았다.

이렇게 나왔다 이거지? 내가 네 비밀을 모두 다 알고 있는데.

엘리베이터 뒷자리에 선 기태는 재윤을 무시한 채 고개를 홱 돌려 다현을 바라보았다.

"퇴근 늦게 하네."

기태가 다정하게 다현에게 말을 건넸다.

"일찍 한 편이야."

다현이 싱긋 웃으며 대답했다.

"아, 배고파. 다현아, 집에 가? 아니면 같이 밥 먹을까?"

"아…… 선약이 있어."

다현이 당황한 얼굴로 대답했다. 분명 메신저로 재윤과 식사 약속이 있다고 말했는데, 기억을 못 한 듯했다.

"그래? 그럼 주말에 같이 밥 먹을까? 너희 집 근처로 갈게. 오랜만에 라효, 사준이 봐도 좋고."

말을 하는 내내 기태는 옆얼굴이 타들어가는 고통을 느끼고서야 자신의 직감이 맞았다는 걸 알았다. 재윤이 자신의 얼굴을 뚫을 기세로 쳐다보고 있었다. 드릴이 따로 없었다.

"그럴래? 그래."

순순히 다현이 대답하자 재윤의 표정이 급속도로 어두워졌다.

"어? 머리에 뭐 묻었다."

기태가 다현의 머리에 손을 대려고 하자 재윤이 그의 손을 덥석 잡았다. 기태와 다현의 시선이 동시에 쏠리자, 재윤이 난처한 표정을 지었다. 좁은 엘리베이터에서 굳이 다현의 근처에서 알짱대는 게 마음에 안 들던 차에, 자신도 모르게 기태의 손을 잡았다.

"오랜만에 우리 구비서님 손이나 잡아봅시다."

갑자기 존대라니.

기태가 섬뜩한 표정을 지었다. 재윤이 자신에게 말을 높인다는 건 기분이 안 좋다는 뜻이었다. 거기다가 손이나 잡아보자니. 미친 거 아냐?

"……제 손을 왜요? 불길하게."

"손이 많이 부드럽네요. 요즘 일이 할 만한가 봐요."

재윤의 말에 기태가 욕이 나올 것 같은 표정으로 그를 쳐다보았다.

"그리고 다현 씨 머리에 묻은 거 하나도 없네요. 여자 머리는 막 손대는 거 아니니까, 이 못된 손은 나한테 맡겨놔요."

"……계속 잡고 가시겠다고요?"

기태가 경악한 얼굴로 재윤을 쳐다보았다.

"마음 같아선 양손 잡고 싶네요. 그래야 꼼짝을 못 하죠."

"미……."

미쳤어요?

하마터면 그 말을 뱉을 뻔한 기태는 당황한 얼굴로 재윤을 쳐다보았다. 재윤은 웃고 있었으나 어딘가 부자연스러웠다. 기분 나쁜 얼굴을 웃음으로 감싸고 있는 듯했다.

재윤은 자신이 뱉은 말처럼 엘리베이터가 내려가는 동안 기태의 손을 꼭 붙잡았다. 엘리베이터에 탄 사람들이 맞잡은 두 사람의 손을 흘깃댔지만, 재윤은 능청맞게 웃어 보였다. 부끄러움은 오로지 기태의 몫이었다.

다시는 김재윤이랑 엘리베이터 같이 타나 봐라!

기태가 속으로 울분을 토하고서야 엘리베이터가 1층에 도착했다. 기태는 인사하자마자 뒤도 돌아보지 않고 갈 길을 떠났다.

"기태에게 같이 식사하자고 할까요?"

마음에 걸린다는 듯 다현이 기태가 사라진 방향을 바라보았다.

"그러면 좋겠지만, 오늘은 피곤해 보이는데 먼저 보내죠. 피곤한 사람 잡는 것도 예의가 아닌 것 같으니."

본인이 기태의 피로를 가중시켰다는 걸 알면서도 재윤이 천연덕스럽게 대답했다. 다현도 그게 좋겠다고 생각했는지 고개를 끄덕였다.

다현이 재윤을 데려간 곳은 그녀가 즐겨가는 한식집이었다. 식당은 부엌과 별도로 분리되어 있었고, 창문 너머로 소담한 정원이 보이는 곳이었다.

"여기 막걸리 잘하는데 드실래요?"

"그러죠."

다현이 2인용인 매화차림과 막걸리를 주문했다.

"여기 자주 오나 봐요."

"아뇨. 처음이에요. 상무님에게 어떤 식사를 대접하는 게 좋을지 찾다가 발견한 곳이에요."

자신과의 식사를 준비했다는 말에 재윤의 입꼬리가 더욱 길게 올라갔다. 식사와 함께 막걸리가 나오자 식탁 위가 가득 찼다. 재윤은 다현이 권한 막걸리를 마시고는 마음에 든 듯 가볍게 고개를 끄덕였다. 뒤따라 한입 마신 다현의 눈도 번쩍 뜨였다.

"맛있네요."

재윤의 말에 다현은 다행이라는 듯 안도했다. 식사를 마친 후, 앉은 자리에서 술자리가 시작되었다. 막걸리를 중심으로 팔긴 하지만, 소주, 맥주도 갖춰놓고 있었다. 이야기를 주거니 받거니 하는 사이 시간이 꽤 흘렀다.

재윤은 자신과 마주 앉은 다현을 바라보았다. 그녀의 뺨이 복숭아처럼 불긋하게 물들어 있었다. 재윤의 눈가가 촉촉해졌다. 조명 탓인지, 아니면 취한 탓인지 그 뺨이 너무도 사랑스럽다.

"처음 이야기하는 건데 다현 씨가 대학 축제에서 노래 부를 때, 객석에 있었어요."

"아, 정말요?"

다현의 표정이 미묘해졌다. 반가움과 동시에 민망한 듯한 표정이었다.

"노래를 그렇게 잘하는데 왜 계속 안 했어요?"

"아······."

다현이 눈에 띄게 당황했다. 그토록 당황한 건 처음이었다. 평소라면 기민하게 알아채고 능숙하게 다른 주제로 돌렸을 재윤은 일부러 턱을 괴고서 그녀를 바라보았다. 꼭 듣고 싶었다.

"그러려고 했는데 일들이 많이 생겼어요."

다현이 머뭇거리며 대답했다.

"무슨 일인지 물어봐도 돼요?"

재윤의 물음에 다현은 입을 꾹 다물었다. 자신의 이야기를 하는 게 머뭇거려졌다. 오래전에 파묻어놓은 기억들을 꺼내기엔 손에 묻을 것들이 너무 많았다. 그럼에도 자신을 바라봐 주는 재윤의 눈빛이 진지해 다현은 입을 열고야 말았다.

"쌍둥이 동생을 제가 맡게 되었거든요. 원래 맡을 계획이 없었는데, 어쩌다 보니 인연이 되어 그렇게 되었어요. 나만을 위해서 살기엔 조금 애매해진 상황이라고 해야 할까요?"

"······."

"그리고 여러 오디션에 합격하긴 했는데, 다른 것들을 많이 요구하더라고요. 이를테면 성형수술이나 성상납, 금전적인 것도 말하던데 할 수가 없더라고요. 다른 곳은 아이돌을 하자고 하는데, 춤을 출 자신은 없고······. 그러다 대형 기획사에서 아주 잠깐 연습생을 하긴 했는데, 도저히 안 될 것 같아서 관뒀어요. 언제 데뷔할지 모르고, 연습은 계속 해야 하는데, 돈은 벌어야 하고······. 재능이 있는 것과, 그 재능을 꽃피게 하는 능력이 다른 거 같더라고요."

다현이 쓸쓸하게 웃었다.

재윤에게 자세히 말하지 않았지만, 굉장히 힘든 생활이었다. 연습생을 하자 생각보다 시간이 훨씬 많이 빼앗겼다. 당장 아르바이트를 해서 돈도 벌고, 대학도 다녀야 하는 그녀로서는 감당하기 힘든 생활이었다. 그러다 데뷔가 무기한으로 밀릴 것 같다는 말을 듣고 그녀는 높은 벽을 실감했다.

꿈만 먹고 살긴 힘들구나. 현실을 살아야겠구나.

그 막연한 현실 앞에서 그녀는 꿈을 접고, 그 후로 노래를 부르지 않았다.

이젠 오랜 시간이 흘러 묵은 기억이라 아프지 않을 것 같은데, 가슴이 따끔했다. 찢어놓은 과거의 꿈이 마음을 서걱 베고 지나갔다.

"후회돼요?"

재윤이 진지하게 물었다.

"아뇨. 지금은 괜찮아요. 오히려 그쪽 길로 갔으면 제 성격상 더 힘들었을 것 같더라고요. 지금은 쌍둥이 동생들이 꿈을 이루는 게 제 소원이에요. 그 꿈을 이루는 데 제가 도움이 되었으면 하고요."

"착한 누나네요."

재윤의 말에 다현의 어깨가 굳었다. 왠지 그 말이 그간의 고생을 달래주는 것처럼 다정하게 들렸다.

"이제야 하는 말이지만 그때 축제에서 부른 노래, 내가 좋아하는 노래예요. 다현 씨 때문에 더 좋아하게 되었고."

"'아직' 말씀하시는 거죠? 저도 좋아해요. 이별 노래인데 이상하게 위로가 되더라고요."

다현이 생긋 웃었다. 부모님이 보고 싶을 때 자주 듣던 노래였다.

"네. 위로가 되더라고요."

재윤이 그 말을 똑같이 뱉었다.

이후로 마치 짠 것처럼 말이 사라졌다. 각자의 상념에 잠겨 술을 마시다가 고개를 들어 서로를 보았다. 스피커에서 익숙한 노래가 흘러나왔다. 서로의 기억 속에 다르게 남겨져 있는, 그러나 애틋함만은 같은 그 노래.

먼저 미소를 지어 보인 건 재윤이었다. 간발의 차로 다현이 웃어 보였다.

처음이었다. 아무 말도 하지 않았는데, 많은 이야기를 나눈 느낌은.

❖

"죄송해요."

다현의 자그마한 사과에 창밖을 바라보고 있던 재윤의 고개가 돌아갔다. 그녀는 미안한지 고개를 푹 숙이고 있었다.

가게에서 나오던 다현은 헛디뎌 발목을 삐끗했다. 참고 걸어보려고 한 걸음 내딛는 순간 전기라도 통한 것처럼 아파 그 자리에 멈춰 섰다. 재윤이 모르길 바랐지만, 눈치가 빠른 그는 '삐끗했어요?' 라고 물었다.

그 후부터 그는 다현이 뭐라고 할 새도 없이 데려다주겠다며 차에 태웠다. 다현은 괜찮으니 먼저 가라고 말했지만, 그는 '우리 비서님 다치면 내가 얼마나 곤란해지는 줄 알아요? 이건 복지라고 생각하고 받아요.' 라고 말하며 대기하고 있던 기사에게 주소를 부르라고 종용했다.

재윤의 말대로 괜히 억지를 부렸다가 월요일에 출근이 곤란해지면 힘들어지는 건 재윤이었다. 자신의 고집 때문에 재윤의 일 처리를 엉망으로 만들 수 없었던 다현은 순순히 그의 차에 탔지만 가시방석이 따로 없었다.

재윤은 좋은 사람이고, 또 고마운 사람이지만 위치상 자신이 모셔다 드리는 게 맞았다. 그러진 못할망정 얻어 타다니.

"다친 게 왜 미안해요?"

재윤이 이해를 못 하겠다는 표정으로 고개를 비스듬히 기울였다. 다현은 대답 대신 고개를 돌려 재윤을 바라보았다.

반쯤 기울인 얼굴, 술기운이 약간 올라 평소보다 나른하게 풀어진 눈, 자신을 바라보는 흐트러진 얼굴이 섹시했다.

다현은 상사를 섹시하게 봤다는 자신의 생각에 놀라 고개를 홱 돌렸다.

"바쁘신 분인데 실례인 것 같아서요."

"더 바빴어도 했을 거예요."

그의 말에 가슴 위로 사뿐히 내려앉았다.

"정말 감사합니다."

"고마운 게 아니라 미안한 얼굴 같은데요."

"죄송하기도 해요."

"그렇게 계속 고개 숙이다가 예쁜 우리 비서님 얼굴 바닥에 닿겠네요."

"……그 정도로 유연하진 않아서 괜찮아요."

다현의 대답에 재윤이 작게 소리 내어 웃었다.

"그럼 가상의 쿠폰 하나 발급해 줘요. 난 개인적으로 비서님을 사적인 일에 동원하지 않으려고 애쓰는 편이지만, 살다 보면 한번씩은 도와달라고 할 때가 있거든요. 이를테면 새벽 일찍 슈트를 가져다 달라거나……. 뭐 그런 것들. 아니면 사람을 만나고 싶은데 만날 사람이 없는 날들. 그런 날 연락하면 차 한 잔 사줄래요?"

"차를요?"

"네. 힘들겠어요?"

"힘든 건 아니지만……."

다현이 말끝을 흐렸다.

주말에 만나 차를 한 잔 마시자는 그 말은 마치…… 데이트.

다현이 희미하게 떠오르는 생각을 지웠다.

설마. 그럴 리가. 재윤이 자신에게 데이트 신청을 할 이유는 없었다.

"난 우리 비서님이랑 이야기하는 거 굉장히 좋거든요."

재윤이 나른하게 웃으며 말했다. 자칫 잘못하면 굉장히 끈적거릴 수 있는 말인데도, 그는 몹시 담백하게 뱉었다.

별 뜻 없이 던진 말이라서일까.

"친하게 지내고 싶기도 하고."

재윤이 덧붙인 말에 다현은 그를 바라보았다. 사실 다현도 그와 있으면 마음이 편안했다. 상사와 있는 게 맞나 싶을 정도로. 그는 사적인 시간에 일에 관련된 이야기를 하지 않았다. 어린 시절 이야기, 자신이 살면서 겪은 감정들. 마치 오래전 친구를 만나는 것 같은 착각이 들곤 했다.

그래서 겁이 났다. 상사를 너무 편하게 여기는 게 좋은 일은 아니기에.

"곤란해요?"

재윤의 물음에 다현이 고민했다.

"그렇게 고민하면 내가 상처받는데……."

상처를 운운하며 재윤이 눈을 가늘게 뜨자, 밝던 얼굴이 금세 처연하게 변했다. 마치 주인에게 비 오는 날 버림 받은 고양이 같았다.

"연락 주세요. 시간이 되면 언제든지 나갈게요."

재윤이 일부러 동정심 사는 표정을 지은 거라고는 추호도 생각지 못한 다현이 자신도 모르게 얼른 대답했다. 그러자 마치 컷 사인을 받은 배우처럼 재윤의 표정이 금세 풀리며 산뜻한 미소가 지어졌다.

"그래요, 그럼."

차가 멈춰 섰다. 창문 너머로 오래된 집이 보였다. 도착했다는 운전기사의 말에 가장 먼저 반응한 건 재윤이었다. 먼저 차에서 내린 재윤이 다현이 앉은 쪽의 차문을 열었다. 눈이 동그래진 다현에게 재윤이 손을 내밀었다.

"잡아요."

가로등 주홍 불빛에 물든 긴 손가락이 매력적이었다.

"괜찮습니다."

"우리 비서님이 또 내 팔을 빠지게 하려고 그러네요."

그 말에 다현이 재윤의 손을 얼른 잡았다. 큰 손이 따뜻한데도 다현의 어깨에 힘이 잔뜩 들어갔다. 차에서 내린 다현이 재윤과 마주 보았다.

"집이 어디예요?"

"바로 여기예요."

다현이 허름한 집 중 한곳을 가리켰다. 오래된 다세대 주택이었다.

"그런데 상무님. 이제 손을 좀……."

다현이 맞잡은 손을 난처한 눈으로 바라보며 말할 때였다.

"대체 이 그림은 뭐야?"

"어. 그러게?"

흡사 불량한 건달들이 뱉을 법한 대사에 다현의 고개가 돌아갔다. 체육복 차림에 각자 오징어 과자, 새우 과자를 옆구리에 끼고 있던 라효, 사준이 이곳을 바라보고 있었다. 성격이 욱하는 라효는 벌써 무서운 눈을 하고 있었고, 멍한 사준은 눈만 꿈뻑거리며 이곳을 보고 있었다. 뭐라고 할 틈도 없이 슬리퍼를 질질 끌고 다가온 라효와 사준은 맞잡은 손을 보더니 눈을 부릅떴다.

"아저씨, 지금 우리 누나 손잡고 뭐 해요?"

시건방진 대사로 시작을 한 건 라효였다. 그러더니 주변을 슥 둘러보았다. 차에서 내린 남자. 손을 맞잡은 남녀. 은은한 가로등 불빛. 이건 어린 라효의 눈에 드라마 속 주인공 남녀가 키스할 때의 분위기처럼 보였다. 라효의 눈에 불이 붙었다.

"라효야."

다현이 말리려고 다급히 그를 불렀다.

"아, 잠깐만. 누나. 누나 애인이야? 그래서 요즘 늦게 들어오고 그랬던 거야? 뭐야? 술도 마셨어? 내가 그랬지. 아무 남자랑 술 마시고 다니지 말라고. 남자들은 저렇게 곱상하게 생겨 먹어도 다 짐승이야. 저 안에 다 늑대 수십 마리 몰고 다닌다고."

"그래! 몰고 다니는 건 너구리뿐만이 아니라고!"

엉뚱한 사준이 이상한 말을 갖다 붙였다.

"그런 거 아니야."

다현이 단호하게 말했다. 이쯤 되면 소강상태로 접어들어야 할 라효의 분노는 어째서인지 더 불이 붙었다.

"아니긴. 누나가 모르는 남자한테 손을 맡길 사람이야? 아저씨, 누구예요? 우리 누나랑 얼마나 알고 지냈어요?"

"몇 달 정도 됐을걸?"

그런 거 아니라고 말려도 부족할 판에 재윤은 턱을 쓰다듬으며 심각한 얼굴로 대답했다. 한눈에 봐도 장난치는 얼굴이었다. 그걸 모르는 라효는 거품을 물 것 같은 표정으로 재윤을 노려보았다.

"몇 달? 며엇 다알? 몇 년도 아니고 몇 달? 고작 몇 달 만에 이렇게 손 막 잡아도 돼요?"

"몇 달이면 점잖은 거 아닌가?"

"이 아저씨가! 아저씨! 누구예요! 직업 뭐예요, 나이는요? 어디 살아요?"

"나이는 서른넷. 집은 청담동. 직업은 상무."

"상무?"

라효의 눈동자가 가늘게 흔들렸다. 직급을 알 리 없는 그는 상무라는 말에 당황했다.

그게 뭐야. 먹는 거야?

그의 눈이 그렇게 말하고 있었다. 그 곁에 서 있던 사준은 머리를 긁적거리며 '무 종류인가. 아, 무 파는 아저씨?' 라고 작게 중얼거렸다. 그 말에 재윤은 픔 하고 웃었다.

내가 미친다.

보다 못한 다현이 라효의 앞을 가로막고 섰다.

"라효야! 그런 거 아니라니까! 누나 상사 되는 분이야. 그러니까 지금 당장 사과드려."

"뻥치지 마! 상사가 왜 누나 손을 잡아! 그리고 왜 상사가 여기까지 데려다주는데? 또, 데려줬으면 끝이지 손은 왜 잡아! 손은! 버스 손잡이도 아닌데, 누나 손을 왜 막 잡냐고!"

라효가 버럭버럭 화를 냈다.

"누나가 삐끗해서 잡아주신 거야."

"상사가 다리 삐었다고 집까지 데려다주냐? 여태껏 다닌 회사에선 한 번도 그런 게 없었잖아! 그리고 저렇게 젊고 잘생긴 남자가 어떻게 상사야!"

라효는 어째서인지 말을 할수록 더 길길이 날뛰었다. 누가 보면 바람피운 애인을 닦달하는 줄 알 정도로 거친 반응이었다. 라효는 거기서 그치지 않고 재윤의 앞에 턱 섰다. 재윤의 큰 키 탓에 라효의 고개가 뒤로 홱 젖혀졌다.

자신도 어디 가서 키로 빠지진 않는데, 이 남자는 좀 심하게 크다.

그러거나 말거나 라효는 더욱더 어깨에 힘을 줬다.

"내가 우리 누나 얼마나 애지중지하는데! 엄청 잘생기고, 돈 많고, 훌륭한 집안에 시집보낼 거란 말이에요! 그러니까 아저씨, 그 손 놔요!"

"그럼 난데?"

"뭐라고요?"

"그 잘생기고, 돈 많고, 훌륭한 집안의 남자."

재윤은 눈 한 번 깜빡이지 않고 뻔뻔한 얼굴로 말했다. 그러나 뻔뻔하다고 몰아붙일 수 없는 것은, 어린 그들의 눈에도 재윤의 얼굴은 몹시 화려하고 잘생겼다. 더군다나 차도 좋은 거 같고 기사까지 있었다.

"……상무님. 일일이 반응하지 않으셔도 돼요. 어서 가세요."

이러다가 대화가 끝나지 않을 것 같아, 다현이 재윤의 손등을 떠밀었다.

재미있는데.

재윤은 다현의 동생들을 만난 게 반갑고 신기했지만, 다현은 아닌 모양이었다. 이 쌀쌀한 날 다현의 이마에 땀이 맺혀 있었다. 진땀나게 힘든 상황인 모양이었다.

하긴, 술을 마신 채로 예비 처남들과 대화를 나눌 순 없지.

재윤이 아쉬운 발길을 돌렸다.

"다음에 봐요."

재윤이 다현의 어깨너머 쌍둥이 형제를 보며 말했다.

"난 아직 아저씨와 우리 누나와 관계를 인정하지 않았어요!"

"그래. 그럼 다음엔 최선을 다해 인정받도록 할게."

재윤이 싱긋 웃었다.

"쉽지 않을 거예요!"

"알았어. 열심히 준비해 놓을게."

끝까지 피식거리며 장난치던 재윤이 조수석에 올라탔다. 출발하겠다는 기사에 말에 그러라고 답한 재윤이 사이드미러로 뒤를 바라보았다. 다현이 라효와 사준에게 화를 내고 있는 게 보였다. 두 형제는 못마땅한 얼굴이지만 반항하지 않았다.

쌍둥이 형제는 누가 누군지 한 번에 구분이 안 갈 만큼 닮았지만, 두어 번만 보면 구분할 수 있을 것 같았다.

성격이 아주 명확하게 달랐다. 자신과 강재처럼.

"그나저나……."

재윤이 턱 끝을 쓸어내리며 잠시 고민했다.

처남들 성격이 저래서야, 쉽지 않겠는걸.

재윤이 사뭇 심각한 표정을 지었다.

씻고 나온 재윤의 머리카락에서 물방울이 뚝 떨어져 내렸다. 한 박자 늦게 수건으로 젖은 머리를 훔친 재윤이 휴대폰을 바라보았다.

[다시 한 번 사과드릴게요. 정말 죄송합니다. 어린 동생들이라 앞뒤 구분하지 못하고 날뛰었네요. 제가 단단히 혼내놨으니 다음부턴 그런 일 없을 거예요.]

다현에게서 온 문자엔 고민의 흔적이 가득 담겨 있었다. 재윤의 손가락이 허공에서 뱅뱅 돌았다. 여자랑 처음 하는 문자도 아닌데, 숙맥처럼 고민됐다.

[신경 쓰지 마요. 재미있었으니까. 다리는 괜찮아요?]

고민 끝에 메시지를 보낸 재윤이 의자에 걸터앉았다. 드라이기를 꺼내면서 휴대폰을 한 번 흘깃, 전원을 켜면서 또 한 번 흘깃. 시선이 3초에 한 번씩 휴대폰을 향했다. 혹시나 하는 마음에 꺼진 액정을 툭 쳐봤지만 메시지는 오지 않았다.

"잠든 건가."

그 말을 하자마자 번쩍 액정에 불이 들어왔다.

[네. 덕분에 괜찮습니다. 월요일에 뵙겠습니다.]

재윤이 막막한 눈으로 메시지를 보았다.

"질문에는 질문으로 대답하는 게 예의죠. 비서님. 아주 칼 같으시네."

재윤이 한숨을 내쉬며 중얼거렸다. 머리를 다 말린 재윤은 누워야 한다는 걸 알면서 거울 속에 비친 자신의 모습을 보았다. 거울을 보며 그가 입꼬리를 끌어 올려 웃었다.

이 정도로 열심히 눈웃음쳤으면, 밤중에 한 번쯤은 신경 쓰일 텐데. 눈만 노력했을까. 온 얼굴이 최선을 다했다.

웃어도 보고, 데이트도 하고, 매일 얼굴도 보는데 다현은 자신에게 이성적 호감이 전혀 없어 보였다.

뭘 더 해야 하는 거지.

깊은 밤, 그는 고민에 잠겼다.

재윤에게 메시지를 보낸 다현이 바닥에 자리를 깔고 누웠다. 피곤한 데다 술을 마셔서 그런지 졸음이 쏟아졌다. 눈은 가물가물 감기는데 이상하게 머릿속은 또렷했다.

웹페이지 검색을 통해 찾아낸 한정식 식당에 재윤과 함께 마주하고 있던 순간이 머릿속에 박제라도 된 듯 남아 있었다.

자신의 눈을 똑바로 바라보며 웃던 눈과, 이야기를 풍부하게 해주는 과하지 않은 제스처, 듣기 좋은 목소리가 흘러나오던 입술.

아름답던 창밖의 풍경과, 고즈넉한 식당 분위기까지 합쳐서 새삼 아름답게 기억에 남았다. 다현은 제 입가에 미소가 지어졌다는 것도 모른 채 눈을 꼭 감았다.

"누나!"

막 잠들기 직전, 방 너머에서 라효가 소리쳤다. 이렇게 소리칠 사람은 라효밖에 없었다.

"왜?"

다현이 대답했다.

"잘 자!"

"너도!"

"그리고 미안해!"

"……."

"근데 그 아저씨 진짜 돈 많고, 잘살아? 얼굴이랑 키는 합격이던데. 다음에 밝은 데서 한 번만 더 보여줘 봐. 성격까지 괜찮으면 허락해 줄……."

"라효야."

"응?"

"성적표 가지고 와볼래? 누나 아직도 네 성적표 못 봤어."

"……미안. 잘 자."

라효가 한풀 꺾인 목소리로 대답했다. 저렇게 풀 죽은 라효의 목소리를 들으니 안쓰럽기도 하면서 한편으로 귀여웠다. 피식 웃은 다현은 금세 잠들었다.

그날 밤 그녀는 좀처럼 꾸지 않는 꿈을 꾸었다. 어린 쌍둥이 라효, 사준이 재윤을 향해 '매형으로 인정하죠!' 라고 소리치는 꿈을.

기태가 다현의 집 근처로 찾아온 건 일요일 점심시간이었다.

라효와 사준은 축구를 하겠다고 아침 일찍 집을 나섰다. 라효는 나가기 전, 운동화 끈을 질끈 묶으며 마치 엄한 아버지 같은 표정으로 다현에게 말했다.

'여긴 금남구역이야. 누나. 알지?'

'그럼 너희들부터 나가 살아야 할 텐데? 괜찮겠어?'

'우리가 왜 남자야!'

'남자지, 여자야?'

'그, 그건 그렇지만…….'

'교복을 치마로 바꿔줘?'

'……다녀오겠습니다.'

라효와 사준은 깨깽하고선 후다닥 집 밖으로 뛰어나갔다. 이후 집 정리를 한 후, 기태와의 약속 장소인 레스토랑으로 향했다. 퓨전 음식점으로 대부분의 음식이 2—3인분으로 나왔는데, 분위기가 좋은 편이라 종종 친구들과 찾는 곳이었다.

"이런 곳, 비싸지 않아?"

"안 비싸. 그리고 너랑 만나니까 이런 데도 올 수 있는 거야. 남자 둘이서 이런 거 먹고 있으면 얼마나 여자들이 이상하게 쳐다보는 줄 아냐?"

"음식점인데 뭐 어때."

"그건 너나 그렇고."

기태가 뭘 모른다는 듯 고개를 절레절레 흔들었다.

주문을 한 지 10분이 지나자 테이블 위가 먹음직스러운 음식으로 가득 찼다. 새우 필라프, 안심 스테이크, 음료수 두 잔.

허기가 진 두 사람은 어느 정도 식사를 한 후에야 이야기를 주고받았다.

"그러니까 어제 재윤 선배랑 같이 식사를 하고 술을 마셨다는 거지? 그걸 본 라효랑 사준이가 그 난리를 치고?"

기태가 되물었다.

"응."

다현이 음료수를 마시며 고개를 끄덕였다. 기태는 안 봐도 훤하다는 듯 웃었다. 불같은 성격의 라효와, 어딘지 맹한 사준이 달려들어도 재윤은 눈 하나 깜빡 안 했을 거다. 능글맞은 데다 특이한 성격이니 오히려 마음에 들어했을 수도 있었다.

"재미있었겠네."

"진땀났어."

재미 같은 소리 하지 말라는 듯 다현이 말했다. 기태가 웃으며 음료수를 마셨다.

같은 대학, 다른 과였지만 동아리가 같아 알게 된 두 사람은 집이 근처라 자주 오가며 이야기를 나눴다. 그러다가 우연히 서로의 집안 사정이 어렵다는 걸 눈치챈 후로 동료애가 생긴 것처럼 가까워졌다. 어쩌다 오며가며 라효와 사준을 알게 된 후 그들은 더욱 가까워졌다. 다현은 성격상 '힘들다'라는 말을 대놓고 하지 않았지만, 기태는 잘 알고 있었다.

팍팍한 살림살이. 누군가를 부양해야 하는 삶. 아프면 안 되는 인생. 가끔, 아니, 자주 돈이 무서워지는 삶.

굳이 말하지 않아도 마음으로 전해지는 애잔함이 있었다. 그 때문에 기태는 라효와 사준을 챙겼고, 그 둘은 기태를 잘 따랐다.

"그런데…… 하나 고민이 있어."

다현이 기태를 쳐다보며 조심스럽게 말을 꺼냈다. 손에 쥐고 있던 포크까지 내려놓는 걸 봐선 꽤 심각한 고민인 모양이었다.

"뭔데? 말해봐."

라효나 사준이가 문제를 일으키나 싶어 기태가 진지하게 쳐다보았다.

"원래 상무님은 이렇게 비서한테 친절하셔?"

"대체로 그런 편이지."

"그래도 상사인데 무작정 친해지면 안 될 것 같아서."

"왜? 재윤 선배가 널 되게 많이 챙겨?"

기태가 나오려는 웃음을 꾹 참은 채 물었다. 돌 같은 다현이 상사가 다정해서 걱정할 정도면, 재윤이 얼마나 눈에 띄게 행동했는지 알 만했다.

"응. 감사한데, 한편으로는 일도 편한데 매번 얻어먹고 하는 게 죄송해서. 또, 상사와 직원 사이에는 어느 정도 거리도 있어야 하잖아. 특히 자칫 잘못하다가 소문날까 봐. 강재 이사님도 여자 비서랑 결혼했다며. 그것 때문에 재윤 상무님한테 시선이 많이 쏠리고 있다는 걸 최근 알게 되었거든. 그리고……."

다현이 말끝을 흐렸다.

그리고 자꾸만 친하게 지내자며 다가오는 재윤이 썩 싫지 않았다. 오히려 잘 하지도 않던 농담이 툭툭 나오려 했다. 그게 문제였다.

상사를 이렇게 편하게 생각하다니.

그러다가 자신이 실수라도 하게 되면 어쩔 건가. 또, 그런 자신의 풀어진 행동 때문에 안 그래도 주목받는 재윤이 사람들의 입에 오르내릴까 봐 걱정되었다. 거기다가 비서들이 '상무님과 다현 씨는 참 친한 것 같아.'라고 말을 해서 신경 쓰이던 차였다.

책임감 있는 그녀의 성격상, 자신 때문에 재윤이 욕먹으면 더는 회사를 다닐 수 없을 것 같았다. 기껏 구하게 된 좋은 직장인데 놓치고 싶지 않았다. 쌍둥이 동생들이 다 크기 전까지는 꼭 다녀야 했다.

고민이 깊은지 다현의 안색이 금세 비 올 것 같은 하늘처럼 어둑해졌다. 기태는 쥐고 있던 포크와 나이프를 내려놓았다.

"넌 재윤 선배 어떻게 생각해?"

기태가 푹신한 의자 등받이에 몸을 기대며 물었다.

"뭘?"

"좋은 상사, 그게 다야? 지금 고민하는 거, 재윤 선배한테 마음 생겨서 고민하는 거 아냐?"

"아냐. 그냥 좋은 분이야."

"그럼 재윤 선배가 널 좋아하나……."

"그럴 리가."

다현의 안색이 단박에 바뀌었다. 생각해 본 적도 없고, 원치 않는 얼굴이었다.

이거 심각하네.

재윤에게 확인하지 않았지만, 그는 다현에게 또 다른 마음이 있는 게 확실했다. 무딘 다현은 그걸 작업이라 생각지 않고, '좋은 상사의 친절' 정도로 생각하고 있었다.

아, 이걸 어떻게 한담.

기태는 계속해서 비집고 나오려는 웃음을 꾹 참았다. 천하의 김재윤이 하고많은 여자 중에 성다현한테 꽂히다니. 앞으로 해나갈 마음고생들이 눈앞에 훤했다. 그걸 곁에서 보지 못하는 게 속상할 지경이었다.

그러나 아직 부족했다. 자신을 강재 이사에게 넘기는 바람에, 자신은 하루가 다르게 피가 마르고 있었다. 가끔 꿈에 김강재가 나타나 '일 이렇게 할 겁니까? 다시 확인하세요.' 라고 말하면 심장이 바닥으로 떨어지는 기분이었다. 이러다가 부정맥이 올 것 같았다. 복수할 수 있는 기회를 날려 버리고 싶지 않았다.

기태는 힘겹게 심각한 표정을 지었다.

"그럼 네가 선을 딱 그어. 재윤 선배가 사람을 좋아해서 막 달려들거든. 상사와 부하는 확실히 거리가 있는 게 낫지. 네가 딱 그으면, 재윤 선배도 알아서 물러날 거야."

"꼭 그래야 해?"

"재윤 선배가 불편하다며."

"불편한 건 아닌데……."

다현이 곤란한 표정으로 말끝을 흐렸다.

"편한 게 아니면 불편한 거지, 그게 뭐야?"

"듣고 보니 그렇네."

"그러니까. 앞으로는 재윤 선배가 같이 밥 먹자고 하면 나랑 선약이 있다고 해. 그리고 집에 데려다주겠다고 하면 동생들이 마중 나온다고 해. 인사하고 나선 눈 내리깔고. 필요한 말 외엔 하지 말고. 웃지도 말고."

"그건 무시잖아. 사이가 안 좋아지는 거 아닐까?"

"싹 무시하라는 건 아니고, 적당한 거리를 두라는 거지. 그러면 눈치 빠른 재윤 선배도 너한테 거리를 둘 거야."

기태가 다현을 달래듯 말했다. 잠시 고민하던 다현은 가볍게 고개를 끄덕였다.

"그래."

"그게 맞는 거야."

기태의 말에 다현은 마음을 다잡았다. 기태의 말처럼 그게 맞는 거다. 재윤과 사적인 일로 엮이는 건 옳지 않았다.

의지를 세우는 다현을 보며 기태는 창밖을 바라보았다.

고생 좀 더 해봐라, 김재윤.

복수의 서막을 올린 기태가 후련한 표정을 지었다.

이른 아침, 함께 출근하자는 강재의 청을 뿌리치고 재윤은 자차를 끌고 출근길에 나섰다. 신호가 바뀌어 차가 멈춰 섰다. 줄지어 서 있는 차를 바라보던 재윤의 시선이 조수석에 가득 차 있는 종이가방으로 향했다. 그는 곤란한 표정으로 종이가방의 개수를 세어보다가 시선을 앞으로 돌렸다.

"하아."

쌓인 종이가방을 보자니 한숨이 저절로 튀어나왔다.

일요일, 재윤은 할 일을 가득 쌓아놓고도 휴대폰에서 눈을 떼지 못했다. 다현에게 식사라도 하자고 이야기를 하려다가 관두었다. 겨우 받은 만남의 약속을 대충 쓰고 싶지 않았다. 누군가와의 약속을 아껴두다니.

대신 그는 지인들이 모이는 자리에 참석했다. 어느 무역회사 아들, 전자 외동딸 등. 오래전부터 매너교육을 받은 그들은 서로를 칭찬해 주고 필요한 정보를 공유했다. 그 너머 개인사나 복잡한 감정들은 이야기하지 않았다. 겉돌다시피 하는 이야기를 주고받다가 더는 얻을 정보가 없을 즈음, 자리를 털고 일어났다.

집으로 돌아갈 마음이 들지 않고, 술은 마시기 싫고, 갈 곳은 없어 무작정 백화점에 들렀다. 그들의 계열사로 주말 운영은 잘되고 있는지, 직원들은 친절한지, 손님의 방문이 대체로 어디에 밀집해 있는지를 살피던 그는 어느새 한 여자 브랜드 앞에 섰다.

다현이 일했다던 화장품 코너였다. 그는 립스틱 앞에 섰다. 미묘하게 다른 색이 한 줄로 길게 진열되어 있었다.

다 똑같아 보이는데 뭐가 다르다는 거지.

여기서 다현은 잘도 가연에게 잘 어울리는 색을 찾아냈다. 재윤은 립스틱을 보다 말고 고개를 들었다. 한 직원이 유니폼을 입고서 한 손님에게 설명하고 있었다.

검은색 바지에 검은색 셔츠, 그에 비해 화사한 화장법.

다현에게도 퍽 잘 어울렸을 것 같다.

'찾으시는 제품 있으신가요?'

직원이 상냥한 얼굴로 물어왔다. 정신을 차린 재윤이 언제 넋을 놨냐는 듯 익숙한 미소를 지었다.

'가장 잘나가는 제품이 뭐죠?'

온 김에 손님인 척 여러 가지 물어볼 생각이었다.

'선물하실 제품인가요?'

'네.'

'연령대는요?'

'서른 살이요.'

'피부 톤은 어떠세요?'

'하얀 편이에요.'

'쿨화이트인가요? 아니면 웜 쪽인가요?'

'……그게 뭐죠?'

재윤의 물음에 직원은 상세히 대답했다. 고민 끝에 재윤은 '쿨인 것 같네요'라고 대답했다. 그러자 직원이 립스틱 두 개를 추천했다. 하얀 얼굴에 어울릴 법한 색상이라며 핑크빛이 도는 립스틱 두 개를 내밀었다.

'어느 걸 하시겠어요?'

'둘 다 주세요.'

'아, 네. 따로 포장해 드릴까요?'

'같이 해주세요.'

추천해 준 립스틱 두 개를 결제해서 나온 재윤은 막막했다.

어쩌자고 립스틱을 두 개나 산 걸까.

다현에게 잘 어울리겠다 싶긴 했지만, 전해줄 방법이 없다.

'백화점에서 주웠어요, 라고 할까.'

그랬다간 그 성실한 여자는 선물을 챙겨 백화점에 분실물 신고를 할지도 모른다. 이후 모든 쇼핑을 마친 재윤은 난감한 표정이 되었다.

자신의 물건은 하나도 없고 죄다 다현의 선물이었다. 스카프, 양산, 향수 등등……. 문제는 이 선물을 어떻게 전달해야 할지 눈앞이 캄캄했다.

재윤은 한 번 더 신호가 걸린 틈에 차를 세우고 종이가방들을 보았다. 그는 가장 먼저 립스틱 종이가방을 들었다.

"이건 독려용 선물."

그가 시계 종이가방을 들었다.

"이건…… 여름맞이용 선물. 또 이건……."

재윤의 미간이 좁아졌다. 선물 이름 붙이기가 서류 확인보다 더 어렵다. 가까스로 선물을 줄 핑계를 만든 재윤이, 오늘 챙긴 선물은 독려용인 립스틱이었다.

"좋은 아침이에요."

재윤이 싱긋 웃으며 다현에게 인사를 건넸다.

"좋은 아침입니다. 상무님."

다현이 꼿꼿하게 서서 인사를 건넸다. 그러고는 시선을 내리깔았다. 평소 자신을 향해 웃어주던 미소가 사라졌다. 의아했지만, 재윤은 다현의 컨디션이 좋지 않은 거라 생각하고 그녀에게 작은 종이가방을 내밀었다. 다현이 종이가방과 재윤을 번갈아 보았다.

"오다가 주웠어요."

"네?"

"농담이고, 받아요. 독려용 선물이에요. 열심히 일해준 우리 비서님에게 조금 더 힘내서 일하라는 뜻."

"아……. 감사합니다."

다현이 감사 인사와 달리 난처한 표정을 지었다. 재윤은 그런 다현을 의아한 눈으로 바라보았다. 자신의 눈을 보면서 '감사합니다'라고 생긋 웃을 줄 알았는데, 묘하게 부담스러워하는 표정이었다.

"다현 씨. 어디 아파요?"

재윤이 허리를 숙여 다현의 눈높이에 맞췄다. 다현은 처음으로 재윤의 얼굴을 가까이서 마주 보았다.

군대를 다녀온 남자가 맞나 싶을 만큼 깨끗한 피부, 또렷한 눈동자, 매력적이게 휘어져 있는 입술까지.

그런 남자가 자신을 향해 다정하게 말을 건네자 기분이 이상해졌다. 다현이 눈을 내리깔았다.

"아뇨. 괜찮습니다."

"괜찮은 얼굴이 아닌데요. 솔직하게 말해봐요. 그래야 내가 우리 비서님이 덜 힘들도록 일거리를 조정하죠."

재윤이 장난스럽게 말했다.

"아닙니다. 일에 누가 되지 않도록 제 몸은 제가 챙겨가면서 일하겠습니다. 신경 써주셔서 감사합니다."

재윤의 입꼬리가 일자로 평평해졌다. 평소 다현에겐 대쪽 같은 면이 있지만, 이렇듯 사람을 밀어내듯이 말하지 않았다. 그 사소한 변화가 재윤의 기분을 땅으로 꺼지게 만들었다.

립스틱 색이 마음에 안 든 건가. 피부 톤이 뭐였나. 아니, 아직 립스틱 확인도 안 해봤는데? 그게 아니면 집에 문제라도 생긴 건가.

묻고 싶은데, 그럴 만큼 가깝지 않은 사이라는 게 그의 기분을 상하게 만들었다.

"……그래요, 그럼. 못 견디겠으면 말해요. 오늘도 잘해봅시다."

"네."

다현이 다소곳하게 인사를 건넸다. 그러나 끝내 그의 눈을 바라보진 않았
다.

❖

재윤이 막막한 눈으로 자신의 앞에 놓인 선물을 바라보았다. 고무신을 제
외하곤 다현에게 제대로 받은 첫 선물이었다. 자신이 립스틱을 선물한 다음
날, 다현이 자신에게 선물한 것이었다.

'마땅히 어떤 걸 좋아하시는지 몰라 고민하다가 골랐어요. 아무쪼록 마음
에 드셨으면 좋겠어요.'

그녀가 내민 건 곱게 포장되어 있는 손수건이었다. 회색에 갈색 체크무늬
가 들어 있는 멋들어진 손수건이었지만, 재윤의 표정은 좀처럼 풀리지 않았
다.

선물을 하는 사람의 얼굴에 선물을 건넸을 때의 두근거림이나 설렘은 없
었다. 마치 빚을 갚고 나서 안도하는 얼굴만 있었을 뿐. 하마터면 '이거 먹
고 떨어지라는 건가요?' 라는 험한 말까지 뱉을 뻔했다. 다행히 그 말까진 하
지 않았지만, 그의 기분은 급속도로 가라앉고 있었다.

손수건을 책상 위에 내던진 후 이마를 눌렀다.

누가 이런 손수건만 던져주면 좋아할 줄 아는 건가.

그러나 그것도 잠시, 긴 한숨을 내쉰 재윤은 손수건을 곱게 챙겨 재킷 안
주머니에 밀어 넣었다.

❖

강재 이사와 점심 약속이 있는 재윤이 외출한 후, 다현은 사내식당으로
갈까 하다가 걸음을 틀었다. 나은이 상사를 따라 외근을 나간 데다, 입맛이

없어서 밥이 먹히지 않았다.

다현은 믹스커피라도 마시려고 탕비실에 들어갔다가 커피칸이 텅 비어 있는 걸 발견했다. 얼마 전까지만 해도 몇 개 남아 있었는데 그새 다 먹은 모양이었다. 다현은 고민하다 비서들이 쓸 물건을 모아놓는 간이 창고로 향했다.

총무실이 멀어 비서들이 사용할 물품들은 간이 창고에 보관 중이었다. 창고라고는 하지만, 비서들의 아지트 같은 곳이었다. 간간이 비서들끼리 모여 커피 한 잔 마시며 이야기를 나누는 곳이라고 했지만, 다현은 직접 이야기하는 자리에 끼인 적 없었다.

일이 바쁘기도 했지만, 굳이 찾아갈 만큼 이야기를 나누고 싶은 사람이 없었다. 평소 좁고 깊은 인간관계를 유지하는 다현으로선 기태와 나은만으로도 충분했다.

다현은 간이 창고로 향했다. 점심시간이라 문이 잠겨 있을 수도 있지만, 대체로 열려 있는 편이라고 했던 나은의 말이 떠오른 탓이었다.

예상대로 간이 창고의 문이 비스듬히 열려 있었다. 그 문 너머로 사람들이 옹기종기 서 있는 모습이 보였다.

"와, 정말요? 완전 어이없다."

"여우도 그런 여우가 없네요. 속상하겠어요. 선배."

여자 두 명이 누군가를 위로하고 있었다.

이런 분위기에 들어가도 되는 건가.

다현이 난처한 표정으로 문 너머를 바라보는 사이, 고개를 푹 숙인 채 위로를 받고 있던 여자가 중얼거리듯 말했다.

"어쩔 수 없지. 내가 부족한 탓이지. 그래도 속상한 건 어쩔 수가 없네. 정말 열심히 했는데…….."

"그러게요. 와, 진짜 어이없어요. 뭐 그런 여자가 다 있대요?"

혜연의 말에 여자 둘이 더욱 화를 냈다. 혜연은 그들에게 '다현에게 비서 자리를 빼앗겼다.'라고 말하며 '다현이 상무 비서가 되더니, 자신을 무시하는 눈초리를 보여서 일하기 힘들다.' 라고 하소연하던 차였다. 다행히 그들은 혜연의 말을 듣고서 경악을 금치 못했다. 뭐 그런 년이 다 있냐는 험한 말까지 나오던 찰나였다.

"후우."

한숨을 푹 내쉬던 혜연이 고개를 들었다. 막 돌아가려던 다현과 눈이 마주쳤다. 혜연이 우울한 얼굴로 다현을 보더니 눈을 가늘게 떴다.

"……다현 씨."

혜연의 말에 여자 두 명이 고개를 홱 돌렸다. 그러더니 문 너머에 서 있는 다현을 보고는 얼굴을 찌푸렸다. 안 그래도 마음에 안 드는 여자가, 자신들의 이야기까지 듣고 있었다고 생각하니 그들은 기분이 확 상했다.

"지금 우리 말 엿듣고 있었던 거예요?"

"굉장히 기분 안 좋네. 후우."

여자들이 기가 차다는 듯 입술을 삐쭉였다. 이유 없는 적대감을 풍기는 그들 때문에 다현은 더욱 난처했다. 아무래도 자신들의 이야기를 엿듣고 있었다고 생각한 모양이었다. 오해긴 하지만, 아예 틀린 말도 아니었기에 다현은 미안한 표정으로 문을 밀고 들어섰다.

"미안해요. 심각한 이야기를 하는 중인 것 같아서 돌아가야 하나 말아야 하나 고민하는 중이었어요. 무슨 이야기를 했는지 제대로 듣지 못했으니 오해하지 않았으면 해요. 앞으로 더욱 주의할게요."

다현의 사과에도 창고 안의 분위기는 좀처럼 풀리지 않았다. 오히려 여자 둘의 표정은 못마땅한 듯 구겨졌다.

"그럴 수 있죠."

혜연이 씁쓸한 얼굴로 대답했다. 그러자 커피잔을 쥐고 있던 긴 생머리를 한 여자가 '혜연 선배는 너무 착해서 탈이라니까요.' 라며 삐쭉거렸다. 곁에 있던 여자가 팔꿈치로 옆구리를 찌르며 눈치를 줬다. 불편한 분위기에 다현이 먼저 입을 열었다.

"커피를 챙기러 왔어요. 여기 기재하고 가면 되죠?"

"네."

혜연이 대답하며 몸을 비켜주었다. 다현은 믹스커피 한 박스와 종이컵, 따로 필요한 스푼과 재윤이 좋아하는 차를 챙긴 후 가져가는 물품을 작성했다. 어서 작성하고 자리로 돌아가고 싶었다. 따뜻한 커피 한 잔을 마시면서 푹 쉬고 싶었다.

"많이도 가져가네. 집에 가져가려고 저러나."

등 뒤에 꽂히는 말에 다현이 쓰던 펜이 뚝 멈췄다. 혜연이 펜과 다현의 굳은 옆얼굴을 번갈아 보았다.

"그러지 마. 왜 그래? 많이 가져갈 수도 있지."

혜연이 말리는 척하며 나섰다.

"그냥 한 말이에요. 이 정도 말은 할 수 있잖아요. 왜요?"

혜연이 눈치를 보며 말하자, 생머리를 한 비서가 머리카락을 넘기며 시큰둥하게 대답했다. 물품을 챙긴 다현은 돌아서서 생머리를 한 여자를 바라보았다.

"왜 그렇게 쳐다봐요? 왜요? 뭐 문제 있어요?"

적대감을 풀풀 풍기며 여자는 빈정거렸다. 다현이 말없이 바라보자 여자가 말을 이었다.

"많이 가져가는 거 맞잖아요. 누가 커피를 한 박스씩이나 가져가요? 상무님이 다 드실 것도 아니고. 그럼 누가 먹겠어요? 안 그래요?"

"그러는 그쪽은 지금 드시는 커피, 서류에 작성하고 드시는 건가요?"

다현의 물음에 여자가 표정을 구겼다. 그러더니 한쪽 입꼬리를 끌어 올리며 비웃었다.

"그걸 왜 그쪽이 신경 써요?"

"보아하니 오늘자로 서류에 믹스커피 1개라고 적혀 있는 건 없네요."

다현이 생긋 웃으며 서류를 뒤적거렸다. 그러자 여자의 표정이 더욱 험악해졌다.

"지금 뭐 하자는 거예요? 시비 거는 거예요?"

"서류에 작성도 안 하고 커피를 드시는 분이, 제대로 작성하고 챙겨가는 저한테 뭐라고 하실 건 아니라는 생각이 들어서요. 그리고 그 말은 돌려 드리고 싶네요. 제가 뭘 가져가든 그쪽이 신경 쓰실 일 아니라는 말이요."

"하, 뭐라고요?"

"뭐라고 했는지 들으셨잖아요. 왜 다시 물으세요? 입 아프게 두 번 말해야 하나요?"

미소 지으며 꺼내는 다현의 말에 여자의 얼굴이 붉으락푸르락해졌다.

"이제 그만해요. 대체 왜 이런 걸로 다퉈요. 애들도 아니고."

여태껏 실컷 관망하고 있던 혜연이 슬그머니 끼어들어 중재하는 척했다. 다현은 그런 혜연과 여자들을 둘러보았다. 사람들이 드나들 수 있는 곳을 점령하고 있지 말라는 말까지 하고 싶었으나, 그녀는 꾹 참았다.

"선배!"

여자가 혜연에게 편들어달라는 듯 소리쳤다. 그러자 혜연이 그만하라는 듯 손을 들어 보였다.

"그만해. 됐어."

"하, 진짜. 상무님 믿고 설치기는."

"방금 뭐라고 했어요?"

다현이 굳은 얼굴로 묻자, 여자가 그녀를 흘겨보았다.

"상무님 믿고 설친다고 했어요. 요즘 다현 씨 소문 어떤지 모르죠? 상무님이랑 따로 밥 먹으러 다닌다면서요? 성격 좋은 상무님한테 딱 달라붙어서 이용해 먹는다고 사람들이 얼마나 뒤에서 수군거리는데요. 거기다가……."

"그만해."

혜연이 다시 한 번 말렸다. 그러나 이미 다 들은 다현의 표정은 굳은 채 펴지지 않았다. 순간 목이 바짝 말라왔다. 다른 비서에게 들었을 때만 해도 이만큼 소문이 와전되지 않았다. 다현이 말문이 막힌 얼굴로 서 있자 혜연의 입가에 옅은 미소가 걸렸다.

"다현 씨도 돌아가세요."

혜연의 말에 다현이 입술에 힘을 주었다. 그사이 창고 문이 벌컥 열렸다.

"와우, 여긴 뭡니까? 이 꽃밭은? 꽃들이 예쁘게도 피었네요."

성태의 방문에 한껏 날이 섰던 분위기가 서먹하게 가라앉았다. 다들 성태의 말에 대답하지 않으며 시선을 피했다.

"와! 다현 씨도 있었네요! 오랜만이에요!"

성태가 활기차게 인사를 건넸다. 오랜만에 본 사람에게 건네는 인사 같았지만, 오늘 아침에만 해도 메신저를 통해 아침 인사를 나누었다. 길게 이야기를 끌려고 하기에 '오늘도 수고하세요.' 라는 말로 대화를 끊었다.

혜연에 이어 성태까지 보자 골머리가 쑤셨다.

"그만 가볼게요. 수고하세요."

다현은 세 사람에게 예의상 인사를 한 후 창고를 빠져나왔다. 그러자 다현의 뒤를 성태가 졸졸 따라왔다.

"여자들끼리 한판 했나 봐요? 분위기가 안 좋던데? 누가 이겼어요?"

눈치 없는 성태가 이런저런 말을 늘어놓았다.

"아무 일도 없었습니다."

다현이 딱딱하게 받아쳤다. 지금은 예의상 웃어줄 기분도 나지 않았다.

"에이, 아무 일도 없는 분위기가 아니던데요. 그래요. 뭐, 말하기 싫으면 굳이 안 물을게요. 지금 어디 가요?"

성태가 그녀의 옆에 바짝 붙어 걸으며 물었다.

"상무실로 갑니다. 성태 씨도 자리로 돌아가세요."

"뭐, 벌써 돌아가고 그래요? 그럼 같이 다현 씨의 자리에서 커피라도 한 잔 마실까요? 전무님 아직 출근 안 하셔서 시간 남아요."

"……아직 출근을 안 하셨다고요?"

다현이 깜짝 놀란 얼굴로 성태를 쳐다보았다.

"아, 전무님이 한 번씩 늦으세요."

지각의 개념이 아니었다. 점심시간이 끝나가는데 출근을 안 했다니.

좀처럼 지각하지 않는 재윤과 자연스럽게 비교가 되었다. 새삼 재윤을 상사로 모시게 되어 다행이라는 생각이 들었다. 그에겐 배울 점이 많았고, 그는 흐트러지는 법이 없었다. 가벼워 보여도 일 처리만큼은 가볍지 않다는 걸 종종 깨닫곤 했다.

그러고 보니 정말 멋진 남자구나. 김재윤이라는 남자는.

다현은 새삼 그 사실을 깨달았다.

"상무실 가서 커피 한잔 마십시다."

성태가 이미 결정한 듯 소리쳤다. 다현이 걷다 말고 뚝 멈춰 섰다. 나란히 걷던 성태가 건들거리며 다현을 바라보았다. 비교하기 싫지만 자연스럽게 비교가 되었다. 같은 가벼움이라도 재윤과 성태는 질이 달랐다.

다현이 딱딱한 표정으로 성태를 쳐다보았다.

"상무님이 자리에 안 계셔도, 상무실은 상무님의 공간이에요. 비서실 또한 마찬가지예요. 상무님 허락 없이 성태 씨가 함부로 드나들 수 있는 공간이 아니에요. 저 또한 특별한 일이 없는 한 전무실에 방문하는 게 실례인 것처럼요."

다현의 말에 성태의 표정이 와락 구겨졌다.

"에이, 뭘 그렇게 노려봐요? 사람 무섭게. 그리 대충 살면 되지. 뭐 이렇게 깐깐하고 복잡해요?"

"먼저 가보겠습니다."

더는 말을 섞고 싶지 않은 다현이 한마디 한 후 돌아섰다.

"이보세요. 성다현 씨. 지금 나 무시해요?"

성태의 말에 다현은 대답하지 않고 길을 보며 걸었다.

"와, 진짜 소문대로 상무님 빽이라도 있어요? 그래서 지금 이렇게 나오는 거예요?"

성태의 말이 다현의 발목을 잡았다. 다현이 한발 내딛다 말고 천천히 고개를 돌렸다. 성태가 팔짱을 낀 채 알 만하다는 얼굴로 다현을 위아래로 슥 훑어보았다. 그가 비린 눈빛을 한 채 픽 웃었다.

"지금 무슨 말을 하시는 거예요?"

다현은 목소리를 떨지 않기 위해 안간힘을 다했다. 그러자 성태의 입술이 삐딱해졌다.

"아니. 다현 씨에 대해 들리는 말이 하도 많아서 그러죠."

"……."

"갑자기 덜컥 상무님 비서로 들어온 것도 그렇고, 상무님이랑 같이 밥 먹고 다닌다는 소문도 그렇고, 상무님이 싸고돈다니까……. 뭐, 남자랑 여자랑 잘 지낸다는 소문이 돌면 자연스럽게 어떤 뉘앙스로 도는지 잘 알잖아요. 그거, 진짜예요? 그래서 이렇게 비싸게 구는 거예요? 하긴 나라도 상무님 같은 사람 물면 다른 남자는 눈에도 안 들어오겠네."

"지금, 무슨 말씀을 그렇게 하시는 거예요. 아니에요. 절대로 아니니까, 그런 말 함부로 하지 마세요. 저 때문에 상무님이 욕먹는 건 원치 않아요."

"에이, 소문이 사실 같은데요? 왜 그렇게 상무님을 싸고돌아요?"

"정말 아무 사이 아니니까 그런 오해 하지 마세요. 불쾌하네요."

"흠, 진짜예요?"

성태가 여전히 못 믿겠다는 말투로 물었다.

"네. 저는 상무님을 직장 상사 이상으로 본 적도 없고, 상무님 또한 마찬가지니 그런 오해 하지 않으셨으면 합니다. 불편하네요."

다현이 화가 난 얼굴로 말하자 성태의 얼굴이 금세 풀렸다.

"뭐, 아니면 다행이고요. 그러게 왜 그렇게 비싸게 굴어요? 그러니까 이런 소문이 돌지. 앞으로 소문 안 돌도록 잘 행동해요."

성태가 한결 마음 놓인다는 얼굴로 그녀에게 윙크를 했다.

"그러니까 우리 커피 한 잔만…… 아씨. 진짜."

말을 잇던 성태가 휴대폰을 보더니 얼굴을 찌푸렸다. 욕을 할 것처럼 중얼거리던 성태가 휴대폰을 귀에 가져다댔다.

"네, 전무님!"

언제 욕했냐는 듯 성태가 마치 전화를 기다리고 있었던 것처럼 반갑게 받았다. 이중적인 태도에 다현은 불편한 표정으로 한걸음 물러났다.

"네. 얼른 가겠습니다. 네. 네."

전화를 끊은 성태는 금세 얼굴을 찌푸렸다.

"지가 좀 알아서 출근하면 되지. 사람을 오라 가라……. 후우, 정말 높은 것들은 비서를 개취급한다니까요. 그죠?"

성태가 싱긋 웃으며 말했다.

"우리 이야기는 다음에 해요! 문자에 답도 잘해주고요!"

성태는 다현이 싫다는 말을 할 새도 없이 멀어졌다. 홀로 남은 다현은 불편한 표정으로 돌아섰다. 상무실로 올라가는 내내 그녀의 표정이 펴질 줄 몰랐다. 탕비실에 가져온 물건을 정리한 다현은 손으로 옷과 머리를 털었다. 진득한 성태의 시선이 온몸에 묻어 있는 기분이었다. 남자들의 저런 시선은 소름 끼치도록 싫었다. 불순한 의도를 잔뜩 담은 불편한 시선. 저런 남자의 시선을 마주할 때면 깊은 곳에 넣어둔 안 좋은 기억들이 불현듯 치솟아올랐다.

'다현아. 성다현.'

머릿속에서 웅하고 울리는 목소리에 다현의 얼굴이 희게 질렸다. 소스라치게 놀라며 고개를 가로저은 다현은 숨을 깊게 들이마셨다.

"다 끝난 일이야. 됐어. 그만하자."

다현이 가슴을 쓸어내렸다. 크게 심호흡하자 마음이 조금씩 가라앉았다. 커피를 한 잔 타서 자리로 돌아온 다현은 불편한 표정으로 책상을 보았다.

그나저나 상무님과 그런 소문이 돌고 있었구나.

얼마 전, 비서 모임을 통해 알게 된 비서에게 '상무님과 가깝게 지낸다는 소문 들었다. 조심해라.' 라는 경고를 들을 때만 해도 이 정도로 악성 소문이 돌 줄 몰랐다.

기태와 재윤이 종종 어울려 다녔기에, 자신이 그래도 상관없을 거라 여겼는데…….

"역시 조심해야겠다."

다현이 방심한 스스로를 탓하며 깊은 한숨을 내쉬었다.

이곳에서 오래도록 일하고 싶기도 했고, 최악의 상황이 와서 자신이 떠난 후에도 재윤에게 그런 소문이 돌면 안 되니까. 좋은 사람에게 안 좋은 꼬리표로 남고 싶지 않았다.

❖

아침식사를 하면서 강재는 마주 앉은 재윤의 얼굴을 보았다. 그의 얼굴을 보고 있는 건 그뿐만이 아니었다. 부모님을 비롯해 가연마저도 숨을 죽인 채 그의 얼굴을 살폈다.

아침부터 지금껏 그는 줄곧 한마디도 없었다. 부모님이 물으면 '네, 아니오'로만 대답했다. 사춘기 때도 없던 일이었기에 다들 의아한 얼굴로 재윤을 보았다.

"김재윤."

보다 못한 강재가 그를 불렀다. 한 박자 늦게 재윤이 고개를 들었다.

"어."

대답은 그보다 더 늦었다. 그는 무표정했다.

"월차라 기분 좋을 텐데 왜 그런 얼굴이야?"

기업 내에 '월차, 연차 사용해 가족과 시간 보내기' 캠페인을 시작하면서 임원진들부터 한 달에 한 번씩 월차를 꼭 사용하기로 했다. 이번 순서로 재윤이 쉬었다. 월차가 되기 전부터 웃고 다녀야 할 녀석이, 휴일인데도 표정이 좋지 않았다.

"그러게. 월차라 기분이 좋아야 하는데, 대체 어느 놈이 월차라는 걸 만들었는지 모를 만큼 기분이 나쁘네."

"무슨 소리야?"

"월차라고 꼭 기분이 좋을 건 없다는 말을 하고 있는 거야."

"너라면 좋아했으니까 그러지."

강재의 말에도 재윤은 대답하지 않고 다시 고개를 숙였다.

그토록 월차를 내고 싶을 땐 일이 많은 데다 분위기상 쓸 수가 없더니, 이젠 출근하고 싶어지니 월차를 쓰란다. 그것도 무조건. 아무래도 회사와 자신이 안 맞는 게 아닌가 하는 생각이 들었다.

출근하고 싶다……. 어차피 집에서 일하는 거나, 회사에서 일하는 거나 같다면 회사로 출근하고 싶다.

그러나 이것보다 그의 기분을 더 가라앉게 만드는 건, 요 근래 다현의 태도였다.

식사 제안 거절, 차를 마시자는 것도 거절, 모조리 다 거절 상태였다. 이렇게 여자한테 퇴짜를 줄줄이 맞아본 것도 태어나 처음이었다.

사귀자고 말이나 했으면 몰라. 차 한 잔 마시는 것도 이렇게 어려워서야…….

그뿐만이 아니었다. 조금이라도 사적인 이야기를 할라 치면 다현의 표정이 뻣뻣하게 굳었다. 온몸으로 자신을 거부하고 있는 기색이 역력했다.

생각을 하던 재윤이 숟가락을 꽉 움켜쥐었다. 그의 손끝이 금세 하얗게 질렸다.

"……잘 먹었습니다."

재윤이 더는 식사를 하지 못하고 숟가락을 내려놓았다.

"요즘 다이어트하니?"

밥이 반도 줄지 않은 밥그릇을 들여다보며 선 여사가 물었다.

"아뇨. 입맛이 없네요."

"아무리 입맛이 없어도 그렇지……. 얘가 왜 이런다니."

선 여사가 밥그릇과 휘적휘적 걸어가는 재윤의 뒷모습을 번갈아 보았다. 가연이 강재의 옆구리를 쿡쿡 찔렀다. 올라가서 이야기라도 해보라는 태도였다. 식사를 거의 마친 강재가 그의 뒤를 쫓아갔다.

"김재윤."

2층으로 막 올라서던 재윤이 돌아섰다. 오늘따라 자신을 징그럽게 불러대는 쌍둥이 형제를 물끄러미 바라보았다.

"왜?"

"정말 무슨 일 있는 거 아니야?"

"없어."

재윤이 더는 귀찮게 하지 말라는 듯 대답했다. 다른 사람들 눈에는 재윤이 마냥 모든 걸 귀찮아하고 멍해 보였지만, 그의 머리는 가열차게 돌아가는 중이었다. 다현에게 거절당한 일들이 파노라마처럼 지나가고 있었다. 동시에 어떻게 하면 시간을 같이 보낼 수 있을까, 로 바빠졌다.

"그럼 표정관리 해. 부모님 걱정시키지 말고. 그리고 내가 출장 가서 없는 동안 형수도 잘 챙겨줘."

"어."

재윤이 무심히 대답하며 돌아섰다. 그러다 한 발자국도 못 가 멈춰 섰다.

"강재야."

부모님이 다 계실 땐 형이라고 불렀지만, 둘만 있는 자리에서 재윤은 그의 이름을 불렀다.

"왜?"

"너, 출장 있댔지? 전자 박람회."

모바일로 집안의 모든 전자기기를 관리하는 매니저 관리 프로그램 개발로 강재의 전자 박람회 건 출장이 잡혀 있었다. 출장 건을 말하는 재윤의 눈빛이 반짝반짝거렸다. 강재가 저도 모르게 한 계단 내려섰다.

"어. 그건 왜?"

"출장 장소가 어디지?"

"부산."

"몇 박 며칠 일정이지?"

"1박 2일."

1박 2일이라는 말에 재윤의 얼굴이 환하게 폈다.

"그거 내가 갈게."

"뭐?"

뜬금없는 말에 강재가 되물었다.

"내가 간다고."

"네가 갑자기 왜?"

강재가 의아하다는 얼굴로 쳐다보았다.

회사를 못 가서 우울해하지 않나, 갑자기 출장을 가겠다고 나서질 않나. 김재윤이 뭔가 잘못되어도 한참 잘못된 게 틀림없었다. 강재의 반듯한 미간에 금이 쩍 갔다.

"내려가서 바람도 쐴 겸, 다른 일도 좀 할 겸. 겸사겸사."

"……."

"너도 형수 두고 내려가기 싫잖아. 그러니까 그 스케줄 나한테 넘겨. 기태한테 내일 오전에 우리 쪽으로 스케줄 넘기라고 해."

"너도 시간 없을 텐데?"

"만들면 돼. 다행히 이번 주말은 한가하기도 하고."

"신경 써야 할 자리야."

그래도 할 수 있겠냐는 물음이었다.

"알아."

강재는 불안한 얼굴로 재윤을 바라보았다. 갑자기 파릇파릇 생기가 도는 재윤의 얼굴이 수상하다. 그러나 거절하면 재윤의 얼굴이 금세 어두워질 것 같은 데다, 가기 싫던 출장이었다. 누가 가든 회사 대표 자격만 갖춘 사람이 가면 되는 출장이라, 강재는 알겠다고 답했다.

강재가 내려간 후 방으로 향하는 재윤의 얼굴이 밝아졌다. 왜 이 생각을 못 했을까. 같이 있을 일이 없으면, 만들면 되는 건데.

그가 한결 가벼운 발걸음으로 방에 들어섰다.

❖

갑작스레 잡힌 출장 일정에 다현은 눈코 뜰 새 없이 바빠졌다. 예정되어 있던 약속들은 전부 취소시키고, 일정에 맞춰 비행기 표를 예약하고 근처 좋은 숙소를 잡았다. 처음 겪는 1박 2일 일정에 공적인 스케줄을 맞추느라 바빴지만, 그보다 다현은 사적인 일로 마음이 복잡했다. 라효와 사준을 두고 집을 비우는 건 처음이라 걱정이 앞섰다. 이런 마음을 아는지 모르는지 라효는 가자미눈을 하고서 다현을 쳐다보았다.

'남친이랑 여행 가지? 그 이름이 상무인가 뭔가 하는 사람이랑. 누나, 남자 얼굴 보고 좋아하면 안 돼. 얼굴을 시작으로 싹 다 봐야 한다니까? 특히 마음이 잘생긴 사람을 만나야 해. 내 말 듣고 있어?'

아침식사 하는 내내 라효는 다현에게 잔소리를 퍼부었다. 결국 참다못한 다현이 '그런 거 아니라고!' 라며 소리치고 나서야 잠잠해졌다. 물론 그것도 잠시였지만.

세 시간에 한 번씩 연락하는 걸로 합의 보고서야 다현은 겨우 출발할 수 있었다. 회사에 도착한 다현은 미리 연락받은 지하 주차장으로 향했다. 그녀가 트렁크에 자신의 짐을 싣고, 운전기사와 인사를 나눌 즈음, 재윤이 성큼성큼 다가왔다.

검은 슈트에 단정하게 정리된 헤어스타일. 입가에 습관처럼 맴돌고 있는 미소까지 완벽했다.

"좋은 아침이에요."

그가 먼저 건넨 인사에 다현과 기사가 고개 숙여 인사했다.

"출발하시죠. 아, 다현 씨."

"네."

조수석에 타려던 다현이 재윤을 바라보았다.

"뒷자리에 타요."

"아닙니다. 뒷자리를 넓게 쓰셔야죠."

"넓게 쓰는 것보다 편하게 쓰는 게 중요해서요. 내가 필요한 거 그때그때 꺼내줘야 하는데 앞자리에 있으면 불편하잖아요? 받는 나도 불편하고. 그러니까 뒷자리로 와요."

재윤의 말에 다현이 난처한 표정을 지었다. 잠시 고민하던 다현이 재윤의 옆자리에 앉았다. 그와 나란히 앉는 건 처음이라 기분이 이상했다. 재윤은 서류를 주르륵 꺼내더니 다현에게 내밀었다.

"이 서류, 왼쪽에 두고 내가 손 내밀 때마다 한 장씩 줘요."

"네."

다현이 재윤과 그녀 사이에 서류를 내려놓았다.

"아니. 왼쪽에 두라고요."

재윤이 그녀의 문 쪽을 가리켰다. 다현이 잠시 의아한 표정을 짓다 서류를 왼쪽에 놓았다. 자연스럽게 그녀의 몸이 오른쪽으로 밀렸다. 뚝 떨어져 있던 공간이 좁아진 걸 확인한 재윤이 슬쩍 미소를 지으며 시선을 내리깔았다.

이러려고 굳이 뽑아온 서류였다. 다시 볼 필요도 없는 걸 수백 장 뽑느라 귀찮았다. 다현에게 시킬 수도 있지만, 왠지 그녀라면 태블릿에 잘 정리해서 줄 것 같아 맡길 수가 없었다. 결국 자신이 원하는 대로 다현이 가까이 앉았다.

재윤은 눈에 들어오지도 않는 박람회 자료를 훑어보았다. 동신전자가 개발한 매니저 관리 프로그램은 기획 단계부터 그가 관리해 오고 있어서 대부분을 모두 숙지하고 있었다. 그럼에도 그는 일부러 서류를 보고 있었다. 그래야 다현을 곁에 둘 수 있으니까.

글자가 전혀 눈에 들어오지 않았지만, 그는 꿋꿋하게 자료에 시선을 두었다.

해외에서 열리는 가전제품 박람회가 최초로 국내에서 문을 열게 되었다. 국내에서 내로라하는 업체들을 비롯해 국내 진출을 노리는 해외 업계들의 신청이 줄을 이어 박람회 내부는 사람들로 북적였다. 동신그룹의 부스는 가장 좌측에 마련되어 있었다.

재윤은 일부러 동신그룹 쪽에 자신들이 언제, 어떤 식으로 방문할지에 대해 통보하지 않았다. 한번 들르겠다는 연락만 한 상태라 박람회 진행요원들은 며칠 내내 긴장 상태일 게 분명했다.

슈트를 입은 재윤이 들어서서 일부러 우측부터 천천히 둘러보았다. 다현은 그의 뒤를 조용히 따랐다. 재윤이 지나치자 사람들의 시선이 자연스레 뒤따랐다.

어릴 적부터 귀하게 자란 사람에겐 그들만의 아우라가 있었다. 눈빛, 손짓, 걸음걸이 하나마저도 교육을 받아 귀족처럼 우아했다. 거기다가 남들이 쉽게 볼 수 없도록 큰 키에, 반듯한 외모까지 더해지니 남녀노소를 불문하고 재윤의 얼굴에 시선을 두었다.

"연예인인가."

"모델 아냐?"

"그렇겠지?"

수군거리는 여직원들의 목소리가 들렸다. 그런 오해를 할 만했다. 그의 화려하고 우아한 외모도 있지만, 경영진이라고 하기엔 화려한 스타일도 한몫했다. 임원진들은 경박맞아 보인다며 싫어했지만, 재윤이 편안하게 입고 다님으로써 직원들은 쌍수를 들고 환영했다. 그가 화려하게 입고 다니는 덕에, 그들도 복장의 자유를 조금이나마 찾을 수 있었다.

"이 제품은 어떻게 쓰는 거죠?"

재윤이 조그마한 부스에 들어가 헤드폰을 들었다. 보기엔 평범한 헤드폰이었다. 대기하고 있던 직원이 설명하려 하자, 재윤이 양해를 구한 후 떨어져 서 있는 다현에게 다가오라는 손짓을 했다.

"이리 와요. 와서 같이 봐요. 그래야 내가 잊어먹어도 다현 씨가 기억해야죠."

일부러 세 걸음 떨어져 있던 곳에 서 있던 다현이 난처한 표정을 지었다. 그것도 잠시 그녀는 조용히 재윤의 곁에 섰다.

"미안합니다. 설명해 주시죠."

재윤의 말에 직원이 설명을 시작했다. 헤드폰은 TV와 연결되어 있어 집의 어느 장소에 있든 들을 수 있었다. 이를테면 청소나 빨래를 널 때에 요긴하게 쓸 수 있다는 게 그들의 설명이었다.

"그러니까 TV를 라디오처럼 들을 수 있다는 건가요?"

재윤의 되물음에 직원들이 밝은 얼굴로 고개를 끄덕였다.

"맞벌이가 늘어가는 시대에 집을 비우는 이들이 많을 텐데, 과연 경제성이 있을까요?"

"저희 타깃은 전업주부이기도 하지만, 아이를 재우는 젊은 어머니, 그리고 나이가 들어 라디오에 익숙해진 세대도 포함하고 있습니다."

"그래요?"

재윤은 그 이후에도 헤드셋의 작동 범위가 어느 정도 되는지 등 자세한 부분을 물었다. 원하는 답변을 얻은 후 그는 명함을 받았다.

대충 박람회 내부를 둘러볼 거라는 예상과 달리, 재윤은 꽤 꼼꼼하게 다른 부스들을 살폈다. 본인이 구동해 보고 궁금한 점이 있으면 즉각 직원을 불러 자세한 설명을 요구했다. 다현은 직원과 대화를 나누고 있는 재윤의 옆얼굴을 보았다. 그는 미소를 지은 채 직원의 말을 경청하고 있었다. 재윤의 좋은 경청 태도에 신난 직원이 떠벌떠벌 말을 늘어놓았다.

다현은 속으로 감탄했다.

재윤은 상대방에게 이야기를 하게끔 끌어내는 힘이 있었다. 하나를 말하려다가도 재윤과 함께 있으면 열을 이야기하게 되었다.

사람을 조심하려는 그녀 또한 마찬가지였다. 재윤과 함께 식사를 하거나, 차를 마시면 마치 알고 지내던 사람을 만난 것처럼 이야기가 술술 흘러나왔다. 귀가 후, '너무 서슴없이 이야기를 했나' 하는 후회가 들다가도 어느 순간 재윤과 만나면 다시 이야기가 술술 흘러나왔다.

다현은 뿌듯한 눈으로 재윤의 뒷모습을 바라보았다. 역시 닮고 싶은 사람이었다. 계속 함께 일하고 싶고.

그러려면 그의 명성에 누가 되어서는 안 된다.

다현은 더욱 조심하기로 마음을 먹으며 그의 뒤를 따랐다.

❖

　박람회 일정을 마친 후, 부산 지사의 사장과 간단한 저녁 모임을 가졌다. 이번 박람회 준비에 가장 많은 준비를 하느라 애쓴 부산 지사 사장에게 고마움을 표하는 자리였다. 그 일정을 마치자 8시가 넘었다. 내일 오전에 박람회에 한 번 더 방문한 후 서울로 돌아갈 예정이었다.

　숙소로 돌아와 옷을 갈아입은 다현이 휴대폰으로 시간을 확인했다. 9시 30분이 훌쩍 넘어가고 있었다.

　다현이 배를 움켜쥐었다.

　"배고프네."

　식사자리가 자리인지라 제대로 밥을 먹질 못했다. 호텔의 지하에 편의점이 있던 게 기억난 다현이 간단히 요깃거리를 사기 위해 지갑을 들었다. 그리고 막 호텔 방문을 나서던 다현이 그 자리에 멈춰 섰다. 복도에 재윤이 서 있었다. 소리 지를 타이밍을 놓친 다현이 그 자리에서 눈만 깜빡였다. 놀란 건 재윤도 마찬가지였는지 큰 눈이 더 커져 있었다.

　"……많이 놀랐어요?"

　재윤이 괜찮냐는 듯 물었다.

　"아뇨. 괜찮아요. 오히려 제가 놀라게 해드린 건 아닌지 걱정이네요. 그런데…… 무슨 일이세요?"

　다현은 물어보면서 휴대폰을 얼른 확인했다. 재윤이 전화를 했는데 자신이 못 본 건지 확인하기 위해서였다. 휴대폰엔 어떤 부재중 전화도 남아 있지 않았다.

　"지나가는 길이었어요."

　"여길요?"

　"네."

　재윤의 대답에 다현이 고개를 들었다. 그녀의 방은 복도 가장 끝방이었다. 지나갈 길이 아니었다. 더군다나 재윤과는 아예 층도 달랐다. 다현의 시선에 담긴 의아함을 읽은 재윤이 당황한 표정을 짓다 말고 옅게 웃었다.

"그러니까…… . 음. 여길 지나가는 길이 아니라, 걷는 중이었어요. 속이 안 좋아서요."

"아…… ."

"어디 가는 길이에요?"

"저는 편의점에 가는 길이었어요."

"같이 가죠."

"같이요?"

다현이 당황한 얼굴로 되물었다.

"네. 저도 필요한 걸 살 겸."

"아…… . 제가 사드리겠습니다. 말씀만 하세요."

다현이 그게 뭐가 되든 꼭 사오겠다는 듯 필사적인 얼굴로 휴대폰을 켰다. 급한 대로 휴대폰에 받아 적을 기세였다.

"운동할 겸 같이 가면 되죠."

재윤이 뭔가 마음에 안 든다는 듯 뻬딱하게 섰다.

"피곤하시잖아요. 내일 일정도 빡빡하고…… ."

거듭된 다현의 거절에 재윤의 표정이 조금씩 일그러졌다.

"그냥 같이 가죠. 내가 얼마나 기다렸…… ."

재윤이 말을 하다 멈췄다. 다현의 고개가 기울어졌다.

기다려? 뭘?

다현의 얼굴에 담긴 의아함을 보던 재윤이 고개를 돌렸다. 실수했다.

"피곤해서 말이 헛나왔네요. 일단 같이 내려가죠."

재윤이 홱 돌아서서 앞장섰다. 다현은 의아함을 느꼈지만, 그의 뒤를 따랐다. 되도록 자신과 재윤이 함께 걷는 걸 다른 사람들이 보지 않았으면 했다.

엘리베이터 지하에서 내린 다현은 앞서 걷다가 우뚝 멈춰 선 재윤의 등을 보았다. 바지 주머니에 손을 푹 찔러 넣은 그가 몸을 팽글 돌려세웠다.

"부산까지 와서 편의점 오는 거, 별로라고 생각하지 않아요?"

"좋진 않지만, 놀러 온 게 아니니까요."

"부산하면 바다잖아요. 밤바다 보러 갈래요?"

재윤의 말에 다현의 눈이 흔들렸다.

숙소에 도착하자마자 다현은 커튼부터 열어젖혔다. 호텔 창문 너머로 보이는 해변가엔 드문드문 사람들이 걸어다니고 있었다. 모래사장 그 너머엔 끝을 알 수 없는 새까만 어둠이 덩어리째 놓여 있었다. 바다와 하늘의 경계가 불분명한 시커먼 공간은 마치 블랙홀처럼 보였다. 그녀는 손으로 창문을 더듬거리며 나가고 싶다고 생각했다. 그렇지만 이런저런 핑계로 자신의 바람을 눌러 앉혔다.

그 바람을 재윤이 일으켜 세우려 하고 있었다.

"아뇨. 저는……."

다현이 겨우 마음을 다잡고 거절하려 할 때였다.

"해변가 걸으면 속이 좀 풀릴 것 같은데. 걷다가 간단히 맥주랑 맛있는 안주 먹는 건 어때요?"

"속이 안 좋으시다면서요."

"걷다 보니 풀렸어요. 나가서 바람이라도 쐬죠. 설마 나 혼자 보낼 건 아니죠? 요즘같이 위험한 세상에 나 같은 사람 혼자 보내는 거 아니에요. 예쁜 남자 좋아하는 남자들이 날 납치해 가면 어쩌려고 그렇게 경각심 없이 날 혼자 보내요?"

재윤이 심각한 얼굴로 던지는 농담에 다현이 참지 못하고 풉, 웃었다.

"농담 같죠? 진짜예요. 강재같이 무섭게 생긴 애는 혼자 다녀도 되지만, 난 안 돼요. 혼자 나갔다가 헌팅도 굉장히 많이 당할걸요? 그러다가 이상한 사람한테 시비라도 걸려봐요. 내일 뉴스에 나올지도 몰라요."

재윤이 생각만 해도 피곤하다는 듯 고개를 절레절레 내저었다. 비약이 심하긴 했지만 불가능한 일도 아니었다.

다현의 고민이 깊어졌다. 서울이었다면 다현은 거절했을 거다. 그러나 서울에서 제주도 다음으로 멀다는 곳 아닌가. 그리고 엄연히 자신은 출장 중이고, 자신의 일은 그를 보필하는 것이다.

더군다나 맥주가 끌리기도 했다. 고민하던 다현이 고개를 끄덕였다.

"네. 모시겠습니다."

"역시 우리 비서님. 잘 생각했어요."

재윤이 기분 좋게 웃으며 다현을 바라보았다.

해변가를 산책한 두 사람은 곧장 바다가 잘 보이는 테라스 쪽에 자리를 잡고 마주 앉았다. 생맥주와 기름기가 적은 담백한 안주를 주문했다. 속이 좋지 않은 재윤을 위한 다현의 결정이었다.

"맥주도 차가운 성질이 강한 음식이니, 조금만 드시는 게 좋을 것 같아요."

다현이 걱정스런 얼굴로 말했다. 재윤은 웃지도 울지도 못하는 얼굴로 고개를 끄덕였다. 그는 속이 불편하지 않았다. 다현의 숙소 앞을 서성거리다가 눈이 마주쳐 대충 뱉은 변명이었을 뿐.

재윤은 다현이 정리해 준 수저에서 다현의 얼굴로 시선을 옮겼다. 그녀는 어둠을 발라놓은 듯한 밤바다를 물끄러미 바라보고 있었다.

느릿하게 깜빡이는 눈꺼풀, 흔들림 없는 시선, 가로등 불빛에 반짝이는 하얀 얼굴이 어여쁘다. 다현은 타인의 시선에 아랑곳하지 않고 자신의 시간에 갇혀 있었다. 재윤은 마음 놓고 다현의 옆얼굴을 바라보았다.

밤바다, 가로등 불빛, 쌀쌀한 바람이 뒤엉킨 그녀의 눈동자 위로 수많은 추억이 스쳐 갔다.

저 추억 중 자신과 관련된 것이 있을까. 그녀의 삶에 자신의 지분율은 얼마일까. 앞으로 지분율을 더 늘려갈 수 있을까.

부는 바람 따라 그의 머리카락이 이리저리 흔들렸다.

"다현 씨."

"네."

다현이 즉각 반응했다.

"난 돌려 말하는 거 못 하니까 편하게 이야기할게요."

"네."

"내가 실수한 게 있거나 불편하게 한 거 있으면 잊어요. 분명 고의로 그런 건 아닐 테니까. 만약 잊을 수 없는 실수를 한 게 있다면 이 자리에서 사과할 게요."

뜬금없는 재윤의 말에 다현의 눈이 크게 벌어졌다.

"무슨 말씀이세요?"

"다현 씨가 내게 거리 두고 있는 게 내가 모르는 실수 때문이라면 사과하겠다는 겁니다. 나는 다현 씨와 거리를 둘 생각이 없어요. 함께 일하는 사이인데 거리 두는 건 불편하잖아요."

"아니에요. 절대로 그런 게 아니에요."

다현이 다급하게 손을 내저었다. 그걸로 부족했는지 머리까지 사정없이 흔들었다. 자신의 상사가 지금 무슨 오해를 한 건가. 얼굴빛까지 안 좋아지는 다현을 보며 재윤이 미간을 구겼다.

"그런 게 아닌데 왜 갑자기 거리를 두겠다는 거예요?"

"그게……."

"편하게 말해봐요."

사람 속 답답하게 하지 말고.

재윤이 뒷말을 삼킨 채 다현을 물끄러미 바라보았다.

"……제가 상무님에게 폐가 될까 봐서 조심하는 거였어요."

"……."

"기태와 서슴없이 지내셨다는 거 알고 있어요. 그건 남자와 남자일 때 가능한 거라는 걸, 확실히 깨달았어요. 그러니까 저 때문에 상무님이 괜한 오해를 사지 않았으면 해서 조심하고 있었던 거예요. 처음엔 상무님께 말씀드릴까도 했지만, 회사에 이상한 소문이 나고 있으니 조심하라는 말씀 드리기도 이상해서 말씀 못 드렸어요. 그래서 저만 조심하자, 하고 있었어요."

"……."

"그런데 이런 제 행동이 괜한 오해를 산 것 같네요. 죄송합니다. 그러니 방금 전 들은 상무님의 사과는 못 들은 걸로 할게요. 상무님은 제게 사과할 일을 전혀 하지 않으셨어요. 저야말로 상무님께 사과드려야죠. 이렇게 신경 쓰이게만 하는 걸요. 그리고 하나 더 말씀드리자면……."

"……."

"늘 감사하게 생각하고 있어요. 좋은 분인데다가 배울 점도 많아서요. 그래서 참 좋아요."

다현이 사과하자 재윤이 말없이 그녀를 바라보았다. 그러다 입을 열어 아무 말 없이 벙긋거렸다. 어떤 말도 나오지 않았다. 그는 곧 입을 다물었다.

안다. 저 '참 좋아요'라는 말이 어떤 사심도 들지 않은 순수한 호감이라는 걸. 알면서도 그 말에 마음이 저만치 나가떨어졌다.

이 정도면 어퍼컷 아닌가.

재윤은 큰 손으로 얼굴을 가렸다.

"괜찮으세요?"

다현이 다급하게 물었다.

"괜찮아요."

재윤이 걱정하지 말라는 듯 남은 한 손을 내저었다. 잠시 손으로 얼굴을 덮은 채 숨을 고른 그가 얼굴을 비추었을 땐, 왜인지 그의 얼굴이 조금 붉어 보였다.

"괜찮으세요?"

다현이 다시 한 번 물었다.

"괜찮아요. 아주 많이."

괜찮다 못해 어딘가 이상해진 기분이었지만, 재윤은 자세히 설명하지 않았다. 자신이 싫은 게 아니라 자신을 위하고 있었다, 라고 말하는 다현의 말에 설레었다. 그녀의 마음 씀씀이가 고맙다 못해 약한 감동이 되었다.

"그러니까 정리를 해보자면, 회사에 다현 씨와 내 스캔들이 날까 봐 조심하고 있었다는 건데, 그럴 필요 없어요. 원래 미혼 상사와 비서는 눈만 마주쳐도 그런 소문이 나는 법이니까요. 그러다가 자기네들끼리 '아닌가 봐' 하고 덮으니까요. 그래도 다현 씨가 그 부분이 신경 쓰인다면, 이렇게 하죠."

다현이 정신을 차린 재윤을 물끄러미 바라보았다.

"다른 사람들이 볼 땐 오해하지 않도록 공적으로 대할게요. 대신, 사적인 자리에선 이전처럼 해요. 같이 식사하는 것도 포함이에요."

"……"

"다른 사람 눈치를 보는 편이 아니긴 한데, 다현 씨를 위해서 특별히 취해 주는 조치예요. 이 이상 내가 양보하고 싶진 않군요. 그러니 받아줘요."

"상무님."

다현이 말리려는 듯 그를 불렀다.

"난 다현 씨랑 거리를 두고 싶지 않아요."

재윤의 확고한 말에 다현은 덜컥 말문이 막혔다. 그의 장난스러운 눈빛이 오간데 없이 사라졌다. 중요한 협상을 할 때 나오는 표정이었다. 그것도 협상에서 가장 마지막 순간, 가지고 있는 마지막 패를 내밀 때의 얼굴. 거스르기 힘든 이 표정 앞에서 누구도 반박하지 못했고, 대체로 그의 의견은 관철되었다.

그리고 지금 이 자리에서도.

"……알겠습니다."

다현이 고개를 끄덕였다. 가장 우선시 되어야 할 건 다른 사람들의 이목이 아니라, 자신의 상사 기분이었으므로.

❖

간단히 맥주를 마신 후, '속이 불편하다' 라는 재윤 때문에 다현은 다시 한 번 해변가를 걸어야 했다.

재윤은 자신의 곁에서 나란히 걷고 있는 다현을 보았다. 밤바다에 시선을 둔 그녀의 얼굴이 보기 좋게 풀어져 있었다. 평온한 다현의 표정 따라 재윤의 얼굴에도 미소가 걸렸다. 그러나 그것도 잠시, 밤바다에서 시선이 전혀 움직이지 않자 재윤의 얼굴이 굳었다.

바다에 꿀을 발라놓은 것도 아니고.

심통이 난 재윤이 다현의 앞을 가로막고 섰다.

"다현 씨."

재윤이 부르고서야 그녀의 고개가 돌아갔다. 바로 코앞에 재윤이 있자 다현이 급하게 멈춰 섰다.

"엇!"

재윤이 그녀의 어깨를 붙들었다.

"괜찮아요?"

"감사합니다."

다현이 인사를 하며 몸을 일으켜 세웠다. 이후에도 재윤의 손이 떨어지지 않자 그녀가 손과 재윤을 번갈아 보았다.

"또 넘어질까 봐서요."

"이젠 괜찮습니다."

"술 마셨잖아요."

"맥주 정도는 별것 아니에요."

다현이 싱긋 웃었다. 정말 맥주 몇 잔은 티도 안 날 만큼 멀쩡한 얼굴이었다. 잠시 잊고 있었다. 이 여자의 주량을.

그사이 다현이 재윤에게 얼굴을 불쑥 들이밀었다. 다현의 눈동자가 재윤의 얼굴을 꼼꼼하게 살폈다. 재윤의 얼굴이 일순 확 붉어졌다. 어두운 밤이라는 게 천만다행일 정도였다.

"……왜 이래요?"

사람 설레서 밤에 잠 못 자게.

재윤이 다현을 빤히 바라보았다.

"피곤하시죠?"

"아뇨."

"맞는 것 같은데요. 눈가도 촉촉하고요."

"바람이 불어서 그래요."

"그렇다고 하기엔 곧 우실 것 같은데⋯⋯."

눈 깜빡이는 시간이 아까워 부릅뜨고 다현 씨 쳐다보느라 이렇게 됐어요,
라고 말을 할 수 없는 재윤은 입을 꾹 다물었다.

"얼굴도 붉은 것 같고요. 열 나시는 건 아니죠?"

이 밤중에 붉어진 게 보일 정도면 얼마나 붉어진 거야.

알콜이 들어가니 얼굴색이 신호등 수준으로 홱홱 바뀐다. 재윤은 속으로
화를 내면서도 최대한 평온한 표정을 유지했다.

"아픈 것도, 술에 취한 것도 아니니까 걱정하지 마요."

다현이 이만 들어가자고 할까 봐 그가 얼른 괜찮다는 표정을 지었다.

"그럼 다행이에요."

그렇게 말하면서도 다현의 시선은 여전히 재윤에게서 떨어지지 않았다.
걱정이 듬뿍 담긴 얼굴이다. 이 걱정이 상사를 향한 걱정만이 아니었으면 좋
겠다. 그 생각을 한 순간, 꽉 잠겨 있던 재윤의 입술이 제멋대로 열렸다.

"나는⋯⋯."

"⋯⋯."

"어때요?"

"네?"

다현이 의아한 듯 물었다.

"남자로 보는 나는 어떠냐고요."

"⋯⋯."

"궁금해서요. 여자들 눈엔 내가 어떻게 보이는지."

사실 '여자들' 같은 건 상관없었다. 다현의 눈에 자신이 어떻게 보이는지 궁금했다. 아주 조금의 이성적인 씨앗이 있는 건지. 만약 그 씨앗이 있으면 물을 주고 볕을 쬐어 최대한 크게 키워볼 생각이었다.

다현이 난처한 표정으로 눈을 굴렸다.

남자로서의 김재윤.

세상에 이런 남자가 있을까 싶을 정도로 멋있었다. 어쩌면 자신이 본 남자 중 가장 멋있는지도 몰랐다. 외모도, 성격도, 분위기도, 하물며 손짓까지도. 그래서 가끔 비현실적이게 느껴지기도 했다.

만약 자신에게 안 좋은 '그 일'이 없었더라면, 그래서 남자와의 연애라면 꿈도 못 꾸게 된 이 상태가 아니었다면 자신도 욕심냈을지 모른다.

"멋지세요."

다현이 가까스로 이야기했다.

"그리고요?"

"좋은 분이고요."

"……."

"그리고……."

다현이 고개를 갸웃거렸다. 바람이 날린 머리카락을 쓸어 넘기며 그녀는 싱긋 웃었다.

"매력 넘치시는 분이니, 아마 좋은 분 만나실 거예요."

다현을 따라 희미하게 웃던 재윤의 얼굴에서 순식간에 미소가 사라졌다. 몸을 홱 돌린 재윤이 모래사장을 밟으며 걸었다. 다현이 고개를 갸웃거리다가 그의 뒤를 따랐다.

왠지 화가 난 것 같은데.

다현은 그에게 말을 걸려고 하다가 입을 꾹 다물었다. 재윤이 다현에게 다시 평소처럼 웃어 보인 건 엘리베이터에서 헤어질 때였다.

그마저도 입가가 미묘하게 삐뚤어진 미소였지만.

5. 어려운 비서

다음 날 부산 출장 스케줄까지 모두 소화한 재윤은 곧장 회사로 복귀했다. 출장이 있는 다음 날 오후는 시간이 애매해 일정을 비우는 편이지만, 그는 밀린 일 때문에 회사로 와야만 했다. 그가 가장 먼저 향한 곳은 이사실이었다.

재윤이 이사실로 들어서기가 무섭게 용수철에 튕기듯 기태가 벌떡 일어났다. 군부대인지, 비서실인지 구분이 안 갈 정도였다.

인사를 하던 기태는 애매한 표정으로 다가온 남자를 바라보았다.

"……상무님?"

기태가 긴가민가한 얼굴로 재윤을 바라보았다.

분명 스타일은 재윤인데, 왜 표정은 강재 이사지?

나른하고 묘하게 사람을 홀리는 표정이 재윤의 평소 표정인데, 오늘은 어딘가 달랐다. 피곤함과 저기압이 뒤엉켜서 강재처럼 무섭게 보였다.

"어. 강재는?"

재윤이 편하게 말을 건네고서야 기태는 가슴을 쓸어내렸다. 다행히도, 정말로 재윤이었다.

"잠시 자리를 비우셨습니다."

"어디 갔는데?"

재윤이 미간에 인상을 쓰며 물었다. 보통 근무 시간엔 별일이 없으면 죽으나 사나 자리를 지키는 녀석이 갑자기 사라졌다니 이상했다. 분명 회사 복귀할 때까지만 해도 회사에 있었다고 했는데.

"잠시 사모님 만나러 가셨어요."

"집에서 보면서 뭘 또 회사에서까지."

재윤이 알 만하다는 듯 고개를 가로저었다. 이 근처를 지나가면서 가연이 보고 싶어 전화를 했을 거고, 강재는 무심한 얼굴을 하고서 가연에게 달려갔겠지. 백조 같은 놈.

재윤은 이사실에 들어가지 않고 문에 기대섰다.

"요즘 얼굴 좋아 보인다?"

재윤이 기태에게 불쑥 말했다.

"지금 시비 거시는 겁니까?"

기태가 얼굴을 구기며 물었다. 살이 또 3킬로가 빠졌다. 다이어트와 식이요법 하나 없이 살이 빠질 수 있다는 걸 요즘 자주 경험하고 있었다.

"좋아 보여서 하는 말이지."

"……이사실에 들어가서 기다리시지요. 상무님."

"어."

"차 한 잔 가져다 드릴까요?"

"어. 물 온도는 45도. 양은 200ml. 잔은 먼지 하나 없는 깨끗한 잔에."

"……."

"내가 요구한 사항에 맞지 않으면 다시 만들어오라고 할 거야."

기태가 얼굴을 찌푸렸다.

저 미친놈은 왜 또 여기 와서 난리인가. 뭔가 기분이 안 좋은 게 틀림없었다.

분명 자신에게 시비 걸러온 재윤을 기태가 조용히 노려보았다. 그와 동시에 테이블 위에 놔둔 휴대폰이 징하고 울렸다.

[다현]

다현에게 전화가 먼저 온 건 오랜만이었다. 순간 기태의 얼굴이 밝아졌다.

"뭔데? 표정이 왜 밝아져? 여자친구야?"

재윤이 피곤한 와중에도 관심을 보였다. 기태는 고민했다. 조용히 넘길 것인가, 아니면 자신에게 찾아와 난리를 피우는 재윤에게 복수를 할 것인가. 마음의 결정을 내린 기태가 환하게 웃었다.

"사적인 전화인데 받아도 될까요?"

"받아. 내가 네 상사도 아니고."

재윤이 미련없이 돌아섰다. 사적인 통화니 자리를 피해주겠다는 것처럼 보였다.

"감사합니다. 어. 다현아."

기태가 반가운 목소리로 이름을 뱉자마자 재윤이 그 자리에 딱 멈춰 섰다. 기태는 자신의 뺨에 와 닿는 재윤의 시선을 느끼며 입술을 꽉 깨물었다. 웃으면 안 된다. 그는 사력을 다해 참았다.

─목소리가 왜 이렇게 밝아?

휴대폰 너머에서 다현이 떨떠름한 목소리로 물었다.

"아이, 왜긴. 왜 또 전화했어? 무슨 일이야?"

─아, 별건 아니고 상무님 거기 계셔?

"어. 잘 있지. 걱정되어서 전화한 거야?"

─상무님이 휴대폰을 놓고 가셔서, 가져다 드릴까 해서.

"아냐. 아냐. 그럴 필요 없어. 네가 뭐 하러 여기까지 와. 내가 다 알아서 할게. 아니면 보고 싶어서 그래?"

─어?

다현의 목소리가 점점 이상해졌다.

―혹시 약 같은 거 잘못 먹었니?

다현이 걱정스러운 듯 물었다.

"또 내 걱정한다. 안 해도 돼. 안 아파. 약 안 먹어도 되니까, 넣어둬."

기태는 대답을 하며 흘깃 고개를 돌렸다. 방금전까지만 해도 문고리를 꽉 쥐고 있던 재윤이 어느새 뒷걸음질 치고 있는 게 보였다. 조금이라도 자신의 전화 내용을 더 들으려고 애쓰는 듯했다. 기태는 고개를 내리깐 채 입술을 꽉 깨물었다.

천하의 김재윤이 남의 전화 듣겠다고 조용히 뒷걸음질이라니. 조금만 더 내버려 두면 문워크를 할 기세였다.

기태는 웃음을 꾹 참으며 마지막 쐐기를 준비했다.

"다현아, 저녁에 시간 돼?"

그는 일부러 다현의 이름을 다정하게 불렀다.

―저녁에? 응. 오늘 라효랑 사준이 연습하는 날이라 늦게 오거든. 왜?

"저녁이나 같이 먹자는 말을 하려고 그러지."

―저녁? 조금 피곤하긴 한데……. 그래. 그러자.

다현이 순순히 그러자고 대답했다.

"알았어. 퇴근하고 연락하자."

―응.

통화를 마친 후 휴대폰을 내려놓던 기태는 흡, 하고 숨을 들이마셨다. 재윤이 한 손으로 테이블을 짚은 채 자신의 코앞에 서 있었다.

진짜 1분 후였으면 자신의 휴대폰에 귀를 가져다대고도 남을 것 같은 얼굴이었다.

"방금 그 통화는 내가 아는 그 다현 씨?"

"네."

기태가 대답함과 동시에 테이블 위에 놓인 재윤의 손가락이 춤을 추기 시작했다.

탁, 탁.

테이블을 두드리는 그의 손끝에 짜증이 묻어났다.

네가 왜 다현 씨랑 밥을 먹고 다니지, 라는 의문이 가득 담긴 몸짓이었지만, 기태는 시치미를 뚝 뗐다. 아직 자신이 갚아야 할 빚이 많았다. 김강재 밑에서 받는 고통에 비하면 이건 아무것도 아니었다. 거기다가 김강재랑 똑같이 생겨서 더 싫었다.

"나도."

"네?"

"나도 저녁 먹고 싶은데."

"맛있게 드세요. 강재 이사님이랑."

"너랑 먹고 싶은데."

"전 싫습니다만. 그리고 선약 있어요."

기태가 딱 잘라 거절했다.

"그 선약을 깨라고 할 순 없으니, 내가 낄게."

"안 됩니다."

"맛있는 거 사줄게."

"제가 7살입니까? 맛있는 거 사준다고 하면 졸졸 따라가게? 그리고 맛있는 건 저도 사먹을 수 있습니다."

"글렌피딕 사줄게."

"그, 그건……."

기태의 눈동자가 사정없이 흔들렸다. 그러나 금세 고개를 가로저었다.

"됐습니다. 그리고 상무님이 왜 저랑 다현이가 밥 먹는 자리에 낍니까? 누가 보면 오해하게."

"그럼 그 자리에 대체 누가 끼어야 하는 건데? 나 때문에 고생하는 다현 씨와, 나 때문에 고생했던 너에게 안 그래도 밥 한 끼 사려고 했는데 딱 좋은 기회인 거 같아서 하는 말이지. 정말 거절할래?"

"네."

기태의 칼 같은 대답과 동시에 정신없이 움직이던 재윤의 손가락이 딱 멈추었다. 재윤의 한쪽 눈썹이 삐딱하게 올라갔다.

"그래?"

"네."

"그럼, 야근해."

"네?"

무슨 귀신 씻나락 까먹는 소리냐는 듯 기태가 재윤을 쳐다보았다.

"1박 2일 박람회 다녀온 자료를 5시 58분에 김강재한테 주면 되겠네."

"……."

재윤이 USB를 들어 보였다. 그러고는 한쪽 눈썹을 치켜 올리며 묘한 표정을 지었다.

"지독한 워커홀릭이니 아마 오늘 밤 회사에서 모조리 읽고 정리한 후에 밤 9시쯤 퇴근하겠네? 어때? 나랑 같이 다정하게 밥 한 끼 할래? 아니면 9시까지 지박령처럼 거기 앉아 있을래?"

"……이러기 있습니까?"

"네. 이러기 있습니다. 그러니까 내가 이렇게 잘살고 있겠죠? 구비서님. 더 못된 짓 할 수 있어도, 너니까 이 정도 하는 거예요. 옛정을 생각해서요. 그러니까 잘 생각해. 3초 준다."

재윤이 싱긋 웃었다. 풋풋한 미소와 달리 음흉한 속내가 훤히 보였다. 김재윤 고통스럽게 하려다가 자신이 두 배로 고통받게 생겼다. 기태는 이를 바득바득 갈았다.

"3."

"좋습니다. 같이 저녁식사 하시죠."

"우리 비서님에게 기태 씨가 잘 이야기해 줘요."

원하는 바를 얻은 재윤은 한없이 평온한 표정을 지었다. 마치 맛있는 식사를 앞둔 맹수처럼 옅게 흥분된 얼굴이었다.

이사실로 향하는 재윤의 등을 기태가 조용히 노려보았다.

지금 한 선택을 후회하게 해주겠어!

기태는 조용히 손톱을 갈았다.

❖

달구어진 불판 위에 돼지고기를 올리자 치익 소리가 났다. 환기구가 돌아
가고 있음에도 가게 안은 안개가 낀 듯 연기로 자욱했다. 출입문 근처에 다
현을 비롯해 기태, 재윤이 자리를 잡고 앉았다.

"역시 고단할 땐 돼지고기를 먹어야지."

고기를 굽던 기태가 진심으로 감동했다. 다현은 기태의 말에 건성으로
응, 하고 대답하며 왼쪽을 바라보았다. 팔짱을 낀 채 앉아 있던 재윤과 눈이
마주치자 그가 선하게 웃어 보였다. 다현도 마주 웃었다. 그러나 왜 재윤이
여기에 있는지 의아함까진 지우지 못했다.

"맛있고 비싼 거 먹으러 오지 그랬어?"

재윤이 고기 굽기에 열중하고 있는 기태에게 물었다. 뭘 사달라고 해도
사줬을 거다. 다현이 먹을 거였으니까. 그런데 고작 삼겹살이라니.

"지금 삼겹살 비하하는 거예요?"

기태는 상무가 아닌 선배를 대하듯 편하게 한마디를 툭 던졌다.

"삼겹살도 좋은데, 이왕이면 더 좋은 걸 먹으라는 거지. 내 지갑 뒀다가
어디다가 써? 글렌피딕 마시고 싶다더니. 여기선 못 마시잖아."

"그러고 싶은데, 다현이가 소보다는 돼지를 더 좋아해요. 그중에서 삼겹
살을 가장 좋아하고요."

"그래?"

다현이 좋아한다는 말에 재윤의 얼굴색이 미묘하게 달라졌다.

"네."

기태가 건성으로 대답했다.

"삼겹살 좋아해요?"

재윤이 다시 다현에게 물었다.

"네. 맛있어서 좋아해요."

"우리 다현이는 삼겹살에 소주 먹는 거 좋아해요. 보통 점심때 만나면 분위기 좋은 패밀리 레스토랑 가는데, 저녁에 만나면 무조건 삼겹살에 소주예요. 실컷 먹고 오락실 가서 게임 한 판 신나게 한 후에 집에 가거든요. 그러고 보니 오락실 가고 싶다. 그치?"

기태가 다현이를 쳐다보며 콧잔등을 찡긋거렸다.

"그러게. 안 간 지 오래됐네."

"조만간 가자. 어? 너."

기태가 손을 뻗어 다현의 머리에 묻은 야채 끄트머리를 떼어주었다.

"이런 게 묻어 있네. 서빙하다가 떨어뜨렸나 보다."

그리고는 기태가 손으로 다현의 머리를 슥슥 문질렀다.

"머리 헝클어져서."

"아, 고마워."

다현은 묵묵히 기태가 쓰다듬어 주는 대로 가만히 있었다.

"이제 괜찮은 거 같은데. 그만 쓰다듬지?"

재윤이 싱긋 웃는 얼굴로 말했으나, 그의 이마에 돋아난 핏줄을 본 기태는 조용히 고개를 숙였다. 이러지도 못하고, 저러지도 못하는 게 훤해서 입술을 꽉 깨물었다. 재윤을 더 자극할 수 없어서 기태는 손을 내렸다.

"아, 다현아. 라효랑 사준이는 요즘 축구 계속해?"

기태가 다른 곳으로 얼른 주제를 전환했다.

"응. 감독님을 잠깐 만났는데 그쪽으로 재능이 있대. 아마 계속하게 되지 않을까 싶어."

"둘 다?"

"응. 일단 둘 다 하고 싶어 하더라고."

다현이 말을 마친 후 돼지고기 한 점을 입에 넣었다.

입에서 우물거리며 이제 막 집에 오고 있을 쌍둥이를 떠올렸다. 누가 쌍둥이 아니랄까 봐, 재능도 비슷하게 타고난 모양이었다. 둘은 축구에 재능이 있었고, 공부에는 전혀 관심이 없었다. 감독의 말에 의하면 둘은 전형적인 운동인이었다. 여태껏 그들의 재능을 알아봐 준 사람이 없어서 제대로 된 훈련을 받지 못한 게 아쉽다고 말했다.

'자기 신체를 극복하는 걸 좋아하고, 골을 넣는 쾌감을 아는 녀석들이에요. 자기보다 덩치가 크거나 능력 좋은 선수들한테 두려움도 느끼지 않고요. 보통 이런 녀석들이 잘되거든요. 그래서 말인데, 저한테 저 두 녀석 맡기지 않으시겠습니까?'

감독의 정중한 제안 앞에서 다현이 할 수 있는 건 고개 숙이는 것밖에 없었다.

'저야말로 제 부족한 동생들 잘 부탁드려요. 못하면 혼내고, 잘하면 칭찬도 부탁드려요. 칭찬에 약한 녀석들이라서요. 제 도움이 필요할 땐 언제든 연락주세요. 다시 한 번 잘 부탁드립니다.'

그녀는 오래도록 감독의 앞에 머리를 숙였다. 어린 동생들을 위해서라면 이것보다 더한 것도 할 수 있었다. 두 사람만 잘된다면야.

삼겹살이 맛있게 익어갔다. 고기가 익어갈 때마다 소주도 죽죽 줄어들었다. 재윤은 소주를 시원하게 마시는 다현을 바라보았다.

우리 비서님은 술도 물처럼 마시네.

소주를 한번에 들이켠 후, 슬쩍 눈을 감으면서 찌푸려지는 콧잔등이 애교스러웠다. 이 애교스러움을, 기태는 수도 없이 봤다는 말이었다. 재윤은 죄 없는 기태를 노려보다가 다현에게 시선을 옮겼다.

"두 사람은 자주 만나나 봐요?"

재윤이 한층 낮아진 목소리로 다현에게 물었다.

"자주는 아니지만……."

"자주 만나죠, 당연히."

기태가 불쑥 끼어들었다. 재윤의 굳은 눈빛이 마지못해 기태에게로 옮겨갔다. 기태는 아무것도 모르는 척 고기를 구우며 말을 이었다.

"우리가 어떤 사이인데. 자주 만나죠. 라효, 사준이랑도 자주 만나고요.

알다시피 우리는 오래됐잖아요. 아, 그러고 보니 그거 생각나네요. 처음 만났던 날, 라효가 저한테 그랬어요. '우리 누나 남친이에요? 잘해주세요. 제가 지켜보고 있습니다.' 라고. 하도 강하게 말해서 다현이랑 사귀어야 하는 줄 알았다니까요."

기태가 웃자 다현이 생각났다는 듯 픽 웃었다. 웃지 않는 건 재윤뿐이었다.

누군 범죄자 취급이고, 누구한텐 잘해주라니. 딱 봐도 외모, 키, 부티, 어디 하나 밀리는 게 없는데. 몇 년 전만 해도 매형 커트라인이 상당히 낮았던 모양이었다.

재윤이 확 넥타이를 풀더니 와이셔츠 단추를 풀었다. 그러자 와이셔츠 너머로 일자로 쭉 뻗은 쇄골이 반쯤 보였다. 탄탄한 몸매에, 넓은 어깨, 쭉 뻗은 쇄골까지. 복이란 복은 다 갖고 태어난 것 같은 재윤을 기태는 슬그머니 노려보았다.

"왜 갑자기 옷을 벗고 그러십니까?"

기태가 얼굴을 찌푸리며 물었다.

"어. 갑자기 더워서."

"별로 더운지 모르겠는데요."

"난 더워."

재윤이 대충 대답하며 긴 한숨을 내쉬었다. 그사이 다현과 기태는 또 다정하게 대화를 이어가기 시작했다.

"이번에 오픈한 영화 봤어? 네가 좋아하는 히어로물 시리즈 나왔던데?"

기태가 맛있게 익은 삼겹살 몇 점을 다현의 접시에 넣어주며 물었다.

"응. 나왔다는 말은 들었어."

"보러 가자."

"언제?"

다현이 반가운 얼굴로 기태를 바라보았다.

"네가 시간 될 때 언제든지. 심야 영화 보러 가도 되고."

"그럴까?"

다현의 얼굴이 밝아졌다. 자주는 아니지만 종종 기태와 라효, 사준과 함께 영화를 보러 간 적 있었다. 일 년에 한두 번쯤. 넷의 영화 취향은 비슷했고, 딱히 영화를 함께 보러 갈 사람이 없다는 공통점이 작용한 결과였다.

"오늘 갑시다."

갑작스런 말에 다현이 고개를 돌렸다. 맛있게 익은 고기엔 젓가락도 가져다 대지 않고 앉아 있던 재윤이 불쑥 끼어들었다. 다현과 기태의 시선이 동시에 재윤을 향했다.

"그 영화, 나도 보고 싶네요."

재윤이 기태를 싹 무시하고서 다현에게 싱긋 웃어 보였다.

"지금 삼겹살 먹고 있는 거 잊었어요? 삼겹살 먹고 영화관 가면 테러예요. 신고당할 일 있어요? 그러다가 내일 뉴스 떠요. 동신그룹 상무, 영화관에서 냄새로 테러 일으켜……."

"그럼 다음에 같이 가든지."

"하, 참나. 제목이 뭔지 아시고 끼이겠다고 하시는 겁니까?"

"히어로물은 다 좋아해."

"전 여태껏 한 번도 상무님의 히어로물 영화 티켓을 예매해 드린 적이 없는데요."

기태가 말 같지도 않은 소리 말라는 듯 재윤을 물끄러미 쳐다보았다.

"같이 갈 사람도 없고, 마음의 여유가 없어서 안 보고 있었던 거지, 원래 좋아해. 그리고 고기 타는 거 같은데?"

"으앗!"

기태가 얼른 돼지고기를 뒤집었다. 다행히 타지 않은 걸 확인한 기태가 가슴을 쓸어내렸다.

"그럴 거면 집게를 날 주든가."

"됐습니다. 상무님은 너무 바짝 구워서 안 됩니다. 제가 굽겠습니다."

"그러면 입 다물고 성심성의껏 구우세요, 구비서님."

재윤이 상큼하게 웃으며 말했다. 기태는 그런 그를 재수없다는 표정으로 노려보다가 '또 태울 거야?' 라고 말을 듣고서야 얼른 불판으로 시선을 돌렸다. 기태를 완전히 떼어놓은 재윤이 다현을 바라보았다.

"그런데 다현 씨가 히어로물을 좋아하는지는 몰랐네요."

"좋아해요. 그냥 아무 생각 없이 볼 수 있잖아요. 영웅이 나타나서 모든 걸 뚝딱뚝딱 해결하는 거 보면 즐거워서요. 상무님은 어느 히어로 좋아하세요?"

"…,…배트맨 좋아합니다."

재윤이 싱긋 웃으며 대답했다.

아는 게 배트맨뿐이겠지.

기태가 속으로 궁싯거렸다.

"저도 배트맨 좋아해요. 그 검은 슈트 좋아해요."

다현이 생각만으로 즐거운 듯 고개를 끄덕였다.

"고기 드시죠. 돼지고기는 따뜻할 때 먹어야 제맛입니다."

기태가 다 구운 고기를 다현, 재윤, 자신의 그릇에 삼분의 일씩 옮겨 담았다. 다현이 고기 한 점을 집어들어 소금에 끄트머리를 콕 찍었다. 이어 어떤 쌈도 없이 삼겹살을 우물거리며 먹는데 뺨에 뭔가가 와 닿았다. 고개를 들자 기태와 재윤이 자신을 빤히 바라보고 있었다.

"……왜들 그렇게 보는 거죠?"

다현이 눈동자를 데굴데굴 굴리며 물었다.

"맛있는지 궁금해서."

기태가 대답했다.

"맛있어."

"다행이네. 역시. 난 잘 구워."

기태가 흡족한 듯 시선을 돌렸다. 이제 한 사람 남았다. 다현이 자신을 쳐다보고 있는 재윤을 보았다. 눈이 마주치자 재윤이 눈을 사르륵 접으며 미소 지었다.

"잘 먹는 게 보기 좋아서요."

그가 던진 말이 가슴 중간을 훅 때렸다. 정말 별것 아닌 말인데. 눈빛이 따뜻해서일까, 아니면 생각지 못한 말이라서일까.

"아, 네. 상무님도 맛있게 드세요."

"체하지 않게 꼭꼭 씹어 먹어요."

"네."

다현이 작게 고개를 끄덕였다. 민망한 듯 고개를 갸웃거리는 다현을 재윤이 그윽하게 바라보았다. 그런 두 사람을 못마땅한 얼굴로 기태가 번갈아 보았다.

좀만 더 있으면 대신 씹어주겠네.

눈빛으로 물고 빤다는 게 뭔지 재윤은 몸소 보여주고 있었다. 그에 비해 다현은 '참 다정한 사람이구나.' 라고 생각하는 게 훤히 보였다. 이렇게 보니 재윤이 조금 불쌍해 보이기도 했다.

"기태야."

다현이 그를 불렀다.

"응?"

기태가 고개를 돌렸다.

"자, 아."

다현이 쌈을 싸서 기태에게 내밀었다.

"어?"

당황한 기태가 자신도 모르게 쌈과 재윤을 번갈아 보았다. 쌈을 바라보는 재윤의 눈빛이 얼음장 같았다. 눈빛만 봐선 쌈을 집어다가 150킬로 광속구로 문밖에 집어 던질 기세였다.

"굽느라 못 먹고 있잖아. 네 말대로 고기는 따뜻할 때 먹어야 하는 건데…… 자, 어서. 아."

"아, 어. 어."

기태가 입을 벌렸다. 다현이 쌈을 야무지게 그의 입안에 넣어주었다. 기태가 우물거리며 먹었다. 쌈은 맛있는데, 왠지 얼굴이 타들어가는 것 같다.

"맛있습니까?"

물어오는 재윤의 목소리에 냉기가 흘렀다. 기태는 대답할 수가 없어서 고개를 끄덕였다. 사실 맛을 느낄 수가 없었다.

"그러고 보니 내가 미처 배려를 못 했네요. 고기를 굽고 있으니 많이 못 먹을 텐데."

재윤이 웃더니 가장 큰 상추를 집어 들었다. 기태가 무언가 말을 했지만, 입안의 쌈 때문에 말이 뭉개졌다.

"움, 움, 움!"

기태는 격렬히 반항했다.

"입 벌려요."

재윤이 갑작스레 말을 높이며 쌈을 내밀었다. 다현은 자신의 앞을 스쳐 지나가는 거대한 쌈을 눈만 움직여 보았다. 쌈인지 야구공인지 모르겠다. 기태가 못 먹는다는 듯 손을 가로저었지만, 재윤의 고집은 꺾이지 않았다.

"이왕 한 번에 먹는 거 한번에 많이 먹어봐."

그래야 다시는 다현 씨가 쌈을 안 싸주지.

실랑이를 벌이다 결국 기태는 그 쌈을 받아 넣었다. 아니, 강제로 먹어야만 했다. 기태가 쌈을 씹을 때마다 입술이 벌어져 상추가 보였다 안 보이길 반복했다.

"괜찮아?"

다현이 걱정스러운 얼굴로 물었다. 기태는 대답 대신 재윤을 노려보았다.

"다 먹으면 이야기해. 또 싸줄 테니까."

재윤이 기태에게 상냥하게 말한 후 다현을 바라보며 말했다.

"그러니 다현 씨는 기태 신경 쓰지 말고 편하게 식사해요."

재윤의 말에 다현은 미묘한 표정으로 고개를 끄덕였다. 뭔가 이상했다. 기태를 살뜰히 챙기는 것 같으면서도 왠지 괴롭히는 것 같은…….

많이 친해서 그런가 보다.

다현은 금세 의심을 지웠다.

❖

1차는 삼겹살, 2차는 다현과 기태가 즐겨 가는 포차로 향했다. 1시간 정도 간단히 술자리를 가진 후 세 사람은 다현의 집으로 향했다.

"대체 상무님은 왜 따라오시는 겁니까?"

기태가 자신의 옆에 서 있는 재윤을 흘겨보았다. 아직도 재윤을 보면 입가가 아팠다. 그놈의 쌈 때문에. 저 쌈 같은 상무 같으니. 기태가 가자미눈을 한 채 그를 흘겨보았다.

"우리 비서님을 데려다주는 건 내 일인데?"

"언제부터 비서를 집까지 데려다주셨다고."

기태가 콧방귀를 꼈다.

"시커먼 남자랑 여자 비서님은 다르지. 만에 하나 지금 다현 씨에게 안 좋은 일이 벌어지면 내가 굉장히 힘들어지거든."

기태가 그걸 말이라고 하냐는 듯 재윤을 노려보았다. 자신이 만취되다 못해 바닥을 기어도 데려다주는 법이 없던 남자였다. 물론 다음 날 각종 해장 잘되는 음료들과 해장될 만한 점심을 사주긴 했지만, 그것도 본인 내킬 때나 그랬다.

그런 인간이, 새삼스럽게 무슨.

투닥거리는 두 사람이 제일 불편한 건 다현이었다. 혼자서 갈 수 있는데 두 사람이 굳이 데려다주겠다면서 따라나섰다.

다현이 자신의 집 앞에 멈춰 섰다. 어두컴컴한 골목 가장 끝자락에 자리한 곳이었다.

"데려다주셔서 감사합니다. 고마워, 기태야."

다현은 어쨌거나 자신을 위해 시간을 내준 사람들에게 감사의 인사를 건넸다. 그러자 언제 투닥거렸냐는 듯 기태와 재윤의 표정이 풀어졌다.

"그래. 조심해서 들어……."

"누나!"

갑작스레 들리는 목소리에 세 사람의 고개가 확 돌아갔다. 열린 창문 틈으로 고개를 쭉 뺀 라효가 세 사람을 쭉 보더니 소리쳤다.

"기태 형이랑, 상무 아저씨?"

"풉."

기태가 웃음을 터트렸다. 재윤은 라효의 말에 다시 맨 지 30분도 안 지난 넥타이를 또 한 번 확 풀었다.

왜 누군 형이고, 난 아저씨인데.

재윤의 표정이 삐딱해졌다.

"덥네."

재윤의 말에 기태는 키득거리며 웃었다.

"라효야."

다현이 그러지 말라는 듯 엄하게 그를 불렀다.

"왜? 무슨 문제 있어?"

그러나 눈치 없는 라효가 되레 큰 소리로 물었다.

"누나, 곧 들어갈게. 창문 닫아. 찬바람 들어가."

"뭔데, 누나! 대체 누구랑 사귀는 건데? 설마…… 둘 다?"

라효가 말하자마자 곧이어 중얼거리는 사준의 목소리가 들렸다.

"뭐? 누나가 둘이랑 사귀어? 그럴 리가 있냐? 둘 다 누나를 쫓아다니는 거겠지. 누나 팜므팥알이네."

"이 멍청아! 팥알 아냐!"

라효가 버럭 소리쳤다.

"팥알 맞는데."

"아니라니까!"

"아, 콩인가."

한 박자 느린 목소리가 들렸다.

"야! 이 멍청한 새끼야! 팜므콩이 뭔데? 새로 나온 콩이름이냐? 그리고 팜므파탈이야!"

"이거나 그거나."

라효와 사준의 투닥거림에 다현은 손으로 얼굴을 덮었다. 민망함과 부끄러움에 어쩔 줄 몰라 하는 얼굴이었다.

"……정말 죄송합니다. 아직 어린 동생들이라 천지분간을 못하고 날뛰네요. 다시는 이러지 않도록 단단히 혼내겠습니다. 그리고 먼저 들어가 보겠습니다. 조심히 가세요."

다현이 얼른 인사를 한 후 황급히 집으로 들어갔다. '라효야'라고 엄한 목소리가 들린 후에야 창문이 드르륵 닫혔다. 이윽고 골목에 침묵이 찾아들었다.

"이제 가죠."

기태가 다현이 들어간 낡은 대문을 쳐다보고 있는 재윤에게 말했다.

"기태야."

재윤이 시선을 여전히 대문에 둔 채 그를 불렀다. 평소와 같은 부름이지만, 어딘가 사람 가슴을 내려 앉히는 목소리였다.

"……네?"

그 때문에 기태의 목소리가 떨렸다. 재윤의 고개가 천천히 돌아갔다. 마침내 눈이 마주쳤다. 장난기나 웃음기가 싹 빠진 눈동자가 건조하게 와 닿았다. 새까만 어둠과 가로등 불빛에 반반 물든 그의 얼굴이 섬뜩했다.

기태는 자신도 모르게 한발 물러섰다. 뭔가 위험하다는 느낌이 들었다.

"너, 다 알고 있지?"

재윤이 눈도 깜빡하지 않은 채 물었다. 기태의 눈동자가 사정없이 흔들렸다.

"뭐, 뭘요?"

"내가 다현 씨 좋아하는 거."

쿵.

기태의 가슴이 저만치 나가떨어졌다. 이 눈치 좋은 인간이 벌써 알아챈 건가. 왠지 모를 섬뜩함마저 느꼈다.

"……네, 네? 선배가 다현이 좋아했어요? 네에? 저는 처음 알았는데요?"

잠시 당황한 기태가 깜짝 놀란 척 손으로 입을 가렸다.

"연기 집어치우고."

"……."

"어디서 발연기를 해?"

재윤의 말에 기태의 표정이 금세 숙연해졌다. 그는 대신 침묵을 지키며 눈동자를 데굴데굴 굴렸다. 재윤이 말없이 기태를 바라보았다. 말할 때까지 지켜볼 생각처럼 보였다. 그러고도 남을 인간이었다.

"……어, 어떻게 알았어요?"

이어진 침묵을 견디다 못한 기태가 자그맣게 물었다.

"보란 듯이 다현 씨 챙기는데 어떻게 몰라. 거기다가 내 눈치도 그렇게 보는데."

"……."

이래서 거짓말도 할 줄 아는 놈이 해야 하는 거다. 기태가 한숨을 내쉬었다. 재윤이 여전히 살벌한 표정으로 물었다.

"언제부터 눈치챈 거야?"

"……얼마 안 됐어요. 다현이가 상무님이랑 따로 밥 먹으러 자주 간다고 말할 때부터요. 선배가 여자 비서한테 밥 사줄 사람이 아니잖아요. 스토커한 테 그렇게 당했던 사람인데."

"다현 씨한테 말했어?"

"아뇨. 절대로 안 했죠."

기태가 강하게 부인했다.

"아무 말도 하지 마."

"네."

"따라와."

"어딜요?"

"술 한잔하자."

"시간 늦었어요."

"글랜피딕 마시자."

"……가죠."

기태가 한발 앞장섰다. 기태는 골목길을 따라 내려가며 가슴을 쓸어내렸다. 완전 혼날 줄 알았는데, 재윤은 별다른 반응이 없었다.

"그런데 선배야말로 언제부터예요? 선배?"

기태가 재윤을 부르다 말고 돌아섰다. 옆에 있는 줄 알았는데, 멈춰 선 재윤이 다현의 집을 바라보고 있었다. 다시 돌아간 기태가 재윤의 곁에 섰다. 그는 다현의 집과 골목을 죽 둘러보고 있었다.

"선배, 여기서 뭐 해요?"

"이 골목 전체적으로 가로등 불빛이 어두운 거 같은데."

"좀 그래 보이네요."

"내일 민원 넣어."

"네?"

"가로등 불빛 밝기 조절하라고. 되도록 가장 환하게. 이렇게 어둡게 해놔서야 미친놈들이 숨어 있어도 모를 판이잖아. 그러니까 꼭 내일 아침 되자마자 민원 넣어."

재윤이 얼굴을 찌푸렸다.

"제가요?"

"너도 하고, 나도 하고. 둘 다 하면 한 명 말은 듣겠지. 안 들으면 다른 수를 쓰면 되니까."

"……."

"뭐 해, 가자."

재윤이 바지 주머니에 손을 넣은 채 앞장서서 걸었다. 그는 걸어가며 주변을 둘러보았다.

"택시도 많이 없고……. 불편하겠는데?"

혼자 중얼거리는 재윤을 기태가 넋 놓은 얼굴로 바라보았다. 기태는 저도 모르게 중얼거렸다.

우리 상무가 많이 달라졌어요, 라고.

❖

은은한 선율이 흐르는 재즈바에 재윤과 마주 앉은 기태는 원하는 글렌피딕을 손에 넣었으나 표정이 어두웠다. 재윤이 자신의 얼굴을 뚫어버릴 기세로 바라보고 있었다.

"이왕 이렇게 된 거 편하게 이야기해요. 선배, 다현이 언제부터 좋아한 거예요? 아니, 정말로 좋아하긴 해요?"

"어."

"언제부터요?"

"얼마 안 됐어."

"뭐 어쩌려고요. 아니, 뭐 어쩌려는 건 집어치우고, 선배. 미안한데 우선 내 말부터 할게요. 다현이한테 가벼운 마음으로 다가가는 거면 완전히 반대해요. 걔, 정말 열심히 살아온 애예요. 최선을 다해 살아온 애한테 한 번 놀아볼까 하는 마음으로 다가가는 거면 정말 선배 용서 안 해요."

"날 여태껏 그렇게 보고 있었어?"

재윤이 얼굴을 찌푸리며 물었다.

"아뇨. 아니죠. 누구보다 선배가 여자한테 선을 긋는다는 거 알죠. 처신도 잘하고. 다만 그 신이 내린 건지, 저주를 받은 건지 그 외모 때문에 여러모로 고통받고 있다는 것도 알고 있죠. 선배에 대해서 아주 많은 것들을 알고 있지만, 선배 연애 스타일까지는 모르니까요."

"……."

"나는 선배가 누구랑 진지하게 연애하는 걸 못 봤어요. 흘러가는 여자 중

하나로 다현이를 만들 거면 가만히 보고 있지만은 않을 거라는 말이에요."

"가만히 있지 않으면?"

"선배에게 대단히 실망하겠죠. 그리고 다현이가 선배를 만날 수 없도록 하겠죠."

똑바로 눈을 바라보며 꺼낸 기태의 말에 재윤의 표정이 파삭 구겨졌다.

"나랑 사귀는 걸 볼 바엔, 막겠다?"

"네. 쉽진 않겠지만요."

똑 부러지는 기태의 대답에 재윤이 상체를 앞으로 기울였다. 그리고는 두 손으로 얼굴을 쓸어내렸다. 갑자기 피곤이 확 몰려드는 기분이었다.

"그런 거 아니야."

재윤이 손에 얼굴을 파묻은 채 중얼거렸다.

"······차라리 그런 마음이길 바랐는데, 아니야."

"······."

"정말 좋아해."

재윤의 목소리가 꺼져가는 불꽃처럼 점차 사그라들었다. 목소리의 끝에 섞인 미묘한 물기를 느끼고서야 기태의 표정이 누그러졌다. 오랜 시간 재윤을 바라보았지만, 사람이 좋다는 이유로 저런 목소리를 내는 건 처음이었다.

그는, 진심이었다.

기태가 집에 가지고 갈 거라며 옆구리에 끼고 있던 글렌피딕을 꺼내 뚜껑을 땄다. 그리고는 새 컵에 글렌피딕을 한가득 부어 재윤에게 내밀었다. 이런 좋은 술은 이런 때에 마셔야 하는 거다.

"후우. 왜 하필 다현이에요?"

기태가 한숨을 내쉬었다. 재윤은 아무 말이 없었다. 하기사 자신인들 알겠는가. 마음이 그리 꽂힌걸. 기태는 재윤을 측은한 눈으로 바라보았다.

"고백해 보지 그래요?"

"그러려고 했는데, 내가 몇 번이나 말했어."

"뭘요?"

"일하는 중에 사적인 감정 갖지 말라고."

"……."

"난 일적으로 만난 여자와 사적인 감정으로 엮이는 거 싫어한다고. 그러니까 내가 무슨 행동을 하든 오해하지 말라고. 나 또한 그럴 거라고."

"……아주 별의별 말을 싸질러 놨네요."

기태가 깊은 한숨을 내쉬었다. 다현의 성격상 재윤이 뱉은 말을 곧이곧대로 들었을 확률이 높았다.

"어쩔 거예요?"

"뭐라도 해야겠지."

"아마 뭘 하든 고행일 거예요."

기태의 말에 재윤은 대답 대신 술을 들이켰다. 싸한 술에 그의 표정이 잠시 구겨졌다가 펴졌다. 한잔을 싹 비운 재윤이 탁 소리나게 잔을 내려놓았다. 그러고는 등받이에 몸을 파묻은 채 기태를 쳐다보았다. 그의 눈빛이 금세 평소처럼 돌아왔다.

"알아."

"끼라도 부려보지 그래요? 선배, 잘하잖아요."

"해봤어."

"……안 먹혀요?"

"부릴 만큼 다 부려봤는데도 안 돼."

"……."

"잠재력까지 폭발시켰는데도."

"……와, 만렙이네. 성다현."

기태가 혀를 내둘렀다. 재윤이 마음 먹고 끼를 부리면 웬만한 남자도 잠시 얼굴이 붉어질 정도였다. 그런 그가 최선을 다했는데도 안 먹혔다면, 다현은 사람이 아니었다.

"하긴 제 탓도 있겠네요."

"무슨 소리야?"

재윤이 잔을 들다 말고 기태를 쳐다보았다.

"사실은 선배한테는 이야기 안 했지만, 다현이한테 비서 자리 소개할 때 신신당부했거든요. 원래 상무님이 여자들에게 친절하고 비서에게 다정한 편이다. 그러니 널 좋아하거나 특별하게 대우하는 게 아니니 절대로 오해나 걱정하지 말라고요. 다현이도 그런 오해는 하지 않겠다고 이야기했고요. 아마 그래서 그런 게……."

말을 하다 말고 기태가 서늘한 시선에 입을 꾹 다물었다.

"……그런 말을 했어?"

기태가 몸을 뒤로 젖혀 재윤과의 거리를 확보했다.

"선배가 바란 게 그런 비서였잖아요. 난 선배가 시키는 대로 한 거라고요."

"가서 취소해. 알고 보니 상무가 잘해주는 것과 비례해서 좋아하는 거라고 말해."

"어떻게 뱉은 말을 취소해요? 그리고 그걸 말이라고 해요? 진짜 그렇게 말하면 다현이 식겁할걸요?"

기태가 말이 되는 소리를 하라는 듯 쳐다보았다. 자신도 말이 안 된다는 걸 알고 있다. 재윤의 표정이 복잡해졌다. 그는 손으로 이마를 짚었다.

여자 때문에 골머리를 썩긴 처음이었다.

"하여간에 성다현도 대단하네요. 그래도 선배가 그 정도 끼 부리면 생각해 볼 만도 한데."

다시 한 번 기태가 혀를 내둘렀다. 기태의 말에 속으로 동의하며 재윤이 기태를 보았다.

"그러니까 도와."

"네?"

뜬금없는 말에 술을 마시다 말고 기태가 되물었다. 재윤은 언제 고통스러워했냐는 듯 말끔한 얼굴로 다리를 꼰 채 기태를 바라보고 있었다. 긴 다리가 테이블에 닿을 듯했다. 괜히 그 긴 다리와 자신의 다리를 힐끔거리던 기태가 얼굴을 찌푸렸다.

"성다현 씨가 나한테 관심 가지도록 도우라고."

"그게 돕는다고 도와져요?"

"적어도 성다현 씨가 뭘 좋아하는지 뭘 싫어하는지 정도는 말할 수 있겠지."

"내가 왜요?"

기태가 얼굴을 찌푸리며 물었다.

"도와야 이득일걸."

"그러니까 내가 왜요? 딱 까놓고 커플 함부로 돕는 거 아니랬어요. 잘되면 양복 한 벌, 안 되면 뺨이 석 대인데. 선배의 그 큰 손에 뺨 석 대 맞아봐요. 저만치 나가떨어지지. 그럴 생각 없어요, 나는."

"내가 다현 씨랑 잘돼서 결혼을 하면 내 비서 자리가 비겠지."

재윤의 말에 기태의 눈동자가 흔들렸다.

"난 또 누구를 데려와야 할 거고, 그럼 어떻게 할까? 아마 최선을 다해서 널 데려오려고 하지 않을까?"

"……그렇게 할 수 있어요?"

기태의 목소리가 한층 낮아졌다.

김강재에게서 벗어날 수 있는 건가.

"힘들지만 불가능한 일도 아니겠지."

"아니, 그럼 왜 여태껏 안 하고……."

"그렇게까지 절박하지 않았으니까. 그리고 널 데려오려면 건수가 필요해. 결혼 선물로 신기태를 내 비서로 돌려달라, 라고 하면 김강재도 그건 어쩔 수 없이 들어줄걸?"

재윤의 뻔뻔한 대답에 기태의 미간이 확 좁아졌다.

저 당당하다 못해 뻔뻔한 인간 같으니!

뻔뻔하고, 짜증나도 자신에겐 재윤이 훨씬 더 일하기 편한 스타일이었다. 기태의 머릿속이 복잡하게 돌아갔다.

다현과 재윤이라.

잠시 고민하던 기태가 고개를 끄덕였다.

"좋아요. 그 제안 받아들일게요. 대신 꼭, 나를 꼭, 데려가야 해요."

"알았어."

재윤의 대답에 기태의 입술이 길게 늘어났다. 한번 해볼 만했다. 이왕에 잘되어서 다현도 극복해서 연애를 하면 좋고, 재윤도 한 여자에게 정착해서 좋고, 또 자신도 복직해서 좋고. 모두에게 해피엔딩이었다. 만약 다현이 원하지 않아 재윤과 만나지 않는다면 그건 어쩔 수 없는 일이었다.

"그런데 선배. 똑같은 말 반복해서 미안한데, 한 번 더 할게요. 다현이랑 조금 만나다가 헤어질 거면 만나지 마요. 걔, 정말 좋은 애예요. 내가 무슨 말 하는지 알죠?"

"알아. 네 걱정이 뭔지. 그런데 나도 여기까지 오는 데 쉽지 않았어."

재윤의 까만 눈동자가 짙게 물들었다. 조금의 틈조차 보이지 않는 그 눈동자를 보며 기태는 나오려는 한숨을 삼켰다. 그에게 후진은 없어 보였다.

탁!

재윤이 소리나게 술잔을 테이블 위에 내려놓았다. 이런저런 생각을 하던 기태의 어깨가 움찔했다.

"그리고 부탁할 게 하나 있는데."

"뭐, 뭔데 그렇게 무섭게 부탁해요? 안 들어주면 죽겠네."

"다시는 내 앞에서 성다현 씨 몸에 손대지 마. 머리, 어깨, 손. 그 어디든."

재윤의 눈빛이 형형하게 빛났다.

"어차피 너랑 다현 씨가 먼저 아는 사이였고, 친하다는 것도 알아. 라효랑 사준이까지 데리고 만날 정도였으면 굉장히 가까운 사이겠지. 만나지 말라는 말은 안 해. 그럴 자격 없다는 것도 알고. 그렇지만 오늘처럼 쉽게 다현 씨 몸에 손대지는 마."

"……."

"불쾌한 부탁이라는 거 아는데, 부탁한다."

재윤의 말에 기태의 입술이 자그맣게 벌어졌다. 남자로서 진지하게 하는 부탁이라는 게 여실히 느껴졌다. 그는 자신의 상상 이상으로 다현을 마음에 두고 있었다. 놀라웠다. 재윤이 여자에게 이만큼 빠질 수 있다는 게.

"알았어요."

누군가를 짝사랑해 본 적 있는 기태는 재윤의 마음을 이해할 수밖에 없었다.

"대신 글렌피딕 자주 사줘요."

"시간이 되고, 네가 원할 때면 언제든지."

재윤의 대답에 기태가 흡족한 듯 미소 지었다.

"잘되면 양복 말고 더 근사한 거 해줘야 하는 거 알죠? 난 양복만 먹고 못 떨어집니다. 양복, 시계, 구두까지 풀세트면 모를까."

기태의 말에 재윤이 피식 웃으며 대답했다.

"얼른 사주고 싶으니까, 한시라도 빨리 움직여."

월요일 아침, 출근하는 길에 다현은 고민하다 회사 근처에 있는 카페로 향했다. 직장인들이 주요 고객이라 그런지 카페는 아침 일찍부터 영업 중이었다. 커피는 얼마든지 탕비실에서 타마실 수 있지만, 아주 가끔 굉장히 피곤할 때엔 작은 사치를 부리곤 했다.

오늘따라 꿈자리가 사나웠다. 알 수 없는 괴물이 자신을 쫓아다니는 통에 하루 종일 피곤했다. 거기다가 아침부터 되는 일이 없었다.

새 스타킹은 신자마자 찢어졌고, 물 마시려고 든 컵의 손잡이가 뚝 빠져서 버려야 했다. 거기다가 사준과 라효는 아침부터 무슨 이유에서인지 투닥거리며 계속해서 싸웠다.

이럴 땐 맛있는 걸 먹고 기분을 터는 게 최고였다. 그런데 혼자 사먹으려니 비싼 건 못 먹겠고, 저가 커피가 제일 만만했다.

대기업 비서직이라 월급이 많은 편에 속했지만, 축구를 하는 두 사촌동생을 먹여살리려면 자신의 월급으로는 빠듯했다. 둘의 보험비에, 자신의 노후까지 준비하려고 적금을 넣다 보니 더더욱 그러했다.

"아이스 아메리카노 한 잔 주세요."

삼천 원을 내민 후 그녀는 커피가 나올 때까지 얌전히 기다렸다. 아침 바람이 차갑던 게 엊그제 같은데, 이젠 아침 바람마저 따뜻했다. 다현은 훈풍에 날리는 꽃잎을 보았다. 어느새 회사 앞에 세워진 큰 벚꽃나무에선 하얀 꽃잎이 뽀득뽀득 올라와 날리는 수준이 되었다.

"커피 나왔습니다."

"감사합니다."

때마침 나온 커피를 다현이 기분 좋게 받아 들었다.

"어? 다현 씨!"

저를 부르는 목소리에 다현의 고개가 돌아갔다. 이곳을 향해 성태가 성큼성큼 걸어오고 있었다. 방금까지 미소 짓고 있던 다현의 입가가 단단히 굳었다. 성태와는 엮이고 싶지 않지만, 회사 생활이 마음처럼 되는 게 아니었다.

"안녕하세요."

"여기서 커피 마셔요? 역시 세련된 여자의 아침은 커피네요. 뉴요커 같네요. 그런데 혼자 마셔요? 이렇게 만난 것도 인연인데 한 잔 사주지 그래요?"

왜 제가 사줘야 하죠, 라는 말이 목 끝까지 치밀어 올랐다.

"현금이 없네요."

"에이, 여기 카드도 돼요."

"직접 사드세요."

"와, 정 없네요. 사람 섭섭하게."

성태는 끝까지 그녀를 물고 늘어졌다. 계속 성태와 말을 섞느니 아깝지만 삼천 원을 쓰고 마는 게 낫다 싶어 커피를 주문했다.

"아이스 아메리카노 한 잔 더 주세요."

"네."

점원이 삼천 원을 받아 들었다.

"나오면 받아가세요. 전 바빠서요."

다현이 싱긋 웃으며 돌아섰다.

"다현 씨! 다현 씨!"

성태가 다급하게 저를 불렀지만, 다현은 돌아보지 않았다. 이러려고 쓴 삼천 원이었다. 커피를 핑계로 성태의 발목을 잡아두고 자신은 빠져나올 생각이었다. 그러나 그마저도 얼마 가지 못했다. 오늘따라 엘리베이터가 더디게 도착했다.

"다현 씨!"

그사이 성태가 로비에서 큰 목소리로 자신을 불렀다. 모르는 척하고 싶었지만, 어느새 성태는 그녀의 곁에 바짝 붙어 있었다.

"혼자 그렇게 가면 어떻게 해요? 남겨진 사람 섭섭하게."

"못 들었어요. 죄송해요."

"미안할 거까진 없고요. 다음에 커피 한 잔 더 사주면 용서해 줄게요."

"……"

다현은 대답을 완전히 포기했다. 엘리베이터를 기다리는 사이, 성태는 입도 아프지 않는지 조잘조잘 떠들어댔다.

"다현 씨는 애인 있어요?"

"아뇨."

다현이 앞만 바라본 채 대답했다. 이 정도 냉정하게 대하면 알아들을 만도 한데, 눈치가 없는 건지 성태는 곁에서 계속 조잘거렸다.

"왜 없어요? 이렇게 예쁜데? 혹시 눈이 높아요? 아아, 여자 비서들이 그렇다던데."

"그렇다는 게 무슨 뜻이죠?"

여태껏 반쯤 무관심하게 대응하던 다현이 성태를 쳐다보았다. 사람들 많은 곳에서 여자 비서를 얕잡아보는 말이 거슬렸다. 그러자 성태가 씩 웃으며 알지 않냐는 듯한 표정을 지었다.

"왜, 그런 거 있잖아요. 돈 많은 남자랑 같이 있으면 나도 저 정도 남자는 만날 수 있을 거 같다는 착각? 여자 비서들은 그런 게 잘못됐어요. 돈 많은 남자들이 미쳤다고 비서를 만나요? 다 자기네들 급에 맞춰서 만나는 거지. 아, 하긴 우리 이사님 보면 아닌 경우도 있구나. 하여튼 그런 드문 경우를 자신도 그렇게 될 수 있다고 착각하는 게 너무 웃기다니까요. 물론 다현 씨는 안 그러겠죠?"

다현은 기가 막힌 얼굴로 성태를 바라보았다. 이건 마치 경고처럼 들렸다. 엄한 나무 넘보지 말고 적당한 나무 찾아서 올라가라는 경고. 더군다나 직원들로 넘쳐나는 엘리베이터에서 이런 말을 하는 저의를 알 수 없었다. 직원들이 흘깃거리며 다현과 성태를 번갈아 보았다.

어이가 없으니 아무 말도 나오지 않았다.

"성태 씨."

마침내 마음을 다잡은 다현이 그를 불렀다.

"네. 다현 씨."

"성태 씨가……."

다현이 한소리 하려 했다. 그사이 엘리베이터가 도착했다. 얼른 올라탄 성태는 다현에게 오라는 듯 손짓했다. 다현은 그 자리에 서서 고개를 가로저었다.

"아뇨. 먼저 가시죠. 다음 엘리베이터 타겠습니다."

"어? 안 되는데! 나중에 잠시 들릴게요! 조금 있다가 봐……!"

성태의 말이 끝나기도 전에 엘리베이터 문이 덜컹 닫혔다. 갑자기 로비가 조용해진 기분이었다. 엘리베이터를 채 못 탄 직원들이 다현을 흘깃댔다.

"후우."

다현이 긴 한숨을 내쉬며 아메리카노를 한 모금 쭉 들이켰다. 그러자 갑갑하던 속이 조금은 풀리는 것 같았다.

"어머, 다현 씨."

또 한 번 들리는 목소리에 다현의 미간이 구겨지려 했다. 오늘 아무래도 꿈자리가 흉흉한 이유가 있었던 모양이었다.

"안녕하세요."

고개를 돌리자 그곳에 탕비실에서 만났던 혜연과 그 무리가 서 있었다. 다현을 바라보는 두 여자의 표정이 좋지 않았다.

이 사람들은 출근도 같이 하는 건가.

다현이 속으로 무심히 생각했다.

"커피 마시나 봐요."

혜연이 다현의 손에 들린 커피를 보며 말했다. 그들은 자연스럽게 다현에게 말을 걸며 그녀의 곁을 에워쌌다. 여태껏 엘리베이터를 타기 위해 기다리던 직원들을 새치기한 꼴이 되었다. 직원들이 얼굴을 찌푸리며 그녀들을 노려봤지만, 그들은 모르는 척 다현만 바라보았다. 마치 다현이 자신들의 자리를 찜해놓은 것처럼.

"네."

"그 브랜드는 어디 거예요? 설마 회사 앞에 거기 먹는 거예요? 싸고, 양만 많고, 맛은 없는 거기? 생긴 거랑 다르게 음식은 참 안 가리나 봐요."

혜연이 빙긋 웃으며 말했다. 마치 그 말이 '돈 없으니 싼 거 먹는구나.'라고 들렸다.

오늘 아침부터 일진이 왜 이럴까.

다현이 혜연을 바라보았다.

"네. 제가 아무거나 잘 먹어서요. 그런데 이 커피는 정말 맛있네요."

"내가 먹었을 땐 탄 맛만 나던데요. 다음엔 좀 비싸더라도 이름 알려진 브랜드를 마셔요. 하긴, 그 차림에 브랜드 커피 마시면 주제 모른다고 욕먹겠다, 그죠? 아! 오해는 하지 마요. 그 차림이라는 건 말 그대로 오피스룩 차림이니까요. 여자 직장인들 요즘 메이커 커피 마시면 된장녀다 뭐다 별의별 말로 다 욕먹잖아요. 내 말은 그런 뜻이었어요."

혜연이 웃으며 건넨 말에 등 뒤에 서 있던 여직원들이 풋 하고 웃음을 터트렸다. 혜연은 계속 웃는 얼굴로 다현의 머리부터 발끝까지 주르륵 훑었다.

머릿결이 좋고 단정한 스타일이긴 하지만, 이름난 헤어샵에서 특별히 관리받는 것 같진 않았다. 몸매가 좋은 편이라 스타일이 좋아 보이지만, 옷도 어느 브랜드 건지 알 수가 없었다. 가방도 그렇고, 구두도 마찬가지였다.

대체 왜 이런 여자를 비서로 둔 거지?

혜연은 다시 한 번 짜증이 치밀어 올랐다. 재윤의 비서 자리는 자신의 자리였어야 했다. 이런 여자가 아니라.

혜연의 도를 넘은 말에 다현은 옅게 웃었다.

"그러게요. 주제를 모르면 욕먹죠. 그런데 그건 예쁜 옷, 좋은 커피 마시고 다니면서 할 일 없이 사람 평가하고 다니거나 시끄럽게 떠드는 사람들 때문이 아닐까 해요. 대체로 소수가 다수를 욕먹이는 법이니까요."

다현이 생긋 웃으며 대답함과 동시에 딩동, 하고 엘리베이터 문이 열렸다.

"다음 엘리베이터 타고 오실 거죠? 늦게 오셨으니까요."

다현은 굳은 혜연의 얼굴을 향해 한 번 더 미소 지었다. 다현이 엘리베이터를 타자 이후 다른 직원들이 혜연과 다른 비서들을 지나쳐 우르르 몰려들었다. 혜연을 비롯한 다른 비서들의 표정이 무섭게 굳어 있는 걸 확인한 다현은 끝까지 미소 지었다.

탕!

엘리베이터 문이 닫히자마자 다현은 낮은 한숨을 내쉬며 시선을 엘리베이터 밖으로 돌렸다. 투명 엘리베이터 너머로 회사 밖 풍경이 보였다.

자신에게 못되게 나오는 사람에게 밀리고 싶지 않았다. 한 번 참으면, 두 번, 세 번 참아야 할 일이 생기니까.

그리고 이게 얼마나 맛있는데 먹지 말래.

다현은 아이스 아메리카노를 손에 꼭 쥔 채 스트로우에 입을 가져다댔다.

❖

"앞으로 회의는 같이 참석하도록 하죠."

재윤의 말에 다현이 태블릿을 바라보고 있던 시선을 들었다. 재윤이 깍지를 낀 채 그녀를 물끄러미 바라보고 있었다.

"나 대신 회의를 간략하게 정리해 줬으면 해요. 요즘 부쩍 회의가 많은 데다 일이 많아서 그런지 회의 내용을 잊는 경우가 있거든요."

재윤이 이유를 덧붙이고서야 다현은 알겠습니다, 라고 대답했다.

"그럼 오늘부터 같이 참석해 볼까요?"

재윤이 몸을 일으켰다. 키가 훤칠한 그의 얼굴을 보려 다현의 고개가 비스듬히 들렸다. 재윤이 먼저 나서자 다현이 그 뒤를 따랐다.

자박자박.

자신의 뒤를 따르는 발소리가 듣기 좋다. 재윤의 입술에 옅은 미소가 걸렸다.

"다현 씨."

"네."

자신의 부름에 다현이 한 발자국 다가와 나란히 섰다. 그녀가 훅 다가오자 옅은 커피향이 났다. 재윤은 저도 모르게 숨을 깊게 들이마셨다. 늘 맡는 향인데, 왜 다현에게서 나는 커피향이 더 좋은 것 같은지.

"……상무님?"

다현이 한 번 더 부르고서야 재윤이 정신을 차렸다.

"회의 내용 작성하는 거 크게 부담 갖지 말라고요. 나도 따로 메모해 두고 있으니까요. 다만 내 기억이 맞는지, 누락된 건 없는지 확인하려는 거니까요."

"네. 알겠습니다."

"그리고."

이어지는 재윤의 말에 다현이 귀를 기울였다.

"주말에 기태랑 만났어요?"

갑작스레 기태 이름이 나오자 다현이 의아한 얼굴로 바라보았다.

"기태랑 따로 만났냐고요."

"아뇨. 못 만났습니다."

다현의 대답에 재윤의 표정이 부드럽게 풀어졌다.

"잘했어요."

"네?"

생각지 못한 칭찬에 다현이 저도 모르게 되물었다.

"아, 주말에 제대로 못 쉬면 피곤하니까. 잘 쉬었다고 이야기한 거예요."

재윤이 웃으며 꺼낸 말에 다현이 가볍게 고개를 끄덕였다. 자그마한 머리가 까딱거리는 게 귀여워서 재윤은 손이 나갈 뻔했지만 꾹 참았다.

다현은 회의가 마무리될 즈음, 슬그머니 회의실을 빠져나왔다. 연달아 걸려온 전화 때문이었다. 급한 전화일지도 모른다는 생각과 달리 스팸전화였다. 다시 회의실에 들어가려다 곧 마친다는 말을 듣고 다현은 문앞에 서서 재윤을 기다렸다. 엘리베이터 버튼을 누르자, 얼마 되지 않아 문이 반으로 갈리며 열렸다.

"어머, 다현 씨."

한 직원이 다정하게 다현의 이름을 부르며 엘리베이터에서 내렸다. 재윤에게 보고할 일이 많아 상무실에 자주 들러 얼굴을 익힌 직원이었다. 30대 후반이라고는 믿기지 않을 만큼 우아한 외모와 곧은 자세를 가진 여자였다. 솔로인 줄 알았는데, 애가 둘 있는 워킹맘이라는 소식을 얼마 전에 접하고 여간 놀란 게 아니었다. 가능하다면 이렇게 나이 들고 싶다는 생각이 들 정도였다.

"안녕하세요."

다현이 밝은 얼굴로 인사했다.

"여기서 다 보네? 오늘 회의 중이야?"

"네."

"아, 위층에서 하는 줄 알았더니 여기였구나. 비는 회의실 있으면 우리 직원들이랑 기획팀 직원들 다 데리고 오려 했거든."

"두 팀을 같이요?"

다현이 의아한 얼굴로 묻자 직원이 싱긋 웃으며 고개를 끄덕였다.

"응. 작은 오해가 있어서 말다툼이 있었거든. 이왕 싸울 거 치사하게 뒤에서 욕하면서 싸울 거 뭐 있어. 얼굴 보고 할 말 못 할 말 다 쏟아내고 오해 푸는 거지. 물론 우리 상무님한테는 비밀로 해줘. 직원들끼리 싸웠다는 말 좋아하는 상사 없으니까. 알았지?"

여직원이 윙크를 하며 싱긋 웃었다. 다현이 미소 지으며 고개를 끄덕였다.

"네. 알겠습니다."

"목소리도 어쩜 이렇게 예쁜지. 아! 다현 씨. 좋은 소식 있더라?"

"네?"

다현이 눈을 동그랗게 떴다.

"다현 씨, 요즘 연애한다며?"

"제가요?"

"응. 소문이 쫙 퍼졌던데? 예뻐서 그런지 남자친구가 있었구나. 그것도 사내연애라니."

"저한테 남자친구가 있다고요?"

다현이 믿기지 않아 거듭 되물었다. 태어나서 남자와 연애라곤 한 번도 해본 적이 없는 자신에게 애인이 있다니.

"응. 그 누구더라? 요즘은 왜 듣자마자 이름을 까먹는지 몰라. 나는 잘 모르는 사람인데……. 음. 아! 기억났다!"

여직원의 얼굴이 밝아졌다. 웅성거리는 소리를 보아하니 회의가 끝난 모양이었다. 사람들이 썰물처럼 나오는 게 옆눈으로 보였다. 그사이 다현은 자신의 뺨에 와 닿는 누군가의 시선이 느껴졌다.

"전무님 비서! 성태 씨! 그 남자랑 사귄다며!"

"성다현 씨."

두 이름이 나온 건 동시였다. 다현의 고개가 돌아갔다. 손에 태블릿과 메모한 종이를 쥐고 있는 재윤의 시선은 여자 직원의 얼굴을 향해 있었다. 그의 눈썹이 한 박자 늦게 치켜 올라갔다.

"안녕하세요."

여직원이 재윤을 발견하곤 놀란 얼굴로 꾸벅 인사했다.

"네. 안녕하세요."

재윤이 굳은 입매로 인사를 받았다.

"방금 무슨 이야기를 그렇게 즐겁게 나누고 계십니까?"

그가 여전히 굳은 얼굴로 물었다.

"어휴, 아무것도 아니에요."

여직원이 손을 가로저었다.

"그래요?"

되묻는 재윤의 목소리가 미묘하게 낮아져 있었다.

"그럼 전 이만 가보겠습니다. 다현 씨, 다음에 또 봐요."

살갑게 다현에게 인사한 여직원이 사라졌다. 이후 회의실에서 썰물처럼 직원들이 빠져나오다가, 엘리베이터 앞에 우뚝 서 있는 재윤을 발견하곤 그 자리에 모조리 멈춰 섰다.

"성다현 씨."

재윤이 그녀의 이름을 화난 표정으로 불렀다. 다현은 자신도 모르게 마른 침을 꼴깍 삼켰다. 자신을 바라보는 재윤의 눈빛이 시릴 정도로 차가웠다. 잘못한 것도 없는 데 죄지은 기분이었다.

"오늘은 비상구로 가죠."

재윤이 먼저 사람들이 없는 비상구 쪽으로 몸을 틀었다. 직원들이 엘리베이터를 타고 가라고 성화였지만, 그는 들은 체도 하지 않았다. 사람들이 '무슨 일이야'라고 수군거리는 소리를 뒤로한 채 다현이 재윤의 뒤를 따랐다.

터벅터벅.

이어지던 발소리가 어느 순간 그쳤다. 다현은 몇 계단 위에서 자신을 내려보고 있는 재윤을 보았다.

"뭐 합니까, 안 올라옵니까?"

"가겠습니다."

다현이 그의 뒤를 따랐다. 왠지 그의 뒷모습이 화가 난 것처럼 보였다. 기분 탓이겠지, 라는 생각을 할 즈음 재윤이 입을 열었다.

"성다현 씨."

그의 목소리가 비상구 안에서 웅하고 울렸다.

"네. 상무님."

그 순간 걸음을 뚝 멈춘 재윤이 홱 돌아섰다. 거리를 두고 따라가지 않았다면 부딪칠 뻔했다. 재윤이 굳은 표정으로 다현을 내려보았다. 잠시 말을 잇지 못하던 그가 조금 늦게 입을 열었다.

"요즘 연애해요?"

"아뇨."

"그럼 방금 들은 그 소문은 뭔가요?"

재윤의 목소리가 굳어 있었다.

"잘못된 소문이에요. 저도 방금 처음 들은 이야기라 놀랐습니다."

다현이 난처한 표정으로 대답했다. 재윤은 다현의 행동에서 단서라도 찾으려는 듯 그녀를 오래도록 바라보았다.

"확실해요?"

"네."

다현이 고개를 끄덕였다.

왜 취조당하는 기분일까.

다현이 마른침을 꼴깍 삼켰다. 재윤은 그런 다현을 한참 바라보다가 다시 비상구 계단을 올라갔다.

저벅저벅.

그의 발소리가 들렸다. 다현은 조용히 그의 뒤를 따랐다.

"연애 안 한다는 그 말, 믿을게요. 그리고⋯⋯."

"⋯⋯."

"앞으로도 당분간 하지 마요, 연애."

다현이 고개를 들어 재윤의 뒷모습을 보았다. 그녀는 자신의 귀를 의심했다. 재윤이 낸 게 맞나 싶을 만큼 조금 애달픈 목소리였다. 다현은 그 말이 무슨 뜻인지 묻고 싶었지만, 왜인지 아무것도 물을 수가 없었다.

점심 시간을 앞둔 시각, 다현은 골치 아픈 표정으로 메시지를 바라보았다.

[회사에 소문이 파다하던데요. 다현 씨랑 성태 씨 소문.]

나은에게서 온 메시지를 다현이 뚫어져라 바라보았다. 나은의 귀에까지 들릴 정도면 꽤 많이 퍼졌다는 말이었다.

[소문의 출처를 혹시 알 수 있을까요?]

[나도 몰라요. 오늘 갑자기 퍼진 소문이라. 그런데 누가 의도적으로 퍼트린 게 아닐까요? 그렇지 않고서 이렇게 빨리 퍼질 리가. 짚이는 사람 없어요?]

빠르게 답이 온 나은의 메시지에 다현은 다시 한 번 관자놀이를 눌러야 했다.

이전 회사에서도 이런 비슷한 일이 있었다. 어느 순간 다른 누군가와 자신이 사귄다고 소문이 났었다. 퇴근 후 나란히 가는 두 사람의 모습을 본 부장님이 식사 중에 퍼트린 소문이었다. 다행히 소문 속의 남자는 '사귀는 여자친구가 있고, 다현 씨와는 길이 같아서 잠시 같이 간 것뿐입니다.'라고 빠르게 해명해서 소문의 불길이 꺼졌다.

그런데 지금은 상황이 달랐다. 성태가 소문에 불을 지피고 있었다.

딩동.

알람 소리에 다현이 고개를 들었다.

[소문 들었어요? 우리 둘이 사귄다던데. 소문을 진짜로 만들어볼까요? 아마 다들 깜짝 놀라겠죠?]

성태였다. 그의 가벼움이 메시지를 뚫고 나오는 듯했다.

다현이 피곤한 얼굴로 성태에게서 온 메시지를 껐다. 다현은 나은에게 오늘 식사하러 갈 수 없을 것 같다는 메시지를 남긴 후 깊은 한숨을 내쉬었다. 피곤함이 밀려들어 목구멍으로 밥이 넘어가지 않을 것 같았다.

아무래도 꿈자리가 사나운 이유가 있었던 것 같다.

다현은 자신의 앞에서 능글맞게 웃고 있는 남자를 보며 생각했다. 다현은 저도 모르게 닫힌 상무실의 문을 바라보았다. 재윤은 강재 이사와의 일 때문에 자리를 비우긴 했지만, 이상하게 신경 쓰였다.

왠지 성태와 함께 있는 모습을 보면 그가 화를 낼 것 같았다.

"어쩐 일이세요?"

다현이 애써 구겨지는 미간을 편 채 물었다.

"나은 씨한테 물어보니까 다현 씨가 오늘 점심 안 먹는다고 해서요."

성태가 검은 비닐봉지를 내밀었다. 편의점 로고가 찍힌 봉지 안에는 삼각김밥과 음료수가 담겨 있었다.

"괜찮습니다. 이렇게 신경 써주지 않아도요."

"에이. 그러지 말고 한 입 먹어봐요. 아, 혹시 다이어트 해요? 안 해도 될 것 같은데요? 이렇게 예쁜 몸을 갖고 있으면서 뭐 하러 다이어트를 해요? 그런 건 뚱뚱한 애들이나 해야죠."

성태가 다현의 몸을 위에서 아래로 슥 훑었다. 다현은 저도 모르게 몸을 틀어 성태의 시선으로부터 몸을 가렸다. 시선일 뿐인데, 음습하고 축축한 무언가가 핥고 지나가는 것 같았다. 순간적으로 다시금 안 좋은 생각이 불쑥 치밀어 올랐다. 그녀의 얼굴색이 안 좋아졌다.

"전 괜찮으니 가져가세요."

다현이 성태에게 비닐봉지를 도로 내밀었다. 왠지 그가 내민 호의를 받아선 안 될 것 같았다. 하나를 받으면 열을 돌려달라고 떼를 쓸 사람이었다. 이런 사람과는 거리를 두는 게 좋았다.

다현은 초조한 눈으로 시계를 바라보았다. 곧, 재윤이 올 시간이었다. 특별한 일이 없는 이상 그는 점심시간을 넘겨 오는 법이 없었다.

"사람 성의가 있죠. 그냥 받아요. 다현 씨 생각나서 사온 거니까요."

"아뇨. 괜찮아요."

마음 같아선 제발 좀 돌아가라고 소리치고 싶었지만, 성태 같은 부류는 조심할 필요가 있었다. 말이 가볍고 앞뒤가 다른 사람이라 적으로 두면 골치 아픈 사람이었다. 지금처럼 최대한 무시하면서 거리를 둔 채 지내는 게 좋았다.

"왜 그래요? 사람 무안하게. 자, 어서 먹어요."

성태가 싱긋 웃으며 비닐봉지를 내밀었다. 그 순간 손끝이 맞닿았고, 그녀의 머릿속으로 날카로운 기억이 관통했다. 다현은 저도 모르게 성태의 손을 탁 소리나게 밀쳤다. 제법 짝 소리가 났다. 성태의 손등이 벌겋게 물들어 있었다.

"아."

성태는 일부러 들으라는 듯 짧은 소리를 냈다. 이후 싸한 분위기가 내려앉았다. 다현이 놀란 표정으로 눈을 깜빡였다.

"……미안해요. 너무 놀라서요."

다현이 애써 마음을 진정시키며 말했다.

"하, 진짜 어이없네."

성태가 기가 차다는 듯 웃었다. 그러더니 금세 표정이 바뀌어 다현을 쳐다보았다.

"지금 손을 쳤어요? 우와, 이거 너무 심한 거 아니에요?"

"죄송해요. 제가 너무 놀랐나 봐요."

이제 다 고쳤다고 생각했는데, 자신도 모르게 과잉 반응이 튀어나왔다. 다현은 성태와 맞닿던 손을 꽉 움켜쥐고서 사과했다. 비록 자신이 싫어하는 사람일지라도, 자신의 반응이 과했다는 걸 알고 있었다. 성태가 기분 나쁜 것 또한 당연했다. 더군다나 정말 세게 쳐서 손등이 벌겋게 달아올라 있었다.

"후우, 그래요. 다른 사람도 아니고, 다현 씨니까 마음 넓은 내가 넘어갈게요. 그래도 방금 그건 굉장히 지나친 행동인 거 알죠? 되게 기분 나빴다고요."

"……."

"뭐, 괜찮아요. 그래서 말인데 오늘 퇴근하고 뭐 해요? 우리 같이 영화 보러 가지 않을래요? 아! 술 좋아해요? 술 좋아하면 같이 마시는 것도 좋고요. 그럼 저녁 먹고, 심야 영화 보고, 술 마실래요? 어때요?"

성태가 몸을 앞으로 기울이며 살살 웃었다. 다현은 숨을 깊게 들이마셨다. 자주 얼굴 볼 사이라 참고 있었는데, 더는 견딜 수가 없었다. 얼굴을 굳힌 다현이 최대한 정중한 어투로 말을 꺼냈다.

"죄송한데 이러지 않으셨으면 합니다. 저는 성태 씨와 같이 밥 먹을 생각도, 영화를 볼 생각도, 이 이상 가까워질 생각도 없어요. 그러니까 앞으로 이런 식으로 개인적인 방문 하시는 것도 삼가주세요."

"그러니까 앞으로 아는 척도 하지 말라? 이거예요? 지금?"

성태가 얼굴을 구겼다.

"그건 아니지만, 이렇게 사적으로 엮이고 싶지 않다는 거예요."

다현의 말이 끝나기가 무섭게 성태의 입술이 비틀렸다.

"진짜 더럽게 비싸게 구네."

다현은 자신의 귀를 의심하는 얼굴로 성태를 쳐다보았다. '네?' 라고 되묻고 싶지만 그의 표정을 보니 아무 말도 나오지 않았다. 상체를 일으킨 성태가 같잖다는 표정으로 다현을 쳐다보았다.

"뭐 그렇게 비싸게 나와요? 대단한 것도 없으면서."

순간 다현은 할 말을 잃었다. 다른 사람처럼 구는 성태를 보자 덜컥 두려움마저 일었다.

"돌아가세요."

다현은 더 이상 말을 섞고 싶지 않아 딱딱하게 대꾸했다. 그런 그녀의 반응에 더욱 기분이 상한 듯 성태가 얼굴을 구겼다.

"아무래도 내 감이 맞나 보네. 재윤 상무 좋아하죠? 그 소문 틀린 거 아니죠?"

"아뇨. 이상한 말씀 하실 거면 돌아가세요. 두 번 말씀드렸습니다."

다현이 성태의 눈을 똑바로 쳐다보며 말했다. 기가 막히고 어이가 없었지만, 더 이상 성태의 얼굴을 보고 있기 싫었다. 지금 보니 성태의 눈은 '그 사람'과 몹시 닮아 있었다. 다현의 팔에 오소소 소름이 돋아올랐다.

"돌아가세요."

쥐어 짜내듯 다현이 다시 한 번 더 말했다. 그러자 성태가 콧방귀를 뀌며 다현을 내려보았다.

"뭘 자꾸 돌아가래요? 안 그래도 갈 거예요. 그래도 할 말은 하고 갑시다. 성다현 씨, 정신 차려요. 당신 같은 사람, 절대로 재윤 상무랑 안 어울려. 태어날 때부터 부모 잘 만나서 호의호식하는 사람들이 그쪽 만나줄 거 같아? 절대로 아니야. 그런 사람들은 우리 같은 사람 가지고 놀다가 버려. 사람이 다 장난감인 줄 안다니까?"

"……돌아가시라고요."

다현의 말에도 성태는 아랑곳하지 않고 제 할 말을 이어갔다.

"진짜 여자들도 멍청하지. 그저 돈 많은 남자, 얼굴 잘생긴 남자한테 빠져서 희희낙락이라니."

"지금, 반말하신 거예요?"

다현이 침착함을 유지하며 물었다.

"그래. 반말 좀 했다. 내가 다현 씨보다 나이 많은 거 몰라? 그리고 성다현 씨, 잘 모르나 본데 재윤 상무, 그렇게 좋은 사람 아니야. 좋아 보이지? 왜 여태껏 결혼 안 하고 저렇게 혼자 있겠어? 세상에 널린 수많은 여자들 만나고 다녀. 저런 놈들이 놀면 더 더럽게 논다니까? 그러니까 재윤 상무가 다현 씨랑 어떻게 해볼 거라는 생각 따윈 접어. 정신 차리고 나랑 만나. 내가 훨씬 더 잘해줄⋯⋯."

"여기서 뭐 합니까."

불쑥 끼어든 목소리에 성태와 다현의 시선이 동시에 돌아갔다. 재윤이 바지 주머니에 손을 찔러 넣은 채 빙긋 미소를 짓고 있었다. 그를 발견한 성태의 얼굴은 하얗게 질렸고, 다현의 얼굴도 딱딱하게 굳었다.

"아, 아무것도⋯⋯."

성태가 말을 더듬었다. 그러자 재윤이 싱긋 웃으며 그의 말을 잘랐다.

"아무것도 아니라고 할 겁니까? 그런데 왜 태어날 때부터 부모 잘 만나 호의호식하고, 얼굴 잘생긴, 그런데 결혼은 안 하고 있는 제 사무실에 이러고 있는 겁니까?"

성태의 얼굴이 더할 나위 없이 딱딱하게 굳었다.

"사, 상무님. 그게⋯⋯ 오해가 있으십니다."

"오해요?"

재윤이 웃는 얼굴로 한 발자국 다가왔다. 그리고는 성태를 위에서 아래로 내려보았다.

"오해는 지금 그쪽이 하고 있는 걸 말하는 거죠. 대충 오해 있다고 덮으면 내가 '아, 그래요?' 하고 보내줄 거라는 오해. 부모 잘 만나 호의호식하는 저를 너무 무르게 보시나 봅니다?"

"사, 사, 상무님."

성태가 말을 더듬거렸다. 재윤의 얼굴에 조금씩 웃음이 사라져 갔다. 이윽고 완전한 무표정으로 재윤은 성태를 내려보았다. 그저 무표정을 지었을 뿐인데, 어깨 위로 묵직한 바위가 내려앉은 듯해서 성태는 꼼짝도 할 수 없었다. 무르게만 봤던 재윤이 처음으로 무섭게 느껴졌다.

"누울 자리를 보고 발을 뻗어야죠. 그렇게 눈치 없이 아무 데나 누우려고 덤벼드니 곤란해지는 거 아니겠습니까?"

재윤의 모호한 경고에 성태는 아예 숨 쉬는 걸 멈춘 채 그를 바라보았다.

"앞으로 상무실에 오는 일 없도록 하세요. 모든 업무 보고는 전화 및 메일로만 하세요. 그리고 나와 관련된 사람과 사적으로 엮일 생각도 하지 마세요. 여기 있는 우리 비서님, 착하고 좋은 사람이라 그쪽과 엮이는 거 내가 못 보겠으니까요. 이게 마지막 경고예요. 부디 지금보다 더 어리석은 짓은 하지 않길 바랍니다."

탁!

재윤의 손이 성태의 어깨를 내리쳤다. 그리고는 힘주어 쥐었다.

"읍."

성태가 저도 모르게 숨을 들이마셨다.

"대답, 안 합니까?"

재윤의 서늘한 물음에 성태가 고개가 빠져라 끄덕였다. 이 자리를 벗어날 수 있으면 혼이라도 내놓을 기세였다. 재윤이 눈길을 거둔 채 '가세요'라고 말하자, 성태는 허겁지겁 자리를 떠났다. 성태가 빠지자 실내가 무섭도록 조용해졌다.

"……죄송합니다."

다현이 고개 숙여 사과했다. 재윤의 시선이 한 박자 늦게 다현의 정수리에 닿았다.

"왜 이 일을 다현 씨가 사과합니까?"

"제 불찰로 상무님이 듣지 않아도 될 이상한 말을 듣게 되었으니까요. 다시는 이런 일 없도록 주의하겠습니다."

사무적으로 답변을 내놓는 다현의 모습을 재윤은 물끄러미 바라보았다.

"성다현 씨."

"네."

"고개 들어요."

재윤의 말에 다현이 고개를 들어 그를 보았다. 그의 표정은 속내를 알 수 없도록 고요했다.

"아니라는 거 알고 있는데 듣고 싶어서 한 번 더 물어봐요. 성태 씨랑 아무 사이 아닌 거 맞죠?"

"네."

다현이 확실하다는 듯 고개를 끄덕였다.

"또, 다른 사람은 없어요?"

"네?"

"성다현 씨랑 엮인 또 다른 남자들 없냐고요."

재윤이 알 수 없는 표정을 한 채 물었다.

"없…… 습니다."

다현이 대답했다. 왜 대답해야 하는지도 모른 채 다현이 더듬더듬 대답했다.

"회사에선 엮인 남자 없다니 다행이고, 밖엔 있어요?"

"없습니다."

"그것도 다행이네요."

"그걸 왜 물으세요?"

"다현 씨 주변에 남자가 없었으면 해서요."

"……."

왜 재윤이 다행이라고 말하는지, 그리고 왜 깊은 한숨을 내쉬는지 다현은 알 수 없었다.

"이렇게 말해도 내가 무슨 뜻으로 이 말 하는지 모르겠죠?"

재윤이 가볍게 웃다 말았다. 일순 재윤의 눈에 복잡한 감정이 스쳤다가 사라졌다. 이윽고 뭔가 결심한 사람처럼 그녀를 빤히 바라보았다.

"부모 잘 만나 호의호식하고 사는 건 맞지만, 사람 우습게 여긴 적 없습니다. 특히 아무 여자나 만나고 다니지 않았어요. 사람 만나다가 쉽게 버리는 짓도 안 합니다. 그런 나쁜 건 하지 말라고 배웠으니까요."

"……."

다현은 갑자기 말을 잇는 재윤의 모습을 바라보았다. 뭐라고 대답을 해야 할지 말문이 막혔다.

"방금 그 남자가 쏟아놓고 간 말, 전부 다 반대라고 생각하면 돼요. 딱, 하나만 빼고."

"……."

"내가 성다현 씨랑 어떻게 해보고 싶다는 거."

"……."

"그건, 사실이에요."

갑작스럽게 떨어진 말에 다현의 눈이 크게 벌어졌다. 한 박자 늦게, 쿵 하고 무언가가 가슴 위로 떨어져 내렸다. 아무리 자신이 둔하다지만, 저 말을 알아듣지 못할 만큼 이해력이 떨어지진 않았다.

다현의 입술이 자그맣게 벌어졌지만 아무 말도 나오지 않았다. 성태에게 폭언을 들었을 때보다 더 충격적이었다.

재윤은 다현이 이런 반응을 보일 줄 알았다는 듯 덤덤한 표정이었다. 지금 무슨 소리를 하는 거냐는 표정을 짓고 있는 다현에게 재윤은 쐐기를 박았다.

"내가, 성다현 씨를 비서가 아니라 여자로 보고 있다는 겁니다."

"……상무님?"

다현이 저도 모르게 되물었다.

"변화구를 던지고, 밑밥을 까는 거 해봤는데 전혀 알아듣질 못하는 것 같아서 직구로 던져요. 그러니까 어디 한번 잘 생각해 봐요."

말을 마친 재윤은 테이블 위에 놓여 있는 검은 비닐봉지를 낚아채듯 잡아 바로 근처에 있는 쓰레기통에 집어넣었다.

"그리고 이런 건 먹지 마요. 체해요."

재윤이 성큼성큼 상무실로 들어갔다.

쿵.

문이 닫힌 후, 한참 지나서야 다현이 풀썩 그 자리에 주저앉았다. 자신이 무슨 소리를 들은 건지 모르겠다.

다현은 멍한 얼굴로 닫힌 상무실 문을 바라보았다.

❖

탁!

자리에 앉은 재윤이 집무용 책상 위로 휴대폰을 던지듯 내려놓았다. 그러고도 감정이 추슬러지지 않는지 의자 등받이에 몸을 파묻고서 눈을 꽉 감았다. 그의 큰 손이 얼굴을 가렸다.

이렇게 대충 고백할 생각이 아니었는데.

조금 더 다현에게 시간을 주려 했다. 다현이 좋아하는 것들을 알아가면서 함께 누리다가 조금씩 걸어갈 생각이었다. 그러다 유람선을 빌리는 로맨틱한 프러포즈는 못 해도, 분위기 좋은 곳에서 진지하게 이야기를 나누다가 조심스럽게 꺼내고 싶었다. 그런데 조급함이 모든 걸 망쳤다.

성태와 함께 있는 다현을 본 순간 인내력이 반으로 뚝 깎이더니, 성태의 말에 마지막 인내가 닳아버렸다.

아니, 틀렸다. 실은 이전부터 참지 못했다. 자신이 아무리 노력해도 자신을 '좋은 상사' 그 이상으로 보지 않는 다현 때문에 많이 조급했다.

"후우."

패는 이제 다현에게로 넘어갔다. 재윤은 복잡한 표정으로 닫힌 문을 바라보았다.

❖

오후 내내 재윤은 다현을 부르지 않았다. 그건 천만다행의 일이었지만,

일이 안 되기는 마찬가지였다. 시선이 자꾸 닫힌 상무실로 향하려는 걸 억지로 수첩에 옮겼다. 재윤의 일주일 치 일정을 보고 또 봤지만 왜인지 글자가 자꾸 눈 밖으로 달아났다. 답답한 마음에 몇 번이나 한숨을 내쉬며 시계를 바라보았다.

퇴근 시간이 다 되어가고 있었다. 어째야 하나, 고민할 즈음 상무실 문이 열렸다. 반사적으로 몸을 일으킨 다현은 자신도 모르게 시선을 앞에 고정했다.

"퇴근해야죠?"

재윤이 평소처럼 물었다. 시선을 돌리자 미소 짓고 있는 재윤의 얼굴이 보였다. 사람의 마음을 넉넉하게 달래주는 그 미소가 오늘따라 왜 이렇게 불편한 건지.

"할 예정입니다."

"그래요? 조심히 들어가요."

"상무님."

"네. 비서님."

평소처럼 농담조로 건네는 그의 말에 다현은 예전처럼 미소 짓지 못했다. 재윤의 얼굴 위로 씁쓸한 미소가 번졌다.

"그렇게 무섭게 쳐다보면 내가 떨려서 퇴근하겠어요? 같이 식사나 하면서 이야기하자고 하려 했는데, 표정 보니 지금 밥 먹으면 체할 것 같은 얼굴이네요. 오늘은 집에 가서 쉬어요. 이야기할 시간은 많으니까."

"상무님."

재윤이 지나쳐 가려 하자 다현이 그를 불렀다. 재윤은 걸음을 멈췄지만 돌아서지 않았다. 그녀의 목소리 톤에 그는 많은 것을 감지했다.

"다현 씨."

비서님이라 부르던 그가 갑작스레 그녀의 이름을 불렀다. 다현이 대답 못 하고 바라보자 재윤이 앞을 바라보며 말을 이었다.

"우리, 내일 이야기하죠? 고백받은 다현 씨도 적잖이 놀랐겠지만, 고백을 한 나도 지금 혼란스럽긴 마찬가지라서요. 그러니까, 오늘은 쉬게 해줄래요?"

다현은 단단한 재윤의 뒷모습을 바라보았다. 그는 다현의 대답도 듣지 않고 성큼성큼 걸어갔다. 재윤의 뒷모습밖에 보지 못했는데도, 다현은 왠지 알 것 같았다. 그가 진심이라는 걸. 아주 가끔 뻔뻔해 보일 만큼 당당하던 그가 자신의 눈도 못 마주친 채 말을 하는 모습이 그 증거처럼 보였다.

"하아."

다현은 다시 한 번 깊은 한숨을 내쉬었다.

오랜만에 라효, 사준과 함께 식사를 하게 된 다현은 국에 밥을 말았다. 체할 것 같은 기분에 저녁을 먹고 싶지 않았지만, 쌍둥이들이 걱정할 게 분명해 겨우 한술 뜨는 중이었다. 식사를 하는 내내 다현은 고민에 잠겨 있었다.

재윤에게 받은 고백을 어떻게 해야 할지 감이 잡히지 않았다. 그와 연애는 불가능했다. 그가 좋지 않은 게 아니라, 자신이 연애를 하기 힘든 사람이었다.

그러다 무심코 고개를 들어 밥을 먹고 있는 라효와 사준을 보았다. 아무 고민 없어 보이는 그 얼굴들이 새삼 부러웠다.

"너희는, 좋아하는 여자 없어?"

다현이 떠보듯이 물어봤다.

"없어."

"없는데."

둘의 대답이 칼같이 돌아왔다.

"너희를 좋아하는 여자애들은? 고백 같은 거 안 받아봤어?"

"나는 안 받아봤는데, 라효는 받아봤어."

사준이 식사 중인 라효를 손끝으로 가리켰다.

"그래?"

다현이 깜짝 놀란 얼굴로 쳐다보았다.

"어떻게 됐어?"

"어떻게 되긴. 거절했지."

"거절하니까 여자애가 화 안 내?"

"화내던데. 울면서 왜 거절하냐고 하길래, 여자친구 만들 생각도 없고 네가 딱히 좋지도 않아서 안 사귄다라고 대답했지."

덤덤하게 대답하는 라효를 다현이 물끄러미 바라보았다. 단순한 건 알았지만, 대놓고 저런 말을 하고 다니는 줄은 몰랐다.

"그 여자애, 많이 울었겠네."

"그러든가 말든가. 고백했으면 거절당하는 것도 당연히 생각해야 하는 거 아냐? 그리고 거절한답시고 빙빙 돌려서, 넌 좋은 애지만 내가 아직 준비가 되지 않았어. 이러면 걔는 준비되면 연락해, 라고 할 거 아냐. 그럼 또 대화가 길어지잖아. 그럴 거 뭐 있어. 싫으면 싫다고 하는 거지."

자기 말이 틀렸냐는 듯 당당하게 쳐다보는 라효의 말에 다현은 꿀 먹은 벙어리가 되었다. 정말 단순한 말인데, 라효의 말이 옳았다. 누군가가 고백했다고 해서 무조건 받아들일 필요 없었다. 아무리 그 사람이 자신에게 좋은 사람이라고 하더라도……. 그리고 그 고백을 거절하는 이유가 직설적일수록 명확했다.

이렇게 어린 동생들에게 배우는구나.

다현이 멍한 표정으로 라효를 바라보다가 미소 지었다.

"밥 먹다가 갑자기 왜 웃어?"

라효가 얼굴을 찌푸리며 물었다.

"아냐. 아무것도. 네가 누나보다 낫다 싶어서."

"뭐 갑자기 그런 칭찬까지나."

말과 달리 라효는 다현의 말이 마음에 든 듯 어깨를 으쓱거렸다.

6. 비서의 비밀

밤이 찾아와도 주변은 어둡지 않았다. 가로등 불빛, 자동차 불빛, 가게 조명들이 뒤엉킨 밤은 낮만큼이나 환했다. 평소라면 고요한 눈으로 응시했을 그 평일의 밤 풍경이, 오늘따라 눈 밖으로 튕겨 나갔다. 그녀는 초조한 표정을 애써 감춘 채 손을 쥐었다 펴길 반복했다.

'오늘 시간 괜찮으세요?'

퇴근 직전, 다현이 재윤에게 물었다. 그는 모니터를 보고 있던 시선을 느릿하게 옮겼다. 예상하던 말을 들은 얼굴이었다.

'내 스케줄은 성다현 씨가 다 알 테고……. 그런데도 안 된다고 하면 지금 이 자리에서 말하겠죠?'

재윤의 물음에 다현은 침묵으로 대답했다. 재윤은 '회사 근처 카페에 가 있어요. 먼저 가서 연락하면 내가 뒤따라갈게요. 이거 정리만 하고.'라고 말한 후 시선을 돌렸다. 다현은 무거운 발길을 옮겨 회사에서 조금 떨어진 카페로 향했다. 구석진 창가 자리에 앉아 얼마나 시간을 보냈을까.

이쪽을 향해 다가오는 발소리가 들렸다. 저벅저벅. 그 발소리를 따라 마음에 파동이 일었다. 다현은 긴장한 표정을 숨기지 못한 채 고개를 돌렸다.

훤칠한 키의 재윤이 그녀를 향해 다가오고 있었다. 어릴 적부터 배운 듯한 반듯한 걸음걸이, 흠잡을 곳 없는 체형과 외모, 거기에 걸맞은 우아한 슈트까지.

다시 보아도 머리부터 발끝까지 완벽했다. 거기다가 저 사람의 성격이 얼마나 좋은지 그녀는 더욱더 잘 알고 있었다.

다현이 쓸쓸한 얼굴로 입술을 꽉 깨물었다. 재윤이 맞은편 자리에 앉아 빙긋 웃었다.

"커피는 시켜놨군요."

재윤이 자신의 앞에 놓인 아이스 아메리카노를 보며 말했다.

"네."

"서론은 넣어두고, 본론부터 이야기할까요?"

재윤이 상체를 앞으로 숙이며 물었다. 그의 눈동자에 조명이 예쁘게 고여 있었다. 다현은 숨을 깊게 들이마신 후 생각해 온 말을 꺼냈다.

"아무래도 직급 차이가 있으니……."

"신분 차도 아닌데 뭐가 문제예요? 우리가 연애한다고 해서 잡아갈 사람 없어요."

"그래도 사람들 보는 눈이……."

"사람들 보는 눈 신경 안 쓰이게 비밀연애 하죠, 그럼. 회사에선 티 안 낼게요."

재윤이 그녀의 말을 번번이 가로챘다.

"하지만 비서인 제가 상무님을 감당하기에는……."

"누가 날 감당하래요? 서로 알아가고 만나보자는 거죠. 자, 또 뭐가 문제죠? 준비해 온 공격들 있을 거 아니에요. 하나씩 풀지 말고 한꺼번에 던져요. 다 받아낼 테니까."

재윤이 눈 한 번 깜빡이지 않고 물었다. 서글서글하게 웃던 얼굴이 어느새 진지한 표정을 하고 있었다. 그는 쉽게 넘어갈 생각이 없어 보였다. 다현이 아무 말도 잇지 못하자 재윤이 입을 열었다.

"내가 이 정도는 방어할 거라고 생각 못 했어요?"

"솔직히 말하자면 그래요."

"그럼 다현 씨가 '우린 안 되겠어요.' 하면 내가 '네' 하고 끝낼 줄 알았단 말이에요?"

"네."

다현이 고개를 끄덕였다.

"다현 씨 말대로 우리 한 사무실에서 함께 일하는 사람이에요. 더군다나, 나는 도끼병 걸린 사람처럼 다현 씨에게 나를 남자로 볼 생각은 꿈도 꾸지 말라고 했던 사람이에요. 이런 내가 그 결정을 번복하고 고백하기까지 얼마나 많은 고민을 했을 거 같아요?"

"……."

"하루? 이틀? 아뇨. 다현 씨가 생각도 못 할 시간 동안 고민하다가 말한 거예요. 그러다가 터지듯이 어제 뱉어버렸고요. 그 고백을 하고 나서 난 또 얼마나 후회했을 거 같아요? 더 멋진 고백 하지 못한 자괴감에 밤을 지새우고 출근했어요. 이런 나한테, 지금 고작 그런 이유로 거절하겠다는 거예요?"

"……."

"이 대답을 하려면, 적어도 내가 고민했던 그 긴 시간만큼은 고민해 줘요. 그게 다현 씨가 나한테 할 수 있는 마지막 배려일 테니까."

재윤의 말에 다현은 말문이 턱 막혔다. 마치 우물을 마주한 기분이었다.

물이 고인 건 아는데, 깊이를 알 수 없는 우물.

다현이 잠시 눈을 감았다가 떴다. 라효의 말대로 돌려 말하는 건 말이 길어지는 것밖에 되지 않았다. 단순하고 직설적이며, 명확하게 거절해야 했다.

이 말까진 하고 싶지 않았는데…….

다현이 주먹을 꽉 쥐었다. 손바닥이 금세 축축해졌다.

"상무님."

다현이 재윤을 똑바로 바라보았다.

"네. 연애하고 싶은 비서님."

"……."

그의 부름에 말문이 턱 막혔다. 잠시 숨을 들이마셨던 다현이 고개를 들었다.

"상무님이라서 거절하는 거 아니에요. 상무님이 아니라 그 누가 저에게 고백했어도, 전 거절했을 거예요. 제가…… 연애를 할 수 없어서 그래요."

"……."

"후우, 누구한테도 제대로 못 한 이야기인데 상무님한테 할게요. 그게 상무님이 말하신 고백에 대한 예의인 것 같으니까요."

어렵사리 말문을 여는 다현을 재윤이 불안한 표정으로 바라보았다. 그녀의 눈동자가 물잔에 담긴 물처럼 흔들렸다. 과거의 소용돌이를 불러오던 그녀는 조금 시간이 흘러서야 입을 열었다.

"제가 성지은에서 성다현으로 이름을 바꾸고, 다른 학교로 편입했던 이유가 궁금하다고 하셨죠? 그땐 대충 얼버무리면서 대답했었는데, 사실 다른 이유가 있었어요."

"……."

"그즈음, 지독한…… 스토킹을 당했거든요."

말을 꺼낸 다현이 마른침을 삼켰다. 다시 떠올리기 힘든 기억처럼 보였다. 재윤의 표정이 일순 굳었다.

"다현 씨."

재윤이 말리듯 그녀를 불렀다.

"말리지 말고 들으세요. 아니, 들어주세요. 제가 말하고 싶어서 하는 거니까요."

다현이 치맛자락을 꽉 움켜쥐었다. 이게 예의라고 생각했다.

"고3 때 시작이었을 거예요. 처음엔 기분이 나쁘지만, 별거 아니라고 생각했어요. 그땐 별 티가 나지 않았어요. 그러다가 스토킹이 정점을 찍은 건 대학교 1학년 때였어요. 제가 연습생이 된 직후였어요."

얼굴도 모르는 누군가에게서 시작된 애정을 가장한 폭력. 매일같이 편지함엔 그 남자의 편지와 자신의 사진이 동봉되어 있었다. 편지를 보지 않자, 메일과 문자가 쏟아졌다. 시시각각 그녀의 모습이 담겨 있었다.

'다른 사람들에게 널 보이고 싶지 않아.'

'연습생 그만둬.'

'넌 나만을 위해 노래해야 해.'

'넌 날 사랑하잖아. 안 그래?'

메일과 문자 아래엔 늘 '사랑한다'라는 말이 적혀 있었다. 그때부터 조금씩 그녀는 '사랑한다'라는 말에 구토 증상을 보이기 시작했다.

"겨우 경찰에 그 남자가 잡혔는데, 이름도 모르고 얼굴도 처음 보는 남자였어요. 제가 편의점에서 일하는 걸 보고 반하게 됐대요. 그러다 혼자 사는 걸 알게 됐고, 자신처럼 불쌍한 여자라고 생각했대요. 자신이 아니면 누구도 사랑할 수 없을 것 같은 기분이 들었대요. 집에서 물건이 사라진 적 있었는데, 그 물건들을 그 남자가 다 가지고 있더라고요."

말을 하는 동안 다현의 어깨는 조금씩 움츠러들었다.

"다현 씨."

재윤이 그만하라는 듯 그녀를 불렀다. 그러나 다현은 멈추지 않았다.

"경찰에 잡혀도 풀려나면 또 제 스토킹을 했어요. 그렇게 1년을, 쌍둥이들을 만나기 전까지 그렇게 됐어요. 그 일은 스토커가 구속된 틈에 개명하고 이사 가는 걸로 해결됐지만, 전 그 후유증에 벗어날 수가 없었어요. 노력해서 남자에 대한 공포는 벗어나긴 했지만, 어떤 남자도 사랑할 수가 없어요. 아니, 사랑이라는 거 자체를 할 수가 없게 되었어요. 본래도 둔한 성격인데, 그 사건으로 더 심해진 거죠. 누군가 날 사랑한다는 게 무섭거든요."

"……"

"저도 이런 제가 너무 이상해서 심리검사를 받아보니 그날의 고통을 이겨내려는 방어기제래요. 남자조차도 하나의 인간으로 볼 뿐, 이성으로 느끼지 않는 방어기제. 흔한 방어기제는 아니지만, 아예 없는 것도 아니라고 하더군요."

"……."

말을 마친 다현이 입을 다물었다. 그녀의 얼굴엔 서글픔이 가득했다.

마음에서 마음으로 이어지지 못하는 고통. 존경과 동경, 희미한 애정은 있어도 사랑으로 이어지지 못하는 감정선.

"……치료는요?"

"해봤지만 안 됐어요. 극복하려고 여러 방법을 애써봤는데 안 되더군요."

다현이 씁쓸하게 웃었다.

"누군가를 사랑하려고 노력도 해봤는데 불가능했어요. 결국, 그 사람들에게 상처만 줬어요."

자신에게 고백했던 괜찮은 사람에게 마음을 줘보려고 노력했다. 홀로 갇혀 사는 게 힘들어서 온 힘을 짜내 손을 뻗었지만, 닿지 못했다. 최선을 다했지만 돌아오는 건 그들의 슬픈 얼굴이었다.

'미안해. 나는 너를 감당할 수 없을 것 같아.'

'그냥 혼자 사는 게 나아, 너 같은 여자는.'

헤어질 때 그들이 뱉은 말들은 다 비슷했다. 그 말에 용기 내어 뻗은 그녀의 손끝은 잘려 나갔고, 피를 흘리며 울지도 못한 채 서 있어야 했다.

그 고통에 그녀의 마음은 푹 꺼졌다. 사랑마저 노력해야 하는 스스로가 고통스러워서 어느 순간 사랑 자체를 완전히 포기했다. 이제 사랑하는 게 더욱 겁이 났다.

"저는 그 상대가 상무님이길 바라지 않아요. 상무님이 좋은 분이라는 거 너무 잘 알고 있으니까요."

미안함과 자괴감, 슬픔이 뒤엉킨 다현의 눈동자가 깊게 가라앉았다.

"그러니…… 어제 했던 그 고백 없던 걸로 해주세요."

다현이 결국 고개를 떨궜다. 슬픔이 가득 담긴 다현의 얼굴을 바라보던 재윤이 고개를 돌렸다. 그의 목울대가 오르내렸다.

차라리 자신이 부담스러워서 그런 거라면 어떻게든 해볼 텐데, 어떤 남자도 사랑하기 힘든 마음을 가졌다니.

답이 없는 문제를 받아든 것처럼 막막했다.

무수한 여자들의 고백을 거절한 벌을 이제야 받는 건가.

재윤의 씁쓸한 얼굴이 창가에 비쳤다.

시끄러운 카페 안, 서로의 시선을 피한 두 사람이 있는 자리에만 고요함이 내려앉았다.

재윤과 헤어진 후, 다현은 일부러 버스를 타지 않고 걸었다. 늦은 밤이 위험하다는 걸 알지만 큰 도롯가를 끼고 걸으면 그다지 위험하지 않았다. 생각이 많고 마음이 복잡할 때 그녀가 자주 하는 행동이었다.

더 따뜻해진 봄바람이 불어쳤다. 평소라면 바람을 쐬며 '봄이다. 곧 여름이 다가오겠네' 하고 좋아했을 그녀지만, 오늘은 그걸 느끼지 못한 듯 멍하게 앞을 바라보았다.

누군가의 마음을 거절하고 이토록 힘든 건 처음이었다. 자신을 바라보는 재윤의 시선이 곧고 깊어서 더욱 그러했는지도 모른다.

자신이 할 수 있다면, 가능한 일이라면, 그를 좋아하고 싶다는 마음이 들 정도였다. 그러나 겁이 났다. 그를 좋아하려고 애쓰다가, 놓쳐 버렸던 사람들처럼 재윤마저 그렇게 될까 봐. 차갑게 등을 지고 떠나가는 뒷모습을 홀로 서서 바라보는 일은 더 이상 하고 싶지 않았다.

다현이 입술을 꽉 깨물었다. 바짝 마른 입술이 툭 찢어지며 피가 난 것도 모른 채 그녀는 상념에 잠겨 있었다.

한참을 걷던 다현은 근처 버스 정류장에 섰다. 라효와 사준이 걱정하기 전에 귀가해야 했다. 다현이 버스를 기다리는 동안, 딩동 하고 알람이 울렸다.

[집에 도착하면 문자 해요. 이건 여자 성다현 씨가 아니라, 내 비서 성다

현 씨가 걱정되어서 보내는 겁니다.]

재윤에게서 온 문자를 다현이 물끄러미 바라보았다. 자신이 거절한 후에도 이토록 젠틀한 남자는 처음이었다. 그래서 더 미안했다.

이렇게 좋은 사람인데……. 왜 자신의 가슴은 냉골이 되어 움직이지 못하는 걸까…….

처음으로 스스로에게 견딜 수 없이 화가 났다. 다현이 휴대폰을 꽉 거머쥐었다. 다른 손으로 그녀는 제 가슴을 쾅쾅 두드렸다. 다른 사람들이 쳐다보건 말건 상관없이 가슴 한가운데를 내리쳤다.

가슴이 텅텅 울렸다. 마치 아무것도 담기지 않은 것처럼. 손을 아래로 늘어뜨린 다현의 눈동자에 물기가 어렸다.

집으로 돌아온 재윤이 방에 들어가자마자 재킷을 벗어 힘없이 던졌다. 와이셔츠 단추를 풀던 재윤의 팔이 축 늘어졌다. 여태껏 방향을 잃고 허공에 붕붕 떠돌던 모든 퍼즐이 제자리를 찾아간 것 같았다.

다현이 왜 자신이 끼를 부려도 조금도 눈치채지 못했는지, 왜 자신을 보고도 그토록 티없이 맑은 눈을 한 건지. 그녀가 왜 자신에게 관심 두지 말라는 말에 전혀 걱정하지 말라는 듯이 대꾸했는지……. 왜 누군가가 자신을 좋아한다는 의심조차 하지 않는지까지.

그녀는 사랑에 무딘 게 아니라, 사랑 자체를 잊은 사람이었다. 방어적으로 누군가가 자신을 사랑한다는 사실을 지워 버렸다. 그녀에게 사랑은 지독한 고통이나 다름없으니까.

그 시간을 홀로 버텼을 다현을 생각하니 울컥 무언가가 치밀어 오른 재윤은 눈을 질끈 감았다.

이른 아침, 식탁에 앉은 모든 이들의 시선이 한곳을 향하고 있었다. 그들의 시선 끝엔 재윤이 있었다. 그는 멍한 얼굴로 숟가락을 움직이고 있었다. 아무것도 담기지 않은 숟가락을 입에 넣었다가 빼곤, 밥이 있는 양 우물거리며 씹었다. 기계적인 움직임이었다.

얼마 못 가 재윤이 숟가락을 내려놓았다.

"잘 먹었습니다."

그의 밥그릇은 여전히 그대로 가득 차 있었다.

"······너, 정말 배부르니?"

선 여사가 조심스럽게 물었다.

"네. 배부르네요."

"아닌데. 뭔가를 더 먹어야 할 거 같은데."

"과식은 몸에 안 좋다면서요. 먼저 출근하겠습니다."

재윤이 집 밖으로 나섰다. 선 여사는 여전히 가득 찬 밥그릇과 나간 재윤의 뒷모습을 번갈아 바라보다 중얼거렸다.

"쟨 공기로도 과식이 되나 보다. 내가 낳은 자식이지만, 왜 저렇다니. 어휴."

흰 가운을 입은 정신과 의사인 주완이 다리를 꼬고서 앞에 앉은 남자를 물끄러미 바라보았다. 이 시각에, 자신의 사무실에 이 사람이 왜 있는지 모르겠다는 얼굴이었다. 그는 잠시 안경을 벗어 책상 위에 올려둔 후 눈을 비볐다.

"너, 여기가 어딘지 알고 온 거야?"

"정신의학과."

"그래. 그런데 여길 네가 왜 와? 어디 아파? 아니, 아파도 널 전담하는 주치의를 찾아가서 연계된 병원으로 가야지, 이렇게 구멍가게를 찾아오면 어떻게 해? 난 널 상담해 줄 능력 안 된다. 돌아가서 유능한 분 찾아봐. 어서.”

주완이 도로 안경을 쓰며 얼굴을 찌푸렸다. 그러고는 그는 자신의 앞에 당당하게 앉아 있는 재윤을 바라보았다. 그는 으레 환자들이 가질 법한 주눅이나, 불안함, 혹은 어떤 초조함도 없는 얼굴이었다. 되레 의사인 자신이 그런 얼굴을 하고 있을 게 뻔했다.

“물을 사람이 너밖에 없어.”

“기록 남는다, 너?”

“비급여로 의뢰 넣은 거니까 걱정하지 마.”

“그러면 그렇지. 뭔데? 무슨 문제야? 요즘 잠을 잘 못 자?”

주완이 평소보다 굳은 얼굴의 재윤을 바라보며 물었다.

“어.”

“집에서 알면 안 될 정도의 어떤 문제가 있어?”

“어.”

재윤의 대답에 주완의 표정이 사뭇 심각해졌다. 자신이 아는 김재윤은 세상을 참 편하게 사는 사람이었다. 집안의 눈치에도 굴복하지 않고 자신이 하고 싶은 건 다 하고 살았다. 입으로는 ‘내가 아니면 우리 집 망할지도 몰라. 그러니 내가 먹여살려야지.’ 라고 너스레를 떨지만, 실제로 자신이 하는 일을 좋아하기도 했다. 재윤이 만약 늘상 하는 말처럼 자신의 일이 싫었다면, 진즉에 때려치우고 나왔을 사람이었다.

“뭔데? 무슨 일인데? 내가 아는 사람 중 정신 건강이 가장 좋은 사람 중 하나가 너인데.”

“오랫동안 스토킹을 당하면 이성에 대한 거부감이 생길 수도 있는 거야?”

“흠. 그럴 수도 있지. 그런 걸 트라우마라고 하지. 왜? 그때 그 비서 때문에 트라우마가 생겼어?”

주완이 고개를 갸웃거리며 물었다. 재윤이 몇 개월간 스토킹 당한 이야기는 꽤 유명해서, 병원에 콕 처박혀 있는 그에게까지 들어올 정도였다.

재윤의 친절을 자신에 대한 호감으로 착각한 여자 비서가 스토킹을 했는데, 그 상태가 심각했다. 재윤의 휴대폰 도청은 물론, 그가 무엇을 하는지 실시간으로 늘 위치 추적했다. 그러다 그가 어머니의 등쌀에 못 이겨 선자리에 나간 날, 그 비서는 그곳에 나타나 '어떻게 자신에게 이럴 수 있냐'며 버럭버럭 화를 냈다. 비서의 기행은 거기서 멈추지 않았다.

회사에 출근해 재윤의 아이를 가졌다며 로비에서 헛구역질을 한 것이었다. 그 일이 일파만파 퍼졌고, 재윤은 그 일을 해결하느라 진땀 뺐다.

"내 이야기는 아니고, 다른 사람 이야기야."

"다른 사람 누구? 그 사람보고 직접 오라고 해. 상담을 누가 대리로 해?"

"그 사람이 어떤 심리인지 알아야 나의 대처 방법이 달라질 테니까. 그 사람 말로는 스토킹을 당한 후 방어기제로 다른 남자가 좋아지지 않는대. 그러니까 연애 불능 상태가 된 거지. 그것도 가능한 일이야?"

"가능하지. 사람마다 작용하는 방어기제는 다른 법이니까. 네가 여자 비서를 한참이나 꺼렸던 것과 같은 이유라고 보면 돼."

"부담감인가."

"거기에 불안함까지 추가되는 거지. 또, 그런 일이 벌어질지 모르니 사전에 차단하자."

"이성과 이야기도 잘하고, 밥도 잘 먹어. 그런데 연애만 불능이야. 그게 있을 수 있는 일이란 말이지?"

재윤의 말에 주완은 잠시 고민에 잠겼다가 조금 후에 입을 열었다.

"음, 충분히 가능하겠지. 사회생활은 해야 하고, 이성들을 무조건 피할 순 없었을 테고. 무엇보다 자신이 그 과거에 얽매여 있기 싫었겠지. 그러니 이성을 아예 이성으로 느끼지 않는 쪽으로 생각이 기울어진 거지. 그리고 본인이 편하게 살기 위해 다른 이성들이 나를 좋아할 리 없다, 라고 세뇌를 시킨다든가. 뭐, 행동에 대한 이유는 여러 가지가 있으니까. 아마 굉장히 복잡한 생각 체계가 얽혀서 지금의 사태에 이르렀을 거야."

"개선할 수 있는 거야?"

재윤의 미끈한 미간이 구겨졌다.

"흠, 글쎄. 사람따라 다르지. 그 사람의 노력 여부에도 달려 있고."

"……."

"그런데 진짜 누구 이야기야?"

주완이 책상 앞으로 몸을 기울이며 물었다.

"그런 사람이 있어. 하여튼 개선 가능하다는 거지?"

재윤이 말을 끊으며 묘하게 눈을 빛냈다. 대답을 잘못하면 왠지 이 구멍 병원을 없애 버릴 기세였다.

"아마도 가능하지만, 난 100% 가능하다고는 안 했어."

"어쨌거나 확률이 있다는 거잖아."

"그렇지."

"고마워."

원하는 답을 얻은 재윤이 미련없이 몸을 일으켰다.

"뭐야, 이게 다야?"

주완이 어이없다는 눈으로 바라보았다.

"어."

"하, 참나."

"상담 고마워. 먼저 가볼게. 수고해."

몸을 일으킨 재윤이 거울 앞에 서서 제 옷을 다듬었다.

밤새 고민했다. 가능하다면 다현을 놔주고 싶었다. 그런데 힘을 주어 잡는 법은 알아도, 힘을 풀어놓는 법은 알 수가 없었다. 처음 하는 사랑인데, 이렇게 대충 놓쳐 버리면 평생을 끙끙 앓을 게 뻔했다. 후회없는 인생에 오점을 남기고 싶지 않았다.

그리고 평생 다현이 저렇게 살길 원치 않았다. 사랑하려고 노력했지만, 누구도 사랑할 수 없었다는 다현의 눈빛에 슬픔이 가득했다. 저대로 뒀다간 다현은 평생 저 슬픔에 갇혀 살아야 했다.

재윤의 눈빛이 묘하게 빛났다.

"가는 거야?"

주완이 어이없다는 표정으로 물었다.

"어. 가야지. 외면하는 공주님 깨우러."

"뭐?"

주완이 제 귀를 의심하는 듯이 물었다. 그러자 재윤은 그런 주완을 향해 상큼하게 미소 지으며 말했다.

"그런 게 있어. 잠자는 공주 자매품."

다현은 난처한 표정으로 손목시계를 슬쩍 바라보았다. 오전 10시가 훌쩍 넘어가고 있었다. 지금껏 재윤은 회의나 출장 말고 이 시간에 사무실을 비운 적이 없었다. 가는 날이 장날이라고, 이런 날 하필이면 전무가 재윤을 찾아왔다.

"그러니까 상무가 자리를 비웠다는 거야?"

대뜸 반말하는 전무를 향해 다현은 포커페이스를 유지했다.

"잠시 외근 나가셨습니다."

"그러니까 어디를 갔는지 말을 하라고."

전무가 테이블을 탕 치며 말했다.

"죄송하지만, 상무님의 스케줄에 대해선 말씀드릴 수 없습니다. 양해 부탁드립니다."

말과 달리 다현도 그가 어디로 갔는지 알 수 없었다. 언질도 없었고, 연락도 받지 않았다. 오히려 그가 어디 갔는지 걱정하던 차였다.

"말씀드릴 수 없는 게 아니라, 말할 거리가 없는 거겠지. 도대체 말이야. 이따위로 출근하면서 누가 누굴 지적한단 말이야?"

전무가 화를 삭이기 힘든 얼굴로 중얼거렸다.

전무는 회사 창업 멤버로 회장과 가까운 사이였다. 으레 회사가 그러하듯 초창기엔 열정적이고 에너지 넘쳐 사업을 키울 사람이 필요하고, 안정기에 접어들어선 사업을 탄탄하게 다질 사람이 필요했다. 전무는 전형적인 초창기 멤버로 적합한 인물이었다.

회사가 안정기에 들어서는 회사의 지향점과 전무가 원하는 방향이 달라 문제를 만들곤 했지만, 첫 공로를 인정해 전무직에 두었다. 대신 안정기를 키우기 적합한 젊은 인재들로 회사를 꾸렸다.

그러나 전무는 그 점에 불만을 가졌다. 자신이 이만큼 회사를 키웠음에도 고작 전무직이고, 금수저 물고 태어난 어린 녀석들이 자리를 꿰차고 앉아 차기 CEO가 될 준비를 하고 있으니 울화통이 치밀어 올랐다. 그 때문에 전무는 상무와 이사가 하는 일이라면 번번이 반대를 하고 퇴짜를 놓기 일쑤였다. 팽팽하게 이어져 오던 악감정이 성태가 물고 온 소식에 펑 하고 터졌다.

'전무님. 이런 말씀 조심스럽습니다만, 상무님과 이사님이 전무님을 견제하는 것 같습니다. 아무래도 그렇겠지요. 전무님의 능력에, 회장님의 인정까지 받고 있으니 자신들의 위치가 좁아든다고 생각한 모양입니다. 그렇지 않고서야 전무님의 출퇴근까지 확인할 필요가……. 엇. 죄송합니다. 저도 모르게 실언을 했네요.'

그 말에 전무는 화가 나서 어쩔 줄 모르다가, 상무가 출근하지 않았다는 소식에 이때다 싶어 부랴부랴 달려왔다.

뒤에 서 있던 성태가 조용히 전무에게 다가갔다.

"전무님. 자리로 돌아가시는 게 어떠시겠습니까? 보아하니 손님 대접도 안 해줄 것 같습니다. 계속 여기 서계시느니 돌아가시는 게……."

위하는 척하지만, 실제론 화를 돋우는 성태의 말에 전무의 얼굴이 시뻘겋게 달아올랐다.

"버르장머리 없는 놈 같으니! 누구 덕에 회사가 이렇게 되었는데!"

"전무님 덕분이지요. 이 회사에 모르는 사람이 어디 있습니까."

성태의 간교한 맞장구에 전무가 더욱 기세등등한 표정을 지었다.

"그러니까! 지금 지가 그 나이에 상무 이름 달고 잘사는 게 누구 덕인데,

버르장머리없이 사람 출퇴근을 확인하고 난리냔 말이지!"

"그러게 말입니다. 명실상부한 회사 창업 멤버를 말이죠. 감히 그럴 수가 없죠."

성태가 옆에서 바람을 불수록, 전무는 더욱더 화가 난 표정을 지었다. 다현은 뱀같이 구는 성태를 빤히 쳐다보았다. 그는 일부러 전무를 자극하고 있었다. 재윤이 전무의 출퇴근을 간간이 확인한다는 사실도 그가 전한 게 틀림없어 보였다. 마치 어린애가 부모를 데려와 싸우자고 덤비는 꼴 같아 다현은 기가 막혔다. 다현의 시선을 느꼈는지 성태가 그녀를 쳐다보더니 씩 웃었다. 그러게 이렇게 될 줄 몰랐냐는 듯한 표정이었다.

"전무님. 바쁘실 텐데 돌아가 계시면, 상무님 오시는 대로 바로 연락드리겠습니다."

"지금 뭐라고 한 거예요, 성다현 씨?"

대답을 한 건 전무가 아닌 그 곁에 선 성태였다. 이때다 싶어 한발 앞선 그가 다현을 내려보았다.

"전무님이 왔으면 상무실 문을 열어 대접해 드리는 게 인지상정이지, 지금 축객령을 내린 거예요? 상무님 보좌한다고 전무님은 안중에도 없다 이거예요? 해도 해도 너무합니다. 날 무시하는 건 참아도, 우리 전무님 무시하는 건 못 참아요!"

성태의 의도적으로 계산된 말에 전무의 얼굴에 단풍이라도 든 듯 붉으락푸르락해졌다.

내가 언제?

다현은 그 말이 목 끝까지 치밀어 올랐다. 이건 다분히 의도된 말이었다. 다현은 욱하려는 마음을 애써 진정시킨 후 침착하게 말문을 열었다.

"죄송하지만, 전 그런 적 없고 그런 말씀도 드린 적 없습니다. 창업 멤버로서 회사를 이끄신 전무님의 공로를 존경하지만, 현재 빈 상무실에 사람을 들이지 말라는 상무님의 말씀을……."

"야, 너."

전무가 그녀의 말을 뚝 잘랐다. 다현은 제 귀를 의심하는 얼굴로 전무를 바라보았다.

너?

기가 막히다 못해 넋이 나간 다현이 뭐라고 대답할 틈도 없이, 전무가 손을 들어 문을 가리켰다.

"저거 열어."

"……."

"내 말이 말같이 안 들려! 당장 열어! 지금 누가 누구한테 명령이야! 뭐? 빈 상무실에 사람을 들이지 마? 강재 이사가 버젓이 저 빈 사무실에 있다 가는 걸 아는데, 사람을 차별해? 당장 못 열어?"

"죄송하지만……."

"이게 그래도 진짜! 너, 회사에서 잘리고 싶어? 어디서 말대꾸야! 당장 재윤 상무한테 전화해서 회사로 들어오라고 해! 지금 안 들어오면 내가 가만히 안 둘 거라고 전해!"

전무가 벼락같은 호통을 쳤다.

"여기 계셨습니까?"

다현이 마지못해 휴대폰을 겨우 들어 재윤에게 전화를 해야 하나 말아야 하나 고민할 때였다. 재윤이 싱긋 웃으며 사무실로 들어섰다. 아무것도 모르는 듯한 순백한 재윤의 표정에 다현은 낙심했다.

이 상황을 어떻게 설명해야 하지.

다현의 고민이 무색하게 전무가 먼저 재윤의 앞에 바짝 붙어섰다. 위협적으로 재윤을 바라보며 입을 열었다.

"오랜만에 재윤 상무 얼굴을 보러 왔는데, 사무실이 텅 비었더군요. 상무의 근태가 이런 걸 알면 회장님이 얼마나 상심하실지 눈앞이 캄캄합니다. 더군다나 요즘 내 근황에 대해 몹시 궁금해한다지요? 직접 물으면 설명해 줄 텐데요."

전무의 말에 재윤이 싱긋 미소 지었다.

"전무님의 근황은 늘 궁금하죠."

"그래서 내 출근 기록까지 확인한 겁니까? 김 상무?"

"오해가 있으셨나 봅니다. 회사에 먼저 입사한 선배님이자 전무님인데 찾아뵙고 여러 이야기를 나누고 싶어서 출근하셨는지 확인했던 건데, 소문이 와전되었군요. 그때마다 출근을 하지 않으셔서 몸이 아프신 건 아닌가 걱정하던 차였는데 오늘 보니 얼굴이 괜찮아 보이시네요. 다행입니다. 앞으로 예전처럼 일찍 출근해 후배들의 귀감이 되어주실 테니까요."

재윤이 웃는 낯으로 전무의 공격을 유연하게 피했다. 전무의 표정이 붉으락푸르락해졌다.

"꼭 오려고 했다는 거 같네요, 김 상무?"

"그럼요."

"그런데 어째서 내가 있는 날은 한 번도 찾아오지 않았을까요?"

"일이 바쁘기도 했지만, 찾아가려고 하면 번번이 사우나를 가셨더군요."

재윤이 웃는 낯으로 말을 하자 전무의 얼굴이 뻣뻣하게 굳었다. 그러나 재윤은 말을 멈추지 않았다.

"아, 처음은 사우나. 두 번째 찾아뵈려고 알아봤더니 출장 겸 골프 여행을 가셨더군요. 그다음에 가려고 알아봤더니, 집에 계셔서 얼마나 편찮으셨으면 병가 연락조차 하지 않고 휴식을 취하실까, 라는 생각이 들더군요. 그 정도 되니 제가 찾아뵙는 것 자체가 실례일 것 같아 관뒀는데, 이렇게 섭섭해하실 줄 알았으면 찾아뵐 걸 그랬네요."

재윤의 말에 전무의 얼굴이 벌겋게 달아올랐다.

"크, 크흠. 지금 내 뒷조사를 한 거요? 그걸로 협박하는 거고?"

"그럴 리가요. 뒷조사는 저만 알아야 하는 거 아닌가요. 회사 대부분의 임원급들은 다 알고 있는 사실이라 자연스럽게 귀에 들어오는 정보인데, 그게 어떻게 뒷조사인가요."

"……다, 오해요! 나를 음해하려는 세력이 퍼트린 소문이고!"

"그렇죠? 그래서 그런 소문을 퍼트린 사람들을 찾아내 그에 합당한 처벌을 내릴까 합니다. 전무님도 제시간에 출근하셨다는 증거 서류 준비해 두시는 게 좋겠군요. 그래야 음해 세력이 퍼트린 소문에서 빠져나가실 거 아닙니까?"

재윤이 웃는 낯으로 꺼낸 말에 전무의 얼굴이 희게 탈색되었다. 전무의 목울대가 빠르게 오르내렸다.

최대한 조용히 다닌다고 했는데, 임원급들이 다 안다는 사실이 충격적이었다. 한 대 얻어맞은 얼굴로 이리저리 눈을 굴리던 전무가 조심스럽게 입을 열었다.

"그 소문은 대체 어디까지 퍼진 거요? 혹시 그, 그러면…… 회장님도……?"

"회장님이 모르시는 게 어디 있나요? 다 알면서 모르는 척하시는 분이죠."

"……"

여러 대 얻어맞다 못해 넋이 나간 듯 전무의 입이 벌어졌다. 그의 머릿속이 굉장히 복잡해 보이는 얼굴이었다.

"하지만 아시다시피 회장님이 선을 넘으면 확실히 자르는 분이라, 한시라도 빨리 소문을 정리하셔야 할 겁니다. 뭐, 물론 전무님께서는 상관없는 일 아니신가요. 전무님이 결백하다면 제시간에 맞춰 출근한 자료들은 차고 넘치게 있을 테니까요. 이를테면 회사 메일 접속 시간이라든지, 하다못해 출근하는 모습이 엘리베이터 CCTV에라도 잡혀 있을 테니까요."

"……"

"그렇지요, 전무님?"

재윤이 다정한 목소리로 되물었다. 그가 고개를 기울이며 전무의 눈을 똑바로 응시했다. 마주 봤을 뿐인데 사람의 주눅을 들게 하는 얼굴이었다. 전무가 그의 시선을 홱 피했다.

"크, 크흠. 그, 그렇지."

대답하는 전무의 얼굴이 여전히 뻣뻣하게 굳어 있었다. 생각이 복잡해 보이는 얼굴이었다. 재윤은 미소 짓는 얼굴로 전무를 바라보았다. 재윤은 그가 회삿돈으로 사욕을 채운다는 걸 알고 있었고, 전무도 재윤이 그 사실을 안다는 걸 이제야 알아챈 듯했다.

그는 헛기침을 하다가 허공을 바라보길 반복했다.

"그, 그럼 이만 나는 가보겠네. 일이 잔뜩 밀려 있어서."

"차 대접을 하고 싶은데 바쁘신가 보군요. 조심히 가세요."

전무는 목이 졸린 사람처럼 하얗게 뜬 얼굴로 대답도 못한 채 손만 들어 보였다. 전무가 홱 돌아서서 나가자 성태가 굳은 얼굴로 돌아섰다.

"야."

재윤이 돌아서는 성태를 불렀다.

"너 말이야. 성태."

"네?"

성태가 움찔하며 돌아섰다.

"가서 전무님 잘 보살펴 드려."

갑작스런 반말에 성태의 눈이 동그랗게 커졌다. 뒤돌아서서 나가던 전무도 마찬가지였다.

"지금, 자네……. 내 비서에게 반말을 한 건가?"

놀란 와중에도 전무는 그게 기분이 상했는지 얼굴을 찌푸리며 물었다. 밀가루떡마냥 하얀 얼굴이 구겨지니 볼만했다. 재윤은 웃음이 나오려는 걸 꾹참은 채 입을 열었다.

"제 비서에게 야, 너, 하시기에 각자 비서에겐 말을 놓는 건 줄 알았습니다. 아니면 오늘만 하는 깜짝 이벤트인가 보죠?"

재윤이 싱긋 웃는 얼굴로 다시 성태를 바라보았다. 성태는 자신도 모르게 재윤의 시선을 피했다. 분명 웃는 낯이고, 때리지도 않는데 공포스러웠다. 최선을 다해 눈을 굴리는 성태를 재윤이 빤히 바라보며 말했다.

"회식 때 전무님이 없으니 나한테 '무조건' 부르겠다는 그 열정 정도면 충분히 전무님을 보살필 수 있을 거 같으니, 기대할게. 무조건 전무님을 잘 보살피도록 해. 그리고 전무님이 어디서 자꾸 나에 대해 안 좋은 소문을 접하시는 것 같은데, 누군지 찾아내도록 해. 나도 열과 성을 다해 그 가시 같은 놈 찾아낼 테니까. 가시는 얼른 찾아 뽑아내는 게 상책이니까."

"……."

"뭐 해, 안 가?"

재윤이 웃는 낯으로 꺼낸 말에 성태가 꾸벅 인사하고 돌아섰다. 그러다 자신을 무섭게 노려보는 전무의 얼굴을 보곤 입술을 깨물었다. 전무의 얼굴에 '무조건?' 이라는 글씨가 써 있는 듯했다.

"아, 전무님은 모르시겠군요. 비서 모임 때마다 전무님의 비서가 제게 '무조건' 을 불러주겠다며 얼마나 난리를 피우던지요. 무조건 달려가겠다, 무조건 충성하겠다, 그런 마음 없는 노래 듣기 부담스러워서 몇 번 거절했거든요."

전무가 부라린 눈으로 성태를 노려보았다.

"당장 따라와!"

전무가 성태에게 불호령을 내린 후, 성큼성큼 앞서 걸었다. 성태가 하얗게 뜨다못해 당장 죽을 것 같은 얼굴로 전무를 따라갔다. 커브를 틀자마자 전무가 버럭하는 소리가 들렸다. 죄송하다고 절절 비는 성태의 목소리까지 사라지자 소리가 사라진 듯 조용했다.

"죄송합니다."

고요한 가운데 작은 목소리가 뚝 떨어졌다. 돌아선 재윤은 고개를 푹 숙이고 있는 다현을 바라보았다. 그녀의 얼굴이 하나도 안 보일 지경이었다.

보고 싶어서 달려왔는데, 얼굴이 안 보이니 속상하다.

"고개 들어요. 그리고 왜 다현 씨가 죄송해요? 내가 길 가다 미친 여자를 만나도 사과하겠네요."

재윤이 농담을 던졌다. 반쯤 고개를 든 다현은 미소를 짓고 있었지만, 안 웃느니 못한 얼굴이었다. 그가 성큼 다가가 다현의 앞에 섰다.

"제 선에서 잘 해결했어야 했는데, 능력 부족으로 그러질 못했습니다. 그리고 아무래도 성태 씨가 악의를 품고 일을 이렇게 만든 것 같아요. 죄송합니다."

다현이 진심으로 미안하다는 표정으로 재윤을 바라보았다.

"다현 씨가 못 하는 게 맞아요."

"……."

"다현 씨가 나와 같은 말을 할 수도 없는 입장일뿐더러, 이 말을 한들 전무한테는 먹히지 않았을 거예요. 우린 엄연히 입장이 다르니까요. 그러니까 이번 일은 내가 사과해야겠네요. 일찍 와서 막아주지 못해서 미안해요. 나 때문에 험한 소리만 들었네요. 놀라진 않았어요?"

재윤이 조심스럽게 물어오는 목소리에 다현이 그를 바라보았다. 검은 눈동자에 따스한 기운이 가득했다. 마치 굉장히 추운 날, 막 난로 앞에 선 느낌이었다. 온몸이 따뜻하게 데워지면서 몸이 노곤하게 풀렸다. 그 평온함도 잠시, 죄책감이 밀려들었다.

이렇게 좋은 사람인데…….

자신을 좋아하는 사람이 좋은 사람일수록, 그녀는 마음이 더 아팠다. 그리고 지금은 태어나 이성 때문에 가장 마음이 아픈 순간이기도 했다. 곧은 사랑에 마음이 찔렸다.

"상무님."

"네. 비서님."

재윤이 일부러 테이블에 몸을 기댔다. 그러자 다현과 한층 더 가까워졌다. 시야에 그녀의 얼굴이 더 많은 부분을 차지하는 게 좋았다.

좋은 건 크게 봐야 하니까.

다현이 서랍에서 무언가를 꺼내 재윤에게 내밀었다.

"상무실에서 드리는 게 맞는 것 같지만, 한시라도 빨리 제 뜻을 전하는 게 나을 것 같아서요. 후임자 구하시기도 편하실 테고요."

테이블 위에 하얀 봉투가 놓여 있었다. 세 글자의 한자가 사직서를 뜻하고 있었다. 방금 전까지 미소 짓고 있던 재윤의 얼굴이 무표정하게 바뀌었다. 그가 손으로 사직서를 들었다. 그는 무표정하게 사직서를 바라보다가 다현에게 시선을 옮겼다.

"이걸 왜 나를 줘요?"

그가 더러운 거라도 잡은 듯 끄트머리를 잡고서 흔들며 물었다. 진심으로 받기 싫은 얼굴이었다.

"다른 곳에 제출해야 하나요?"

"아뇨. 난 다현 씨를 관두게 할 생각이 없어요."

"상무님."

다현이 그를 만류하려는 듯 불렀다.

"하나만 물을게요."

"네."

"어차피 관두려고 하는 것 같은데, 이렇게 된 거 직급 떼고 남자로서 물을게요. 내가 싫어요? 날 보면 헛구역질 나오고 견디기 힘드냐고 묻고 있는 거예요."

"아뇨. 그건 아니에요. 절대로 그건 아니에요."

오히려 좋은 사람이다. 그래서 관두는 거였다.

"그게 아니면 나라는 남자는 괜찮은데 내 마음이 부담스럽다는 거예요?"

재윤의 말에 다현이 곤란한 표정을 지었다.

"더 상세하게 본인 마음을 말해줘도 돼요. 난 그날 다현 씨의 상황만 들었지, 다현 씨의 마음에 대해선 제대로 못 들었으니까. 그러니까 하나하나씩 설명해 줘요. 내가 이해할 수 있게."

재윤이 평소처럼 온화한 얼굴로 말했다. 그러나 자신을 설득시키려는 그 말투에는 절박함이 깔려 있었다. 다른 사람이 자신을 좋아해 달라고 조를 때 느꼈던 거북함이 느껴지지 않았다. 그는 진지하게 묻고만 있었으니까. 그래서 무섭기도 했다. 잠시 입술을 달싹이던 다현이 용기 내어 말을 꺼냈다.

"저는…… 여기서 변하고 싶지 않아요. 상무님."

"……."

"누굴 좋아하는 것도 상상이 안 되고, 그리고 싶은 마음도 없어요. 전 그럴 수도 없는 사람이고요. 또, 상무님에게 상처드리고 싶지 않아요. 그래서 지금 좋은 사람으로 남았을 때 떠나야겠다는 생각을 했어요."

"사랑을 못 하기도 하지만, 사랑이 무서운 거죠? 내가 상처 입을까 봐, 그걸로 다현 씨가 또 상처입게 될까 봐."

"……."

너무도 정확하게 짚어내는 그의 말에 다현은 마른침을 삼켰다. 재윤의 눈빛이 예리하게 빛났다.

"그것도 있지만……."

다현이 말끝을 흐렸다. 그녀가 다른 말을 하기 위해 고민할 때였다.

"다현 씨가 한 말을 종합하자면, 다현 씨는 사랑이 어렵다. 지금 여기서 변하고 싶지 않다. 이거잖아요. 결론은 변하고 싶지 않아서 사랑하기 싫은 거겠네요. 누구에게도 상처 주고 싶지 않고, 상처받고 싶지 않다. 그러니까 사랑을 못 하는 것도 있지만, 안 하는 걸 테고요."

"……."

"그리고 다현 씨는 내가 싫지 않고요. 틀렸나요?"

재윤의 말에 다현은 수긍하고 싶지 않으면서도 틀린 말이 없어서 부인하지 못했다. 오히려 자신도 모르는 마음을 재윤이 정확하게 찾아낸 느낌이었다.

누군가를 사랑할 수 없어.

그 말 안에 수많은 감정이 차곡차곡 쌓여 있었음을 알았다. 스토킹에 대한 공포, 그로 인한 사랑에 대한 거부감, 누군가를 사랑할 때 변해갈 스스로가 싫은 마음. 근원 없는 불안함. 사랑이 끝났을 때의 공포까지. 그 모든 것들이 한데 뒤엉켜 거대한 덩어리가 되었다. 이젠 자신이 어찌할 수 없을 만큼.

할 말이 없어진 다현이 그의 얼굴을 물끄러미 바라보았다.

"평생 그렇게 살 거예요?"

느닷없는 재윤의 말이 그녀의 가슴을 관통했다. 진실은 때론 아픈 법이었다. 순간 울컥한 다현은 무슨 상관이냐고, 난 지금으로 충분히 만족한다고, 그 말을 하고 싶은데 말이 나오지 않았다. 마치 진심이 아닌 말이라서 나오지 않는 것처럼.

"……이만 해도 괜찮아요. 저는."

겨우 뱉은 말이 그거였다. 이 정도도 괜찮다는.

"괜찮은 거지, 본인 삶에 만족하는 건 아니잖아요."

"만족해요. 쌍둥이들도 있고, 제 직업도 있고, 또 친구들도 있고요."

"그 쌍둥이들도 언젠간 본인 삶을 찾아갈 거예요. 다현 씨에게 찾아오는 것도 드물어지겠죠. 친구들도 마찬가지일 테고요. 그럼 그땐 어쩔 거죠?"

"그땐 그 나름의 좋은 것들이 있겠죠."

"그럼 좋은 것들 중에 좋은 거 하나 추가해 봐요."

"……."

"내가 주는 사랑 받는 거."

"상무님."

"아직 내 말 안 끝났어요. 난 다른 사람들처럼 다현 씨한테 사랑해 달라고 안 해요. 그냥 내가 주는 사랑 얌전히 받기만 해요. 사랑한다는 말도 하지 않을게요. 그냥, 좋아하는 이 마음 녹일 수 있을 만큼 녹여서 보여주기만 할게요."

그의 눈빛이 형형하게 빛났다. 그는 절벽을 등 뒤에 둔 사람처럼 물러설 기미가 보이지 않았다. 그 눈빛에 잡아먹힐 것 같았다. 다현의 눈동자가 가늘게 흔들렸다.

"그리고 난 아직 차이겠다고 말한 적 없어요."

다현이 그게 무슨 소리냐는 멍한 얼굴로 재윤을 바라보았다.

"다현 씨는 날 거절했지만, 난 그 거절을 받아들이겠다고 말한 적 없다고요. 그러니 난 차인 적이 없어요."

"……."

"그러니까 우리, 만나보죠. 최소한 한 달만이라도. 난 다현 씨 거절하지 않을게요. 다현 씨에게만 날 거절할 수 있는 기회를 줄게요. 그럼, 다현 씨가 상처받을 일도 내가 상처받을 일도 없잖아요."

쿵.

그의 말에 그녀의 가슴이 밑바닥으로 꺼지는 기분이었다. 그녀가 눈을 빠르게 깜빡였다.

"상무님."

다현이 다시 한 번 재윤을 말리려고 그를 불렀다.

"네. 우리 다현 씨."

그러나 그의 말에 다현의 말문이 막혔다. 재윤은 다현의 눈을 똑바로 마주한 채 손에 쥐고 있던 사직서를 반으로 접었다. 그리고 또 한 번 반으로 접더니 보란 듯이 손으로 와그작 구겼다.

"어차피 다른 직장 바로 구할 수 없잖아요. 근무한 지 1년도 안 됐으니 퇴직금도 안 나올 거고, 실업급여는 더더욱 받을 수 없을 거고요. 그러니까 그 직장 구할 때까지만 일한다고 생각해요."

그가 현실적인 지적을 했다. 그의 말이 옳았다. 사직서가 당장 수리되면 난처해지는 건 다현이었다.

"한 달 정도만 만나봐요. 그래도 안 되면 포기할게요. 그리고 다른 곳으로 이직하거나, 직급을 바꿀 수 있도록 도와줄게요. 이 정도면 파격적인 제안인 것 같은데, 거부할 거예요?"

"……."

"한 달 동안 나한테 뛰어오라는 말, 걸어오라는 말, 그런 거 안 해요. 아까 말한 것처럼 그냥 서 있기만 해요. 그러다가 내키면 걸어와요. 그 정도는 할 수 있잖아요."

나지막한 목소리가 마음 위로 톡톡 떨어져 내렸다. 다현은 젖어가는 자신의 마음을 느끼면서도 걱정스런 표정으로 말했다.

"상무님이 힘드실 거예요."

"지금 다현 씨가 관두면 난 두 배로 더 힘들 거예요. 다현 씨만큼은 아니지만 나도 누군가를 사랑하는 게 굉장히 어려운 사람이니까요. 그런 내가 모처럼 마음에 드는 여자를 만났어요. 그 여자랑 제대로 데이트도 못 해보고 헤어지면 내 남은 날들이 얼마나 우울해지겠어요?"

"……."

"그러니까 정말로 날 걱정한다면 한 달만 노력해 봐요."

"……."

"생각할 시간 줄게요. 기다릴게요."

재윤이 빙긋 웃은 후 돌아섰다. 다현은 재윤의 뒷모습을 바라보았다. 그는 가볍게 말했지만, 꺼낸 말들이 쉽지 않았을 거다. 다현이 복잡한 표정으로 시선을 내리깔았다. 도저히 그의 말에서 빠져나갈 구멍이 보이지 않았다.

❖

툭.

다현의 시선이 바닥으로 향했다. 볼펜이 또 떨어졌다. 벌써 세 번도 넘게 떨어뜨렸다. 떨어트린 건 볼펜만이 아니었다. 갖은 물건들이 손에서 줄줄 새어나갔다. 그때마다 그녀는 재윤의 생각에 잠겨 있었다. 자신의 거절을 이렇게 받아칠 거라곤 생각지도 못했다.

[오늘 점심 같이 못 먹을 거 같아요. 외근 때문에.]

나은에게서 온 메시지였다.

[알겠습니다. 그렇게 알고 있을게요.]

[지금 시간 돼요? 잠깐 대화하고 싶은데?]

[네.]

답장을 보낸 지 얼마 되지 않아 대화창이 열렸다.

[다현 씨한테 고백했다던 남자는 어떻게 됐어요?]

얼마 전 나은에게 흘러가듯 지인에게 고백을 받아 난처하다고 말한 적이 있었다. 상대가 누군지 말하지 않았다. 상황만 대충 말해주었는데, 궁금했던지 나은이 물어왔다.

다현은 고민하다가 있었던 일을 짤막하게 정리해서 대화창에 올렸다. 물론 그 상대가 재윤이고, 재윤이 한 달간 연애하는 조건으로 어떤 걸 제시했는지는 설명하지 않았다. 그러자 나은에게서 한동안 대답이 돌아오지 않았다.

[그래서 다현 씨는 어쩔 건데요?]

나은에게서 질문이 돌아왔다.

어쩔까……

다현은 스스로에게 자그맣게 물었다. 그녀의 손가락이 자판 위에서 빙빙 돌았다. 그녀의 어깨선이 아래로 내려갔다.

[잘 모르겠어요.]

고작 할 말은 그것뿐이었다. 어수선한 마음에서 어떤 말을 골라야 할지, 자신의 마음은 어떤 건지 알 수가 없었다.

[싫진 않은가 보네요.]

나은에게서 온 메시지를 다현이 물끄러미 바라보았다. 그녀의 말대로 싫지 않다. 그러니 고민하고 있는 거겠지. 그녀를 가장 두렵게 하는 건, 자신의 선택이 재윤을 다치게 할까 봐서였다. 그녀는 자신 때문에 다른 사람들이 아프길 원치 않았다.

[그런 것 같은데, 섣불리 결정할 수가 없네요.]

[마음이 끌리는 대로 해요. 어차피 대부분의 결정은 그렇게 되더라고요. 이런저런 이유를 가져다 대봤자, 이유는 결국 원하는 걸 이기지 못해요.]

다현은 나은이 건넨 말을 빤히 바라보았다. 그리고는 그녀가 한 말을 자그맣게 곱씹었다.

원하는 걸 이기지 못한다라……

나은은 이후 급한 일이 있으니 자리를 비우겠다는 말을 남긴 후 대화창을 껐다. 조금 더 그녀와 대화를 나누고 싶었던 다현은 아쉬운 마음으로 대화창을 껐다. 나은의 말이 맞는지 모른다.

거절해야 할 방법을 고민하는 게 아니라, 어떻게 해야 할지 고민하는 거라면 이미 답은 정해져 있는 거나 다름없었다. 그런데도 용기가 없어 자꾸 머뭇거리게 된다.

"한심하다, 성다현."

다현이 나지막하게 한숨을 내쉬었다.

휴대폰 액정이 팟 하고 밝아졌다.

[1회의실 오후 2시 30분에 시작하는 회의 ─〉 3시 30분 2회의실로 변경]

처음 보는 휴대폰 번호로 메시지가 전송되었다. 아래에 박람회에 관한 정보도 정확했다.

다현은 얼른 모니터에 기록해 둔 일정표를 클릭했다. 1회의실 오후 2시 30분에 시작되는 회의가 한 건 잡혀 있었다. 박람회에서 선보인 기술들을 어떤 식으로 홍보할 건지, 더불어 다른 것과 겸해서 진행할 것들이 있는지 회의하는 자리였다. 겸사겸사 다른 건들도 회의에 올라가 있어서 꼭 참여해야 하는 회의였다.

다현은 휴대폰에 남아 있는 번호는 나중에 저장하기로 하고, 마우스 위에 손을 올렸다. 일정표를 바꿀 생각이었다. 그리고 상무실에 가서 변동사항이 생겼음을 알려야 했다.

쿵.

재윤을 봐야 한다는 생각을 하자마자 가슴이 아래로 곤두박질쳤다. 다현은 애써 생각을 털어낸 후 다시 스케줄을 수정했다.

회의실 앞을 지키고 있던 혜연의 곁으로 다른 비서들이 몰려들었다. 보통 회의에 함께 참석해 경청해야 하지만, 오늘은 회의실이 꽉 차도록 많은 사람들이 온 탓에 그녀들은 밖으로 밀렸다. 혜연은 화장을 고치다 말고 시계를 확인했다.

2시 25분.

그녀의 입술이 비죽이 올라갔다.

"좋은 일 있어요?"

곁에 있던 여비서가 물어왔다.

"아뇨. 그냥 웃어야 좋은 일이 들어온다고 해서 웃고 있는 중이었어요."

혜연이 생긋 웃었다. 그러자 여비서가 '성격도 좋아. 참 긍정적이네요' 라며 치켜세웠다. 그러자 혜연은 부끄럽다는 듯 웃으며 여비서를 바라보았다.

"오늘 화장 새로 했어요? 되게 화사하고 예쁘네요. 원래부터 얼굴이 작아서 그런 건가. 헤어스타일도 잘 어울리고요."

"정말? 고마워요!"

민망해하는 표정과 달리 은근히 좋아하는 게 드러났다. 그런 여비서를 보며 혜연은 다시 한 번 생긋 웃었다. 예의상 칭찬을 하던 혜연은 들뜬 표정으로 앞을 바라보았다. 사람들이 구름떼처럼 모여들었다. 그 속에 다현과 재윤은 보이지 않았다.

혜연이 기분 좋은 얼굴로 시계를 보았다. 이제 회의까지 2분 남았다. 일찍 회의에 참석하는 재윤 상무가 지금까지 오지 않았다는 건, 불참한다는 소리였다. 혜연이 입술을 꽉 깨물었다.

"오셨습니까."

엘리베이터 문이 열리더니 주변이 술렁거렸다. 고개를 든 혜연은 슈트 차림의 남자가 걸어오는 걸 보곤 의아한 표정을 지었다.

강재 이사인가.

혜연이 얼른 문틈으로 이사의 자리를 바라보았다. 강재 이사는 자리에 착석해 회의 자료에 대해 묻고 있었고, 그 곁의 사람들은 땀을 뻘뻘 흘리며 대답하려 애쓰는 중이었다. 혜연의 고개가 다시 앞으로 돌아갔다.

말끔한 슈트 차림, 이마를 덮은 짙은 머리카락, 입가에 머무는 미소. 그 모든 게 재윤 상무였다.

재윤 상무가 싱긋 웃으며 '오랜만이에요'라는 말을 하며 회의실로 들어섰다. 멍하게 재윤 상무의 등을 바라보던 혜연이 눈을 깜빡였다.

어떻게 된 거지.

혜연은 자신의 앞에 선 다현을 보곤 흠칫했다.

"안녕하세요."

다현의 인사에 혜연의 얼굴이 하얗게 굳었다. 그녀의 곁을 둘러싼 여비서들이 다현을 보곤 얼굴을 찌푸렸다.

다현은 일부러 혜연에게서 얼마 떨어지지 않은 곳에 섰다. 얼마 후 잠시 회의실에 들렀다가 나온 나은이 그녀의 곁에 섰다.

"나은 씨, 이 문자 받았어요?"

다현이 나은에게 휴대폰을 내밀었다.

"아뇨. 이게 뭐예요?"

나은이 다현의 휴대폰을 확인하더니 얼굴을 찌푸렸다. 회의 시간이 변경되었음을 알리는 문자였다.

"누가 악의적인 장난을 친 것 같아서 신고하려고요."

"이런 문자를 받고도 제시간에 운 좋게 왔네요?"

나은이 신기한 눈으로 바라보았다.

"이상해서 다시 한 번 확인해 봤거든요. 작은 회의도 아니고, 이 많은 임직원들의 스케줄이 당일날 변경되는 것도 이상하고, 이렇게 중요한 회의에 당일날 몇 시간 전에 변경 문자를 보낼 일은 없을 것 같아서요. 회사 메일이나, 전화면 모를까……."

다현이 나은에게 말하며 그 너머를 슬쩍 바라보았다. 주변 사람들 중 유난히 표정이 굳은 사람이 보였다. 사람들이 혜연에게 말을 걸고 있었으나,

그녀는 정신이 다른 곳에 팔려 있었다. 사람들이 툭툭 치고서야 혜연이 어색하게 웃으며 되물었다.

"얼른 신고하는 게 좋겠네요."

"네. 그 값을 톡톡히 치르게 하려고요."

다현이 휴대폰을 챙겨넣으며 단호하게 말했다.

"다현 씨. 다현 씨!"

저를 부르는 소리에 다현이 반쯤 돌아섰다. 엘리베이터 두 대가 꽉 차서 다현은 재윤에게 비상구로 가겠다는 말을 남긴 후 내려가던 차였다. 급하게 달려오는 사람은 다름 아닌 혜연이었다.

"무슨 일이세요?"

"무슨 일이긴요. 어차피 가는 길이 같으니까 같이 가자 이거죠."

"아, 네."

다현은 마지못해 대답을 하며 시선을 앞으로 돌렸다. 모르는 척했지만, 혜연의 속내가 훤히 보였다. 회의 시간에 맞춰 자신이 오는 걸 보자마자 눈을 부릅뜨는 혜연을 보고서, 그녀가 한 짓일 거라 예상했다. 물론 왜 이런 짓까지 하는지는 알 수 없었다.

"다현 씨. 오늘 퇴근하고 뭐 해요? 같이 술이나 한잔할래요? 그러고 보니 우리 여자 비서끼리 뭉친 적 없잖아요. 특히 다현 씨랑 나랑 같이 마신 적도 없고."

혜연이 생긋 웃으며 다가왔다.

"죄송한데 선약이 있어요."

"아, 그래요?"

다현의 거절에 혜연의 표정이 금세 굳었다.

"먼저 내려가 볼게요. 잡아야 할 범인이 있어서요."

다현이 혜연의 눈을 똑바로 바라보며 말했다. 혜연의 표정이 미묘하게 굳는 걸 확인한 다현은 생긋 웃은 후 걸어 내려갔다.

"범인이라면…… 누굴 말하는 거예요?"

"회의시간 변동된 걸 악의적으로 잘못 알려준 사람이 있어서요."

다현이 생긋 웃으며 대답했다.

"실수 아닐까요?"

혜연이 어색하게 웃으며 물었다.

"그럼 정정 문자를 보냈어야죠. 더군다나 처음 보는 휴대폰 번호였거든요. 이런 허술한 방법으로 당할 거라고 생각했나 봐요."

"그런 걸로 신고가 되겠어요? 기분 나쁘긴 하겠지만, 처벌까진 힘들 것 같은데요."

"처벌할 생각 없어요. 부끄럽게 만들 생각이지."

"……"

"적어도 회사에 소문은 날 거 아니에요. 치사하고, 멍청한 방법으로 골탕 먹이려다가 오히려 민망해진 사례로요. 아마 퇴사 직전까지 소문은 따라붙겠죠?"

"다현 씨!"

다현이 돌아서자마자 혜연이 그녀를 다급히 불러세웠다. 돌아선 다현이 고요한 눈으로 달려오는 혜연을 바라보았다.

"그거…… 실은, 내가 잘못 보낸 문자예요. 아까 보내고 정정문자 보냈는데 안 갔나 봐요?"

"안 왔어요. 혜연 씨 번호랑 다르던데요."

"내가 휴대폰을 바꿨는데 깜빡하고 다현 씨한테 알려주지 않았나 봐요."

"……"

"미안해요. 내 실수였어요."

혜연의 말에 다현은 그녀를 물끄러미 바라보았다.

"사과해 주셔서 감사하네요. 하마터면 서로 얼굴 붉힐 뻔했는데 말이죠.

하마터면 상무님한테 보고할 뻔했거든요. 다음부턴 이런 일 없길 바랄게요. 한 번은 실수지만, 두 번은 고의적인 거잖아요."

다현이 생긋 웃자, 혜연의 입가가 더욱 뻣뻣하게 굳었다.

"그렇지요."

마지못해 대답하는 혜연에게 다현은 '먼저 내려가 보겠습니다.' 라는 말을 남긴 후 계단을 내려왔다.

재윤이 퇴근한 후, 주변을 정리한 다현이 핸드백을 어깨에 걸쳤다. 고단한 하루였다. 오늘 하루 심장이 남아나질 않았다. 혜연에게 뒤통수를 맞을 뻔했다는 걸 안 순간, 가슴이 철렁 내려앉았다.

퇴근 한 시간 전엔, 엘리베이터를 탔다가 성태를 만났다. 하필이면 그와 단둘이 서 있는 바람에 어색함에 심장이 쪼그라들었다. 성태는 표정을 구기며 불만스런 표정을 짓긴 했지만, 대놓고 화를 내거나 말을 걸진 않았다.

"후우."

다현이 긴 한숨을 내쉬며 복도 커브를 돌았다. 그리고 막 엘리베이터 쪽으로 고개를 돌렸다가 그 자리에 멈춰 섰다. 재윤이 활짝 열려 있는 엘리베이터를 바라보고 있었다. 이윽고 쿵 하고 엘리베이터가 닫히더니 아래로 내려갔다. 불빛이 사라진 엘리베이터 버튼을 다시 누른 재윤이 주머니에 손을 푹 찔러 넣었다.

"……상무님."

다현의 부름에 재윤의 고개가 돌아갔다. 그가 고개를 휙 돌리더니 잠시 당황했다.

"아직 여기 계셨어요?"

왜 방금 전 엘리베이터는 안 탔냐는 표정으로 재윤을 물끄러미 바라보았다. 그는 금세 표정을 고쳤다.

"방금 도착한 엘리베이터가 내 취향이 아니라서요."

"네?"

"무슨 소리인가 싶죠? 나도 그래요. 일단 타요."

재윤이 막 도착해 문을 활짝 연 엘리베이터를 가리켰다. 늦은 시각이라 엘리베이터 안엔 두 사람밖에 없었다.

"이건 취향에 맞는 엘리베이터인가요?"

"네. 다현 씨랑 같이 타잖아요."

"……."

그 말에 다현은 여태껏 재윤과 함께 탔던 엘리베이터가 우연이 아니었음을 알았다.

아, 그랬구나.

새삼 뒤늦은 깨달음이 가슴을 치고 지나갔다.

"오늘 약속 있어요?"

"……네."

한 박자 늦게 대답하는 다현을 재윤이 물끄러미 바라보았다. 어색함을 그대로 담아놓은 다현의 표정에 재윤이 씁쓸한 표정을 지었다.

"그렇게 언행불일치를 대놓고 보여주면 어떻게 해요? 얼굴을 보아하니 약속이 없는 것 같네요. 그리고 다현 씨가 9시에 약속을 잡을 사람도 아니고."

들켰다. 다현이 난처한 표정을 지었다.

"오늘 데려다줄게요."

"아니에요. 괜찮습니다. 혼자 갈 수 있어요."

"당연히 혼자 갈 수 있겠죠. 나이가 몇인데. 다현 씨 결정에 도움 되라고 하는 거니까 거절하지 마요. 한 달 연애를 하더라도 내가 어떤 사람인지 알아야 결정하기 쉬울 거 아니에요."

"상무님에 대해선 나름 많이 알고 있습니다."

"그건 상무님에 대해서잖아요. 김재윤에 대해서 얼마만큼 알아요?"

"……."

다현의 눈동자가 흔들렸다. 재윤의 목소리가 한층 낮아진 것 같은데, 그건 기분 탓일까.

"짧게나마 김재윤이 어떤 사람인지 생각해 볼 시간을 주는 거니까, 거절할 생각은 접어둬요."

재윤은 1층 버튼을 눌러 소등시키곤, 지하 주차장 버튼을 눌렀다. 재윤의 말은 틀리지 않았다. 결정을 내리기 전, 선택지를 제대로 봐야 하는 건 맞으니까.

"그리고 알겠지만, 가산점 받으려고 하는 것도 있어요."

뜬금없는 재윤의 말에 다현의 고개가 돌아갔다. 그의 시선이 닫힌 엘리베이터 문을 향하고 있었다.

"혹시 알아요? 오늘 데려다주면 '아, 같이 퇴근할 때 좋으니까 플러스 5점.' 하고 이렇게 점수를 높여줄지?"

한 박자 늦게 다현의 눈을 바라보던 재윤이 싱긋 웃었다. 순간 다현은 자신도 모르게 호흡을 멈췄다.

딩동.

지하 주차장에 도착한 엘리베이터 문이 열렸다.

"가시죠. 출제자님."

재윤이 성큼 걸어나갔다. 다현은 그런 재윤의 등을 물끄러미 바라보다 하마터면 엘리베이터 안에 도로 갇힐 뻔했다.

재윤의 차에 탄 다현은 마음이 복잡했다. 그의 차를 얻어타려는 걸 거절하려다, 그녀는 마음을 바꿨다. 더는 거절하는 것도 예의가 아닐 것 같았다.

날이 많이 풀렸지만 아직 밤공기는 쌀쌀하다며 시트 열선을 켜주었다. 그는 자신이 어색할까 봐 은은한 클래식까지 틀어놓았다. 배려 깊고, 마음이 따뜻하다는 게 느껴졌다.

　그렇지만 그의 마음을 받아줄 수 없을 것 같았다. 여전히 머릿속을 떠다니는 '안 되는 이유'들을 뿌리칠 수 없었다.

　"상무님."

　"네. 다현 씨."

　돌아오는 대답이 너무나 따뜻해서 다현은 잠시 말문이 막혔다. 고단한 하루를 따뜻하게 감싸주는 목소리였다.

　잠시 다현이 말을 멈춘 사이, 그의 차가 골목으로 들어섰다. 좁은 골목의 끄트머리에 있는 집 앞에 차가 멈춰 섰다. 차에서 내린 다현은 자신의 집을 바라보았다.

　낡고, 금이 간 허름한 집. 방음이 잘 되지 않아 옆집 소리도 들리는 이런 집과 그의 차를 비교해 보니 간극이 확연하게 느껴졌다.

　이렇게나 차이가 많이 나는데 연애라니.

　찬물을 한 바가지 뒤집어쓴 것처럼 정신이 번쩍 들었다. 다현이 복잡한 표정으로 운전석에서 내린 재윤을 바라보았다.

　"데려다주셔서 감사합니다."

　재윤이 차에 팔을 올렸다. 옷이 더러워질 텐데도 별 개의치 않는 얼굴이었다. 팔에 턱을 괸 그는 그녀를 물끄러미 바라보았다.

　"또 데려다주고 싶어요, 나는."

　"……."

　다현이 입을 꾹 다물었다. 그사이, 선선한 바람이 불었다. 잠시 눈을 감았다가 느릿하게 뜨는 그의 모습이 슬로우모션처럼 천천히 보였다. 어두운 밤중에 가로등 불빛 아래에 선 남자가 자신을 바라보고 있는 이 풍경이, 잠시 숨을 쉴 수 없을 정도로 아름답다는 걸 처음 알았다.

　욱씬. 왠지 모를 통증이 느껴졌다.

　"상무님. 저는……."

　다현이 말을 하다 말고 재윤을 바라보았다. 그가 부는 바람에도 눈 한 번 깜빡이지 않고 그녀를 바라보고 있었다. 다현의 입술이 일자로 굳었다. 그의 무표정한 얼굴 위로 간절함이 엿보였다.

살짝 움찔거리는 입술, 흔들림 없는 시선, 숨을 멈춘 듯 미동 없는 어깨까지.

만나서는 안 되는 수많은 이유들이 거품처럼 솟구쳤다가, 그를 보자 스르륵 가라앉았다. 하지만 충동적으로 결정해선 안 된다.

"저는……."

다현이 다시 한 번 말을 뱉으려 애썼다. 그런데 왜인지 아무 말도 나오지 않았다. 죄송합니다, 라는 말도. 안 될 것 같아요, 라는 말도 나오지 않았다.

"느려도 돼요, 다현 씨."

바람이 잠시 멎은 가운데, 그의 목소리가 꽃잎처럼 떨어져 내렸다. 마치 그녀의 마음을 읽은 것 같은 대답이었다. 다현의 눈이 가늘게 떨렸다. 재윤은 그런 다현을 평온한 눈으로 바라보았다.

"그 자리에 있을 정도만큼의 용기만 내요."

"……."

"그 용기로 충분해요."

재윤이 말을 마친 후 입술 끝을 끌어 올리며 미소 지었다. 굳어 있던 다현의 표정이 모래성이 내려앉듯 조금씩 허물어져 내렸다.

"처음엔 친구처럼 시작해요. 같이 이야기를 나누고, 공감하는 친구 정도요. 그 정도로는 시작할 수 있잖아요."

오늘 하루, 다현은 굉장히 고단했다. 혜연의 잔꾀에 넘어가 큰일을 치를 뻔했고, 퇴근 전 성태를 만나 불편함을 겪었고, 하루 종일 잔실수를 많이 하는 바람에 일 처리 시간이 두 배로 걸렸다. 이 모든 불쾌함이 재윤의 넉넉한 마음 가득한 말 한마디로 스르륵 녹아내렸다.

다현이 무너져 내린 눈으로 재윤을 바라보았다. 하루 종일 재윤을 만나선 안 되는 이유들을 외우듯이 생각했다. 마치 스스로를 설득시키려는 듯이.

그리고 지금 이 순간 깨달았다.

스스로를 설득시키는 데 실패했다는 것을.

딱 한 번만, 더 도전해 보면 안 되는 걸까. 재윤의 말대로 걸어가지 않고 이 자리에 서 있는 그 용기만으로도 충분한 거 아닐까. 이 정도 거리라면 연애라는 거, 왠지 할 수 있을 것 같다.

한 번 허물어진 마음은 끝도 없이 무너져 내렸고, 그 벽 너머에 있는 진실이 훤히 드러났다.

그냥 아무 걱정 없이 그를 만나보고 싶다. 자신이 멋지다고 생각했던 이 남자가 주는 사랑을 가만히 받아보고 싶다. 이기적이라고 해도.

바짝 말라 있는 다현의 입술이 제멋대로 움직였다.

"……실패할지도 몰라요. 영원히 지금 이 자리에 서 있을지도 몰라요."

다현의 떨리는 목소리에 재윤의 입술이 늘어났다.

"괜찮아요. 뒷걸음질만 안 치면 돼요. 아니, 뒷걸음질쳐도 돼요. 내가 그만큼 걸어가면 되니까."

재윤이 차를 빙 둘러 다현에게 다가왔다. 그는 다현의 앞에 서서 허리를 굽혔다. 눈높이가 같아진 검은 눈동자에선 반질반질 윤이 났다.

다현이 머뭇거리던 입술을 힘겹게 열었다.

"답답할 거예요."

"실연보다는 행복하겠죠."

재윤에게서 돌아오는 대답이 봄볕처럼 포근했다. 잠시 고민하다 다현이 입을 열어 말했다.

"이왕 만나는 거라면 그것보다는 조금, 아니. 더 많이 행복했으면 좋겠어요. 만나는 동안에요."

자그마한 소망을 말한 다현의 입술 끝이 느릿하게 올라갔다. 볕을 받은 봉우리가 차츰차츰 열리듯, 그녀의 얼굴에 미소가 피어올랐다.

어두운 밤중에 홀로 환하게 빛나는 다현의 얼굴을 재윤은 넋을 잃고 바라보았다. 그리고 마침내 그의 입술이 느슨하게 늘어났다.

❖

이게 잘한 걸까.

다현은 낡은 벽지를 바라보며 생각했다. 반쯤 분위기에 떠밀리다시피 그를 허락하고 말았다. 그를 허락한 데에는 현실적인 이유도 많이 작용했다. 지금 당장 회사를 관두기 어려운 사정이라는 것, 그리고 한 달간 노력해도 안 될 땐, 다른 부서로 이직시켜 주는 것까지.

그러나 단지 그것만이 이유는 아니었다. 재윤의 얼굴을 보는 순간, '한 번만 더 도전해 보면 안 될까. 어쩌면 자신도 누군가를 사랑할 수 있을지도 모른다.' 라는 생각이 든 것이 가장 큰 이유였다.

"하아."

이불을 꼭 움켜쥐고 이리저리 뒤척거렸다.

잘한 건가 걱정도 되고, 내일 상무님은 어떻게 봐야 하나 싶고, 여러모로 머리가 혼란스러웠다.

잠시 멍하게 천장을 바라보던 다현은 두 손으로 자신의 뺨을 감쌌다.

"혹시 나…… 꽤 괜찮은 얼굴인 건가……. 아, 내가 뭐라는 거야."

다현은 스스로 한 생각이 부끄럽다는 듯 이불 속에 얼굴을 파묻었다.

몇 해 만에 처음으로 연애를 시작하기로 했으나, 세상이 달라지는 건 아니었다. 쌍둥이 형제들은 아침부터 투닥거려 사람 속을 썩였고, 출근길은 복잡했으며, 엘리베이터는 그보다 더 복잡했다. 설상가상으로 자신만 보면 노려보기 바쁜 성태까지 만나느라 더욱 흐린 아침이었다. 그런데, 눈앞의 남자는 아니었던 모양이었다.

다현은 책상에 앉아 자신을 물끄러미 바라보는 재윤을 훑었다. 평소보다 한결 근사한 느낌이 들어 자세히 보았지만, 어디가 달라진 건지 알 수가 없었다. 그는 자신을 세워놓고 바라보는 중이었다.

"필요하신 거 있으신가요?"

"아뇨. 어제는 잘 잤어요?"

"네."

"쌍둥이들이 늦었다고 잔소리는 하지 않고?"

"먼저 자고 있더라고요."

"다행이네요. 커피 마실래요?"

"아뇨. 괜찮습니다. 하실 말씀 없으시면 나가보겠습니다."

"왜 나가요?"

재윤이 의아한 듯 물었다.

"네?"

다현이 되묻자, 재윤이 턱을 괴고서 그녀를 바라보았다.

"짬짬이 데이트하자는 신호를 보낸 건데, 몰랐어요?"

"……근무 중엔 이러지 않기로 하셨잖아요."

다현은 헤어지기 전, 재윤에게 신신당부했었다. 회사 내에선 다른 사람들이 눈치채지 않도록 조심해 달라는 것, 그리고 근무 시간에 사적인 일로 분위기를 흐리지 않았으면 한다는 것이었다. 사내연애긴 하지만, 공과 사를 분명히 하고 싶었다.

재윤이 휴대폰 액정에 불을 밝히더니 다현에게 내밀었다.

"나와 다현 씨의 근무 시간은 9시부터 시작이죠. 오 분 남았으니, 지금은 애인이죠."

애인.

낯선 단어가 가슴을 쿵 두드렸다.

"상무님."

다현이 가까스로 흐려질 뻔한 정신을 차린 후 그를 불렀다.

"네. 우리 다현 씨."

재윤이 미소 지으며 고개를 비스듬히 기울였다. 소년처럼 천진난만해 보이는 그 얼굴에 순간 다현은 말문이 막혔다. 잠시 숨도 멈췄다. 그는 눈도 한 번 깜빡이지 않고 그녀를 바라보았다.

자신을 보고 저렇게 좋아하는 얼굴이라니.

실내가 고요해졌다. 재윤은 아무 말 없이 바라보기만 했고, 다현은 그런 재윤을 마주 보았다. 그의 눈동자에 따스한 빛이 감돌았다.

다현은 마주 보고만 있기 어색해서 도망칠까 하다가 마음을 달리 먹었다. 그에게 노력하겠다고 이야기했다. 그의 마음을 따라잡진 못하더라도, 하는 시늉이라도 해야 할 것 같았다.

"상무님은, 아니. 재윤 씨는…… 안녕히 주무셨어요?"

"안녕히 주무셨냐는 건 뭐죠? 애인 사이에 그런 식으로 질문해요?"

"잘…… 잤어요?"

다현이 어색한 목소리로 물었다.

"아뇨."

"어디 아팠어요?"

다현이 걱정스런 눈으로 재윤을 빤히 쳐다보았다.

"꿈일까 봐 못 잤어요."

"……."

"잠들었다가 깨면, 없던 일이 될까 봐서요. 이게 꿈이면 계속 이어져라, 그런 마음으로 거의 날 새다시피 하고 나왔어요."

다현의 입술이 자그맣게 벌어졌다. 재윤은 조금씩 움직이는 다현의 입술 마저도 신기한 듯 바라보다 미소 지었다.

"꿈, 아니에요."

다현이 기껏 해줄 수 있는 말은 그것뿐이었다.

"이젠 알아요. 꿈이 이렇게 길 수도, 정확할 수도 없으니까."

"……."

"꿈이 아니라는 걸 아니까, 설레서 못 자겠더라고요."

"……."

"커피를 한두 잔쯤 연거푸 마신 기분이에요."

재윤이 싱긋 웃었다. 그가 말을 할 때마다 가슴이 쿵쿵 울렸다. 무딘 그녀라도, 그 말속에 재윤의 진심이 얼마나 가득 담겨 있는지 알 것 같았다.

"잘 봤어요."

"……네?"

잠시 멍하게 서 있던 다현이 되물었다.

"9시네요. 데이트 끝. 오늘 하루도 잘 부탁해요. 비서님."

재윤이 언제 풀어져 있었냐는 듯, 금세 본래의 표정으로 돌아왔다. 여유로우면서도 자신만만한 그 얼굴로.

"네. 상무님."

다현도 금세 고개를 숙인 후 상무실을 벗어났다.

"후우."

상무실 문을 닫은 다현이 긴 한숨을 내쉬었다. 그녀는 꽉 쥐고 있던 주먹을 폈다. 손바닥이 땀으로 축축했다. 심장도 이유 없이 빨리 뛰는 것 같고. 기분이 미묘했다.

다현은 고개를 절레절레 흔들었다.

늦은 밤, 단골 바를 재윤과 함께 찾은 기태는 소파에 몸을 파묻다시피 하고 앉았다. 그의 앞에 그가 좋아하는 글렌피딕이 놓여 있었지만, 손이 가질 않았다.

퇴근한 후 집에 돌아가 욕조에 몸을 파묻고 쉬려고 했던 계획은 재윤이 등장하면서 어그러졌다. 귀가하고 싶다고 애원했지만, 재윤은 늘 그렇듯 노련한 말로 그를 바로 끌고 왔다.

"선배. 최대한 빨리 이야기하고 귀가하도록 하죠."

기태가 딱딱한 목소리로 말했다.

"왜? 몸이 안 좋아?"

재윤이 그의 빈 잔에 술을 부으며 물었다. 투명한 호박색 술이 담겼다.

"아뇨. 상사랑 똑같이 생긴 사람을 퇴근 후에 보려니까 멀미가 나서요. 이란성 쌍둥이로 태어나지 그랬어요? 일란성 쌍둥이는 너무 가혹해요."

"강재한테 그대로 전해줄게."

"우리, 그러지 말죠. 농담이라도 그 말은 무섭습니다. 그나저나 무슨 일로 보자고 한 거예요? 다현이한테는 선배가 좋은 사람이라는 걸 피력하고 있어요. 눈치를 챈 건지, 어쩐 건지 선배 이야기를 하면 표정이 이상해지긴 하지만요."

"오늘 했어?"

"제가 오늘만 했겠어요? 오늘도 했죠. 전 다현이한테 선배 칭찬을 늘, 자주 하려고 애씁니다. 그래야 풀세트로 얻어 입죠."

"두 사람, 자주 만나?"

재윤이 등받이에 몸을 파묻은 채 물었다. 기태는 '그렇죠, 뭐'라고 답하며 재윤의 손에 잡힌 잔을 보았다. 소탈한 척 행세해도, 잔을 느긋하게 돌리는 폼이나 자세에서 우아함이 흘러나왔다. 배운 것도 있지만, 저 남자는 타고나길 우아하게 타고났다. 역시 불공평하다.

"같은 회사 다니게 되면서 더 그렇게 됐네요."

기태가 못마땅한 눈으로 말을 덧붙였다.

"다현 씨가 좋아하는 것들 이야기 좀 해봐."

"다현이가 좋아하는 거라……. 일단, 가족애가 엄청나요. 다현이랑 친해지려면 쌍둥이 형제들이랑 친해져야 할 거예요. 나도 걔들이랑 친해지는 데 오래 걸렸어요."

"너한테는 형이라고 하고, 나한테는 아저씨라고 한 걔들 말이지?"

"풉."

그때가 생각난 듯 기태가 웃음을 터트렸다. 살면서 속 시원한 광경 베스트 3에 들 만했다.

"음식이야 가리는 거 크게 없지만, 돼지고기를 제일 좋아하고. 노래 잘하고. 아, 의외로 놀이공원에 약해요. 덤덤하게 생겨서 무서운 거 잘 탈 것 같은데, 겁이 많아요. 같이 놀이공원에 갔는데 바이킹 한 번 타고 얼굴이 하얗게 질려서 내렸거든요. 아, 다시 생각해도 웃기네요."

"놀이공원을 같이 갔어?"

재윤의 목소리가 한층 낮아졌다.

자신도 못 해본 거다.

만난 지 얼마 안 됐으니 못 가본 게 당연하지만, 어쨌거나 화가 났다.

웃느라 눈치채지 못한 기태가 키득거리며 말을 이었다.

"네. 바이킹에서 다현이가 나한테 안겨서 얼마나 부들부들 떠는지, 앞의 옷자락이 뜯겨 나갈 뻔했다니까요? 내려서 어쩔 줄 몰라 하는 걸 달래느라……."

신나서 떠들던 기태가 하던 말을 멈추었다. 앞에 앉은 남자에게서 흘러나오는 기세가 흉흉했다.

"……안겨?"

재윤의 눈썹이 무섭게 치켜 올라갔다. 웃는 상인 재윤이 저런 표정을 짓는 건 흔치 않은 일이었다.

"선배. 십 년 전의 일이에요."

기태가 진정하라는 듯 딱딱한 얼굴로 말했다.

"알아. 그래서 경청하고 있잖아. 계속 말해봐."

"뭐, 놀이공원은 그랬고요. 또…… 매운 걸 잘 못 먹어요. 같이 매운 걸 먹으러 갔는데 먹자마자 헥헥대는데 입술이 불에 탄 것처럼 정말 새빨간……."

"입술? 입술을 봤단 말이지?"

"……."

왜 자꾸 네 귀에 거슬리는 것만 크게 듣니. 그리고 원래 입술은 보이는 곳 아니니. 입안도 아니고.

기태가 넋이 나간 표정으로 살벌한 표정을 짓는 재윤을 노려보았다.

"아, 그럼 대체 뭘 말하라고요?"

"사실만 말해. 추억까지 말하지 말고."

"하, 진짜 선배. 다른 사람 같은 거 알아요? 선배가 질투하는 걸 이렇게 자주 볼 줄 몰랐어요."

"질투? 누가? 내가?"

"그럼 제가 하고 있겠어요? 딱 봐도 선배 질투하고 있잖아요."

"그런 적 없어. 웃고 있잖아."

"입만 웃으면 뭐 해요? 눈이 웃어야지. 눈으로는 빔을 쏘고 있으면서. 어휴."

재윤은 입술만 늘이고 있었지, 눈은 뻣뻣하게 굳은 상태였다.

"대체 이게 무슨 일이야."

보고 있으면서도 기태는 믿을 수가 없었다. 자신이 봐온 바로, 재윤은 여자에게 상냥하고 다정하긴 해도 기본적으로 끌려 다니는 스타일은 아니었다. 오히려 다정함을 주무기로 상대를 원하는 대로 움직이곤 했다. 그런 그가 돌 같은 다현 앞에선 어쩔 줄 몰라 하는 게 여실히 보였다.

말로 안 통하고, 웃어도 안 되고, 뭘 해도 안 먹히니 그렇겠지.

기태는 속으로 혀를 끌끌 찼다.

"그런데 다현이랑 어떻게 만날지는 생각해 놨어요? 쉽지 않을 건데요?"

"어."

"무슨 방법을 쓰려고요?"

기태가 잔을 들어 술을 한 모금 마셨다.

"퍼부으려고."

"뭘요? 돈을요? 퍼붓다가 남은 돈 있으면 나 좀 줄래요?"

"돈이면 돈, 필요한 거면 뭐든. 줄 수 있는 건 다 주고, 할 수 있는 건 다 해보려고."

재윤이 덤덤하게 말했다. 기회는 한 달밖에 없었다. 그간 자신이 할 수 있는 건 다 해보고 싶었다.

"그 말, 잘못 들으면 굉장히 재수 없는 거 알죠?"

"그럼 제대로 잘 들어. 잘못 들을 거 뭐 있어. 그리고 내가 돈 많은 거 알면 다현 씨한테 가서 꼭 좀 말해. 저 돈 많은 남자 잡으면 편할 거라고. 성격 좋다는 말도 꼭 덧붙이고."

재윤이 생긋 웃었다. 여유만만한 얼굴이었다.

"……에혀."

기태가 할 말이 많지만 하지 않겠다는 얼굴로 쳐다보다가 시선을 확 돌렸다. 그나저나 생각보다 필사적이었다. 이쯤 되니 기태는 재윤에게 걸린 다현이 조금 걱정스러워졌다.

퇴근한 다현이 막 머리를 감고 화장실에서 나왔다.

"으."

다현이 추운 듯 입술을 사려물었다. 보일러가 오래된 탓에 온수를 틀어도 중간엔 차가운 물이 나오곤 했다. 오늘도 여지없었다. 머리를 마지막으로 헹구려는데 찬물이 왈칵 쏟아져 두피가 얼얼했다.

아직 찬물로 씻기에는 이른 날씨인데.

안 그래도 몸이 으슬으슬 떨리며 감기 기운이 올라오고 있어서 신경 쓰이던 차였다. 얼른 방으로 들어간 다현은 전기장판을 켰다. 봄이긴 하지만, 밤엔 간간이 쌀쌀해서 혹시나 하는 마음에 펼쳐놓았었다. 다현은 젖은 머리를 말리다 말고 울리는 휴대폰을 바라보았다.

[상무님]

재윤이었다.

"네. 상무님."

일 때문일지도 모른다는 생각에 휴대폰을 얼른 귀에 가져다 댔다.

―지금은 상무 아니고 김재윤이에요. 일 때문에 전화한 거 아니에요.

"아, 네."

그는 속을 다 읽은 것처럼 말했다.

—잤어요?

"아뇨. 아직 깨어 있었어요."

—오늘 기태 만났어요. 다현 씨가 말한 대로 기태에겐 아직 우리가 만나고 있다는 거 말하지 않았어요.

퇴근하기 전, 재윤은 다현을 앞에 세워놓고 퇴근 후 일정에 대해 읊었다. 아주 개인적인 일들이었다. 기태를 만나는 것, 늦은 밤 강재 이사와 함께 술을 마시는 것. 일일이 자신에게 말하지 않아도 되는 것들이었다. 다현이 의아한 눈으로 바라보자 재윤이 눈을 접으며 미소 지었다.

'혹시나 내가 뭐 하는지 궁금해서 밤잠 설칠까 봐 말해주는 거예요.'

'저도 말씀드려야 하나요? 말씀드릴 만한 일이⋯⋯.'

'안 해도 돼요. 특별한 일 있을 때만 말해주면 돼요. 난 내가 하고 싶어서 하는 거니까.'

'알겠습니다.'

'혹시 내가 한 말이 사실인지 아닌지 확인하고 싶으면 전화해요. 영상통화면 더 좋고. 문자라도 괜찮아요.'

재윤의 말에 다현은 자신도 모르게 웃었다.

'네. 알겠어요. 그리고 기태에겐 아무 말 하지 않으셨으면 좋겠어요. 신경 쓰일 거예요. 잘못되면 기태 입장이 난처해질지도 모르잖아요.'

'알겠어요.'

재윤은 흔쾌히 승낙했다. 그것이 퇴근길 마지막 대화였다. 그리고 몇 시간이 흐른 지금 통화 중이었다.

"고맙습니다."

자신의 말을 들어준 재윤에게 다현이 고개까지 까딱이며 인사했다.

—조금 더 목소리 듣고 싶은데, 통화 계속해도 괜찮아요?

그가 조심스럽게 물어왔다.

매일 만나는데, 목소리가 듣고 싶을 수도 있구나. 그런 마음은 얼마만큼 큰지 가늠이 되지 않았다. 조금 미안해졌지만, 금세 그 마음을 지웠다. 한 달간 조용히 그의 마음을 받아보기로 했으니 그걸 지키고 싶었다.

"네. 괜찮아요."

—시간을 많이 뺏진 않을게요.

"네. 엣취!"

대답과 동시에 재채기가 튀어나왔다.

"죄송해요. 엣취!"

주책맞은 기침이 또 튀어나왔다.

—감기 걸렸어요?

"갑자기 이러네요. 상무님도 감기 조심하세요."

—알겠어요. 피곤할 테니 어서 자요.

"네. 푹 쉬세요."

다현이 말을 마친 후 휴대폰을 바라보았다. 액정에 흘러가는 시간만 무작정 보였다. 다현이 여보세요, 라고 하자 재윤이 낮게 웃었다.

—다현 씨가 먼저 끊어요.

"……"

—내가 먼저 끊을 용기가 없으니까.

휴대폰 너머로 흘러들어오는 잔잔한 목소리가 귀를 타고 가슴 밑바닥으로 툭 떨어져 내렸다. 다른 사람들에게 들었다면 부담스러웠을 이 말이, 왠지 사람을 울컥하게 만들었다. 다현은 저도 모르게 휴대폰을 꽉 쥐었다.

"내일 봴게요. 좋은 꿈 꾸세요."

좋은 말을 해주고 싶은데, 할 수 있는 말이 기껏 이런 말밖에 없었다.

—다현 씨도요.

상냥하게 건너오는 말이 봄바람 같았다. 겨우 통화종료 버튼을 누른 다현은 통화가 끊어진 휴대폰을 바라보았다. 왜인지 재윤은 끊어진 휴대폰을 바라보고 있을 것 같았다. 지금 자신이 그러한 것처럼.

평소와 같은 시각에 출근한 다현의 걸음이 엘리베이터 앞에서 뚝 멈췄다. 재윤이 한 손에 태블릿을 든 채 서 있었다. 그의 곁에는 어떻게든 말을 붙여 보려고 힐끔거리는 여직원들이 있었다. 그중 누군가가 용기 내어 재윤에게 말을 걸자, 그가 돌아보며 생긋 미소 지었다.

"네. 좋은 아침이에요."

그 한마디에 여직원들의 얼굴이 붉게 물들었다. 다현은 로비 한중간에 서서 비상구 계단을 보았다. 모두가 재윤에게 집중하고 있었다. 이런 상황에서 재윤과 함께 올라가는 게 눈치가 보여 비상구로 올라가야 하나 생각할 때였다.

"다현 씨."

다현의 발길이 채 비상구 쪽을 향하기도 전에 익숙한 목소리가 들렸다. 돌아보니 재윤이 그녀를 향해 웃고 있었다. 미소 짓고 있는 얼굴이 지금 어딜 가냐고 묻고 있는 듯했다. 타이밍을 놓친 다현은 하는 수 없이 재윤에게 걸어갔다. 한 엘리베이터를 탄 후에도 그와 잠깐 일해서 안면 있는 여직원들이 드문드문 재윤에게 말을 걸었다.

"어디 아프신가 봐요."

여직원의 물음에 다현의 시선이 곧장 재윤을 향했다. 그가 아프다면 일정을 모조리 손봐야 했다. 다현이 재윤을 빠르게 눈으로 스캔하는 사이, 그가 웃었다.

"이것 때문에 그런가요?"

재윤이 태블릿을 잡고 있던 손을 뒤집었다. 그러자 태블릿 뒤에 딱 붙어 있던 감기약이 드러났다.

"네."

여직원이 고개를 끄덕였다.

"전해줄 사람이 있어서요."

"아······."

여직원들은 재윤이 약국에서 볼 법한 흔한 감기약을 들고 다니는 게 신기한 표정을 지었다. 재벌들은 엄청난 약을 먹을 줄 알았는데, 의외였다. 엘리베이터에서 내린 다현은 재윤에게 다가갔다.

"감기 걸리셨어요? 컨디션은 어떠세요?"

다현이 평소보다 예민하게 반응하며 물었다.

"걸리긴 했는데, 내가 아니라 다현 씨죠."

"네?"

"어제 감기 걸렸다면서요."

다현이 말문 막힌 표정으로 쳐다보자, 재윤이 그녀에게 감기약을 내밀었다.

"받아요."

다현이 감기약을 멀뚱히 바라보았다. 재윤이 자신의 감기약을 챙겨줄 거라 생각지 못했다.

"애인으로서 주고 싶은데, 부담스러우면 상사가 주는 감기약이라고 생각하고 받아요."

다현의 마음짐을 덜어내 주려는 듯 그가 한마디 덧붙였다. 다현이 머뭇거리다 감기약을 받아 들었다. 아파도 어영부영 참고 견디는 스타일이라, 이 약이 낯설기만 했다.

"감사합니다. 이렇게까지 안 해주셔도 되는데······."

"이렇게까지 하고 싶은 게 내 마음이라서요."

"감사해요."

감기 때문인지 발긋하게 물든 다현의 얼굴을 바라보았다. 감기약이 신기한 거라도 되는 양 다현은 옅게 미소 지었다.

귀엽다.

재윤이 더는 참지 못하고 고개를 앞으로 휙 돌렸다. 그가 성큼성큼 상무실을 향해 걸었다. 상무실에 들어선 그는 한숨을 작게 삼키며 주먹을 꽉 쥐었다. 하마터면 제멋대로 다현의 뺨을 감쌀 뻔했다. 그는 자신의 가슴을 탁 두드렸다.

오늘도 잘 참았다, 김재윤.

❖

"그래서, 그 남자랑 만나보기로 했어요?"

나은이 점심식사 중에 불쑥 물었다. 시끌벅적한 주변 테이블 때문에 하마터면 놓칠 뻔했다.

"네."

다현은 젓가락으로 시금치를 집으며 고개를 끄덕였다. 나은은 그런 다현을 빤히 쳐다보았다.

"얼굴이 밝은 걸 보니 지금까지 괜찮은가 보네요."

"네. 괜찮아요."

아니, 조금 좋은 것 같다.

재윤은 말했던 대로 급하게 달려오지 않았다.

근무하는 동안엔 철저하게 상사의 모습을 지켜주었고, 퇴근 후 일주일에 한두 번 정도 따로 만남을 가졌다. 조금 달라진 건 평소보다 출근시간이 빨라져 30분 정도 '지금은 애인 김재윤입니다.' 하고 능글맞게 나오는 것뿐이었다. 과하지도, 그러나 덜하지도 않은 그의 행동에 다현은 조금씩 마음이 놓여가고 있었다.

어른들의 잔잔한 연애구나, 싶으면서도 아주 가끔 심장이 쿵 하고 내려앉을 때도 있었다. 자신이 먼저 전화를 끊을 때까지 끊지 않는 것, 데이트 중 오랫동안 자신의 얼굴을 그윽하게 바라볼 때.

그럴 때마다 다현은 재윤이 넘치는 마음을 얼마나 열심히 자제하고 있는지 느껴졌다.

"회사 사람이죠?"

"네. 네?"

엉겁결에 대답한 다현이 깜짝 놀라 되물었다.

"그런 거 같아서요. 놀라게 할 생각은 아니었는데 미안해요."

"맞긴 한데…… 어떻게 알았어요?"

다현이 목소리를 낮추며 물었다. 그러자 나은이 되레 의아한 얼굴로 쳐다보았다.

"설마 모를 거라고 생각했어요?"

"뭘요?"

"다현 씨, 이전이랑 되게 달라요. 헤어스타일, 옷차림, 분위기까지 전부 다. 그건 회사에 잘 보이고 싶은 사람이 있다는 거잖아요. 예전에도 예뻤지만, 지금은 더 신경 쓰는 분위기예요."

"……."

다현은 젓가락을 든 채 자신의 모습을 쭉 바라보았다. 그러고 보니 평소보다 장롱을 열고 있는 시간이 길었다. 화장도 더 공들였고, 머리도 손질하러 갔다. 자신도 모르는 사이에 조금씩 변하고 있었던 모양이었다. 마치 느릿하게 자라는 식물처럼.

"안 먹어요?"

나은의 재촉에 다현은 조금 머쓱해진 얼굴로 식사를 이어갔다.

7. 강단 있는 비서

얼마 전, 새롭게 오픈한 W호텔 연회장 내부가 사람들로 가득 차 있었다. 분기마다 한 번씩 모이는 비즈니스인들의 모임으로, 대한민국에서 내로라 하는 사업가들이 모였다.

다현은 긴장한 표정으로 내부를 바라보았다. 화려한 공간 가운데 사람들이 삼삼오오 모여 이야기를 나누고 있었다. 대부분 한번쯤 신문, 잡지, 인터넷 기사에서 본 적 있는 사람들이었다. 이런 행사는 재윤 따라 몇 번 참석했지만, 오늘처럼 파트너로 대동하는 건 처음이라 얼굴이 굳었다.

"괜찮아요?"

재윤이 다정한 얼굴로 물어왔다.

"네. 괜찮아요."

다현이 마주 웃었다.

"어때요? 마음에 들어요?"

재윤의 물음에 다현이 어색한 미소를 지었다.

"괜찮은데, 어색해요."

"다음에 필요하면 말해요. 예약해 놓으면 되니까요."

"아뇨. 이런 건 한 번이면 족해요. 상무님 파트너로 설 때만 부탁드릴게요."

다현이 사심없이 미소 지었다.

재윤은 그런 다현의 얼굴을 빤히 바라보았다. 꼭 그녀가 파트너로 오지 않아도 될 만한 모임이었다. 드물긴 하지만 혼자 오는 경우도 있었다. 재윤은 그녀가 곤란해할 걸 알면서도 파트너를 제안했다. 다현은 예상대로 거절하지 못했고, 그는 다현을 전문인에게 맡겼다.

전문인의 손질을 받아 보기 좋게 틀어 올려진 머리, 드러나는 하얀 목덜미와 평소보다 화사하게 화장된 얼굴.

장점을 더욱 도드라지게 해놓은 얼굴이 사랑스러웠다. 이 예쁜 얼굴을 보고 싶은 것도 있지만, 다른 계산도 있었다. 자신이 다현에게 뭘 해줄 수 있는지, 다현이 자신을 택하면 무엇을 누릴 수 있는지 그것들을 아주 작게나마 누리길 바랐다. 이것들이 자신을 택하는 데 가산점이 되길 바랐다.

그러나 아무래도 자신의 실수인 모양이었다. 다현은 낯설어하면서 신기해하는 그 감정 이상도 이하도 아니었다. 이런 여자를 계산하려고 든 자신이 문제였다.

"T그룹의 김 사장님 오십니다."

다현이 자그마한 목소리로 다가오는 사람의 신상명세를 읊었다. 고개를 돌린 재윤이 마치 알고 있었다는 것마냥 근사한 미소를 지었다.

"처음 뵙겠습니다. 김 상무님."

환하게 웃으며 다가오는 남자에게 재윤이 반가운 듯 마주 미소를 지었다.

"아, 오랜만에 뵙습니다."

"얼마 전에 보내주신 화분 잘 받았습니다."

김 사장이 활짝 웃으며 대답했다. 안부로 시작한 대화는 다음에 따로 만나자는 개인 약속으로 이어졌다. 약속, 혹은 미팅, 그것도 여의치 않을 땐 연락처를 주고받았다.

시간이 흐르자 피곤함이 왈칵 밀려들었다.

"이게 얼마 만이야?"

다현과 재윤의 시선이 동시에 옆을 향했다. 웨딩드레스를 연상시킬 만큼 새하얀 드레스에 높게 틀어 올린 헤어스타일을 한 미혜가 서 있었다. 그녀가 둘을 향해 빙긋 웃었다.

잠시 표정이 굳던 재윤의 얼굴에 미소가 돌아왔다.

"오랜만이네."

"그러게. 오빠는 아직도 그렇게 지내나 봐?"

미혜의 시선이 다현에게 옮겨갔다.

"아직도 그렇게 잘 지내고 있지. 그런데 네가 왜 여기 있어?"

"아버지 파트너로 대동했지. 어머니가 아프셔서. 그나저나 들었는지 모르겠네. 아버지 회사에서 일하기로 했어. 얼마 전부터 시작했는데, 할 만하네."

"들었어."

"들었구나……."

미혜가 말끝을 흐리더니 싱긋 웃었다.

그 소식을 듣고도 자신에게 연락을 하지 않았을 줄이야.

미혜의 웃는 얼굴이 가면처럼 딱딱하게 굳었다. 그녀는 다현을 바라보았다.

"그 자리에 왜 그쪽이 있는지 모르겠네요. 오빠. 여자가 없는 건 알겠는데 그래도 급을 맞춰 와야지. 비서가 뭐야, 비서가."

"무슨 소리를 하고 싶은 거야?"

"무슨 소리긴. 사실을 말하는 거지. 비서한테 너무 잘해주지 말란 말이야. 그게 마치 자기 자리인 줄 알고 착각하기 전에."

"김미혜."

재윤이 그녀의 말을 잘랐다.

"왜? 내가 틀린 말 했어? 다 오빠를 위해서 말하는 거야."

미혜가 재윤을 화난 얼굴로 바라보았다.

꾹 참고 있지만, 자존심이 상했다. 회사 앞에서 자신에게 면박을 주고도 지금껏 연락 없었던 남자였다. 자신이 회사까지 찾아가 자존심을 굽히고 들어갔으면 한 번쯤은 쳐다봤을 거였다. 그러나 그는 칼 같았다.

그날 후, 그녀는 끙끙 앓았다. 더 기분이 나쁜 건, 아파 죽을 것 같은 상황인데도 재윤을 놓지 못하는 자신이었다. 아무리 주변을 둘러봐도 재윤만 한 남자가 없었다. 그와 연애할 때 그녀는 가장 행복했다.

"이름을 모르니 그냥 비서 씨라고 부를게요. 비서 씨, 오빠가 잘해준다고 오해하지 마요. 오빠는 지나가는 개한테도 잘해주는 사람이니까."

"김미혜. 이런 말 할 거면 앞으로 모르는 척해줬으면 한다."

재윤이 차가운 얼굴로 미혜를 내려보았다.

"오빠."

미혜가 화가 난 얼굴로 그를 불렀다. 재윤이 그런 미혜가 짜증난다는 듯 넥타이를 거머쥐었다.

"상무님. 보는 눈이 많습니다."

다현이 건넨 조심스러운 말에 재윤이 그녀를 흘깃 바라보더니 손을 내렸다. 그리고는 슬쩍 미소 지었다. 얌전히 그녀의 말을 듣는 재윤을 보자 미혜의 눈가가 굳었다. 아주 찰나였지만, 비서와 상사의 관계 그 이상으로 느껴졌다.

설마.

미혜는 자신의 감이 틀렸을 거라 여겼다. 단순히 자신을 떼어놓기 위한 말일 거다.

"그래요. 다현 씨, 그만 가죠."

재윤이 미혜를 싹 무시한 채 다현만 바라보았다. 미혜의 표독한 시선이 재윤에게 향했다. 다현은 미혜에게 예의상 묵례를 한 후 재윤을 뒤따라 돌아섰다.

멀어지는 두 사람을 바라보던 미혜가 굳은 얼굴로 몸을 홱 돌려세웠다.

성큼성큼 걸어간 그녀가 남자들이 있는 무리 속에 자연스럽게 끼어들었다. 그러자 남자들이 그녀의 곁을 에워쌌다. 마치 꽃에 벌이 모여드는 모양새였다. 마치 보란 듯이 미혜는 남자들과 대화를 나누다, 흘깃 재윤을 바라보곤 미소 지었다.

너 아니라도 충분해.

그러나 재윤은 끝끝내 그녀 쪽을 바라보지 않았고, 미혜는 비참함에 입술을 씹었다.

비즈니스 모임에서 몇몇 사람들이 모이면 가끔 비서들과 측근들을 물릴 때가 있었다. 따로 만나서 나눌 만큼 중요한 이야기는 아니지만, 다른 사람들에게 새어나가선 안 되는 일일 때 그러했다. 가벼운 정보일 수도 있고, 누군가의 스캔들일 수 있었다. 스캔들은 사사로워 보이지만, 자칫 잘못하다간 큰 사건으로 커질 수 있기에 사람들은 미리 공유했다.

재윤은 미안한 표정을 짓는 다현에게 걱정하지 말라는 듯 미소를 지은 후 돌아섰다. 몇 시간 만에 자유를 얻은 다현은 긴 한숨을 내쉬었다. 파티 내내 실수할까 봐 긴장했다. 비서의 자격으로 올 때와 파트너로 올 때 기분은 천지차이였다.

다현은 화장을 고치러 가는 길에 자신의 손을 바라보았다. 모임 내내 긴장으로 인해 손이 굳었다. 그럴 때마다 재윤이 그녀의 손을 힘주어 꽉 잡아주었다.

여기 있으니까 걱정하지 마요.

그의 손이 그렇게 말을 하는 듯했다. 그때마다 잔뜩 굳어 있던 어깨선이 조금 내려가곤 했다.

마치 봄볕처럼 따뜻하고 포근한 사람이었다. 다현의 입술에 미미한 미소가 남았다.

"성다현 씨."

저를 부르는 소리에 다현의 고개가 돌아갔다. 자신을 따라 나온 듯 미혜가 그녀를 바라보고 있었다. 미미하게 남아 있던 다현의 미소가 사라졌다. 그녀가 자신의 이름을 알고 있다는 건, 조사를 했다는 소리였다. 벌써부터 피곤함이 왈칵 밀려들었다.

"잠시 나 좀 보죠."

미혜는 대답도 듣지 않고 몸을 돌려세웠다. 구석진 곳으로 향하는 미혜를 보며 다현은 숨을 깊게 들이마셨다.

언젠가 이런 상황이 생길 줄 알고 있었기에, 그곳으로 발길을 옮기는 다현의 표정은 금세 덤덤해졌다.

사람들이 드나드는 출입구에서 가장 멀리 있는 비상구 쪽으로 불려간 다현은 미혜를 마주 보았다. 미혜가 도도한 표정으로 다현을 내려보았다. 주눅들 만하건만, 마주 보는 다현의 표정엔 변함이 없었다.

"무슨 일이시죠?"

"길게 이야기 나눌 사이가 아니니까 짧게 이야기할게요. 얼마 받았어요?"

"네?"

"모르는 척하지 말고요. 재윤 오빠가 얼마 제시했어요? 그거 받고 애인인 척하는 거잖아요. 재윤 오빠라면 그런 잔머리 쓰고도 남을 사람이죠. 얼만지 모르겠지만, 내가 그것보다 더 줄 테니까 그 일 관둬요."

"……"

다현은 할 말을 잃었다. 드라마 속에서나 있을 법한 일을 당하자 어안이 벙벙했다. 다현이 아무 말 못하는 사이, 미혜가 말을 이었다.

"비서직 관두면 지금보다 더 연봉 높고 좋은 직장으로 이직시켜 줄게요. 내 소개로 갔다고 하면 일도 편할 거예요. 이 정도 제안, 받기 어려운 거 알죠? 만약 내가 하는 말들이 믿기 힘들면 계약서도 작성해 줄 의향 있어요. 어때요?"

"제안은 감사하지만, 거절할게요."

다현의 말에 미혜의 입매가 굳었다.

"지금 주제 파악을 못 하나 본데, 신데렐라가 될 생각이면 관둬요. 신데렐라, 그거 아무나 되는 거 아니에요. 없어진 지도 꽤 됐고. 재윤 오빠는 그쪽이 생각하는 것처럼 만만한 사람 아니에요."

"네. 만만하지 않고, 오히려 똑똑한 사람이죠. 그러니 잘 아실 텐데요. 제가 이 일을 관두는 것과 재윤 상무님이 그쪽을 다시 만나는 것과는 별개의 일이라는 걸요."

다현의 따끔한 말에 미혜의 목에 힘이 바짝 들어갔다.

"지금, 뭐라고 한 거예요?"

"방금 들은 제안은 못 들은 걸로 하겠습니다."

"멍청한 거예요, 아니면 약은 거예요? 계산할 줄 몰라요? 어느 쪽이 더 나은지? 만약 허튼 꿈 꾸는 거라면 당장 집어치워요."

허튼 꿈.

그 단어가 유난히 날카롭게 다현의 가슴으로 꽂혔다. 남들이 보기엔 재윤과 자신이 엮이는 게 허튼 꿈으로 보이는 모양이었다. 그럴지도 모른다. 지금 자신도 꿈을 꾸는 것 같으니까. 어쨌거나 그 꿈을 타인의 의지로 깰 생각 없었다.

……아직은, 조금 더 꾸고 싶으니까.

"걱정 감사합니다만, 제 일은 제가 알아서 하겠습니다. 저를 잘 모르는 사람이 하는 조언 같은 건 듣지 않는 성격이라서요. 다음부턴 따로 뵙는 일이 없었으면 합니다. 오늘은 그냥 넘어가지만 다음부터는 이런 일에 대해 상무님과 의논을 해봐야 할 거 같으니까요."

다현이 싱긋 웃은 후 자리를 벗어났다. 등 뒤에서 미혜의 짜증 섞인 목소리가 들렸지만 그녀는 개의치 않았다.

그녀는 모르는 사람이 상처 주기 위해 던지는 말에 휘둘리지 않으려 애썼다. 저런 사람들에게 해줄 수 있는 최고의 복수는, 상처 입지 않는 거였다.

"마음의 상처는 스스로 허락해야 받을 수 있는 거다."

다현이 힘들 때마다 외우는 주문을 자그맣게 외웠다. 그러자 살짝 금이 갔던 마음이 금세 달라붙는 게 느껴졌다.

로비를 가로질러 가던 다현은 때마침 연회장에서 막 나오는 재윤을 발견했다. 그가 주머니에서 휴대폰을 꺼내 어디론가 전화를 거는 모습을 물끄러미 바라보았다. 로비에 수많은 사람들이 지나가는데 재윤만 반짝 빛이 났다. 큰 키, 멋들어진 슈트, 흐트러짐 없이 올린 헤어스타일 탓만이 아니었다.

마음속에 수많은 생각들이 부풀어 올랐다. 너무 빠르고, 많아서 어떤 생각을 하고 있는지 가늠할 수 없었다. 그러나 단 하나 그 모든 생각들의 희미한 윤곽은 어렴풋이 알 수 있었다.

저 남자와 조금 더 같이 있고 싶다. 함께 이야기를 나누고, 매일 밤 자기 전에 전화를 하고 싶다.

아주 느리고, 조심스럽게 땅을 뚫고 나오는 자신의 마음이 어떤 건지 조금 더 키워보고 싶었다.

"다현 씨."

멍하게 서 있던 다현을 발견한 재윤이 그녀를 불렀다. 그가 성큼성큼 다가왔다. 그럴 리 없다는 걸 알면서도 다현은 대리석 바닥이 쿵쿵 울리는 게 아닐까 했다. 그렇지 않고서야 자신의 가슴 언저리가 쿵쿵 뛸 리가 없으니까.

"이제 그만 돌아갈까요?"

재윤이 웃으며 물었다.

"아직 모임이 끝나지 않았잖아요."

"이후에 약속이 있어서요."

다현이 의아한 눈으로 재윤을 바라보았다. 그러자 재윤이 습관처럼 허리를 굽혀 다현과 눈높이를 맞췄다.

"아, 다현 씨는 모르겠네요. 나한테 애인이 있는데, 그 애인이랑 늦은 저녁을 먹고 싶거든요. 그러니까 다현 씨가 우리 애인한테 연락해서 시간 좀 비워달라고 할래요?"

"……."

"오늘 비즈니스 모임 간다고 했으니까 지금쯤이면 퇴근했겠네요. 그쪽 상사가 지금쯤이면 마칠 거 같거든요."

재윤의 말에 다현이 저도 모르게 피식 웃었다. 다현이 웃는 모습을 잠시 멍하게 바라보던 재윤의 입술도 늘어났다.

"비서님은 어떻게 생각해요? 제 애인이 저녁 약속을 허락해 줄까요?"

그의 눈이 묘하게 빛났다. 얌전한 듯, 위험해 보이는 눈빛이었다.

거절해야 하는데…….

"허락해 줄 거예요."

마음과 다른 말이 나왔다. 재채기처럼 튀어나오는 진심을 막을 힘이 없었다. 다현의 말에 재윤의 입술이 시원하게 길어졌다.

"그럼 가죠."

재윤이 자신의 팔을 내밀었다. 다현은 그의 팔을 조심스럽게 잡고서 그가 가는 대로 뒤따랐다.

❖

좁은 마당을 지난 다현이 조심스럽게 현관문을 열어젖혔다. 숨이 막힐 정도로 천천히 열었지만, 그 노력에도 불구하고 문에선 끼익 하고 낡은 쇳소리가 났다. 다현은 저도 모르게 숨을 멈췄다.

편집샵에서 세미 드레스를 입고 파티에 참석한 후, 재윤과 데이트를 하러 나왔는데 마땅히 옷을 갈아입을 곳이 없었다.

재윤은 다시 편집샵으로 돌아가자고 했지만, 거리가 멀었다. 아니면 룸을 잡을 테니 편하게 옷을 갈아입으라고 했지만, 고작 옷을 갈아입기 위해 룸을 빌린다는 건 그녀에겐 사치였다. 그러다 만약 다른 사람이 재윤과 자신을 본다면 그건 또 어쩔 건가. 오해를 부를 일은 애초부터 하지 않는 게 나았다.

차에서 갈아입을까, 아니면 다른 화장실에 갈아입을까 등등 갖은 생각을 다했지만 제일 좋은 곳은 집뿐이었다. 때마침 차로 집까지 거리는 15분도 채 되지 않았다.

가장 중요한 건 라효와 사준 모르게 방으로 잠입하는 일이었다. 나쁜 짓을 하고 온 건 아니지만, 시끄러운 일은 피하고 싶었다. 라효와 사준은 자신의 이런 모습을 보면 필히 시끄럽게 해댈 게 뻔했다. 조용히만 들어가면 모두가 무사할 일이었다.

발끝에 최대한 힘을 준 다현이 부엌 겸 거실로 들어섰다. 방문을 코앞에 두고 있었다. 그녀가 막 방문을 잡고서 열었다.

이제 다 됐다!

드르륵!

"어? 누나!"

문을 열자마자 저를 부르는 사준의 목소리에 딱 멈췄다. 입에 사탕을 물고 있던 사준의 눈이 조용히 다현의 아래위를 훑었다.

"사준아, 쉿."

사준에게 들켜도 라효에게만 들키지 않으면 잔소리는 어느 정도 피해갈 수 있었다.

"누나가 설명을……."

"라효야! 누나, 드레스 입고 있어!"

다현의 얼굴이 희게 질렸다.

"뭐!"

동시에 우당탕탕 소리와 함께 라효가 방문 밖으로 튀어나왔다. 사준과 똑같은 사탕을 입에 물고 있던 라효가 다현을 아래위로 쭉 훑었다. 흰색 드레스에 바짝 올린 헤어스타일. 드라마에서 봤던 신부의 모습과 비슷했다.

"누나!"

라효가 버럭 소리 질렀다. 다현은 라효만큼은 사준과 같은 오해를 하지 않았을 거라 믿었다.

"조용히 해! 주변 사람들한테 피해 가."

"피해고, 뭐고 간에! 뭔데! 이 꼴은! 웬 드레스야? 결혼했어?"

요즘 들어 부쩍 키가 큰 라효가 성큼성큼 다가와 다현을 절박하게 쳐다보았다. 라효도 사준과 같은 오해를 한 모양이었다.

아니, 대체 어떻게 그런 오해를 하니.

"아냐. 둘 다 아냐. 결혼하고 온 거 아냐. 일이 있어서 이렇게 입고 온 거야. 내가 너희한테 안 알리고 결혼할 일이 뭐가 있어?"

"무슨 일!"

"원래 비즈니스 모임은 이렇게 입고 가야 하는 거야. 그래서 입은 거야."

"무슨 비즈니스? 누나 사업해? 회사는? 잘렸어?"

"아니. 그게 아니라……."

기본 상식이 없는 아이와 대화하려니 모든 게 힘들었다. 다현은 결국 라효와 사준을 부엌 바닥에 앉혀놓은 채 처음부터 차근차근 설명했다. 처음엔 고무신이냐, 상무냐, 라며 길길이 날뛰던 라효가 마침내 진정한 얼굴로 다현을 쳐다보았다.

"그래서 지금 옷 갈아입고 나갈 거라고?"

"응."

라효가 다리를 쭉 뻗더니 불만스런 표정으로 다현을 쳐다보았다.

"요즘 밤 외출이 잦은데, 수상해."

기본 상식은 부족해도 촉만큼은 넘쳐나는 라효 때문에 다현은 마른침을 꼴깍 삼켰다.

"수상할 거 없어. 일이 늦게 끝나니까 스케줄이 밀려서 그래. 친구들 만날 시간도 평일 밤밖에 없고……. 하여튼 너희가 생각하는 그런 일 없으니까 걱정하지 마."

다현이 신신당부하고서야 라효와 사준은 한결 차분해진 표정을 지었다. 가까스로 그들에게 풀려난 다현은 옷을 갈아입은 후, 곧장 집 밖으로 나왔다.

드르륵!

그와 동시에 창문이 열렸다.

"누나! 그 고무신은 안 돼! 걔는 또라이야! 차라리 상무 아저씨를 만나! 성격 좋은지 꼭 확인해 보고! 일찍 들어와!"

라효가 창문을 활짝 열어젖히더니 크게 소리쳤다. 친구를 만나러 간다는 그녀의 말을 조금도 믿지 않았던 모양이었다.

"아, 진짜 저게……."

재윤의 차가 있는 골목 아래로 내려가던 다현은 부끄러움에 두 손으로 얼굴을 가렸다.

고무신이 상무 아저씨야.

그리고…… 또라이는 아니야.

정말 그렇게 말해주고 싶지만, 다현은 꾹 참았다.

어두컴컴한 밤, 골목 아래로 빠르게 내려가던 다현의 걸음이 멈췄다. 차를 찾아 두리번거리던 다현의 시선이 한곳에 멈췄다.

불이 꺼진 가게 앞에 주차된 차창에 가로등 불빛이 붉게 고여 있었다. 그 너머로 재윤의 모습이 어렴풋이 보였다. 바람 소리만 이어지는 어두운 골목. 그 골목에서 누군가가 자신을 기다리고 있다는 사실에 묘하게 가슴이 들떴다.

휙 부는 바람에 잠시 눈을 감았다 뜬 다현은 차에서 내리는 재윤을 보았다.

"거기서 뭐 해요?"

재윤이 물었다.

"아……."

엿보고 있었다, 라고 말할 수가 없어 다현은 미소 지으며 그에게 다가갔다.

"제 차림이 이래서 괜찮을까요?"

다현이 캐주얼 차림의 옷을 가리키며 물었다.

"쌍둥이 동생들한테 들켰나 봐요?"

"어떻게 알았어요?"

다현이 놀란 눈으로 쳐다보았다.

"그거 아니면 다현 씨가 일부러 편하게 나간다는 듯이 입고 나올 리가 없으니까요."

"……."

눈치가 참 빠른 남자였다. 다현이 주춤거리며 그의 곁으로 다가갔다. 가까이 다가가니 더더욱 그의 화려한 모습이 눈에 들어왔다.

"타요."

"아무래도 옷이 이래서 힘들 것 같아요. 상무님은 슈트 차림인데, 저는 캐주얼 차림이라 다른 사람들이 이상하게 볼 것 같아요."

"어떻게 입어도 예쁘니까, 타죠."

재윤의 말에 다현의 눈이 동그래졌다.

"옷이 예쁘다고요."

"……."

다현의 입술이 일자가 되었다. 농담한다는 걸 알면서도 기분이 묘했다.

"그 옷 입은 사람은 더 예쁘니까, 타죠."

재윤이 픽 웃으며 운전석에 탔다.

후끈.

기분 탓일까. 얼굴로 열이 몰렸다. 다현은 손등으로 자신의 뺨을 꾹 누르며 차에 탔다.

"술 한잔하고 싶은데, 같이 마셔줄래요? 비즈니스 모임만 갔다 오면 소주나 막걸리 같은 게 그렇게 당기더라고요."

재윤이 핸들에 손을 올린 채 물었다.

"네. 이 근처에 맛있는 선술집 아는데 그쪽으로 가실래요?"

"좋아요. 어딘지 이야기만 해줘요."

다현이 알겠다는 듯 고개를 끄덕였다. 재윤이 차를 부드럽게 몰았다. 차 창 밖으로 어둑한 골목길의 풍경이 흘러갔다. 익숙한 골목길이 영화 속 장면처럼 멀게만 느껴졌다.

완전히 분리된 공간이라서일까. 시간이 멈춘 기분이었다.

"그런 스타일도 잘 어울리네요. 그런 모습도 볼 수 있어서 좋네요."

그 공간으로 재윤의 목소리가 툭 떨어졌다. 마치 잔잔한 수면 가운데 물이 톡 떨어진 것처럼 마음에 파동이 일었다.

다현의 가슴이 이전보다 조금 빠르게 콩콩 뛰었다.

동네의 선술집은 굉장히 낡고 오래되어 재윤의 화려한 옷차림이 유난히 튀었다. 다행스럽게 가게 안엔 손님이 별로 없었고, 재윤과 다현이 앉은 창가 쪽엔 더더욱 사람이 없었다. 주인은 손님에게 별 신경 쓰지 않는 무심한 성격이라 편했다.

몇 가지 안주가 테이블 중간에 자리하고 있었고, 소주와 막걸리가 테이블 끄트머리에 놓여 있었다.

30분만 마시고 일어나자던 술자리가 제법 길어졌다. 조금 어색하게 시작되었던 술자리는 평소처럼 자연스럽게 흘러갔다.

"쌍둥이 동생 보살피는 건 힘들지 않아요?"

재윤이 다현의 빈 술잔에 술을 따르며 물었다.

"처음엔 조금 그랬어요. 아니, 지금도 가끔 그럴 때 있어요. 그래도 힘든 것보다 행복한 일들이 더 많아서 버티는 것 같아요."

"행복해요?"

재윤이 턱을 괴고서 그윽한 눈으로 다현을 바라보았다. 그녀와 대화하는 건 즐거웠다. 공통점도 많고, 대화를 할수록 가까워지는 이 기분이 좋았다. 술탓인지 그의 눈빛이 촉촉하게 젖어 있었다. 어둠이 깊게 내려앉은 밤, 고요한 술집과 잘 어울리는 눈빛이었다.

"네. 처음엔 혼자 있는 게 외롭기도 하고, 부모 잃고 멀뚱히 서 있는 쌍둥이들이 불쌍해서 데려와 키우기 시작했는데 생각보다 힘들더라고요. 그래서 더는 못 키우겠다 싶을 즈음에, 크게 아픈 적이 있었거든요."

생각에 잠긴 듯 다현의 눈빛이 짙게 물들었다. 어두운 밤, 가만히 누워 있어도 천장이 뱅뱅 돌았다. 눈을 뜨면 이대로 죽는 게 아닌가 싶고, 눈을 감으면 기절하듯 잠들길 반복했다. 그러다 겨우 정신 차려 눈을 떴을 때 심각한 표정을 하고 있는 두 쌍의 눈동자를 보았다.

'누나, 괜찮아?'

라효와 사준이었다. 이마가 축축해 눈을 들어보니 차가운 수건이 놓여 있었다. 사준은 수건을 물로 적셔 꽉 짰고, 라효는 그 수건을 받아서 그녀의 이마 위에 놓인 수건과 교체했다. 수건이 뜨겁게 데워질 틈 없이 일사불란하게 이루어졌다.

이렇게까지 빨리 교체할 필요 없는데…….

그 말을 하고 싶었지만, 힘이 빠진 다현은 아무 말도 못했다. 라효는 수건을 이마에 교체해 주다 말고, 그녀를 일으켜 앉혔다.

'누나! 약 먹자! 약!'

목 안이 퉁퉁 부어 먹지 않겠다고 고개를 가로저었지만, 라효는 막무가내였다. 다현은 눈을 감은 채 라효가 내민 손을 거부했다.

'약 먹자고! 그러다가 진짜 아파서 죽어! 자꾸 그럴래?'

처음엔 어르고 달래던 라효가 결국 버럭 화를 냈다. 가까스로 눈을 뜬 다현은 눈물이 그렁그렁 맺힌 라효와 눈이 마주쳤다. 라효는 눈을 부릅뜬 채 입술을 꽉 깨물고 있었고, 사준은 이미 눈물을 뚝뚝 흘리고 있었다.

뚝.

그 순간 거짓말처럼 라효의 눈에서도 눈물이 떨어졌다. 자신의 이불자락을 적시는 라효의 눈물을 다현은 물끄러미 바라보았다. 그 순간, 소리 없이 밀물이 밀려들어오듯 수만 가지 감정이 가슴으로 밀려들었다.

애네, 엄청 걱정하고 있구나.

'누나가 이러다가 큰일나면, 우리는 어떻게 하라고! 아직 누나한테 예쁜 옷도 못 사줬고! 맛있는 것도 못 사줬는데! 누나까지 이렇게 되면⋯⋯! 그러면 우리는 어떻게 해! 미안해서 어쩌냐고!'

라효가 주먹을 꽉 움켜쥔 채 소리쳤다. 슬픔이 두려운 라효는 화로 자신의 감정을 대신하고 있었다.

누가 들으면 불치병인 줄 알겠네. 감기로 안 죽어.

그 생각을 하며 속으로 옅게 웃는데, 이상하게 눈물이 났다.

'괜찮아.'

힘겹게 대답하는데, 눈물이 그치지 않았다. 한 번 터진 눈물은 볼썽사납게도 계속 흘렀다. 다현이 울자 사준은 엉엉 소리 내어 울었고, 라효는 '이게 뭐야!'라고 화를 내면서도 눈물을 철철 흘렸다.

그날을 돌이켜 생각하던 다현의 입술에 옅은 미소가 그려졌다.

"그날, 가족이 된 것 같아요. 제가 크게 아파서 다 함께 운 날요. 그때 이렇게도 가족이 되는구나, 싶었어요."

말을 마친 다현이 턱을 괴고서 자신을 바라보고 있는 재윤과 눈이 마주쳤다.

"너무 제 이야기만 했죠?"

"그래서 좋아요."

"⋯⋯."

자신의 이야기만 듣는 게 뭐가 좋을까.

다현이 의아한 눈으로 재윤을 바라보았다.

"요즘 날 만나기 전의 다현 씨가 궁금했거든요. 어떤 삶을 살았는지, 누굴 만났는지, 그래서 어땠는지⋯⋯. 절대로 엿보지 못할 일들이니까, 듣기라도 해야죠."

촉촉하게 물든 그의 눈빛에 진심이 가득 담겼다. 다현은 마른침을 삼켰다. 자신이 걸어온 발자국을 궁금해하는 남자. 그 발자국을 엿보고 즐거워하는 남자. 그는 가벼운 척 굴었지만, 절대로 가볍지 않았다.

이렇게 툭 던지는 말이 무거운 걸 보면.

"상무님은…… 어땠어요?"

다현이 재윤의 술잔에 술을 따르며 물었다. 그의 삶이 새삼 궁금했다.

"편안하게 살았어요."

"회사를 물려받는 일 말고 다른 일을 해보고 싶었던 적은 없었어요?"

"없었어요. 태어날 때부터 정해진 일이라. 다행히 적성에도 맞고요. 이 일을 했으니 다현 씨를 만났을 거 아니에요."

재윤이 입술을 늘이며 웃었다. 눈빛 하나, 던지는 말 한마디에 진심이 가득했다. 그 진심이 눈부셔서 그때마다 다현은 시선이 돌아갔다.

이런 자신에게 섭섭할 만도 한데, 재윤은 별다른 내색 하지 않았다. 다시금 별것 아닌 이야기를 하며 술잔이 오갔다.

"아, 비 오네요."

재윤의 고개가 창밖을 향했다. 다현의 시선이 뒤따라 돌아갔다. 방금 전까지 화창했는데, 거짓말처럼 비가 내렸다. 투명한 창문에 빗줄기가 사선을 그리며 떨어졌다. 둘 사이에 대화가 사라졌다. 작은 가게에 흘러나오는 노래가 그 침묵을 메웠다.

다행이에요. 당신을 만나서. 그래서 행복해요. 당신을 만나서.

스피커를 통해 오래된 노래가 흘러나왔다. 누군가를 만나 가만히 있는 것만으로도 행복할 수 있다니. 다현의 입술이 길게 늘어났다.

가게 마감 시간이라는 말에 자리를 털고 일어난 재윤은 다현에게 기다리라는 말을 한 후 차로 달려갔다. 커다란 장우산을 꺼내 다가온 재윤은 계단

두 칸 위에 올라서 있는 다현을 바라보며 미소 지었다.

"제가 해야 할 일인데요."

다현이 민망한 표정을 짓자 재윤이 선선하게 미소 지었다.

"그건 비서일 때나 그렇고요. 지금은 애인이니까."

"……."

"이리 오죠, 애인님."

재윤이 손을 들어 다현에게 내밀었다. 다현은 재윤의 손과 자신을 보며 미소 짓고 있는 재윤의 모습을 번갈아 보았다.

두근.

별것 아닌 광경에 거짓말처럼 심장이 뛰었다. 요즘 들어 부쩍 별것 아닌 재윤의 행동에 가슴이 술렁거리며 숨이 멎었다.

"안 와요?"

재윤이 웃더니 계단을 한 계단 올라섰다. 순식간에 거리가 가까워졌다. 그가 한 계단 아래에서 그녀를 바라보고 있었다.

"안 내려오면 또 올라갈 거예요."

가로등 불빛이 고인 그의 눈빛이 야릇하게 빛났다. 점잖은 얼굴 아래에 다른 얼굴이 있을 것 같은 기분. 이상한 건 무섭기보다 미묘하게 설레었다.

"마지막이에요."

재윤의 경고에 다현이 조심스럽게 계단 한 칸을 내려왔다. 그러자 나란히 마주 서게 되었다.

"가죠. 데려다줄게요."

"상무님은요?"

"다현 씨 데려다주고, 대리기사 부르면 되니까 걱정하지 마요."

"그래도……."

다현이 걱정스런 표정으로 쳐다보았다.

"그래도 되니까, 걱정 말고 팔짱이나 끼죠."

재윤이 팔을 내밀었다.

"절대로 사심 채우려는 건 아니에요. 넘어지면 안 되니까 잡으라는 거예요. 얼른."

재윤이 자신의 팔을 흔들었다. 다현은 팔과 재윤을 번갈아 보았다.

아니, 상무님이 더 취한 것 같은데…….

잡을 만한 상황이 아니었다. 실제로 그는 살짝 비틀거렸다.

왜 술도 약하면서 계속 마시는 걸까.

다현은 재윤을 잡아줘야겠다는 생각으로 그의 팔짱을 꼈다. 함께 걷던 다현은 유난히 우산이 자신 쪽으로 기운 걸 보고는 고쳐잡았다. 그러나 얼마 못 가 또 자신에게로 기울었다.

"상무님, 어깨 젖어요."

술에 많이 취한 줄 알고 다현이 다시 우산을 고쳐 잡았다.

"알아요. 다현 씨 어깨 젖는 것보단 낫잖아요."

"……."

다현이 자신도 모르게 재윤의 옆얼굴을 보았다. 반듯한 옆얼굴이 빛났다. 비가 와서인지 그의 눈이 유난히 촉촉해 보였다. 그러자 시선을 느낀 듯 재윤의 시선이 그녀에게로 따라왔다. 눈이 마주치자 재윤의 눈이 가늘어졌다.

그는 바람이 분 것도 아닌데 우산을 힘주어 꽉 쥐었다.

"나도 잘할 수 있어요."

뭘 말하는 걸까.

다현이 재윤을 의아한 얼굴로 바라보았다. 그녀는 멍한 얼굴로 그를 바라보았다.

"데워지기도 전에, 수건을 가는 일."

"……."

"다현 씨 입에 약을 넣어주는 일."

"……."

"다현 씨, 아플 때 그 곁을 지키고 있는 일."

"……."

"그러니 병간호 후보에 나도 넣어놔요. 뽑히면 당장 달려갈 테니까."

말을 마친 재윤이 옅게 웃었다. 입술이 시원하게 길어졌다. 다현은 먹먹한 눈으로 재윤을 바라보았다.

이 말의 깊이는 어느 정도일까.

가늠해 보려 했지만 쉽지 않았다. 다현은 재윤을 바라보는 사이, 시야에 젖은 그의 어깨가 들어왔다. 짧은 거리인데 어느새 어깨가 흥건하게 젖어 있었다.

이 남자의 마음도 이럴까. 이렇게 흥건하게…….

다현의 입술이 달싹거렸다. 무슨 말이 나올 것 같은데, 아무 말도 나오지 않아 가슴이 답답했다.

똑똑.

예의상 문을 두드린 강재가 재윤의 방문을 밀고 들어섰다. 출근 준비를 마친 그는 막 넥타이를 메고 있는 재윤을 바라보았다. 어젯밤 술에 취해 늦게 귀가했다던 어머니의 말을 몸소 확인시켜 주듯, 그는 굉장히 피곤한 얼굴을 하고 있었다.

"요즘 왜 이렇게 술을 마시고 다녀?"

강재가 얼굴을 찌푸리며 물었다. 술자리는 좋아해도, 술은 별로 좋아하지 않는 녀석이 취해서 들어오는 게 여간 이상한 게 아니었다.

"술자리가 오래 있기 좋으니까."

"영업하고 다녀?"

"그러게. 영업이네."

재윤이 멍하게 앞을 응시하며 중얼거리듯 대답했다. 식사는 빨리 끝나고, 차를 마시러 가자니 카페는 일찍 문을 닫았다. 궁여지책으로 술자리를 가졌다. 어젯밤 분위기 좋았고, 다현의 삶을 조금씩 알아가는 것이 즐거웠다.

다만, 아침에 속은 편치 않았다.

아무래도 다현의 간은 자신의 것보다 건강한가 보다. 그래서 다행이라고 생각했다.

"무슨 영업?"

"있어. 어려운 거."

재윤이 더 알 거 없다는 듯 답했다.

"그래. 그건 그렇고, 저건 대체 뭐야?"

강재의 손끝이 침대 아래에 길게 서 있는 고무신들을 가리켰다. 만취하면 재윤은 꼭 고무신에 집착했다. 고무신을 사오든지, 누군가를 사주든지 둘 중 하나였다.

"어려운 영업한다더니, 고무신 판매하고 다녀?"

"하아, 그러게."

재윤이 막막한 눈으로 말했다. 어젯밤, 다현을 집에 데려다준 후 재윤은 운전기사를 기다리는 동안 맥주 한 캔을 더 마셨다. 그 한 캔이 문제였다. 그 한 캔에 제대로 취한 재윤은 이미 알고 있는 고무신 가게에 들러 다섯 켤레 나 사왔다.

"치수가 왜 이래?"

강재가 자신의 발보다 한참 작은 고무신 한짝을 들며 물었다.

"작잖아. 네 사이즈도 아니고, 이모 사이즈도 아닌 것 같고……. 이쯤 되면 변태 취향이거나, 여자가 생겼다는 건데."

여자라는 말을 하며 강재의 눈빛이 날카로워졌다. 재킷을 걸쳐 입던 재윤은 그의 눈빛을 외면했다. 자신도 몰랐던 사실이었다. 아마도 다현의 발치수 쯤으로 보이는 고무신을 산 모양이었다. 가져다주지 않은 게 다행이었다.

"누구야. 이 발치수 여자."

강재가 고개를 기울이며 물었다. 그런 강재를 재윤이 물끄러미 내려다보았다. 재윤이 다가가자 강재가 몸을 일으켰다.

어째서 키까지 같을까.

재윤이 자신의 눈높이와 똑같은 강재를 바라보며 싱긋 웃었다.

"나는 너랑 생긴 거 말고는 같은 게 전혀 없는 줄 알았거든."

"그런데?"

"그런데 딱 하나 겹치는 게 있더라. 여자 취향."

"뭐?"

"내가 비서 취향이더라."

말을 마친 재윤이 빙긋 웃었다. 눈치 빠른 강재가 인상을 팍 썼다.

"너, 설마……."

"네가 머릿속으로 그리고 있는 그 여자. 맞아. 그 고무신의 주인공. 내 신데렐라님. 내가 왜 너한테 순순히 이실직고하는지 알겠지?"

"무슨 말을 하고 싶은 거야?"

강재의 목소리가 한층 낮아졌다. 불안함이 엄습했다.

"눈치 빠르면서 왜 갑자기 눈치 없는 척하고 그래?"

"……."

"도와."

재윤이 웃는 낯으로 말했다. 강재가 못 들은 척 나가려고 하자, 재윤이 그의 어깨를 꽉 움켜쥐었다. 강재를 다시 돌려세운 재윤이 그의 눈을 물끄러미 보았다. 그는 왜 도와야 하는지, 얼마나 좋아하는지 구구절절 설명하지 않았다. 그래서 강재는 재윤이 지금 온 진심을 다해 요구하는 거라는 걸 알아챘다.

어렸을 때부터 그랬다. 가볍고, 건성이며, 장난스럽게 말하는 녀석이지만 꼭 필요하거나 원하는 건 요점만 말했다. 이유를 물어도 '원하니까.' 그게 다였다. 그거 말고는 마치 다른 이유는 존재할 수 없다는 듯이.

오래전, 자신이 원하는 대학교를 말할 때 이후로 이런 표정은 처음이었다.

"하아."

강재가 복잡한 얼굴로 이마를 짚었다. 유전자에 '비서 취향'이라고 박혀 있는 것도 아니고.

"어머니가 달가워하지 않으실 텐데."

"솔로로 늙어 죽겠다는 것보단 반기시겠지."

반대하면 솔로로 늙어 죽겠다는 거구나. 하고도 남을 녀석이다.

다른 사람은 몰라도 강재는 알 수 있었다. 웃고 있는 이 얼굴 아래의 마음이 얼마나 단단하고 확고한지.

"……진심인 건 알겠는데, 얼마나 진행된 거야?"

강재가 이마를 짚으며 물었다.

"열심히 진행 중이야."

자세한 건 묻지 말라는 거군.

강재는 낮은 한숨을 내쉬었다. 자신이 비서를 만나놓고, 재윤보고 만나지 말라는 건 어불성설이었다. 강재는 말리지도, 그렇다고 적극적으로 추천하지도 못하는 애매한 표정으로 그의 방을 나섰다.

고무신의 주인 같은 건 묻지 말 걸 그랬다. 물론 묻지 않아도, 왠지 자신에게 술술 불었을 것 같긴 하지만.

이게 무슨 일일까.

다현은 꼼짝도 하지 못한 채 엘리베이터의 닫힌 문만 바라보았다. 강재 이사의 눈이 뚫어져라 그녀를 바라보았다. 마치 숨겨진 비밀이라도 찾고 싶어 하는 눈초리였다.

자신은 그저 아침 출근길에 엘리베이터 앞에서 만난 이사님에게 인사를 했을 뿐인데, 뭐가 잘못된 걸까. 강재 이사가 자신에게 이렇게 지대한 관심을 가지는 건 처음이었기에 당혹스러웠다.

"성다현 씨라고 했나요?"

같은 목소리인데, 무게감이 달렸다. 강재의 목소리에 다현의 가슴이 철렁 내려앉았다.

"네. 이사님."

다현이 당황한 티를 숨기며 대답했다. 그는 눈 한 번 깜빡이지 않고 그녀를 빤히 쳐다보았다. 비서로서 보던 다현을 처음 여자로서 살펴보았다.

의외로 이런 취향이었군.

순해 보이지만, 의외로 강단 있어 보이는 얼굴이었다. 평소 눈에 띄는 스타일은 아니었지만, 자세히 보니 예쁘장하기도 했다.

"하실 말씀이라도 있으신가요?"

이사님표 광선을 못 이긴 다현이 조심스럽게 물었다.

"아뇨. 아무것도 아닙니다."

이윽고 도착한 엘리베이터에 몸을 실었다. 이후 강재는 시선을 거둬들였지만, 다현은 숨을 내쉴 수가 없었다. 엘리베이터에서 내린 다현은 긴 한숨을 내쉬었다. 기태가 투덜거리는 말들이 사실이었구나 싶었다.

'같은 하드웨어, 다른 소프트웨어야. 완전히 달라. 자라 보고 놀란 가슴 솥뚜껑 보고 놀란다고 우연찮게 옛날 휴대폰 봤다가 깜짝 놀랐잖아. 내 휴대폰 안에 강재 이사랑 똑같은 얼굴이 있더라고. 재윤 선배라는 걸 깨닫긴 했는데, 그냥 삭제했어. 내 폰에 그런 얼굴이 남아 있는 게 싫어.'

다현은 마음 깊은 곳으로 그를 동정하며 문자를 보냈다.

[다음에 만나면 청심환 하나 사줄게. 친구야.]

"넌 먹고 일해야겠다."

다현이 고개를 절레절레 내저었다.

다현은 집무용 책상에 앉아 자신을 올려다보는 재윤을 물끄러미 마주 보았다. 요즘 재윤의 출근이 다현보다 빨랐다. 더는 안 되겠다 싶어 평소보다 15분 일찍 출근했지만, 재윤보다 늦었다.

다현은 핸드백을 쥔 채 절망적인 표정으로 재윤을 바라보았다.

"몇 시에 출근하세요? 상무님. 그 시간에 맞추겠습니다."

"9시 전이에요. 말 편하게 해요. 다현 씨."

재윤이 가을에 부는 선선한 바람처럼 맑은 미소를 지었다. 순간 자신도 모르게 마음이 약해질 뻔한 다현은 그 마음을 얼른 다잡았다.

"상무님, 저 9시까지 해야 할 일이 많아요."

"근무 시간은 9시부터예요. 9시부터 하세요."

"그러면 상무님의 일에 지장이 생겨요. 제가 9시부터 상무님의 테이블을 정리하고, 커피를 가져다 드릴 순 없잖아요."

스케줄 변동이 없는지 한 번 더 확인해야 하고, 메일로 접수된 문건은 없는지 마저 파악해야 했다. 해야 할 것이 한두 가지가 아닌데 자신을 잡고 놔 주지 않는 재윤 때문에 골치가 아팠다.

"9시부터 해요. 난 제대로 된 근무보다 제대로 된 데이트 시간을 보장받는 게 중요하니까요."

"상무님."

다현이 단호한 목소리로 그를 불렀다.

"재윤 씨라고 부르죠. 난 아직 다현 씨와 헤어져서 비서님을 만날 마음의 준비가 되지 않았어요."

그가 서글서글하게 웃는 얼굴로 말했다. 말로는 웬만해서 지지 않는 다현조차도 그의 앞에선 번번이 말문이 막혔다.

"어제는 잘 잤어요?"

재윤이 상냥한 목소리로 물었다. 사람이 물어보는데 무시할 수도 없는 노릇이라 다현은 미약하게 고개를 끄덕였다.

"다행이네요. 나도 잘 잤어요."

"저기, 이거요."

잠시 고민하던 다현이 가방에서 숙취음료를 꺼내 재윤에게 내밀었다.

"이건 비서로서 주는 거예요? 성다현 씨가 애인한테 주는 거예요?"

"둘 다요."

"전 비서한테 이런 거 안 받습니다. 그러니 성다현 씨한테 받은 걸로 할게요."

재윤은 숙취음료를 손으로 꼭 감싸 쥐었다. 큰 손안에 숙취음료 병이 쏙 가려졌다.

저게 뭐라고 저렇게 소중하게 잡고 있나. 저러면 나머지를 안 줄 수가 없잖아.

입술을 슬쩍 깨물던 다현은 가방에서 또 하나 숙취음료를 꺼내 내밀었다. 다른 브랜드였다.

"어떤 걸 좋아할지 몰라서요. 이거 말고도 더 있어요."

다현이 가방에서 줄줄이 숙취음료 병을 꺼냈다.

이천 원짜리 커피 전문점이 문을 닫아 하는 수 없이 편의점으로 향했다. 진열대에 진열되어 있는 수많은 종류의 커피보다 귀퉁이에 있는 숙취음료에 더 눈이 갔다. 저절로 손이 움직였고, 정신을 차려보니 다른 브랜드의 음료 네 병을 구매하고 있었다. 정작 자신의 커피는 사지도 않은 채. 자신의 기준에서 사치라는 걸 알면서도 멈출 수가 없었다.

재윤이 졸졸이 줄지어 서 있는 숙취음료 병을 바라보다가 눈만 들었다. 까만 눈동자와 눈이 마주쳤다.

"나 주려고 준비했어요?"

그가 눈을 사르륵 접으며 물었다. 대답을 들은 것처럼 그의 입꼬리가 이미 반쯤 올라가 있었다.

"네."

사실이기에 아니라고 대답할 수도 없었다. 대답을 한 다현은 속에서 홧홧하게 불길이 오르는 기분이었다.

기분이, 이상하다. 정말 별것 아닌 대답이었는데.

"아침부터 내 생각 했다는 거네요."

"……."

"앞으로 술 자주 먹어야겠네요. 아침마다 내 생각 나게 하려면."

재윤이 웃으며 줄지어 서 있는 병들을 모조리 거머쥐었다. 원하는 걸 하나 갖고 갈 줄 알았는데 다 챙길 줄이야.

"잘 마실게요."

하나는 나도 마시려고 했는데.

다현이 멍한 얼굴로 빼앗긴 숙취음료를 바라보았다. 그러나 도로 달라고 할 수 없었다. 별것 아닌 숙취음료 병 네 개를 잡고 환하게 웃는 남자에게 그 말을 할 자신이 없었다. 자신이 하는 작은 행동, 작은 말, 작은 선물 하나에 기뻐하는 사람을 지켜보고 있으니 갑자기 모든 게 이상해진 기분이었다.

바람 한 점 없는데, 왜 가슴 안에서 훈풍이 빙빙 도는지. 시간은 분명 정확하게 흘러갈 텐데, 웃고 있는 그의 모습은 왜 슬로우모션처럼 느리게만 보이는지.

다현은 입술에 힘을 꽉 주었다. 이러지 않으면 가슴 안이 뻥하고 터질 것만 같았다.

똑똑.

문을 두드리는 소리에 재윤의 고개가 들렸다.

"네."

그가 대답하기가 무섭게 다현이 문을 벌컥 열고 들어왔다. 오후 시간에 일의 집중도가 높다는 걸 알기 때문에 자신이 부르기 전까지 다현은 웬만해선 문을 두드리는 법이 없었다. 정말 급할 때도 인터폰을 이용했다. 그런 그녀가 성급하게 상무실 안으로 들어섰다.

"상무님."

다현의 얼굴색이 흙빛이 되어 있었다. 그를 부르는 목소리가 잔뜩 굳어 있었다.

"정말 죄송한데, 오늘 딱 하루만 반차 내겠습니다. 당일에 이렇게 말씀드리는 거 예의가 아니라는 걸 알지만…… 부탁드릴게요."

다소곳하게 모인 다현의 손이 불안한 듯 손톱 옆의 살점을 꽉 누르고 있었다. 이런 것까지 크게 보였다.

"무슨 일이에요?"

재윤의 목소리가 한층 낮아졌다.

"집에 급한 일이 생겨서요. 만약 반차가 불가능하다면 네 시간, 아니, 세 시간만 시간을 주세요. 금방 다녀오겠습니다. 다녀오는 대로 밀린 일도 처리하겠습니다."

다현의 눈동자가 불안하게 흔들렸다. 처음 보는 다현의 모습에 그는 자신도 모르게 서류를 내려놓았다. 자리에서 벌떡 일어난 재윤이 재킷을 거머쥐었다.

"같이 가죠."

"아니에요. 혼자 가보겠습니다."

"그런 얼굴로 가면 내가 마음이 편하겠어요?"

"제가 해야 할 일이에요."

다현이 분명하게 선을 그었다.

당신이 넘어올 곳이 아니야.

그 선 밖으로 밀려난 재윤은 그 자리에 우뚝 멈춰 섰다. 다현도 아차 한 얼굴로 그를 바라보았다. 그러나 이미 뱉은 말을 도로 주워 넣을 수 없었다. 잠시 다현을 바라보던 재윤이 시선을 돌렸다.

"알겠어요. 다녀와요."

"죄송합니다."

상황이 시급한지 다현이 다급하게 상무실을 빠져나갔다. 쿵, 평소보다 세게 문이 닫혔다. 그녀에게서 한참 떠밀려난 기분이 든 재윤은 닫힌 문만 물끄러미 바라보았다.

다현은 초조한 표정으로 창밖을 바라보았다. 그녀의 손은 기사의 좌석 일부분을 꽉 움켜쥐고 있었다. 그녀의 초조함을 느낀 기사가 룸미러로 그녀를 힐끔 쳐다보았다.

"많이 바빠요?"

"네. 바빠서 그런데 빨리 좀 부탁드릴게요."

"나도 빨리 가고 싶은데, 오늘 길이 많이 막히네요. 미안해요."

"아니에요. 제가 죄송해요."

다현은 사과하면서도 연신 창밖을 바라보았다. 길게 줄지어 선 차들은 꼼짝하지 않고 서 있었다.

다현에게 전화가 한 통 걸려온 건 30분 전의 일이었다. 라효와 사준이 축구할 수 있도록 해주는 게 어떻겠냐고, 아주 잘 키워보겠다고 말한 후 좀처럼 연락이 없던 감독님의 전화였다. 왠지 불안했지만, 아무 일도 없을 거라고 믿고 싶었다. 그러나 늘 그렇듯 불안한 예감은 적중했다.

―라효가 같이 축구하는 녀석이랑 싸움이 났는데, 일이 좀 커졌어요. 아무래도 보호자분이 오셔야 할 것 같아서 연락드립니다. 제가 잘 지켜봤어야 했는데 순식간에 일이 벌어졌네요.

휴대폰 너머로 들리는 코치의 목소리에는 미안함과 난처함이 뒤엉켜 있었다. 짧은 순간, 다현은 느꼈다. 라효가 생각보다 큰일을 저질렀다는 것을.

라효와 한 녀석이 싸움이 붙었는데, 사준까지 합세하고, 또 다른 녀석이 덤벼들면서 일이 제법 커졌다고 했다. 축구부 간의 의견 충돌이라 하기엔 상처가 심해서 학교에서 그냥 넘어갈 수 없다는 뜻을 밝혔다고 했다. 성질이 욱하고 거칠긴 해도, 사람에게 손을 대는 법이 없는 라효였다. 뭔가 일이 단단히 잘못되었다.

다현의 불안한 눈이 창밖을 헤매었다.

학교에 도착한 다현은 헐레벌떡 축구부로 향했다. 축구부 안에 남은 몇몇 남자애들은 잔뜩 화가 난 얼굴로 언쟁을 펼치고 있었다. 옷을 갈아입고 있는 듯해서 물어볼 수가 없었다. 일단 건물로 들어가서 교무실을 찾아봐야 하나 고민할 때였다.

"야, 아무리 그래도 라효한테 거지새끼가 뭐냐, 거지새끼가. 그것도 운동장에 있는 애들 다 듣게 소리칠 건 뭐냐고. 라효가 열 받을 만했지."

누군가가 그렇게 소리치자 남학생이 비웃듯이 말했다.

"남이 신던 신발 주워 신으면 그게 거지새끼지, 별게 거지새끼냐? 그러게 왜 남이 신던 걸 몰래 가져가서 신어? 거지새끼에 도둑새끼 아니냐?"

"야, 말 다 했냐? 솔직히 그 신발 새 신발이고, 버린 거잖아. 신으면 좀 어때서?"

"그래. 신는 건 지 마음이지. 거지새끼라고 욕하는 건 버린 신발 주인 마음이고."

"이 새끼야. 무슨 말을 그딴 식으로 해?"

"왜? 내가 못할 말 했어? 솔직히 라효가 우철이가 버린 신발 주워 신은 거 사실이잖아. 야, 나라도 거지새끼라는 말 나오겠다. 돈이 없으면 축구를 하지 말든가. 고아새끼가 눈치 없이 축구는. 우철이가 버린 운동화 이름만 싹싹 지우면 우리가 못 알아볼 줄 알았냐? 멍청한 새끼."

……뭐?

축구부 문 앞에 서 있던 다현의 표정이 핼쑥해졌다. 순간 눈앞이 핑 돌았다.

"말 똑바로 해. 지금 당장 라효 없으면 우리가 아쉬운 거 아냐? 라효만큼 축구 잘하는 놈 있어? 그리고 솔직히 우철이가 신발 때문에 그래? 라효한테 에이스 자리 뺏기고, 실력도 달리니까 그렇지. 유치원 때부터 축구했다며. 그렇게 잘사는 새끼가 어렸을 적부터 축구했는데 라효보다 못하는 게 말이 되냐."

"와, 이 새끼 말하는 것 좀 봐."

"뭐! 새끼야. 치게? 쳐! 너랑 나랑도 나란히 교감 앞에 가보자. 이 새끼야!"

이윽고 문 너머에서 우당탕탕 거친 소리와 함께, 말리는 소리가 들렸다.

다현은 그 자리에 멍하니 서 있다가 힘겹게 돌아섰다. 축구부원들이 했던 말이 머릿속에 빙빙 돌았다.

거지 새끼.

버린 신발 주워 신는다니.

머리가 띵해왔다.

삐리릭.

울리는 벨소리에 다현의 정신이 퍼뜩 들었다. 감독에게 온 전화였다. 교무실에 있다는 감독의 말에 가까스로 네, 네 대답은 했지만 여전히 머릿속이 멍했다. 무슨 이야기를 들은 건지도 가물가물했다. 계단을 딛고 올라가는 내내 허공에 발이 붕 뜬 것 같았다.

교무실에 들어서자 귀퉁이에 얼굴이 엉망진창이 되어 서 있는 라효와 사준이 보였다. 그들은 어떻게 다현이 온 걸 알아챘는지 단박에 고개를 돌렸다. 다현을 발견한 라효와 사준의 얼굴이 더더욱 어두워졌다.

다현은 마른침을 꼴깍 삼키며 그들에게 다가갔다. 라효와 사준의 곁엔 코치와 교감선생님이 서 있었다.

"안녕하세요. 제가 라효와 사준이 보호자입니다."

다현의 인사에, 교감의 탐탁치 않은 시선이 그녀를 아래위로 훑었다.

"길게 말씀드리지 않겠습니다. 교내에서 이런 불상사가 또 한 번 생긴다면 교칙에 의해 엄하게 대처할 테니 그렇게 알아주십시오. 가정에서도 올바른 교육지도 부탁드립니다. 아무리 학교에서 노력한다고 해도, 집에서부터 1차 교육이 되지 않는다면 아무 소용 없다는 거 알아주세요."

교감의 말이 따끔했다. 피해의식인지 교감의 말은 마치 가정교육이 덜된 아이, 라고 말하는 것 같았다.

"죄송합니다. 앞으로 이런 일 없도록 하겠습니다."

다현이 두 손을 다소곳하게 모은 채 고개 숙였다. 그 모습에 라효와 사준이 이를 악물었다. 라효가 뭐라고 소리치려 하자, 빠르게 알아챈 다현이 그를 보았다.

가만히 있어.

굳은 다현의 눈빛에 라효는 어금니를 꽉 깨문 채 시선을 외면했다. 교무실에서 나온 다현은 감독에게 고개를 숙였다.

"죄송합니다."

"아닙니다. 운동하는 녀석들끼리 싸울 수 있죠. 하필이면 교감선생님한테 걸려서⋯⋯. 교감선생님이 운동부를 안 좋아하시거든요. 그렇다고 꽤 유명한 축구부를 없앨 수도 없는 거고. 아무래도 건수를 잡았다 싶으신가 봐요."

감독이 민망한 듯 웃었다.

"라효, 사준이와 싸웠다는 애들은 어디 있나요?"

다현이 감독에게 조심스럽게 물었다.

"아, 잠시 양호실 갔습니다."

"그쪽 부모님도 오셨나요?"

"네. 오셨긴 한데⋯⋯. 그냥 가시는 게 좋을 거예요. 성격이 워낙 센 분들이라서요."

감독이 되도록 마주치지 않았으면 하는 표정을 지었다.

"그래도 사과를 하는 게⋯⋯."

"어차피 쌍방과실이었으니, 제가 잘 처리하겠습니다. 아무 걱정 말고 돌아가세요. 제가 부탁드리겠습니다. 만나면 일만 더 커질 거예요. 그러면 더 골치 아파지거든요. 저를 봐서라도 부탁드릴게요."

감독의 말에 다현은 자신의 의견을 접었다. 감독이 이렇게까지 말하는 데에는 그럴 만한 사정이 있을 거라는 생각이 들었다.

"잠시 라효, 사준이와 이야기할 시간을 주세요."

"네. 그렇게 하세요. 오늘 어차피 오후 운동도 힘들 것 같으니 바로 귀가하세요."

"감사합니다."

다현이 인사하자 감독은 미안한 표정으로 웃었다. 미안할 수밖에 없었다. 분명 쌍방으로 싸웠는데, 라효와 사준은 교감에게 더 심한 소리를 들었다.

우철은 학교에서도 어찌 못할 만큼 대단한 집안의 자제였다. 부모는 후원금 명목으로 학교에 엄청난 금액을 매해 기부하고 있었고, 학교로선 우철의 눈치를 볼 수밖에 없었다. 모든 운동부가 사라진 지금, 축구부만 남아 있는 건 우철의 집안 때문이기도 했다. 불합리하다는 걸 알면서도, 감독은 막을 수가 없었다.

그래서 감독은 라효와 사준에게 미안했다.

"너희들 고생했다."

감독이 씁쓸한 얼굴로 다현의 곁에 서 있는 그들에게 말했다.

"……죄송합니다."

라효가 기어들어가는 목소리로 사과했다.

"알면 됐고. 너희들, 이렇게 예쁜 누나 속 썩일래?"

감독이 라효와 사준을 보며 짐짓 엄한 목소리로 물었다. 그들이 시무룩한 얼굴로 눈을 내리깔았다.

"오늘 한 번만 봐주는 거야. 치료 잘하고, 맛있는 거 먹고, 푹 쉬고, 내일은 운동장 쉬지 않고 10바퀴다. 알았지?"

"네."

"어쭈, 대답 봐라? 지하로 기어들어가네? 더 크게 안 해?"

"네!"

라효와 사준이 우렁차게 대답하고 나서야 감독은 그들의 머리를 슥슥 쓰다듬어 주었다.

"2년만 참아. 내가 힘은 없어도, 너희들 실력만큼은 키워줄 테니까……."

씁쓸한 감독의 목소리에 라효는 입술을 씹었다. 라효에게 감독은 돌아가신 엄마와 다현 다음으로 소중한 사람이었다. 자신의 재능을 알아봐 주었고, 축구부 내에 집안별로 서열이 매겨지던 방식을 혁신적으로 깨준 사람이었다. 실력에 비해 과한 자리를 맡고 있는 우철에게서 에이스 자리를 자신에게 넘겨준 것도 감독이었다. 그 때문에 우철의 집안에서 압박이 잔뜩 들어오지만, 감독은 귓등으로도 듣지 않았다.

'실력보다 앞선 건 없다. 내 눈에 더 들고 싶은 사람, 더 좋은 자리를 맡고 싶은 사람은 더 열심히 노력해. 난 잘하는 놈 순서대로 밀어준다. 억울하면 더 뛰고, 더 연습해!'

모두를 모아놓고 소리치는 감독을 보며 라효는 존경심까지 일었다. 그런 감독과, 자신을 사랑해 주는 누나가 자신 때문에 머리를 조아렸다. 울컥, 서러움이 치밀어 올랐다.

"내일 보자. 이것들아. 나도 가서 쉬어야겠다. 니들 때문에 주름만 늘겠어. 쯧."

감독은 밝은 목소리로 농담을 하곤 돌아섰다. 멀어지는 감독의 뒷모습을 바라보는 라효와 사준의 시선이 복잡했다.

"이제 누나 좀 봐야지?"

다현의 말에 라효와 사준이 슬그머니 그녀의 눈치를 보았다.

"여긴 좀 그러니까 등나무 밑으로 갈까?"

"응."

라효와 사준이 고개를 끄덕였다. 한발 앞서 걷던 다현은 자신의 뒤통수를 흘깃거리는 두 쌍의 눈동자가 느껴졌다. 다현은 등나무 아래에 멈춰 서서 라효와 사준을 보았다. 그들은 올 게 왔다는 표정으로 고개를 푹 숙였다.

다현은 바람결에 날리는 머리카락을 쓸어넘기며 라효와 사준의 정수를 쳐다보았다.

"어떻게 된 일인지 설명해 봐."

다현이 무표정한 얼굴로 물었다.

"그냥, 싸웠어. 원래 운동하다 보면 한 번씩 싸워. 오늘은 운없이 교감한테 걸린 거야."

라효가 우물쭈물거리며 대답했다. 얼굴이 저렇게 되도록 싸운 건 이번이 처음이었지만, 자세한 설명은 하지 않았다.

"정말 그게 다야?"

"응."

"정말로?"

다현이 두 번 더 묻자, 라효의 눈동자가 옆으로 슬그머니 돌아갔다. 끝까지 숨기고 싶어 하는 라효를 지켜보던 다현은 울컥 치솟은 감정을 삼켰다. 그런데 왜인지 삼킨 감정은 다시 솟구쳐 올라왔다.

'솔직히 라효가 우철이가 버린 신발 주워 신은 거 사실이잖아. 야, 나라도 거지새끼라는 말 나오겠다. 돈이 없으면 축구를 하지 말던가. 고아새끼가 눈치 없이 축구는. 우철이가 버린 운동화 이름만 싹싹 지우면 우리가 못 알아볼 줄 알았냐? 멍청한 새끼.'

축구부에서 들은 말이 새삼 떠올랐다. 뒤늦게 그 말이 가슴을 팍 찔렀다.

늦은 밤, 라효는 종종 화장실에서 오래도록 머물곤 했다. 축구를 자주 하면 신발이 더러워져서 자주 씻어야 한다고 했다. 다현은 그 말을 멍청하게 곧이곧대로 믿었다. 자존심 센 녀석이 그 자존심 버려가며 남의 이름을 닦아내고 있는 줄도 모른 채.

남의 이름을 지운 그 자리에 자신의 이름을 써넣었을 때 녀석이 느꼈을 수치심과 좌절감이 느껴져 다현의 눈시울이 붉어졌다.

너희들의 세상도 쉽지만은 않구나. 너희들도 애쓰고 있구나.

다현은 나오려는 눈물을 꾹 참았다.

"……누나?"

침묵이 길어지자 사준이 슬그머니 그녀를 쳐다보았다.

"왜 울어?"

사준의 말에 라효의 가슴이 철렁 내려앉았다. 고개를 번쩍 든 라효가 다현을 쳐다보았다. 그녀의 눈동자가 새빨갛게 물들어 있었다. 그렁그렁 맺힌 눈물이 라효의 눈이 크게 벌어졌다. 몇 해 전, 다현이 크게 아팠을 때 온 가족이 엉엉 울었던 이후로 다현의 눈물은 처음이었다.

"누나, 울어? 미안해! 내가 잘못했어! 앞으로 절대로 안 할게! 아무도 안 때리고, 꾹 참을게. 절대로 이런 일 없도록 할게. 울지 마."

당황한 라효가 횡설수설 말을 늘어놓았다. 다현은 입술을 꽉 다문 채 라효와 사준의 얼굴을 번갈아 보았다.

묻고 싶은 말이 많았다. 정확히 어떤 말을 들었는지, 그래서 어떻게 됐는지, 너희들은 뭐라고 받아쳐 줬는지, 그리고…… 너희들의 마음은 괜찮은지. 무너진 자존심은 얼마나 아픈 건지.

부모를 잃은 후 평온하지 않았을 너희들 마음에 분 그 바람이 너희들의 가슴에 세워둔 꿈을 무너뜨리진 않았는지.

그러나 다현은 그 모든 말들을 삼켰다. 또 한 번 생각나게 하고 싶지 않았다. 아픈 말은 되새길 때마다 아프다. 아니, 더 아프다. 연고는 못 발라줄지 언정, 아프게 하고 싶지 않았다.

"너희들이 때렸으면 그럴 만한 이유가 있었겠지. 아무나 때리진 않았을 거 아냐. 대신 다치지 않게 조심하자."

"응."

"이리 와. 내 새끼들. 누나가 한 번 안아보자."

다현의 말에 라효와 사준이 서로의 얼굴을 번갈아 보더니 한 걸음 물러섰다.

"……왜 이래, 누나. 학교에서."

"뭐 어때."

"안 돼. 이러지 마."

라효의 얼굴이 벌게졌다. 그러나 다현은 양팔을 쭉 벌려 라효와 사준을 와락 끌어안았다. 안았다기보다는 덩치 큰 녀석들에게 매달린 것처럼 되었지만, 아무래도 상관없었다.

"아, 땀냄새 날 건데."

라효가 작게 투덜거렸다.

"아, 누나 냄새 난다."

사준이 아기처럼 웅얼거렸다. 다현이 피식 웃으며 두 녀석의 등을 팡팡 두들겨 주었다.

"오늘 저녁에 외식하자."

"웬 외식? 돈 아까워. 집에서 먹자."

라효가 강하게 거부할 때였다.

"그래도 먹자. 누나가 맛있는 거 사줄게. 성과금 나오는 달이야."

다현의 말에 라효와 사준이 갈등할 때였다.

끼익.

운동장을 가로질러 달려온 차 두 대가 등나무 앞에 나란히 섰다. 날린 먼지에 잠시 눈을 감았다 뜬 다현은 차에서 내리는 사람들을 보았다. 차에서 라효와 또래되는 남학생과 그의 어머니로 보이는 중년 여자가 각기 차에서 내렸다.

여자들은 한눈에 봐도 화려했다. 각기 계층의 사람들을 만나게 되면서 자연스럽게 알게 된 명품들이 그들 몸을 두르고 있었다.

두 명의 남학생 얼굴에 얼룩덜룩 멍이 진 것을 본 다현은 그들이 누군지 단박에 알아챘다. 여자 하나가 다현의 앞에 섰다. 다현은 반사적으로 라효와 사준을 자신의 등 뒤로 세웠다. 라효와 사준을 더 다치게 하지 않기 위한 반사적인 행동이었다.

"어디 있는가 했더니 여기 있었나 봐요?"

여자의 시선이 라효와 사준을 날카롭게 훑더니 다현에게 닿았다.

"보호자신가요?"

"네. 그런데요."

"보호자 분이 왜 이렇게 어린가 했는데……. 아, 두 아이가 고아라서 사촌 누나가 돌보고 있다고 했었던 것 같은데 맞나요?"

중년 여자의 말에 라효가 주먹을 꽉 움켜쥐는 게 잡은 손을 통해 느껴졌다. 다현은 진정하라는 듯 라효와 사준의 손목을 힘주어 잡았다. 라효와 사준이 다현의 옆얼굴을 쳐다보다 시선을 홱 돌렸다. 마지못해 가만히 있겠다는 티가 역력했다.

"네. 그런데요."

"그래서 그런가 보군요. 제대로 된 어른이라면 애들이 잘못하면 찾아와서 사과를 할 텐데, 여태껏 소식이 없어서 무슨 일인가 했어요."

중년 여자가 다현을 쭉 훑었다. 입은 옷, 신발, 화장, 헤어 스타일, 손톱까지 쭉 훑은 여자의 입술이 삐뚤어졌다. 비웃는 것과 동시에 화가 났다.

저렇게 볼품없는 사람들 손에 자신의 귀한 아들의 얼굴이 이 지경이 되었다는 사실에 참을 수가 없었다.

"죄송합니다. 안 그래도 얼굴 한 번 뵀으면 했는데 이렇게 뵙네요. 아이들끼리 싸움이었으니 이쯤에서 조용히 넘어갔으면 합니다."

"어머, 세상에나. 이게 무슨 말이람? 이보세요. 아직 어려서 뭘 모르는가 본데, 한눈에 봐도 우리 아이의 얼굴이 더 엉망이잖아요. 안 그래요?"

다현의 시선이 중년 여자의 옆에 서 있는 남학생에게 향했다. 둘은 경계심을 한껏 담은 눈초리로 다현을 노려보았다. 이윽고 라효와 사준이 다현을 지키려는 듯 남학생을 노려보았다. 남학생들 사이에서 강한 눈싸움이 일어났다.

라효의 얼굴을 본 중년 여자의 눈빛이 확 달라졌다.

"당장 사과를 해도 모자랄 판에 눈 치켜뜨고서 어딜 노려봐! 못 배운 티 내는 것도 아니고!"

라효에게 소리친 여자가 손을 치켜들 기세를 보이자, 다현이 한발 앞서서 중년 여성의 걸음을 막았다.

"저랑 이야기하시죠. 댁의 아드님도 똑같은 표정으로 쳐다보고 있으니 화 내지 마시고요. 그리고 얼굴은 비슷하게 다친 것 같은데 조용히 넘어갔으면 합니다. 어쨌거나 일이 이렇게 된 것에 대해 유감스럽게 생각하고, 앞으로 이런 일이 없도록 단단히 교육시키겠습니다."

"비슷하게? 하, 정말 좋게 말하려고 했는데 말귀를 못 알아듣네요. 같은 상처라도 비중이 다르죠. 쟤들이야 본래 험하게 막 다녀서 그렇다 치지만, 우리 아들은 고액 과외에 중요한 사교 모임이 많은 애예요. 그런 애의 얼굴을 이렇게 만들어놨으면! 무릎을 꿇고 싹싹 빌어도 부족할 판에, 뭐요? 비슷하니 넘어가? 애들이 왜 이렇게 개념이 없나 했더니 보호자 탓인가 봐요?"

"말이 과하시네요."

다현이 지지 않고 중년 여자를 마주 보았다.

"과해요? 내가? 과한 건 그쪽들이죠."

한걸음 성큼 다가온 중년 여자가 다현의 어깨죽지를 꾹 눌렀다. 다른 여자도 다현에게 위협적으로 다가왔다.

"우리가 때려부은 돈으로 축구부 유지하고 있는 건 알죠? 그 축구부에 다니면서, 우리 애가 신다 버린 신발을 주워다가 신으면 우리 아들 체면이 뭐가 돼요? 형편이 어려우면 축구부를 다니질 말든가, 축구부를 다니고 싶으면 아르바이트라도 해서 신발을 사서 신든가."

여자의 말이 다현의 가슴을 푹푹 찌르고 왔다. 여자의 독설은 끝나지 않고 이어졌다. 여자의 눈빛이 무섭게 변하더니 다 들으라는 듯 쩌렁쩌렁 소리를 질렀다.

"어디 거지같은 행세로 우리 아들 체면을 구기고 있어? 조용히 넘어가? 아니. 난 조용히 못 넘어가겠어요. 그러니까 그쪽 아이들 당장 축구부 관두게 하세요."

중년 여자의 말에 다현이 마른침을 삼켰다. 들키고 싶지 않았던 사실이 까발려지자 충격을 먹은 듯 라효와 사준의 몸이 뻣뻣해졌다.

"버린 신발 신은 게 뭐가 문제죠?"

다현이 되물었다. 그러자 중년 여자가 비웃었다.

"뭐라고요? 아, 모르는구나. 우리 아들이 버렸어도, 그건 엄연히 우리 아들 꺼죠. 우리 아들이 버리기로 한 걸 꾸역꾸역 신고 다닌 게 문제죠. 그리고 주제를 모르고 설쳤으면 그에 해당하는 합당한 처벌을 받아야죠. 버린 신발 주워 신은 것까진 배상하라고 하지 않을 테니까, 당장 내일 감독님한테 관두겠다고 하세요. 그렇지 않으면 축구부 후원 끊을 거예요."

"엄마!"

곁에 서 있던 남학생이 버럭 소리쳤다. 다현은 남학생의 가슴팍에 달린 '이우철'이라는 이름을 보았다.

"넌 가만히 있어. 재미있어 하기에 냅뒀더니 어디 이런 거지같은 것들이랑 어울려서 엄마를 학교 오게 만들어? 일을 이렇게 만들었으면 너도 책임질 줄 알아야지!"

"그게 왜 내 탓이야! 쟤들만 관두게 하면 되잖아. 야! 성라효, 좋냐? 내 신발 신다가 축구부까지 없애게 될 것 같으니까 좋아? 거지같은 새끼야!"

덩치 큰 우철이 라효에게 덤벼들 기세로 소리쳤다. 그러자 라효와 사준도 지지 않고 으르렁거렸다. 다현이 그런 라효와 사준을 진정시키기 위해 있는 힘을 다해 잡아당겼다. 그러나 둘은 진정되지 않고 금세라도 다시 싸울 것처럼 날카롭게 반응했다. 다현이 막을 틈 없이 긴장감으로 팽팽해졌다.

"못 배운 거 티 내는 것도 아니고 어디 어른 앞에서 그따위 표정이야! 내가 너희들 이 학교 다니는 동안 편하게 둘 줄 알아? 우리 아들 진로 막은 죄, 내가 톡톡히 치르게 해줄 거야! 못살면 납작하게 엎드려서 기어야지! 어디 주제 모르고 설쳐! 설치길!"

여자가 라효와 사준에게 버럭 소리쳤다. 그 아픈 말에 다현이 어금니를 깨물었다. 침착하던 다현조차도 이번 일 앞에선 차분해질 수 없었다.

그녀도 겪었던 일이었다. 학교 안에서 집안의 능력에 따라 교묘하게 나뉘던 차별과 시선. 라효와 사준만큼은 그렇게 만들고 싶지 않았다. 적어도 제 편이 하나도 없어서 모진 소리를 듣는 건 자신으로 족했다. 다현이 눈을 부릅뜬 채 소리쳤다.

"아뇨. 제가 그렇게 안 둘 거예요. 라효와 사준이, 누구보다 좋은 애들이고 능력 있어요. 남이 신던 신발을 신을지언정, 본인들 실력과 꿈 앞에서는 당당한 애들이에요. 축구조차 돈으로 할 수 있다고 생각하세요? 그런다고 댁의 아드님 실력이 달라질까요? 그리고 돈 먹여서 하는 축구, 얼마나 갈까요?"

"뭐? 이게 보자 보자 하니까."

"무슨 짓을 해도 우리 애들 실력은 사라지지 않아요. 언젠가, 그쪽이 TV 속에서 국가대표로 뛰고 있을 우리 애들 보면서 울지도, 웃지도 못하는 표정 짓게 만들어 드릴게요."

"입만 살아가지고는, 어디서 이게 버릇없이! 내가 절대로 그렇게 안 둬! 니들 인생, 내가 끝까지 쫓아가서 망하게 할 거야! 내가! 내 아들 이렇게 만든 대가 톡톡히 치르게 해줄게! 너나 나중에 무릎 꿇고 빌지나 마!"

중년 여자가 참지 못하고 소리 지를 때였다.

쿵!

갑작스런 소음에 사람들의 시선이 한곳으로 홱 돌아갔다. 주차되어 있던 두 번째 차량의 뒤쪽에 다른 차가 맞붙어 있었다. 꽤 강한 충격이었는지 두 번째 차량의 뒤쪽이 움푹 들어가 있었다. 차의 주인으로 보이는 다른 여자가 '어머, 내 차! 저게 얼마짜린데!' 라고 고함을 쳤다.

"아, 이런."

뒤에서 들이박은 차에서 남자가 내렸다. 그는 난처한 표정으로 박은 차를 바라보았다.

"죄송합니다. 어느 분이 차주시죠?"

남자가 그들이 있는 곳으로 성큼성큼 다가왔다. 다현의 눈이 크게 벌어졌다. 보고도 믿을 수가 없었다.

"……상무 아저씨?"

사준이 멍하게 묻고 나서야 다현은 자신이 제대로 보았음을 알았다. 성큼성큼 다가온 남자가 중년 여자들 앞에 섰다. 방금 전까지 고래고래 악을 쓰던 중년 여자들의 표정이 미묘해졌다. 그들은 자연스럽게 남자를 훑었다. 어느 브랜드인지 알 수 없으나, 남자는 확실히 귀티가 났다. 입은 옷과 시계가 명품이 확실했다. 그보다도 명품에 밀리지 않는 외모와 분위기에 더 눈길이 갔다. 중년 여자들의 표정이 싹 달라졌다.

"제가 차주예요."

"죄송합니다. 급하게 운전하느라 실수를 했네요."

재윤이 재킷 안주머니에서 명함 지갑을 꺼내 명함을 뽑아 내밀었다.

"이쪽으로 연락 주시면 수리비 배상하겠습니다."

"당연히 그러셔야죠. 동신그…… 어머. 어머머. 언니."

여자 하나가 무심코 명함을 확인했다가 깜짝 놀라 옆에 서 있던 여자를 불렀다. 여자 또한 명함을 확인하더니 표정이 미묘해졌다.

이렇게 젊은데 동신그룹의 상무라고? 그나저나 동신? 그 동신그룹?

여자가 모호한 표정으로 그를 보았다.

"그런데 어디서 뵌 분 같은…… 어머!"

우철의 어머니가 고민하다가 말고 손으로 입술을 가렸다. 누군지 떠올랐다.

동신그룹에서 유명한 쌍둥이 형제. 둘 다 사업 기질을 물려받아 동신그룹을 이끌고 있는 쌍두마차로 곧잘 표현되곤 했다. 승계 싸움이 있을 법한데, 둘의 합이 좋아 싸움 없이 그룹을 번창시키고 있다는 것도 알고 있었다.

중년 여자는 횡재했다는 표정으로 여자의 손에 있던 명함을 낚아챘다.

"언니!"

여자가 소리치자, 우철의 어머니가 그녀를 노려보았다. 그러자 여자는 못마땅한 표정으로 눈을 내리깔았다.

"어머, 이게 누구세요? 여기서 김재윤 상무님을 뵙게 될지 몰랐네요. 여긴 어쩐 일이세요?"

우철의 어머니가 사근사근한 목소리로 물었다.

"조카한테 문제가 생겼다고 해서요."

재윤이 근사한 미소를 지으며 대답했다.

"조카요? 누굴까요? 이것도 인연이라고 도울 수 있으면 돕고 싶은데요."

"그렇다니 감사하네요."

"누굴까요?"

우철의 어머니 눈이 반짝였다.

동신그룹의 조카가 이 학교에 숨어 있을 줄이야.

어떻게든 인연을 만들어 그 집의 사람들과 친하게 지낼 생각이었다. 아무래도 오늘 아들의 얼굴이 이렇게 된 건 이런 인연을 만들기 위함이 틀림없었다. 우철의 어머니가 상냥한 표정으로 재윤을 바라보았다.

"태우? 아니면 2반의 성철이? 아, 3반의 다율이인가요?"

학교에서 꽤 알려진 재벌가 자식들을 줄줄 읊었다. 재윤이 싱긋 웃었다.

"아뇨. 아니지만, 아실 것 같군요. 함께 계시는 걸 보니까요."

"함…… 께요?"

중년 여자의 표정이 묘해졌다. 그들이 주변을 둘러보았다. 그 어디에도 버러지 같은 쌍둥이 말고는 학생이 보이지 않았다.

"조카도, 저를 닮아 쌍둥이라서요. 이리 와, 성라효."

재윤의 부름에 라효의 표정이 떨떠름해졌다. 그중 가장 떨떠름한 표정을 짓고 있는 건 다현이었다.

갑자기 혜성처럼 나타난 재윤이 남의 차를 들이박고 라효를 조카라고 소개하다니.

뒤늦게 정신을 차린 다현이 자신들에게 다가오는 재윤을 보았다. 재윤이 다정하게 웃으며 다현을 바라보았다. 웃고 있지만, 그의 눈빛엔 은근한 힘이 실려 있었다. 자신이 하는 말에 호흡을 맞춰 따라오라는 눈빛이었다. 거절하고 싶지만, 그가 누군지 밝혀진 상황이라 가만히 있어야 했다. 자신의 말로 인해 재윤이 난처해지게 만들 순 없었다.

"일이 많아서 조금 늦었어. 날 대신해서 일을 처리해 줘서 고마워."

"아니에요."

"그런데 라효 얼굴이 왜 이래? 사준이는 또 왜 이렇고? 싸웠어?"

재윤이 자연스럽게 라효와 사준의 얼굴을 번갈아 보았다. 주변이 고요해졌다. 방금 전까지 물어뜯을 것처럼 달려들던 우철이네 어머니와, 다른 여자의 표정이 잔뜩 굳었다.

"정말…… 라효가 상무님의 조카라고요?"

우철이네 어머니가 미심쩍은지 묘한 표정으로 물었다.

"네. 아드님이 얼굴이 많이 상한 걸 보니 이렇게 네 명이서 싸운 모양이군요. 죄송합니다. 욱하는 철부지들이라 실수를 했나 보군요."

"아뇨, 뭐. 실수는 저희도 했죠."

여태껏 한 번도 굽힌 적 없던 우철의 어머니 말에 다현이 저도 모르게 허,

하고 웃었다. 중년 여자는 뭔가 이상하다는 듯 눈을 가느스름하게 떴다.

"그렇긴 한데, 좀 뭔가 이상하군요. 동신그룹의 조카나 되는 애가 남이 신다가 버린 신발을 주워 신는다고요? 학교에서 못살기로 유명한 저 애들이요?"

"아, 그런 짓을 했나요?"

당황할 만도 한데 재윤은 능청맞게 웃었다. 그러더니 라효와 사준의 머리를 쓰다듬었다. 둘은 어색한지 굳은 표정으로 재윤을 쳐다보았다. 다행히 그들은 눈치껏 입을 꾹 다물고 있었다.

"아껴 쓰라고 했더니 또 심하게 아껴 썼구나? 있는 티 내지 말라고 했지, 없는 티 내라고는 한 적 없는 것 같은데······. 내기했어? 중학생 때도 그러더니······. 예전엔 누가 더 용돈 아껴 쓰나 내기하느라 문제집도 남이 버린 거 쓴 적 있는 애들이라서요. 괴짜예요. 원래 천재는 괴짜라고 하니, 당연한 거겠지만요. 앞으로는 그런 일 없도록 충분히 당부하겠습니다."

재윤이 웃었다. 그러더니 라효와 사준을 따뜻하게 바라보았다.

"아껴 쓰는 것도 좋지만, 적당히 해. 그래도 아껴 쓰려는 그 태도는 잘했어. 내가 말했지? 별로 있지도 않으면서 있는 티 내는 게 제일 촌스러운 짓이라고. 있다고 있는 티 내면서 막 쓰거나, 니들이 번 돈도 아닌데 부모 돈을 니들 돈이라고 착각해서 설치지 않아서 다행이긴 하지만."

재윤의 말에 주변이 고요해졌다. 방금 전까지 돈으로 얼굴을 때릴 것처럼 나서던 중년 여자 둘의 표정이 싸늘하게 굳었다. 자신들을 겨냥한 말 같지만, 반박할 수가 없었다.

"어쨌든 사람 때리는 건 안 돼."

"······."

"돈 위에 사람이 있는 거지, 사람 위에 돈이 있는 건 아니니까. 만약 돈 때문에 누군가가 너희를 무시한다면, 그 사람은 사람 아니니까 무시해. 그런 사람들은 시간이 흘러도 그 정도 급밖에 안 되는 사람들이니까."

"······."

"좋은 사람들 만나고 살기도 바쁜데, 뭐 하러 그런 사람들 만나서 시간이랑 정신을 뺏겨?"

재윤이 빙긋 웃었다. 주변의 공기가 더할 나위 없이 싸늘해졌다.

"안 그런가요?"

재윤이 중년 여자들을 향해 물었다. 그녀들의 입가가 바들바들 떨렸다. 다현은 조용히 말로 찍어누르는 재윤을 보며 할 말을 잃었다. 여자들은 입을 꾹 다문 채 아무 말 하지 않았다. 다현에게 달려들 때와 완전히 다른 태도였다.

"차량 사고는 견적 나오는 대로 연락 주시면, 제 비서가 알아서 처리할 겁니다. 더 하실 말씀 있으신가요?"

재윤이 묻자 중년 여자들은 불편한 표정으로 고개를 가로저었다.

"그럼 저희 먼저 가보겠습니다."

재윤이 끝까지 정중한 태도로 그들에게 인사한 후 셋을 데리고 차로 향했다. 엉겁결에 차에 탄 다현은 운전석에 재윤이 앉아 있는 걸 보았다.

"엇, 제가 운전할게요."

"됐어요. 이미 시작한 연기, 끝까지 가죠."

다현이 조수석에 탄 걸 본 중년 여자들의 표정이 미묘해졌다. 재윤이 차를 부드럽게 출발시켰다. 차 안이 고요했다.

"병원 갈까?"

재윤이 룸미러로 라효와 사준을 보며 물었다.

"괜찮아요."

라효가 손으로 얼굴을 슥슥 문지르며 대답했다.

"아플 텐데."

"윽."

재윤의 말과 동시에 라효가 아픈지 얼굴을 움찔했다. 재윤은 고개를 절레절레 흔들었다.

"얼굴이 엉망진창인데, 정말 괜찮아?"

"네. 괜찮아요."

라효의 거듭된 거절에 재윤은 차를 그녀의 집 쪽으로 몰았다. 다현은 그런 재윤의 옆얼굴을 빤히 보았다.

"할 말 많죠?"

재윤이 앞을 보며 물었다. 그녀의 시선에서 질문들이 마구 쏟아져 내리는 게 느껴졌다.

"네."

다현은 하고 싶은 말을 꾹 참은 채 간결하게 대답했다.

"그 말은 나중에 차차 해요. 회사 가는 길에. 집에 데려다주면 되죠?"

"지하철역에 데려다주면 알아서 찾아갈 거예요."

"이왕 탄 거 집까지 데려다줄게요."

재윤의 말에 라효와 사준은 서로의 눈치를 보더니 기어들어 가는 목소리로 말했다.

"감사합니다. 상무 아저씨."

"고마워요. 아저씨."

그 인사에 재윤은 상큼하게 웃으며 대답했다.

"고마우면, 그 아저씨라는 말은 빼줄래? 이젠 너희들에게 형이고 싶다."

"잘 가."

차창을 내린 재윤이 싱긋 웃으며 손을 내저었다. 라효와 사준은 발길을 돌리지 않고 재윤을 빤히 쳐다보았다.

"잘생긴 거 아는데, 너무 쳐다보면 좀 그런데?"

재윤의 말에 라효의 얼굴이 와그작 일그러졌다. 그러다 얼굴이 당기는지 으으, 하고 앓는 소리를 냈다.

"어서 들어가서 둘 다 치료해. 안 그러면 흉 진다. 그럼 너희 누나 마음에도 흉 지는 거야. 다정하게 서로 얼굴에 약 발라줘."

"아저씨."

"형이라니까."

"아, 그래요. 뭐, 형."

라효가 뭔가 말을 하려다가 입을 다물었다. 그러더니 '됐어요.' 라며 돌아섰다.

"성라효."

다현의 부름에 라효가 멈춰 섰다.

"감사하다고 말씀드리고 가야지."

라효는 다현의 말에 재윤을 흘깃 보았다. 그는 턱을 괴고서 인사 받을 만반의 준비를 갖춘 얼굴을 하고 있었다. 왠지 저러니까 하기 싫다. 하지만 다현의 눈초리를 피할 수 없었던 라효는 마지못해 꾸벅 고개를 숙였다.

"감사합니다."

라효가 인사하자 뒤따라 사준이 '엄청 감사합니다!' 라며 환하게 웃었다. 두 사람이 집으로 들어간 후 재윤은 차를 몰았다. 핸들을 옆으로 감으며 재윤이 싱긋 웃었다.

"그렇게 바라봐 주는 건 좋은데, 옆얼굴 뚫리겠어요."

"안 뚫리는 거 알아요."

"그래요? 그래서 계속 그렇게 쳐다볼 거예요?"

재윤이 싱긋 웃으며 물었다. 이런 일을 벌이고도 그는 천연덕스러웠다.

"네. 이야기할 때까지요."

차가 길목 앞에 멈춰 섰다. 붉은 신호를 확인한 재윤이 고개를 홱 돌렸다. 그러자 얼굴이 한 뼘도 안 되게 가까워졌다.

"그럼 평생 이야기하면 안 되겠네요. 이렇게 계속 얼굴 보려면."

재윤의 눈이 사르륵 접히며 그의 갈색 눈동자가 반밖에 보이지 않았다. 반짝. 초승달 같은 눈동자에 빛이 고였다. 다현은 자신도 모르게 마른침을 삼키며 몸을 뒤로 뺐다.

"그렇게 피하면 섭섭한데."

재윤이 여전히 웃는 낯으로 말했다.

"……상무님, 선수죠?"

다현이 자신도 모르게 뱉고는 아차 했다. 상사에게 쓰기엔 실례되는 말이었다. 다현이 다급히 정정하려 했으나, 재윤은 아무렇지 않은 표정으로 되물었다.

"어느 종목요?"

"네?"

"이왕이면 성다현 씨 가슴 뛰게 하는 종목이거나, 성다현 씨 홀리는 쪽의 전문 선수였으면 하는데……. 내가 어느 종목 선수 같냐고요."

"……."

"왜요? 복수 종목인 거 같아요?"

"……."

"그럼 메달권엔 진입 가능한가? 이왕이면 신기록 세운 금메달이었으면 좋겠네요."

청산유수로 이어지는 재윤의 말에 다현은 눈만 깜빡였다. 말문이 막혔다.

뭐지, 이 사람. 정말 선수인가.

저런 말을 하는데 부끄러워하기는커녕 뻔뻔할 정도로 당당했다. 문제는 다른 사람이 하면 느끼할 법한 그 말을, 재윤이 하니 더없이 담백하다는 거였다.

콩, 콩.

아주 미약하게 가슴도 뛰는 것 같고.

다현은 서둘러 흩어지는 마음을 다잡았다. 이렇게 어물쩍 넘어갈 일이 아니었다.

"상무님."

"네. 다현 씨."

다정하게 돌아오는 대답에 다시금 마음이 흩어지려 한다. 그는 자신이 아는 것보다 훨씬 많은 재주를 가진 듯했다. 다현이 애써 시선을 앞으로 돌렸다.

"왜 보다 말아요? 섭섭하게."

재윤이 진심으로 섭섭한 목소리를 냈다.

"운전하는 데 방해되실까 봐요."

다현이 대답에 재윤의 입술이 늘어났다.

"조금 설렌 건 아니고요?"

"……."

"아닌가 보네."

"어떻게 찾아오셨어요?"

더는 이렇게 끌려 다닐 수 없다고 판단한 다현이 대화 주제를 전환시켰다. 요리조리 잘 빠져나가던 재윤은 올 게 왔다는 듯 숨을 깊게 들이마셨다. 생각을 더듬듯 그의 눈이 가느스름해졌다.

"다현 씨가 급하게 나가는 게 신경 쓰여서 따라 나왔어요. 택시가 잘 잡히는 곳이 아니니까요. 어딘지 모르겠지만 데려다주려고만 했어요. 그렇게 나왔다가 택시를 막 탄 다현 씨를 발견했고, 유턴할 곳이 없어서 따라가게 됐어요. 택시 창 너머로 어쩔 줄 몰라 하는 다현 씨 뒤통수가 보였어요. 차를 돌려야지, 하면서 세 번 넘게 유턴 지점을 넘겼어요. 네 번째 유턴 지점에 왔을 땐…… 어차피 일이 안 될 것 같으니 보고 가자 싶었고요."

"……."

"그러다 학교까지 찾아가게 됐고, 쌍둥이들한테 문제가 생겼구나 추측했어요. 어차피 여기까지 온 거 다현 씨가 나오면 회사까지 데려갈 생각이었어요. 그러다가…… 봤고요."

재윤이 잠시 말을 멈췄다.

다현과 여자들이 나누는 말이 잘 들리지 않았다. 그러나 멀리서 봐도 어떤 상황인지 유추가 되었다. 쌍둥이들을 필사적으로 자신의 등 뒤에 두려는 다현과, 그런 그녀를 압박하던 여자 둘. 그 너머로 으르렁거리던 아이들. 단순히 싸웠다고 하기엔 여자들의 기세가 험했다.

"들으면 안 된다는 걸 알면서 창문을 내렸어요. 그러니까 조금 들리더라고요."

중년 여자의 카랑카랑한 목소리가 귀에 박혔다.

'못 배운 거 티 내는 것도 아니고 어디 어른 앞에서 그따위 표정이야! 내가 너희들 이 학교 다니는 동안 편하게 둘 줄 알아? 우리 아들 진로 막은 죄, 내가 톡톡히 치르게 해줄 거야! 못살면 납작하게 엎드려서 기어야지! 어디 주제 모르고 설쳐! 설치길!'

그 잔인한 말 앞에서 다현은 입을 앙다물었다. 그녀의 등 뒤에 서 있는 쌍둥이들은 볼 수 없었지만, 재윤은 보았다.

자존심이 뭉개져 가는 와중에도 어떻게든 버티려고 하는 필사적인 몸짓을. 한두 번 당해본 것 아니라는 듯 익숙하게 버텨내던 그 행동까지도. 머릿속으로 다현이 해왔던 이야기들이 파노라마처럼 스쳐 지나갔다.

고아라서 힘들었던 이야기, 쌍둥이들을 더없이 사랑하던 다현의 눈빛 등.

"그러면 안 된다는 걸 알면서도 나섰어요. 유치한 거 알아요. 그럼 안 된다는 것도. 그런데 머리랑 가슴이 따로 놀 때가 있잖아요. 머리는 침착하라고 하는데, 이미 발은 페달을 밟고 있었거든요. 기분이 굉장히 안 좋아져서 그 사람들 차라도 부숴야 속이 풀릴 것 같았어요."

"……."

차가 다시 한 번 신호에 걸려 멈춰 섰다. 차 안이 고요했다. 창밖의 어딘가에 시선을 두고 있던 재윤이 고개를 돌렸다. 그의 눈빛이 이전과 다르게 묵직했다. 수많은 감정을 켜켜이 쌓아놓은 그 눈빛으로 재윤이 말했다.

"미안해요. 주제넘게 나서서."

"……."

"그런데 그 상황이 오면 난 또 그렇게 할 거예요."

"……."

"난 내가 가진 걸로 다현 씨 자존심을 지킬 수 있다면, 그렇게 하고 싶으니까요."

말을 마친 재윤이 여전히 미안한 눈을 하고서 미소 지었다.

"자, 이제 화내요. 혼내면 혼날 테니까."

재윤이 차를 다시금 몰며 말했다. 멍석을 깔아줬지만, 다현은 아무 말도 할 수 없었다.

따끔.

한 박자 늦게 가슴이 따가웠다. 무엇 때문인지, 왜인지 모르겠지만 가슴 안이 얼얼했다. 그녀는 세상을 알아갈 때부터 혼자였다. 누군가의 보살핌도, 누군가가 지켜주는 것도 없었다. 그래서일까. 지켜준다는 그의 말이 지붕 같은 것은.

세찬 비를 얻어맞다 처음으로 지붕 아래에 서 있는 기분이었다.

'추웠지?'

누군가가 그렇게 묻는 느낌이었다. 그 말에 느끼지 못했던 추위를 자각한 기분이었다.

다현이 치맛자락을 세차게 움켜쥐었다. 그녀는 고개를 떨구고선 천천히 입을 열었다.

"상무님한테 이런 모습 보였다는 사실에 자존심 상해요."

"……."

"그런데 그 마음보다 지금은 고마운 마음이 더 커요. 실은…… 제가 이기기 버거운 상대들이었거든요. 쌍둥이한테 못난 모습 보이고 싶지 않았고요. 그 순간, 상무님이 나타나서 반가웠어요. 그리고 아무렇지 않게 대신 나서줘서 좋았어요."

그러면 안 된다는 걸 알면서도 그녀는 돈 앞에서 한없이 작아지고 있었다.

비싼 축구화를 사주지 못했다는 자괴감, 그걸 알아채지 못했다는 미안함, 그럼에도 자신이 뭔가를 더 해줄 수 없다는 사실에 무너지던 마음까지.

엉엉 울고 싶은 마음을 참는 것도 버거웠다. 그 위로 꽂히던 냉담한 비수 같던 말들은 더욱 견디기 힘들었다. 서 있기만 하는데 발이 아래로 푹푹 빠지는 기분이었다. 지하 밑바닥에 나동그라지는 기분이 들 즈음, 나타난 재윤은 그녀에게 구세주 같은 존재였다.

"감사합니다. 제가 할 수 없는 것들을 해주셔서요."

다현이 고개를 숙였다. 진심을 다해 감사함을 전하는 그녀를, 재윤이 물끄러미 바라보았다.

쉽지 않았을 거다. 이런 인사를 하는 게. 자신의 행동에 어쩌면 더 자존심이 상했을 수도 있었다. 그러나 다현은 그런 것들을 모조리 감수한 채 고마워하고 있었다.

이런 거 몇백 번이고 더 해줄 수 있는데.

재윤의 눈빛이 짙게 물들었다. 이런 자신의 말이 다현에게 부담이 될 수 있기에 그는 꾹 참았다.

재윤이 고개를 숙이고 있던 다현의 머리를 쓰다듬어 주었다. 그렇게 말해주니 다행이네요, 라고 말하던 재윤이 한 박자 쉬고 말을 꺼냈다.

"오늘, 수고했어요." ·

"……."

"이제 쌍둥이 말고 다현 씨 다친 마음 보살펴요. 다현 씨도 다쳤을 테니까."

재윤의 말에 다현이 입술을 사려물었다. 이러지 않으면 울컥, 하고 치솟은 울음이 터져 나올 것만 같아서.

얼굴이 퉁퉁 부은 라효가 어정쩡하게 선 자세로 다현을 바라보았다. 그녀는 거실 겸 부엌의 좁은 공간에 자리를 잡고 앉았다.

다현이 종이가방에서 종이상자 두 개를 꺼냈다. 상자 위에 익숙한 브랜드 로고가 박혀 있었다. 다현이 라효와 사준을 향해 박스 하나씩을 밀었다.

"자."

"이게 뭔데?"

"운동화."

"우리도 눈이 있어서 알아. 그게 운동화인 거. 근데 왜 이걸 사오냐고."

돈도 없으면서.

라효는 뒷말을 꾹 삼킨 채 불편한 표정으로 다현을 쳐다보았다.

"신발 없다며. 너, 운동화 치수에도 안 맞는 거 신고 다니다가 나중에 발 다치면 어쩌려고? 앞으로 이거 신어. 신발 다 되면 제때제때 말해. 누나가 사올 테니까."

다현이 종이박스에서 신발을 꺼냈다. 라효와 사준이 신발을 흘깃 쳐다보더니 잠시 흠칫했다. 그러다가 금세 고개를 홱 돌리더니 버럭 했다.

"뭐 하러 이런 걸 사와. 됐어! 필요 없어! 당장 가서 환불해 와. 차라리 이걸로 누나 옷이나 사입어. 뭐 하러 이렇게 비싼 신발을 사와? 앞으로 그 새끼 신발 안 신을 테니까, 걱정하지 마. 아니, 누가 버린 거 절대로 안 신을게! 지금 있는 운동화로도 충분한데 아껴보려고 그랬던 거야."

"환불 안 돼. 텍도 매장에서 떼어버렸고, 영수증도 찢어버렸어. 그러니까 이거 신어."

"누나!"

라효가 버럭 소리쳤다.

"라효야."

다현이 조용히 라효를 불렀다. 그러나 그의 분노는 가라앉지 않았다.

"앞으로 안 그런다잖아! 왜 신발을 사와! 안 신어도 돼! 앞으로 이런 짓 하지 마!"

라효가 화를 내더니 방문을 쾅 닫고 들어갔다. 홀로 남은 사준이 어쩔 줄 몰라 하는 얼굴로 닫힌 방문과 다현을 번갈아 보았다.

"사준아, 너도 안 신을 거야?"

"……신고 싶은데, 미안해. 누나. 라효가 알면 날 죽일 거야."

사준이 미안한 표정으로 말했다.

"그래. 괜찮아."

"응."

사준이 운동화를 힐끔 바라보다가 방으로 쪼르르 들어갔다. 홀로 부엌에 남은 다현은 긴 한숨을 내쉬며 운동화를 바라보았다. 매장에 들어가 기태에게 전화로 묻고 또 물어 고른 축구화였다. 다현은 그 축구화를 슬슬 쓸었다.

이럴 줄 알았다. 그렇다고 포기할 그녀가 아니었다.

"신발장에 둘 테니까 신어! 알았지?"

크게 소리친 다현은 일부러 소리나게 종이박스를 부순 후, 신발을 잘 보이게끔 내려놓았다.

❖

라효는 새벽 일찍 일어나 아침도 먹지 않고 등교 준비에 나섰다.

"이 시간은 너무 이른 거 아냐?"

라효를 뒤따라 나오며 사준이 긴 하품을 했다. 아직 해도 다 뜨지 않은 새벽 6시였다.

"가서 운동해야지. 내가 우철이 새끼 발라 버릴 거야."

"이미 바르고 있잖아."

"더 열심히 해야지."

"뭐가 보여야 운동하지. 하암."

"학교 가면 보여. 오늘부터 더 열심히 할 거야."

라효는 이를 꽉 깨물었다. 어젯밤 울분에 차서 제대로 잠을 이룰 수 없었다. 자신들 때문에 누나는 다른 사람에게 고개를 숙여야 했고, 듣지 않아도 될 말을 들었다. 미안하다 못해 못난 자신 때문에 화가 치밀어 올랐다.

그 운동화를 주워 신는 게 아니었는데.

라효의 눈엔 거의 새것이나 다름없었다. 우철이가 안 볼 때만 신으면 된다고 생각했다. 새벽에만 잠깐 신고 만다는 게 그만 깜빡했다. 그러다 결국 오후에 신발을 발견한 우철이 시비를 걸었다. 그 때문에 싸움이 벌어졌다.

"아, 뭔데. 진짜."

라효가 헌 운동화를 신다 말고 새 운동화를 보며 짜증을 냈다. 좁은 현관 때문에 나란히 앉지 못하는 사준이 '왜 멀쩡한 운동화한테 신경질이야.' 라며 투덜댔다.

"비싸기만 하고 쓸모없어. 지금 운동화로도 충분해."

"그래도 한 번 신어보기라도 하지, 그래."

"싫어!"

"난 신는다."

"죽을래?"

라효가 쌍심지를 켜고 사준을 노려보았다. 그러자 사준이 느릿하게 머리를 긁적였다.

"이미 산 거 어쩔 건데? 나중에 우리 발이 더 커져서 저거 못 신으면 더 아깝잖아. 밤새 생각해 봤는데 난 신을래. 저거 신고 더 열심히 연습해서 누나한테 자랑할 거야. 없는 살림에 운동화를 사다바친 누나 이야기를 신문이랑 방송마다 할 거야. 그래서 쌍둥이 천재 축구선수를 만든 성다현! 이렇게 기사까지 나오게 할 거야."

"야!"

"왜? 저거 안 신으면 자존심이 덜 상할 거 같아서 그래?"

사준의 말에 정곡을 찔린 듯 라효가 어금니를 꽉 깨물었다. 그러자 사준은 평소처럼 느릿느릿하게 움직여 라효를 밀어냈다.

"뭐 어때. 이미 바닥 친 자존심. 더 열심히 해서 갚아야지. 난 더 열심히 할 거야. 누나는 아마 그걸 더 바랄걸?"

"……."

라효가 입술을 꽉 깨문 채 새 운동화를 노려보았다. 사준은 그런 라효의 옆에 꾸역꾸역 끼겨앉아 운동화를 신었다.

모처럼 맹해 보이는 사준이 제대로 된 말을 했다. 안다. 아는데, 섣불리 손이 움직이지 않았다. 자신의 신발을 다 신은 사준이 라효의 앞에 새 신을 턱 내려놓았다.

"신어. 멍청아."

"죽을래?"

"날 죽이려면 일단 그 신발부터 신어야 할걸. 그 헌 운동화 신고 빠른 날

잡을 수 있겠어?"

사준의 말에 라효가 얼굴을 찌푸렸다. 틀린 말 아니었다. 슈팅력이 좋은 자신에 비해 사준은 달리기와 패스의 정확성이 좋았다. 평소 느린 것과 달리 필드에선 날개 달린 놈처럼 뛰어댔다. 사준이 마음 먹고 뛴다면 자신은 잡을 수 없었다.

"딱 한 번만 신는다."

라효가 한숨을 푹 내쉬며 축구화를 신었다. 새 신은 발에 딱 맞았다. 비싸고 좋은 신발이라 그런지 발을 싹 감싸주는 느낌과 함께 발이 붕붕 뜨는 것처럼 가벼웠다.

인정하기 싫지만, 좋았다.

라효가 새 신을 신은 발을 이리저리 둘러보았다.

드르륵.

신발을 채 벗기도 전에 다현의 방문이 열렸다. 이크, 하고 놀란 라효가 신발을 벗으려 했지만, 마음대로 벗겨지지 않았다. 오히려 발이 꼬여 꼴사납게 벌러덩 넘어졌다.

"누나, 라효. 새 신발 신었어."

거기다가 한술 더 떠 사준이 얼른 고자질했다.

"아니야! 어두워서 잘못 신은 거야! 벗을 거야!"

라효가 벌게진 얼굴로 소리쳤다. 반쯤 눈을 뜬 다현이 저벅저벅 다가와 라효의 어깨를 턱 짚었다.

"라효야. 돌아서."

"뭐?"

"돌아보라고."

사준이 '새 신 신더니 머리가 나빠졌어.'라고 말하며 라효를 핑글 돌려세웠다. 그러자 라효의 발이 다현의 앞에 척 놓였다. 한쪽 무릎을 꿇고 앉은 다현이 라효의 새 신의 신발끈을 새롭게 풀어 고쳐 묶었다.

"뭐 하는 거야!"

라효가 벌게진 얼굴로 소리쳤다. 묵묵히 신발끈을 매던 다현은 매듭을 완성시킨 후 두 손으로 그의 발을 덮었다. 라효는 당장 발을 거두고 싶었지만, 다현의 손이 너무도 애틋해 뿌리치지 못했다.

"그러고 보니 내가 너희 신발끈 한 번 묶어준 적이 없었네. 너희는 혼자서 수백 번도 더 묶었을 텐데."

"그게 뭐! 당연하잖아!"

"그러게. 그 당연한 게 괜히 오늘따라 마음 쓰이네."

"별일이야."

다현은 말과 달리 눈시울이 벌게진 채 자신을 쳐다보는 라효를 바라보았다.

"라효야. 너희의 귀한 발에 이것밖에 못 해줘서 미안해."

"뭐 그런 말을 해! 나는 늘 누나한테 미안한 마음뿐이라고. 또 누나한테 빚졌어! 언제 갚아! 이걸 다!"

라효가 입술을 사려물었다. 부릅뜬 눈에 눈물이 몰려들고 있었다. 다현은 그런 라효의 얼굴을 따스한 눈으로 바라보았다.

"아냐. 갚지 마. 그리고 누나는 지금이 너무 좋다. 가장 많이, 가장 험하게 달리는 이 발에게 선물할 수 있는 기회를 줘서 고마워. 라효야. 누나는 오늘 굉장히 행복하다. 또 선물할 수 있는 기회를 줘. 이런 게 가족이잖아."

꽉 다문 라효의 입술이 가족이라는 그 말에 무너져 내렸다. 이윽고 그의 눈에서 커다란 눈물이 뚝뚝 떨어져 내렸다. 다현이 손을 뻗어 라효의 머리를 감싸 안았다. 라효의 커다란 어깨가 부들부들 떨렸다. 그 울림을 따라 다현의 몸도 자연스럽게 흔들렸다.

두 사람을 물끄러미 지켜보던 사준이 가만히 다가와 다현의 품을 파고들었다.

"나도, 누나."

다현이 싱긋 웃으며 커다란 두 녀석의 등을 토닥토닥 두들겨 주었다.

8. 그 비서의 변화

모처럼 집에 혼자 있는 주말이었다. 바쁜 회사 일도 끝나고, 라효와 사준은 축구를 하겠다며 일찌감치 나가 지금껏 돌아오지 않았다. 자신을 빼고 모두가 바쁜 건지 휴대폰이 조용했다.

빨래를 개키던 다현이 부는 바람을 따라 창가 쪽으로 시선을 돌렸다. 창밖으로 푸른 빛의 잎사귀를 매단 나무와 새파란 하늘이 보였다.

하루가 다르게 세상은 다른 빛을 띠고 있었다. 바람의 부드러움, 피어나는 꽃망울, 돋아나는 새싹, 그리고 그 풍경을 감싸 안은 하늘의 색감까지.

다현은 모처럼 넋 놓고 바라보았다.

재윤에게서 한 달만 연애해 보자는 제안을 받은 지, 삼 주가 흘렀다. 그간 다현은 재윤과 함께 퇴근 후 간간이 식사를 하고, 술을 마시며 대화를 나누었다. 짧다면 짧고, 길다면 긴 그 기간 동안 의외로 꽤 많은 추억이 있었다.

다현은 손가락으로 재윤과 함께 간 곳들을 꼽아보았다. 셀 수 없이 많은 곳을 다녔다. 서울 시내에 중요한 곳은 다 가본 듯했다.

"일부러 그런 건가."

어딜 가든 자기 생각하라고.

그러고도 남을 사람이었다. 재윤을 떠올리던 다현의 입술에 은은한 미소가 걸렸다. 다시 빨래를 개던 다현의 손이 휴대폰을 향했다. 주말이면 '정을 붙여야죠'라는 핑계로 자신을 불러내던 재윤이 오늘따라 잠잠했다. 벌써 시간도 만나기 애매한 오후로 접어들고 있었다.

무슨 일이 있는 건가, 걱정되면서도 조금 불안했다.

재윤이 지쳐 버린 건 아닌지. 만약 재윤이 지쳤다면 어떻게 해야 하는 거지.

빨래를 개던 다현의 손이 아래로 축 늘어졌다. 아니, 재윤의 마음이 아니라 자신은 어쩌고 싶은 거지. 순간 막다른 골목에 몰린 것처럼 가슴이 답답했다.

띠리링.

울리는 벨소리에 다현이 휴대폰을 얼른 들었다. 액정 위로 낯선 번호가 떠 있었다. 거절할까 하다가 일반 휴대폰 번호인 게 마음에 걸렸다. 다현이 휴대폰을 귀에 가져다 댔다.

"네. 동신그룹 상무실 비서 성다현입니다."

무심코 말을 하던 다현이 아차 했다. 자신도 모르게 회사 연락용 멘트를 뱉었다. 다현이 손으로 얼굴을 덮었다.

―다행히 맞군요.

휴대폰 너머로 흘러들어오는 목소리가 익숙한 듯 낯설었다. 재윤 같으면서, 아닌 느낌.

"누구세요?"

―다짜고짜 전화해서 미안해요. 김강재예요.

"아."

다현의 입술이 자그맣게 벌어졌다. 그래서 비슷한 듯 다른 느낌이었구나.

잠시 머뭇거리는 강재의 행동에, 다현의 가슴이 철렁 내려앉았다. 머릿속으로 수만 가지 생각이 다 스쳐 지나갔다. 가장 먼저 떠오른 건 물싸대기였고, 이후엔 돈 봉투였으며, 세 번째는 카페에서 김강재 이사와의 독대였다. 어느 것 하나 달가운 게 없었다.

"……네. 말씀하세요."

다현이 깊게 숨을 들이마시며 말했다. 강재가 긴 한숨과 함께 말을 꺼냈다.

—재윤이 일 때문에 부탁할 일이 있어서 전화했어요.

"……됐어?"

강재가 화난 얼굴로 자신의 휴대폰을 주머니에 찔러 넣으며 말했다. 침대에 누워 있는 재윤이 고개를 끄덕였다.

"고마워. 내 유언을 들어줘서."

"유언 같은 소리 한다. 고작 감기몸살이면서."

재윤은 대답 대신 옅게 미소 지었다.

강재는 30분 전의 일을 떠올리며 이를 악물었다. 재윤은 요 며칠간 지나치게 과로한다 싶더니만 결국 감기몸살에 걸렸다. 대체 뭘 하는 건지 실컷 놀다 들어와서 밤새 밀린 일을 하느라 잠을 자지 못했다. 그러다 긴장이 풀렸는지 주말이 되자마자 그는 침대에 누워 꼼짝도 하지 못했다. 끼니도 거른 채 아픈 건 처음 있는 일이라, 강재는 어머니의 등쌀에 밀려 재윤의 방에 들렀다.

괜찮냐, 밥 먹어라, 등 형제간에 우애라곤 느껴지지 않는 삭막한 대화를 나눈 후 돌아가려다가 붙잡혔다. 재윤은 쓸쓸한 표정을 지었다.

'유언이 있어.'

'변호사 불러줄게.'

그가 돌아서려고 하자, 재윤이 다시 한 번 붙잡았다.

'그러지 말고 들어줘.'

'뭔데?'

'다현 씨가 보고 싶어.'

'……'

뭐 어쩌라고.

강재가 바지 주머니에 손을 찔러 넣은 채 그를 한심하다는 표정으로 쳐다보았다.

'불러줘.'

'네가 해.'

'내가 하면 너무 티나잖아.'

'내가 해도 티날 텐데? 유치하게 뭐 하는 짓이야?'

'원래 사랑은 유치한 거야. 너도 형수 만나서 꽤 유치했던 걸로 기억하는데? 어디 한번 읊어줘? 원해? 상당할 텐데?'

아픈 와중에도 녹슬지 않은 재윤의 말발에 강재는 이마를 짚었다.

뭐 이런 놈이 다 있어. 아니, 왜 이런 놈이랑 한배에서 나왔나 싶었다.

결국 재윤의 채찍과 당근에 못 이긴 강재가 휴대폰을 들었다. 다현에게 재윤이 아프니 그가 먹을 만한 약을 챙겨 집에 들러달라고 말했다. 김 박사에게 호출해 함께 가겠다는 다현을 말리느라 그는 꽤 고생했다.

"나머지는 알아서 해."

강재가 쌩하니 돌아서려 할 때였다.

"강재야. 부탁 하나만 더 하자."

"뭐?"

"드라이기 좀 챙겨서 저기 꽂아줘."

재윤이 콘센트를 가리켰다. 강재가 콘센트와 재윤을 번갈아 보더니 기가 차다는 듯 웃었다.

"드라이기는 왜? 그 와중에 드라이라도 하게?"

"응."

"뭐?"

"아파도 미모는 잃어버리면 안 돼. 깔끔하게 가련해야지. 드라마 보면 알 거 아냐. 옷도 꺼내줘. 흰색 니트가 나한테 잘 받거든? 그걸로. 그리고 빗도 가져다주면 더 좋고."

재윤이 머리를 쓸어넘겼다. 땀 때문에 축축한 머리를 대충 말리고, 대충 정리를 해야겠다며 중얼거리고 있었다.

아파서 끼니도 다 거른 놈이, 드라이라니.

강재는 기가 차다는 듯 헛웃음을 짓다 금세 냉랭한 표정으로 고개를 홱 돌렸다.

대문 앞에 선 다현은 바짝 긴장했다. 강재의 부탁으로 감기약을 사오긴 했지만, 이상한 게 한두 가지가 아니었다.

재윤의 가족을 관리해 주는 담당 주치의를 놔두고, 굳이 왜 자신에게 감기약을 사오라고 할까. 문제는 이상하다는 걸 알면서 여기까지 온 자신이었다.

"후우. 그냥 아프다고 하니까 신경 쓰이는 거야. 상사가 아픈 거니까."

다현이 애써 자신의 걸음에 대한 이유를 그렇게 둘러댔다.

그나저나 회장님 내외를 뵙겠구나.

회장님 내외는 회사의 각종 행사 때도 보고, 재윤 때문에 몇 번 말 섞을 기회도 있었다. 그러나 그건 엄연히 공적인 장소에서 공적으로 엮였을 때지, 지금처럼 사적인 상황은 아니었다. 바짝 기합이 든 얼굴로 벨을 누르자 누군지 묻지도 않고 문이 열렸다.

집은 드라마 속에서 보던 것처럼 크고 화려했다. 깔끔하게 정돈된 잔디밭과 정원을 에워싸고 있는 높은 크기의 나무. 그 푸른 색감과 건물의 갈색톤은 굉장히 잘 어울렸다. 처음부터 계획해서 지은 게 아닐까 싶을 정도였다. 그보다도 더 눈이 가는 건 정원 한 귀퉁이에 마련되어 있는 티 테이블이었다. 보통의 티테이블보다 조금 큰, 가족들끼리 가끔 밖에서 간단히 식사도 할 법한 크기의 테이블이었다. 꽤 사용한 티가 나는 테이블을 보며 다현은 재윤의 가족이 화목할 것 같다고 추정했다. 회장도 가정적이기로 유명했다.

행복하게 살고 있구나.

알 수 없는 안도감과 부러움이 한데 뒤엉켰다. 숨을 흡 들이마신 다현이 현관으로 걸음을 옮겼다. 문을 열고 들어서자마자 가장 먼저 보인 건 강재와 그의 아내인 가연이었다.

"왔어요?"

살갑게 맞이하는 가연과 달리 강재는 어딘가 석연치 않은 표정을 하고 있었다. 주눅 드는 성격이 아님에도 괜히 어깨가 딱딱하게 굳었다.

"안녕하세요."

다현이 미소 짓자, 가연이 빙긋 웃었다.

"어서 와요."

"따라오죠."

강재가 앞장섰다.

"아뇨. 저는 약만 전달해 드리러 왔습니다."

재윤을 보고 가면 좋겠지만, 왠지 그럴 분위기가 아닌 것 같다.

"그러니까 그 약을 직접 전달해야 하지 않겠어요?"

아니, 왜 굳이?

다현이 눈으로 강재에게 물었지만, 그는 고집불통이었다. 결국 가연까지 합세해 '전달하고 나랑 차 한 잔 마시고 가요. 우리끼리는 할 이야기가 많지 않겠어요?'라고 웃어대는 통에 어쩔 수 없이 들어왔다. 내심 재윤이 어쩌고 있는지 걱정이 되기도 해서 다현도 거듭 거절하지 않았다.

2층으로 올라선 강재가 방문을 쿵쿵 두드렸다. 허락받으려고 했던 건 아니었는지, 대답이 돌아오지 않는데도 문을 벌컥 열어젖혔다.

"실례하겠습니다."

다현이 방에 들어서기 전 깍듯하게 인사했다.

"물 챙겨올게요."

강재가 방에 들어오지도 않고 쌩하니 빠져나갔다. 마치 자신의 할 일을 다 했다는 듯 홀가분한 태도였다. 다현은 조심스럽게 재윤의 방으로 들어섰다.

"왔어요?"

재윤이 몸을 일으켜 앉으며 물었다. 핼쑥한 얼굴로 그가 미소 지었다.

그런데 뭔가 이질적이다.

드라마 속 환자처럼 머리가 세팅되어 있고, 옷은 외출복이었다. 입술만 파리하고 눈에 힘만 없을 뿐이었다.

"강재 녀석이 나도 모르는 사이에 다현 씨한테 전화를 했나 봐요. 감기로 박사님 오라가라 할 수 없어서 말이에요."

다현이 말없이 재윤을 빤히 쳐다보았다.

"왜 그렇게 쳐다봐요?"

"……아뇨."

다현이 말끝을 흐리며 재윤에게 다가가 감기약을 내밀었다.

"이거 드시고 얼른 나으세요. 그럼 내일 뵙겠습니다."

"벌써 가요?"

재윤이 다급하게 다현의 손목을 거머쥐었다.

"아프신데 드시고 쉬셔야죠."

다현에게서 흘러나오는 반응이 싸했다. 재윤의 머리가 빠르게 돌아갔다.

"다현 씨가 옆에 있으면 더 빨리 나을 것 같은데요."

재윤이 거절하지 못하도록 불쌍한 미소를 지었다. 재윤의 방 안이 고요해졌다.

"상무님이 시키셨죠?"

"뭘요?"

"강재 이사님한테 제게 전화하라고요."

다현의 말에 재윤의 눈동자가 흔들렸다.

"그럴 리가 없……."

"……."

"……어떻게 알았어요?"

이리저리 빠져나가려다가 딱 걸린 재윤이 포기한 얼굴로 물었다.

"아무리 생각해도 강재 이사님이 그럴 성격 같진 않거든요. 본인이 직접 나가서 사오시든가, 김 박사님을 부르시든가, 그것도 아니면 집 안에 있는 가정부를 시키셨을 것 같아서요. 그리고 제가 올 줄 몰랐다는 분치고는…… 너무 기다린 티가 나는데요?"

"들켰네요. 그런데 정말 아픈 건 맞아요. 다만, 다현 씨가 온다는 말에 예쁘게 해서 기다린 거지."

"……."

다현의 입술에 힘이 들어갔다. 그녀의 표정이 좋지 않은 걸 확인한 재윤이 빠르게 눈을 깜빡였다. 보고 싶어서 머리 썼다가, 기껏 쌓은 점수를 잃어버릴 판이었다. 상체를 완전히 일으킨 재윤이 침대 밖으로 다리를 내렸다. 그리고는 다현과 마주 보았다.

"미안해요. 화나게 할 생각은 아니었어요."

"아뇨. 화난 거 아니었어요. 다행이다 싶으면서……."

다현이 말끝을 흐렸다.

다행이라는 생각과 동시에 깨달았다. 자신이 이곳으로 오는 내내 재윤을 꽤 많이 걱정했다는 것과 그의 이런 행동이 전혀 밉지 않다는 것을.

그리고 어쩌면 안도했는지도 모른다. 그가 오늘 자신을 생각하고, 보고 싶어 했다는 사실에. 너무 많은 감정이 범람하니 표정이 굳고, 행동마저 조심스러워졌다.

다현과 재윤의 눈이 마주쳤다. 자신을 올곧게 바라보는 그 시선에 다현은 저도 모르게 시선을 떨구었다. 그녀는 수많은 말을 담고서 재윤의 이마에 손을 얹었다.

"열은 없어요?"

꽃잎처럼 이마로 떨어진 사뿐한 손에 재윤의 표정이 탁 풀렸다. 그의 입가에 은은한 미소가 맺힌 걸 다현은 모르는 척했다.

"기침은요? 감기인지 몸살인지 아니면 둘 다인지 몰라서 이것저것 약을 다 샀어요. 어떤 약 먹어야 할 것 같아요? 박사님한테 전화상으로라도 문의를 한 번 해보는 게 좋겠네요. 더 필요한 건 없으세요?"

다현은 물으며 재윤을 바라보았다. 그는 자신을 뚫을 것처럼 빤히 쳐다보았다. 그의 방이라서일까, 아니면 자신도 모르게 깨달아 버린 재윤을 향한 마음 때문일까. 그와 마주 보는 이 쉬운 행동이 오늘따라 어렵게 느껴졌다.

재윤이 다현의 양쪽 손목을 거머쥐었다.

"시간 괜찮으면 앉아 있다가 가요."

"어리광부리는 것 같네요."

"맞아요. 어리광."

"……."

"이런 날 동정표를 받아놔야죠. 오래 있으라고 안 할게요. 내가 잠들 때까지만 있어줄래요? 금방 잠들 것 같은데."

재윤이 싱긋 웃었지만, 끙끙 앓는 티가 역력했다. 마음이 쓰였다.

"누우세요. 있다가 갈게요."

원하는 대답을 얻은 재윤이 편안하게 침대에 누웠다. 그사이 강재가 쟁반을 들고 들어섰다. 물병, 물잔, 그리고 다현이 마실 수 있는 음료와 꽤 많은 양의 간식거리가 담겨 있었다. 가연이 준비해 준 거라고 했다. 쟁반만 봐도 오래 있다가 가라는 티가 역력했다.

재윤이 약을 먹고 누워 있는 동안, 의자에 앉은 다현은 머쓱했다.

"회장님이 이상하게 생각하지 않으실까요?"

"일 때문이라고 생각하실 거예요. 이런 경우, 흔하지는 않지만 드물게 있는 일이니까. 강재는 링거까지 맞아가면서 비서랑 같이 일한 적도 있거든요."

물론 그러다가 그 비서랑 눈이 맞았다라는 이야기까진 하지 않았다.

"그럼 다행이구요."

대답을 한 다현이 그의 방을 잠시 둘러보았다. 자신의 거실, 방, 라효의 방까지 다 합친 크기만 했다. 넓은 공간에 별다른 가구가 없어서 시원하게 보였다. 그녀의 시선이 왼쪽에서부터 오른쪽으로 쭉 이어질 때였다.

수납장 칸칸이 크기가 다른 고무신이 진열되어 있었다. 그러고 보니 재윤은 왜 그때 자신에게 고무신을 선물한 걸까. 아니, 왜 고무신일까. 크게 궁금하지 않았던 것들이 궁금해졌다.

"고무신을 좋아하시나 봐요."

다현이 물으며 재윤에게 고개를 돌렸다가 눈이 마주쳤다. 재윤은 오래전부터 그녀를 바라보고 있었던 것 같았다.

흔한 마주침인데, 다현의 가슴이 쿵 하고 내려앉았다.

또다. 바람 한 점 없는 곳인데 마음으로 바람이 불어 들어온다.

옆으로 몸을 돌려세운 재윤이 베개에 얼굴을 반쯤 파묻고서 입을 열었다.

"이제야 그런 것들이 궁금해요?"

"……."

"그래도 궁금해하니까 좋네요."

"아……."

그렇구나. 자신이 재윤을 궁금해하고 있었다. 그 낯선 발견에 그녀는 조금 놀랐다. 그사이 재윤이 말을 꺼냈다.

"날 가장 예뻐해 준 이모가 있는데, 그 이모가 좋아했어요. 외할아버지가 생전에 좋아했던 신발이 고무신이었대요. 할아버지랑 자기랑 같은 고무신 신고 다녔던 어린 시절이 좋았대요."

재윤이 생각난다는 듯 옅게 미소 지었다.

이모는 할아버지가 돌아가신 후 잘 신지도 않으면서 꼭 자신의 치수에 맞는 고무신을 집에 가져다 놓았다. 흰색, 검은색 한 쌍씩. 그 곁에는 할아버지 치수에 맞는 고무신도 함께 놓여 있었다. 나란히 놓인 고무신을 보며 이모는 늘 말했다.

'나 죽으면 이 신발도 같이 묻어줘. 아버지랑 같이 신고 옛날처럼 들이고 밭이고 다니게.'

그 말을 재윤은 굉장히 싫어했지만, 이모는 그저 웃고 말았다.

"술에 취하면 어디서 샀는지 꼭 고무신을 사왔어요. 온 집안 사람들에게 선물을 하고는 신게 했어요. 다 신으면 좋다고 박수를 치다가 잠들었어요. 그 술버릇이 정말 싫었는데, 이모가 돌아가신 후 거짓말처럼 내 술버릇이 되었어요."

"……."

재윤의 눈빛이 아득해졌다.

이모의 살아생전 술버릇이 자신의 것이 되고서야 알았다. 그녀는 할아버지를 굉장히 많이 그리워했다는 것을. 자신이 그러하듯이.

재윤의 아련한 시선이 진열되어 있는 고무신으로 향했다.

"이모님을 많이 좋아하셨나 봐요."

"네. 이모가 절 많이 아꼈거든요. 모든 일을 건성으로 한다고 혼날 때에도 이모만은 제 편이었어요. 어쩌면 내가 이만큼 자란 데엔 이모 때문인지도 몰라요."

"그렇군요. 그런데 신발 치수가 제각각이네요. 선물 줬다가 돌려받은 것도 몇 개 있나 봐요."

다현은 자신이 선물 받았던 고무신을 떠올리며 말했다. 그땐 재윤에게 이런 술버릇이 있는지 모르고 무작정 받았다. 그를 아는, 그와 친한 사람들이라면 고무신을 돌려줬을지도 모른다. 받아봤자 쓸모가 없으니까.

"만취되었을 때 고무신을 사는데, 보통 그럴 땐 주변 사람에게 신발을 사줘요. 운전기사님한테 선물한 고무신만 다섯 켤레가 넘을걸요. 기사님도 극한 직업이죠."

"……."

그러게요.

다현은 나오려는 말을 꾹 참았다.

"그리고 드물긴 하지만 혼자 취했을 땐, 좋아하는 사람 신발 사이즈로 고무신을 사는 것 같았어요. 얼마 전까지는 이모 발치수였어요."

그럼 지금은 아니라는 건가.

다현이 말을 하다가 마는 재윤을 바라보았다.

"지금은 왜인지 이모 것보다 더 작은 고무신을 사요."

"……."

"다현 씨에게 선물로 줬던 것보다 한 치수 작은 걸로요. 아마 이 정도면 다현 씨가 신을 수 있겠다고 생각하나 봐요."

말을 마친 재윤이 싱긋 웃었다. 언뜻 들으면 우스운 이야기였다. 만취한 남자가 자신의 발치수에 맞을 법한 고무신을 산다는 건.

그런데 조금도 웃을 수가 없었다. 자신의 발치수를 가늠해 가며 고무신을 샀을 그를, 아침 일찍 그 고무신을 봤을 때 수만 가지 생각을 했을 그를 떠올리니 가슴 중앙이 뜨끈해졌다.

다현을 바라보고 있는 재윤의 눈이 가물가물해졌다. 그는 애써 졸음을 이겨내 보려 하지만, 곧 잠이 들 것 같은 얼굴이었다.

타인의 잠들기 직전의 얼굴. 평범하면서도 엿보기 힘든 그 얼굴을 다현은 물끄러미 바라보았다.

"내가 다현 씨를 생각보다 많이 좋아하나 봐요."

웅얼거리듯 꺼낸 그의 말에 다현은 잠시 숨을 멈췄다. 어느새 눈을 뜨고 있는 시간보다 감고 있는 시간이 더 많아졌다.

"그래서 조금 무섭네요. 이렇게까지 사람을 좋아해 본 게 처음이라……."

잠꼬대 같은 말이었다. 재윤은 일어나서 이 말을 기억 못 할 것 같았다. 다현은 방문으로 재윤의 침대 앞에 쭈그리고 앉았다. 재윤의 얼굴이 눈높이에 딱 맞았다. 고른 숨소리를 내며 잠든 재윤의 얼굴을 바라보던 다현의 입술이 느긋하게 늘어났다.

이모 이야기를 할 때 그는, 소년 같았다. 자신의 편이라고 여긴 이모가 사라졌을 때, 그 소년은 얼마나 힘들었을까.

다현이 손을 뻗었다. 허공에서 머뭇거리던 손길이 이마에 흐트러진 재윤의 머리카락에 닿았다. 고작해야 손끝이 닿은 별것 아닌 스킨십인데, 온몸이 얼어붙었다. 전기가 통한 것처럼 손끝이 저릿했다.

다현은 자신도 모르게 손을 거둬들여 꽉 움켜쥐었다. 그리고는 재윤을 복잡한 눈으로 바라보았다.

이상했다. 잠든 사람을 보고 가슴이 세차게 뛰는 것이.

❖

"저는 이만 가보겠습니다."

다현이 두 손을 다소곳하게 모은 채 고개를 숙였다. 재윤이 잠든 후에도 한참이나 그의 얼굴을 바라보던 다현이 나오자, 가연이 기다렸다는 듯이 그녀를 붙들었다. 천진난만한 얼굴로 차 마시면서 이야기하자는 그녀의 청을 뿌리치지 못했다. 다현은 2층 거실에서 가연과 이야기를 나누었다.

가연은 천진난만하고, 다정한 사람이었다. 이런 사람이니 강재를 보듬을 수 있겠다 싶을 만큼.

비서라는 공동 키워드가 있어서 대화는 편안했고, 다현이 가겠다고 나서자 가연은 되레 아쉬워했다. 자신의 부인이 주인 잃은 개마냥 표정이 안 좋아지는 걸 발견한 강재는 다현에게 '종종 놀러 와요.'라는 말을 해서, 다현을 놀라게 했다.

"다음에 또 봐요."

가연이 손을 흔들었다. 다현이 미소 지은 후 돌아섰다.

"어때?"

강재가 팔짱을 낀 채 가연에게 물었다.

"괜찮아 보여요. 좋은 사람 같아요."

"다행이네."

강재가 무뚝뚝한 얼굴로 돌아섰다. 그런 강재의 등을 가연이 흘겨보았다.

재윤이 좋은 여자 만나길 바라면서, 괜히 아닌 척하기는.

픽 웃은 가연이 그런 강재의 뒤를 졸졸 따랐다.

❖

귀가한 다현이 재윤으로부터 전화를 받은 것은 그로부터 세 시간이 지나서였다.

—미안해요. 내가 정말로 잠들지 몰랐어요. 그냥 한 말이었는데, 편했나봐요.

재윤이 난처한 목소리로 말했다. 자신이 잠든 후, 다현이 민망하게 혼자 나갔을 거라 생각하니 걱정이 앞섰다.

"괜찮아요."

다현이 선선하게 웃으며 대답했다. 오히려 다현은 즐거웠다. 재윤이 잠든 모습이 귀여워서 하염없이 바라보았다.

그러다 생각했다. 다음에도 이 얼굴을 보고 싶다고.

"컨디션은 어때요?"

—많이 괜찮아졌어요. 출근해도 지장 없을 만큼.

"다행이네요.

—다현 씨가 옮지 않아야 할 텐데 걱정이네요. 옮으면 말해요. 내가 개인적으로 산재처리 해줄 테니까.

재윤의 말에 다현이 피식 웃었다. 그러다 그녀는 부는 바람에 고개를 들었다. 오래된 창문의 아귀가 맞지 않아 슬쩍 벌어진 틈으로 밀려든 바람이었다. 겨울철엔 창문을 아예 막아둬서 모르고 있던 틈이었다.

마음도 그런가 보다. 꽉 닫아두었다고 생각했는데, 자신이 모르는 틈이 있었나 보다. 봄바람이 부는 걸 보면.

"상무님."

—네. 다현 씨.

"저……."

다현이 입을 열었다가 다물었다. 이 이야기는 만나서 해주고 싶었다.

"아니에요. 잘 자라고요."

―그렇게 희망고문하는 거 아니에요.

재윤이 낮게 웃었다. 다현도 뒤따라 웃으며 입을 꾹 다물었다.

❖

출근한 재윤은 사무실을 스윽 훑었다.

잘 깎인 연필, 깨끗하게 정리된 책상, 색깔별로 구비되어 있는 볼펜, 그리고 막 김이 올라오는 따뜻한 커피까지.

일하기엔 제격인데, 이래서는 오늘도 일을 제대로 못 할 것 같았다. 어제처럼 두 배 떨어지는 능률로 일을 할 판이었다.

"하아."

다현의 손이 닿았던 이 모든 게 사라진다면 자신은 사무실을 옮겨야 할지도 모른다. 자리에 앉아 인터폰으로 다현을 불렀다.

"부르셨습니까?"

"아직 9시 아니에요."

재윤이 웃으며 건넨 말에 다현이 벽에 걸린 시계를 확인했다.

"그렇네요."

다현의 목소리가 미묘하게 편안해졌다.

"오늘 퇴근하고 데이트할까요? 요 며칠 바빠서 데이트 못 했잖아요."

몸이 좋지 않은 터라 일이 밀렸다. 그걸 해내느라 재윤은 다시 며칠 밤을 새는 악순환을 겪어야 했다. 그사이 날짜는 빠르게 흘렀고, 이제 3일밖에 남지 않았다. 다현이 날짜를 까먹었으면 했지만, 매일 캘린더를 끼고 사는 여자가 그럴 리 없었다.

재윤이 깍지를 낀 채 다현을 보았다.

"네."

순순히 다현에게서 대답이 나온 건 처음이라, 재윤의 표정이 묘해졌다. 좋은 반응이었으면 하는데, 나쁜 반응일까 봐 겁이 났다.

"저녁 식사 겸 술 드실래요? 드릴 말씀도 있고요."

"……."

드릴 말씀.

그 말이 뭔지 감을 잡은 재윤의 얼굴이 굳었다. 그는 다현의 얼굴에서 답을 찾으려는 듯 한참 바라보았지만, 알 수 없었다. 그저 다현이 긴장하고 있다는 것밖엔 느낄 수가 없었다.

"알겠어요. 오늘 밤에 보죠."

가까스로 미소를 지은 재윤이 돌아서서 가는 다현을 바라보았다.

재윤은 가게 벽면에 졸졸이 서 있는 소주 6병을 보았다. 할 말이 있다던 다현은 자신을 데리고 가장 낡은 포차로 데려오더니 말 대신 술만 마셨다. 1시간도 채 되지 않아 다섯 병이 동났다. 저걸 다 먹고도 다현이 저만큼 멀쩡한 게 신기했다.

"할 말 있어서 여기로 데리고 온 거 아니에요?"

재윤이 묻자, 다현이 그를 처연한 눈으로 바라보더니 술병을 꽉 움켜쥐었다. 그리고는 빈잔에 술을 붓기 시작했다. 위장이 술독으로 이루어진 이 여자는 오늘 위장을 터트릴 생각인 모양이었다. 재윤이 다현이 마시는 술병을 막았다.

"다현 씨."

다현이 고개를 들어 재윤을 바라보았다. 그녀의 표정이 이상해졌다. 슬펐다가, 난처해했다가, 이윽고 얼굴이 벌겋게 달아올랐다.

재윤의 얼굴에서 차차 표정이 사라졌다.

다현이 하고자 하는 말이 뭔지 알 것 같았다. 이렇게 꺼내기 힘들고, 고통스러워할 이야기는 하나밖에 없었다. 다현이 더는 자신을 만나고 싶어 하지 않는다.

목이 멘다. 처음으로 전력을 다한 한 달간의 프로젝트가 성과없이 끝난 것 같아, 스스로가 무능하게 느껴졌다. 아니, 그 이상의 감정이었다. 뭐라 설명할 수 없는 막막함과 좌절감. 누가 심장을 뽑아다가 저만치 던져놓은 기분이었다.

"……무리하지 마요. 다현 씨."

그는 다현의 손에서 술병을 빼앗아 내려놓았다. 소주 다섯 병 중 그가 마신 건 고작 한 병이었다.

얼마나 말을 꺼내기 힘들었으면 소주 네 병의 힘을 빌리는 걸까.

앉은 자리에서 다현이 휘청거리는 건 처음이었다.

"무슨 말 하려고 하는지 알겠어요. 왜 그런 선택을 했는지 묻지 않을게요. 그러니까 내 앞에서 그렇게 힘들어하지 마요."

말을 하는 동안 재윤은 현실감이 완전히 사라졌다.

차라리 꿈이었으면.

그 절박한 마음을 갖고 재윤이 말을 꺼냈다. 아니, 입이 제멋대로 움직였다.

"한 번만 더 기회를 달라는 말 못 하겠네요. 다현 씨가 여기까지 오는 데에도 큰 용기를 낸 걸 알아서요. 그러니까……."

재윤이 말을 하다 말고 다현을 바라보았다.

자신이 멈출 수 있을까. 아마 그럴 수 없을 거다. 그렇지만 더는 다현에게 자신의 마음을 강요할 수 없었다. 상처가 있는 여자에게 자신의 마음을 강요하는 건 또 다른 고통일 테니까.

"이제 그만 일어나죠."

테이블을 박차고 일어난 재윤이 계산을 마친 후 포차 밖으로 나섰다. 툭. 지갑이 떨어졌다. 그제야 재윤은 자신의 손이 가늘게 떨리고 있음을 알았다.

이모가 죽었다는 소식을 접했던 그날과 비슷한 반응이었다.

계속 볼 수 없다는 점에선 같으니, 이러는 건가.

재윤이 쓰게 웃으며 지갑을 챙겨 재킷 주머니 안에 넣었다.

드르륵.

문을 열고 다현이 나왔다.

술에 취해 붉어진 뺨, 느릿하게 깜빡이는 눈, 촉촉해진 눈동자. 모든 게 끝난 순간에도 눈앞의 여자는 이토록 아름답다.

재윤이 고개를 돌렸다. 선선한 봄바람이 몰아쳤다. 어디선가 꽃잎을 한가득 품고 온 바람이 그녀와 그의 사이로 뿌려놓았다. 그 어여쁜 꽃잎도 눈발처럼 시렸다.

"다현 씨, 가죠."

그가 가까스로 말을 꺼낸 후 미소 지었다. 혹시 자신이 웃으면 다현이 마음이 약해질지도 모른다는 미련한 바람을 품고서.

"전, 아직 할 말 못했어요."

다현이 그를 뚫어져라 보며 말했다.

"안 해도 돼요. 무슨 말 하려고 하는지 아니까."

"아뇨. 모르시는 것 같아요."

"……"

다현이 입술을 달싹거렸다.

"제 인생은 상무님이 알던 것과 달라요. 제 평균적인 삶은 오늘 갔던 포차처럼 낡고, 오래되고, 복잡해요. 그래서 상무님이 더러 제가 이해가 안 될 때가 있을 거예요. 제가 가끔 상무님에게서 벽을 느끼는 것처럼. 같은 시대에, 같은 나라의 사람이 맞는지 의심스러울 만큼 서로의 삶을 의아하게, 때론 의심하겠죠."

"……"

"그런데도……."

다현이 꽉 깨물던 입술을 풀며 소리쳤다.

"계속 만나고 싶어요, 상무님을."

다현의 말을 끝으로 한바탕 바람이 몰아쳤다. 그녀는 눈을 감았다. 심장이 터질 것처럼 뛰었다. 가만히 서 있는데도 멀미가 났다.

수많은 문제가 눈앞에 가로막고 있다는 걸 알면서도, 더는 재윤을 만나지 못한다고 생각하니 숨이 턱 막혔다. 어느새 그는 자신에게 친구이자, 동료이자, 좋은 사람이었다. 사랑이라는 거창한 이름까지 붙일 순 없어도, 분명 자신의 마음에서 피어나는 호감은 확실했다. 그 호감을 꺾는 대신 예쁘게 키워 보고 싶었다.

이런 감정을 누군가에게 갖는 건 처음이니까. 이 감정이 너무도 소중하고 귀해서 어떤 열매가 맺든 도전하고 싶었다.

"미리 말씀드리자면 당장 사랑을 말할 정도는 아니에요. 좋은 마음이에요."

"……."

"그러니까 이런 마음이라는 걸 분명히 밝히고, 멋진 말로 관계를 시작해 보자는 말을 하고 싶은데 그게 안 돼서 헤매고 있었어요. 술에 취하면 조금 더 말이 매끄럽게 나올 줄 알았는데, 그것도 안 되고. 이런 건 처음이라서……. 그러니까, 제가 하고 싶은 말은……."

다현이 울 것 같은 얼굴로 눈을 감았다. 말끝이 흐려졌다. 이 마음을 전달하고 싶은데, 제대로 표현되질 않았다. 답답해서 죽을 것 같았다.

"그러죠, 우리."

술에 취한 탓일까. 재윤의 목소리가 유난히 가깝게 들렸다.

다현이 느릿하게 눈을 떴다. 막다른 벽처럼 그가 가깝게 서 있었다. 다현의 고개가 뒤로 한참 젖혀지고서야 재윤과 눈이 마주쳤다.

"그렇게 해요."

"……."

그가 말을 낚아채듯 대답했다.

"그래요."

"……."

"계속 만나요. 헤어지는 거 없이."

세상에 존재하는 모든 수긍하는 대답은 다 꺼낼 기세였다.

"나, 방금 네 번이나 대답했어요. 이제 못 물려요."

다현은 순식간에 가까워진 재윤을 바라보았다. 방금 전까지 꺼진 촛불처럼 어두컴컴하던 그의 얼굴이 차차 밝아지는 게 보였다.

길어지는 입술, 가느스름해지는 눈, 평온이 깃드는 눈동자.

그의 얼굴에서 웃음이 만개해 가는 과정이 슬로우 모션처럼 느릿하고 자세하게 보였다. 그 모습을 보는데 울컥 눈물이 날 것 같았다. 사뿐한 꽃잎이 소리 없이 땅에 내려앉듯, 무언가가 자신의 가슴 위로 내려앉았다.

"전 여전히 느릴 거예요."

눈에 눈물이 고인 채 다현이 말했다.

"걸어와요. 그러다 쉬어도 돼요."

"……."

"넘어지지만 마요. 다치니까."

재윤이 웃으며 손을 들었다. 다현에게 다가가는 손이 가늘게 떨렸다. 마침내 다현에게 닿은 손길이 그녀의 머리를 쓰다듬었다.

쿵.

방금 전까지 허공을 돌던 발이 땅에 붙었다. 비로소 느릿하게 현실감이 돌아왔다. 손을 스치는 바람, 손바닥을 가득 채운 다현의 머리카락, 자신을 빤히 바라보고 있는 물기 어린 눈동자, 이 모든 게 한없이 사랑스럽다.

"살려줘서 고마워요."

무슨 소리냐는 듯 다현이 바라보았다. 그러자 재윤이 빙긋 웃으며 대답했다.

"오늘 실연사할 뻔했거든요."

◆

술을 마신 후, 재윤은 대리기사를 불렀다. 집안의 운전을 맡고 있는 기사를 부를 수도 있었지만, 부모님 귀에 소문이 들어갈 가능성을 미연에 차단했다.

그의 차에서 내린 다현은 가장 먼저 창문을 보았다. 툭하면 라효와 사준이 고개를 내밀고 고래고래 소리를 친 탓에 습관이 되었다. 다행히 피곤했는지 조명도 꺼져 있고, 창문도 꼭 닫혀 있었다.

"쌍둥이가 신경 쓰여요?"

"네. 조금."

"언제 말할 거예요? 쌍둥이들한테?"

"천천히 기회 봐서 말하려고요. 그런데 아마 쌍둥이들이 재윤 씨를 곤란하게 할 거예요. 아시겠지만 굉장히 시끄러운 아이들이라……."

다현이 걱정스러운 표정으로 말했다. 순간, 재윤의 표정이 미묘해졌다. 쌍둥이들에게 시달릴 걸 생각하니 벌써부터 머리가 아픈 건가.

"쌍둥이들에게 이야기하는 건 나중에 생각해요."

다현이 한발 물러섰다.

"방금 재윤 씨라고 했죠?"

재윤이 고개가 기울어졌다. 얼굴엔 잔잔한 미소가 남아 있었다.

"아, 네. 이젠 재윤 씨라고 해야 하니까요."

다현의 대답에 재윤의 입술이 벌어졌다. 재윤 씨라고 편하게 말한 건 이번이 처음이었다. 재윤이 허리를 굽혔다. 그러자 눈높이가 같아졌고, 그의 얼굴이 완전하게 보였다. 다현은 잠시 숨을 멈춘 채 자신을 바라보는 재윤을 보았다.

무엇일까. 연애를 시작한다는 말을 하기가 무섭게, 마주하는 게 부끄러운 이유는. 술이 모조리 깨는 듯했다.

"그럼 우리 이제 정말로 연애하는 거니까, 손 정도는 잡아도 되겠네요."

그 순간 손이 묵직해졌다. 이윽고 밀려오는 따스함을 느끼고서야 재윤이 자신의 손을 잡았음을 알았다. 슬쩍 시선을 내리깐 다현은 자신의 손을 집어 삼키고 있는 듯한 재윤의 손을 보았다. 악수처럼 엇갈리게 잡은 것뿐인데, 모든 것이 바뀐 것 같은 기묘한 기분이 들었다.

"앞으로 잘 만나봐요, 다현 씨."

"……."

다정하게 대답하는 재윤의 눈빛이 반짝 빛났다. 다현은 자신도 모르게 남은 손을 꽉 움켜쥐었다. 가슴이 뛰고, 어깨는 긴장으로 굳었다. 할 수 있는 건 고작해야 고개를 끄덕이는 게 전부였다.

"저는 그만 가볼게요."

심장이 요란해서 더는 서 있을 수가 없었다.

"그래요. 시간이 늦었네요. 조심히 들어가요."

"바로 코앞인걸요."

"그래도 다치면 안 되잖아요. 잘 가요."

재윤이 선선하게 미소 지었다. 다현이 미묘한 표정으로 재윤을 바라보았다.

"저, 상무님?"

"네?"

"……손 좀 놔주실래요?"

다현이 자신을 꽉 붙잡고 있는 손을 눈으로 가리켰다.

"아아, 이거요? 미안해요. 손이 솔직했네요."

재윤이 웃으며 한 걸음 물러섰다. 그러고는 항복한다는 듯 두 손을 들어 보였다. 성큼 물러서는 재윤의 장난을 보며 다현이 미소 지었다.

"내일 뵙겠습니다."

다현이 습관적으로 두 손을 다소곳하게 모은 채 인사한 후 돌아섰다. 재윤은 그 자리에 서서 다현이 들어가는 모습을 바라보았다. 대문이 닫히기 전, 자신에게 손을 흔드는 다현의 모습을 재윤은 눈도 깜빡이지 않고 지켜보았다.

저 여자는 뭔데, 손을 흔드는 것만으로도 저렇게 사랑스럽지.

다현이 완전히 사라진 후 재윤은 한참이나 그 자리에서 움직이지 않았다.

출근 준비를 마친 다현이 핸드백을 들다 말고 거울을 들여다보았다.

립스틱 색이 너무 짙은 것 같기도 하고…….

오늘따라 출근 복장 고르는 게 쉽지 않았다. 장롱 안에 들어 있는 옷이 거기서 거기라는 걸 알면서도 몇 번씩 바꿔입게 되었다. 그렇게 돌고 돌아 입은 것이 그래 봤자 일주일 전에 입었던 옷이었다.

옷이라도 사러 가야 하나.

고민하다가 립스틱 색이라도 변화를 주려고, 재윤에게 선물 받고서 한 번도 쓰지 않은 새 립스틱을 뜯었다. 화사하면서 짙은 묘한 색감에 인상이 더욱 뚜렷해졌다.

평소보다 오랫동안 얼굴을 들여다보던 다현이 시간을 확인하곤 허겁지겁 뛰어나왔다. 평소처럼 출근한 다현은 두 손을 아랫배에 가지런히 놓았다가, 양쪽에 늘어놓길 반복했다.

고작 연애하는 것뿐인데, 왜 이렇게 신경 쓰이는 게 많은지…….

그래도 재윤에게 조금 더 나은 모습을 보여주고 싶었다.

"일찍 출근했네요?"

재윤의 물음에 깜짝 놀란 다현이 그를 바라보았다. 하필이면 어정쩡하게 한 손은 아랫배에, 다른 한 손은 늘어놓은 기사 같은 자세를 취하고 있었다. 다현이 조심스럽게 손을 내렸다.

"네. 속은 괜찮으세요?"

"그건 내가 물을 말인 것 같은데요. 속은 괜찮아요? 어제 굉장히 많이 마셨잖아요."

소주 다섯 병을 먹는 여자는 처음 봤다. 그 여자가 자신의 애인이 되었다는 사실에 그는 오늘 아침 다시 한 번 놀랐다.

"네. 아침에 국을 끓여먹었더니 좋아졌어요."

"와, 아침에 국도 끓여먹었어요? 다현 씨랑 결혼할 남자는 좋겠네요. 나도 누가 국 끓여주면 맛있게 먹을 자신 있는데."

"……."

"나한테 국 끓여줄래요?"

재윤이 한 발자국 성큼 다가와서 다현을 보며 물었다.

"이거 혹시……."

프러포즈인가요.

그럴 리가. 어제 사귀기로 했는데 벌써 프러포즈를 할 리 없었다. 그럼 저 말을 어떻게 받아들여야 하지?

"원하시면 포장해 올게요."

"진심이에요?"

"네."

그 말에 재윤이 웃음을 터트리며 다현의 어깨를 감싸 잡았다.

"아침부터 지나치게 귀여운 건 자중합시다, 다현 씨. 아, 이거 마셔요."

재윤이 가방에서 숙취음료 두 병을 꺼내 그녀에게 내밀었다.

"하나는 다현 씨 꺼, 하나는 비서님 꺼예요. 오늘 하루도 잘 부탁해요. 아! 그리고 오늘 오후 스케줄은 비워줘요."

"몇 시 말씀이세요?"

"오후 4시 30분쯤?"

"알겠습니다. 따로 식당을 예약하거나, 준비해야 할 일이 있을까요?"

"아뇨. 개인적인 일이라 시간을 비워놓기만 하면 돼요."

재윤이 싱긋 웃으며 상무실로 들어갔다.

"너희들이 성실하게 열심히 해주니 이렇게 하늘에서 복을 내리나 보다."

감독이 라효와 사준의 어깨를 팡팡 두드렸다. 라효와 사준은 자신의 앞에 놓인 상자를 들여다보았다. 그 상자 안에는 축구화, 기능성 운동복, 기타 운동에 필요한 것들이 가득 담겨 있었다.

후원자가 나타났다고 했다. 축구부 후원자는 축구부 운영이 유지될 수 있는 자금과 함께 라효와 사준에게 물품을 제공하겠다고 나섰다고 했다.

"한 달에 한 번씩 준다고 하니까 아끼지 말고 써. 여기 집주소 적어주면 다음 달부터는 집으로 배달해 준다고 하던데, 어떻게 할래?"

라효가 얼굴을 찌푸린 채 머뭇거리는 사이, 사준이 고개를 끄덕였다.

"네. 해주세요. 저희, 이거 받을래요. 꼭 받을래요."

"너희 졸업할 때까지 운동에 필요한 자금도 후원해 준다고 하니까 고마운 마음으로 받아."

"후원자가 대체 누군데요?"

라효가 얼굴을 찌푸리며 물었다.

"글쎄다. 나도 잘 모르겠다. 익명의 후원자라고만 해서 말이다."

"……."

라효가 찜찜한 표정으로 상자를 바라보았다.

"뭘 고민해! 받자!"

사준이 소리쳤다.

"넌 자존심도 안 상하냐?"

라효가 사준을 노려보았다.

"자존심이 왜 상해? 이거 받고 열심히 뛰어서 성공하면 되지. 우리 운동화 비 내느라 고생하는 누나 돈도 아껴주고. 그럼 넌 받지 마. 내가 이거 받을래."

"……."

"안 받을거야? 그럼 네것도 내가 한다?"

사준이 다른 상자까지 손을 뻗으려고 하자, 라효가 그의 손을 탁 쳐내더니 박스를 들었다.

"감사합니다."

"그래. 오늘은 운동장 보수 공사 때문에 연습 없으니 가서 푹 쉬고. 개인 운동은 빠지지 말고 하도록 해."

"네."

감독에게 꾸벅 인사를 한 후, 라효와 사준이 학교 건물 밖으로 나섰다. 운동부는 고1 때까진 야간 자율 학습 시간이 없었다. 고2 때부터 원하는 학생들에 한해 야간 자율 학습을 하고, 고3부터는 필수 참석이었다.

운동장을 가로질러 나오던 사준이 콧노래를 불렀다. 그에 비해 라효는 얼굴을 잔뜩 찌푸렸다. 얼굴도 모르는 사람에게 호의를 받는 게 마냥 기쁘지 않았다. 두 사람이 운동장을 걸어가는데, 우철과 그 패거리들이 스윽 다가왔다.

"야, 니들 이 박스 뭐냐? 구조물품 받아가냐?"

우철이 빈정댔다.

"입 닥치고 꺼져라."

라효가 우철을 노려보았다.

"아휴, 무서워라. 야, 니들이 동신그룹 조카라는 거 거짓말이지?"

"……."

"아니, 그렇잖아. 동신그룹 조카라는데 왜 니들 옷차림엔 운동화 말고 변함이 없냐? 그리고 또 이건 뭔데? 학교에서 우유 받아가냐? 아, 씨발. 돈은 우리 집에서 다 내고 왜 처받아가는 건 니들이 하냐? 진짜 어이가 없네."

우철이 기가 차다는 듯 웃었다. 라효와 사준을 정학받게 하려던 계획이 어그러지면서 그는 화가 날 대로 나 있었다. 거기다가 그의 엄마는 학교에서 동신그룹 상무를 만난 후, 라효와 사준에게 잘해주라며 난리도 아니었다.

그러나 아무리 생각해 봐도 라효와 사준은 그의 조카일 리가 없었다. 알아본 바로 중학교 때부터 거지같이 살아왔던 애들이었다. 그 애들이 동신그룹의 조카라니. 갑자기 부모가 바뀌지 않는 이상 불가능한 일이었다.

"그 동신그룹 상무라는 사람은 진짜라던데. 그 사람과 니들이 어떻게 관련이 있을까, 진짜 진지하게 고민해 봤거든?"

"닥치고 꺼지라고."

박스를 들고 있지만 않았어도 라효는 우철의 멱살을 서너 번도 더 잡았을 것 같은 얼굴로 노려보았다.

"혹시 니들 얼마 전에 입양됐냐? 왜 그런 거 있잖아. 잘사는 놈들이 불쌍한 놈들 입양해서 키우는 거. 아니면 후원인가? 그거 말고 니들이 동신그룹이랑 연관될 일이 없거든. 아니, 그 아저씨도 닮은 사람 아냐? 니들 삼촌 맞아? 야, 그럼 전화 한 번 해봐. 삼촌이면 전화가 될 거 아냐. 안 그래?"

"내가 왜 전화를 해? 꺼져."

"전화번호 없는 건 아니고?"

우철이 라효에게 얼굴을 들이밀며 씩 웃었다. 박스를 움켜쥔 라효의 손이 부들부들 떨렸다. 어느새 라효가 들고 있는 박스의 귀퉁이가 와그작 구겨져 있었다.

"왜? 진짜 없냐? 없나 보네."

우철이 확신한 듯 씩 웃었다.

"라효야, 참아."

사준이 곁에서 말렸다.

하아, 안 되는데.

사준이 쩔쩔매는 표정으로 라효를 보았다. 그때 그들 앞에 재윤이 나타난 건 기적이었다. 또 한 번의 기적이 일어날 리 없었다. 우철과 엮이게 된다면 그들이 동신그룹과 관계없다는 것도 들킬 거고, 그럼 더욱더 괴롭힘을 당해야 할지 모른다. 운이 없으면 정학까지 받게 될 거다.

"너, 이 새끼. 진짜 죽을래?"

라효의 눈빛이 살벌하게 빛났다. 당장이라도 먹어치울 것처럼 사나웠다.

"그럴 돈은 있고?"

우철이 비죽이 웃었다. 라효의 입술이 부들부들 떨렸다.

"니가 네 삼촌이라는 사람이랑 통화만 하게 해주면, 내가 앞으로 너 안 괴롭힐게."

"……."

"아니다. 무릎이라도 꿇을게. 어때? 왜? 자신 없어?"

우철이 조롱하듯 물었다.

"얘들아, 박스 안 무거워?"

갑작스레 들린 목소리에 아이들의 시선이 한곳으로 쏠렸다. 슈트 차림에 키가 훤칠하게 큰 모델 같은 남자가 그들을 향해 저벅저벅 걸어왔다. 일찌감치 하교하던 운동부 애들의 시선이 모조리 그 남자에게로 쏠렸다.

"우리 조카들. 미안. 삼촌이 늦었지?"

재윤이 싱긋 웃으며 라효와 사준을 보았다.

여길 어떻게? 아니, 대체 왜?

그들이 어버버거리는 걸 바라보던 재윤이 고개를 돌렸다. 우철이 움찔하더니 한 걸음 물러섰다.

"그때 걔구나."

분명 상냥한 목소리였음에도 불구하고 긴장했다. 우철이 마른침을 삼켰다.

"무릎 안 꿇어?"

재윤이 싱긋 웃으며 물었다. 자신의 이야기를 들었다는 사실에 우철의 얼굴이 와그작 구겨졌다. 다른 운동부 애들이 우철을 쳐다보았다. 그들의 시선을 느낀 우철이 억지로 어깨에 힘을 줬다.

"내가 왜 꿇어요? 하, 친구들끼리 장난 좀 친 거 가지고."

"그러니까 네가 뱉은 말이 맞긴 맞다는 거네? 그럼 꿇어야지. 장난이든 뭐든 뱉었으니까."

"아, 진짜. 이 아저씨가."

"지킬 자신이 없으면 뱉질 말았어야지. 안 그래? 대영 회사 둘째 아드님?"

"……."

갑작스런 신상정보에 우철이 움찔했다. 주변에서 웅성거리기 시작했다.

"그래. 뱉었으면 끓어야지."

"지키지도 못할 말을 왜 해?"

"허세는."

평소 우철에게 못산다며 무시당했던 다른 운동부 애들이 한마디씩 거들었다. 그러자 우철의 얼굴이 시뻘겋게 달아올랐다.

"니들, 죽고 싶어? 어디서 나서!"

우철이 화를 냈지만, 아이들의 반응은 사그라들지 않았다. 오히려 수군거림만 더 커져갔다.

"죽여봐. 라효보다 운동도 못 하는 게. 괜히 자격지심에 라효한테 시비질이야."

"아무리 돈 많아봐라. 언제까지 가나 보자. 그래 봤자 넌 국가대표도 못 될걸?"

"에이씨!"

우철이 욕지거리를 뱉으며 휙 돌아섰다. 도망치듯 빠져나가는 우철의 뒤를 그 패거리가 뒤따랐다.

"약속은 지켜! 다음에 또 보자."

재윤이 멀어지는 우철의 등 뒤를 보며 소리쳤다. 라효와 사준은 끝까지 웃고 있는 재윤을 보며 미묘한 표정을 지었다.

뭔가 무섭다. 이 남자.

"자, 가자."

재윤이 라효와 사준을 향해 웃었다.

"여기는 무슨 일이세요?"

"무슨 일인지는 차에 가서 이야기하면 안 될까? 너무 많은 사람들 앞에서 우리가 이야기를 나눌 필요는 없다고 보는데?"

재윤이 바지 주머니에 손을 찔러 넣고서 싱긋 웃었다. 라효와 사준은 자신들을 빤히 쳐다보고 있는 다른 아이들을 보곤 고개를 획 돌렸다.

"가죠."

라효가 성큼성큼 앞서 걷다가, 재윤의 차 앞에 멈춰 섰다. 차에 대해선 잘 모르지만, 이 차가 비싸다는 건 틀림없었다. 라인부터 광택까지 모두 고급스러웠다. 라효가 차를 보고서 넋을 놓은 사이, 재윤이 트렁크를 열었다.

"박스 여기 넣어."

라효와 사준이 박스를 챙겨 넣은 후, 재윤이 시키는 대로 얌전히 뒷자리에 탔다. 저번에도 탔지만 왠지 이 자리는 불편했다. 재윤이 운전석에 앉자마자 사준이 서글서글하게 웃으며 말을 걸었다.

"도와주셔서 감사합니다! 덕분에 우철이 놈한테 한 방 먹였네요."

"그래? 다행이네."

재윤이 싱긋 웃으며 룸미러로 사준을 보았다.

"그런데 어쩐 일이세요?"

라효가 불편한 표정으로 물었다.

"간단히 뭐라도 먹으면서 이야기할까?"

"제가 아저씨랑 왜 뭘 먹어요?"

"햄버거 먹을래?"

"……."

라효가 움찔했다. 그 곁에 앉아 있던 사준이는 '햄버거 좋아요!' 라고 소리쳤다.

"네가 내 과구나?"

재윤이 사준을 룸미러로 쳐다보며 말했다. 잘 웃고, 넉살 좋고, 좋은 게 좋은 거라고 생각하는 스타일인 걸 보니 자신과 비슷했다. 그에 비해 라효는 호불호가 강하고, 본인 감정을 고스란히 얼굴로 내비추는 게 마치 어린 시절 강재 같았다.

"일단 먹으면서 이야기하자. 배고프면 말이 잘 안 나오거든."

"저도요!"

사준이 금세 동감했다. 재윤은 픽 웃으며 차를 몰았다.

다현의 고생이 이만저만이 아니겠구나.

재윤은 다리를 꼬고 앉아 햄버거를 먹는 라효와 사준을 보았다. 넉넉하게 햄버거 세트 다섯 개를 주문했는데, 운동하는 애들이라 그런지 순식간에 먹어치웠다. 그러고는 언제 햄버거를 먹었냐는 듯 얌전한 눈으로 재윤을 쳐다보았다.

"이제 좀 먹었으니 이야기 좀 해볼까요?"

"……좀?"

"햄버거 다섯 개 가지고 뭘 그래요. 혼자 먹은 것도 아니고 둘이서 나눠 먹은 건데요."

사준의 말에 재윤은 헛웃음을 지었다. 다현이 왜 그토록 말랐는지 알 것 같다. 소 같은 이 두 명을 먹이고 나면 남는 것도 없겠다.

"아저씨가 후원자죠? 우리한테 매달 운동화랑 각종 물품 지급하겠다고 나선 사람이요."

라효가 불쑥 물었다. 재윤이 눈썹을 들며 '호오'라고 소리 냈다.

"눈치 빠르네."

"오늘 학교로 찾아온 아저씨 보자마자 느꼈어요. 그렇지 않고서야 아저씨가 갑자기 오늘 툭 튀어나올 리가 없거든요. 왜 이렇게 우리한테 잘해줘요? 우리가 불쌍해요? 아니면 우리 누나 좋아해요? 그것도 아니면 우리 재능이 뛰어나서 후원해도 돈 아깝지 않겠다는 생각이 들었어요?"

"이야, 너 정말 똑똑하다. 그 이유 전부 다거든."

"전부 다……. 우리가 불쌍하다고요? 아니, 잠시만. 우리 누나 좋아한다고요! 이 아저씨가!"

라효가 버럭 소리치며 테이블을 탕 소리나게 내리쳤다.

"어? 이전에 나를 형이라고 부르기로 하지 않았어?"

"아저씨!"

라효가 화를 냈다. 덩치 큰 녀석이 위협적으로 나오면 놀랄 만도 할 텐데, 재윤은 여전히 웃는 낯이었다.

"네가 소리쳐 봤자 안 무서워. 우리 집에 나랑 똑같이 생긴 무서운 놈이 있거든. 걔를 자주 봐서 면역이 됐어. 자, 화 다 냈으면 앉아볼래? 사람들이 우리 쳐다보거든."

재윤의 말대로 햄버거 가게 2층에 있던 사람들의 시선이 모조리 그들에게 향해 있었다. 멋쩍은 듯 라효가 흠흠거리며 자리에 도로 앉았다. 재윤이 팔짱을 낀 채 고개를 비스듬히 기울였다.

"내가 찾아온 이유는 다현 씨가 모르게끔 너희를 계속 후원하고 싶어서야. 그러니 다현 씨한테 내가 도와준다는 말은 하지 마. 다른 재단에서 도와주는 거라고 해."

"우리를 아저씨가 왜 후원해요? 우리 누나한테 그렇게 잘 보이고 싶어요?"

"그것도 맞긴 한데, 말했잖아. 너희 재능이 뛰어난 것도 있다고. 한두 푼 아닌 돈 후원하는 데, 설마 감정적으로 나섰다고 생각하진 않겠지? 너희 운동하는 거, 전문가들에게 부탁해서 분석해 달라고 했어. 충분히 재능 있고, 발전 가능성 있다고 해서 후원하는 거야."

"그럼 소리 없이 후원하면 되잖아요. 왜 갑자기 나타나서 이러는데요?"

"계속 같은 말을 반복하게 하네. 너희 누나가 모르게 하라는 말을 하려고 온 거야. 다현 씨가 너희를 내가 후원하는 걸 모르게 해줘."

재윤이 턱을 괴고서 빙긋 웃었다. 그 말에 라효가 얼굴을 찌푸렸다. 그는 자리에서 일어나 가방을 챙겼다.

"아저씨, 잘못 생각하셨어요. 지금 우리한테 이래서 환심 사고 싶어 하는 것 같은데, 저희는 누나 팔아가면서 운동 안 해요. 그리고 우리 누나한테 잘 보이고 싶으면, 우리 누나한테 잘해요. 우리 누나가 좋아하면 우리도 좋아할 테니까. 앞으로 후원 안 해주셔도 돼요. 햄버거 값은…… 지금 돈이 없으니까 다음에 드릴게요."

"앉아. 이야기 덜 끝났어."

"싫어요."

"왜? 자존심 상해?"

재윤의 물음에 라효의 얼굴이 와락 일그러졌다. 불처럼 활활 타오르는 라효와 물처럼 침착하고 냉정한 재윤 사이에서 사준만 어찌할 바를 모르고 동동 발을 굴렀다.

"라효야, 침착해. 일단 앉아."

사준이 라효의 소매자락을 아래로 당겼다. 아무리 봐도 라효는 눈앞의 이 남자를 이길 수 없을 것 같았다. 남자는 한없이 가벼워 보였지만, 아까 전부터 요점만 바늘로 콕콕 찍어 말하고 있었다. 그리고 왠지 사람을 다루는 데 능해 보였다.

"후원 받는 게 자존심 상하는 거야? 누나 때문에 후원받는 게 자존심 상하는 거야?"

"그만하죠. 아저씨."

"둘 다겠지. 그런데 내가 너라면 눈앞의 저 남자가 어떤 인간인지 정도는 확인해 볼 거 같은데? 그리고 괜찮은 사람이면 자존심이 상하든 어쩌든 후원받겠어. 그게 날 위한 거고, 누나를 위한 걸 테니까. 자존심 지키자고 낡은 운동화 신은 채 누나한테 번번이 미안해하면서, 운동하면 즐거울까? 좋자고 시작한 운동인데 왜 본인을 힘들게 해? 이왕이면 화끈하게 후원받고 열심히 뛰면 되잖아."

"아저씨, 우리 누나가 그렇게 좋아요? 돈 퍼다가 우리 줄 만큼?"

"응."

"……"

"굉장히, 아주 많이, 좋아하는데?"

너무도 당당하게 대답하는 재윤을 보며 되레 라효는 꿀 먹은 벙어리가 되어 그를 바라보았다. 듣는 사람이 부끄럽다.

"……안 부끄러워요?"

라효가 기가 찬 얼굴로 물었다. 그러자 재윤이 고개를 기울였다.

"왜 부끄럽지? 다현 씨가 남자야? 유부녀야? 그것도 아니면 외계인이야? 아름다운 미혼 여자를, 미혼 남자인 내가 좋아한다는 게 왜 부끄러운 일이지? 난 하루에도 수십 번 이야기할 수 있어. 다현 씨 좋아한다고."

"……."

생각지 못한 곧은 고백에 라효는 얼어붙었고, 사준은 큰 눈만 깜빡였다.

"얼마나 좋아하면 너희한테 이런 부탁을 하러 오겠어?"

"……자존심 안 상해요? 구질구질하게 매달리는 거 같잖아요."

어느새 재윤의 말에 휩쓸린 라효가 자리에 털썩 주저앉아 물었다. 이쯤 되니 눈앞의 이 남자는 뭔가 싶었다.

"자존심이 왜 상해? 좋아하는 여자를 못 가지는 게 자존심이 상하는 일이지."

"……."

"원하는 걸 이룰 수 있는 길을 두고도, '자존심' 때문에 빙 돌아가는 거라면 그건 자격지심 같은데? 난 그런 방해물 같은 거 신경 쓰면서 살아온 적 없어."

"그건 아저씨가 한 번도 힘들게 산 적이 없어서 그런 거잖아요."

"왜 내가 힘들게 산 적이 없다고 단언해? 이 자리에 있는 건 놀고먹어서 되는 건 줄 아나 봐? 니들은? 그리고 난 지금 굉장히 힘들게 짝사랑을 하고 있어."

"……."

다시 한 번 라효의 말문이 막혔다. 지나치게 솔직하니 자신이 되레 당황스러웠다.

"그리고 좀 더 솔직히 이야기하자면, 난 너희 때문에 다현 씨가 힘들지 않았으면 해. 너희를 좋아하는 것과 너희를 키우느라 고생하는 건 별개의 일이야. 난 내가 좋아하는 여자가 고되게 사는 걸 원하지 않고. 또, 내가 너희를 돕는다는 걸 알면 다현 씨는 또 나에게 미안해하겠지. 이 악순환을 끊고 싶은 거니까, 협조해 줬으면 좋겠어.”

라효가 주먹을 불끈 쥐었지만, 그의 말이 틀리지 않아서 더 자존심이 상했다.

다현은 늘 ‘괜찮아’ 라고 말했다. 얼마 전까지만 해도 믿었다. 대기업 비서가 되었다고 한 순간부터, 더욱 그 말을 믿었다.

그러다 몇 달 전 늦은 밤, 화장실을 가려고 나왔다가 방문 틈으로 통장을 펴놓고 앉아 있는 다현을 보았다. 그녀는 통장과 계산기를 바닥에 두고서 이마를 짚었다가, 한숨을 내쉬길 반복했다. 무거운 짐을 얹은 듯 피곤해 보이는 그녀의 옆얼굴을 본 순간, 다현은 단 한순간도 괜찮지 않았다는 걸 알았다.

라효의 성난 눈이 허공을 헤매었다. 화가 난다. 이런 상황에 처해진 것도, 이런 남자 앞에서 꼼짝 못하는 것도, 그러나 그보다 더 화가 나는 건 아직도 무능하고 어린 자신이었다.

“……후원받는 거랑 우리 누나를 허락하는 거랑 별개인 건 알죠?”

라효가 한풀 꺾인 목소리로 물었다.

“알아. 그래도 이 정도 후원이면 가산점 정도는 되지 않을까?”

“아저씨, 돈 많은 건 알겠고, 얼굴도 그만하면 됐고, 다 좋은데 성격이 별로라서 가산점 없어요.”

“태어나서 처음 듣는 소리네. 성격만큼은 자부하는데? 그리고 키는 왜 빼? 이런 키가 어딨다고? 돈 많은 집에서 안 태어났으면 모델 했을걸? 얼굴도 작아서. 딱 봐도 비율 좋잖아, 나.”

욕을 먹고도 재윤은 싱긋 웃으며 자신의 얼굴을 가리켰다.

와, 재수없다. 뻔뻔하기까지 해.

더 큰 문제는 맞는 말이라서 화가 났다. 라효가 얼굴을 찌푸렸다.

“우리 누나는 아저씨 같은 성격 안 좋아할 거예요. 나중에 후원해 준 거 빼앗아가지 마요. 그리고 우리가 잘돼도 아저씨랑 친한 척 안 할 거예요.”

“친한 척하게 될걸? 우리 기업은 국가대표 급이고, 너희도 국가대표가 될 거니까.”

발끈하는 라효와 달리 사준은 '와, 우리가 국가대표가 될 거래. 될 수 있을까?' 라며 눈을 반짝였다. 재윤이 사준을 바라보았다.

"난 너희가 국가대표가 될 거라고 믿거든. 국가대표로 뛰다가 세계로 나가서 뛰게 될 거야. 그 정도 재목이 아니면 난 니들한테 후원 안 해."

"……지금 아부하는 거예요?"

라효가 입술을 삐쭉거리며 되물었다.

"와, 알아챘어? 똑똑해."

재윤이 눈을 크게 뜨며 물었다.

"이 아저씨가 진짜!"

자신들을 갖고 노는 재윤을 노려보던 라효가 주먹을 부들부들 떨었다. 그러다 손에 힘을 탁 풀더니 긴 한숨을 내쉬었다. 이 아저씨한테 화낼 게 아닌데 자꾸만 얄미워서 화가 난다.

"아부라도 난 진심 없는 소리는 안 해. 너희는 세계 무대로 뛰어야 해. 그럴 재목이고, 내가 그렇게 만들 거니까. 그러니까 운동화 닳을 걱정, 유니폼 부족할 걱정, 돈 걱정 하지 말고 뛰어. 내가 나머지는 다 알아서 해줄 테니까."

재윤이 등받이에 등을 대고서 아메리카노 잔을 들었다. 인정하기 싫지만, 돈 걱정 하지 말라는 그 모습이 멋있었다.

"포스 장난 아니다."

사준이 넋이 나간 목소리로 라효의 귓가에 속삭였다.

햄버거 냄새가 풀풀 풍기는 햄버거 가게 안에서 아메리카노를 먹는데, 왜 멋있는 건지. 하필이면 저 남자의 등 뒤에 왜 창가가 있는 건지. 그 창가에선 왜 멋있게 햇살이 들이치는 건지. 어느 장소에 가져다 놔도 주인공이 될 인간이다.

"……합니다."

라효가 중얼거렸다.

"응? 뭐?"

재윤이 눈썹을 치켜들며 물었다.

"감사하다고요."

라효가 얼굴이 벌게진 채로 창밖을 노려보며 말했다.

"안 들리는데."

"들었잖아요!"

"뭘?"

"고맙다고요!"

라효가 버럭 소리치다 멈칫했다. 재윤이 자신을 빤히 바라보고 있었다.

또 낚였다.

라효는 고개를 푹 숙인 채 콜라를 쭉 빨아 마셨다. 재윤이 나오려는 웃음을 꾹 참았다. 웃으면 또 저 녀석이 활화산처럼 폭발할 테니까.

"저도 감사합니다."

곁에 있던 사준이 싹싹하게 웃으며 인사했다.

"아낌없이 팍팍 쓰는 대신, 실력도 쑥쑥 올리도록 할게요. 그러니 많이 후원해 주세요. 나중에 국가대표로 보답할게요."

사준이 싱긋 웃었다. 생각보다 많이 능글맞다. 재윤이 픽 웃었다.

"그래. 잘 부탁해."

재윤이 싱긋 웃었다. 재윤의 시선이 창밖으로 돌아갔다. 창밖의 풍경을 바라보는 재윤을 따라 사준이 다리를 꼬았다.

이러면 저렇게 어른 남자처럼 보이는 건가.

사준이 재윤과 똑같이 잔을 들었다.

"……너, 뭐 하냐?"

라효가 어이없다는 얼굴로 사준을 쳐다보며 물었다.

"어른 남자 놀이."

"미쳤냐?"

라효가 콧방귀 꼈다.

"왜? 멋있지 않아?"

"미친놈."

작게 중얼거리던 라효가 다리를 꼬았다. 커피를 마시며 창밖을 보던 재윤의 시선이 다시 두 녀석에게로 돌아왔다. 그러다 표정이 미묘해졌다.

이 두 녀석, 왜 갑자기 이렇게 불편하게 앉아 있는 거지?

굉장히 불편한 자세로 다리를 꼬고 앉은 녀석들이 더욱 불편하게 콜라를 쥐고 있었다. 마치 누군가를 따라 하듯이.

"쿨럭!"

그러다 잘못 삼켰는지 기침을 터트렸다.

웃긴 녀석들.

재윤이 픽 웃으며 그들 앞으로 티슈를 내밀었다.

퇴근 후, 집으로 돌아온 다현이 현관 옆에 쌓여 있는 박스를 보았다. 박스 뚜껑을 열어보니 텅 비어 있었다.

"라효야, 사준아."

신발을 벗으며 다현이 부르자, 방문을 열고 똑같이 생긴 두 명이 어슬렁어슬렁 걸어나왔다. 잠시 잤는지 얼굴이 퉁퉁 부어 있었다.

"이건 웬 박스야?"

"아아. 후원 물품이 담겨 있던 박스."

"후원?"

다현이 미묘한 목소리로 되물었다. 라효는 움찔했다. 재윤이 말한 대로 다현은 곧장 무언가를 직감한 얼굴이었다.

"어! 우리 학교 출신 축구부 선배래. 되게 오래된 선배인데, 원래 1년에 3—4명씩 후원했나 봐. 감독님이 추천해서 이번엔 나랑 사준이가 받게 됐대. 감독님이 우리 형편 어려운 거 아니까, 추천했나 봐."

"그래?"

라효가 얼른 덧붙였지만, 다현이 모호한 목소리로 물었다. 여전히 의심을 지우지 못한 얼굴이었다.

"응. 다행이지? 매달 운동화랑, 유니폼이랑 운동할 수 있는 일정 부분 후원금을 준대. 개인이 후원하니까 이런가 봐. 예전에 기업이 후원할 땐 엄청 났다던데. 에효, 기업이나 후원해 주지. 그치? 사준아?"

라효가 떠벌떠벌 말을 늘어놓으며, 사준의 옆구리를 쿡 찔렀다. 사준이 얼른 준비한 말을 꺼냈다.

"그러게. 등신에선 그런 후원 안 한대?"

"등신?"

다현이 되물었다.

"누나가 다니는 회사."

"동신이야. 이 등신아. 넌 누나가 다니는 회사 이름도 모르냐? 너, 내 이름은 아냐?"

라효가 머리를 긁다 말고 사준을 노려보았다.

"아, 그래. 거기. 동신."

사준의 반응에 다현은 긴 한숨을 내쉬었다.

회사 이름도 모르는데, 그곳에서 후원 받을 리가 없지.

다현은 자신이 예민하게 굴었다 싶었다.

"후원 받은 게 어디야. 꼭 감사하다고 전하고, 더 열심히 하자."

다현이 라효와 사준의 어깨를 두드렸다.

"응. 알았어."

라효가 걱정 말라는 듯 고개를 힘껏 끄덕였다. 다현이 싱긋 웃으며 녹초가 된 몸을 끌고 방으로 들어갔다. 등 뒤로 사준과 라효의 대화가 들렸다.

"라효야, 진짜 동신이야?"

"그래. 이 등신아. 너 같으면 회사 이름을 등신이라고 짓겠냐?"

"임팩트 있지 않아?"

"임팩트 있게 맞아볼래?"

둘의 대화에 다현은 피곤한데도 불구하고 큭큭거렸다.

"등신그룹 상무실 비서 성다현입니다. 크큭."

다현이 조용히 읊조리다가 다시 웃음을 터트렸다.

쌍둥이들 덕에 웃는다, 정말.

◆

옷을 갈아입고 다현은 쌍둥이들과 저녁을 먹은 후, 하루 일과를 마무리했다. 다현은 일기를 쓰다 말고 일기장을 보았다.

재윤, 그 사람, 그 남자.

일기장 모든 부분에 재윤의 흔적이 깃들어 있다.

자신의 마음도 일기장과 같을까. 이토록 이 사람의 이름으로 빽빽하게 들어차 있을까.

무릎을 모으고 앉은 다현은 흘깃 휴대폰을 바라보았다. 오후 일정을 다녀온 재윤은 밀린 일을 하느라 바빴다. 퇴근하는 길에도 일거리를 한 아름 안고서 집으로 향했다. 그러니 바쁠 거다. 굉장히 바쁠 걸 아는데…….

왜 휴대폰이 울리길 바라는지. 휴대폰 액정에 자신이 아는 그 이름이 뜨길 바라는지 모르겠다.

"궁금하다."

그 사람의 하루 끝이.

처음 느끼는 낯선 감정에 마음이 뻐근해 왔다. 고통과 쾌감이 뒤엉킨 미묘한 마음이었다. 무릎을 모으고 앉아 턱을 댔다.

삐리릭.

[상무님]

간절하면 이루어진다는데, 자신이 그토록 간절하게 빌었던 걸까.

다현이 깜짝 놀란 얼굴로 휴대폰을 바라보았다. 흠, 흠. 목을 가다듬은 후 휴대폰을 귀에 가져다댔다.

"네. 동신그룹 상무실 비서 성다……."

지나치게 당황한 탓일까. 자신도 모르게 업무용 멘트를 읊었다. 휴대폰 너머에서 웃음소리가 넘어왔다.

―네. 동신그룹 상무 김재윤입니다.

능글맞게 받아치는 재윤 때문에 다현이 입술을 사려물었다.

"……아, 네."

―뭐 해요?

"일기 쓰고 있었어요."

―새나라의 어린이네요. 그럼 9시가 넘었으니 잘 건가요?

"아직은 아니요. 상무님은요?"

―오늘만 새나라의 어린이 하지 말고, 신데렐라 어때요? 열두 시 되기까지 한 시간 정도 남았네요.

"네?"

―나올 수 있으면 나와달라고요. 집으로 갈 테니까요.

다현이 시계를 들여다보았다. 열한 시 되기 십 분 전이었다. 시간이 너무 늦었다. 지금 자신이 외출하면 문소리에 쌍둥이들이 깰 수도 있다. 피곤하기도 하니 자야 하는데……. 수많은 이유들이 머릿속을 떠다녔다.

"나갈게요."

그러나 그 모든 이유에도 불구하고, 보고 싶은 마음이 앞섰다. 휴대폰 너머가 고요했다.

―지금 갈게요. 기다려요.

기다려요.

통화를 마친 후, 다현이 그 말을 작게 읊조려 보았다.

연애는 신기했다. 이토록 사소한 '기다려요'라는 말에 기쁨이 앞설 수 있다는 게.

❖

다현이 가볍게 화장을 한 후 고민 끝에 머리를 한 갈래로 묶자마자 재윤에게 전화가 왔다. 조용히 집을 나선 그녀는 자신의 집 앞에 주차되어 있는 눈에 익은 차를 보았다.

다현이 조수석 창문을 똑똑 두드린 후, 문을 열었다.

"어서 와요."

자신을 반기는 다정한 목소리에 다현의 입술이 길게 늘어났다. 조수석에 탄 다현이 재윤을 바라보았다.

"오늘 일 많지 않았어요?"

"다 했어요. 하고 나니까, 보상심리로 가장 좋아하는 걸 하고 싶잖아요. 그래서 왔어요."

"뭐 하고 싶어요?"

다현이 눈을 동그랗게 뜨고서 '술? 맥주? 소주?' 라고 묻자, 재윤이 피식 웃었다.

"그것도 좋은데, 그것보다 더 좋은 거요."

재윤이 다현의 손을 잡았다. 그리고는 운전석에 등을 대고서 눈을 감았다.

"아무 이야기나 해줄래요? 다현 씨 목소리 좀 듣게."

재윤의 엄지손가락이 다현의 손등을 슬슬 문질렀다. 다정하고, 애틋하면서, 미묘하게 야한 손길이었다. 재윤이 눈을 감아서 다행이었다. 아니었다면 떨리는 눈가를 들켰을 테니.

"다현 씨 목소리도 듣고, 체온도 느끼고 싶어서 왔어요."

"……."

"오늘 퇴근 후에 어땠는지, 쌍둥이들은 어땠는지……."

말을 잇던 재윤의 목소리가 멈췄다. 자신의 머리 위로 손이 닿았다. 스윽, 스윽. 눈을 뜨자, 자신의 머리를 쓰다듬고 있는 다현이 보였다.

"수고했어요, 오늘도."

"……."

"오늘 하루도 무사히 지내줘서 고마워요."

다현이 눈을 맞추며 따뜻한 말을 건네왔다. 놀라서 굳어 있던 재윤의 표정이 차츰차츰 평온하게 바뀌었다.

무심한 여자는 가끔 이토록 견딜 수 없이 따뜻해지곤 했다. 이럴 때마다 심장이 바닥으로 곤두박질치고, 눈앞이 아득해지는 건 아는지 모르는지.

"이왕 하는 거 제대로 해주죠."

다현이 무슨 말이냐고 묻기도 전에, 재윤의 몸이 쓰러지듯 다현에게로 기울었다. 다현에게 안기다시피 한 재윤이 그녀의 어깨에 이마를 댔다. 다현이 머뭇거리다 재윤의 등을 두드렸다.

"이제 말 좀 편하게 할게요. 사적인 자리에서만큼은."

맞닿은 몸 사이에 자리한 공간으로 그의 목소리가 웅하고 울렸다. 얼어붙은 다현이 가까스로 '네'라고 답했다.

"……다현아."

앞을 바라보던 다현의 눈빛이 아득하게 멀어졌다. 세상이 모조리 멀어졌다가 쿵 하고 다가온 느낌이었다. 낮게 가라앉은 남자의 목소리가 부르는 자신의 이름이 애틋하게 들렸다.

"너한테서 나는 냄새 좋다."

"……."

"자주 안아야겠어."

능청스런 말끝에 슬쩍 맺힌 웃음기가 숨을 멎게 만든다. 잔뜩 굳은 다현은 어쩔 줄 모른 채 굳었다.

깊은 밤, 어둠이 내려앉은 공간. 좁고 좁은 차 안에서 느껴지는 그의 숨소리에 맞춰 다현의 가슴이 쿵쿵 뛰었다.

출근하는 길에 다현은 잠시 걸음을 멈추고 고개를 들었다. 부는 바람에 열기가 섞여 있었다. 옷도 얇아지고, 뒷덜미를 덮던 머리는 높게 묶었다. 노란빛과 분홍빛으로 물들어 있던 세상은 한차례 꽃비를 내린 후, 푸른빛으로 물들었다. 부는 바람에 잎사귀들이 파도처럼 흔들리며 쏴아아 소리를 냈다.

정신없이 살았더니 어느새 초여름이 된지도 몰랐다.

다현이 아득한 눈으로 푸른 잎사귀 사이로 보이는 푸른 하늘을 바라보았다. 휴대폰을 꺼내 그 광경을 사진 찍던 다현의 어깨를 기태가 툭 쳤다.

"누가 또 이런 걸 찍나 했더니, 역시 너였어."

"아, 응. 예쁘잖아."

"벚꽃은 잘 찍지도 않으면서."

"그런 사진은 많으니까."

모두가 찍는 꽃이 아니라, 누구도 찍지 않는 이 풍경을 담아두고 싶었다. 사진을 다 찍은 다현이 흡족한 표정으로 휴대폰을 챙겨 넣었다.

"오늘은 빨리 출근하네."

"어. 일찍 출근해서 내 시간을 좀 가지려고. 미리 청심환도 먹어놓고."

기태가 왼쪽 가슴에 손을 올린 채 중얼거렸다.

"그래도 얼굴은 좋아 보이는데?"

다현이 살이 오른 기태의 얼굴을 가리켰다.

"술을 하도 마셔서 부은 거야. 요즘 낙이 술밖에 없어. 하아, 이렇게 좋은 날에 데이트 한 번 못하고. 소개팅 해줄 사람 없어? 진짜 외로워 죽겠다."

기태가 우울한 얼굴로 중얼거렸다.

"글쎄."

그녀의 주변 친구들은 전부 결혼을 했거나 애인이 있었다. 유일한 솔로는…… 나은뿐이었다. 나은은 왠지 연애에는 별 관심이 없어 보였다.

"생기면 말해줄게."

"그래. 지체 말고 소개해 줘. 누구라도 만나고 싶다. 하아, 그러고 보니 벌써 여름이네. 재윤 선배 우울해할 때가 됐네."

"상무님이 우울해할 때라는 게 무슨 말이야?"

다현의 고개가 홱 돌아갔다. 그녀답지 않게 빠른 반응이었지만, 기태는 앞을 보며 걷느라 발견하지 못했다.

"나도 자세히는 몰라. 6월 즈음 되면 선배가 유난히 우울해하더라고. 실없어 보일 정도로 웃는 사람이 웃지도 않고, 술도 많이 마시고, 몇 해 전엔 안 쓰던 월차를 몰아 쓰기도 했었지. 물론 그 뒤엔 그런 적 없지만."

"여름에 무슨 일이 있었어?"

"몰라. 물어봤는데 별말이 없더라고. 그냥 여름이 다가오니 피곤해서 그렇다고 하던데, 그다지 믿기진 않아."

기태가 어깨를 으쓱거렸다. 여름이 올 즈음, 그는 창밖을 보며 몇 시간씩 있곤 했다. 무슨 일이 있냐고 물으면 대답 대신 싱긋 웃고 말았다.

"올해는 무사히 넘어가려나 보지, 뭐."

기태가 바지 주머니에 손을 푹 찔러 넣은 채 건성으로 말했다.

아, 이거구나.

다현은 출근하는 재윤의 얼굴을 보자마자 기태가 한 말이 무엇인지 깨달았다. 평소보다 늦게 출근한 재윤의 얼굴이 피곤해 보였다. 일거리가 이전에 비해 줄었기에 다현은 그에게 무슨 일이 생긴 거라 여겼다.

"오늘 하루도 잘 부탁해요."

평소처럼 그녀에게 말을 길게 붙이지 않은 그가 상무실로 슥 들어갔다. 이런 일은 처음이라 다현은 재윤이 들어간 상무실 문만 멍하니 바라보았다.

하루 종일 살펴본 결과 다현은 재윤이 평소와 몹시 다르다고 확정지었다. 기태의 말대로 재윤의 말수가 부쩍 줄고, 점심시간이 되어도 식사하러 나가지 않았다. 넋이 반쯤 나간 얼굴로 창문 밖을 보는 게 전부였다.

기태에게 상무님의 기분을 풀 만한 게 없냐고 물었지만, '없다'라는 답변만 돌아왔다. 시간이 답이라는 설명과 함께.

다현은 어쩌나 고민하는 얼굴로 닫힌 문을 바라보았다.

❖

"퇴근하죠."

여섯 시 반이 되자마자 재윤이 상무실 문을 열고 나왔다. 평소보다 빨리 퇴근 준비를 마친 다현이 핸드백을 들고 자리에서 일어났다.

"재윤 씨."

다현의 부름에 재윤이 돌아섰다. 재윤에게 성큼 다가간 다현이 그의 이마에 손을 얹었다. 열은 없고, 어디 아파 보이지 않았다. 단순히 피곤하거나 기분이 안 좋다는 말이었다.

"아프진 않네요. 오늘 퇴근 후 어디 가세요?"

"아니. 바로 귀가하려고. 미안한데, 오늘은 피곤해서 집에서 쉴까 하는데……."

"그러세요. 대신 주세요."

다현이 손을 내밀었다. 재윤이 뭘 달라고 하냐는 듯 그녀의 손과 얼굴을 번갈아 보았다.

"차 열쇠 주세요. 제가 데려다줄게요."

"날?"

재윤이 잘못 들었나 하는 표정으로 되물었다.

"네. 상무님 위험해 보여서요."

"내가 널 데려다줘야지."

재윤이 픽 웃으며 대답했다. 마치 너 때문에 웃는다는 듯이.

"위험하긴 상무님이 더 위험해 보여요. 안전하게 귀가시켜 드릴게요. 그래야 제 마음이 편할 거 같아요. 상무님 모셔다 드리고, 전 택시 타고 귀가하면 되니까요."

재윤이 거절했으나, 다현은 고집을 부렸다. 그 말에 재윤이 두손 두발 다 들었다는 얼굴로 고개를 가로저었다.

툭.

그녀의 손바닥 위로 재윤의 열쇠가 떨어졌다.

"그럼 잘 부탁해요. 기사님."

재윤이 싱긋 웃었다.

"……기사님, 오늘 안에 집까지 갈 수 있나요?"

조수석에 앉은 재윤이 앞을 보며 물었다. 지금 자신의 차를 추월한 차가
열두 대를 넘어갔다.

"네."

"전 집에 일찍 가고 싶은데요."

"최선을 다하고 있어요."

"길도 잘못 든 것 같은데."

"여기로 가도 도착해요."

"그렇겠지. 부산 갔다가 다시 서울로 올라올 수도 있으니."

"부산까진 가지 않을 거예요. 경기도 쪽은 가겠지만……."

다현이 지지 않고 대답했다.

"경기도 가는 건 좋은데, 너무 느린 것 같지 않아?"

"안전운전 하는 거예요."

다현의 대답에 재윤이 픽 웃었다. 두 번만 안전운전 했다간 자전거로 귀
가하는 게 더 빠를 판이었다. 그는 웃으며 운전에 집중하는 다현의 옆얼굴을
바라보았다. 집중하는 얼굴로 앞과 사이드미러를 번갈아 보는 얼굴이 꽤 귀
엽다. 그래서 운전석에서 비키라는 말을 못하겠다.

"오늘 웬일로 이런 서비스를 해주는 거야? 운전대 잡기 위험해 보였어?"

재윤이 창틀에 팔꿈치를 댄 채 머리를 괴고서 물었다. 시선은 여전히 다
현을 향해 있었다.

"제가 해줄 수 있는 게 이것밖에 없어서요."

"……."

"상무님이 우울해 보이는데, 약을 처방해 줄 수도 없고, 웃겨줄 재주는 더더욱 없으니 이런 거라도 해야죠."

"길을 잘못 든 게 아니라는 말처럼 들리는데?"

"네. 드라이브 중이었어요. 생각 정리나 감정 해소엔 드라이브가 제일 좋다고, 인터넷이 그러더라고요."

다현의 똑 부러지는 말에 재윤의 얼굴에서 서서히 미소가 사라졌다.

"……티났어?"

"네."

"그래서 걱정했고?"

"네."

다현이 그걸 말이라고 하냐는 듯 단호하게 답했다. 재윤의 눈빛이 어둡게 가라앉았다. 마음에 흩날리던 수많은 감정들이 물을 맞은 듯 고요하게 가라앉았다.

"어린애도 아니고 이런 걸로 걱정시킬 줄 몰랐어. 미안해."

"나이 먹는 것과 감정을 추스를 수 있는 힘은 다른 것 같아요. 그러니까, 미안해하지 않아도 돼요. 대신 내가 해줄 수 있는 걸 말해주면, 최선을 다해 도와줄게요."

건네는 말 한마디, 한마디가 사랑스럽다.

너는 대체 뭘 먹고 살아서 이런 걸까.

재윤이 입술을 사려물었다가 풀었다. 마음이 차분해져서일까, 누구에게도 하지 않은 말이 입밖으로 새어 나오려 했다. 그는 그걸 막지 않았다.

"이모가 암을 발견한 달이 6월이었어."

재윤이 가라앉은 목소리로 말했다. 핸들을 쥔 다현의 손에 힘이 실렸다.

"그리고 돌아가신 달도 6월."

"……."

"이모의 생일도 6월이지. 이모를 기억할 수 있는 모든 날이 6월에 다 담겨 있어. 그래서 그런지 6월만 되면 기분이 자꾸 가라앉아. 아직도 이모를 잊지 못했냐고 웃을까 봐 아무한테도 말 못했는데, 너한테는 말해야 할 것 같아서."

무슨 말을 해도 꼬아 듣는 법이 없고, 제멋대로 단정 짓지 않는 다현이라서일까. 스물이 된 후 누구에게도 말하지 못한 말이 다현에게 흘러나갔다.

이 여자에게 많이 의지하나 보다.

재윤이 덤덤하게 인정했다.

"이모님은 행복하시겠어요."

"……."

"누군가가 이토록 자신을 오랫동안 기억해 주니까요. 저도 얼굴을 잘 모르는 부모님이 돌아가신 달이 되면 이상하게 우울하고 신경 쓰여요. 당연한 감정이니 피하지 말고 마음껏 느끼세요. 그게 남은 사람의 권리니까."

다현은 라디오를 켜더니 잔잔한 음악이 나오는 주파수에 맞추었다. 차가 교외로 빠졌다. 가로등 불빛이 드문드문 켜져 있는 고요한 숲길이었다.

다현은 핸들을 꽉 움켜쥐었다. 지도로 수십 번 넘게 찾아본 길이었다. 이 길이 밤중에 드라이브하기 좋은 곳이라고 했다. 이 길이 재윤의 마음에 작은 안정을 찾아주길. 다현은 속으로 간절히 빌었다.

그사이, 재윤의 시선이 어둑한 창밖을 헤매었다. 고요한 차 안에, 다현의 소리 없는 위로가 눈처럼 소복소복 내려앉았다.

다현은 그녀의 말처럼 가까운 경기도 일부분을 빙 돌고서야 그의 집에 도착했다.

"수고하셨어요. 기사님."

재윤이 픽 웃었다. 삼십 년이 훌쩍 넘게 살았지만, 여자가 태워주는 차는 처음 타봤다. 더군다나 바짝 긴장한 기사님의 차는 더더욱.

고개를 돌린 재윤은, 손을 조심스럽게 치맛자락에 닦고 있는 다현을 보았다. 지금 보니 긴장했는지 목덜미가 촉촉했다.

땀날 정도로 긴장한 건가.

그것도 모르고 그는 차창을 바라보며 이모와 있었던 모든 일들을 차근차근 정리했다. 몇 해간 피하기만 했던 감정을 처음으로 직면하자 수많은 감정이 폭발할 듯 치밀어 올랐다 가라앉았다.

"고마워. 덕분에 잘 정리했어."

재윤이 한결 후련해진 얼굴로 다현을 바라보았다. 몇 해간, 슬퍼하는 자신의 마음을 피하려 애썼다. 그 때문에 한 달 내내 그는 무기력에 시달렸다. 단 한 번, 슬픔을 맞닥뜨리면 될 일이었는데.

"다행이에요."

무언가를 해줄 수 있어 다행이라는 듯 다현이 환하게 웃었다. 순간, 재윤은 넋을 놓고 그 얼굴을 바라보았다. 어두운 가운데 다현의 얼굴만 빛이 난다. 순간 많은 감정이 스치다 머릿속이 텅 비었다.

다현이 재윤을 보며 웃던 얼굴을 굳혔다. 자신을 바라보는 재윤의 눈이 가느스름해졌다. 늘 여유만만하고 느슨하던 눈빛이 바짝 조여 있었다. 예리한 눈빛이 얼굴을 훑고 내려왔다. 눈, 코, 마지막에 입술에 닿은 시선이 떨어지질 않는다.

아……

다현은 속으로 탄식을 삼켰다.

좁은 차 안의 공기가 모조리 사라진다. 숨 막힐 것 같은 정적, 멎어버린 공기의 흐름이 무언가를 예고했다. 그 순간, 그의 긴 손가락이 다현의 턱에 닿았다. 다현의 목울대가 오르내렸다. 긴장감에 겨우 진정된 심장이 뛰고, 목덜미로 열이 훅 치밀어 올랐다.

점점 시야에 재윤의 얼굴만 들어찼다. 시야에 재윤으로 꽉 찬 순간, 입술이 닿았다. 다현이 치맛자락을 꽉 움켜쥐었다.

아랫입술을 핥는 그 움직임에 세상 모든 것들이 감각 밖으로 밀려났다. 그 중심에 오로지 재윤만이 존재했다.

그의 입술 움직임, 얕게 내쉬는 숨소리, 어느새 자신의 뒷목을 끌어안은 손, 누구의 것인지 모를 심장 박동. 한 박자 늦게 움켜쥔 손.

서로의 호흡이 엉겨들수록, 마음엔 그의 이름이 깊게 각인된다.

털썩.

후들거리던 다리로 겨우 방까지 걸어 들어온 다현이 그대로 주저앉았다. 어떻게 집으로 돌아온 건지 기억나지 않았다. 정신을 차려보니 자신이 택시 비를 지불하고 있었다. 다현은 저만치 나가떨어진 핸드백을 멍하니 바라보다 움찔했다.

했다……!

다현이 손으로 제 입술을 가렸다. 몇 번의 연애 시도를 실패한 후, 보이지 않는 두려움이 생겨났다.

다른 사람을 사랑할 수 없는 건 아닐까, 스킨십도 못하는 거 아닐까, 어쩌면 타인과의 접촉을 싫어하는 건 아닐까.

재윤이 다가오는 순간 미약하게 느꼈던 두려움은, 입술이 닿는 순간 연기처럼 휘발됐다. 눈으로 보던 그를 다른 방식으로 느낄 수 있다는 사실에 오히려 가슴이 벅차올랐다.

조금 더 느끼고 싶다. 조금 더 알고 싶다. 조금 더…… 나는, 당신이고 싶다.

다현이 자신의 입술을 두 손 아래에 가둔 채 눈을 꼭 감았다. 현실감각이 돌아오자 얼굴로 열이 오르고, 가슴이 정신없이 뛰었다.

9. 비서의 기억

출근하기 위해 대문을 열고 나선 다현은 새파란 하늘을 바라보았다. 기분 좋은 아침이었다. 비록 첫 키스 때문에 이리저리 뒤척거리다가 늦게 잠들어 피곤하긴 하지만.

때마침 맞은편 집에서 나오는 이웃주민과 마주쳤다.

"안녕하세요."

다현이 웃는 낯으로 인사를 건네자, 화분을 내놓던 아주머니가 활짝 웃었다.

"어쩜 이렇게 인사성이 좋을까. 좋은 누나 때문인지 그 집 동생들도 인사를 참 잘하던데."

"정말요? 다행이네요. 좋게 봐주셔서 감사해요."

"고마울 거까지야. 그나저나 요즘 좋은 일 있어요? 얼굴이 활짝 폈네. 시집갈 때가 다 됐나 보네."

이웃주민이 건네는 농담에 다현의 얼굴이 불그스름해졌다. 먼저 출근하겠다는 인사를 남긴 후, 길을 따라 내려가던 다현은 작게 중얼거렸다.

"시집. 결혼……."

자신과 상관없는 단어라 생각했다.

그런데 지금은 만나는 사람이 있어서일까.

재윤과의 결혼이라.

다현은 잠시 생각하다가 고개를 가로저었다. 그를 좋아하고, 연애하고 있지만, 그가 가진 세상은 너무도 넓고 크다. 자신이 메워주기엔 한없이 큰 곳이었다. 언젠가 그가 자신과의 간극에 지칠지도 모르는 일이고…….

다현이 씁쓸하게 웃었다. 그를 사랑하는 마음과 그의 곁에 영원히 머무는 것이 다르다는 걸 그녀는 잘 알고 있었다.

그래도 상관없었다. 이 정도는 알고 시작한 일이었으니까.

애써 무너지는 어깨에 힘을 바짝 주고 길을 따라 내려갔다. 그러다 문득 느껴지는 시선에 고개를 돌렸다.

스윽.

운전석에 앉아 있는 남자와 눈이 마주치기가 무섭게 고개를 홱 돌리더니 차창을 올렸다. 다현이 빤히 바라보자 다급히 차를 몰고 저만치 사라졌다. 분명히 자신을 관찰하다가 마주치자 도망치는 행동이었다.

멀어지는 차의 뒤를 바라보던 다현의 얼굴이 하얗게 질렸다.

언젠가 이런 경험이 있었다.

차창 너머로 자신을 빤히 바라보던 남자. 언제, 어디에 있든 오래도록 따라붙는 시선. 마치 공기 속에 녹아서 자신을 살펴보고 있는 것처럼 자신의 일거수일투족을 알던 그 남자.

'너도 날 사랑하잖아.'

'사랑해. 성지은.'

그 새된 목소리가 쟁쟁거리는 귓가를 다현이 꽉 틀어막았다.

아니겠지……. 아니, 아니어야 한다.

다현이 애써 다리에 힘을 준 채 걸었다. 오늘따라 골목에 사람이 없다는 걸 안 그녀는 다급하게 버스 정류장까지 뛰어갔다. 시끄러운 차와, 정류장에 가득한 사람들을 보고서야 안심이 되었지만, 조금씩 떨리는 손끝까지는 어찌할 방법이 없었다.

❖

출근한 다현은 핸드백을 내려놓자마자 부지런히 움직이는 평소와 달리 책상에 오도카니 앉아 있었다.

잊고 싶은 기억이 되살아났다. 자신을 따라다니던 스토커는 음습하고 무거운 공기처럼, 형체는 없고 존재감만 가진 남자였다. 그는 줄곧 그녀를 따라다녔다. 누구냐고 소리쳐도 그는 곧 알게 될 거라는 말만 뱉었다. 그리고 어느 정도 시간이 지나자 자신이 누군지 왜 모르냐고 화를 내기 시작했다. 그녀가 놀라 전화를 끊으면 메시지가 이어졌다.

'지은아. 사랑해.'

'지은아.'

휴대폰 번호를 바꿔도 줄곧 오던 전화. 원룸에서 지내는 것조차 무서워서 그녀는 고시원으로 이사를 갔다. 방음이 되지 않아도 좋으니 사람들이 많은 곳에서 지내고 싶었다. 여성 전용 고시원에 들어가 지냈지만, 스토커는 집요했다. 익명의 편지, 전화, 메시지들로 숨 막히게 따라붙었다.

"……현아. 다현아."

"악!"

저를 향해 뻗어오는 손길에 다현이 저도 모르게 비명을 지르며 몸을 뒤로 젖혔다.

"다현아?"

재윤이 놀란 얼굴로 그녀를 바라보고 있었다. 그를 보자 안도감이 왈칵 밀려들었다. 앉아 있지 않았더라면 아마 주저앉았을 거다.

"……상무님."

다현이 가쁜 숨을 몰아쉬며 재윤을 불렀다.

"미안해. 놀랐어?"

"괜찮아요."

"무슨 일이야? 정말 괜찮은 거 맞아?"

재윤이 다현의 얼굴을 살폈다. 그녀의 얼굴이 귀신이라도 본 것처럼 하얗게 질려 있었다. 안 그래도 큰 눈은 더욱 크게 떠져 있고, 입술은 바짝 말라 있었다.

"아무 일도 아니에요. 잠시 다른 생각을 하느라 상무님이 오신 걸 몰랐어요. 아……. 시간이 벌써 이렇게 됐네요."

잠시 쉬려고 앉아 있었는데 10분이 훌쩍 흘렀다. 평소 재윤이 오는 시각까지 넋을 놓고 있었다. 죄송합니다, 라고 사과를 하고 룸으로 들어서려 하자, 재윤이 그녀의 팔을 붙들었다. 그녀가 눈에 띄게 흠칫했다. 재윤이 한 걸음 다가와 다현을 바라보았다.

"정말 무슨 일 있지?"

재윤이 무섭게 얼굴을 찌푸린 채 물었다. 다현은 잠시 갈등했다.

그에게 사실대로 말할까. 그러다 관두기로 했다. 별것 아닌 일로 걱정 끼치고 싶지 않았다.

"아무 일도 없어요. 오늘 몸이 안 좋나 봐요. 아직 상무실을 정리하지 못했어요. 어서 정돈하겠습니다."

"그건 본래 청소해 주시는 분들이 하는 거니까 됐어. 앉아서 쉬어."

"아뇨."

"고집피우지 말고. 가만히 앉아 있을래? 아니면 내가 직접 앉혀줄까?"

재윤이 어느 게 좋아, 라고 덧붙여 물으며 그녀를 빤히 쳐다보았다. 더 고집을 피웠다간 끌고 가서 의자에 앉힐 기세였다. 다현이 얌전히 자리로 돌아가 앉자, 재윤이 '잘하네.' 라고 말하더니 싱긋 웃었다.

"착한 애인에겐 선물을 줘야지."

재윤이 테이블 위에 종이가방을 올려놓았다. 다현이 자그마한 종이가방과 그를 번갈아 보았다.

"생각나서 샀어."

다현은 하얀 종이봉투 앞에 그려진 로고를 보았다. 그녀도 잘 아는 브랜드였다. 주얼리 브랜드로, 대체로 비싼 가격대였다.

"이건……."

"보자마자 다현이, 너한테 잘 어울릴 것 같아서."

"고마워요. 그렇지만 이렇게 번번이 받기만 하니까 미안해서요."

"내가 좋아서 주는 건데 뭐가 미안해? 그리고 어제 다현 씨가 잘 데려다줘서 빨리 극복했거든."

재윤이 평온한 얼굴로 미소 지었다. 어렸을 때부터 줄곧 들어온 말이었다.

'어른스러워야 해.'

그 말이 갇혀 그는 슬픔을 표현하는 데 인색했다. 가볍게 웃을지언정, 우는 법은 알지 못했다. 그러나 어제 다현의 말에 그는 처음으로 깊은 곳의 슬픔과 마주했고, 자신이 그다지 어른스러운 사람이 아니라는 것 또한 발견했다. 마음에 드는 결론은 아니었지만, 받아들이기로 했다.

'어른이 되었다고 해서, 감정에 무뎌졌다라는 건 아니니까요.'

그녀가 건넨 그 조심스러운 한마디에.

모두 다현의 덕분이었다.

다현이 머뭇거리자, 재윤이 박스를 풀어 팔찌를 꺼냈다.

"손목이 하얗고 가느다래서 이게 잘 어울릴 것 같더라."

재윤은 말을 하며 능숙하게 다현의 손목을 감싸 쥐었다. 그리고는 순식간에 끼워주었다.

"예쁘네."

하얀 손목에 가느다랗게 걸린 팔찌가 환하게 빛났다. 다현이 복잡한 표정으로 선물과 재윤을 번갈아 보았다. 고마움, 받기만 하는 미안함, 거절하기도 애매한 상황 등이 복합적으로 섞였다.

"주시는 거니까 감사히 받을게요. 대신, 다음에는 안 주셔도 돼요."

"생각해 볼게."

"상무님.

다현이 심각한 목소리로 그를 불렀다. 그가 선물을 주는 건 고맙지만, 이럴수록 자신과 그의 차이만 느껴지는 것 같아 불편하기도 했다.

그러자 재윤이 얼굴을 찌푸렸다.

"그러게 왜 전부 다 잘 어울리게 생겼어?"

"네?"

"나라고 사고 싶어서 산 줄 알아? 다 잘 어울리게 생긴 다현 씨, 너 때문에 벌어진 일이니, 본인이 책임져."

"……."

뻔뻔하리만치 당당한 그 말에 다현은 덜컥 말문이 막혔다.

"주는 대로 받아. 나도 열 번 참다가 한 번씩 생각나면 살 테니까. 어때?"

"……."

아니, 왜 그게 그렇게 되지?

다현이 복잡한 표정으로 재윤을 바라보았다.

"그럼 저도 상무님한테 잘 어울리는 게 있으면 선물해도 되나요?"

"아니."

"네?"

"전화를 해."

"……."

"영상통화면 더 좋고. 나한테 잘 어울리는 거 사려고 하면 아마 사채빚 쓰게 될 거야. 보다시피 안 어울리는 게 없어서. 그러니까, 그거 말고 나한테 영상전화를 걸라고. 그럼 내가 선물 받는 것보다 더 기쁜 마음으로 받을 테니까."

"……."

"영상통화하기 곤란하면 셀카를 보내도 돼. 그것도 귀찮으면 그냥 전화를 해도 되고. 그렇게 알고 있을게. 10분 뒤에 아메리카노 부탁해."

재윤이 제 할 말만 다 한 후, 멍하게 서 있는 다현을 등진 채 상무실로 들어갔다. 문을 닫고 들어간 재윤은 책상에 앉아 심각한 표정을 지었다. 그의 눈썹이 한곳으로 모였다. 그는 턱을 문지르며 자그맣게 중얼거렸다.

"남은 선물들 어떻게 하지……?"

아직 트렁크 안에 종이박스가 8개 더 남았다. 선물을 주면 좋다고 무작정 받는 여자가 아니다 보니, 선물할 때마다 어느 정도 시간 간격을 둬야 했다. 그게 아니면 이유를 만들던가.

그가 곤란한 표정을 지었다.

퇴근 후, 골목을 따라 걸어 올라가는 다현의 표정이 심각하게 굳었다. 가로등 불빛이 드문드문 켜진 골목을 올라가며 다현은 가방끈을 꽉 움켜쥐었다.

저벅저벅.

분명 조심스럽지만, 자신을 따라 올라오는 발소리가 분명했다. 일부러 골목을 돌아가도 마찬가지였다. 오랜 시간 스토킹을 당한 그녀는 발소리만 들어도 자신을 쫓는 건지 아닌지를 구별할 수 있었다. 요즘 들어 부쩍 그녀의 주변에 한 남자가 맴돌았다.

스토킹 신고를 하려고 해도, 그럴 만한 증거가 없는 상황이었다. 경험상, 먼저 말을 거는 것도 위험했다. 자신에게 관심을 가져준다고 생각하면 어떻게 돌변할지 모를 일이었다. 더욱이 인적도 드문 골목길인데.

어떻게 해야 하지.

다현이 입술을 깨물었다. 이럴 땐 다른 방법이 없었다.

하나, 둘, 셋.

속으로 숫자를 센 다현이 재빠르게 뛰었다. 단화가 탁탁 땅을 내리찍었다. 정신없이 달린 다현은 한참 후에야 멈춰 섰다.

"헉, 헉."

가슴이 터질 것처럼 숨이 헐떡였다. 주변에 아무도 없다는 걸 확인한 다현이 재빠르게 대문을 밀고 들어섰다. 그리고는 그 자리에 풀썩 주저앉았다.

스토커가 아닐지도 모르잖아…….

억지로 좋게 생각하던 다현이 입술을 사려물었다.

아니라도 무섭다. 이 상황이…….

다현의 얼굴이 조금씩 허물어져 내렸다. 라효와 사준이 걱정할까 봐 말할 수도 없고, 확실한 것도 아니니 바쁜 재윤에게 말할 수도 없었다. 경찰에 신고하려고 해봤지만 증거가 없었다. 자신에게 전화가 온 적도 없으니까. 그중 가장 큰 문제는 누군가에게 기대지 못하는 자신이었다. 혼자 버티고 살아온 시간이 길어서 기대는 법을 알지 못했다.

비척거리며 일어난 다현이 울 것 같은 얼굴로 집에 들어섰다.

한가한 주말, 재윤은 어이없다는 눈으로 라효와 사준을 쳐다보았다. 이런 상황이 벌어진 건 20분 전이었다.

다현 몰래 라효와 사준을 힘들게 불러낸 재윤은, 그들에게 뭐가 먹고 싶냐고 물었다. 그들은 주저하지 않고 '햄버거요!' 라고 소리쳤고, 곧장 재윤은 핸들을 돌려 햄버거 가게로 데려왔다. 건강 생각해서 수제버거집으로 데려왔더니, 녀석들은 '이 아저씨가 진리를 모르네. 햄버거는 맥, 롯, 버. 인 거 몰라요?' 라고 구식 취급을 해대는 통에 다시 맥 햄버거 가게로 차를 돌렸다.

먹고 싶은 만큼 눈치 보지 말고 사오라고 했더니, 두 녀석이 머뭇댔다.

'나, 돈 많은 거 자랑하려고 하는 거니까 어디 한도껏 긁고 와봐.' 라고 했더니, 한참 만에 쟁반 네 개를 갖고 2층으로 올라왔다. 재윤은 자신의 눈으로 보고도 믿을 수가 없었다. 한 손에 들려 있는 쟁반마다 음식이 가득 쌓여 있었다.

'대체…… 이거 몇 인분이야?'

'일곱 세트밖에 안 돼요.'

'이걸 다 먹는다고?'

'아저씨 꺼, 한 세트 있어요. 자, 여기요. 얻어먹는 주제에 너무 많이 살 순 없어서 조금만 샀어요.'

라효는 선심 쓴다는 듯 재윤의 앞에 햄버거 세트 하나를 내려놓았다. 그러고는 남은 여섯 세트를 게 눈 감추듯 순식간에 먹어치웠다.

이게 소야, 사람이야.

재윤이 막막한 눈으로 라효와 사준을 바라보았다. 그는 자신의 햄버거 세트를 탐내는 사준에게 건네주었고, 그는 못 이기는 척 받아 들어 한 번에 삼키듯이 먹어치웠다.

"그런데 아저씨, 한가해요? 왜 자꾸 우리 찾아와요? 또, 무슨 일이에요? 아저씨한테 후원 받는 거 감사한 마음으로 받고 있긴 하지만, 이렇게 막 불러내도 되는 건 아니라고요."

라효가 휴지로 입가를 닦으며 투덜댔다.

"그리고 미리 말씀드리지만, 저희 정말 열심히 운동하고 있어요. 아침에도 일찍 가서 운동하고, 저녁에도 운동해요. 못 믿겠으면 감독님께 전화드려서 확인하셔도 돼요."

투덜대면서 줄줄이 보고를 하는 라효를 보며 재윤은 픽 웃었다.

얘, 보다 보니 기태랑 하는 짓이 비슷하다.

재윤은 손을 들어 계속해서 보고를 하는 라효의 말을 중단시켰다.

"알아. 너희 열심히 하고 있는 거. 내가 궁금한 건 그게 아니고, 너희 누나 일이야."

"우리 누나, 왜요?"

"너희 요즘 누나 속 썩여?"

"아뇨. 우리같이 착한 동생들이 어딨다고요."

라효가 말 같지도 않은 소리 말라는 듯 투덜댔다.

"요즘 피곤해하는 것 같아서……."

"피곤해요? 하긴, 요즘 좀 날카롭긴 하죠. 조금만 작은 소리 나도 놀라고, 말수도 좀 줄고……. 어디 아파 보여서 물어봤더니 아픈 건 아니래요."

"꼭 그때랑 비슷한 거 같아."

사준이 콜라를 마시며 덧붙였다.

"언제?"

"그때 있잖아. 그 미친놈 나타났을 때. 누나 따라다니던 스토커."

"야, 그 이야기를 왜 해?"

라효가 듣자마자 버럭 화를 냈다.

"그냥 생각나서 한 말이야."

사준이 화내지 말라는 듯 침착하게 손을 들어 그를 말렸다.

"그때 말은 꺼내지도 마."

라효가 얼굴을 확 찌푸렸다. 재윤은 라효와 사준의 이야기를 가만히 들었다.

스토커가 나타났던 때와 상태가 비슷하다니.

재윤은 음료수를 마시며 그다지 큰 관심 없는 척 물었다.

"그때 너희도 같이 살 때였어?"

"아뇨. 저희는 그 일이 있고 나서 살게 됐는데, 그때 누나가 지금처럼 그랬거든요. 작은 거에 놀라고, 벨소리 싫어하고, 밤잠 좀 설치고……. 그러고 보니 이상한데?"

차분하게 대답하던 사준이 의아한 표정으로 라효를 바라보았다. 그도 심각한 표정을 지었다. 아니라고 부인하기엔 다현의 상태가 확실히 이상했다.

음료수를 쥔 그의 손에 힘이 실렸다. 그가 라효와 사준을 찾아온 이유도 이것 때문이었다. 다현이 상태가 묘하게 이상했다. 분명 이전처럼 말도 잘하고, 일도 잘했지만 어딘가 넋이 나간 사람 같았다. 전화가 오면 심하게 놀랐고, 말을 걸 때마다 그녀의 어깨가 심하게 움찔하는 게 보였다. 무슨 일이 있냐고 몇 번이나 물었지만, 다현은 '피곤해서 그렇다'라는 말로 둘러댔다. 혹시나 하는 마음에 라효와 사준에게 물으러 온 것이었다.

"다시 그 새끼가 나타난 거면 죽여 버릴 거야."

라효가 새빨개진 눈으로 중얼거렸다.

"나도."

사준이 질세라 대답했다. 축구를 못하게 되는 한이 있어도, 사준은 다현을 지킬 생각이었다. 그들에게 다현은 부모이자, 형제이자, 친구였다. 그땐 어려서 아무것도 돕지 못했지만, 이젠 도울 수 있는 체력이 생겼다. 라효와 사준이 의지를 다졌다.

그사이 재윤은 얼마 전 정신과를 하고 있는 친구를 만났다가 우연히 들은 스토커 일화를 떠올렸다.

'스토커들은 다른 타깃을 찾기 전까지, 그전 상대를 포기하지 않는 경우가 많아. 끝까지 집요하게 찾아내는 거지. 문제는 상태가 심각한데도 경찰들도 어떻게 해줄 수가 없어서 포기하는 경우가 많다는 거지. 그래서 의외로 우리나라엔 밝혀지지 않은 스토커 피해자들이 많아.'

다현에게 만약 그런 일이 벌어진 거라면…….

재윤의 표정이 와그작 구겨졌다.

한 테이블에 앉은 세 남자의 얼굴에서 묘한 살기가 피어올랐다.

아니라고 외면하고 있지만, 다현은 자신의 주변으로 벌어지는 일들이 예사롭지 않다는 걸 느끼고 있었다.

출근하는 길에 따라붙는 시선, 이따금씩 걸려오는 낯선 번호의 전화. 퇴근할 땐 기분 탓인지 자신의 등 뒤로 졸졸 따라오는 걸음을 느꼈다.

다현은 스토커에게 일절 관심을 주어서는 안 된다는 걸 기억해 낸 후부터 모조리 무시하고 있지만, 불안함이 사라지는 건 아니었다.

그나마 다행스러운 건 예전처럼 사랑한다는 메시지가 오거나, 편지함에 익명의 편지가 담겨 있지 않다는 거였다.

물론 이게 시작이라면 곧 오겠지만…….

이불을 덮고 누운 다현이 이리저리 뒤척거렸다. 밤도 깊었고, 몸도 고된데 왜인지 잠이 오지 않았다. 또다시 옛날 꿈을 꿀까 봐 겁이 났다.

"누나, 자?"

방문 너머로 들리는 라효의 목소리에 다현이 움찔했다.

"아니. 왜?"

"잠시 들어가도 돼?"

"응."

다현이 일어나 앉자마자 라효와 사준이 커다란 덩치를 밀고 문으로 들어섰다. 그러다 끼었는지 서로 노려보았다.

"야, 넌 뭐 먹고 덩치가 이렇게 커?"

"너랑 똑같거든? 비켜."

라효와 사준은 투닥거리며 다현의 앞에 앉았다.

"무슨 일이야? 또 배고파?"

라효와 사준은 늦은 밤, 다현에게 라면을 끓여달라고 하는 경우가 종종 있었다. 그게 아니면 비빔국수를 해달라고 하기도 했다. 다현은 당연히 그런 건 줄 알았다.

"누나, 걱정하지 마! 내가 지켜줄게!"

"어! 나도!"

갑작스레 이런 말을 들을 줄은 추호도 몰랐기에 다현은 멍한 얼굴로 둘을 바라보았다.

"갑자기 왜 이래?"

다현이 비장한 표정의 똑같은 두 얼굴을 번갈아 보며 물었다.

"누나가 요즘 힘들어 보여서. 혹시…… 누나 따라다니던 그 미친놈 다시 나타난 건 아니지?"

라효의 물음에 다현의 표정이 미묘해졌다. 한참 만에 아니, 라고 답했지만 라효는 반신반의하는 얼굴이었다.

"만약 그런 일이 생긴다면, 이제 우리가 다 알아서 할게. 그러니까 아무 걱정 하지 말고, 자! 꿈에서도 우리가 지켜줄게!"

"……."

정말 말도 안 된다. 꿈에서 지켜주다니.

그러나 거듭된 라효의 '지켜줄게'라는 말에 거짓말처럼 마음이 놓이기 시작했다. 다현이 둘을 보았다. 그리고 보니 쬐끄마하던 두 녀석이 얼마 사이에 더 쑥 자란 느낌이었다. 축구가 아니라, 배구를 하는 게 아닐까 싶을 정도로 체격이 커졌다. 둘은 호랑이도 한 손으로 때려눕힐 기세로 '이제 우리 두 사람이 이 집에 있으니까, 안심해. 무서우면 같이 자줄까?'라고 심각하게 물어서 다현을 웃게 만들었다.

"알았어. 걱정 안 할게. 가서 자."

"괜찮은 거 맞아?"

라효가 한풀 꺾인 목소리로 물었다.

"응. 정말로 괜찮아."

"퇴근할 때 연락해. 버스 정류장 앞에 나갈 테니까. 출근할 땐 사준이가 데려다주고, 퇴근할 땐 나한테 연락하면 돼. 그리고 시장갈 땐 꼭 우리랑 같이 가야 해. 친구 만나러 갈 때도 우리가 데려다줄게. 시킬 거 있으면 언제든지 시켜. 그리고……."

자세한 계획을 읊던 라효의 말문이 순간 막혔다. 다현이 라효와 사준을 끌어안았다. 거의 매달리다시피 한 거지만.

"우리 동생들, 다 컸네. 갑자기 든든해지면서 힘이 불끈불끈 난다. 고마워."

"아, 뭐, 이런 걸 가지고. 부끄럽게, 하, 참, 나."

라효가 멋쩍어하는 티를 풀풀 냈다.

"정말 고마워. 내 동생들."

"……고마우면 걱정하지 말고 자. 예전처럼 잘 웃고."

"응. 알았어."

다현이 한결 풀린 얼굴로 대답했다. 화사하게 웃는 다현을 보며 라효와 사준도 마음의 짐을 내려놓은 듯 편안한 표정을 지었다.

"어서 가서 자. 내일 일찍 축구부 모임 있잖아."

"같이 안 자도 돼?"

"너희 몸부림에 누나가 죽을걸?"

"그건 좀 그렇지?"

라효와 사준이 민망해하며 자리에서 일어났다. 다현은 '잘 자, 내 꿈꿔' 라며 손을 흔드는 사준을 보며 마지막 웃음을 터트렸다.

라효와 사준 덕분일까. 끙끙 앓던 마음이 한결 놓이더니 며칠 만에 잠을 푹 잤다. 알람 소리에 일어나 눈을 비비며 문을 열고 나오던 다현이 멈칫했다. 덩치 큰 두 녀석이 자신의 방문 앞에 이부자리를 펴놓고 잠들어 있었다. 좁은 데 둘이 나란히 붙어 자는 게 힘들었는지 이부자리가 엉망진창이 되어 있었다.

라효의 발에 배가 눌린 사준이 고통스러운 얼굴로 끙끙 앓고 있었다.

"여기서 왜 이러고 있는 거야?"

다현이 라효의 다리를 한짝 들어 낑낑대며 아래로 내려놓았다. 그러자 사준의 얼굴이 한결 풀렸다.

"왜 여기서 자고 있어? 라효야! 사준아! 일어나야지! 여기 추운데 왜 자고 있어? 응?"

다현이 라효와 사준의 몸을 한참 두드렸다. 그러다 금세 다현이 손을 말아쥐고서 끙 앓았다. 때리는 손이 더 아프다.

이게 몸이야, 돌이야?

운동하고 나서 부쩍 온몸이 근육질로 변한 라효와 사준 때문에, 때려서 깨우기도 쉽지 않았다. 다현이 안 되겠다 싶어 라효의 귀에 대고 '라효야!' 하고 소리치자, 그가 눈을 번쩍 떴다.

"아, 깜짝이야. 누나. 왜 갑자기 그렇게 크게 내 이름을 부르고 그래? 놀랐잖아. 아침부터. 몇 시야, 지금?"

"이제 일어날 때 됐어. 덩치 큰 너희들이 이렇게 누워 있으니까 화장실을 갈 수가 없잖아. 너희 왜 여기서 잠자고 있어? 큰 방 놔두고."

"혹시 나쁜 놈이 집에 쳐들어올까 봐서. 누나 걱정돼서 여기 잤어."

"……"

"우리 방이 안쪽에 있어서 우리가 소리를 못 들을 수도 있으니까. 누나?"

횡설수설 말을 잇던 라효가 머리를 벅벅 긁다 말고 다현을 불렀다. 다현은 멍한 얼굴로 그들을 바라보았다. 동그란 눈에 서서히 물기가 어렸다.

"왜 울어! 왜! 무슨 일인데! 누가 울렸어!"

라효가 버럭 소리쳤다.

"왜! 누가 울어!"

뒤이어 사준이 벌떡 일어나 눈도 못 뜬 채 소리쳤다. 다현은 그런 둘을 보며 입술을 깨물었다. 자신이 걱정되어 문 앞에서 잠들었다는 그 말에 가슴이 찡했다.

세상이 이런 천사들이 어딨을까.

"감동적이라서."

다현이 눈을 빠르게 깜빡이며 말했다.

"하아, 놀랐잖아. 뭐 이런 걸로 그러고 그래?"

라효가 멋쩍은 얼굴로 입술을 삐쭉거렸다.

"고마워. 너희가 있어서 너무 좋다."

다현이 자신도 모르게 고백했다. 왠지 이 말을 꼭 해주고 싶었다.

"나도 누나 사랑해."

사준이 여전히 눈도 못 뜬 얼굴로 머리 위로 큰 하트를 그렸다.

"누나도."

다현이 감동받은 얼굴로 말하자, 사준이 씩 웃었다.

"왜 아침부터 이런 분위기야? 소름 끼치게."

라효가 부끄러운 듯 자리에서 벌떡 일어나며 투덜댔다. 다현이 안아주려 했으나, 라효는 날렵하게 빠져나가 화장실로 뛰어갔다. 문을 닫으려다 말고 라효가 흘깃 다현을 보았다.

"뭐, 나도 누나를 안 사랑하는 건 아냐."

라효가 고개를 휙 돌렸다.

"어? 라효, 너 귀가 빨간데."

"몰라! 이 자식아!"

라효가 사준에게 버럭 소리치곤 화장실로 휙 들어갔다. 그러자 사준이 심각한 얼굴로 다현을 바라보았다.

"저거, 사춘기인가 봐. 쯧."

사준의 말에 다현은 품, 하고 웃음을 터트렸다.

"데려다줄 거라니까."

"학교 가. 누나 괜찮아."

"괜찮기는 뭐가 괜찮아. 밤에 잠도 못 자면서."

라효가 버럭버럭 성질을 내며 바지 주머니에 손을 푹 찔러 넣었다. 다현이 출근하려 하자 라효가 따라붙었다. 정말로 따라올 기세를 보이자 다현이 그의 앞을 막아섰다.

"라효야."

"어."

건성으로 대답하며 라효는 주변을 살폈다. 낌새가 이상한 놈이 없는지 살피는 얼굴이었다.

"저 새끼, 표정이 구린데?"

"……네 표정이 더 심각해."

다현이 한숨을 내쉬며 라효를 쳐다보았다. 라효는 지나가는 모든 남자들을 흉흉한 얼굴로 노려보았다. 덩치가 큰 라효의 눈빛에 겁먹은 사람들이 눈을 내리깔더니 빙 둘러 사라졌다. 다현은 다시 한 번 라효를 붙들었다.

"얼굴로 동네 주민들한테 싸움 걸지 말고."

"내가 뭘."

"어휴. 하여튼 등교해."

"싫어."

"등교하는 게 좋을걸?"

라효와 다현의 대화 사이에 낯선 목소리가 불쑥 끼었다. 차에서 내린 재윤이 싱긋 웃으며 다현과 라효 사이로 다가왔다.

"상무님."

"아저씨?"

둘의 아는 체에 재윤이 웃었다.

"다현 씨는 내가 데리고 갈 테니까, 넌 등교하는 게 좋을 것 같은데."

"아저씨가 우리 누나를 왜 데리고 가요?"

"같은 곳에서 일하니까?"

"……아, 그래도 내가 데려다줄래요."

"버스 정류장보단 저 차로 편하게 회사까지 가는 게 낫지 않을까?"

재윤의 말에 라효가 차를 흘깃 보았다.

저 차는 언제 보아도 눈에 확 들어온다.

재윤의 차를 인터넷에 슬쩍 검색했다가 가격을 확인하곤 턱 빠질 뻔한 차였다. 그때 재윤이 입으로만 떠들던 '돈 많아'가 확실한 사실이라는 걸 알았다.

"그래. 라효야. 누나, 저 차 타고 출근할게."

다현은 라효가 마음 편하게 일찍 학교로 가길 바라는 마음에서 차를 가리켰다. 그러자 라효가 묘한 표정으로 다현과 재윤을 번갈아 보았다.

"누나, 혹시……. 아, 아냐. 나중에 집에서 이야기해. 알았어. 그럼 난 먼저 등교할게. 아저씨, 우리 누나 잘 데려다줘요. 안전속도 준수해서요. 우리 누나 다치면 가만히 안 있을 거예요."

"라효야. 예쁜 자세로 말해야지."

다현의 말에 라효가 바지 주머니에 푹 찔러 넣고 있던 손을 스윽 뺐다. 뒤따라 집에서 나온 사준이 상황을 스윽 보더니 라효의 옆에 섰다. 그러더니 두 손을 공손히 모으고는 고개를 숙였다.

"부족한 우리 누나를 잘 데려다주시길 바랍니다. 여러모로 부족하지만, 시키는 건 잘하고 응용력도 좋습니다. 그리고 착하고, 무엇보다 예뻐요. 어디 가도 보기 드문 여자예요. 그러니 소중하게 대해주세요."

사준의 장난스런 말에 재윤이 소리 내어 웃었다.

"야! 우리 누나가 뭐가 부족해! 난 우리 누나 엄청 좋은 집에 시집보낼 거야! 시집살이 없고, 돈 많은 집에!"

"그래. 그 집이 우리 집이라니까."

재윤의 말에 라효가 고개를 홱 돌리더니 노려보았다. 내버려 뒀다간 더 시끄러워질 것 같아, 다현은 라효와 사준을 먼저 보냈다. 그리고 재윤을 보았다.

"여긴 어쩐 일이에요?"

"아침부터 보고 싶어서."

"……."

이 남자는 자신의 감정을 말하는 데 주저함이 없다. 다현이 민망한 얼굴로 눈을 깜빡였다. 그는 시원하게 미소 지으며 하늘을 보았다.

"오는 길에 보니 날이 좋더라. 당분간 내가 데리러 올까 하는데, 어때?"

"아뇨. 괜찮아요."

"나도 괜찮으니 데리러 오는 걸로 해. 카풀한다고 생각해. 기름 한 방울 안 나오는 나라를 위해 애국한다고 생각하자고."

아니, 무슨 카풀을 반대방향 거주자끼리 하니.

다현은 어이없다는 눈으로 재윤을 바라보았다. 그가 미소 지으며 고개를 비스듬히 기울였다. 눈이 부시다. 다현은 자신도 모르게 눈을 내리깔았다.

"어서 타."

재윤이 운전석에 올라탔다. 이왕 여기까지 온 사람을 홀로 돌려보낼 수 없어서 다현은 조수석에 올라탔다.

"고마워요."

다현이 미안한 듯 웃자, 재윤이 별말을, 이라고 대답하며 사이드 미러를 보았다. 방금 전까지 다현의 집 앞에 멈춰 서 있던 자동차가 자신의 뒤를 따라오고 있었다. 차의 번호를 확인한 재윤의 표정이 미묘하게 굳었다.

퇴근 시간이 다가오자 다현의 전화가 빗발쳤다. 사준에게서 온 전화였다. 재윤은 재윤대로 데려다주겠다고 나섰다. 사업 확장으로 재윤의 일이 눈코 뜰 새 없이 바빠졌다는 걸 알고 있는 다현은, 사준이 회사 앞까지 데리러왔다고 말했다.

"정말이야?"

재윤이 책상에 걸터앉은 채 물었다.

"네."

"그럼 사준이 올라오라고 해."

"교복 입은 녀석이 회사 드나들면 사람들이 이상하게 생각할 거예요."

"사준이가 안 온 건 아니고?"

웃으며 건넨 재윤의 말에 다현이 뜨끔했다. 아무래도 자신은 거짓말에 능숙하지 못한 모양이었다.

"……왜 갑자기 저를 데려다주시겠다고 나서시는 거예요?"

"누가 예뻐서 훔쳐 갈까 봐 그래."

"……."

"그러니까 내가 미리 잘 지키고 있어야지."

"……정말 꾼이죠?"

다현이 심각한 표정으로 물었다.

"아니면 선수?"

다현이 한 번 더 물었다.

"말했잖아. 다현 씨 마음에 드는 종목 선수였으면 좋겠고, 이왕이면 그 경기에서 금메달감이었으면 좋겠다고."

재윤의 말에 다현의 입술이 길게 늘어났다. 재윤이 손을 뻗어 그녀의 손을 거머쥐었다. 손가락 사이로 손가락이 밀고 들어오는 부드러운 감각에 등허리가 짜릿했다. 다현의 눈동자가 흔들리는 걸 바라보던 재윤이 바라보았다. 눈 한 번 깜빡이기 아깝다는 듯이.

"데려다줄게. 그래야 내 마음이 편할 것 같아서 그래."

재윤이 나지막한 목소리로 말했다. 그리고는 팔을 끌어당겨 그녀를 끌어안았다. 맞닿은 심장이 쿵쿵 뛰어댔다.

티를 내지 않으려 애썼는데, 혹시 알게 된 건가.

다현은 재윤이 스토커를 겪던 후유증에 시달리고 있는 걸 모르길 바랐다. 재윤이 다현의 몸을 떼어내곤 그녀를 물끄러미 바라보았다.

"같이 가."

"상무님. 그래도……."

쪽.

입술이 맞닿았다 떨어졌다. 눈 깜빡할 사이에 이루어진 입맞춤이었다.

"그, 그래도……."

다시금 재윤의 입술이 다현의 입술을 막았다. 이전보다 길어졌다. 다현이 거절하려 할수록, 재윤은 입술로 그녀의 입을 막았다. 이전보다 더 길고, 농밀하게. 세 번쯤 더 거절한 후 다현은 이전보다 숨을 쌕쌕거렸다.

"어때? 또 거절할 거야?"

다현이 고개를 가로저었다. 내버려 뒀다간 하루 종일 입을 맞출 기세였다. 다현이 포기한 표정을 짓자 재윤이 싱긋 웃었다. 그는 원하는 걸 참 쉽게 이루어냈다. 재윤이 앞서 걸으며 다현의 손을 거머쥐었다.

❖

재윤 덕분에 편하게 귀가한 다현은, 얼른 그를 보냈다. 자신을 데려다준 게 사치일 정도로 그는 바쁜 상태였다. 귀가한 그녀는 쌍둥이 동생들에게 걱정하지 말라는 연락을 했다. 쌍둥이들은 어떻게 귀가했는지, 문은 잠그고 있으라는 둥, 갖은 잔소리를 쏟아부었다. 마지막엔 '곧 갈게! 현관문 잠그고, 집에 있어!' 라는 말로 마쳤다.

통화를 마치고 나니 귀가 아팠다. 라효는 쉴 틈 없이 잔소리를 퍼붓고, 그 곁에 선 사준까지 말을 보태니 나중엔 무슨 말을 하는지 알아듣지 못했다.

모처럼 일찍 마친 데다 쌍둥이들이 없는 틈을 타 집 청소를 했다. 빨래를 돌리고, 아침에 미처 하지 못한 설거지를 한 후, 음식물 쓰레기를 정리했다. 음식 쓰레기봉투를 들고서 밖으로 나오던 다현이 멈칫했다.

'누나, 절대로 나가지 마! 알았지?'

라효의 신신당부가 생각났다.

다현이 손에 들린 음식 쓰레기봉지를 보았다. 날이 따뜻해 집 안에 두면 냄새가 난다. 냉동실에 넣기엔 찝찝하고. 미뤄둘 수 없어서 다현은 현관문을 밀었다.

아주 잠시니까, 빨리 버리고 와야지.

음식물을 통에 담고서 대문을 밀고 나섰다. 오늘이 아니면 며칠 기다려야 하니까. 다현이 막 음식물 쓰레기통을 내려놓고 집으로 들어가려 할 때였다.

턱!

대문이 닫히다 말고 중간에 걸렸다. 순간 등 뒤가 싸했다. 실제로 바람이 불었다. 돌아가지 않는 목을 힘겹게 돌린 다현은 자신의 앞을 가로막고 선 남자를 보았다.

누구세요, 라는 말이 나오지 않았다.

가로등 불빛에 남자의 얼굴이 보이지 않았다. 그러나 이 남자가 누군지 단박에 알아챘다. 얼마 전부터 계속 자신의 근처를 얼쩡거리던 그 남자였다. 실루엣에 가려진 새까만 얼굴에 다현이 뒷걸음질 쳤다.

'지은아.'

머릿속 소리다.

'지은아, 나야. 나.'

알면서도 그 목소리는 계속되었다. 이 남자가 스토커가 아닐지도 모른다고 생각하면서도 숨이 턱 막혔다.

"성다현 씨."

남자가 자신의 이름을 부른 순간, 다현이 주춤거리며 물러섰다. 도망쳐야 한다는 걸 알면서도 찬물을 한 바가지 뒤집어쓴 것처럼 온몸이 굳었다. 과거의 기억에 발목이 붙들렸다. 다현이 주춤거리며 한 발자국 물러서려 하자, 남자가 그녀의 손목을 거머쥐었다.

다현이 가까스로 그의 손을 뿌리쳤다. 그러나 그 검은 손은 다시금 허공을 가르고 다가왔다. 다현은 자신을 향해 다가오는 손을 눈도 깜빡하지 못하고 바라보았다.

숨이 막힌다. 그날의 기억들이 모조리 살아나 짓눌렀다.

안 돼, 안 돼.

다현의 빈 입술이 벙긋거렸다. 남자의 손이 그녀의 팔을 거머쥐기 직전이었다.

쾅!

"윽!"

갑작스런 소음과 함께 남자의 몸이 벽에 처박혔다.

"당신, 뭡니까?"

남자의 팔을 꺾은 재윤이 그를 노려보았다.

"재윤 씨?"

다현이 나지막한 목소리로 그를 불렀다. 재윤이 처음 보는 낯선 얼굴로 남자의 얼굴을 노려보고 있었다.

"묻잖아, 뭐냐고."

언제 정중했냐는 듯 재윤이 날이 선 목소리로 물었다.

"뭐야!"

"누나!"

익숙한 목소리가 들렸다. 다다다 달려오는 거친 발소리가 끝나기가 무섭게 라효와 사준이 재윤과 남자를 번갈아 보았다.

"아저씨, 무슨 일이에요?"

사준이 모처럼 소리쳤다.

"잘 만났다. 이번엔 너야?"

라효가 팔을 걷어붙이더니 험악하게 달려들었다.

"자, 잠시만요! 오, 오해예요!"

벽에 처박힌 남자가 소리를 질렀다.

"오해? 네가 맞아봐야 오해라는 말을 안 하지!"

"저, 기자입니다!"

"네가 기자면 나는 대통령이야! 이 새끼야!"

라효가 앞뒤 구분하지 못하고 달려들었다.

"정말이에요! 제 지갑 보시면 되잖아요! 확인해 보세요!"

재윤이 남은 한 손으로 남자의 뒷주머니에 꽂혀 있는 지갑을 꺼냈다. 재윤이 지갑을 라효에게 집어 던졌다. 신분증, 각종 카드를 확인하던 라효가 마지막에 뽑아든 명함을 보고 묘한 표정을 지었다.

"전송신문 강도욱 기자?"

라효가 바닥에 떨어진 그의 신분증 속 이름과 명함 이름, 사진, 남자의 얼굴을 확인했다.

"……맞는데요? 기자 같은데요?"

라효의 말에 재윤이 한숨을 내쉬며 남자를 풀어주었다.

"역시."

그가 넥타이를 잡아당기며 중얼거렸다. 그는 여러 가지 가능성을 생각해 두고 있었다. 다현을 다시 찾아온 스토커이거나, 혹은 자신 때문에 냄새 맡은 기자들이 나섰을 거라 여겼다. 둘 다 아니길 바랐지만, 후자였다.

재윤이 곤란한 표정을 짓다 다현을 보았다. 그녀가 여전히 겁에 질린 얼굴로 상황을 지켜보고 있었다. 재윤이 다가가 다현의 손을 거머쥐었다. 움찔한 다현이 재윤의 얼굴을 보고야 자그마한 한숨을 내쉬었다.

"기자? 와, 이 새끼. 기자면서 스토킹까지 한 거야? 경찰에 신고할 거야!"

라효가 버럭 소리치며 휴대폰을 꺼냈다.

"누가 스토킹을 했다는 거야! 취재 중이었어!"

"아니라는 증거 있어?"

라효가 버럭 소리쳤다.

"증거?"

기자가 당황했다. 그사이 라효가 '이런 미친놈'이라며 욕을 퍼붓기 시작했다. 재윤이 손을 들어 라효를 말렸다.

"일단 사람들이 쳐다보니 따로 자리를 옮겨서 이야기를 하죠. 동의하겠습니까?"

재윤이 묻자, 기자가 고개를 끄덕였다. 그거야말로 자신이 바라던 바였다. 창피하게 이 꼴로 고등학생이랑 싸우느니, 어디라도 좋으니 자리를 옮기고 싶었다.

"우리도 갈래요!"

라효와 사준이 발표하듯 손을 번쩍 들었다.

"너희는 빠지는 게 좋을 거 같은데."

기자가 아픈 팔을 빙빙 돌리며 인상을 찌푸렸다.

"그쪽은 빠지고요. 만에 하나 그쪽이 나쁜 짓이라도 하면 어떻게 해요? 우리 누나는 우리가 지켜요!"

라효가 서슬 퍼런 눈으로 말하자, 기자가 잔뜩 화난 표정을 지었다.

재윤이 라효와 사준을 바라보다 다현을 쳐다보았다. 그녀가 동행하고 싶다는 듯 고개를 끄덕였다.

"같이 가죠."

재윤의 말에 기자는 못마땅한 표정으로 고개를 홱 돌렸다.

인근 카페로 자리를 옮긴 다섯 사람은, 차분하게 대화를 진행했다. 기자는 엉망진창이 된 자신의 지갑에서 명함을 꺼내 일일이 한 장씩 돌렸다. 명함 그대로 전송일보의 기자이며, 한 제보자의 제보에 의해 두 사람이 교제 중이라는 소식을 접해서 취재 중이었다고 했다. 어느 정도 자료가 모여 증거를 보이며 사실 확인을 하려던 차에, 이런 일이 벌어졌다고 말했다.

"그럼 왜 내게 먼저 이야기하지 않고, 다현 씨를 찾아간 겁니까?"

재윤이 다리를 꼰 채 기자를 무표정하게 바라보았다. 싱글싱글 웃으며 능글맞게 대화를 나누던 평소와 확 다른 분위기에 라효와 사준의 입이 딱 다물렸다.

"김재윤 상무님에 대해선 익히 들었습니다. 사람을 다루는 데 능하신 분이라, 원하는 쪽으로 계약 성사시키기로 유명하다고 들었습니다. 그런 분에게 먼저 접근하는 것보다, 여자분이 훨씬 더 편하다고 생각했습니다."

기자가 차분하게 대답했다.

"그럼 오늘 아침에 우리를 따라오던 차량, 그쪽이죠?"

"네."

기자가 당당하게 대답했다.

"한 기업의 CEO도 아니고, 사람들에게 알려진 공인도 아닌 제가 왜 이런 스캔들에 휘말려야 하는지 모르겠군요. 불쾌하고, 불편합니다만?"

재윤이 기자를 향해 단도직입적으로 자신의 뜻을 드러냈다.

"그건…… 상무님이 동신그룹의 아드님이시니까요."

"아들이지, 내가 동신그룹의 CEO는 아닐 텐데요? 일개 상무의 연애를 궁금해한다라, 뭔가 이상하군요."

"그건……."

"한 재벌가의 아들이 비서와 연애 중이라는 가십거리가 필요한 거 아니였습니까? 헤어지기 전에 얼른 한몫 잡자. 그런 거."

"……."

재윤의 정곡에 기자는 잠시 침묵을 지켰다. '역시 눈치 빠르시네.' 라고 중얼거리더니, 이전과 다른 표정으로 상무를 쳐다보더니 등받이에 등을 댔다.

"잘 아시네요. 아시는 분이 그렇게 티를 내고 다니면 어쩌십니까? 그러게, 처신을 잘하셨어야죠. 해도 급에 맞게 연애를 하셔야 욕 덜 먹는 거 모르세요? 요즘 인터넷 세상이 얼마나 시끄러운데, 이런 연애를 하고 그러세요? 그게 싫으면 적당히 연애하다가 꼬리 밟히기 전에 헤어지셨어야죠. 하긴, 뭐……. 길게 이야기 안 합니다. '재벌가의 아들, 비서와 연애하다 헤어져' 라는 기사 보기 싫으면 여기로 입금하세요. 내가 고생한 거 있으니, 깔끔하게 5천으로 갑시다."

기자가 재윤에게 내민 명함을 뒤집었다. 그러자 손으로 쓴 계좌번호, 은행, 계좌주가 적혀 있었다. 계좌주는 다른 이름이었다.

전문적인 놈이네.

재윤이 웃으며 명함을 챙겼다.

"그러죠. 대신 일주일만 시간을 주시죠."

"일주일이나요? 삼 일로 합시다. 그 안에 입금하시면 써놨던 기사는 삭제시키겠습니다만, 아니면 아시죠?"

기자가 씩 웃더니 자리에서 일어났다. 라효와 사준이 욕을 하며 덤벼들려 하자, 다현이 그 둘을 말렸다. 기자가 라효에게 잡혔던 멱살을 탁 털며 노려보았다.

"아아. 천만 원 더 보내셔야겠네요. 이런 버릇없는 녀석 때문에 몸이 안 아픈 곳이 없거든요. 병원에 가서 제대로 검진 받아야 할 것 같으니, 6천만 원 입금하시길 바랍니다."

기자가 재윤에게 말하고는 라효를 쳐다보았다.

"버릇없이 굴지 마. 쬐끄만한 것들이. 커서 뭐가 되려고."

기자가 혀를 끌끌 차더니 휙 돌아섰다.

"뭐래. 나보다 작은 게."

라효가 기자를 내려다보며 주먹을 꽉 움켜쥐었고, 사준이 라효가 욱해서 튀어나가지 못하도록 그의 어깨를 꽉 움켜쥐었다. 라효의 기세에 움찔한 기자가 헛기침을 하며 서둘러 카페를 빠져나갔다.

"아저씨, 지금 뭐 하는 짓이에요? 이게 대체⋯⋯."

라효가 소리치다 말고 멈칫했다. 명함을 쥐고 있던 재윤의 손이 확 안으로 말려들었다. 그의 명함이 순식간에 파삭 구겨졌다. 순식간에 확 달라진 분위기에 라효와 사준이 눈을 끔뻑거리며 재윤을 바라보았다. 그가 매서운 눈으로 1층을 내려보았다. 기자가 자신의 차에 올라탔다.

"너희 누나와 잠시 이야기하고 싶은데, 자리 좀 비켜줄래?"

"아저씨."

"부탁할게."

재윤이 정중하게 말했으나, 그의 눈빛과 목소리엔 거스르기 힘든 힘이 실려 있었다. 어른 남자의 낯선 기세에 밀린 라효가 입술을 꽉 깨물었다.

"라효야."

다현이 그를 부르고서야, 라효와 사준이 먼저 귀가하겠다며 집으로 돌아갔다. 두 녀석이 사라진 후, 다현과 재윤은 마주 앉아서도 한참이나 말이 없었다.

"왜 아무 말도 안 해?"

재윤이 얼음이 다 녹은 잔을 들며 물었다.

"그러는 상무님은요?"

"할 말은 많은데, 무슨 말부터 해야 할지 감이 안 잡혀서."

"저도 그래요."

"……."

"그럼 저부터 물을게요. 거기 왜 계셨어요? 30분도 더 전에 헤어졌잖아요."

다현의 물음에 재윤이 등받이에 등을 댔다.

"둘러대 봤자 안 통할 테니 편하게 말할게. 얼마 전부터 네가 불안해 보였거든. 혹시나 전에 말한 스토커일지도 모른다고 생각했어. 출근하던 중에 차한 대가 따라붙기도 했었고. 스토커든 기자든 최대한 일을 빨리 해결하는 게좋으니까."

재윤의 고백에 다현의 표정이 흐릿해졌다.

보이지 않는 곳에서 자신을 지켜주고 있을지 몰랐다.

"……일은요?"

"차에서 하고 있었지."

"……."

"보디가드를 붙여놓을까 했는데, 아무래도 마음이 편하지 않아서."

재윤의 덤덤한 말에 다현이 울컥하고 솟구친 감정을 꿀꺽 삼켰다. 며칠간스토커에 시달리고 있을지도 모른다고 생각했다. 자신은 티 내지 않는다고생각했는데, 자신을 사랑하는 모든 사람들은 다 눈치채고 있었다.

미안하고, 또 미안한데……. 그러면서도 고맙다.

다현의 눈에 눈물이 고였다.

"……눈치챘다고 나한테 말하지 그랬어요?"

다현이 작아진 목소리로 중얼거리듯 말했다.

"알리고 싶어 하지 않는 것 같아서. 확실하진 않았을 테니 말하기 어려웠겠지."

그의 말이 맞았다. 걱정 끼치고 싶지 않아, 꾹 눌러 참고 있었다.

"……이해해 줘서 고마워요."

다현이 메인 목소리로 말했다. 고통스러운 순간을 지나치자 느껴진다. 자신의 주변에서 보내주는 거대한 사랑을.

"나는 늘 받기만 하는 것 같네요."

다현이 고개를 숙이며 중얼거렸다. 자신이 아무리 주려고 노력해도, 재윤이 주는 것에 비해 보잘것없이 느껴졌다.

작고, 초라한 사랑이라는 게 이런 건가.

다현의 손끝이 자연스럽게 시든 꽃처럼 안으로 말려들었다.

"난 너한테 받은 게 너무 많아서 어디서부터 열거를 해야 할지 모르겠는데, 너는 없다고 말하네."

재윤의 말에 다현이 고개를 들었다.

"나도 같은 생각 중이거든. 너한테 받고만 있다고."

"……."

"네가 아니었으면 직면하지 못했을 수많은 감정들, 수많은 깨달음. 또 감정들까지. 난 늘 너한테 배우고 있어. 그러니까 그런 소리는 관둬."

"……."

재윤의 말에 다현의 입술에 옅은 미소가 맺혔다.

"그리고 그렇게 고마우면, 우리 이 사태에 대해 진지하게 의논을 했으면 하는데."

재윤이 구겨진 명함을 가리켰다. 잠시 잊고 있었던 다현은 짧게 '아.' 소리를 냈다. 다현은 재윤을 바라보았다. 그는 눈도 깜빡이지 않고 그녀를 바라보았다.

"나는 성다현 씨와의 교제를, 내가 하는 일 중 가장 진지하게 생각하고 있어."

그건 그녀도 마찬가지였다. 다현이 마른 목을 축이려 잔을 들었다. 그녀가 커피를 한 모금 마실 때였다. 머리 위로 그 말이 떨어진 건.

"그래서 말인데, 일이 이렇게 된 김에 결혼해. 우리."

다현은 제 귀를 의심했다. 현실감이 없는 말이라 다현은 '네?' 라고도 되묻지 못했다.

"상무님."

다현이 딱딱하게 그를 불렀다.

"재윤 씨에서 왜 갑자기 상무님이야?"

"갑자기 결혼…… 이라니요?"

"갑자기?"

재윤이 인상을 쓰며 되물었다.

"성다현 씨는 나랑 연애하면서 결혼에 대해 한 번도 생각해 보지 않았나 봐?"

"그건 아니지만, 연애한 지 얼마 되지 않았고……."

"충분히 알 만큼 아는 것 같은데."

"……."

"내가 전에도 말했을 텐데. 나는 이렇게 누군가를 좋아해 본 거 처음이라고."

"……."

"성다현 씨 놓치면 결혼 못 할 건 자명한 일이니, 일찍 할까 해. 인생, 그리 길지도 않을 테니 이왕이면 좋은 사람과 오래오래 행복하고 싶은데."

"……."

거침없는 재윤의 말에 다현의 머릿속이 아득해졌다.

"그리고 결혼하고 싶다는 생각은 늘 했지만, 방금 제대로 결심했어. 이 결혼 꼭 해야겠다고."

"그렇죠. 6천만 원이 크긴 하죠."

다현이 작게 중얼거렸다. 입막음으로 기자에게 6천만 원을 주느니, 6천만 원으로 결혼식을 치르는 게 빠를 거다. 물론 재벌가의 결혼식 비용으로는 터무니없이 적긴 하겠지만. 그런데 지금 내가 무슨 생각을 하는 거지. 다현이 멍하게 생각했다.

"누가 6천만 원 때문이래?"

재윤의 목소리에 처음으로 날이 섰다. 다현이 쳐다보자, 재윤이 화가 난 표정을 짓고 있었다.

"돈 때문에 결혼하자고 할 사람처럼 보여?"

"……."

"너, 혼자 떨고 있었잖아."

"……."

"새하얗게 질린 얼굴로, 혼자서 꾸역꾸역 버티고 있었잖아."

대문에서 다현을 붙잡은 남자를 밀친 순간, 그 틈으로 다현의 얼굴을 보았다. 절망을 마주한 사람처럼 하얗게 굳은 그녀는 툭 치면 바스라질 것 같았다. 다현을 잃을 수도 있겠다는 찰나의 생각에 그의 가슴이 철렁 내려앉았다.

생각보다, 아니. 감히 잴 수 없을 정도로 좋아하고 있구나. 이 여자를 곁에서 평생 지켜주고 싶다.

깨달음은 한순간이었다. 그 때문에 힘 조절을 하지 못해 남자의 얼굴을 더 벽으로 밀쳤다. 이대로 이 여자를 데리고 어디론가 가서 꽉 안아주고 싶었다. 불안함이 다 달아날 때까지. 그리고 귀에 속삭여 주고 싶었다.

괴로운 마음을 차라리 자신에게 달라고.

"나는 지금 우리한테 있는 이 작은 거리감조차 싫어. 무슨 일이 생기면 서로가 다 알 수 있는 거리에 있고 싶어."

"지금 이거 진심으로 하는 청혼인가요?"

다현이 넋이 나간 얼굴로 물었다.

아니, 무슨 청혼을 이런 상황에서 해?

"맞아."

"……."

"다음에 제대로 된 프러포즈 할 테니까, 대답해 줬으면 좋겠어."

"지금요?"

여전히 다현이 넋이 나간 얼굴로 물었다.

"지금 하면 좋고."

"……."

다현이 멍한 얼굴로 쳐다보았다. 정신이 하나도 없었다. 스토커인 줄 알았던 사람은 기자였고, 그 기자는 스캔들을 빌미로 돈을 요구하고 떠났다. 그 후에 프러포즈를 받았다. 이토록 다이내믹한 하루가 있을까.

"……조금만 생각할 시간을 주세요."

"길게는 못 줘."

"하루면 돼요. 그럴 거예요. 아마도."

"알았어."

재윤이 고개를 끄덕였다. 다현이 이제 집에 가요, 라고 말하며 자리에서 일어났다.

"거절하면 또 할 거야."

다현이 그를 쳐다보았다. 그의 얼굴이 평소처럼 느긋하게 풀려 있었다.

"프러포즈 말이야. 거절하면 또 하고, 또 할 거라고."

네가 할 대답은 어차피 하나밖에 없어.

그가 매끈한 얼굴로 그렇게 말하고 있었다.

"벌써 출근하니?"

선 여사가 시계를 보며 재윤에게 말을 걸었다.

"네."

"밥은?"

"생각 없어요."

재윤이 고개를 가로젓자, 그의 머리카락이 부드럽게 날리었다.

저렇게 인물이 좋은데, 왜 혼자일까.

선 여사는 속상한 표정으로 재윤을 쳐다보았다. 재윤보다 성격 안 좋은 강재도 떡하니 결혼했는데, 재윤이 저러고 혼자 있으니 더 마음 쓰였다.

"재윤아. 넥타이 꼴이 이게 뭐니?"

선 여사가 재윤에게 다가가 그의 넥타이를 고쳐 매주었다. 이렇게 다닐 애가 아니었기에, 선 여사는 더욱 의아했다. 선 여사의 손이 재윤의 재킷을 털었다.

"재윤아. 엄마가 조바심에 조심스럽게 물어보는 건데 말이야."

"네."

"너도…… 풀잎남이니?"

"……네?"

"그, 있잖아. 요즘 연애와 결혼을 하지 않고 자기 계발에 애쓰는 남자들을 풀잎남이라고 부르던데."

"초식남 말씀하시는 것 같네요."

재윤이 픽 웃으며 대답했다.

"아, 그래. 그거. 너도 나이 들어봐. 듣고 돌아서면 까먹고 그런다. 너, 초식남이니?"

"아뇨. 아니에요."

"다행이구나. 너, 그러지 말고 선이라도 보는 게 어때? 엄마가 여태껏 기다려 줬잖아. 언제까지 이러고 혼자 있을 거야? 젊을 땐 괜찮지. 나이 들어봐. 나이 들수록 외로워. 어쨌든 배우자가 있어야 조금 덜 외롭고, 그런 거야. 엄마 말 헛으로 듣지 말고, 응?"

"이렇게 사는 게 편해요."

"재윤아. 너, 정말 그럴래?"

"어떤 며느리를 원하시는 거예요? 전 정략결혼 질색이에요."

"누가 나 좋다고 며느리 들이려고 하는 거니? 다 네가 좋았으면 해서 그러지. 네가 원하는 사람이면 엄마는 다 좋다. 정략결혼 아니라, 연애결혼해도 좋으니까 여자 만나봐."

"좋은 여자 만났는데 집안이 별로면 어쩌려고요?"

"그게 무슨 상관이야. 네가 선택한 여자면 엄마는 누구든 좋다."

"……다 좋다고요?"

재윤의 눈빛이 미묘하게 달라진 걸, 선 여사는 알아채지 못했다.

"그럼. 당연하지. 엄마는 네가 좋다고 하는 사람이면 다 좋아."

이젠 아무 여자라도 괜찮았다. 연애까지 뚝 끊긴 탓에, 선 여사는 이러다가 재윤이 영영 혼자가 될까 봐 겁이 났다. 괜찮은 여자라면 누구든 찬성할 준비가 되었다.

재윤의 입가에 미소가 그려졌다.

"왜 갑자기 웃고 그래?"

"그 말씀 기억해 둘게요. 제가 좋아하는 여자면 찬성하신다는 그 말씀이요."

"왜? 요즘 만나는 여자라도 있니?"

선 여사가 눈을 반짝이며 물었다. 재윤의 연애 소식만 들어도 마음이 놓일 것 같았다.

"아뇨. 이제 만날 수 있는 여자의 범위가 넓어졌으니 차근차근 찾아볼까 해서요."

"그래. 잘했다. 좋은 생각이야. 선자리 잡을까?"

"아뇨. 자리 말고 자연스럽게 만나보려고요."

"그래. 뭐든, 네가 마음 끌리는 대로 하렴."

"어머니."

"응?"

"이젠 조금 아프네요."

재윤의 말에 선 여사가 아차 한 표정을 지었다. 기분이 좋아져 재윤의 어깨를 너무 세게 탁탁 턴 모양이었다. 선 여사가 민망한 얼굴로 손을 거둬들였다. 재윤은 싱긋 웃으며 신발을 신고 나섰다. 그러다 계단에서 묘한 표정으로 자신을 바라보고 있는 강재와 눈이 마주쳤다. 재윤이 싱긋 웃자, 그가 고개를 가로저었다.

저 좋은 머리를 쓸데없는 데 사용하고 있군.

강재가 속으로 중얼거렸다. 재윤은 다현과 교제 중임에도 어머니에게 일

언반구 하지 않았다. 오히려 다현을 만나면서 여자에게 더욱 관심없는 척을
해, 어머니의 속을 끓였다. 선자리마다 번번이 불참하니 이젠 주선자조차 난
처한 기색을 보이는 바람에, 어머니는 더욱 급해졌다. 이 시점을 정확히 노
리고 있었다. 그것도 모르는 어머니는 재윤의 덫에 덜컥 걸렸다.

아주 오래전부터 준비한 전략일 게 틀림없었다.

징그러운 새끼.

강재는 상큼하게 웃으며 나가는 재윤을 보며 얼굴을 찌푸렸다.

재윤의 손가락이 초조하게 핸들을 두드렸다. 웃는 상의 그가 얼굴을 찌푸
린 채 사이드 미러를 보았다. 평소와 같은 출근길인데 예민해지고, 자꾸만
휴대폰으로 시선이 향했다. 아침부터 다현에게 전화가 올 리 없다는 걸 알면
서도 혹시나, 하는 마음이 들었다.

이렇게 초조할 줄 알았다면, 제대로 청혼하는 건데. 아예 거절하지 못하
게 회사 로비에서 청혼할걸. 아니, 더 거절하지 못하도록 라효와 사준을 청
혼에 끌어들이는 건데.

그의 망상이 점점 커져갔다.

청혼할 땐 거절당해도 마음 아프지만 괜찮다고 생각했다. 조금 더 연애하
다가 한 번 더 청혼하면 되니까. 그런데 막상 청혼하고 대답을 기다리는 입
장이 되니 숨 쉴 때마다 피가 바짝바짝 말랐다.

그러나 출근한 그는 언제 그랬냐는 듯 초조한 표정을 감추었다.

"좋은 아침."

재윤이 평소처럼 다현에게 미소를 지었다.

"상무님."

"아직 업무 시작 전인데 왜 상무님이야?"

재윤이 웃으며 물었다. 그러나 그의 눈동자는 여전히 초조했다.

"드릴 말씀이 있어요."

다현이 고요한 눈으로 재윤을 바라보았다. 무슨 생각을 하는지 전혀 알 수 없는 그 얼굴을 보자 가슴이 철렁 내려앉았다.

"여기서 할 이야기는 아닌 것 같은데?"

"네."

"들어와."

재윤이 먼저 상무실에 들어서자 다현이 그 뒤를 따랐다. 그는 일부러 소파에 앉아 다현을 바라보았다. 다현은 잠시 고민하다가 맞은편 자리에 앉았다.

"일찍 대답드리는 게 좋을 것 같아서요."

"그게 좋긴 하지."

조금이라도 수명을 더 유지하려면. 지금도 피가 바짝바짝 말라가니 말이다.

재윤이 뒷말을 삼키며 다현을 바라보았다. 그녀는 마른 주먹을 움켜쥐었다.

"저는 정말 상무님을, 아니. 재윤 씨를 좋아해요. 제가 처음으로 제대로 연애를 해볼 만큼요. 그런데 아직 결혼은 모르겠어요. 죄송합니다. 청혼은…… 못 들은 걸로 할게요. 만약, 이런 제 결정에 곤란하시다면, 그런 거라면……."

"그만."

재윤이 차갑게 다현이 말을 가로막았다. 이대로 뒀다간 저 융통성 없는 여자가 헤어지자고 말할 것 같았다. 그랬다간 자신이 어떻게 나올지 모른다. 재윤은 잠시 숨을 깊게 들이마셨다.

청혼을, 거절당했다.

다현에게 여러 번 차여서 내성이 생긴 줄 알았는데, 전혀 생기지 않은 모양이다. 상무실 안이 고요했다.

"……나가봐. 무슨 말인지 알겠으니까."

"죄송해요."

다현이 고개를 푹 숙였다. 재윤은 그런 다현을 복잡한 표정으로 바라보았다.

"알았어."

재윤의 말에 다현이 자리에서 일어났다. 다시 한 번 고개를 숙인 후, 그녀가 나갔다. 홀로 상무실에 남은 재윤은 넥타이를 풀었다. 아침부터 회의가 있고, 어젯밤에 정리 중이던 해외 사업 진출 건에 대한 정리를 마무리해야 한다는 걸 알면서도 그는 멍하게 천장을 바라보았다.

길을 가다가 얻어맞아도 이것보단 덜 충격적이겠다.

한참 멍하니 앉아 있던 재윤이 휴대폰을 들어 어디론가 전화를 걸었다.

—무슨 일이야? 딱 진료시간에 맞춰 전화하는 건 어느 나라 예의야?

정신과 전문의 친구 주완의 목소리가 날카로웠다.

"여자가 청혼을 거절하는 심리는 대체 뭐야?"

—……뭐?

길 가다가 미친놈을 만난 것처럼, 주완은 의아한 목소리로 물었다.

"무릎을 꿇지 않아서? 반지를 주지 않아서?"

—갑자기 무슨 소리야? 너, 청혼받았어? 아니. 청혼받았으면 이런 걸 안 묻겠구나. 뭐야, 너 정말 여자한테 청혼했다가 차였어?

재윤이 침묵을 지키자 주완이 방정맞은 웃음을 터뜨렸다.

—야, 와. 올해 들어 들은 소식 중에 제일 신난다. 한참 웃었네. 청혼했다가 차였어?

"청혼을 거절하는 심리는 뭐냐고."

쓸데없는 소리 하지 말고 제대로 대답하라는 투에, 웃음을 거둔 주완이 말을 꺼냈다.

—여러 가지가 있겠지만 확신이 없을 수도 있고, 대표적으로 환경 변화에 대한 부담감이지. 그게 아니면 심리적인 부담일 수도 있고. 좋으니까 결혼한다라는 남자와 달리, 여자는 먼 미래까지 생각해. 변화할 미래가 현재보다

좋지 않다고 판단했겠지. 그러게 좀 잘하지 그랬냐?

"현재보다 좋지 않다고 판단……."

재윤이 기가 차다는 듯 소리를 냈다. 그는 말이 새어나가지 않도록 입단속을 시킨 후 통화를 마쳤다. 자리에서 일어난 재윤은 탁, 소리나게 옷을 정돈했다. 정신이 혼미하지만, 그는 애써 다잡았다.

"괜찮아. 청혼은 계속하면 되니까."

재윤은 애써 표정을 갈무리하며 집무용 책상에 앉았다. 그러나 그는 태블릿을 거꾸로 쥐고 있다는 것조차 인지하지 못했다.

퇴근 후, 집에서 설거지를 하던 다현이 멍하게 싱크대를 바라보았다. 자신이 청혼을 거절한 후, 재윤은 생각보다 멀쩡해 보였다. 다행이라는 생각과 미안한 마음이 뒤엉켰다. 그러면서 아주 조금 기분이 이상했다. 괜히 이런 쓸모없는 생각을 할 바엔, 다른 거라도 찾자 싶어 다현이 고개를 돌렸다.

집이 텅 비었다. 라효와 사준은 시험 기간을 앞둔 터라 공부를 하겠다며 며칠간 야간 자율 학습에 참석하기로 했다고 했다. 스토커 건도 무사히 해결되었으니 마음 놓은 모양이었다.

그러고 보니 그 신문기자는 어떻게 되는 거지.

그 사람에게 정말 돈을 지불해야 하는 건가. 마음 같아선 다현이 돈을 주고 싶지만, 6천만 원은커녕 1천만 원의 여웃자금도 없었다. 자신과 쌍둥이 동생의 보험금과, 월세, 생활비, 학비 등을 내고 나면 쌍둥이 동생들의 대학 학비 모으기도 빠듯했다.

삐리릭. 삐리릭.

방으로 들어가 통장을 확인하는데 벨이 쉴 틈 없이 울렸다. 다현이 부랴부랴 현관문을 밀고 나갔다.

"네. 나가요."

대문까지 나간 다현이 문을 향해 손을 뻗다 말고 멈췄다.

"누구세요?"

"나야."

익숙한 목소리에 다현이 대문을 열었다. 그러자 우뚝 서 있는 재윤이 보였다. 가로등 불빛에 역광이라 그의 얼굴이 자세히 보이지 않았다. 어둠이 눈에 익자, 서서히 그의 모습이 제대로 눈에 들어왔다.

굳은 눈동자, 꽉 다물린 입매, 뭔가를 참는 듯 꽉 쥔 주먹.

그보다 더 눈이 가는 건 젖은 그의 머리였다. 다현이 주변을 둘러보았다. 비 한 방울 오지 않았는데 왜 그의 머리는 젖어 있는 걸까.

"감기 걸리겠어요."

어찌 되었거나 젖은 머리가 신경 쓰인 다현이 말했다. 손을 뻗자 차가운 머리카락이 느껴졌다.

"왜 이러고 왔어요? 비 온 것도 아닌데……."

"머리 감자마자 뛰어왔어."

다현이 왜 그랬냐는 눈으로 재윤을 바라보았다.

"샤워하다가 도저히 지금 안 물으면 견딜 수가 없을 것 같아서. 현재보다 좋지 않다고 판단한 이유가 뭐야?"

"네?"

뜬금없는 말을 꺼내는 재윤을 다현이 멍하게 바라보았다. 그러다 손을 뻗어 그의 이마를 짚었다.

아직 감기는 안 걸린 것 같은데 왜 이러지.

재윤이 자신의 이마를 짚은 다현의 손을 잡아 내렸다. 그리고는 그 손을 꽉 움켜쥐었다. 거절당해도 괜찮다고 하루 종일 생각했다. 그러다 샤워하는 도중에 터졌다.

왜 자신이 거절당해야 하는지 알 수가 없었다. 아니, 아무리 생각해도 거절할 만한 이유가 없었다.

"이유를 알아야 개선할 수 있잖아. 라효와 사준이가 말하는 대로 집안, 외모, 학벌, 직업, 성격 빠지는 거 하나 없는데 왜 거절하냐고. 다시 청혼할 때 참고하려고 하니까 상세하게 읊어봐."

재윤이 날카롭게 눈을 뜨고서 말했다.

"……결혼할 만큼 좋아하지 않는다는 그 말만 빼고."

한 톤 낮아진 목소리로 작게 덧붙인 그 말에 다현이 입술을 깨물었다. 그 말 한마디에 가슴이 다시금 철렁 내려앉았다. 별 볼일 없는 자신에게 청혼하는 것만으로도 그는 많은 노력을 했다. 그 마음이 더욱 깊다는 것 또한 알고 있다.

"재윤 씨, 좋은 사람이에요. 앞으로 오랜 시간 두고 보고 싶을 정도로."

다현이 조용한 목소리로 대답했다. 왠지 모르게 울음이 나올 것 같아, 다현은 잠시 말을 멈추었다.

"그런데, 왜?"

"내가…… 재윤 씨에게는 맞는 사람일지 몰라도, 동신그룹의 상무님에게는 걸맞은 사람이 아니라서요."

다현이 힘겹게 한마디를 꺼냈다. 재윤이라는 사람 옆에 어울리는 사람일지 몰라도, 동신그룹의 상무 옆에 어울리는 사람은 아니라는 걸 그녀는 잘 알고 있었다. 자신이 아무리 노력해도 타고나길 다르게 타고났다. 마음만으로 괜찮다는 그 말이 얼마나 지속될까. 지속된다고 하더라도, 자신은 재윤에게 늘 미안한 마음일 거다.

"지금도 재윤 씨의 도움을 이만큼이나 받는데, 결혼해선 어떻겠어요? 원하지 않아도 지금보다 더 많은 도움을 받겠죠. 그때마다 재윤 씨에게 고마워하고, 미안해하고……."

그러다가 작아진 스스로를 보며 괴로워할 테고.

"그래서, 다음에도 내가 하는 청혼을 거절할 거라는 말이네."

다현은 침묵으로 긍정했다.

"……내가 동신그룹의 상무인 이상 계속 거절하겠다는 거고."

"미안해요."

다현이 결국 고개를 떨구었다. 재윤과 함께 할 때 그녀는 미묘한 이질감을 느꼈다. 그가 누리는 것들, 하는 것들, 그가 어울리는 사람들까지……. 그녀는 살면서 한 번도 본 적 없는 것들뿐이었다. 그 모든 간극을, '사랑' 그 하나로 메울 수 없었다. 결혼은 현실이니까.

"그럼 내가 회사 관둘까?"

"재윤 씨!"

다현이 화를 내듯 소리쳤다.

"그럼 내가 어떻게 할까?"

"……."

"타고나길 동신그룹의 자식으로 태어났는데, 그건 나한테 차별 아냐? 그건 나도 어떻게 할 수 없는 부분이잖아."

"……."

"그리고 아무것도 안 하고 왜 포기해? 왜 해보지도 않고 도망치냐고!"

그의 말에 반박할 말이 없었다. 긴 한숨을 내쉬니 재윤이 그녀의 손을 놓았다. 순간, 다현의 가슴이 철렁 내려앉았다. 고작 손 하나 놓았을 뿐인데 마음이 아프다.

"후, 난 성다현이 하는 청혼 거절 안 받아들여. 동신그룹이 부담스러운 거 이해해. 나도 가끔 내 위치가 부담스러울 때 있으니까. 그렇지만 결혼을 못할 정도의 장벽이라고는 생각 안 해."

정수리로 떨어진 그의 말에 다현이 고개를 들었다. 재윤이 냉기 띤 눈으로 다현을 똑바로 쳐다보았다.

"그러니까 청혼 거절을 철회하고 싶을 때, 철회해."

"……."

"그리고 그동안 서로 노력해 봐. 사실은 뭘 어떻게 해야 할지 전혀 모르겠지만, 성다현이 느끼는 그 불안함과 불편함을 줄여보도록 해보자고."

"재윤 씨."

"그래. 내가 김재윤이야. 성다현한테 상무님에서 재윤 씨로 불리기 시작한 대단한 그 남자. 전에도 말했다시피 너한테 결혼 이야기하기까지 나도 쉬운 결정 아니었어."

"……."

"난 내가 결혼해야 할 여자가 성다현이라는 걸 확신했고, 그 확신을 현실로 이룰 거야. 원하는 건 끝까지 다 이뤘으니까, 이것도 되겠지."

다현은 자신을 올곧게 바라보는 재윤의 눈을 바라보았다. 다현의 손끝이 움찔했다. 모든 고민을 내려놓고 재윤의 손을 잡고 싶은 충동이 들었다.

"내일 봐."

재윤이 굳은 얼굴로 돌아섰다.

"머리는 말리고 가요."

다현이 다급하게 재윤의 소매를 붙들었다. 그러자 재윤이 잡힌 옷자락과 미안한 표정을 짓는 다현의 얼굴을 번갈아 보았다.

"내 머리 말려주고 싶으면, 청혼 거절 철회해."

"……."

"나는 나와 결혼할 성다현한테만 내 머리 맡길 거니까."

재윤의 말에 다현이 마른침을 삼켰다. 재윤은 다현의 손을 떼어낸 후 홱 돌아섰다. 분명 당당하게 걸어가는데 이리저리 흔들리는 것처럼 보여 마음이 아팠다.

다음 날 퇴근한 다현은 침울한 얼굴로 카페 창밖을 바라보았다. 출근 후 하루 종일 재윤과 제대로 된 말 한마디 나누지 못했다. 평소보다 외출이 많기도 했지만, 그가 다현을 따로 부르지 않았다. 다현도 그의 눈치를 보느라 다가가지 못했다. 그러다 보니 어느새 퇴근시간이 되었다. 재윤은 인터폰으로 '먼저 퇴근하세요.' 라고 딱딱하게 말한 게 끝이었다.

다현이 우울한 표정으로 고개를 떨구었다.

"설마 그러고 자는 건 아니지?"

들리는 목소리에 다현이 고개를 들었다. 나은이 핸드백을 내려놓으며 맞은편 자리에 앉았다.

"아냐."

두 사람은 함께 식사를 하고, 종종 어울려 차를 마시다가 친구처럼 가까워졌다. 사회생활에서 친구는 없다고 믿은 다현으로선 나은의 존재는 소중했다.

"그런데 얼굴색이 왜 이래? 사귄다는 남자랑 싸웠어?"

다현이 미리 시켜놓은 커피를 들며 나은이 물었다.

"아니. 반대야. 청혼받았어."

"그런데?"

놀랄 만도 한데, 나은이 덤덤하게 되물었다.

"안 놀라?"

"왜 놀라? 설마, 여자한테 청혼받았어? 아니면 유부남한테? 그런 거면 좀 놀랄게. 정신 차리라고 욕도 해줄 수 있어."

"아냐. 미혼 남자야."

"그럼 놀랄 일 아니네. 결혼 적령기의 남녀가 결혼 이야기를 주고받는데 왜 놀라? 그리고 표정은 왜 그렇고? 거절했어?"

다현이 흠칫했다.

"혹시 나은 씨 조상 쪽으로 예언하는 분이나 미래 같은 걸 보는 분이 있는 건……."

"없어. 남의 조상 무당 만들지 마. 이런 농담 재미없어. 그리고 뻔한 거 아냐? 청혼 이야기가 나왔는데 우거지상이면 보나마나 거절한 거거나, 거절당한 거겠지. 전에 남자의 집이 잘산다고 하더니 역시나 그게 문제야?"

다현이 놀라 굳은 얼굴로 나은을 쳐다보았다. 그러자 나은이 눈썹을 치켜올리며 '이 정도 추론은 누구나 다 해.'라고 말했다.

"그리고?"

"이미 나은 씨가 말 다 해서, 내가 더 할 말이 없어."

"아아. 이게 문제다? 거절하면 끝이잖아. 헤어졌어?"

"아니. 계속 만나고 있어."

"대체 뭐가 문제야?"

나은이 이해가 안 간다는 듯 되물었다. 그녀는 시원시원하다못해 무서울 정도로 칼같은 면이 있었다. 그런 나은에게 다현의 고민은 그다지 깊게 와닿지 않았다.

"그냥, 마음이 안 좋아서."

"헤어질 거야?"

"……그러고 싶지 않은데."

다현이 작은 목소리로 중얼거렸다. 하지만 이대로 영원히 사귈 수도 없는 일이다. 그가 원하면 헤어지는 수밖에 없다.

헤어진다.

그 사실을 생각하자, 가슴 끝이 시리다. 시린 마음은 점점 온 마음을 점령해 갔다.

"뭐 하는 거야, 지금?"

"……그러게."

다현이 작게 중얼거리며 스트로우를 물었다. 자신이 뭘 하는지 모르겠다.

나은이 모호한 표정으로 다현을 쳐다보았다. 자신만큼 칼같은 성격은 아니지만, 다현은 대체로 똑 부러지는 결정을 했다. 일적으로도 그랬고, 처음으로 연애를 한다고 했을 때도 생각보다 긴 고민을 하지 않았다. 그런 그녀도 결혼을 앞에 두니 혼란스러워 보였다. 나은은 그런 다현을 조금 이해해 보기로 했다. 자신도 딱 한 번의 연애를 할 때 자신이 아닌 것처럼 혼란스러웠던 적이 있었다.

더군다나 결혼이다. 결혼이 제2의 인생 터닝포인트라는 말이 괜히 있는 게 아닐 테니.

"확신이 없어?"

나은이 한풀 꺾인 목소리로 물었다.

"그런 것도 있고…… 무섭기도 하고."

다현이 테이블을 멍하니 바라보며 차분하게 말을 꺼냈다. 마음속에 날리던 먼지들이 가라앉자 자신의 마음이 또렷하게 보였다.

"다른 것보다도…… 내가 그 사람의 발목을 잡을까 봐 겁나."

곱지 않은 사람들의 시선은 아무렇지 않았다. 다만, 자신이 재윤에게 짐이 될까 봐 겁이 났다. 더 조건 좋은 결혼을 해서, 승승장구하는 게 낫지 않을까, 하는 생각도 들었다.

"그건 그 남자의 선택이야."

나은이 차갑게 말했다. 다현이 나은을 바라보았다.

"그 남자라고 미래에 벌어질 일들을 고민해 보지 않았을까? 그 모든 것들을 감안하고도 청혼했다면, 다현 씨가 그만한 가치가 있다는 말이잖아. 그리고 후회든, 잘한 선택이라고 칭찬하든 그건 그 남자의 선택이야. 그 남자의 미래까지 다현 씨가 고민할 필요 없어. 다현 씨가 고민해야 할 건, 다현 씨의 선택이야."

"……."

"그 사람이 틀린 선택을 했을까 봐, 미리 겁먹지 말라고. 어차피 완벽한 선택 같은 건 없어. 마음 가는 대로 해. 이래서 안 되고, 저래서 안 된다고 변명해도 계속 기분이 찜찜하다면 보통 마음이 원하는 반대의 선택을 했을 때일 거니까."

"……."

"그리고 말이 나왔으니 하는 말인데, 난 하고 싶은 건 다 해. 죽으면 끝이니까. 죽어서 저승사자 잡고서 '나 저 남자랑 결혼하고 싶었단 말이에요.' 라고 하면 돌아갈 수 있을까? 그리고 그 한은 다현 씨만의 몫일까? 그 남자도 마찬가지일걸. 그러니 잘 생각해 봐."

나은의 말에 다현이 혼란스러운 표정을 지었다.

죽으면 끝이니까.

참 단순한 말인데, 섬뜩하기도 했다.

다현의 고민이 깊어졌다.

❖

다현이 버스 창가에 머리를 댄 채 창밖을 바라보았다. 그녀는 가만히 자신의 마음을 바라보았다.

결혼하면 쌍둥이들은? 재윤의 화려한 생활을 버틸 수 있을까? 회장님 내외가 반대할 일은? 그 모든 난관을 뚫고 결혼할 수 있을까?

수많은 생각이 거품처럼 차올랐다. 이윽고 그 거품이 꺼지자 상처받은 재윤의 얼굴이 떠올랐다. 다현이 입술을 깨물었다.

나는…… 대체 어쩌고 싶은 거지?

다현이 조심스럽게 스스로에게 물었다. 다시금 안 되는 이유들이 치고 올라왔다. 모든 이유를 가져다 대도, '결혼, 그거 그냥 하고 싶다.'라는 마음 앞에서 바스라진다.

조금 더 그 사람이고 싶고, 조금 더 함께이고 싶다.

그렇게 생각한 순간 마음에 남아 있던 별 볼일 없는 감정들이 후두둑 떨어져 사라졌다. 깨달음은, 그토록 순식간이었다. 그의 선택을 따르고 싶어졌다.

코끝이 찡해진 다현은 훌쩍거리며 버스에서 그에게 문자를 보냈다.

[잠시 시간 되세요?]

문자를 썼다 지우길 반복하던 다현이 마침내 한 문장을 전송했다. 얼마 지나지 않아 [응]이라는 간결한 답이 왔다. 마치 자신의 연락을 기다렸던 사람처럼.

버스에서 내린 다현이 길을 가다 말고 얼굴을 찌푸렸다. 뭐라고 대답해야 하나 고민하는 사이 전화가 걸려왔다.

[재윤 씨]

다현이 목을 가다듬은 후, 휴대폰을 귀에 가져다 댔다.

―무슨 일이야?

재윤이 평소보다 굳은 목소리로 물었다.

"내일 점심때 시간 되세요?"

다현은 모처럼 재윤의 주말 점심시간이 비어 있다는 걸 알고 있었다.

―된다는 건 성다현 씨가 더 잘 알겠지. 무슨 일이야?

"내일…… 뵀으면 해서요."

―안 좋은 소리면 안 나가.

재윤이 선수쳤다.

"안 좋은 말 아니에요."

―그럼?

"내일 뵙고 말씀드릴게요."

휴대폰 너머에서 야트막한 한숨 소리가 들렸다. 그와 동시에 다현이 미안한 표정을 지었다.

그에게도 쉽지 않았을 결정.

그 말이 가슴에서 뱅뱅 돈다. 그건 그의 선택이고, 다현은 자신만의 선택을 하기로 했다.

―알았어. 어디로 가면 돼?

"내일 집으로 오실래요? 직접 밥 차려주고 싶어서요. 라효와 사준이랑 같이 먹어요."

―……우리가 함께 하는 마지막 밥상이에요. 이거 먹고 내 집에서 나가요. 이런 거면 미리 거절이야.

그런 일이 생기면 먹은 걸 다 뱉어낼 기세로 그가 단호하게 말했다.

"아니에요."

다현이 재윤의 뼈있는 농담에 옅게 미소를 지었다.

―후우, 알았어. 내일 봐.

통화를 마친후 다현은 휴대폰을 바라보았다. 다현이 숨을 깊게 들이마셨다. 그리고는 가다 말고 어둠이 깃든 밤하늘을 바라보았다.

"뭘 해도 후회, 안 해도 후회면……. 그런 거라면 원하는 걸 해야지."

다현이 다짐하듯 중얼거렸다. 창가에 비친 그녀의 얼굴에 단호한 빛이 어렸다.

❖

"오늘 누구 생일이야?"

라효가 프라이팬에 가득한 불고기를 보며 물었다. 오늘 아침부터 장을 보러 나갔다 온 다현은 그때부터 쉬지 않고 요리를 하기 시작했다. 요리 솜씨가 좋지만, 바쁜 탓이 자주 못 하던 그녀였다. 더군다나 무슨 일인지 자신과 사준조차 외출 못 하게 막았다.

"내 생일인가."

방에서 불쑥 튀어나온 사준이 중얼거렸다.

"네 생일 아직 네 달 남았거든? 누나, 대체 무슨 일이야? 말 안 해줄 거야?"

"좀 있으면 알게 돼. 조금 있으면 손님 올 거야. 옷 제대로 챙겨 입어. 시간 많이 뺏지 않을 테니까 점심 먹고 운동하러 가."

라효와 사준이 조르듯 다현에게 물었지만, 그녀는 끝내 대답하지 않았다. 12시 30분이 되자 한상 가득 차려졌다. 잡채, 불고기, 월남쌈, 각종 나물 등 엄청난 양의 반찬이 상을 가득 채우고 있었다. 그리고 1시가 되자, 한 남자가 집으로 들어섰다.

몸에 맞춘 듯 근사한 슈트, 말끔한 헤어스타일, 어디 가서 보기 힘든 잘생긴 외모까지. 머리부터 발끝까지 귀티가 나는 그를 라효와 사준이 미묘한 표정으로 바라보았다.

"저 아저씨가 왜 우리 집에 와?"

"어서 오세요."

깜짝 놀란 라효와 달리 사준은 마치 알고 있었다는 듯 능청맞게 인사를 건넸다. 당황한 건 그들만이 아니었다. 재윤은 부엌에 한 가득 차려진 맛깔스러운 밥상, 라효, 사준, 마지막으론 다현을 바라보았다. 그는 금세 상황을 눈치챈 듯 빙긋 웃으며 들어섰다.

"여기 앉아요."

다현이 재윤을 가장 앉기 좋은 자리로 안내했다.

"누나가 말한 손님이야."

"그래. 그러니까 이 아저씨가 우리 집 현관문을 열고 들어왔겠지. 그런데 왜 왔는데?"

"라효야. 사준아."

다현이 진지한 눈으로 그들을 바라보았다. 둘이 겁먹은 얼굴로 다현을 바라보았다.

"뭔데 그런 목소리로 우리를 불러?"

"여기 있는 상무님, 그러니까 이분. 누나랑 교제하는 분이야. 그러니까…… 연애하는 사이. 누나가 이 아저씨, 좋아해."

다현의 말을 끝으로 집 안이 고요해졌다. 세 남자의 시선이 단번에 다현에게로 쏠렸다. 라효는 3초간 눈만 깜빡이다가 버럭 소리쳤다.

"뭐? 어? 허? 어?"

말인지 소리인지 모를 소리를 뱉으며 라효가 숨을 몰아쉬었다. 맹하게 가만히 앉아 있던 사준은 조용히 재윤에게 고개를 숙였다.

"역시 그런 거군요. 그럴 줄 알았어요. 그럼 우리 누나를 잘 부탁드립니다."

맹하다가 한번씩 영민해지는 사준이 신기할 만하지만, 재윤 또한 적잖이 놀란 상태라 눈에 들어오지 않았다.

"야! 뭘 부탁해! 우리 누나가 뭐 어때서! 아저씨가 일방적으로 우리 누나 짝사랑하고 있었던 거 아니에요? 두 사람이 사귀고 있던 거라고요?"

라효가 소리쳤다.

"좋은 여자이니 잘 대해주세요."

다시 한 번 사준이 고개를 숙였다.

"야! 넌 반항 한 번 없이 저 아저씨한테 누나를 바로 보내기 있냐?"

라효가 배신당한 표정으로 사준에게 소리쳤다.

"누나가 좋다는데 어쩔 거야."

사준이 무표정한 얼굴로 되물었다. 핵심을 찔린 라효가 '그, 그래도!' 라고 소리치더니 다시 재윤을 쳐다보았다.

"언제부터였어요? 아저씨? 우리한테 한마디도 안 하더니! 우리 누나를 언제 꼬신 거예요! 어쩐지 이상하다 싶었어! 왜 이렇게 붙어 다니나 했는데, 역시……!"

소리치던 라효가 다현을 쳐다보았다.

"누나, 진짜 이 아저씨 좋아해?"

"응."

"혹시 빚졌어? 그래서……. 그래서……."

팔려가는 거야, 라고 차마 되묻지 못한 라효의 눈동자가 정신없이 흔들렸다. 온갖 상상력을 다 피워 올리는 라효를 보다 못한 다현이 보란 듯이 재윤의 손을 감싸 쥐었다. 손바닥으로 온기가 전해졌다. 그 순간 가슴에서 뭉클함이 피어올랐다.

툭.

몽우리져 있던 마음이 피어난다.

나는…… 이 사람과 함께 하고 싶다.

다현은 가슴에 피어오른 그 감정을 똑바로 바라보았다. 찬란하고, 아름다우며, 애틋하기까지 한 그 감정을.

그제야 다현은 자신이 하고 싶은 말이 이것이었음을 알았다.

"누나가 정말 좋아하는 사람이야. 그래서 진지하게 결혼도 생각하고 있어. 너희한테 제대로 말해줘야 할 것 같아서."

결혼, 이라는 말에 재윤의 고개가 확 돌아갔다. 여태껏 본 것 중에 가장 빠른 반응이었다. 다현이 조용히 말을 꺼냈다.

"누나가 이 아저씨를 필요로 해."

다현의 그 말에 라효의 입술이 자그맣게 벌어졌다. 여태껏 맹하게 있던 사준 또한 놀란 표정으로 입술을 벌렸다. 다현에게서 이런 애틋한 말이 나온 건 처음이었다.

"그러니까 누나랑 이 아저씨, 허락해 줄래?"

다현이 웃으며 물었다. 라효와 사준이 다현과 재윤을 번갈아 보았다. 재윤은 애정이 넘치는 눈으로 다현의 얼굴을 빤히 쳐다보고 있었다.

말이 허락해 달라는 거지, 이미 모든 게 결정된 분위기였다.

"전 아까 말했다시피 잘 부탁드려요. 반대할 생각 없어요."

사준이 고개를 다시 한 번 숙였다. 라효가 버티고 있자, 사준이 그의 머리를 내리눌렀다. 인사하지 않으려고 버텼으나, 결국 사준의 힘에 굴복당한 그가 반쯤 고개를 숙였다.

"나는…… 허락할 수가…… 없!"

"누나가 좋다잖아."

"……."

버티던 라효가 사준의 말에 입을 다물었다. 그러더니 목에 힘을 풀었다. 순식간에 그의 머리가 아래로 내려갔다.

"우리가 지켜볼 거예요. 아저씨, 돈 많다고 우리 누나 구박하거나, 우리 누나 눈에 눈물 한 방울이라도 나면 아저씨 눈에선 피눈물을 뽑을 거예요. 대대손손 고통스럽도록 저주를 퍼붓…… 읍!"

고개를 숙인 채 음산한 목소리로 협박을 늘어놓는 라효의 입을 사준이 틀어막았다.

"……그만하고 이제 밥 먹자."

다현의 말에 사준이 라효를 풀어주었다. 이후 네 사람은 식사하자는 말과 달리 누구도 숟가락을 들지 못했다.

암울한 표정의 라효와, 상큼한 표정의 사준, 미미한 웃음을 짓는 다현과,

반쯤 넋이 나간 재윤이 다른 표정을 하고서 그들은 서로의 얼굴만 멍하니 바라보았다.

❖

"안 와?"

이미 운동화를 신고 저만치 나가 있던 사준이 얼굴을 찌푸리며 물었다.

"가야지. 가야 하는데, 그래. 가야 하는데……."

말과 달리 라효는 발을 동동 굴리며 부엌을 노려보았다. 다현과 재윤이 마주 앉아 커피를 마시고 있었다.

"계속 그렇게 집에 있을 거예요?"

라효가 얼굴을 찌푸리며 재윤에게 물었다.

"그럼?"

"둘이서?"

"응."

"단둘이서?"

라효의 눈이 튀어나올 것 같이 커졌다. 보다 못한 사준이 라효의 멱살을 잡고 질질 끌고 나서야 집이 고요해졌다.

"사준이 말대로 라효가 사춘기인가 봐요."

다현이 민망한 얼굴로 조용히 말했다.

"귀엽네."

"미안해요."

"괜찮아. 난 라효랑 사준이 좋아. 재미있거든. 자, 이쯤 하고 나머지 이야기를 해볼까?"

재윤이 잔을 내려놓은 후 상체를 숙였다. 낡은 테이블에 팔꿈치를 댄 그가 상체를 밀고 들어왔다. 다현이 흠칫하며 몸을 뒤로 젖혔지만, 이미 굉장히 가까워졌다. 재윤의 까만 눈동자와, 야릇하게 말려 올라간 입술, 새하얀 피부가 눈에 꽂히듯 들어왔다.

"다시 한 번 말해봐."

재윤이 목소리를 낮춰 꾀여내듯 말했다.

"뭐, 뭘요?"

다현이 저도 모르게 말을 더듬었다.

"날 뭘 한다고?"

"……."

"그래서 나랑 뭘 하겠다고?"

재윤이 눈을 사르륵 접으며 물었다. 과감하게 끼를 부리는 재윤을 다현이 바라보다 마른침을 삼켰다.

남자가 이렇게 예뻐 보일 수가 있구나.

다현은 새삼 새로운 사실을 깨달으며 눈을 내리깔았다.

"다 들었잖아요. 흠, 우리 이제 나가서 산책할까요? 계속 집에 있기도 그렇고……."

"왜? 이 집 좋은데."

집 곳곳에 다현의 냄새가 났다. 그녀와, 그녀의 사랑하는 동생들이 함께 머무는 공간. 그것만으로도 재윤에게 이 집은 최고의 가치를 갖고 있었다.

"나가요. 외투 입고 나올게요."

다현이 자리에서 일어나더니 방으로 쏙 들어갔다. 따라 들어가려던 재윤은 방문이 잠긴 걸 알고 실망한 표정을 지었다.

방도 구경시켜 주나 했는데, 아닌 모양이었다.

재윤이 섭섭한 표정으로 닫힌 방문만 바라보았다.

❖

여름을 향해 가는 세상은 제대로 앞을 보기 힘들 정도로 눈부셨다. 차에서 먼저 내린 다현은 사람이 별로 없는 공원을 물끄러미 바라보았다. 그사이, 날이 더워 재윤은 재킷과 넥타이를 벗었다. 소매를 둘둘 말아 걷어 올린 후, 단추 두어 개를 푼 그를 본 순간 다현은 입술에 힘을 꽉 주었다. 정중하고 깔끔한 모습만 보다가, 몸을 드러낸 그의 모습은 한없이 남성적이었다. 마치 다른 사람 같았다.

차문을 닫던 재윤이 다현과 눈이 마주치자, 빙긋 미소 지었다.

"그렇게 예쁘게 쳐다보면 설레는데."

재윤이 싱긋 웃으며 아무렇지 않은 얼굴로 말했다.

저런 말을 어떻게 맨정신에 뱉는 거지.

다현이 이젠 신기한 얼굴로 재윤을 바라보았다. 저런 말을 툭툭 뱉으니 여자들이 오해하는 거겠지.

"가자."

재윤이 손을 뻗어 다현의 손을 거머쥐었다. 나무가 우거진 길을 따라 느릿하게 걸었다. 드문드문 선선한 바람이 불어 옷자락을 날리고, 잎사귀들이 눈부시게 흔들렸다. 다현의 표정이 여유롭게 풀어졌다.

"집에서 이야기하기 싫었어요. 음식 냄새 나고, 좁고, 복잡했으니까요."

다현의 말에 재윤이 그녀의 옆얼굴을 바라보았다.

뚝.

다현의 걸음이 멈췄다. 그녀가 한 발자국 성큼 걸어 재윤의 맞은편에 섰다. 그가 의아한 눈으로 다현의 눈을 번갈아 보았다.

다현은 빛이 듬뿍 담긴 그의 검은 눈동자를 보며 천천히 입술을 열었다.

"나는…… 재윤 씨가 좋아요. 생각하는 것보다 많이."

"……."

"그러니까, 결혼해요. 우리."

다현의 말에 슬쩍 미소 짓고 있던 재윤의 얼굴이 탁 풀렸다. 그가 눈도 깜빡이지 않은 채 다현을 보았다. 부풀어 있는 가슴은 숨을 들이마신 채 내뱉지 않고 있는 것 같았다. 시간이 멈춘 것처럼 홀로 오롯이 굳어 있는 재윤에게 다현이 조심스럽게 말을 했다.

"당장 하자는 말은 아니에요. 쌍둥이들이 대학 갈 때까지는 힘들지도 몰라요. 그리고 내 사정 잘 알잖아요. 재윤 씨를 위해 거창한 걸 해줄 순 없어요. 재윤 씨가 원하면 노래를 불러주고, 오랫동안 함께 있어주고, 무슨 일이 있어도 재윤 씨를 지지하고 응원한다는 말밖에 못해요."

"……."

"이 약속만으로도 재윤 씨가 괜찮다면, 앞으로도 같이 가요."

다현의 고백이 끝난 후, 한차례 바람이 불었다.

쏴아아아.

파도처럼 밀려드는 바람에 두 사람의 머리카락이 부드럽게 부풀었다 가라앉았다. 그 긴 시간, 두 사람은 눈도 깜빡이지 않고 서로를 바라보았다.

재윤의 눈이 느릿하게 접힌다. 초승달처럼 휘는 그 눈을, 행복을 듬뿍 담은 입매를, 수많은 감정이 스치는 밤하늘처럼 검은 눈동자를, 다현은 숨도 쉬지 않고 바라보았다.

세상 만물이 환한 가운데, 이 남자가 가장 환하다.

"하."

말문이 막힌 듯 손으로 눈가를 덮는 그 남자가, 가장 아름답다. 마침내 손을 떼어낸 재윤이 촉촉한 눈으로 다현을 바라보았다. 다현은 곧고 바른 눈으로 자신을 응시하고 있었다.

이 예쁜 말을 좋은 곳에서 하고 싶다며 여기까지 나온 그녀가 한없이 귀여웠다. 이 말을 준비했을 시간도, 말을 뱉고도 긴장한 듯 주먹을 꽉 쥐고 있는 모습까지도.

"죽겠네, 예뻐서."

재윤의 말에 다현의 양쪽 뺨이 슬며시 붉어져온다. 재윤이 허리를 굽혀 다현을 따스하게 바라보았다.

"그러자."

"……."

"우리, 결혼하자."

흔하게 들어온 말. 그러나 이 순간만큼은 특별한 그 말을 재윤이 또박또박하게 뱉었다.

"……방금 1등 했어요."

뺨이 붉게 물든 다현이 중얼거리듯 말했다. 그녀는 긴장한 듯 주먹까지 �꽉 쥐고 있었다.

"무슨 1등?"

"성다현 마음에 들기 선수권 대회 1등. 그 종목 선수라면서요."

"……."

"그냥, 그렇다고요."

다현이 벌게진 얼굴로 고개를 홱 돌리더니 성큼성큼 앞서 걸었다. 재윤은 멀어지는 다현의 뒷모습을 보다가 입술을 꽉 깨물었다.

아, 애교구나.

한 박자 늦게 깨달은 재윤의 어깨가 부들부들 떨렸다.

"1등 했으면 금메달 줘야지. 어디 가?"

재윤이 웃음을 참으며 다현의 뒤를 따랐다.

"없어요."

"메달 없는 대회가 어딨어? 1등 했다며. 주최자가 1등 했다고 했잖아. 그럼 금메달 줘야지. 안 줄 거야?"

"다음에 초콜릿으로 된 금메달 줄게요."

"포상이 너무 작은 거 아냐? 성다현이 주최면 메달이 적어도 그것보다 커야지. 안 그래? 그리고 메달 획득과 동시에 금메달을 줘야 하는 거라고."

재윤이 작정하고 다현을 놀렸다. 그녀의 옆에 바짝 붙어서서 '금메달 안 줘? 상금은? 성다현 기록에 남으면 뭐가 좋은데?' 등을 물었다. 못 들은 척 성큼성큼 걷던 다현이 뚝 멈췄다. 몸을 홱 돌린 다현이 재윤을 바라보았다.

"시상은 딱 한 번이에요."

결연하게 말하는 다현을, 재윤이 한없이 귀엽다는 눈으로 바라보았다.

"응. 그런데 포옹 같은 거면 관……."

빙긋 웃던 재윤의 눈빛이 일순 흐릿해졌다. 말이 나오던 입술 위로 꽃잎처럼 보드라운 무언가가 내려앉았다. 입술 위로 전해진 열기가 가슴에 각인으로 남는다.

쪽.

영원처럼 긴 듯, 찰나처럼 짧은 듯 입맞춤이 끝난 듯 다현이 바짝 올리고 있던 발끝을 내렸다. 재윤이 흐릿한 눈으로 다현을 바라보았다. 쿵, 한 박자 늦게 심장이 곤두박질 쳤다.

이 여자는 정말 종잡을 수가 없다. 무뚝뚝한 듯 다정하고, 무심한 듯 세심하며, 건조한 듯 한없이 애정이 넘친다. 각기 다른 책들을 한데 모아놓은 책처럼, 다양하다.

재윤이 아득한 눈으로 다현을 바라보았다.

"1등 축하드립니다."

"……."

"앞으로 더 분발하세요. 기대할게요."

다현이 싱긋 웃더니 재윤의 어깨를 두드렸다. 그 미소가 여름 햇살보다 더 찬란하고 눈부시다. 재윤이 한 박자 늦게 마주 웃었다.

아무래도 이 여자를 이길 순 없을 것 같다.

10. 비서의 변화

중문을 밀고 들어선 재윤은 자신에게 다가오는 가사도우미를 보았다.

"오셨어요?"

가사도우미 어깨 너머로 다른 한 사람이 더 보였다. 두 사람의 가사도우미가 있다는 건, 집에 손님이 왔다는 말이었다. 그제야 재윤은 가족들에게서 전화가 빗발쳤다는 걸 기억해 냈다. 낮에는 다현과 공원에 있느라 전화를 받지 못했고, 이후엔 어쩌다 보니 번번이 놓쳤다. 다시 전화해야지— 하면서도 다현과 있는 게 좋아 의도적으로 잊었다.

"늦었구나. 전화는 왜 이렇게 안 되니?"

단번에 날아드는 선 여사의 목소리에 재윤이 싱긋 웃으며 고개를 돌렸다.

"오늘 중요한 약속이 있어서요."

"아무리 그래도 그렇지. 무슨 일이라도 난 줄 알았잖아. 조금만 더 늦었으면 네 비서한테 전화할 뻔했다."

"다행이네요. 적당한 때에 돌아와서요. 강재는요?"

"제 부인이랑 데이트 갔지. 네 손님 왔다."

선 여사의 말에 재윤의 고개가 돌아갔다. 미혜가 싱긋 웃으며 그를 바라보고 있었다. 한동안 잠잠하던 여자가 불쑥 나타나니 재윤의 표정이 굳었다.

"오늘 백화점에 갔다가 우연히 만났거든. 그래서 식사하고 가라고 불렀어. 온 김에 너도 보고."

선 여사가 웃으며 미혜를 가리켰다. 선 여사는 아들인 재윤이 선자리를 모두 마다하는 이유가 미혜 때문이라 여겼다. 미혜와 헤어진 후, 한동안 재윤은 방황하는 듯했고 이후 모든 선자리를 거절했으니까. 미혜가 다 마음에 드는 건 아니었지만, 자신의 아들이 좋아 죽는다는데 어쩔 건가. 이렇게라도 결혼시켜야지. 미혜의 집안이나 학벌도 괜찮은 편이었다.

"조금 늦게 올 걸 그랬네요. 손님 편하게 돌아가시게요."

재윤이 가시 박힌 목소리로 말했다.

이봐, 아직 미련이 남은 거라니까.

선 여사가 매사 사람 좋은 얼굴로 웃던 재윤이 까칠하게 나오자 속으로 한숨을 삼켰다.

"오빠."

미혜가 재윤에게 다가와 선하게 웃었다. 재윤은 그간 모임을 통해 미혜에 대한 소식을 접해왔다. 여기저기 선을 보러 다니기도 했고, 재윤의 지인과 만남을 갖기도 했다. 그랬던 그녀가 불쑥 자신의 집에 찾아와 다정하게 말을 걸고 있었다.

"부모님께 드릴 말씀이 있었는데, 생각지 못한 손님이 계셨네요. 용건 끝나셨으면 가봐. 바쁠 텐데."

재윤이 미혜를 바라보았다. 그녀의 입꼬리가 바들바들 떨렸다.

"그래도 오랜만에 얼굴 봤는데, 이야기라도 할까?"

"그래. 그럼. 따라 올라와."

재윤이 선 여사에게 양해를 구한 후 2층으로 올라갔다. 뒤따라 올라가던 미혜는 듬직한 재윤의 뒷모습을 바라보았다. 재윤에게 그 수모를 겪은 후, 다른 남자를 찾으려 애썼다. 그러나 아무리 애써도 그만한 남자가 없었다.

2층 거실에 우뚝 서 있는 재윤을 보며 미혜가 미소 지었다.

"오빠. 내가 먼저 말할게."

재윤이 미혜를 마주 보았다.

"오빠한테 이전처럼 날 좋아해 달라고 하지 않을게. 나도 이제 애처럼 떼 쓰지 않아. 그리고 오빠도 나 말고 다른 여자들 만나봤잖아. 그러니까 어른스럽고 깔끔하게 정략결혼하자. 오늘 이야기해 보니 어머님도 오빠 결혼 때문에 고민이 많으신 거 같은데. 서로 윈윈이잖아. 안 그래?"

"너지?"

"무슨 소리야?"

"다현 씨한테 붙인 기자."

"무슨 소리야. 갑자기 왜 생사람 잡고 그래?"

미혜가 전혀 모르겠다는 얼굴로 미소 지었다. 그러나 이미 기자로부터 재윤과 한차례 만나 이야기했다는 소식을 받은 후였다.

그녀는 재윤의 뒷조사를 하다가 그가 유난히 다현과 시간을 많이 보낸다는 걸 알았다. 단순히 계약 연애라고 하기엔 도를 지나쳤다. 아무래도 예감이 좋지 않았다. 그러다 두 사람이 함께 손을 잡고 걷는 사진을 입수했다. 자신에게 보여주지 않던 미소로 다현을 바라보는 재윤을 본 순간, 더는 참을 수 없었다. 잠시의 유희라고 해도 견디기 힘들었다.

결국 그녀는 사람을 시켜 기자 한 명을 꾀어냈다. 그리고 자신이 계획한 대로 이미 한바탕 휘저어놨으니 다현이 부담감에 헤어지던지, 재윤이 상황 파악을 하고 헤어질 거라고 생각했다. 지금은 아니지만, 곧 그렇게 될 거다.

미혜가 자신만만한 얼굴로 재윤을 바라보았다.

"기자를 붙여놓고 협박하면 헤어질 줄 알았겠지."

재윤이 낮은 목소리로 말했다.

"대체 무슨 소리를 하는 거냐니까."

"전혀 모른다?"

재윤이 차갑게 물었다.

"그럼."

미혜가 손을 뻗자, 재윤이 한걸음 물러서서 그녀의 손을 피했다.

"그럼 너한테 고마워할 필요 없겠네."

"고마워할 필요?"

미혜가 무슨 말이냐는 듯 되물었다.

"덕분에 그 여자랑 무사히 결혼할 것 같거든."

재윤의 말에 미혜의 입가가 뻣뻣하게 굳었다.

"……결혼? 하, 오빠. 나랑 장난해? 그 여자랑 오빠가 결혼한다고? 그게 말이 돼? 오빠한테 급이라는 게 있지. 어떻게 비서랑 결혼해? 왜? 강재 오빠가 비서랑 결혼하니 좋아 보여? 둘 다 수족처럼 부리는 여자 좋아하니?"

"입 다물어. 누가 수족이야."

재윤의 기세가 사납게 변하자, 미혜가 흠칫했다. 처음으로 재윤이 제대로 화낸 모습을 보았다.

"그러게 왜 내 입에서 이런 말이 나오게 해? 그냥 차라리 나한테 오지 말라고 해. 왜 그런 거짓말을 해? 결혼? 하, 오빠랑 급이 맞아?"

"거짓말인지 아닌지는 두고 보면 알겠지. 그리고 설령 지금 내가 하는 말이 거짓말이라도 얼마나 너랑 만나기 싫으면 그런 거짓말을 할까 생각해 보지 그래?"

"오빠……."

미혜가 이를 사려물었다.

"얼마나 귀찮게 들러붙었으면 내가 이럴까? 그리고 정략결혼? 미안한데, 난 너랑 만나서 이득이 될 게 하나도 없어."

잔인한 그의 말에 미혜의 가슴이 푹푹 내려앉았다.

"이제 널 따로 볼 일도, 이야기 나눌 일도 없을 거야. 더 할 말 없으면 내려가."

"오빠, 정말 나한테 이럴 거야?"

미혜가 입술을 씹으며 재윤을 노려보았다. 자신이 잘못한 건 맞지만, 이렇게 무시당할 정도로 잘못하지 않았다고 생각했다. 그 생각이 얼굴 전체에 드러나고 있다는 걸 그녀는 알아채지 못했다.

재윤은 그런 미혜를 무섭도록 똑바로 쳐다보며 휴대폰을 꺼냈다. 그리고는 어디론가 전화를 걸었다.

"나야. 내가 너한테 명함 보내준 그 기자, 고소해. 만약 그 뒤를 봐주고 있거나, 이런 일을 사주한 사람이 있다면 같이 찾아내."

재윤의 말에 미혜의 얼굴이 하얗게 질렸다.

"최대한 빠른 시일 내에."

통화를 마친 재윤이 그녀를 내려보았다.

"네가 아니라면 편하게 고소 진행하면 되겠네. 너였다면 좋게 말로 끝내려고 했더니."

"나, 나는 아니라니까. 고소, 해야지. 하는데…… 그런 걸로 잡을 수 있겠어? 무슨 일인지 모르겠지만, 고소가 그렇게 쉽진 않잖아?"

"나한텐 쉽지. 벌 받진 않아도 벌 받는 것만큼 괴로운 게 고소니까. 이런 사람들, 내가 그냥 넘겨두는 거 봤어?"

재윤이 차갑게 웃었다. 미혜는 그가 굉장히 화가 났다는 걸 알아챘다. 재윤은 가벼워 보이고, 사람 좋아 보여도 선을 넘는 순간엔 다른 사람처럼 돌변했다. 그 순간엔 강재보다 더 무서운 사람이 되었다.

"오빠."

"더는 할 말 없을 것 같으니 내려가."

재윤이 더 이야기 나눌 것 없다는 듯 미혜를 등진 채 1층으로 내려갔다. 미혜가 다급하게 오빠, 오빠를 부르며 뒤따랐다.

1층으로 내려오는 재윤을 선 여사가 웃는 얼굴로 반겼다. 그러다 뒤따라 내려오는 미혜의 표정이 초조한 걸 보곤 눈을 동그랗게 떴다.

"둘이 무슨 일 있었니?"

"아뇨. 아버지도 오셨네요. 그럼 더 쉽게 말씀드릴 수 있겠네요."

재윤이 막 들어오는 아버지를 보곤 아는 척을 했다. 그러자 모두의 시선이 재윤에게로 쏠렸다.

"진지하게 만나고 있는 사람 있어요. 결혼까지 생각하고 있어요."

갑작스런 폭탄 발언에 사람들의 얼굴이 멍해졌다.

"뭐? 사람을 만나? 누구?"

선 여사가 재윤의 옷을 거머쥐었다.

"아니. 그건 그렇다 치더라도 이렇게 손님이 와 있는데 갑자기 그런 말을 하고 그러니?"

"미혜도 알고 있어요. 제가 만나는 사람 있다는 거."

"오빠!"

미혜가 견디지 못하고 소리쳤다. 그러나 재윤이 돌아보지도 않자, 입술을 씹었다.

"돌아가. 이제부터 우리 집에 드나드는 일도 더는 없었으면 좋겠다. 다른 사람들의 오해를 사고 싶지 않거든. 만나는 사람한테 예의도 아니고."

그가 여전히 앞을 바라보고서 말했다. 그 말에 미혜가 어쩔 줄 몰라 하더니, 대충 선 여사에게 인사한 후 신발을 꿰어신고 도망치듯 빠져나갔다.

"애, 넌 그렇게 사람을 무안 줘야겠니? 미혜는 아직 너한테 미련이 남은 거 같던데. 아니, 그건 그렇다 치고. 네가 만나고 있다는 사람 누구야?"

"다음에 말씀드릴게요."

"결혼까지 생각하고 있다며. 그런데 말을 안 하겠다고?"

"천천히 말씀드릴게요."

재윤이 선 여사를 달래듯 말했다. 피곤해서 먼저 올라가겠다는 재윤의 뒤를 선 여사가 쫓았지만, 김 회장이 그런 그녀를 잡았다.

"그만 내버려 둬."

"결혼할 여자가 있다잖아요."

"곧 말해준다잖아. 재윤이도 다 생각이 있겠지."

김 회장도 내심 궁금하지만, 점잖은 목소리로 선 여사를 타일렀다.

"하, 그래도……."

선 여사가 아쉬운 눈으로 멀어지는 재윤의 등만 바라보았다.

—보도 안 할 테니까 한 번만 봐달랍니다. 어떻게 할까요?

평소 가깝게 지내는 변호사의 말에 재윤이 쥐고 있던 펜을 내려놓았다.

"누구의 제보래?"

—그건 말할 수가 없답니다.

"누군지 말하라고 해. 그거 말 안 하면 고소는 계속 진행된다고."

재윤은 받은 명함을 다음 날, 그대로 기업의 전담 변호사가 아닌 지인 변호사에게 건네주었다. 전담 변호사에게 맡기면 가족들에게 소식이 전해지기 때문이었다.

기자는 처음엔 자신이 건네준 명함이 아니며, 자신도 모함을 당한 거라고 펄쩍 뛰더니 거듭된 증거물에 꼬리를 말았다.

재윤은 명함을 받았던 그날 밤, 곧바로 구겨진 명함을 펴서 그 사람에게 전화를 걸었다. 6천만 원은 지나치게 많으니 5천만 원으로 하자고 일부러 실랑이를 벌렸다. 그 스캔들 하나로 과하다고 따지자, 기자가 성질에 못 이겨 줄줄이 쏟아내는 말을 그대로 녹음해 뒀다.

'거, 돈도 많으면서 사람이 쪼잔하네요. 그 스캔들 덮어주는 대가로 5천만 원을 달라? 6천만 원은 줘야 내가 수지가 맞지 않겠어요? 아, 그리고 미리 말해두는데 우리 신문사에 찌르면 그쪽 스캔들 아주 더럽게 보도될 거니까 긴장해요.'

'후, 알겠어요. 계좌번호도 지워져서 그런데 다시 불러주든가, 문자로 보내줘요.'

이후 기자는 문자로 자신의 계좌번호를 전송했다. 그 모든 게 증거를 만들기 위함이라는 걸 그는 모르는 듯했다.

이제 보도가 되어도 상관없으니, 그날을 갚아줄 필요가 있었다.

─원래 제보자의 신분은 못 밝히잖아요.

알지 않느냐는 듯 후배가 물었다.

"그러니까 말하라고 해. 못하면 고소 진행한다고."

─하, 선배도 가끔 보면 지독해요.

휴대폰 너머에서 긴 한숨을 내쉬는 소리가 들렸다. 처음부터 재윤은 제보자가 궁금한 게 아니었다. 제보자를 말할 수 없으니, 이러지도 저러지도 못하는 상태로 만들어놓고 싶은 거였다.

─알았어요. 그렇게 전달해 놓을게요. 그리고 선배, 내가 혹시나 선배에게 잘못한 게 있다면 용서해 줘요. 앞으로 잘할게요.

농담 반, 진담 반 섞어 말하는 후배의 말에 재윤이 싱긋 웃었다.

"너, 나한테 오만 원 안 갚았던 것 같은데. 택시비."

─계좌 불러봐요. 이자 붙여서 십만 원 입금할 테니까.

후배의 말에 재윤이 다시 웃었다.

"뒷일 부탁할게."

통화를 마친 후, 재윤은 휴대폰을 내려놓았다. 하루 사이에 많은 일들이 지나갔다. 그리고 그 하루의 끝은, 늘 그러하듯 다현에게 전화를 거는 일이었다. 자리에서 일어난 재윤이 창문을 활짝 열어젖혔다.

깊은 밤, 가로등 불빛에 새삼이 주홍빛으로 드문드문 물들어 있는 거리를 물끄러미 바라보았다.

이전이라면 별것 아니었을 이 풍경에 오래도록 눈이 머무는 건, 자신이 확실히 누군가를 사랑하기 때문일 거다.

─여보세요.

건너오는 조심스러운 목소리에 재윤의 입술이 늘어났다.

"잤어?"

─아뇨. 전화 기다리고 있었어요. 매일 이 시간 즈음에 전화하잖아요.

다현의 말에 재윤의 입가가 더욱 길어졌다. 문득 라효와 사준에게서 들은 말이 떠올랐다.

'아저씨, 우리 누나 그만 부려먹어요. 우리 누나 원래 엄청 일찍 잠드는데, 요즘 무슨 일인지 되게 늦게 잠들어요. 아무래도 일이 많아 스트레스 때문인 것 같은데, 좀 봐줘요.'

일찍 잠드는 여자가 새벽 1시가 훌쩍 넘어가는 이 시간까지 자신의 전화를 기다리고 있었다니. 사랑한다 말하지 않아도 다현에게서 조금씩 넘어오는 온기가 더욱 뜨거워지고 있다는 걸 느끼고 있었다.

─그 기자는 어떻게 됐어요?

"잘 해결했어."

─설마 정말로 육천만 원을 줘야 해요?

다현이 믿을 수 없다는 듯 물었다.

"아니. 주지 않고도 잘 해결했어. 돈을 주지 않고, 누구도 다치지 않고 법적으로 해결하고 있어."

─다행이네요.

"보도를 내보낼 걸 그랬어. 그치?"

─아뇨. 그랬다간 아마 모두 놀라서 쓰러질 걸요?

다현의 목소리가 사뭇 심각했다.

"그러라고 하는 건데. 우리 입으로 일일이 설명하지 않아도 일목요연하게 정리해서 내주겠다는데, 그러라고 할 걸 그랬어. 그런데, 아까 한 말 유효해?"

─어떤 말요? 오늘 나는 말이 많잖아요.

다현의 목소리에 웃음기가 맺혀 있었다.

"평생 나한테 노래 불러주겠다는 말."

─유효하긴 한데…….

다현이 뭔가를 감지한 듯 말끝을 흐렸다.

"그럼 불러줘."

휴대폰 너머가 잠잠했다.

"그런 재능은 썩히는 거 아냐. 나한테 발휘해."

─라효와 사준이가 들을지도 몰라요.

"좋은 건 나눠 들어야지."

재윤의 말에 다현이 작게 웃었다. 그러더니 휴대폰 너머가 조용했다. 난처해하는 기색이 휴대폰 너머까지 느껴졌다. 재윤은 자신이 조르고도 어이 없다고 생각했다.

늦은 밤에 전화해 오밤중에 노래를 부르라니.

갑자기 다현의 노래가 듣고 싶어서 부탁한 거지만, 그녀가 불러줄 거라 생각하지 않았다. 다현은 어느 순간부터 노래 부르는 걸 좋아하지 않았다고 하니까.

그가, '장난이야.'라고 어물쩍 넘어가려 할 때였다. 수화기 너머로 용기를 낸 듯 조심스러운 노래가 흘러들어 왔다.

흥얼거리듯 들어오는 목소리에 재윤이 눈을 감았다. 그가 좋아하는, 그러나 아파서 듣지 못했던 그 노래였다. 귀를 적신 노래가 이내 마음을 적신다. 그의 입술이 부드럽게 휘었다.

이제 더는 '아직'이라는 그 노래에 마음이 아프지 않다. 이모의 외롭고 마른 등도, 허공을 딛는 것처럼 외롭던 마음도 없다.

그저 이 노래를 불러주는 그 여자만이 있다.

다현의 노래를 들으며 재윤은 불어오는 바람을 향해 손을 뻗었다. 다현이 종종 그러하듯이, 손가락 사이를 스치는 바람을 느끼며 그는 바랐다.

부디 지금 스치는 이 바람이 다현을 스친 바람이기를.

"너, 정말 말 안 해줄 거야?"

아침부터 선 여사가 그의 방으로 달려 들어왔다. 넥타이를 매던 재윤이 예상했다는 듯 덤덤한 얼굴로 선 여사를 바라보았다. 밤새 궁금해서 잠에 들지 못했는지 그녀의 눈밑이 검게 물들어 있었다.

"출근해야 하는데 이러실 거예요?"

"아직 7시도 안 됐는데, 무슨 출근이야. 그러지 말고 이리 앉아봐. 너랑 만난다는 아가씨, 누구야? 누군데 이렇게 말을 안 해? 혹시…… 굉장한 연상이니? 엄마 연배라거나……. 이모 나이쯤 된다거나……."

선 여사의 눈동자가 이리저리 흔들렸다.

"아뇨."

선 여사의 망상이 시작될 기미가 보이자, 재윤이 얼른 싹을 잘랐다.

"그럼? 이혼녀?"

"아니에요."

"그럼 대체 누군데?"

"예쁘고, 참하고, 쌍둥이 동생들 열심히 키우는 여자예요. 어머니 기준에서 집안은 별 볼일 없을지 몰라도 혼자 꿋꿋하게 인생 잘 산 여자예요."

"그러니까 그게 누구야!"

거울 앞에 서서 넥타이를 손보던 재윤이 몸을 돌려세웠다. 그리고는 선 여사를 바라보았다.

"누군지 말씀드리기 전에 이것부터 부탁드릴게요. 정말 힘들게 조르고 졸라 만난 여자예요. 이 여자를 만나고 나서 결혼해도 되겠다는 생각이 들었어요. 그러니까…… 제발 반대하지 마세요."

제발, 이라는 목소리에 재윤의 간곡함이 묻어나 선 여사의 입이 쩍 벌어졌다. 재윤이 그런 말을 쓸 일도 잘 없을뿐더러, 그의 표정이 진지하면서 무거운 건 처음이었다. 무표정한 얼굴이 강재보다 더 무섭다.

"법적 문제만 없다면 반대할 일이 뭐가 있겠어?"

선 여사의 너그러진 말에 재윤이 숨을 깊게 들이마시더니 말했다.

"성다현 씨요."

"성다현? 그게 누구……? 설마, 그 다현?"

누군지 떠올랐다는 듯 선 여사의 눈이 크게 벌어졌다.

"네. 어머니가 아시는 그 다현 씨요. 늘 제 옆에 있는 그 여자."

"어휴. 이게 무슨 일이니."

선 여사가 이마를 짚더니 침대에 풀썩 앉았다.

"강재도 갑자기 비서랑 결혼하겠다고 나서서 기함하게 만들더니, 너까지! 쌍둥이는 그런 것도 닮는다니? 왜 넌 또 비서야? 비서한테 시달린 후로 여자 비서는 쳐다보지도 않던 게!"

"비서라서 좋아한 게 아니라, 좋아하고 보니까 비서였어요."

"……."

"허락해 주실 거죠?"

"허락 안 하면?"

선 여사가 재윤을 노려보았다.

"죽을 때까지 혼자 사는 아들 보시겠죠."

재윤이 어깨를 으쓱거리더니 싱긋 웃었다. 농담처럼 꺼낸 말이지만, 저 말이 진심이라는 건 누구보다 잘 알고 있었다. 속을 알 수 없다고 해도 제 속으로 낳은 아들이 저런 걸로 농담하지 않는다는 건 잘 알고 있었다.

선 여사는 이마를 짚더니 눈을 꽉 감았다.

"설마, 설마 하더라니. 뭔가 불안하다 싶었어. 네가 웬일로 여자 비서를 그렇게 오래 두나 싶기도 하고, 집으로 부르기에 뭐지 싶었는데 기어코 일이 이렇게 되는구나."

머릿속으로 여태껏 간과하고 있던 '이상한 점'들이 스쳐 지나갔다.

일이 이렇게 되려고 그런 거구나.

선 여사는 재윤을 다시 한 번 노려보았다.

"만난 지 오래된 거야?"

"봄부터 만났으니 그리 오래되진 않았어요."

"그런데 결혼을 하겠다고?"

"아버지가 그러시던데요. 어머니를 본 순간, '아, 이 여자가 내 아내가 되겠구나.' 하는 느낌이 왔다고요. 저도 그래요. 어느 날 다현 씨랑 데이트를 하다가 그런 느낌이 왔어요. 결혼하면 어머니랑 아버지처럼 아주 잘살 수 있겠죠."

"어물쩍 아부 떨면 넘어갈 줄 알아?"

그러나 말과 달리 선 여사의 얼굴이 한결 누그러져 있었다.

"그럼 어떻게 할까요? 무릎을 꿇을까요? 용돈을 많이 드릴까요? 그것도 아니면 뭘 해드릴까요?"

말만 하면 무릎이라도 꿇을 기세인 아들을 보며 선 여사는 두손 두발 다 들었다.

"알았다. 알았어. 네 마음이 얼마나 심각한지 알겠으니 관둬라."

선 여사는 손을 내저으며 혼란스러운 얼굴로 재윤의 방에서 빠져나갔다.

"누나!"

라효가 다현을 불러 세웠다. 신발을 신던 다현이 현관에서 돌아섰다. 라효가 성큼성큼 다가오더니 험악한 표정으로 다현의 옷깃을 잡았다. 다현이 뭐 하는 거냐는 듯 쳐다보자, 라효가 곰같이 큰 손으로 다현의 쪼끄마한 단추를 잡았다.

"단추 풀어졌잖아."

"……여름인데 한 개 정도는 풀어도 되지 않을까."

"안 돼! 회사에 그 음흉한 아저씨가 누나를 얼마나 훑어보겠어!"

그러더니 라효는 기어코 단추를 목 끝까지 채웠다. 다현은 목이 졸리는 기분으로 라효를 쳐다보았다.

"……보는 사람이 안 답답할까?"

"괜찮아. 예뻐. 이게 딱이야."

라효가 풀지 말라는 듯 강경하게 말했다. 그런 라효의 뒤통수를 바라보던 사준이 손가락으로 관자놀이를 빙빙 돌렸다. 그러더니 입으로 벙긋거렸다.

'미친놈.'

다현이 재윤과 결혼까지 생각한다는 걸 안 후로, 단속이 심해졌다. 다현은 피곤한 표정을 지었지만, 라효는 굴복하지 않았다.

"오늘 퇴근 몇 시야? 8시까지는 들어와. 누나. 통금이야."

"뭐?"

"세상이 얼마나 위험한데!"

"8시면 너무 일러. 너희도 9시 30분까지 나가놀 때 있잖아."

"그, 그건……!"

라효가 크게 당황했다.

"누나 걱정하지 마. 혹시 늦으면 저녁 꺼내먹어. 가볼게."

다현이 손을 흔들며 도망치듯 빠르게 사라졌다. 라효가 그런 그녀의 등 뒤에 대고 소리쳤다.

"통금 지켜! 8시야! 누나! 내가 눈뜨고 지켜본다!"

픽!

갑자기 한 대 얻어맞은 라효가 악 소리를 냈다. 그가 뒤통수를 거머쥔 채 고개를 획 돌렸다.

"뭐야! 미쳤냐? 사람 뒤통수를 쳐?"

라효가 눈을 부릅뜬 채 사준을 노려보았다.

"적당히 해. 인마. 누나가 애냐? 누나처럼 까다로운 사람이 고른 사람이면 잘 골랐겠지. 애도 아니고, 누나 뺏길까 봐 징징징징. 보기 싫어 죽겠네."

모처럼 사준이 정색하며 꺼낸 말에 라효가 화를 냈다.

"야! 그래도 그렇지! 사람 뒤통수를 쳐? 이 새끼가!"

불같은 성격의 라효가 덤벼들었지만, 사준이 능숙하게 피했다.

"요즘 누나 얼굴 좋아진 거 안 보여?"

"뭐?"

"야, 난 누나가 요즘처럼 자주 웃고 다니는 거 처음 봐. 애교도 조금씩 늘고 있고, 사랑받는 사람의 기운이 넘쳐흐르는데 정말 모르겠냐?"

사준의 말에 그를 잡으려 손을 뻗던 라효가 멈칫했다. 그러고 보니 얼마 전부터 다현은 사소한 것에도 잘 웃고, 행복해 보였다.

"그, 그게 그 아저씨 때문인 걸 어떻게 알아?"

"그럼 시커먼 우리 때문이겠냐?"

"……."

"그리고 인정할 건 인정해. 그 아저씨, 멋있잖아. 잘생기고, 키 크고, 성격 좋고, 목소리 좋고. 또, 어른스럽잖아. 누나한테 우리 후원하는 거 말하지 말라는 것만 봐도 알잖아. 나라면 생색내면서 내가 너한테 이렇게까지 해줄 수 있으니까 결혼하자, 이랬을 거야. 그런데 마음 불편할지 모르니까 조용히 하라니. 난 남자인데도 그 순간 그 아저씨한테 반했어. 내가 여자였으면 '나랑 만나실래요?' 라고 물었을 거다."

사준이 바지 주머니에 손을 푹 찔러 넣은 채 비스듬히 서서 말했다. 그 말에 라효가 우물쭈물거렸다.

"네가 그 아저씨보다 돈 많고, 멋지고, 얼굴 잘생기면서, 우리까지 챙길 줄 아는 남자 있으면 데려와. 그러면 네가 그러는 거 이해해 줄 테니까."

사준이 어슬렁거리며 나와 신발을 꿰어신었다. 그리고는 얼어붙은 라효를 흘깃 보더니 '그러고 있다가 늦는다.' 라는 말을 남긴 후, 현관을 밀고 나섰다. 모처럼 사준에게 말로 밀린 라효가 못마땅한 표정을 지었다. 그러나 반박할 수 없었다. 사준의 말대로, 요즘의 다현은 보는 사람이 행복해질 만큼 밝아졌으니까.

[늦게 들어와도 됨.]

출근길에 다현은 의아한 표정으로 휴대폰을 바라보았다. 사준에게서 온 메시지였다.

[갑자기 무슨 말이야?]

[그냥 데이트할 만큼 하다가 오라고. 외박해도 돼. 내가 라효 기절시켜 놓을게.]

"얘가 무슨 말을 하는 거야."

다현의 얼굴이 희게 질렸다.

[외박 안 해. 오늘 운동 열심히 해.]

[ㅇㅇ 오늘 감독님한테 하계운동 언제, 몇 박 며칠 갈지 물어볼게.]

[갑자기 그걸 왜?]

[누나 여름휴가 잡을 때 필요할까 해서. 오늘도 ㅅㄱ]

다현은 멍하게 메시지창을 바라보았다. 통금 8시로 잡는 라효와, 외박을 권장하는 사준을 섞어서 반으로 딱 나누면 좋겠다. 그러면 둘 다 평범한 수준일 텐데.

다현이 고개를 절레절레 흔들며 회사로 부랴부랴 걸어갔다.

삐리릭.

울리는 벨소리에 다현이 휴대폰을 들었다. 처음 보는 번호였다.

"네. 성다현입니다."

―여보세요? 내가 맞게 전화했군요. 나는 재윤이 엄마예요. 지금 잠깐 통화 가능해요?

"아, 네."

놀란 다현이 가다 말고 걸음을 멈춰 세웠다. 뒤따라오던 사람이 그녀의 어깨를 툭 치고 지나갔다. 그러나 어깨 쪽으로 아무런 느낌도 들지 않았다.

"말씀하세요."

―내일 점심쯤 얼굴 좀 봤으면 하는데, 시간 되겠어요?

"네. 괜찮습니다."

―그럼 내일 점심때 봐요. 약속 장소는 나중에 문자로 보낼게요. 그리고 조용히 따로 봤으면 해요. 재윤이한테는 말하지 말고 나와요. 알았죠?

"네. 알겠습니다."

통화를 마친 후, 다현은 참았던 숨을 훅 내쉬었다. 그리고는 하늘을 바라보았다.

그럴 리 없겠지만, 만에 하나 어찌 될지 모르니 내일 화장은 워터푸르프

로 해야겠다. 젖을지도 모르니까 여분의 옷도 챙기고……. 미니 드라이기도
챙길 수 있으면 챙겨야지.

주스만 얼굴에 뿌리지 않으셨으면…….

❖

"……상무님."

다현이 낮은 목소리로 재윤을 불렀다. 벌써 3분째 그는 책상에 걸터앉아
그녀의 얼굴을 바라보고 있었다.

"응. 말해."

재윤이 눈이 접히도록 웃었다.

"왜 그렇게 쳐다보세요?"

"출근 전, 예쁘장한 애인 얼굴 봅니다만? 아직 9시 되기 5분 전이잖아."

"……."

재윤이 생긋거렸다. 다현은 그런 재윤을 빤히 바라보았다. 그는 저런 낯
간지러운 말을 아무렇지 않게 뱉었다. 문제는 저 낯간지러운 말이 진심이라
는 거다.

자신도 되돌려주고 싶다. 뭔가 애교스럽고, 낯간지러운 말들을.

치열하게 고민하던 다현이 머뭇거리다가 두 손을 턱 아래에 어색하게 갖
다 받쳤다.

"……뭐 해?"

재윤이 묘한 얼굴로 물었다.

"예쁜 건, 더 예쁘게 보시라고요."

다현은 있는 용기, 없는 용기를 다 끌어모아 조용히 덧붙였다. 대답힌 재
윤이 아무 반응도 보이지 않자, 다현의 얼굴이 조금씩 붉어졌다. 이윽고 터
질 것처럼 벌겋게 달아올랐다.

아직 이런 건 무리인가 봐.

다현이 조용히 손을 내렸다. 그러더니 언제 그랬냐는 듯 정색했다.

"못 본 걸로 해주세요."

재윤이 아랫입술을 꽉 깨물었다. 그러다 더는 못 참겠다는 듯 웃음을 터트렸다. 그러더니 다현을 확 잡아당겨 끌어안았다.

"귀여워."

"……이걸 귀엽게 봐주는 건 재윤 씨뿐이에요."

다현이 품에 안겨 중얼거렸다.

"나만 귀엽게 보면 되지. 뭘더 바래?"

재윤의 말에 다현이 픽 웃었다.

"……오늘 우리 엄마가 연락했지?"

재윤이 흘러가듯 대수롭지 않게 물었다. 하마터면 '네'라고 대답할 뻔한, 다현이 움찔했다.

"……아뇨."

그러자 재윤이 다현을 떼어내더니 빤히 쳐다보았다.

"그래. 그럼, 우리 엄마한테 연락 안 왔다는 걸 가정하고 말할게. 곧 엄마한테 전화 올 거야. 만나자고 하겠지. 그럼 만나. 물어보는 대로 솔직하게 대답하고, 그럴 리 없겠지만 헤어지라고 말하면 그렇게 말해. '전 벌써 헤어지자고 수십 번도 더 말했는데, 상무님이 붙잡아서 만나고 있어요. 헤어지길 바라신다면 상무님께 말씀드려 주세요.'라고. 다 내 탓으로 돌리고 나와."

재윤의 말에 다현이 바라보다, 미약하게 고개를 끄덕였다. 그는 자신의 어머니가 전화했을 거라고 확신한 얼굴이었다. 그러나 다현은 어머니와 약속을 떠올리며 끝까지 대답하지 않았다.

❖

다현은 다음 날 점심시간, 선 여사가 보낸 차를 탔다. 차는 회사에서 그리 멀지 않은 고급 한식당으로 향했다. 별도로 마련된 룸에 선 여사가 앉아 있었다. 선한 인상에 수수한 옷차림을 한 선 여사가 다현을 보자 빙긋 웃었다. 다현이 두 손을 모아 인사를 건넸다.

"오느라 고생했어요."

"덕분에 편하게 왔습니다."

"앉아요."

"네."

다현이 선 여사와 마주 앉았다.

"여기 괜찮은 식사코스가 있어서 미리 주문해 놨어요. 반찬은 많이 나오니 원하는 대로 먹으면 될 거예요. 괜찮죠?"

"네. 오히려 시간을 아껴주셔서 감사합니다."

선 여사가 빙긋 웃었다. 얼마 후, 문이 열리며 개량 한복을 입은 직원들이 쟁반을 하나씩 들고 들어섰다. 대기하고 있던 음식이 원목의 상 위로 가득 차려졌다. 어디부터 손을 대야 할지 모를 만큼 많은 양이었다.

"먹어요. 먹으면서 편하게 들어요."

선 여사가 편하게 해주려는 듯 먼저 젓가락을 들어 나물을 집어 먹었다. 다현도 뒤따라 식사를 시작했지만, 맛을 아무것도 느낄 수 없었다.

"내가 왜 보자고 했는지 알죠?"

"네."

순간 목이 콱 메었다. 다현이 조용히 고개를 끄덕였다. 그러자 선 여사가 빙긋 웃었다. 웃는 인상이 부드러운 게 재윤과 많이 닮았다.

"궁금할 테니 본론부터 이야기할게요. 솔직히 말하자면 처음엔 반대하고 싶었어요. 아무래도 자식 일이다 보니 더 좋은 혼처에 결혼시키고 싶은 게 부모 마음이잖아요. 사실 지금도 그 마음이 없진 않아요."

다현은 선 여사의 마음을 이해했다. 선 여사의 입장에서 다현을 받아들이는 게 쉽지 않았을 거다. 그래서 미안한 마음이었다. 다현의 고개가 저절로 숙여졌다.

"그렇지만 나는 그럴 권리도 자격도 없다는 걸 알아요. 난 재윤이의 엄마

지, 당사자가 아니니까. 본인 인생이니 본인에게 선택권을 줘야죠. 난 길어
봤자 30년 후면 이 세상에서 사라질 텐데, 그 후에 재윤의 곁에 있어줄 사람
은 걔가 꾸린 제 가족들일 거잖아요."

"……."

"그리고 미안한 말이지만, 다현 씨 뒷조사를 했어요. 뒷말이 나오기 쉬운
곳이다 보니 어쩔 수 없었어요. 그러다 다현 씨의 삶이 내 젊었을 때와 많이
닮았다는 걸 알았어요. 나도 장녀로 혼자 동생들 키우면서 살았거든요. 그래
서 조금 마음이 쓰인 것도 사실이에요."

"……."

"결혼 허락하려고 하면서 이렇게 따로 불러낸 건, 그래도 한 번쯤은 따로
만나보고 싶었기 때문이에요. 사람 얼굴엔 인성이 묻어난다잖아요. 다행히
가까이서 자세히 얼굴을 보니 내 감대로라면 다현 씨는 좋은 사람 같네요."

다현이 선 여사를 놀란 바라보았다. 그녀의 눈동자가 촉촉하게 물들었다.
최악의 상황에선 주스까지 얻어맞을 각오를 하고 왔다. 그런데 자신의 생각
보다 더 따스한 말이 건네지자 가슴 한가운데가 터질 것처럼 찡해졌다.

"그나저나 힘들었겠어요."

다현이 선 여사를 물끄러미 바라보았다.

"다현 씨는 어떨지 모르겠지만, 난 최선을 다해도 남들 평균에 닿지 못하
는 것 같은 기분이었어요. 나 빼고 다 행복해 보이는 것 같기도 했고……."

자신도 그러했다.

다현이 그 마음을 백번 이해한다는 얼굴로 바라보자, 선 여사의 얼굴에
미소가 그려졌다.

"그런 감정을 홀로 견뎌내는 게 쉽지 않았을 텐데…… 고생했어요. 이렇
게 이곳에 있는 게 참 아름다워요. 다현 씨."

선 여사의 그 말에 다현은 더 견디지 못하고 눈을 질끈 감았다. 눈물이 아
래로 곤두박질쳐 내려갔다.

"……감사합니다."

다현의 입술이 부들부들 떨렸다. 남들이 땅에서 태어날 때 자신은 지하에서 태어난 것 같은 기분. 온 힘을 다해 땅을 뚫고 올라가려 애써도, 늘 차이가 났다. 그 말 못 할 상처를, 누군가가 알아주었다는 것만으로도 다현은 가슴이 벅찼다.

소리 내어 엉엉 울고 싶은 걸 꾹 참는 다현을 선 여사가 안타까운 눈으로 바라보았다. 다현은 주먹을 꽉 움켜쥐고 있었다. 다른 무언가를 잡아본 적이 없어서, 쥘 것이 제 주먹뿐인 모습.

어쩜 우는 것조차 자신의 젊은 시절을 닮았는지.

안쓰러운 표정을 지은 선 여사가 조용히 다현의 앞으로 티슈를 내밀었다.

곧게 바로 선 재윤이 길가에서 도로를 보고 서 있었다.

밝은 색감의 여름용 슈트, 평소와 달리 이마를 드러낸 스타일, 내리쬐는 햇살이 눈부셔 얼굴을 찌푸리고 선 재윤을 사람들이 흘깃거리며 지나쳤다. 그는 나무그늘 아래에 서서 휴대폰을 바라보았다.

다현에게서 전화가 온 건 5분 전의 일이었다. 점심시간이 끝나기 전에 잠시 밖에서 얼굴을 보고 싶다고 다현이 말한 건 처음이라, 그는 왜냐고 묻지도 못하고 그녀를 기다렸다.

다다다.

수많은 발소리 중 다급하게 달려오는 발소리를 향해 재윤이 고개를 돌렸다. 다현이 휴대폰을 손에 꽉 쥐고서 그를 향해 달려오고 있었다. 재윤이 몸을 홱 돌렸다. 놀라움 반, 저러다 넘어질까 걱정하는 마음 반이 뒤엉킨 표정으로 재윤이 그녀를 향해 팔을 뻗었다.

"그러다가 넘어……."

다현이 그의 손을 잡을 거라는 예상과 달리, 그의 품으로 와락 달려들었다. 강한 반동에 한 걸음 물러선 재윤이 다현을 멍하게 바라보았다. 몸의 반동과 함께 잠시 정신이 아득해지는 듯했다. 회사와 거리가 멀긴 했지만, 사람들이 많은 곳에서 다현이 이런 행동을 한 건 처음이라 재윤의 표정이 멍해졌다.

"다현아?"

재윤의 물음에도 다현은 조용히 소리 내어 웃었다. 재윤이 묘한 표정으로 다현을 바라보았다. 얼굴을 보지 않아도 들뜬 그녀가 느껴졌다.

좋은 일이라고 있는 건가.

"복권 됐어?"

재윤이 웃음 섞인 목소리로 물으며, 다현의 등을 도닥여 주었다.

"그런 거 같네요."

다현이 빙긋 웃으며 대답했다.

헤어지기 전, 선 여사는 다현의 손을 꼭 잡았다.

'내가 허락하면 우리 회장님도 허락한 거나 다름없어요. 그러니 걱정하지 말고 있어요. 재윤이한테는 비밀로 해줘요. 다음에 집으로 초대할 테니 와서 식사 한 끼 하고 가요.'

인자하게 웃으며 건네는 그 말에 다현은 웃으며 감사하다는 말만 반복했다. 워터 푸르프, 짙은 색감의 옷, 드라이기까지 챙겨온 다현에게 이번 일은 복권이나 다름없었다.

자격이 되지 않아, 안타까운 마음으로 바라보고만 있던 그 시작선에 선 기분이었다. 재윤의 인생에 함께 걸을 수 있다는 생각이 들자 가슴이 뭉클해졌다.

"그래서 무슨 일인지 설명 안 하겠다?"

재윤이 낮은 목소리로 물었다.

"그냥 기분 좋아서요."

"그래. 그건 그렇다치고. 의외로 대범하네."

"네?"

"거리에서 막 안기네. 누가 볼까 봐 걱정 안 되나 봐."

순간 다현의 정신이 돌아왔다. 재윤의 가족에게 허락받았다는 기쁨에 잠시 제정신이 아니었다. 다현이 얼른 떨어지려는 걸, 재윤이 꽉 붙들었다.

"……사람들이 쳐다봐요."

"알면서 안긴 거잖아."

"잠시 잊었어요."

"그럼 마저 잊어."

"……."

그게 될 리가.

다현이 암담한 눈으로 재윤을 노려보았지만, 보이는 건 단정하게 정리된 옆머리뿐이었다. 이리저리 벗어나려 했지만, 꼼짝도 할 수 없었다. 사람들이 흘깃거리며 지나가는 게 보였다.

"부끄럽지 않아요?"

"안 부끄러운데."

"기자가 보고 있을지도 몰라요."

"기사가 아름답게 나왔으면 좋겠다."

"……."

말로 이길 수가 없다는 걸 기억해 낸 다현이 조용히 재윤의 옷에 얼굴을 박았다. 결국 재윤은 먼저 안겼다는 이유로 몇 분간 더 꽉 끌어안고 있다가 놔주었다.

퇴근을 하던 기태는 이사실에 들이닥친 재윤을 보고도 덤덤하게 반응했다.

"오셨어요?"

미리 약속이 되어 있기도 했고, 재윤이 쳐들어오는 상황에 이미 적응이 되어 놀라지 않았다. 재윤은 곧장 기태를 데리고 어디론가 향했다. 기태가 창문을 내려 건물을 바라보았다.

자그마한 규모의 세련된 건물에는 간판이 달려 있지 않았다. 통유리 위에 누군가의 싸인처럼 흘려놓은 'made'라는 글씨가 간판을 대신한다는 걸 아는 사람만 알고 있었다.

"여긴 왜요?"

기태가 피곤한 얼굴로 물었다. 함께 술이나 마시며 이야기나 나눌까, 했는데 생각지 못한 곳에 도착했다. 이곳은 재윤이 특별한 일이 있을 때 맞춰 입는 슈트샵이었다.

"내려."

재윤이 차에서 내리자, 미리 연락을 받고 대기하고 있던 담당자가 나와 그의 차를 끌고 지하 주차장으로 향했다. 재윤은 멀뚱히 서 있는 기태를 데리고 가게 안으로 들어갔다. 재윤이 들어서자 양쪽에 나란히 서 있던 직원이 고개를 숙였다.

"어서 오세요."

슈트샵의 담당자가 웃으며 재윤에게 다가왔다.

"부탁드리죠."

재윤이 남일처럼 멀뚱하게 서 있는 기태의 등을 밀었다. 멍하게 서 있던 기태가 휘청거렸다.

"저요? 왜요?"

기태가 깜짝 놀라 자기를 손으로 가리키며 물었지만, 재윤은 담당자를 보았다.

"머리부터 발끝까지 어울릴 만한 세트로 부탁드립니다."

"알겠습니다. 노력하겠습니다. 이리로 오시죠."

담당자가 이쪽으로 오라는 듯 기태를 향해 손을 내밀었다. 그러자 기태가 손을 들어 보였다.

"아뇨. 잠시만요."

뭔가 이상함을 감지한 기태가 재윤을 쳐다보았다.

"선배, 설마……."

갑자기 자신을 데려와 고급 슈트샵에 밀어 넣는다는 건…….

"맞아. 지금 네가 생각하는 거."

"진짜, 다…… 아니. 만나요?"

기태가 사람들을 의식한 듯 조용히 물었다. 그러자 바지 주머니에 손을 푹 찔러 넣고 있던 재윤이 가볍게 고개를 끄덕였다.

"어."

기태의 입이 벌어지더니, 그의 눈이 덩달아 크게 벌어졌다.

"언제부터요?"

"자세한 건 슈트 맞추고 술 마시면서 이야기할까?"

"아니. 슈트를 사준다는 건……!"

기태가 거품을 물며 소리치려 했다.

"이런 곳에서 그렇게 교양 없이 소리치면 안 돼."

재윤이 조용히 언질을 주자, 기태의 얼굴이 벌겋게 달아올랐다.

일언반구도 안 하고 갑자기 편집샵에 밀어 넣는 건 교양 넘치는 일이냐!

그러나 기태는 화를 꾹 누른 채 직원을 따라갔다.

일단 준다는 건 받고 고민하자!

인정하기 싫지만, 전문 슈트샵은 다른 곳과 차원이 달랐다. 디자인, 색감, 패턴, 질감 그 모든 걸 옷을 입는 사람에게 최적화 시킨 슈트를 추천해 주었다. 슈트에 대해 잘 모르는 기태조차도 옷을 입자마자 뭔가 다르다는 걸 느꼈다. 아름다우면서 편안했다. 그러다 가격을 듣고는 잠시 숨을 쉬지 못했다.

"무슨 슈트가 그렇게 비싸요."

술집으로 자리를 옮긴 기태가 술병을 들며 어두운 얼굴로 중얼거렸다.

"그래도 편하잖아."

"편한 거치곤 너무 비싸잖아요."

"원래 가격에 비례해서 편한 법이야."

"……."

"사람들은 더 편하게 살기 위해 돈을 버는 거고."

"비싼 명품이 다 편하진 않잖아요."

기태가 투덜거렸다.

"명품 자체가 편하진 않지. 명품을 가졌다는 것만으로도 대접이 달라지니 편해지는 거고."

"……."

"대접받을수록, 편하게 살 수 있다는 걸 사람들은 무의식 중에 알고 있거든. 문제는 그러려고 하다가 주객전도가 된다는 거지만."

재윤이 웃으며 꺼낸 말에 기태는 할 말이 없었다. 허를 찌르는 말이었다. 능글맞게 웃고 있어도 통찰력 하나는 좋단 말이지. 그러니 그 큰 그룹의 상무직을 하고 있는 건지도 모른다.

"하, 그래요. 비싼 슈트 이야기는 여기서 관두고, 다현이랑 언제부터 교제한 거예요?"

목소리를 낮추지 않아도 되는 프라이버시룸이라, 기태는 잔을 들고서 평소대로 물었다.

"몇 달 됐어."

"몇 달요? 몇 달? 그동안 두 사람 다 나한테 말도 안 했다고요? 하, 와."

제대로 뒤통수 맞았다는 듯 기태가 기가 찬 목소리로 물었다. 그리고도 화가 안 풀리는지 손에 쥐고 있던 양주를 한 번에 쭉 들이켜더니 얼굴을 찌푸렸다. 넥타이를 한 손으로 확 풀어젖힌 기태가 재윤을 노려보았다.

"어떻게 그래요? 나한테 여태껏 말 안 하고, 두 사람 만나고 있었어요? 와, 진짜. 친하다고 생각했는데 너무하네요. 상무님. 여태껏 좋은 우정 나눠주셔서 감사합니다. 앞으로 백년해로 하십시오. 안녕히 계세요. 이게 우리 둘이 나누는 마지막 술잔이 될 것 같네요!"

기태가 술잔을 탕 소리나게 내려놓더니 자리에서 벌떡 일어났다.

"앉아."

"싫습니다!"

단단히 삐친 기태가 눈을 부라렸다.

"오늘 맞춘 슈트 취소하기 전에 앉아."

"그런 협박 통할 거 같아요?"

"평생 김강재 비서로 살고 싶으면 나가던지."

"……."

기태의 눈동자가 흔들렸다. 기태의 반응을 확인한 재윤이 상체를 앞으로 숙이며 그를 빤히 바라보았다.

"우리 기태 비서님을 다시 모시고 싶었는데, 이런 결정을 내리실 줄 몰랐군요. 알겠습니다. 그 뜻 충분히 이해하며 수용하도록 하겠습니다."

"누가 나간대요! 옷 털려고 일어난 거예요!"

기태가 옷을 소리나게 탁탁 털더니 본래 있던 자리에 털썩 주저앉았다. 재윤이 웃음을 참고 있는 게 보였지만, 기태는 모르는 척했다. 배신감보다 더 싫은 게 김강재 비서직이다. 속이 쓰린 기태는 다시 가장 비싼 양주병을 들었다. 비싼 술이라도 왕창 마셔 재윤의 지갑에 작은 타격이라도 입히고 싶었다. 물론 안 될 거라는 걸 알지만.

"이리 줘."

재윤이 기태의 손에서 술병을 빼앗아, 그의 술잔을 부었다.

"만나다가 헤어지면 네가 곤란할 것 같아서 말 못했어. 네 성격상, 이러지도 저러지도 못할 걸 잘 아니까."

재윤의 달래는 말에 기태가 그를 휙 노려보았다.

"그래도 어떻게 내색 한 번 안 하다가 슈트샵에 갖다 넣는 걸로 알릴 수가 있어요?"

"그래서 지금 미안하다고 슈트 사주고, 술 사주고 있잖아."

"후우, 그래요. 길게 말해 뭐 해요. 그런데 다현이가 상무님이랑 연애를 한다고요?"

조금 차분해지자, 기태는 묘한 표정이 되었다.

"……연애를 못 하는 게 아니라, 눈이 높은 거였구나. 성다현."

기태가 작은 목소리로 중얼거렸다. 그 말을 용케 알아들은 재윤이 픽 웃었다.

"눈이 높다 못해 내가 성에 안 찼지."

"네?"

"그래서 한참 졸라서 만난 지 몇 달 됐고, 결혼할 예정이야. 부모님 허락도 받았고."

"……."

첩첩산중이라는 말은 이럴 때 쓰는 말인가.

"……결혼요?"

"슈트는 그냥 맞춰준 줄 알아?"

"와, 이 이야기를 왜 선배한테만 들어요? 성다현은 왜 같이 안 왔어요?"

"같이 오려고 했는데, 내가 따로 만나고 싶다고 했어. 사준이가 다쳤다고도 하고."

"와, 이게 뭐야."

기태가 소파에 몸을 파묻은 채 멍하게 천장을 바라보았다.

결혼이란다. 사귄다는 소식도 방금 들었는데. 내일 되면 임신 소식 듣는 거 아냐?

"부모님한테 허락받았어요?"

"응. 아마도."

재윤이 잔을 들며 대답했다.

"무슨 대답이 그래요?"

"오늘 점심때 다현이가 우리 어머니를 만나고 온 것 같거든. 표정이 밝은 걸로 봐선 허락받은 거 같고. 어머니가 허락했다는 건 우리 집의 모든 사람들이 허락했다는 것과 같아."

재윤이 엷게 웃었다. 다현은 끝내 말하지 않았지만, 그는 그녀가 자신에게 안긴 순간 알아챘다. 다현이 점심시간 멀리 나가서 식사를 하고 돌아와 한없이 들뜰 이유는 하나밖에 없었다. 그러나 재윤은 자신이 눈치챘다는 걸 말하지 않았다. 다현이 당황하길 바라지 않았다.

"그러니까 지금 이걸 슈트 하나로 떼우겠다 이거죠?"

"두 벌?"

"세 벌!"

기태가 화를 내듯 말했다. 그러자 재윤이 웃으며 고개를 끄덕였다.

"좋아."

어차피 그 정도는 해줄 생각이었기에, 재윤이 고개를 끄덕였다.

다현이 조심스럽게 대문을 밀고 나와 주변을 두리번거렸다. 어두운 거리에 유난히 반짝이는 차가 눈에 들어왔다. 다현이 조수석 창문을 톡톡 두드리자 탁 소리와 함께 잠금이 열렸다. 조수석에 탄 다현이 운전석에 앉아 있는 재윤을 바라보았다. 다현과 데이트를 하면서 그는 자신이 운전을 하고 다녔다.

"오늘 기태 만난다면서요. 술 마신 거 아니에요?"

다현이 운전을 하고 온 재윤을 보고 놀란 얼굴로 물었다.

"입만 대고 안 마셨어. 사준이는?"

"괜찮아요. 크게 다친 건 아니고 발목이 잠깐 삔 거래요."

"그래? 다행이네."

"네."

다현이 한결 풀린 얼굴로 고개를 끄덕였다.

"기태는 뭐래요?"

"잘 해결됐어."

그 과정에서 슈트 세 벌과, 값비싼 양주 두 병이 들어간 것은 말하지 않았다. 한 병은 마시고 한 병은 사들고 나갔다.

"다행이네요."

"어."

그렇게 대답한 재윤이 피곤한 듯 다현의 어깨에 이마를 대며 기댔다.

"피곤하면 집으로 바로 가지 그랬어요?"

"보고 싶어서……."

재윤이 눈을 감은 채 웅얼거리듯 말했다. 재윤이 얼마나 많은 일을 하고 있는지 잘 아는 다현은 안타까운 눈으로 그를 바라보다가, 조용히 손을 들었다. 그의 머리를 쓰다듬어 주자, 그의 어깨가 조금 더 느슨하게 내려가는 게 보였다. 천천히 숨을 들이마시고 내쉬길 반복하던 재윤이 고개를 들었다. 다현의 어깨에 턱을 대고서 그녀의 옆얼굴을 보았다. 다현의 눈이 평소보다 빠르게 깜빡였다. 긴장한 듯 입술이 오므라들었다. 그런 다현을 바라보던 재윤의 입가에 미소가 맺혔다.

"왜 긴장해? 누가 잡아먹는데?"

"긴장 안 했어요."

"그럼 왜 쳐다보질 않아?"

그러자 다현이 고개를 돌렸다. 코끝이 스칠 만큼 가까운 거리가 되었다. 의외로 마주 보자 다현은 덤덤해졌다.

"이제 됐죠?"

다현의 말에 재윤이 슬쩍 입술을 깨물었다.

실수했다. 도발하지 말걸.

재윤이 눈을 감았다.

"이제 재윤 씨가 눈 피하는 거 알아요? 긴장했어요?"

다현이 웃으며 물었다.

"긴장?"

재윤의 짧은 물음에, 다현의 표정이 묘해졌다. 그의 목소리가 한층 낮게 가라앉았다. 습한 기운을 머금은 목소리를 끝으로, 그가 천천히 눈을 떴다.

검은 눈동자가 진지하고, 무거우며, 깊다. 수많은 감정이 뒤엉킨 눈동자 위로 위험한 빛이 스쳤다.

"내가 정말 무슨 생각 하는지 알면 못 웃을걸?"

"……."

다현의 입술이 자그맣게 벌어졌다. 뭐라고 대답해야 할지 모르겠다고 생각한 순간, 재윤의 고개가 들리는가 싶더니 순식간에 그의 손이 다현의 뒷목을 감싸 쥐었다. 입술이 맞닿았다.

아.

입술 사이로 그의 혀가 밀고 들어왔다. 입안을 부드럽게 핥는 움직임에 다현의 어깨에 힘이 들어갔다. 어쩔 줄 모르는 손은 주먹을 꽉 쥐었다.

여전히 다현에게 키스는 가슴 떨리는 일이었다. 누구도 들이지 않은 은밀한 곳에 재윤의 것으로 가득차는 느낌. 사랑을 고백하는 그 입술이 맞닿아 소리 없는 고백을 나누는 기분.

어떤 접촉보다 생생한 느낌에 다현의 정신이 아득해졌다. 긴 키스가 끝난 후, 뜨거움이 닿았던 입술 위로 차가운 공기가 닿았다. 다현이 감고 있던 눈을 느릿하게 떴다. 멀어졌을 거라 생각한 재윤의 얼굴이 생각보다 가까이 머물렀다. 그의 눈빛은 전보다 짙은 빛을 띠고 있었다.

숨을 내쉬기 힘들어 다현은 그의 얼굴을 가만히 바라보았다. 그가 조금 더 물러나자 그의 손이 보였다. 한 손은 다현의 뒷목을, 다른 한 손은 핸들을 꽉 움켜쥐고 있었다.

무언가를 참고 있듯이.

순식간에 공기가 뜨거운 숨소리로 달구어졌다. 야릇한 분위기 속에 다현과 재윤은 눈을 마주쳤다.

"하아."

재윤의 한숨이 수많은 메시지를 담고 다가왔다.

이렇게 끝내고 싶지 않아.

자신을 빨아들이듯이 쳐다보는 눈빛이, 핸들을 쥔 손등에 돋아난 힘줄이 그렇게 말하고 있었다.

이걸로 부족해.

다현이 빨려가듯 재윤에게 다가가 그의 입술에 입을 맞췄다. 그가 멈칫하는가 싶더니, 이전보다 더 농밀하고 싶은 키스를 퍼부었다. 숨이 막혀 산소가 부족한 머릿속이 멍해졌다. 그러나 그만두고 싶지 않았다.

화가 난 듯 달려드는 그가, 자신을 조금이라도 더 맛보고 싶어서 달려드는 게 싫지 않다. 재윤의 빈 손이 다현의 어깨를 타고 내려왔다. 이윽고 그녀의 가슴에 손이 닿았다. 다현이 흠칫할 뿐, 말리지 않자 그의 손이 다현의 티셔츠를 파고들었다. 브래지어 위를 꽉 움켜쥐던 손이 그 속으로 깊게 파고들었다. 부드러운 손이 그녀의 가슴을 짓이겼다.

흐읍.

다현이 숨을 들이마셨다. 그의 손이 자연스럽게 다현의 가슴 중심을 어루만졌다. 야릇하고 찌릿한 느낌에 뒷덜미로 오소소 소름이 돋아올랐다. 생경한 느낌이 몸 안을 가득 채웠다.

재윤의 호흡이 들쑥날쑥해졌다. 그의 입술이 다현의 귓가를 지분거리다 목덜미로 타고 내렸다.

"읏. 하아."

마치 숨 쉬는 법을 잊은 사람처럼 다현이 헐떡였다. 그의 입술과 손이 닿는 곳마다 열기가 피어올랐다.

"재, 재윤 씨."

다현이 그를 조용히 불렀다. 그는 말이 들리지 않는 듯 다현의 티셔츠를 끌어 올렸다. 가로등 불빛에 빛나는 다현의 가슴을 입으로 머금었다.

"읏!"

선팅이 되어 있다고 하지만 누가 볼지 모른다. 더군다나 집 앞이라 불안했다. 갑자기 라효가 깨어나 자신을 찾겠다고 나오면…….

다현이 더는 견디지 못하고 재윤의 어깨를 밀쳤다. 귀를 막은 것처럼 돌진하던 재윤의 행동이 뚝 멈추었다. 가슴 사이에 얼굴을 파묻고 있던 재윤이 헝클어진 얼굴로 다현을 바라보았다.

그녀는 그만하자, 라고 말하려 했다.

그 짙고, 깊은 눈을 보기 전까지는.

멈추는 게 쉽지 않아 보이는 그 표정엔 언뜻 간절함까지 배어 있었다.

"오래 참고 견뎠어."

재윤이 한마디 툭 꺼냈다.

알고 있다.

재윤이 자신의 상처를 건드리게 될까 봐 느리다 못해 기어오는 것 같은 속도를 따라주고 있었다는 것을. 새 유리잔을 거머쥐는 손길처럼 조심스럽게 입을 맞추던 첫 키스도 기억하고 있었다. 하지만······.

다현을 바라보던 재윤이 눈을 감더니 운전석으로 돌아갔다. 그러더니 그는 손으로 눈가를 가렸다. 숨을 길게 내쉬더니 금세 고개를 들었다.

"들어가. 피곤할 텐데 자야지."

재윤이 입가에 웃음을 머금은 채 말했다. 애써 웃으려 노력하는 게 티가 났다. 그가 다현의 머리를 쓰다듬었다.

"지금 안 들어가면 잡아먹는다. 그러니까 3초 안에 도망쳐. 이래 봬도 인내력이 3초밖에 안 돼. 하나."

재윤이 웃으며 농담처럼 말을 꺼냈다.

"둘."

다현이 차 문고리를 잡았다. 재윤이 씁쓸한 얼굴로 미소 지었다. 일부러 숨을 들이마셨다. 다현이 나가지 않았으면 했다. 아니, 문을 잠그고 싶다. 못 나가게 막고서 어디로든 데려가서 전부를 가지고 싶다. 이런 자신의 욕심이 다현을 다치게 할까 봐 재윤은 빠르게 뱉었다.

"셋."

철컥.

그 말과 동시에 차 문고리가 잠겼다. 재윤의 눈빛이 흐려졌다. 다현이 문을 잠근 채 고집스럽게 앞을 바라보고 있었다.

"그게…… 무슨 뜻인지 알아?"

재윤의 목소리가 낮아졌다.

"……알아요."

"내가 너랑 뭘 하고 싶어 하는 건지."

"잘 알아요."

다시 한 번 똑같은 대답을 한 다현이 재윤을 마주 보았다. 떨렸다. 온 마음이 쿵쾅거릴 정도로. 그러나 그 떨리는 마음을 꾹 누른 채, 조심스럽게 진심을 뱉었다.

"나도 하고 싶다고 이야기하는 거예요."

보고 싶다. 자신을 가지고 싶어 하는 재윤의 모습을.

느끼고 싶다. 재윤을 가진 자신의 기분을.

서로가 서로에게 보여주지 못한 은밀한 모습을 너무도 갖고 싶다. 핸들을 쥔 재윤의 손에 힘이 들어갔다. 다현을 한참 바라보던 그가 자세를 고쳐 앉았다. 그리곤 평소보다 빠르게 차를 몰았다.

출장을 제외하곤 호텔에 처음 온 다현은 자신도 모르게 고개를 반쯤 숙였다. 시야에 빠르게 멀어지는 재윤의 발이 보였다. 그는 어딘가 성급해 보였다. 운전해서 호텔로 올 때부터 그랬다. 다현은 사람이 별로 없는 조용한 모텔이길 바랐지만, 그는 이름만 들어도 알 법한 호텔로 데려왔다. 다른 사람들이 보면 어쩌냐고, 그를 붙잡고 말렸지만 이번만큼은 그도 고집을 꺾지 않았다.

'처음이잖아.'

그 말에 다현도 입을 꾹 다물었다. 허름한 곳에서는 하고 싶지 않다는 뜻을 분명히 드러내는 재윤에게서 자신을 배려한다는 느낌도 받았다.

결국 다현은 어물쩍 그를 따라왔지만, 환한 조명과 고급스러운 인테리어가 낯설었다. 웃으며 지나가는 사람들이 재윤과 아는 사이가 아닐까 여러 번 가슴이 철렁 내려앉았다.

이래도 되나. 그런 생각을 하는 사이 이미 재윤은 룸의 문을 열고 있었다. 룸에 뒤따라 들어간 다현이 문을 닫을 땐, 이미 재윤이 조명을 밝힌 후였다. 그는 방 한가운데 서서 그녀를 바라보고 있었다. 다현은 잠시 갈등했다. 씻고 온다고 먼저 말을 해야 할지, 그냥 조용히 욕실로 들어가야 할지. 이만큼 어색한 건 태어나 처음이었다.

"재윤 씨."

먼저 씻겠다는 말을 하려 할 때였다. 그가 다현을 똑바로 바라본 채 재킷을 벗었다. 이어 넥타이를 풀었다. 남자가 옷을 하나씩 벗는 게 섹시하다는 걸, 다현은 그 순간 처음 알았다. 얇은 셔츠 너머로 재윤의 체형이 보였다. 굵은 팔뚝과, 넓은 어깨, 그 아래로 평평하게 이어진 가슴과 배. 그가 셔츠 단추를 풀었다. 왠지 그 모습을 빤히 보기 민망해 다현이 고개를 돌렸다.

역시 먼저 씻는다고 하고 숨 돌릴 시간을 만드는 게 낫겠다, 라는 생각에 그녀가 몸을 비스듬히 틀었다.

"재윤 씨, 제가 먼저 갈게요."

성큼 다가온 재윤이 다현을 끌어안았다.

"어딜 가."

"……욕실에요."

"그럴 시간이 어딨어. 사람 이렇게 만들어놓고."

1초도 아깝다는 투에 가슴이 쿵 내려앉았다. 더는 떨릴 수도 없을 것 같은데, 떨린다. 손에 닿은 것과 눈에 들어오는 이 모든 것들이 거짓말 같기만 하다. 꿈일까 봐 다현은 조심스럽게 재윤의 팔뚝에 손을 올렸다. 얼굴에 손을 대고 싶은데, 뜨거운 자신의 손에 재윤의 얼굴이 데일 것만 같았다.

무표정한 재윤이 다현의 손목을 끌어당겨 자신의 쪽으로 돌려세웠다. 순식간에 입술이 가로막혔다. 시야로 감고 있는 재윤의 긴 눈이 보였다. 그마저도 너무 가까워 초점이 맞지 않았다. 기세에 밀려 눈을 감자, 모든 감각이 활짝 열린 것처럼 재윤이 느껴졌다.

티셔츠를 파고드는 손, 뒷덜미를 지분거리는 또 다른 손, 잔뜩 헤집어지는 입술 안까지.

브래지어 위를 만지던 손이 속옷 안으로 쑥 파고들었다. 흠칫한 다현의 몸이 굳었다. 낯선 손길에 적응하느라 다현은 자신의 몸이 점차 밀리고 있다는 것도 몰랐다. 그러다 어느새 풀썩 쓰러지고서야 자신이 침대까지 떠밀리다시피 걸어왔음을 알았다.

다현은 침대에 파묻힌 채 재윤을 바라보았다. 그를 아래에서 위로 바라본 건 처음이었다. 벌어진 입술 사이에서 빠른 숨소리가 새어 나왔다. 그는 아무 말 하지 않지만, 잔뜩 흥분해 있다는 걸 알았다. 자신을 삼킬 듯 바라보는 눈빛과, 가슴을 세게 그러쥐는 손길이 말하고 있었다.

"앗."

티셔츠가 들춰졌다. 순식간에 브래지어가 위로 들렸다. 조심하려고 하지만, 어딘가 성급해 보이는 손놀림이었다.

그 짧은 순간, 다현은 자신이 샤워를 한 후 속옷을 맞춰 입어 다행이라 생각했다.

피부에 한기가 닿는 순간 온몸에 소름이 오소소 돋아올랐다. 그보다 더 그녀를 아찔하게 만든 건 자신의 가슴을 머금고 있는 재윤의 얼굴이었다. 덮인 입술 너머로 혀가 움직이는 게 직접적으로 느껴졌다. 부드럽게 원을 그리고, 그 끝을 할짝 핥자 다현의 몸이 크게 움찔했다. 부끄러움과 묘한 쾌감이 뒤엉켜 생경한 느낌을 만들어냈다.

기분이 이상해 다현은 입술을 꽉 깨물었다. 이러지 않으면 입술 사이로 이상한 소리가 새어나갈 것 같았다.

그는 한 손으로 그녀의 가슴을 쥔 채 다른 한 손으로 다급하게 남은 셔츠 단추를 풀었다. 그마저도 원하는 대로 되지 않았는지 잡아뜯듯이 당겼다.

투투둑.

단추가 떨어져 바닥으로 아무렇게나 굴러 떨어졌다. 여분의 셔츠가 없다는 건 누구도 생각하지 못했다. 셔츠를 벗은 재윤은 곧바로 다현의 티셔츠를 벗겼다. 누군가의 옷인지 알 수 없는 옷가지들이 바닥에 나뒹굴었다.

순식간에 알몸이 된 다현이 눈을 크게 떴다. 놀란 반응을 더 보일 틈도 없이 피부가 맞닿았다. 생각보다 훨씬 부드러웠다. 자신의 피부가 거칠게 느껴지는 게 아닐까 싶을 만큼.

그의 입술이 다현의 가슴을 머금었다. 정점을 혀로 유린하듯 그렸다. 톡, 톡. 건드는 그 또렷한 느낌에 다현이 입술을 사려물었다.

"으음."

참기 힘들어진 다현의 입술 사이로 낮은 신음이 새어나왔다. 그 소리에 잠시 멈칫한 재윤이 그녀를 바라보았다. 마치 그 소리를 다시 듣길 원하는 사람처럼 빤히 바라보던 재윤이 다시 고개를 숙여 입술을 머금었다.

할짝.

간지러운 느낌과 동시에 자꾸만 허벅지에 힘이 들어갔다. 재윤의 입술이 다현의 몸을 타고 천천히 아래로 흘러 내려갔다. 그의 입술이 닿는 곳마다 열기가 피어올랐다.

부끄러웠다. 그만했으면 하면서도, 더 하길 바랐다. 어떤 것이 자신의 본심인지 알 수 없었다.

"읏!"

그사이 타인의 손이 닿지 않은 아래에 무언가가 느껴졌다. 눈을 뜬 다현은 자신의 다리 사이에서 닿은 손을 보았다. 연주를 하듯 손가락이 움직이는 것들이 느껴졌다.

"흡."

긴장감을 넘어서 심장이 폭발할 것 같았다. 다현이 자신도 모르게 다리를 모으려고 했지만, 그의 몸에 걸려 꼼짝도 할 수 없었다. 마치 무언가를 찾으려는 듯 더듬거리는 손길에 다현의 다리가 안으로 모였다. 그러자 재윤이 그녀를 어르고 달래듯 허벅지 안쪽을 쓰다듬었다.

"무서워?"

다현이 묘한 표정으로 그를 바라보았다.

무섭기도 하고 떨리기도 했다.

그러나 아무 말을 할 수도 없었던 건, 처음 보는 재윤의 얼굴 때문이었다. 그는 자그맣게 입술을 벌리고 있었다. 열기가 뒤엉킨 새까만 눈동자가 슬쩍 아래를 바라보았다. 다현이 다리를 오므리려 하자, 그가 이번엔 몸으로 가로막았다.

"읏!"

그사이 손가락이 깊은 곳으로 파고들었다. 방금 전 타오르던 열기가 훅 꺼지고 생경한 이물감이 느껴졌다. 손가락이 헤엄치는 물고기처럼 부드럽게 안쪽으로 파고들었다. 손가락이 미끈하게 들어가는 걸 느끼고서야, 다현은 자신의 아래가 젖어 있다는 걸 알았다. 부끄러움에 다현이 두 손으로 얼굴을 가렸다. 그의 손가락이 입구를 천천히 어루만지자, 젖은 소리가 났다.

질척.

그 소리에 다현은 참지 못하고 숨을 흡 들이마셨다. 고요한 공기 속 바르작거리는 이불 소리와 함께 재윤의 흥분한 듯 낮은 숨소리가 들렸다. 그가 자신을 보고 흥분한다는 사실에 그녀의 가슴이 빠르게 뛰었다.

"윽!"

손가락이 이전보다 더 깊게 쑥 밀려들었다. 누구도 닿지 않았던 깊은 곳에 닿자 아린 느낌까지 들었다. 들었다. 낯선 아픔에 다현의 몸이 바짝 얼어붙었다. 재윤이 몸을 겹쳐오더니 다현의 뺨과 귓가에 입을 맞추었다.

"아플 거야."

그가 귓가에 속삭였다. 손가락이 물고기처럼 안에서 헤엄쳤다. 다현의 몸이 파르르 떨렸다.

"많이 힘들면 말해."

재윤이 흥분한 숨소리를 삼키며 조심스럽게 말했다.

연애 자체가 처음인 여자였다. 처음일 거라는 예상처럼 다현은 서툴고 어색해했다. 재윤이 천천히 손가락을 움직였다. 조금이라도 자신이 들어갔을 때 덜 버거워하길 바랐다. 다현이 눈물 젖은 얼굴로 고개를 끄덕였다. 그 얼굴 때문에 재윤은 성급하게 나가려는 그 몸을 더욱더 꾹 참았다. 손가락을 빼낸 그는 자신의 것을 가져다 댔다.

"윽!"

반쯤 들어갔을 즈음, 다현이 눈을 질끈 감더니, 시트를 꽉 움켜쥐었다. 재윤이 이를 악물고 참아내는 다현을 안타까운 눈으로 바라보았다. 아프면 말하라고 했는데 다현은 어떻게든 참아내고 있었다.

"다현아."

재윤이 낮은 숨소리가 섞인 목소리로 그녀를 불렀다. 다현이 가까스로 눈을 떠 재윤을 바라보았다. 그가 걱정스런 눈으로 다현을 바라보고 있었다. 흥분을 꾹 참는 얼굴로 재윤이 그녀를 머리를 쓰다듬어 주었다.

"괜찮아."

그가 달래며 다현의 입술에 입을 맞추었다. 다현이 눈물 맺힌 눈으로 재윤을 바라보았다. 괜찮아, 괜찮아. 재윤이 귓가에 속삭였다.

다현이 입술을 꽉 깨물더니 대답 대신 그의 목을 끌어안았다. 온몸에 닿는 피부와, 그 속에서 피어나는 열기가 느껴졌다.

"……계속해요."

다현의 속삭임에 재윤이 그녀를 바라보았다. 걱정과 흥분이 잔뜩 뒤엉킨 얼굴로 재윤이 그녀를 바라보았다. 다현이 다시 한 번 고개를 끄덕이자, 재윤의 몸이 순식간에 푹, 뚫고 들어왔다. 다현이 숨을 들이마신 채 뱉지 못했다. 입술만 벙긋거렸다.

아프다.

생각보다 더한 아픔이었다. 키스할 때와는 확연히 다른 느낌이었다.

재윤의 몸이 천천히 움직이자 다현이 숨을 들이켰다. 그나마 다행인 건 두려움만큼 아프진 않았다는 거였다. 조금 뻐근하고 불쾌한 느낌이었다. 그러나 그 정도 통증은 감수할 수 있었다.

이어져 있다.

그 생각만으로도 눈물이 날 만큼 기분이 좋아서, 다현은 꾹 견뎠다.

재윤의 몸이 뒤로 빠졌다가 천천히 밀고 들어왔다. 몸을 뚫고 들어오는 강한 느낌에 아랫배가 찌릿거렸지만, 다현은 숨을 내쉬며 참았다. 그가 적응할 시기를 주려는 듯 느릿하게 몸을 움직이다가 조금씩 속도를 높였다.

쿵, 쿵.

몸이 맞부딪쳤다가 멀어지길 반복했다.

"앗! 하아, 하아. 아아!"

다현이 숨을 삼켰다. 그가 몸을 숙여 다현을 끌어안았다.

"하아."

그의 숨소리가 귓가에 안개처럼 번져갔다.

"다현아."

그가 잠긴 목소리로 불렀다. 다현이 가까스로 '네'라고 대답했다. 그러나 그는 다시 한 번 '다현아'라고 불렀다. 그는 끝이 날 때까지 계속해서 '다현아'라고 그녀의 이름을 불렀다. 마치 자신이 누구랑 하고 있는지 새기기라도 하듯이.

이윽고 그의 몸이 깊은 곳에 푹 찔렀다가 빠져나왔다. 다현은 흐릿한 눈으로 앞을 바라보았다. 그가 손으로 자신의 중심을 잡은 채 다현의 배 위에서 쓸어내렸다. 다행인 건지 불행인 건지 피가 묻어 있지 않았다. 그가 움켜쥔 그의 중심에서 하얀 정액이 쏟아져 나왔다. 배 위가 뜨거웠다.

"하."

그가 숨을 내쉬며 고개를 뒤로 젖히는 모습에 다현은 잠시 숨을 멈췄다. 평소의 능글맞고 장난스러운 모습은 오간 데 없었다.

사정을 마친 그가 티슈를 뽑아 다현의 배를 닦더니, 고개를 숙였다.

쪽.

입술이 맞닿았다 떨어졌다.

"아픈 곳은?"

다정한 목소리에서 꿀이 떨어져 내렸다. 다현이 고개를 절레절레 내저었다. 사실 아랫배가 시큰거리고 아파왔지만, 티를 낼 정도는 아니었다. 재윤이 픽 웃더니 시트를 끌어당겨 다현의 몸에 덮어주었다. 그리고는 시트 안에서 다현의 맨몸을 끌어안았다.

"땀 흘렸어요."

다현이 조심스럽게 말했다.

쪽.

재윤이 어깨에 입을 맞추는 걸로 대답을 대신했다.

상관없어.

그 뜻이 담긴 입맞춤에 다현이 슬그머니 그를 바라보았다. 이 모든 것이 낯설었다. 동시에 이유 없이 눈물이 왈칵 나려 했다. 재윤이 그런 다현의 눈을 물끄러미 바라보았다. 조금의 시간을 두고 그의 눈빛이 말을 걸어왔다.

마침내, 닿았다고.

그 순간 다현은 재윤이 자신에게로 성큼 걸어오는 기분을 느꼈다. 가장 잘 보이는 위치에서 마주 보는 기분이었다.

다현이 눈물 고인 얼굴로 옅게 미소 지었다.

재윤과 호텔에 간 후, 쌍둥이들이 신경 쓰여 집으로 돌아와 잠을 잔 다현은 아침 일찍 울리는 알람음에 눈을 떴다. 알람시계와 휴대폰 알람을 동시에 설정해 놨는데, 무슨 이유에서인지 알람시계만 울렸다. 휴대폰을 확인하자, 꺼져 있었다.

분명 배터리를 완전히 충전시킨 휴대폰이었는데.

출근 준비를 마친 다현은 보조배터리와 휴대폰을 챙겨 집 밖으로 나섰다. 평소보다 늦은 준비 탓에 버스에 올라타 겨우 휴대폰을 켠 다현의 표정이 모호해졌다. 자신이 아는 모든 사람으로부터 전화가 걸려왔다. 누구에게 먼저 전화를 해야 할지 몰라 멍하게 있는 사이, 밀렸던 메시지가 끝없이 밀려들기 시작했다.

―너 진짜야?

―스캔들, 너지?

―이게 무슨 일이야!

뭘 말하는 걸까.

다현이 가장 먼저 친구에게 전화를 하려 할 때였다.

[재윤 씨]

액정에 뜬 익숙한 이름에 다현이 휴대폰을 귀에 가져다 댔다.

―시끄러운 아침이지?

재윤이 느긋하게 말을 걸어왔다.

"네?"

―아직 그쪽으로 따라붙은 사람은 없나 봐?

"무슨 말이에요?"

―우리 스캔들 났던데?

"……네?"

―원래 이렇게까지 시끄럽진 않은데, 강재가 비서랑 결혼한 통에 우리까지 자연스럽게 비교되어서 화제가 되는 모양이야. 며칠간 번거로울 거야. 모르는 번호로 오는 전화 가능하면 받지 마. 급한 건 너한테 메시지로 올 테니 업무용 연락이 맞는 것 같으면 전화를 하고.

재윤이 침착하게 스캔들 매뉴얼에 대해 설명했다. 마치 이 상황을 예상하고 있던 사람처럼. 재윤은 급한 대로 임시 비서를 구할 수 있으니 출근하지 말라는 말을 했지만, 그건 말처럼 쉬운 일이 아니었다. 당장 어디에 뭐가 있는지, 오늘 무슨 일정이 잡혀 있는지 모르는 사람이 어떻게 그를 보좌한단 말인가.

다현은 곧장 회사로 출근했다. 그전에 휴대폰으로 기사를 확인했다. 메인에 걸려 있는 참사를 피하긴 했지만, '현대판 신데렐라'라는 기사의 덧글 수가 만만찮은 걸로 봐선 이미 많이들 알려진 듯했다. 이후 친구로부터 'SNS에서 봤다'라는 연락이 빗발쳤다.

다현이 이마를 짚었다. 벌써 꽤 많이 퍼진 모양이었다. 회사에 기자들이 진을 치고 있을 거라는 예상과 달리 한산했다. 기자로 보이는 몇몇이 있긴 했지만, 다현을 알아보지 못한 듯했다. 그녀는 다급하게 회사 건물로 들어섰다.

엘리베이터 앞에 서 있자 쏟아지는 직원들의 시선이 따갑다. 다현이 고집스럽게 앞을 바라보았다. 겨우 본인의 자리로 돌아와 핸드백을 내려놓은 후에야 다현이 숨을 몰아쉬었다.

벌컥.

상무실 문을 열고 재윤이 걸어나왔다. 그가 먼저 출근해 있을 거라 예상치 못한 다현이 깜짝 놀란 얼굴로 바라보았다. 순간 많은 생각이 스쳐 지나갔다.

재윤과 보낸 어젯밤, 이후 아침을 시끄럽게 하는 스캔들까지.

민망한 건 둘째 치고, 이곳은 회사였다. 다현이 애써 덤덤한 표정으로 재윤을 바라보았다.

"좋은 아침."

긴장한 다현과 달리 재윤은 느긋하게 다가와 그녀의 앞에서 보란 듯이 턱을 괴었다. 그가 피곤한 표정으로 눈을 깜빡였다. 그럴 만했다. 어젯밤 자신을 데려다주고, 집으로 돌아갔으니 기껏 해봐야 2시간 남짓 잤을 거다.

"전화가 좀 많이 와서 피곤하네."

"다행히 사무실로 전화가 안 오네요."

"상무실 직통 번호를 기자들이 알 리가 없으니까. 뭐, 물론 나중엔 전화가 오긴 하겠지만. 아마 지금은 홍보실과 기획실, 그리고 대표번호가 터져 나갈 거야."

"어떻게 새어나간 거죠? 그때 돈을 요구한 그 기자인가요?"

다현이 난감한 표정을 지었다.

"아니. 그 기자는 고소 중이라 불가능할 거고, 아마 그 기자에게 사건을 건네받았거나, 아니면 그 기자 사건으로 냄새를 맡은 녀석들이 보도한 거겠지. 나름의 특종이었을 테니까."

"어쩌실 거예요?"

다현이 조심스럽게 물었다. 그러자 재윤이 몸을 곧게 폈다. 자연스럽게 다현의 고개가 뒤로 젖혀졌다.

"보도자료를 뿌릴 거야. 어차피 결혼할 거였으니까. 흔한 기사 있잖아. 업무차 만나다가 서로 호감이 생겨 연애를 했고, 결혼 적령기의 미혼 남녀 만남인만큼 결혼을 하게 되었다. 뭐, 이런 거. 최대한 간결하면서 아름답게 쓰라고 해놨어. 지금 건 너무 건조하잖아."

재윤이 미간을 좁히며 불만스럽게 말했다.

"……가족분들은 뭐라고 하세요?"

"아, 그 말을 전하는 걸 잊었네."

다현이 긴장한 표정으로 재윤을 바라보았다.

"내일 저녁에 시간 되면 라효와 사준이 데리고 집으로 와서 식사하는 게 어떠냐고 물으시네."

"……."

다현이 묘한 표정을 지었다. 그러자 재윤이 가볍게 웃으며 다현의 머리를 귀 뒤로 다정하게 넘겨주었다.

"결혼 허락하셨어. 그러니까 그렇게 긴장한 표정 짓지 마."

"……회장님도요?"

다현의 눈이 가늘게 흔들렸다.

"응. 어머니가 허락하시면 우리 집의 모든 사람들이 허락한 거거든. 일이 이렇게 된 김에, 일정을 앞당기자는 건데 내일 저녁에 식사 가능하지?"

"라효와 사준이가 폐를 끼치지 않을까 걱정돼요."

"좋아하실 거야. 개네 보면 아마 나랑 강재가 생각나실 테니까. 개네 우리 닮았거든. 그럼 내일 저녁으로 약속 잡을게."

재윤의 말에 다현이 고개를 끄덕였다.

걱정하지 마.

재윤이 그 말을 남긴 후, 상무실로 들어갔다. 다현이 숨을 깊게 들이마셨다. 생각보다 빨리 일이 진행되고 있었다. 그녀는 긴장을 털어버리려는 듯 심호흡을 하며 책상 앞에 앉았다. 이제 남은 일은 이 모든 일이 무사히 지나가길 빌고, 또 비는 일뿐이다.

❖

다현이 짬이 나자마자 가장 먼저 연락한 곳은 기태였다. 그는 바쁜지 연락이 되지 않았다. 두 번째로 연락한 사람은 나은이었다. 나은은 잠깐이라도 좋으니 퇴근 후 얼굴 보고 이야기하자는 답을 주었다.

일을 마친 후, 재윤이 다현을 데려다주겠다고 나섰다. 피곤하고 바쁜데 애쓰는 재윤이 안타까워 다현은 거듭 거절했다. 나은과 약속이 있다고 몇 번을 이야기하고서야, 재윤은 '그럼 나도 귀가해서 밀린 일 좀 하고, 강재랑 술 한잔해야겠네.' 라며 먼저 퇴근했다.

홀로 뒷정리를 마친 후 나은과 만나기 위해 엘리베이터를 타고 내려오던 다현은 때마침 엘리베이터에 타는 성태, 혜연, 또 다른 비서 몇을 보았다. 요즘 잠잠하다 싶더니 저 무리에 끼여 친하게 지내고 있는 모양이었다.

"아니, 잘못된 기사가 틀림없죠."

"상무님이 미쳤다고."

이런저런 말을 함부로 떠들던 사람들이 다현을 보자마자 입을 딱 다물었다. 다현은 묵묵히 앞을 보았다. 그들이 탄 후 엘리베이터 안이 조용했다. 까끌한 공기와 뺨에 와 닿는 시선이 느껴졌지만, 다현은 크게 신경 쓰지 않으려고 노력했다.

"흠, 다현 씨."

못 견디겠는지 성태가 이전과 다르게 그녀에게 사근사근하게 말을 걸어왔다.

"말씀하세요."

다현이 여전히 앞을 바라보며 무뚝뚝하게 대답했다.

"정말 상무님이랑 연애 중이야?"

"네."

"하……. 대박이네."

성태가 혀를 내둘렀다.

"재주도 좋아."

그 곁에서 혜연이 빈정거렸다. 다현이 쳐다보자, 혜연이 눈에 힘을 주었다.

"왜요? 상무님 만나니까 이제 뭐라도 된 거 같아요? 다현 씨가 상무님이랑 잘되든 말든 우리는 못 괴롭혀요. 권력남용했다간 요즘 큰코다치는 시대거든요."

"제가 뭐라고 하던가요? 찔리는 게 있으신가 봐요."

"찔리긴 뭐가 찔려요?"

"그럼 왜 그렇게 날이 서 있어요? 제가 이전에 혜연 씨가 문자 잘못 보낸 걸 새삼스럽게 다시 꺼낼까 봐 겁나세요?"

다현의 물음에 혜연의 얼굴이 하얗게 굳었다. 사람들이 '문자?' 라며 수군거렸다.

"무슨 말을 하고 있는 거예요? 그건 실수라고 했잖아요!"

"그렇죠. 실수라고 하셨죠. 그런 실수가 가능한 건지 확인해 볼 수 있었죠."

"지금 다현 씨야말로 저한테 시비 거는 거예요?"

"아뇨. 뭔가 착각하셨나 봐요. 저는 저와 상관없는 사람한테 신경 쓰지 는 편이라서요."

다현의 말에 혜연의 얼굴이 벌겋게 달아올랐다. 마치 상대할 가치도 없다는 듯한 태도였다. 그 당당하다 못해 무심한 다현의 태도에 남은 비서들이 입술을 꽉 씹었다. 그러면서도 슬그머니 눈치를 살폈다. 지금이라도 다현의 쪽으로 붙어야 하는 게 아닌가 고민하는 표정이었다.

딩동.

다현은 가볍게 목례를 한 후 엘리베이터에서 내렸다. 로비에서 기다리고 있던 나은이 손을 들었다. 다현이 그녀를 보자마자 빙긋 웃으며 달려갔다. 나은은 다현의 뒷모습을 노려보며 입술을 씹는 비서들을 보며 고개를 절레

절레 내저었다.

재들은 아직도 저러고 사네.

나은은 그들을 깔끔하게 무시한 후, 다현을 차에 태워 일부러 회사에서 아주 먼 식당으로 향했다. 파스타, 샐러드, 스테이크, 음료 두 개를 주문한 후 나은이 다현을 빤히 바라보았다. 이제 할 거 다 했으면 말해보라는 태도였다.

"어디서부터 말해야 하지……."

다현이 잠시 고민하는 표정을 지었다.

"그럼 내가 먼저 물을게. 다현 씨."

"응."

차라리 그게 편하겠다. 다현이 나은을 바라보았다. 최대한 성실하게 대답할 생각이었다.

"다현 씨가 사귀던 사람, 기태 씨 아니었어?"

"아냐."

"나는 두 사람이 비밀연애하는 줄 알았는데? 굉장히 친해서."

"대학 동기였어. 정확히 말해 대학 동아리 멤버였어."

"아……. 사귀는 사람은, 오늘 기사에 난 대로 재윤 상무님?"

"응."

나은이 잠시 생각에 잠겼다. 그제야 퍼즐처럼 나눠져 있던 기억들이 착착 맞아떨어지기 시작했다. 애인을 조금 어려워하던 다현의 태도가 이해되었다. 상사였기에 어려웠을 거다. 결혼도 꺼려할 만했다. 집안 차이가 상당하니 다현의 입장에서는 부담스러울 게 뻔했다.

"늦게 말해서 미안해."

다현이 미안한 표정으로 사과했다.

"재윤 상무님이라면 말하지 못하는 게 당연하지. 상사랑 연애한다고 회사 직원한테 어떻게 말해? 소문 퍼지면 어쩌려고. 나라도 어려웠을 거야. 그건 이해해. 그럼, 다현 씨. 기태 씨랑 사귄 적 한 번도 없어?"

"응. 처음부터 좋은 친구였어. 그런데 왜 자꾸 기태 이야기를 해?"

"아냐."

나은이 손을 내저었다. 이어 테이블 위에 주문한 음식이 가득 찼다. 마른 몸매에 비해 먹는 걸 좋아하는 나은은 거침없이 식사를 했다. 그런데 어딘가 넋이 나간 얼굴이었다. 식사를 마친 후, 카페에 가서 나은은 드문드문 재윤과 어떻게 할 건지에 대해 물었다.

"회사는 관둬야겠네."

"아무래도 그렇겠지."

"따로 하고 싶은 일 있어? 다현 씨 성격에 집에만 있진 못할 거 아냐."

"나도 갑작스럽게 벌어진 일이라 생각 중이야."

"그래. 그게 낫지. 다현 씨."

"응?"

다현이 카페모카를 한입 쭉 마시다가 나은을 쳐다보았다. 방금 전까지 넋이 나가 있던 나은의 눈동자에 초점이 잡혔다.

"그럼 나, 소개팅 해줘."

다현이 눈을 깜빡였다.

"응? 누구랑?"

"기태 씨랑."

"쿨럭."

하마터면 뱉을 뻔한 다현이 입안에 고여 있던 커피를 삼키다 사레에 들려 콜록댔다. 그녀는 티슈로 입술을 훔친 후 나은을 바라보았다.

"원래 기태 씨한테 관심 있었는데 다현 씨랑 사귀는 줄 알고 포기하고 있었거든. 그래서 누구랑 사귀는 건지 묻지 않은 거기도 하고. 그런데 내가 헛다리 짚고 있었네. 아닌 거라면 나, 기태 씨 소개시켜 줘."

당당한 나은의 태도에 다현은 박수를 보내고 싶은 심정이었다. 다현은 잠시 고민했다. 그러고 보니 기태가 '나은 씨 예쁘네.'라는 말을 종종 하곤 했다.

만나게 해줘도 괜찮지 않을까.

"그래. 알았어. 기태 소개해 주는 대신에 결혼한 후에도 종종 날 만나줘야 해."

"다현 씨가 농담을 다 하네. 연애하더니 성격 많이 변했어."

"그래? 좋은 쪽으로 바뀐 거지?"

"그럼. 당연하지. 커플 모임 하자. 나랑 기태 씨 사귈 거거든."

"……."

나은이 당당하게 말했다. 소개팅 하기도 전에, 그녀는 커플이 될 거라 확신하고 있었다. 다현은 다시 한 번 박수를 보내고 싶은 심정으로 나은을 바라보았다.

❖

지하 주차장으로 내려온 다현이 주변을 둘러보았다. 수많은 차 중, 단연 눈에 들어오는 차가 보였다. 다현을 발견한 듯 차가 앞으로 빠져나왔다. 그녀는 차에 다가가기 전 주변을 살폈다. 다행히 늦은 시각이라 주차장에 다른 차는 별로 보이지 않았다.

굳이 데려다주지 않아도 되는데.

다현은 그럴 필요 없다고 한사코 만류했으나, 재윤이 우기고 나섰다.

'그럼 대체 언제 데이트하자는 거지?'

오히려 뻔뻔한 그 물음에 다현은 할 말이 없었다. 재윤의 스케줄이 얼마나 바쁜지 누구보다 잘 알고 있었다.

'바쁘시잖아요.'

'바쁘지만 데이트도 하고 살아야지. 자꾸 일만 하면, 내 삶의 질은? 그러다가 지친 성다현 씨가 못해먹겠어요 하고 도망치면? 그럼 내 인생은 얼마나 슬프겠어?'

당당한 그의 물음에 다현은 할 말이 없었다. 보나마나 그의 페이스에 휘말릴 게 뻔했기에 다현은 자포자기한 심정으로 고개를 끄덕였다. 오히려 일이 이렇게 된 김에 집으로 가져갈 물건을 미리 가져갈 생각이었다. 자그마한 박스에 가장 필요없는 물건 몇 개만 담는다고 담았는데 금세 수북해졌다. 사람 든 자리는 몰라도, 나간 자리는 안다는 옛말이 틀린 게 없었다. 조수석에 타기 편하게끔 차가 멈춰 섰다.

그러나 다현은 조수석에 타지 않고 창문 앞에 서서 트렁크 쪽을 가리켰다. 그리고는 곧장 트렁크로 향했다. 박스를 내려놓고, 트렁크를 열자 운전석이 급하게 열렸다.

"잠시만!"

재윤의 외침과 동시에 트렁크 문이 활짝 열렸다. 그가 낭패라는 듯 손으로 얼굴을 덮었다. 큰 손에 얼굴 반이 가렸다.

"이게…… 다 뭐예요?"

다현이 트렁크 안을 보며 의아한 얼굴로 물었다. 그녀도 잘 아는 명품 로고가 박힌 종이가방 안에 선물로 보이는 것들이 가득했다. 문제는 대충만 훑어봐도 여자 취향의 브랜드들이라는 거였다.

주얼리, 립스틱으로 유명한 브랜드, 여성 의류로 유명한 브랜드.

절대로 재윤이 쓸 만한 것들은 아니었다.

"이거 혹시……."

"……."

"어머님 생신선물이에요?"

형수인 가연의 생일은 지났으니, 어머니의 생신밖에 남지 않았다.

아니, 그런데 무슨 생일 선물을 종합선물세트처럼 한가득 주는 거지? 저 집의 가풍인가? 다현이 묘한 표정을 지으며 선물과 재윤을 번갈아 보았다.

"저게 어딜 봐서 어머니가 쓸 브랜드들이야?"

재윤이 진심으로 그렇게 생각하냐는 듯 물었다.

"그건 그렇네요. 그럼 대체……."

말을 하다 말고 다현이 입을 다물었다. 생각해 보니 재윤이 즐겨 자신에게 선물하던 브랜드들이었다. 다현이 고요한 눈으로 재윤을 바라보았다. 갑자기 엘리베이터 부근이 시끄러워졌다.

"일단 타. 타서 이야기해."

재윤이 트렁크를 쿵 소리나게 닫았다. 다현도 주변을 의식한 듯 조수석에 올라탔다. 회사를 빠져나가는 차 안이 조용했다.

"다행이네. 오늘 저 선물들이 제 주인 찾아갈 수 있을 것 같아서."

"저거 정말로 다 제 꺼…… 예요? 아니, 대체 왜 그렇게 많이 샀어요?"

"나야말로 묻고 싶어."

재윤이 운전을 하다 말고 다현을 흘깃 바라보았다. 그가 습관적으로 눈을 가느스름하게 떴다.

"뭐 그렇게 잘 어울리는 게 많아? 그래서 자꾸만 다 사게 되잖아."

"……"

"안 받는 색은 뭐야? 안 어울리는 건 뭐고?"

"……"

"이것도 잘 어울릴 것 같고, 저것도 잘 어울릴 것 같고. 그래서 다 사주고 싶은데 어떻게 해? 여태까지 이런저런 이유 붙이면서 주기 힘들었는데 차라리 잘됐어."

화를 내는 말투와 전혀 다른 의미의 말에 다현이 빠르게 눈을 깜빡였다. 지금 저 선물을 사게 된 게 자신의 탓이란 말인가.

"……재윤 씨."

다현이 조심스럽게 그를 불렀다. 재윤이 입을 다문채 '응' 하고 대답했다. 다현이 고개 돌려 재윤을 바라보았다. 재윤에게 선물 사줘서 고맙지만, 저렇게 많은 선물은 부담스럽다는 말을 하려 했다.

그러다 보았다. 그의 좁아진 미간과 난처한 듯 흔들리는 눈동자. 왠지 이전보다는 조금 붉은 기가 도는 것 같은 귀.

뻔뻔하게 말은 했지만, 난처해하는 게 느껴졌다. 다현이 입술을 달싹였다.

"저 선물들, 고맙게 잘 받을게요."

다현의 말에 재윤이 의아한 얼굴로 바라보았다. 분명 다현의 성격상 거절할 거라고 생각했었다.

"안 그래도 난처한데, 제가 잔소리하면 더 민망할 거잖아요. 어딜 가든 내 생각 하면서 사줘서 고마워요. 잘 쓸게요. 대신…… 다음에는 이러지 말아요."

다현의 짧은 말에 재윤의 입술이 늘어났다.

"그래. 다음에는 같이 가. 가서 나한테 어울리는 건 다현 씨가 골라주고, 다현 씨한테 어울리는 건 내가 골라줄게."

"네. 대신 제 월급날에 가요."

다현의 말에 재윤이 픽 웃었다.

이쯤 되면 백화점을 턴 게 아닐까 싶다. 다현은 받아온 선물을 막막한 눈으로 바라보았다. 자신이 보았던 것보다 선물의 양이 상당했다. 라효와 사준이 잠들었길 망정이지, 이걸 봤더라면 턱이 빠졌을지도 모른다.

다현은 재윤이 선물해 준 것들을 진열했다. 손수건은 양말을 넣어놓는 칸 귀퉁이에, 립스틱은 화장대 위에, 스카프는 수납장 안에, 주얼리는 수납장 안에.

모조리 다 정리한 후, 다현은 방 안을 스윽 훑어보았다. 재윤이 왔다 간 것처럼 자신의 방에 재윤의 냄새가 나는 기분이었다. 기분이 묘해진 다현이 민망한 듯 웃었다.

재윤에게 다음에 그러지 말라고는 했지만, 사실 기분 좋았다. 재윤이 가는 곳마다 자신을 생각해 준다는 것이. 어디선가 자신을 기억해 주고 떠올려 주는 사람이 있다는 것만으로도 이렇게 행복해질 줄이야.

빙긋 웃은 다현이 일일이 다 사진에 담았다. 그리고는 재윤에게 메시지를 보냈다.

[집마다 재윤 씨가 사준 물건으로 가득하네요. 고마워요.]

얼마 되지 않아 재윤에게 답장이 날아왔다.

[내가 사준 물건 말고, 날 데려가는 건 어때?]

재윤의 말에 다현은 풉 하고 웃어버렸다.

❖

다음 날 저녁, 단정한 원피스 차림의 다현과 깔끔하게 차려입은 라효, 사준이 대문을 나섰다. 약속 시간에 맞춰 부랴부랴 나서던 그들 앞으로 차 한 대가 멈춰 섰다. 가로등 불빛을 받은 익숙한 차에서 내린 재윤이 손을 들었다. 머리를 말끔하게 올린 슈트 차림의 그를 본 사준과 라효가 눈을 크게 떴다.

"어떻게 왔어요?"

놀란 다현이 다가오는 재윤을 보며 물었다.

"데리러 나오던 중이었는데, 때마침 어머니가 데리러 가라고 하시네. 일하느라 피곤한 여자가 동생들까지 챙겨 부랴부랴 오게 할 거냐고 하시더라고."

다현은 선 여사의 배려에 속으로 감탄했다.

"어머니가 다현 씨 마음에 들었나 봐. 젊은 시절 당신이 생각나신대. 남은 이야기는 천천히 하도록 하고, 차에 탈까?"

재윤이 자신의 차를 가리켰다.

"고마워요."

다현이 웃으며 한 걸음 내딛다 말고 멈춰 섰다.

"잠시 가스 확인이랑 집 점검 한 번만 더 하고 오면 안 될까요?"

"누나는 어딜 가면 꼭 저래."

"그러게."

재윤이 웃으며 그러라고 하자 다현이 집으로 들어섰다.

"뒤에 타."

재윤이 라효와 사준에게 뒷좌석을 가리켰다. 두 사람이 뒷좌석에 얌전히 앉았다. 종종 타지만, 탈 때마다 편하다는 기분이 드는 차였다. 라효는 조용히 손으로 시트를 쓸었다.

다음에 돈 많이 벌어서 누나한테 이런 차 사줘야지. 남으면 나도 한 대사고.

라효가 소리 없이 다짐을 새길 때였다.

"문자 잘 받고 있어."

재윤이 룸미러로 라효와 사준을 보며 말했다.

"별말씀을요."

사준이 싱긋 웃으며 대답했다.

사준은 언젠가부터 일주일에 한 번씩 재윤에게 문자를 보냈다. 일주일에 한 번씩 연습량, 어느 팀과의 연습경기 결과 등을 알려주었다. 얼마 전엔 청소년 국가대표로 발탁된 소식까지 알려주었다.

'이럴 필요 없어.'

재윤이 이런 걸 받자고 하는 일이 아니라고 말했으나, 사준은 의외로 강경했다.

'후원이라고는 했지만, 투자라고 생각하신다면서요. 투자하신 거면 적어도 어떤 결과로 진행되는지 보고받을 자격이 있으시다고 생각해요. 답장 안주셔도 돼요. 그냥 보기만 하세요.'

그 말에 재윤은 그들에게서 연락을 받기로 했다. 그다음 주부터 라효에게서도 문자가 왔다.

"우리가 친하다는 건 누나한테 비밀인 거 잊지 마."

재윤이 라효와 사준을 보며 싱긋 웃었다.

"나중에 누나가 알면 난리날 텐데요."

라효가 걱정스런 표정으로 말했다.

"그렇겠지."

"언제 말해주려고요?"

"애 셋 낳으면?"

재윤이 장난스럽게 대답했다.

"사냥꾼이세요? 선녀 옷 훔쳤다가 애 셋 낳으면 돌려준다고 하게요?"

사준이 생글생글 웃으며 건넨 농담에, 라효가 팔꿈치로 그의 팔을 꽉 내리쳤다.

"……나무꾼이야, 멍청아."

라효가 음산한 목소리로 중얼거렸다.

"아. 그랬나? 언제 바뀌었지?"

사준이 무심한 얼굴로 팔을 문질렀다. 라효가 고개를 숙인 채 큭큭거리고 웃는 재윤을 보다 사준을 노려보았다.

"넌 공부를 하는 거냐, 마는 거냐?"

"하고 있어."

"하긴, 뭘 해? 아는 건 있냐?"

"며칠 전에 음악시간에 부른 노래도 기억하고 있는데? 행복아. 길어라. 산타할부지, 산타할부지."

낯선 가사, 익숙한 음악.

라효가 더는 못 견디겠다는 듯 손으로 눈가를 가리고는 어금니를 꽉 깨문 채 말했다.

"……산타할부지 말고, 산타루치아야. 이 미친 새끼야."

뇌는 어디다 빌려줬냐. 아니면 그것도 근육인 거냐.

라효는 차마 못할 말을 삼켰다.

"아, 그래?"

그에 비해 사준은 뻔뻔할 정도로 덤덤했다.

"……넌 진짜 오늘 식사자리에서 한마디도 하지 마라. 제발, 부탁한다."

라효가 여전히 어금니를 꽉 깨문 채 말했다. 차 문이 훅 열리며 내부로 바람이 밀려들었다.

"응? 왜들 이래요?"

뒤늦게 조수석에 탄 다현이 세 사람을 둘러보았다. 사준은 멍한 얼굴로 창밖을 바라보며 입을 꽉 다물고 있었고, 재윤은 핸들에 머리를 대고서 큭큭대고 있었다. 그리고 라효는 '내가 저런 거랑 쌍둥이라니……. 뇌세포는 내가 다 가졌나 봐.' 라고 괴로워하고 있었다. 다현은 의아한 얼굴로 눈만 깜빡였지만, 누구도 설명해 주지 않았다.

❖

빈손으로 갈 수 없어 다현은 어제저녁 준비했던 선물세트와 꽃다발을 챙겼다. 부족한 선물이라 싫어하시면 어쩌나 하는 고민과 달리, 선 여사는 활짝 웃으며 반겼다.

'얼마 만에 받아보는 꽃다발이야? 고마워요. 덕분에 선물 받은 꽃으로 꽃꽂이를 해보겠네요.'

활짝 웃는 선 여사의 얼굴을 보고서야 다현은 마음을 내려놓았다. 별로 준비한 게 없다는 말과 달리 식탁 위는 음식으로 가득했다. 메인메뉴로 추정되는 음식 가짓수가 세 개를 넘어가, 어느 것부터 손을 대야 할지 감이 잡히지 않았다.

식사하는 동안 회장님 내외의 시선을 끈 건 다현이 아니라 라효와 사준이었다. 재윤의 예상대로 김 회장 내외는 그들에게서 어린 시절 재윤과 강재를 떠올렸다.

"똑같이 생겨서 하는 행동은 완전히 달랐어요, 애들도."

"얘네도 마찬가지예요. 성격 때문에 얼굴도 조금씩 달라지고 있는 것 같아요."

"맞아요. 성격 때문에 약간씩 달라지긴 해요. 그래도 똑같은 건 변함없죠. 자다 깨서 나오면 누가 누군지 모르겠다니까요."

"네."

엄마는 아니지만 쌍둥이를 거둬 키운 고충은 비슷한 터라, 선 여사와 다현은 말이 곧잘 통했다.

라효와 사준은 다행히 묻는 말에 점잖게 대답해, 어린 나이답지 않게 의젓하다는 칭찬을 받았다. 그 말에 이유는 모르겠지만, 재윤은 소리 내어 웃었다.

식사 후, 차를 마시던 선 여사가 찻잔을 내려놓으며 다현과 재윤을 번갈아 보았다.

"다음 상견례도 오늘처럼 간단했으면 좋겠는데, 어떻게 생각해요?"

선 여사의 물음에 다현은 잠시 놀랐지만, 이내 침착하게 대답했다.

"네. 그렇게 해주시면 저야 감사하죠."

어차피 상견례라고 해봤자 데리고 나올 수 있는 사람이 라효와 사준밖에 없었다. 그들에겐 다른 친척은 아무도 없었다. 그 사정을 아는 선 여사의 배려였다.

"그래요. 다음엔 전망 좋은 데서 식사 한 끼 하면서 결혼 어떻게 진행할 건지 천천히 이야기를 나눠봐요."

"감사합니다."

다현이 고개를 숙였다. 그 곁에 있던 사준도 함께 고개를 숙였고, 라효는 눈치를 보다가 고개를 숙였다.

"그렇게 인사할 필요 뭐 있어요? 내 아들 평생 맡아준다는데 내가 고맙지."

선 여사가 선선히 웃었다.

이후 결혼에 관해 간단히 이야기가 오갔다. 재윤이 다현과 협의가 의견을 꺼내 허락을 받는 식이었다. 결혼 후, 분가해서 살 것이며, 작은 결혼식으로 친척들과 가까운 지인들만 모아 결혼하겠다는 재윤의 요구에 회장 내외는 그러라고 허락했다.

차를 모두 마신 후, 재윤이 데려다주겠다고 나섰다. 라효와 사준은 재윤의 차 뒷자리에 앉아 늘어졌다.

"아."

조수석에 앉은 다현이 똑같은 자세로 늘어져 있는 둘을 바라보았다.

"긴장 많이 했어?"

"어. 좀."

라효가 고개를 뒤로 젖힌 채 말했다. 자신들의 사소한 실수가 다현을 욕먹일 수 있다는 생각에, 조심하느라 애썼다. 다행히 재윤의 가족들이 다현을 반기는 분위기라 마음이 놓였다. 그러면서도 기분이 이상해 라효는 창밖을 멍하니 바라보았다.

누나가 결혼이라니. 누나 없이 살 수 있을까.

만감이 교차한 라효의 표정이 암울해졌다.

"오늘 수고했어."

운전석에 탄 재윤이 싱긋 웃으며 라효와 사준을 바라보았다. 그들은 꾸벅 인사하는 걸로 대답을 대신했다.

"오늘 고생했어."

재윤이 습관적으로 다현의 어깨를 두드려 주었다. 다현은, 긴장될 만도 한데 사근사근하게 대답을 잘해 부모님의 마음을 흡족하게 했다. 형수인 가연만큼이나 반기는 분위기라 재윤은 다행이라 생각했다.

"재윤 씨가 제일 고생했어요."

"난 오늘 좋았어."

"저도 그래요."

눈을 마주 보며 웃는 애정 가득 담긴 행위에 뒷좌석에 앉은 라효와 사준이 묘해진다는 걸 그들은 알아채지 못했다.

"……나가 드릴까요? 끝나면 전화 주실래요? 저희가 아직 미성년자라 이 이상은 조금 무리겠네요."

보다 못한 사준이 조심스럽게 묻고서야 조금씩 가까워지던 두 사람이 훅 떨어졌다.

집으로 돌아온 다현은 옷도 갈아입지 못한 채 낮은 한숨을 내쉬며 달력을 바라보았다.

한 달 후라…….

다현이 속으로 중얼거렸다. 선 여사와 김 회장은 식사자리에서 한 달 후에 상견례를 했으면 좋겠다는 뜻을 밝혔다.

상견례라고 해봤자 선 여사의 말대로 좋은 곳에서 가족끼리 다 함께 식사를 하는 게 다였지만, 상견례를 한 후엔 결혼준비에 곧바로 돌입할 기세였다.

'나는 재윤이와 다현 씨의 결혼이 올해를 넘기지 않았으면 해요. 이미 두 사람 만나고 있는 거 회사에 소문 다 났고, 상견례까지 했다는 소식이 알려졌는데 미룰 필요 있을까요?'

다현은 선 여사의 말에 아무 말 하지 못했다. 쌍둥이가 마음에 걸렸다. 생각보다 너무 이른 결혼 예정일에 다현은 머뭇거렸고, 그걸 눈치챈 재윤이 말을 다른 곳으로 돌렸다.

다현이 달력을 넘겼다. 현재 9월이니, 올해라고 해봤자 겨우 석 달 남았다.

조금 더 사준과 라효의 곁에 있어주고 싶은데……. 아직 어린아이들이다. 그 아이들을 어떻게 두고 떠날까.

다현이 슬픔에 찬 얼굴로 입술을 꽉 깨물었다.

"누나, 자?"

문 너머에서 사준이 조심스럽게 물었다.

"아니."

"그럼 잠시 들어가도 돼?"

"응."

다현이 대답하자, 방문을 열고 들어온 사준이 히죽 웃었다. 금세 씻었는지 말끔한 몰골이었다. 사준이 다현의 앞에 털썩 앉았다.

"왜 안 자고 왔어?"

다현이 사준의 머리를 쓰다듬으며 물었다. 그러자 사준이 강아지처럼 눈을 반쯤 감은 채 빙긋 웃었다. 맹하다가도 이렇게 애교 넘치게 웃으면 저절로 웃음이 났다.

"그냥, 누나 보고 싶어서."

"보고 싶다면서 왜 눈 감고 있어."

"쓰다듬어 주니까 좋아서."

"그래. 그럼 계속 쓰다듬어 줄게."

다현이 사준의 머리를 연신 쓰다듬어 주었다. 짧은 머리가 까슬까슬했다.

"누나."

"응?"

"그 아줌마 말대로 올해 넘기지 말고 결혼해. 상견례도 금방 하고."

"……갑자기 그게 무슨 말이야?"

다현이 머리를 쓰다듬다 말고 사준을 바라보았다. 사준은 여전히 눈을 감고서 빙긋 웃고 있었다.

"우리 때문에 누나가 고민하는 거 알고 있는데, 이제 그만 고생하고 시집가."

"……."

"이만하면 누나도 우리한테 충분히 했어. 우리 때문에 누나가 뭔가를 계속 포기하는 거, 보는 우리도 불편해."

다현이 미소 짓고 있는 사준의 얼굴을 빤히 바라보았다. 그러자 사준이 천천히 눈을 떠 다현을 바라보았다. 눈동자가 촉촉하게 젖어 있었다.

"우리도 이제 곧 고2야. 그러면 굉장히 바빠. 야간 자율 학습도 해야 하고, 방학이면 전지훈련도 가겠지. 특훈도 받아야 하고. 집에 있는 시간보다 없는 시간이 많을 거야. 누나가 결혼도 안 하고 집에 혼자 있으면 우리가 얼마나 불안하겠어? 그러니까…… 얼른 결혼해."

"……사준아, 그래도 누나는……."

"누나가 우리를 두고 일찍 결혼한다고 해서, 우리를 덜 사랑한다고 생각하지 않아. 라효도 나랑 같은 생각일 거야."

사준의 말이 가슴을 꽉 짓눌렀다. 애서 외면하고 있던 진실에 다현은 순간 목이 메어 아무 말도 못한 채 사준을 보았다.

"그러니까 편하게 결혼해. 겁내지 말고."

사준이 여전히 웃는 얼굴로 한마디 덧붙였다.

"사랑해, 누나. 시집을 가도, 누나만의 가정이 생겨도. 그래도 우린 가족이니까."

그 말에 다현의 눈동자가 새빨갛게 물들었다. 이윽고 참지 못한 눈물이 후두둑 떨어졌다.

사준의 말처럼, 겁이 났다. 라효와 사준이 한 번 더 버림받는다고 생각하고, 자신의 사랑을 의심할까 봐.

티 내지 않는다고 생각했는데, 이미 다 알고 있었나 보다. 언제 이렇게 컸지. 자신에게 안겨 울기만 하던 아이들인데, 이제 다 커서 자신의 눈물을 닦아준다.

다현이 조용히 사준을 끌어안았다. 으흑, 하고 울음을 터트리는 다현을 사준이 안아주었다. 분명 사준을 안아주었는데, 이젠 사준이 그녀를 안아주는 꼴이 되었다.

"고마워, 사준아."

"난 늘 고마워하고 있어. 누나."

사준이 눈물 섞인 목소리로 대답하더니, 금세 헤 하고 웃었다.

그 모습을 열린 방문 틈으로 엿보던 라효가 몸을 홱 돌려세웠다.

내가 이렇게 울고불고 할 줄 알았다니까.

소매 끝으로 눈가를 훔친 라효가 언제 그랬냐는 듯 씩씩하게 방으로 들어갔다.

업무를 정리한 후 퇴근하기 위해 로비를 가로질러 가던 다현은 굽어지려는 등을 꼿꼿하게 폈다. 언젠가부터 회사 로비를 지나가면 사람들의 시선이 우르르 따라붙었다. 그리고는 삼삼오오 모여 수군거렸다. '동신 신데렐라', '김재윤' '상무님'이라는 말이 들렸지만, 다현은 모르는 척 외면했다. 사실이니 뭐라 화를 낼 상황도 아니었다.

다만,

"얼굴 반반한 걸로 인생 폈네."

"그러게. 상무님이랑 이사님이랑 비서 취향이야? 웬일이니? 나도 비서 할걸 그랬네."

"상무님은 괜찮은 줄 알았더니……."

자신이 아닌 재윤까지 괜한 욕을 먹어야 하는 상황이었다. 로비를 걷던 다현의 걸음이 뚝 멈추었다. 자신을 만난다고 해서 재윤이 욕먹을 이유는 없었다. 한소리 하려고 다현이 소리가 난 방향으로 고개를 돌렸다. 그와 동시에 검은 뭔가가 시야를 가렸다.

"기다리라니까."

시원한 향기가 코끝을 스치고 지나갔다. 고개를 들자 재윤이 미간을 좁힌 채 그녀를 바라보고 있었다. 그의 반말에 다현의 눈이 커졌다. 둘만 있을 때 하던 말버릇이 나온 거라 생각한 다현이 다급하게 그를 불렀다.

"상무님."

"퇴근했는데 내가 왜 상무야."

다현의 입술이 작게 벌어졌다.

여긴 회사 로비다. 스캔들을 인정했지만, 사람들 앞에선 한 번도 연인이라는 걸 드러낸 적 없었다. 재윤의 말로 인해 사람들의 시선이 더더욱 그들에게 쏠렸다. 재윤이 다현의 손을 거머쥐었다.

"가자."

"재윤 씨."

다현이 놀란 표정을 억지로 숨기며 나지막하게 그를 불렀다.

"응. 다현 씨."

돌아오는 목소리가 상황 파악 못하고 다정했다. 다현이 눈썹에 힘을 주었다. 이게 무슨 짓이냐고 표정으로 항변했지만, 재윤이 다정하게 미소 지었다.

"우리가 불륜이야, 아니면 헤어진 사이야? 그것도 아니면 이복남매야? 곧 결혼할 사이끼리 퇴근 후에 손잡는데 뭐가 걱정이야?"

재윤의 말에 로비가 조용해졌다. 다현이 지나갈 때만 해도 떠들던 사람들이 재윤의 말에는 꼼짝도 하지 못했다.

"다른 사람들이 또 시끄럽게 떠들 거예요."

다현이 지친 표정으로 재윤에게만 들릴 만큼 작은 목소리로 말했다. 재윤에게 내색하지 않았지만 터무니없는 소문과, 뒷담화에 조금 지쳐 있었다. 남들의 반응이 크게 신경 쓰지 않고 살았는데, 많은 사람들의 관심과 헛소문은 감당하기 버거웠다. 가장 무서운 건, 자신 때문에 평가절하 받는 재윤이었다. 그가 다칠까 봐 걱정이었다.

"떠들라고 해. 원래 잘나면 그 정도는 감수해야 하거든."

재윤이 싱긋 웃으며 맞잡은 손에 힘을 꽉 주었다. 그의 목소리를 주변 사람들이 다 들었을 거다.

지친 다현이 시선을 내려 손을 보았다. 꽉 움켜쥔 손가락 끄트머리가 하얗게 질릴 만큼 세게 맞잡은 손이었다. 놓지 않겠다는 듯 맞잡은 손에선 미약한 걱정이 실려 있었다.

서로가 서로를 걱정하고 있구나. 다칠까 봐.

무심히 깨달았다.

정말 쓸모없는 짓이다. 눈앞의 사랑하는 사람을 보기도 벅찬데, 다른 사람 때문에 행복한 시간을 방해받다니.

다현의 굳은 표정이 서서히 풀리더니 이윽고 만개한 꽃처럼 미소가 피어났다.

"그러게요. 저답지 않았네요."

어차피 누구도 재윤과 자신의 사이가 어떤지 알지 못한다. 색안경을 끼고 바라보는 사람들에게 그건 붉은색이 아니라 노란색이야, 라고 백번 말해봤자 통하지 않을 걸 알았다. 다현은 싱긋 웃으며 재윤의 손을 꽉 움켜쥐었다.

"가요. 데이트하러."

다현이 걱정을 훌훌 털어버린 듯 사뿐하게 앞서 걸었다. 그런 다현을 따라 재윤이 한없이 사랑스럽다는 듯 바라보았다.

11. 그와 비서

다현이 카페에 앉아 창밖을 바라보았다. 더운 여름이 끝나, 어느덧 낙엽의 끝이 붉게 물들어갔다. 언젠가 무심코 창밖을 보면 낙엽이 우수수 떨어져 바닥을 짙은 갈색으로 채우겠지. 다현이 그 생각을 할 즈음, 재윤이 그녀의 앞에 앉았다.

"똑똑."

재윤이 입으로 소리를 내자, 다현이 고개를 돌렸다. 다현의 얼굴에 미소가 그려졌다. 오랜만의 만남이라, 반가움이 앞섰다. 다현이 회사 일을 관두자마자, 재윤은 3박 4일 해외 출장을 다녀와야 했다. 이후 여러 가지 일이 겹쳐 일주일 만에 보았다. 이렇게 긴 시간 못 본 건 처음이라 생소한 기분마저 들었다.

"잘 다녀왔어요?"

다현이 다정하게 바라보며 물었다.

"응. 보다시피."

"기태는요?"

다현이 잔을 들며 물었다.

다현이 일을 관둔 후, 기태는 다시 재윤의 비서직으로 돌아왔다. 재윤이 강재에게 '결혼 선물로 기태를 본래 자리로 돌려놔 줬으면 하는데.'라고 요구한 덕이었다. 결혼 선물이라는 그 말에 강재도 더는 토 달지 못하고 기태를 재윤의 비서직으로 돌려 보내주었다. 기태의 빈자리는 나은이 채우게 되었다.

얼마 전 통화하면서 힘들지 않냐는 다현의 물음에 나은은 대수롭지 않게 대답했다.

'할 만해. 할 일만 하면 간섭하지 않는 분이라.'

'무섭지 않아?'

'날 때릴 것도 아닌데 왜 무서워해?'

상사와 비서 간의 합이 맞는 사람도 있구나.

다현은 속으로 생각하며, 나은이 다시 한 번 대단하다고 생각했다.

"데이트 갔어."

"아, 그래요?"

다현이 싱긋 웃었다.

"기태, 강재 비서랑 사귀지? 나은 씨."

등받이에 등을 댄 채 재윤이 물었다. 그러자 다현의 눈을 동그랗게 떴다.

"어떻게 알았어요?"

"기태 휴대폰을 잠시 봤는데 이름을 봤어. '울 나은찡'이라고 되어 있던데."

"……."

"처음엔 중국인인 줄 알았어. 나은찡이라니."

"……."

재윤이 고개를 가로저었다. 다현도 덩달아 고개를 가로저었다. 기태가 그럴 줄 몰랐다. 아니, 기태가 의외로 그렇게 행동해서 나은과 맞지도 모른다. 활발한 기태와, 덤덤한 나은이라면 잘 어울릴 것 같았다.

재윤이 잔을 들어 입술을 축인 후 말했다.

"기태는 내가 아직 모르는 줄 알아. 애인이 생겼는데 누구인지 알려주지 않겠다고 하더라고. 나한테 복수하겠대."

"그래서 어떻게 했어요?"

"궁금해 죽겠다고 해줬지."

"누군지 안다면서요."

"장단 맞춰준 거지."

재윤이 싱긋 웃었다. 근사하게 웃는 재윤의 얼굴이 사악했다.

"집은 알아본다더니?"

다현이 미리 주문해 놓은 커피잔을 들며 재윤이 물었다. 그는 이른 가을 햇살이 편안한지 표정이 한결 편안해졌다.

"알아봤어요. 학교 근처 방 두 칸짜리 빌라로 옮길 거예요."

"내가 마련해 준다니까."

재윤이 얼굴을 찌푸렸다. 더 좋은 곳으로 이사 갈 수 있게 돕겠다고 했으나 쌍둥이들이 단칼에 거절했다. 집이라고 해봤자 잠만 자고, 짐만 넣어둘 곳이니 자신들은 신경 쓰지 말라고 했다.

"라효와 사준이는 이게 편하대요. 제가 봐도 걔들이 지내기에 넉넉하기도 하고요."

"학교는 다닐 만하대?"

"동신그룹 사돈이 될 거라는 게 소문이 난 후로, 선생님들이랑 애들이 굉장히 잘해줘요. 스타라도 된 것처럼. 그래서 불편한가 봐요."

다현이 쓰게 웃었다. 그녀도 결혼 발표가 난 후 라효와 사준을 몰아세우던 우철의 어머니와 담임 선생님에게서 연락을 받았다. 애들끼리 싸운 일인데 크게 마음 쓰지 말라는 말과, 시간 되면 한번 보고 싶다는 뜻을 밝혔다. 다현은 그 연락을 모두 거절했다. 그때 느꼈던 묘한 불편함은 죽을 때까지 잊을 수 없을 것 같았다.

그날, 다현은 라효와 사준에게 주변 사람들이 띄워준다고 절대로 흔들리거나 경거망동해서는 안 된다고 거듭 당부했다. 다행스럽게도 둘은 알아들은 듯, '걱정하지 마'라고 무심히 대꾸했다.

"며칠 전에 나한테 뭐 하고 싶냐고 물었잖아요."

다현의 말에 재윤이 고개를 끄덕였다.

"그랬지."

"대학을 다시 갈까 해요. 공부를 조금 더 하고 싶거든요."

"어떤 부분?"

"심리학이요. 경영학도 해보고 싶고요. 어느 쪽이든 공부를 조금 더 해보고 싶어요."

다현의 말에 재윤은 가볍게 고개를 끄덕였다.

"그렇게 해."

자신과 결혼을 하면서, 다현은 경력을 살려 취직하기 힘들어졌다. 다현으로서는 본인의 경력과 노력을 한순간에 날려 버리는 셈이었다. 그 때문에 불편한 마음이었는데, 다현은 금세 하고 싶은 일을 다시 찾아냈다.

"그나저나 오늘 뭐 할까?"

재윤이 상체를 앞으로 숙이며 다현을 바라보았다. 그의 눈동자가 햇살에 반짝였다. 다현이 마주 웃으며 똑같은 자세를 취했다. 얼굴이 가까워졌다.

"뭘 하고 싶은데요?"

"매일 같이 있고 싶은데?"

"……."

"같은 침대에서 눈을 뜨고 싶고."

재윤의 눈이 사르륵 휘어졌다. 일부러 끼를 부리는 게 역력했다.

"그건 곧 할 거고, 오늘 안에 뭘 하고 싶어요?"

다현이 마주 웃으며 물었다. 휘어지는 다현의 눈에 재윤은 시선을 빼앗겼다.

세상은 가을인데, 마음은 봄이다.

그는 아득한 시선으로 다현을 바라보았다.

"뭐든 좋은데."

너와 함께라면, 모든 게 좋다.

재윤이 소리 없이 온몸으로 말했다. 다현의 입꼬리가 더 위로 휘어졌다.

"그럼 성다현이 이끄는 데이트에 몸을 맡겨볼래요?"

"그 코스에 성다현의 노래 듣기도 있었으면 하는데."

재윤이 턱을 괴고서 눈을 가늘게 떴다.

"있을 거예요, 아마. 신청곡도 받아요."

다현이 자리에서 일어났다. 재윤이 뒤따라 일어나 다현의 손을 잡았다.

"길 잃어버릴까 봐서요. 가이드님. 손 좀 잡아주세요."

재윤의 농담에 다현이 참지 못하고 웃었다.

"네. 꼭 잡고 나오세요."

다현의 대답에 재윤이 빙긋 웃었다.

새파란 하늘, 가을로 물들기 시작한 거리 위를 한 커플이 발맞추어 걸었다.

THE END

에필로그

거울과 반짝이는 조명 아래에 흰 드레스를 입고 앉은 다현이 허리를 곧게 폈다. 머리카락은 높게 틀어 올려 하얗고 가느다란 목선을 강조한 드레스를 입은 그녀는 우아했다.

이 날이 결국 오는구나.

다현이 거울에 비친 제 모습을 물끄러미 바라보았다. 결혼 준비를 하면서 꿈처럼 느껴지기만 했었다. 어쩌면 영원히 오지 않는 건 아닌가, 의심했는데 그날이 이렇게 도착했다.

똑똑.

"다현 씨."

문을 두드린 후, 나은이 빼꼼 고개를 들이밀었다. 다현이 반가운 듯 웃자, 나은이 들어섰다. 그 뒤로 기태가 조심스럽게 따라 들어섰다.

"와, 이게 누구야."

기태가 깜짝 놀란 얼굴로 물었다. 늘 한 갈래로 머리를 묶고 있거나 풀고 있었기에, 높게 틀어 올린 모습은 처음이었다. 이 헤어스타일을 왜 지금 했나 싶을 정도로 잘 어울렸다.

"왔어?"

다현이 웃으며 두 사람을 반겼다.

"이야, 완전 다른 사람 같네. 놀랍다, 놀라워."

기태가 다현을 아래위로 쭉 훑더니 박수를 쳤다.

"그러게. 예쁘다."

나은이 한마디 보태며 빙긋 웃었다.

"고마워."

"나야말로 이런 귀한 결혼식에 초대해 줘서 고맙지. 하객들이 얼마 없던데."

"응. 작은 결혼식이라서."

다현이 빙긋 미소 지었다.

소박하게 결혼을 치르고 싶다는 재윤의 의견을 김 회장 내외는 덤덤하게 수긍했다. 강재의 결혼식을 크게 치렀으니 재윤의 결혼식은 작게 치르고 싶다며 잘됐다고 반기듯 말했지만, 다현은 알고 있었다. 초대할 사람이 많이 없는 그녀를 위해 김 회장 내외가 그녀를 배려해 주었다는 것을.

그 때문에 결혼식은 김 회장 내외의 소유지인 리조트의 작은 홀에서 치르게 되었다. 초대장을 받은 이들만 들어올 수 있도록 철저히 사위를 경호하고 있었다.

"긴장 안 돼?"

기태가 장난스럽게 물었다.

"아직까진 괜찮아."

"다행이네."

"라효랑 사준이는?"

"안 보이던데."

"그래?"

다현이 걱정스런 표정을 지었다. 신부 대기실에 들어올 때 잠시 얼굴을 비춘 라효와 사준이 사라져 보이지 않았다.

"그나저나 두 사람 이제 보란 듯이 같이 다니네."

다현이 놀리듯 기태와 나은에게 말했다.

"응. 공개 연애 중이니까."

"밝혔어?"

다현이 눈을 동그랗게 뜨고서 물었다. 처음 듣는 말이었다.

"내가 밝힌 건 아니고, 기태 씨가."

나은이 턱으로 기태를 가리켰다.

기태는 나은과 연애를 시작하며, 사내연애는 소문을 많이 타고 사람들의 쓸데없는 관심을 받으니 조심하자는 게 좋을 것 같다며 비밀연애를 제안했다. 공개 연애해도 별 상관이 없었지만, 기태의 의견을 존중해 나은도 자중하고 있었다.

그러나 연애를 한 지 이 주도 채 되지 않아, 비서 회식 때 술에 취한 기태가 노래방에서 '난 널 사랑해'를 나은 앞에서 무릎 꿇고 부르는 바람에 들통이 났다.

다음 날 기태는 또 한 번 나은의 앞에 사죄의 무릎을 꿇었다.

'술에 취하니 더 예뻐 보였다.'

취기가 채 가지 않은 몰골로 기태가 변명하듯 말했다. 그 몰골이 불쌍해 나은은 그를 용서해 주었다.

그 이야기를 들은 다현이 웃으며 기태를 물끄러미 바라보았다.

"너무 그렇게 보지 마. 나도 알아. 부끄러운 거."

기태가 민망한 듯 눈을 내리깔았다.

"차라리 잘됐어. 나은 씨 성격상 숨기는 연애 피곤했을 거야."

"나도 그렇게 생각해."

"재윤 씨는 어때? 계속 바빠?"

다현은 하루 종일 재윤을 보지 못했다. 출발하기 전, 재윤과 전화통화를 한 것이 마지막이었다. 어쩌다 보니 준비하는 곳도 다르고, 시간도 엉켜서 만나지 못했다. 다현이 조금 늦게 신부 대기실에 왔을 땐, 재윤은 손님을 치르느라 정신이 없는 상황이었다.

"선배야 손님들한테 인사하느라 바쁘지."

"어때? 긴장한 것 같아?"

다현이 미소 지으며 물었다. 그런 다현을 기태가 멍하게 바라보았다. 다현이 남자 이야기를 하면서 저렇게 환하게 웃는 건 처음 보았다.

역시 사랑이 무섭구나.

기태는 속으로 혀를 내두르며 떨떠름하게 말했다.

"전혀 긴장 안 한 거 같더라. 이런 걸로 긴장할 사람이야? 오히려 너무 웃어서 회장님이 그만 웃으라고 하시더라."

슈트가 잘 어울리는 재윤은 예복도 근사하게 잘 어울렸다. 모델처럼 입구를 지키고 있는 재윤에게 사람들은 멋지다며 한마디씩 던졌다. 그는 이 결혼식의 주인이라는 걸 알리듯 근사하게 웃으며 손님들의 말에 귀 기울이는 노련함까지 보였다. 재윤이 대외적인 활동을 많이 하는 걸 모르는 사람이라면, 결혼식을 서너 번은 해본 사람이라 착각할 정도였다.

정말 타고난 인간이다.

기태가 다시 한 번 억울한 표정으로 혀를 끌끌 찼다.

"상무님은 여기 안 들렀어?"

나은이 의아한 얼굴로 물었다.

"응. 바쁜가 봐."

"내가 물어봤는데, 바쁜 것도 바쁜 건데 다른 뜻이 있더라."

불쑥 끼어든 기태의 말에 나은과 다현이 그를 쳐다보았다.

"원래 좋고 예쁜 건 마지막에 보는 거래."

"……."

기태의 말에 다현은 수긍했다. 그는 가끔 그런 면을 보이곤 했다.

"곧 결혼식 시작하겠다. 우리는 먼저 들어가 있을게."

나은의 말에 다현이 고개를 끄덕였다.

"혹시 우리 쌍둥이들 보게 되면 신부 대기실로 와달라고 전해줘."

"응."

기태와 나은이 동시에 고개를 끄덕였다. 두 사람이 손을 잡고 나가는 모습을 흐뭇하게 바라보던 다현이 숨을 깊게 들이마셨다. 벽에 걸린 시계가 결혼식 5분 전임을 가리키고 있었다.

결혼…….

준비하는 내내 들었던 그 말이 생경하다. 코앞에 닥치니 조금씩 긴장되기 시작했다. 다현이 마른침을 삼키며 주먹을 쥐었다 펴길 반복했다.

"신부님, 입장 준비하실게요."

다가온 도우미가 다현의 손을 잡으며 빙긋 웃었다.

"동시입장 맞으시죠?"

"네."

아버지가 없는 다현을 위해 함께 손을 잡고 입장하기로 했기에, 다현이 고개를 끄덕였다. 그러자 인상 좋은 도우미가 환하게 웃었다.

"신랑님이 앞에서 기다리고 계시더라고요. 얼마나 인물이 좋으신지. 우리 예쁜 신부님이랑 정말 잘 어울리겠더라고요."

도우미가 다현의 긴장을 풀어주려고 이런저런 말을 늘어놓았다. 다현은 애써 웃으며 몸을 일으켰다.

쿵, 쿵.

심장이 정신없이 뛰었다. 신부 대기실을 나온 다현은 화려하게 꾸며진 홀 가운데 빛을 받고 선 남자를 바라보았다.

아…….

날뛰던 심장이 멎는다.

시선이 마주치자, 재윤이 놀란 듯 눈을 크게 뜨더니 금세 눈을 사르륵 접으며 웃었다. 세상에서 가장 아름다운 것을 본 것처럼 눈이 반짝인다. 자신을 본 것만으로 세상에서 가장 환한 미소를 짓는 재윤을 따라, 다현의 입술이 길게 늘어났다. 재윤이 손을 내밀었다.

어서 와.

그가 몸으로 말을 한다.

다현이 사뿐한 걸음으로 재윤에게 다가가 손을 뻗었다. 조금씩 좁아지던 간격 끝에, 이윽고 손이 맞닿았다. 다현은 맞닿은 손을 아득한 눈으로 바라보았다. 손끝에 온기가 전해지고서야 현실감이 느껴졌다. 눈앞에 있는 사람이 실재하고 있음을.

한 박자 늦게 가슴이 말했다.

나는 이 사람을 사랑한다. 한 치의 의심 없이.

재윤의 시선이 앞으로 향했다. 다현의 시선도 함께 돌아갔다. 사람들의 시선이 모조리 나란히 선 다현과 재윤에게 쏠렸다.

"신랑, 신부 입장!"

사회자의 말에 다현과 재윤이 천천히 걸음을 움직였다. 한 발을 내딛을 때마다 축하해 주는 이들의 얼굴이 눈에 들어왔다.

기꺼이 먼 곳까지 달려와 준 고등학교 친구들, 즐거워 보이는 기태, 미소 짓고 있는 나은.

몇 걸음 더 걷자 라효와 사준이 눈에 들어왔다. 입술에 힘을 꽉 준 채 누구보다 세차게 박수를 치는 라효와 사준의 눈동자가 빨갛게 물들어 있었다. 어디서 한참 울었는지 퉁퉁 부어 있는 두 얼굴을 보자 다현의 코끝이 찡해졌다. 울 것처럼 허물어지는 다현의 얼굴을 본 사준이 다급하게 고개를 가로저었다. 사준이 붕어처럼 입을 벙긋거렸다. 무슨 말인지 알 수 없었지만, 대충 알 것 같았다.

'울지 마. 좋은 날이잖아.'

다현이 작게 고개를 끄덕이자, 사준이 활짝 웃는다.

나의 소중한 보물.

마침내 사랑하는 사람들을 다 훑은 다현과 재윤이 마주 섰다. 따스함이 배인 재윤의 눈이 접힌다.

"신랑, 신부. 서로에게 인사."

사회자의 말에 서로에게 인사하던 다현은 첫 만남을 떠올렸다.

비서용 책상에 앉아 자신을 바라보던 그 남자에게 인사를 할 때만 해도, 이런 인사를 나누게 될 줄 알았을까.

고개를 든 다현은 재윤을 바라보았다. 그가 웃는 얼굴로 슬며시 눈을 감았다 떴다. 아무도 모르게 건네는 눈인사에 다현의 얼굴에 미소가 그려졌다. 긴장을 풀어주려 애쓰는 그의 행동에 다현의 어깨선이 부드럽게 내려앉았다.

사회자의 진행에 따라 주례 없는 결혼식을 치른 두 사람이 다시금 서로를 바라보았다.

"신랑, 신부의 입맞춤이 있겠습니다."

사회자의 말에 재윤이 다현의 뺨을 부드럽게 감싸 줬다. 다현은 자신에게로 다가오는 재윤의 얼굴을 바라보았다. 어느새 모든 시야에, 자신의 모든 세상에 재윤만이 보인다. 다현이 눈을 감았다.

입술 위로 따스한 입술이 사뿐하게 내려앉는다. 그 순간, 머릿속으로 언젠가 그와 나누었던 대화가 스쳐 지나갔다.

'입 맞출 때 무슨 생각 해?'

그는 무심한 얼굴로 물었다.

'아무 생각도 안 나요. 아무 생각도 안 나거든요. 그런데 입 맞출 때 생각을…… 해요?'

'응.'

'무슨 생각요?'

'성다현을 사랑한다는 생각. 아니, 그런 느낌?'

'……'

'그러면 이 느낌이 전달될 것 같아서.'

비스듬히 앉아 가볍게 던지던 그 말이 다시금 가슴 위로 떨어져 내린다. 예쁘다고 느꼈던 그 생각을, 조심스럽게 행동으로 옮겨본다.

……사랑해요.

다현의 작은 속삭임이 가슴을 퉁, 울렸다.

부디 이 울림이 당신에게 전해지길.

짧은 외전_ 밝혀진 비밀

고2가 된 후, 청소년 국가대표가 되어 활동하게 된 라효와 사준은 눈에 띄게 바빠졌다. 축구와 공부를 병행하느라 통화할 시간도 많지 않았다. 바빠서인지 둘은 변한 환경에 무사히 잘 적응했다. 감독의 말에 의하면 재능을 타고난 데다 노력까지 하는 녀석들이라, 앞으로의 전망이 더욱 밝다고 했다. 그 말에 다현은 라효와 사준에게 고마우면서도 가슴이 찡했다.

드르륵.

문을 열고 사준과 라효가 들어섰다.

"누나, 안녕."

"오랜만이야."

"어서 와."

신혼여행과 집 정리를 하느라 한 달간 보지 못했는데, 그사이에 둘은 더 커져 있었다.

"그런데 키가 더 컸어?"

다현이 라효와 사준을 번갈아 보며 물었다.

"어, 그런가? 다들 그러는 걸 보니 키가 큰 거 같긴 하네."

"180쯤 되려나."

라효와 사준이 서로를 바라보며 중얼거렸다. 그러나 그것도 잠시였다. 자신들이 더 컸다는 데 별 관심이 없는 얼굴이었다.

아직도 더 크는구나.

다현은 신기한 눈으로 라효와 사준을 바라보았다.

"매형은?"

"퇴근해서 오는 중이야."

"아, 그래?"

씩씩하게 들어온 라효와 사준이 소파에 턱 앉았다. 그러자 넓은 소파가 꽉 차는 느낌이었다. 여태껏 저렇게 큰 아이들을 꼬맹이로 보고 있었나, 하는 생각이 들었다.

"뭐 마실래?"

"응. 아무거나 줘."

라효가 고개를 끄덕였다.

"누나, 집 구경해도 돼?"

사준이 발을 까딱거리며 물었다.

"응. 당연하지."

다현이 환하게 웃으며 말했다.

"나도."

라효가 덩달아 일어나 사준의 뒤를 따랐다. 다현과 재윤이 신혼집으로 터를 삼은 곳은 회사에서 그리 멀지 않은 고급 주택이었다. 평수가 크진 않으면서도 공간 활용도가 높았다. 복층의 통창문에선 환한 빛이 쏟아졌다.

"우와!"

"와아!"

라효와 사준은 집을 둘러볼 때마다 감탄을 쏟아냈다. 화장실이 깨끗하다 못해 빛이 난다며 고함, 베란다가 있다는 사실에 또 한 번 환호성을 질렀다.

마치 관광 온 사람처럼 우르르 몰려다니던 두 녀석의 발길이 안방으로 향했다.

"우와……! 어?"

"응?"

환호를 지르다 말고 라효와 사준이 묘한 목소리를 냈다. 그러더니 누나, 하고 큰 소리로 불렀다.

"응? 무슨 일이야?"

급한 일이 생긴 줄 알고 다현이 허겁지겁 달려갔다. 그러자 두 녀석이 똑같은 표정으로 안방 베란다를 가리켰다.

"……저거 뭐야?"

그들의 손끝이 가리키고 있는 건, 다현이 오전에 환기시킨다고 내놓고는 깜빡하고 챙겨 넣지 않은 고무신들이었다. 한 켤레도 아니고 무려 다섯 켤레.

여전히 재윤은 정신을 잃을 정도로 술을 마시면 어떻게서든 고무신을 구해왔다. 그녀의 발치수에 딱 맞는 고무신을 사와 다현의 발에 신기고는 '예쁘네.'라고 빙긋 웃은 후 침대에 쓰러져 잠들곤 했다. 그의 선물을 버릴 수도 없어 꼬박꼬박 쟁여놓은 게 어느새 저렇게 쌓였다.

라효와 사준이 오기 전에 정리해서 넣어놓는다는 걸 깜빡했다.

"집에 있던 고무신 선물 받은 게 아니라 누나가 사온 거였어?"

라효가 묘한 표정으로 다현을 바라보았다.

"아니."

"그럼 저게 왜 있는데? 혹시 그 고무신 또라이가……?"

라효가 불안한 목소리로 중얼거렸다. 사준은 이미 확신한 얼굴이었다.

"……매형이구나."

"뭐?"

사준의 중얼거림에 라효가 식겁한 얼굴로 소리쳤다.

"다현아."

그사이 다정한 목소리가 들렸다. 다현은 대답 대신 안방에서 나섰다. 집으로 막 들어온 재윤이 다현을 보며 빙긋 웃었다. 뒤따라 나오는 라효와 사준에게 반갑게 웃어 보였다.

"어서 와. 잘 지냈어?"

반가워하는 재윤과 달리 라효와 사준의 표정은 여전히 묘했다.

"왜들 그렇게 쳐다봐?"

재윤이 의아한 얼굴로 물었다. 다현은 아무 말도 할 수 없었다. 그저 조용히 재윤의 등을 두드려 주었다.

"완벽한 사람은 없다더니……."

"같은 인간일 줄이야."

"사람 속은 알아도 우물 속은 모른다더니……."

"……틀렸어. 멍청아. 우물 속은 알아도, 사람 속은 모른다야."

라효가 조용히 정정해 주었다. 그러자 사준이 '아, 그래. 그거.'라고 멍한 얼굴로 받아쳤다.

저녁 식사를 하는 자리에서 라효는 직접적으로 재윤에게 고무신의 남자가 맞냐고 물었다. 재윤은 평소처럼 아무렇지 않게 '그런데?'라고 대답했다. 그러자 라효와 사준은 멍한 얼굴로 서로를 바라보았다.

"그게 뭐 어때서?"

재윤이 지나치게 당당하니 라효와 사준은 되레 당황했다.

"왜 하고많은 선물 중에 고무신이에요?"

라효가 기가 막힌 얼굴로 물었다.

"하고많은 선물 중 하나가 고무신이야. 고무신만 선물하진 않거든."

"……."

"이 세상 모든 물건을 너희 누나한테 선물하는 게 내 인생의 목표 중 하나

거든."

"……그러다가 조만간 꽃신도 선물하겠습니다?"

"생각 못했는데, 그것도 생각해 놓을게."

재윤이 싱긋 웃었다. 그러자 라효와 사준은 두손 두발 다 들었다는 듯 고개를 절레절레 내저었다. 어린 라효와 사준이 재윤을 말로 이긴다는 건 무리였다.

❖

식사를 마친 후, 다현이 과일을 준비하는 동안 라효와 사준은 다현 몰래 재윤을 서재로 불러들였다.

"전화로 말씀드릴까 하다가 오늘 온 김에 얼굴 보고 말씀드리려고요."

"뭔데?"

재윤이 팔짱을 낀 채 둘을 내려보았다.

"이제 저희 후원 안 해주셔도 돼요. 다행히 다른 기업에서 저희 재능 보고 후원하겠다고 나섰어요. 국가대표 출신 감독님이 직접 저희를 가르치고 싶다는 뜻도 밝히셨고요. 그간 감사했습니다."

사준이 깍듯하게 인사했고, 그 뒤를 이어 라효가 고개를 숙였다.

"그러니까 후원을 그만해 달라?"

"네. 더 받는 건 죄송하니까요."

"내가 왜 그만둬야 해? 어떤 기업이 나섰길래 동신그룹 후원을 거절해? 더 좋은 조건으로 후원해 준대? 내가 그것보다 두 배는 더 좋게 해줄게. 원하는 조건 있으면 말해봐."

재윤이 심각한 표정으로 꺼내는 말에 라효와 사준이 눈을 깜빡였다.

"내가 전에도 말했을 텐데. 너희가 성다현의 동생이라서 돕는 것도 있지만, 단지 그 이유만 있는 거 아니라고. 너희도 나한테 투자하라고 말했잖아. 그런데 이렇게 조율 없이 멋대로 끊는 게 어딨어?"

"어……. 마음은 감사한데, 누나한테 계속 거짓말하는 게 마음에 걸려서요."

"그건 오늘 내가 말할게. 더 문제될 건? 후원 물품과 금액이 불만이야? 더 올려줘?"

"아뇨. 아뇨!"

라효와 사준이 똑같이 고개를 가로저었다. 차고 넘치는 후원이었다.

"그럼 지금처럼 투자 받아. 그리고 국가대표 되면 너희가 하고 다니는 모든 물품에 동신그룹의 마크가 새겨지게 될 거야. 난 다른 기업이 내 사람, 내 업체, 내 기획에 숟가락 얹는 꼴 못 봐."

이전과 확연히 다른 재윤의 분위기에 기세가 눌린 라효와 사준은 눈만 깜빡였다.

또 나왔다. 어른 남자의 느낌.

둘은 서로의 얼굴을 멍하게 바라보았다. 거절할 명분이 더는 없었다.

"그럼 지금처럼 받는 걸로 알고 있을게."

금세 싱긋 웃는 재윤을 보며 라효와 사준은 홀린 것처럼 고개를 끄덕였다.

다현과 재윤의 자고 가라는 청에도 라효와 사준은 꾸역꾸역 집으로 돌아갔다. 내일 새벽 훈련이 있어서 자고 가기 힘들다고 했다. 대신 다음에 오면 2박 3일 자고 가겠다는 약속을 한 후, 재윤에게 눈짓을 했다.

꼭 오늘 다현에게 말하라는 뜻이었다.

"다현아."

재윤이 뒤에서 다현을 끌어안았다. 다현이 자연스럽게 재윤의 손 위에 자신의 손을 겹쳐 올렸다.

"할 말이 있는데……. 화내지 말고 들어줘."

"뭔데요?"

"처남들 말인데."

"두 사람 후원하는 거, 말예요?"

다현이 돌아서서 재윤을 마주 보았다. 순식간에 본론을 찌르고 들어온 다현의 말에 재윤이 순간 난처한 표정을 지었다.

"어떻게 알았어?"

"눈치챈 지는 꽤 됐어요. 결혼식 올리기 전에요. 감독님과 통화한 적이 있어요. 아무래도 익명의 후원자에게 감사하다는 말을 전하려고요. 그런데 라효와 사준이가 말하던 축구 선수 출신의 후원자가 아니라고 하더군요. 난처하다는 듯이 누군지 말을 못하겠다고 하는데…… 그럼 누구겠어요?"

"……."

"내 주변에서 이런 일을 할 사람은, 재윤 씨밖에 없잖아요."

다현이 눈을 마주하며 빙긋 웃었다.

"화났겠네."

재윤이 다현을 따라 고개를 비스듬히 기울이며 물었다.

"솔직히 말해 만감이 교차했어요. 알량한 자존심이 상하기도 했고요. 그러다 나중엔 미안했어요."

화가 마음을 태우고 나니, 미안함의 재가 남았다.

좋은 일을 하고도 자신이 신경 쓰일까 봐 말하지 못했을 재윤에게, 자신에게 미안해서 더 열심히 뛰었을 쌍둥이들에게…….

"그리고 지금은 고마워요."

다현이 재윤의 눈을 물끄러미 마주 보며 말했다. 재윤은 자신에게 세상이 내린 선물 같은 존재였다. 그가 없는 생활은 더 이상 상상도 되지 않을 정도였다.

"그래서 내가 직접 말하길 기다린 거야?"

재윤이 다현의 이마에 자신의 이마를 가져다대며 느릿하게 물었다.

"네. 언젠간 말해줄 테니까요."

"말하면 어쩌려고 했어?"

"고맙다고 말했겠죠?"

"그리고?"

"……그리고요?"

"말로만 넘어갈 거야?"

재윤의 목소리가 한층 낮아졌다. 그의 의도를 읽은 다현의 뺨이 불긋하게 물들었다.

"어떻게 해주길 바라는데요?"

부끄러운 얼굴로, 대담한 말을 하며 다현이 고개를 들이밀었다. 두 사람의 간격이 확 좁아졌다. 서로의 숨이 유일한 공기인 것처럼, 그들이 느릿하게 숨을 들이마셨다 내뱉었다.

"어떻게든 해줘."

고요한 가운데, 재윤의 야릇한 목소리가 울렸다. 등골이 오싹해지며 숨이 멎었다. 다현은 위험하게 빛나는 재윤의 눈을 물끄러미 바라보았다.

다정한 그는, 단둘이 있을 땐 이렇게 야해졌다.

다현이 재윤의 뺨을 쓰다듬었다. 그의 눈을 똑바로 바라보며 사근사근한 목소리로 속삭였다.

"그렇게 해줄게요."

다현의 입술이 재윤의 입술을 머금었다. 두 사람의 몸이 바짝 밀착되었다.

그들 사이로 깊은 밤이 내려앉았다. ♥